KB118404

너의 수만 가지
아름다운 이름을
불러줄게

문학동네
평론선

너의 수만 가지

아름다운 이름을
불러줄게

박상수 평론집

문학동네

책머리에

　돌이켜보면 첫 평론집 이후, 2012년에서 2017년까지 내 관심은 우선적으로 우리 사회의 변화에 있었던 것 같다. '국가 없는 국가'(지그문트 바우만)의 등장과 가속화, 개인과 국가 사이에서 '타인/공동체/사회'의 실재감이 상실되어가는 상황, 악화되어가는 노동 현실 및 경제 조건, '격차 사회'에서 더 막막한 '장벽 사회'로의 이동, 그리하여 더더욱 생존에만 매몰되어가는 삶, 무엇보다도 미래에 대한 기대조차 점점 사라져버리는 현실에 대한 끔찍한 감각이야말로 지난 시간의 나를 지배해왔던 것들이었다. 특히 시민의 삶은 안중에도 없이 오로지 국가를 자신의 수익 모델로 삼거나, 아무것도 책임지지 않으면서 통치하려는 정치권력의 등장은 우리 삶에 막대한 영향을 끼쳤다고 나는 생각하는 편이다.

　2009년 쌍용차 사태 당시, 왜곡된 감사보고서를 근거로 단행된 대규모의 정리해고에 반대하며 옥쇄 파업에 참여했던 노동자 208명을 대상으로 한 설문조사에서 105명(50.5%)이 외상 후 스트레스 장애를 앓는 것으로 분류된 적이 있다. 사회역학자 김승섭 교수의 『아픔이 길이 되려면』(2017)에 따르면, 이 수치는 1990년 걸프전 당시 실제 전투에 참가한 군인들 중 22퍼센트, 포로로 잡힌 군인들의 48퍼센트가 외상 후 스트레스 장애에 시달린 것을 뛰어넘는 결과였다. 해고와 파업, 폭력적 진압으로 이어지는 일련의 과정은 전쟁보다 더 큰 상처를 남긴 것이다. 정리해고가 진행된지 6년이 지난 2015년, 김승섭은 쌍용차 해고자와 복직자들을 대상으로 심층 면접을 실시하여 '2015 함께 살자, 희망 연구'의 결과를 발표하였다. 이에 따르면 삶이 매우 불안정하다고 느끼는 해고자들은 2008년 9.92%에서 2015년 46.21%로 급증했고, 전신 피로를 느낀다는 대답이 해고의 경험이 없는 노동자는 23.1%, 복직자는 67.1%, 해고자는 무려 88.7%에 이르렀다고 한다. 또한 해고자들의 64.9%가 직업훈련을 받아보지 못했다. 구직 과정에서 가장 도움을 많이 받은 사람은 친구 및 지인(42%)이었고, 정부 고용 센터의 도움을 받은 이는 8명(9.1%)에 불과했다. 공적 부조와 사회적 안전망이 부재한 한국적 상황에서 해고자의 파괴된 삶은 온전히 그 가족과 지인이 떠안을 수밖에 없었던 것이다. 이것이야말로 '국가 없는 국가'의 등장이 개인의 삶을 어떻게 파괴할 수 있는지를 보여준 대표적인 사례라고 할 만하다.

세습 자본주의의 강화와 함께 경제가 성장해도 노동자의 삶은 나아지지 않는, '빈곤화 성장'으로 설명할 수 있는 경제 구조의 고착화는 삶의 전망 없음과 우울감으로 변안되어 어쩔 수 없는 상흔처럼 내 살 깊숙이 들어와 있었다. 이 감각은 비단 나라는 개인에게만 한정된 것이 아니라 정도의 차이는 있지만 우리 사회 구성원 전반의 공통 감각인 것처럼 느껴졌다. 그럼 무얼 위해 살아야 할까. 어떻게 살아야 하지? 지금 현실의 고됨보다도 그걸 견디어서 얻을 수 있는 것이 지금보다 더 나은 것임을 확신할 수 없을 뿐만 아니라 오히려 더 악화될 가능성이 많다는 점이 막막하게 다가왔다. 촛불 혁명 이후, 전망 없음의 우울감은 어느 정도 해소되었지만 완전히 사라진 것은 아닌 것 같다. 정치 세력의 교체가 경제 구조의 변화에 영향을 끼치기까지는 일정 정도 지체 현상이 있을 것이며 그것이 노동자의 삶을 얼마나 바꿀 수 있을지 아직은 미지수이기 때문이다. 다만 이런 말은 해보고 싶다. 지난 시절, 말 그대로 즉물적인 생존을 위하여 대부분의 시간을 쓰다보면 문학과 시를 먼저 생각하기는커녕 그것들이 제일 나중에 허겁지겁 해결해야하는 일로 남고는 했다고.

이런 고백을 한다는 것이 말할 수 없이 부끄러움에도 불구하고 굳이 문장으로 옮겨 적는 이유는 바로 그랬기 때문에 '지금의 한국적 현실에서, 시를 쓰고 읽는다는 것은 과연 무슨 의미일까'를 끊임없이 고민할 수밖에 없었다는 말을 하고 싶어서다. 매일매일 부단히 감각하게 되는 생존의 요청과 압력 안에서 시를 읽는 일은 적어도 나에게는 다른 세계를 경험하는 행복한 체험, 또는 깊은 위로였다기보다는 (그것에 도달하기 위해서라도) 매번 작은 싸움을 치르는 일처럼 느껴졌다. 자기 노동에 대한 정당한 보상을 얻지 못하는 생존 투쟁은 투쟁하는 자의 영혼을 파멸시킬 수 있다. 문학장 언저리에서 시를 쓰고 읽는다는 것은 지속 가능성의 측면에서 치명적인 약점을 가지고 있다. 오래 취약한 삶을 살다가 삐끗해서 정신을 다치면 문학을 하려던 원래의 마음은 사라지고 열패감과 왜곡된 나르시시즘, 타인을 착취하여 나르시시즘을 충족시키려는 사악함이 남기도 한다. 특히나 근 몇 년간 만약에 이 싸움을 포기하고 여기서 물러나게 된다면 나는 내가 가진 마지막 인간성을 반납하게 될 것 같은 절박함 속에서 시집을 읽었던 것 같다.

그러다보니 시를 읽으며 우선적으로 채택한 렌즈라는 것들이 나도 모르는 사이에 주로 사회, 계급, 정체성, 세대, 청년, 일상, 노동, 미(美), 세계와 같은 단어들이었다. 그것들은 지금 우리에게 무슨 일이 벌어지고 있는가, 지금 한국시에 어떤 배경과 힘이 작동하고 있는가를 탐구하다보면 필연적으로 도달하게 되는 지점들이기도 했다. 그러니까 나는 언어와 언어 간의 사이, 언어와 시인의 사이, 시인과 세계의 사이, 나와 이 시집의 사이, 결과적으로 우리를 둘러싼 그물망 같은 겹의 힘과 콘텍스트에 대해 더 큰 궁금증을 가졌다고 말할 수 있겠다. 이 '사이'의 힘들을 규명한다면 보이지 않고 말해지지 않은 많은 것들을 찾아낼 수 있다고 믿었고 그것이 우리 시대의 무의식을 포착하는 중요한 거점이 될 수 있을 거라고 생각했다.

나는 임무를 수행하는 출입국관리 요원처럼 바로 이 맥락들을 엑스레이 투시기로 살펴보는 일에 힘을 쏟았고 이를 통해 삶의 감각이 시로 전환될 때, 또는 시적 상상력이 삶의 감각을 재구성해낼 때 어떤 시인이 고유하게 발생시키는 가장 매력적인 '문학적 순간-과정'을 포착할 수 있으리라 생각했던 것 같다. 이 과정에서 2000년대의 어떤 시인들이 발칙한 아이들의 모험에 힘을 쏟았다면 새롭게 등장한 2010년대 어떤 젊은 시인들은 점차 하강해가는 미래의 전망 앞에서 무기력과 무능감을 드러내거나, 혹은 견디며 어떻게 해야 희미해진 일상을 다시 재건할 수 있을 것인가를 고민하고 있음을 확인할 수 있었다.

이 작은, 무수한 싸움을 거치고 나서야 비로소 시를 사랑할 수 있는 자격을 얻게 되리라고 믿었다. 그럼에도 불구하고 누군가에게는 나의 이런 작업들이 편협한 세대론이자 시의 무한한 가능성을 부분적으로 정지시키고, 시의 독자성과 자율성을 사회학에 종속시킨 작업으로 비춰졌을 수도 있다. 결과적으로 나는 시를 사랑하면서도 의심하고 있었던 것 같다. 가설과 검증, 그리고 가능성에 대한 성찰의 프로세스를 거치고 나면 이상하게도 지금 읽히고 있는 한국 시를 무조건 윤리적으로 옹호할 수만은 없는 이상한 지점들이 발견되었기 때문이다. 이런 점에 대해 말하는 것은 시를 사랑하지 않는 일일까? 비평은 언제나 아무런 소란 없이 모두가 동의할 수 있는 시의 위의와 가치를 발굴하는 일에만 힘을 쏟아야 하는 것일까. 1, 2부에 실린 어떤 글들은 공적 지면을 통해 몇몇 비평가들에게 비난의 대상이 되기도 하였으며 실제로 나는 사적인 자리에서 원망 섞인 질책을 듣기도 했다. 타당한 지적과 동의할 수 없는 반론들 사이에서 내가 기이하게 느꼈던 것은 시에 대한 어떤 절박한 신성화 내지는 절대화였다.

세월호 참사 이후, 애도의 참혹 안에서 다시 문학을 생각하는 일은 유일하게 남은 구원의 가능성처럼 보였다. '문단 내 성폭력' 사태 이후, 문학의 이름으로 자행된 성폭력과 착취 앞에서 다시 문학을 생각하는 일은 어쩌면 불가능한 꿈처럼 보였다. 그럼에도 우리는 다시 일어나 시를 읽고, 시를 쓰고 있다. 유일무이한 구원과 불가능한 꿈을 오가며 나는 다시 찾아온 '윤리'와 '진정성'의 요청에 깊이 감응하기도 하였다. 그럼에도 불구하고 지금 우리에게 필요한 것은 '순수의 정치'가 아니라 '오염의 정치'라고 나는 생각하는 편이다. 시를 사랑하되 시의 자유와 권능을 너무 믿지는 말아야 한다는 것이 고민 끝에 다다른 나의 잠정적 소결이었다. 시적 자유와 권능을 끝까지 믿는 마음은 아름다운 것이지만, 정말 그런 것인지 끝없이 자문해야 하는 것이며, 때로 그 믿음을 너무나 손쉽게 우리 자신의 자유와 권능으로 되돌리는 일은 특히 경계해야 한다. 그렇지 않다면 우리는 순수의 이름으로 타인과 삶을 착취할 수 있다. 우리는 더욱 순수해져야 하는 것이 아니라 역설적으로 더욱 오염되어야 한다. 덧붙여 나는 시를 도덕화된 윤리의 영역 안에 가두지 않고 미(美)의 관점에서 더욱 폭넓게 해소하는 길이야말로 '불가능한 구원'의 기본 조건이자 시의 예술적 가치가 끝까지 살아남을 수 있는 길이라고 믿었다.

때문에 '미는 윤리적일 수 있지만 언제나 윤리적이지만은 않다'라든지, '사회적 윤리와 개인의 욕망을 치열하게 길항'하도록 만들어야 '입체적 개인의 무의식을 통과하는 실천'이 가능할 것이라는 테제를 통하여 나는 정상성의 추구가 역설적으로 예술적 보수화와 만나는 일에 대해 고민해보려고 했다. 그러나 현실에서 실제로 고통받는 사람들이 이렇게나 많은 상황에서 나의 목소리는 지금 시대가 시에게 요구하는 역할을 부정하는 일처럼 보였는지도 모른다. 그런 지점까지 고려하며 세심하게 논의를 전개하고 싶었지만 글을 완성하고 나면 쓰지 못한 말, 써야 했던 말, 끝내 놓쳤던 말들이 떠올라서 글을 쓴 시간보다 더 오래 깊은 자책과 슬픔에 시달리기도 하였다. 그럼에도 자책과 슬픔이 자기 합리화의 귀결점이어서는 안 되며, 한 편의 글은 늘 잠정적인 소결에 불과하다는 생각으로 다음번 글에서는 앞선 글의 한계와 딜레마를 조금더 넘어서려 애썼지만 그것이 성공적이었는지는 모르겠다.

　가장 아쉬웠던 것은 현실에서 시로 가는 수하물들은 다양하게 포착하려 노력했지만 시에서 다시 현실로 돌아오는 수하물은 곧잘 잃어버리거나 사람들에게 돌려주는 일에 소홀한 것만 같다는 점이다. 3, 4, 5, 6부의 글들이 그에 대한 잠정적인 해답이 될 수 있을까? 사실상 이번 비평집의 대다수를 차지하는 글들이 바로 개별 시인들의 작품 세계를 탐구한 글들이다. 나는 개별 작품을 내 쪽으로 적극 끌어오기보다는 늘 그 작품 안으로 내가 기꺼이 걸어들어가는 쪽을 선택했다. 가보지 못한 세계를 선보이는 작품들 안에서 나는 최대한의 경의와 존경으로, 때로는 순진한 기쁨으로 시를 읽고, 또 읽었다. 시에 기대어 나를 다른 사람으로 바꾸어내고 싶었다. 이 슬프고도 아름다운 세계가 있었기에 나는 늘 조금 더 살아보겠다는 희망을 꿈꿀 수 있었다. 고심 끝에 '너의 수만 가지 아름다운 이름을 불러줄게'라는 제목을 선택한 이유도 여기에 있다. 강성은 시인의 「물속의 도시」에서 따온 이 제목은 원래 이 책에 실린 짧은 글에 붙여진 제목이지만 아름다운 시를 대할 때 갖게 되는 나의 태도를 대신하는 말일 수도 있겠다는 생각을 했다. 너는 이런 사람이었구나. 너는 이런 세계를 가진 존재였구나. 고마워, 세계를 다시 볼 수 있는 기쁨과 고통을 알려주어서. 기다려, 내가 그쪽으로 갈게. 내가 너에게로 가서 너의 수만 가지 아름다운 이름을 불러줄게. 나의 마음을 다해 너와 함께 있을게…… 세상에 이렇게나 슬프고 아름다운 것이 많이 있다는 감각은 나에게 말할 수 없는 신비의 감정을 불러일으켰다. 버스를 타고 가다가 문득, 혹은 도시의 거리를 걷다가 문득 떨칠 수 없는 기쁨으로 파르스름하게 나는 불타오르고는 했다. 무수한 작은 싸움들 끝에 이 기쁨을 누릴 수 있다는 만족감이 없었다면 여기까지 올 수는 없었을 것이다.

　내가 건넨 소소한 마음을 깊은 사랑으로 돌려준 크고 작은 인연들이 떠오른다. 그들 덕분에 막막한 현실, 그래도 덜 헤맬 수 있었다. 이름만 떠올려도 고마운 사람들, 내 글에 온기와 희망이 남아 있다면 온전히 당신들 덕분이다. 특히 내게 변함없는 믿음과 지지를 보내주시는 부모님이 없었다면 어떤 시절을 절대 무사히 건너지는 못했을 것 같다. 평범한 일상을 영위할 수 있다는 것이 얼마나 큰 축복인지 늘 곁에서 알려준 시율, 소율, 민정에게도 무한한 애정을 바친다. 새벽에 잠을 깨었을 때, 문득 곤히 잠든 세 사람의 볼에 차례로 손을 대보는 일은 그들은 모르는 나의 가장 행복한 의식이다. 이 모든 인연들이 있었기에 삶이 가능했다. 그리고 이 책이 가능했다는 것을 안다. 슬픔과 고통, 아쉬움과 비판, 자책과 연민, 성찰과 전망들, 사랑과 그래도 또 사랑들 사이에서 나는 시와 함께 고맙게도 한 시절을 겨우 살아냈다.

2018년 7월
박상수

차례

6부

에필로그

프롤로그

모든 여름에게 안녕을
— 이윤설의 「오버」

지구 반대편으로 떠나기로 했다 오버

널 떠나기로 했다 오버

엔진이 툴툴거리는 비행기라도

불시착하는 곳이 너만 아니면 된다 오버

열대 야자수 잎이 스치고 바나나투성일 거다 오버

행복하자면 못할 것도 없다 오버

죽이 끓고 변죽이 울고 이랬다저랬다 좀 닥치고 싶다 오버

원숭이 손을 잡고 머리 위 날아가는 새를 벗삼아

이구아나처럼 엉금엉금이라도 갈 거다 오버

왜 그렇게 쥐었다 폈다 꼬깃꼬깃해지도록 사랑했을까 오버

엔꼬다 오버

(……)

태어나 참 피곤했다

벌어진 입을 다물려다오 오버

내 손에 쥔 이 편지를 부치지 마라 오버

희망이 없어서 개운한 얼굴일 거다 오버

코도 안 골 거다 오버

눅눅해지는 늑골도 안녕이다 오버

미안해 말아라 오버

오버다 오버

— 이윤설, 「오버」 부분

이상해. 늘 이맘때쯤이었는데. 이맘때쯤 아침에 일어나면 "흠. 이거 왠지 추석 기분인걸?" 하는 말이 자연스레 떠올랐었는데. 날은 적당히 건조해지고, 아침저녁으로 기분좋은 선선한 바람. 햇빛 냄새가 밴 잘 마른 수건으로 얼굴을 닦으면 추석날, 이른아침 거리 풍경을 바라보는 것처럼 조금은 낯설고 또 조금은 호기심에 차서 하루를 시작할 수 있었는데. 가을을 예감할 수 있다는 것만으로도 기분이 좋아지고 내가 더욱 예뻐진 것 같았는데. 이상해. 이번 여름은 길어. 냉장고에서 금방 꺼낸 것 같은 아이스티를 아무리 마셔도 가지 않는 여름이라니.

이럴 때 생각나는 음악이 있어. 우리에게는 잘 알려지지 않은 인디 뮤지션. 에레나(Elena). 나의 페이버릿 뮤지션 중 한 명. 2006년에 나온 그녀의 첫 앨범이자 아직도 첫 앨범인 이 앨범의 제목은 〈Say Hello To Every Summer〉란다. 바보처럼 직역하면 모든 여름에게 안녕이라고 해! 쯤 될까? 이때의 안녕은 안부를 묻는 그런 안녕 같지만 에레나의 음악을 듣다보면 어쩐지 헤어질 때 하는 안녕인 그런 느낌. 가벼운 재즈풍의 곡에 보사노바의 흥겨움과 스윙의 고전적인 취향이 빈티지한 편곡 속에 어울려 있는데, 열한 곡 전곡이 못 견디게 다 좋은 그런 앨범이야. 이중에서도 내맘에 가장 드는 곡은 〈입맞춤의 Swing〉이라는 곡. "곧 건넬 듯한 너의 말/무언지 알아/마음이란 단어 따위/말하기 싫어//난 그만 입을 지운 채로/떠들려고 해/아득한 계절 속으로/입맞춤의 스윙" 이런 단순한 가사의 흥겨운 곡인데, 가사는 슬퍼. 슬픈데 밝은 척하면서 세상의 모든 여름에게 인사하는 마음이랄까. 입을 지운 채로 아득한 계절 속으로 지워지고만 싶다면 그건 너무 간절한 슬픔.

그래서 나에게는 지금, 이윤설의 시가 못 견디게 생각나. 이 시인은 어쩌면 이렇게 생생한 감수성을 아직도 갖고 있는 걸까. 그걸 살짝쿵 유치한 것 같으면서도 사랑스럽게, 어쩌면 이렇게 발랄한 상상력과 산뜻한 어법으로 그려내는 걸까. 하지만 속깊은 슬픔이 가득차 있는 그런 시. 「오버」라는 시 어때? 지금 화자는 무전기를 들고 누군가에게 말을 건네고 있어. 장난스럽지? 너와 나, 우리는 "왜 그렇게 쥐었다 폈다 꼬깃꼬깃해지도록 사랑했을까" 이젠 너를 떠나야겠어, 그런 마음인가봐. 전력을 다해 누군가에게 마음을 전부 주었다가 대답을 얻지 못해 완전히 텅 비어버린 상태랄까. 그런데 함부로 울지도 않아. 더이상 희망이 없어서 오히려 얼굴은 개운해지고, 코도 안 골 거고, 늑골도 눅눅해지지 않을 거고, 그렇게 다짐을 해. 마지막이 재미있지? 미안해 말아라 오버, 오버다 오버, 하면서 오히려 내게 슬픔을 안겨준 '너'를 위로하고 있어. 이런 다독임이 장난스럽게 슬퍼.

그래, 여름이 너무 길어서 나는 '엔꼬'가 되어버린 것 같아. 에레나의 음악을 들으며 이윤설의 시를 읽으며 지구 반대편을 떠나가는 상상을 해. 아득하게, 아득하게. 지금 "행복하자면 못할 것도 없"을 테지만 가을이 와야 비로소 개운한 얼굴이 되어 또다시 꿈을 꾸어볼 수 있을 것만 같아. 가을이 와야…… 그런 의미에서 속삭여. 모든, 모든 여름에게 안녕을.

BGM: 에레나, 〈입맞춤의 Swing〉

잘 지낼 수 없지만 잘 지내요 우리
—김소연의 「그래서」

잘 지내요,
그래서 슬픔이 말라가요

내가 하는 말을
나 혼자 듣고 지냅니다
아 좋다, 같은 말을 내가 하고
나 혼자 듣습니다

내일이 문 바깥에 도착한 지 오래되었어요
그늘에 앉아 긴 혀를 빼물고 하루를 보내는 개처럼
내일의 냄새를 모르는 척합니다

잘 지내는 걸까 궁금한 사람 하나 없이
내일의 날씨를 염려한 적도 없이

오후 내내 쌓아둔 모래성이
파도에 서서히 붕괴되는 걸 바라보았고
허리가 굽은 노인이 아코디언을 켜는 걸 한참 들었어요

죽음을 기다리며 풀밭에 앉아 있는 나비에게
빠삐용, 이라고 혼잣말을 하는 남자애를 보았어요

꿈속에선 자꾸
어린 내가 죄를 짓는답니다
잠에서 깨어난 아침마다
검은 연민이 몸을 뒤척여 죄를 통과합니다
바람이 통과하는 빨래들처럼
슬픔이 말라갑니다

잘 지내냐는 안부는 안 듣고 싶어요
안부가 슬픔을 깨울 테니까요
슬픔은 또다시 나를 살아 있게 할 테니까요

검게 익은 자두를 베어 물 때
손목을 타고 다디단 진물이 흘러내릴 때
아 맛있다, 라고 내가 말하고
나 혼자 들어요
　　　　　—김소연, 「그래서」(『수학자의 아침』, 문학과지성사, 2013) 전문

　요즘 김소연 시가 좋아요. 응, 왜 좋을까? 왜 좋지요? 몰라, 뭔가 단단
해졌달까요? 속은 뜨겁지만 냉염하면서도 요염해졌달까요? 그런 기하학

적인 긴장감. 그게 좋아요. 최근에는 잡지에서 이름을 가리고 읽으면 가장 젊은 시인이 쓴 것 같은 시들이 김소연의 시더라구요. 아, 그런 시인은 희귀한데. 나이를 거꾸로 먹는 시인이라니. 맞지요. 그래서 여성 시인들이 좋아요. 남성 시인 중에서는, 미안하지만 나이를 거꾸로 먹는 사람을 못 봤어요. 단언할 수 있을까요? 음…… 아무리 생각해도…… 없는 것 같은데요? (누가 알면 알려줄래요, 쓰다가 시를 떠나거나, 요절한 사람 말고요.) 남성 시인들은 짧은 청춘 뒤에 그냥 다 아저씨가 되는 거 같아요. 슬픈 일이지요.

또한 이런 말은 어떤가요. 어떤 작가들은 상을 받으면 그뒤로 작품이 안 좋아지기도 하잖아요. 인정받았으니까. 인정받았으니까 자기도 모르게 녹아버리는 거예요. 예술가를 길들이는 가장 좋은 방법은 그를 인정해주는 것이라고 하잖아요. 맞아요. 그렇지요. 김소연은 요 몇 년 새 상을 두 개나 받았는데, 이상하지요. 더 어려지고, 더 냉엄해지고 있어요. 여행을 많이 다녀서 그런 걸까요. 주기적으로 이 땅을 떠나서 살다 오잖아요. 그렇게 이 나라의 열망과 욕망을 자꾸만 내려놓는 연습을 해서 그런 거 아닐까요. 버리는 연습이 잘되어서 그럴 수도 있겠구나, 생각해봐요.

그래서 골라봤어요. 이 시, 좋더라구요. 첫 구절부터 좋았어요. "잘 지내요,/그래서 슬픔이 말라가요." 슬픔이 가득한 삶은 힘든 삶이겠지요. 잘 지낼 수 없는 삶이겠지요. 누가 그렇게 살고 싶겠어요. 그래서 나온 말일 텐데, 긍정의 화법으로 묘하게 슬픔을 암시하는 이 목소리가 좋았어요. 하지만 참 이상하지요. 잘 지낸다는 말이 좀 '겸연쩍게' 들려요. 이 말을 하면서도 좀 '부끄러워'하고 있는 것 같아요. 심지어는 '위태롭게' 들리기까지! 물론 위태로움은 감춰져 있지요. 자기가 하는 말을 자기 혼자 듣고 지내는 평화로운 2연으로 바로 연결되니까요. 그렇다면 1연을 잠시 잊고 2연에 오래 잠겨봐요, 우리. 아 좋다. 아 좋다, 라는 말. 특히 이 말에 눈감고 오래 있기로 해요.

　읽다보니 깨달았죠. 전 요즘 "아 좋다"는 말을 제대로 해본 적이 없다는 걸. 대신 "못살아"를 입에 달고 살지요. 처리해야 할 나날의 일들. 무수한 관계들. 끌려다니는 삶. 며칠 전에는 오랜만에 옛친구와 카톡을 하다가 놀라버렸어요. 평범한 대화의 끝에 자기는 지금 '뉴욕'이라잖아요! 뭐야, 미국에 있는 사람하고도 카톡이 된단 말이야? 전 절망했어요. 난 이렇게 서울에서 늙어가고 있는데. 넌 참 좋겠구나. 싹 내다버리고 싶은 카톡. 슬퍼하지 말자. 많은 사람이 그럴걸. 그래, 그렇게 생각하자. 하면서도 파르르, 내가 못살아, 중얼거렸지요. 그래도 나한테는 시가 있으니까. 김소연의 시에 위로받듯이 더욱 빠져들었어요. 김소연을 읽으면서, 내가 나 스스로에게 너무 좋다고 말할 수 있는, 누구에게도 방해받지 않는 완벽한 고립, 완벽하게 자기 충족적인 시간을 눈앞에 오롯이 떠올렸지요. 아 좋아라. 지금은 나만 생각해요. 오로지 나만요. 상처도 없이.

　누구의 안부도 궁금하지 않고, 내일도, 날씨도 염려하지 않는 시간. 아마 시간도 느리게 흐르겠지요. 모래성이, 누군가가 만들어놓은 모래성이 참으로 오랜 파도에 슬로 모션으로 무너지는 장면을 처음부터 끝까지 모두 지켜볼 수 있고. 그런 시간을 가져본 적이 대체 언제였는지요. 노인이 아코디언을 켜는 소리를 그보다 더 오래 들을 수도 있어요!
　그런데 이 시 참 묘해요. 이상해요. 이 도취의 순간에 어쩌자고 "죽음을 기다리며 풀밭에 앉아 있는 나비" 따위의 말이 나오는 걸까요? 게다가 꿈속에서는 "어린 내가 죄를 짓는"대요. 검은 연민에 휩싸일 정도로. 여긴 강렬한 슬픔의 지대. 평화를 위협하는 검은 시간의 기억. 갑작스럽지 않아요? 평화가 죽음으로 연결된다니. 물론 밤과 아침이 지나고 다시 태양이 하늘 높이 떠오르듯이, 그 빛에 빨래가 말라가듯이 밤과 아침의 슬픔도 다시 말라가고 있지요. 그래요. 다시 죽음을 잊어요. 파도가 치는 듯한 리듬, 파도가 치는 듯한 시예요. 이곳은 분명 빛이 좋고, 대기는 시리도록 깨끗한 바닷가일 거예요. 그쵸? 그런 것 같아요. 시인이 말해주지 않아도 저 먼 이국의 바닷가 마을이 그림처럼 떠올라요. 슬픔이여 안녕. 다시 낮이란다. 이 아름다운 낮. 맑은 날. "아 좋다"라고 말할 수 있는 또다른 날인 거예요.

하지만 다음. "잘 지내냐는 안부는 안 듣고 싶어요/안부가 슬픔을 깨울 테니까요/슬픔은 또다시 나를 살아 있게 할 테니까요"라는 말. 제가 앞에서 '잘 지낸다'는 말이 위태롭다고 했던 거 기억나세요? 그래, 그랬지요. 화자는 지금 두렵기도 한 것 아닐까요. 잘 지내는 것은 슬픔이 마른 것이고, 그래서 평화로운 상태이지만 한편으로 그게 죽음의 예감을 거느리고 있는 것은 이 삶을 정직하게, 온 힘을 다해 살아가고 있는 사람에게만 슬픔이 찾아온다는 것을 화자가 이미 알고 있어서가 아닐까요. 김소연만큼 슬픔에 눈 밝은 시인이 없지요. 김소연과 함께라면 잠시 슬픔을 잊을 수는 있지만 슬픔이 없이는 살 수가 없지요. 그러니까 이중적인 거예요. 슬픔이 깊어야 살아 있는 거고, 제대로 사는 것이지만, 그것은 세속의 기준으로는 어쩌면 '잘 못 지내는 거'잖아요. 슬픔이 많아서 힘들고, 슬픔이 깊어서 못 견디는 것. 올바르게 사는 것은 이처럼 어려운 거지요. 맞지요. 그렇지요. 그 어느 누가 지금 이 시대를 통과하면서 혼자만 잘 지낼 수 있나요.

그래서 화자는 지금 이 평화로운 휴식, 슬픔이 잘 건조되는 휴식이 너무 좋으면서도 두려운 거겠지요. 잘 지내냐는 안부를 듣고 싶지 않지만 (평화가 깨어질까봐), 또 한편 간절하게 그런 질문을 듣고 싶기도 하지요. 누구 없어요? 누가 나한테 "잘 지내냐"는 물음을 좀 던져주세요! 놀랍지 않아요? 이 상반된 감정이 일견 단순해 보이는 문장에 결합되어 있다는 것이? 평화와 죽음이, 기쁨과 불안이, 안락과 고통, 쾌락과 책임이, 현재와 현재를 제외한 이 넓은 시간적 지평이 동시에 존재하는 이 세계.

자, 당신이라면 이 시를 어떻게 끝내겠어요? '잘 지내는 쪽'인가요 '잘 지내지 못하는 쪽'인가요? 겉만 보면 화자는 잘 지내는 쪽에 손을 들어준 것 같아요. 그래서 다디단 물이 흐르는 자두를 베어먹지요. 베어먹으면서 "아 맛있다"라고 말하고 "나 혼자" 듣는 자기 충족적인 쾌락에 몸서리를 치지요. 아, 좋고 달아라. 저는 이 선택이 마음에 들어요. 그녀는 너무 오래 윤리에 시달렸거든요. 그녀는 너무 오래 잘 지내지 못하는 쪽으로 살아왔어요. 그것이 타자와 이 세계에 책임지는 일이라고 생각했지만, 이제는 좀 잘 지내도 된다고 저는 생각해요. 보세요. 오늘 이 한 편의 시에서도 김소연은 슬픔에 대해, 잘 지낼 수는 없음의 중요함에 대해 이렇게나 자주 말했는걸요. 그러니 마지막은 이렇게 끝내도 될 것 같아요. 이 사람은 잘 지내라고 해도 마냥 잘 지낼 수 있는 사람이 아니니까. 봐요. 그냥 자두도 아니고 '검은' 자두잖아요. "검은 연민"의 검은색, 〈빠삐용〉의 줄무늬 검은 죄수복을 연상시키는 이 검은색이 들어간 자두이기까지 하잖아요. '정말 잘 지내'와 '잘 지낼 수는 없지만 잘 지내기로 해요'는 달라요. 진짜 시인은 후자의 방식으로 사는 사람이겠지요. 검은색을 통과한 사람. 검은 예감에 시달리는 사람. 김소연이 바로 그런 사람이에요. 곧 다가올 슬픔을 간절히 기다리는 사람. 다만 지금은 자두를 먹으면서 즐거워할 시간. 그래도 되는 시간.

그녀는 말한 적이 있지요. "나는 내 시가 싫습니다. (……) 나는 특히, 요즘의 내 시가 싫습니다. 감수성의 과잉, 시정신의 과잉, 시적이고 미적인 것의 과잉, 태도의 과잉, 진심의 과잉, 이 모든 초과들이 싫습니다. 길 위를 함부로 지나가는 과적 차량처럼 느껴져서 싫습니다. (……) 아이가 되고 싶습니다. 아무것도 모르는 아이가 되고 싶습니다. 아이가 한 발짝 한 발짝 세상을 향해 뒤뚱거리며 걸어다닐 때에나 나올 법한, 그런 노래들을 쓰고 싶습니다. 그래도 된다는 이야기를 누군가에게 간절히 듣고 싶습니다."(『다행한 일들』(제10회 노작문학상 수상작품집), 동학사, 2010) 이제 우리는 감히 말해줄 수 있어요. 당신이 짐을 덜어낸 것이 놀라워요. 당신은 지금 가장 젊은 시인이에요. 그러니 잘 지내도 된답니다. 잘 지낼 수는 없겠지만, 그럴수록 더 잘 지내기로 해요 우리.

BGM: 솔루션스, 〈Ticket To The Moon〉

1부

나중에 유명해질 때까지 기다리기 싫어요
— 김승일의 「멋진 사람」

초인종이 울려서 문을 열었어. 짱깨가 철가방에서 너를 꺼냈지. 너는 그렇게 태어난 거야. 고모가 자주 하는 얘기. 나는 그 얘기를 너무 좋아해서 듣고 듣고 또 들었다. 나만 그렇게 태어났지? 이것은 오래된 바람.

내가 배달된 해에, 할아버지가 둘 다 죽었다. 집안에 큰 인물이 태어나면 초상이 난다지. 이것 역시 내가 정말 정말 좋아하는 이야기. 나는 얼마나 유명해질까? 기대가 된다. 그러나

손금이 평범해서 나는 울었지. 그래도 손금이 평범하다고 우는 애는 나밖에 없을 거야. 있으면 어떡해? 조금밖에 없을 거야. 그렇지? 실컷 울었더니 손금이 변했어.

지하철 선로로 뛰어들었다. 나는 평범함보다는 평평함이 좋아. 모르는 사람들이 나한테 화를 냈다. 괜찮아요. 열차가 오려면 십 분 남았어. 나는 이목을 끄는 사람. 나중에 유명해질 때까지 기다리기 싫었어요. 어쨌든

—김승일, 「멋진 사람」(『에듀케이션』, 문학과지성사, 2012) 부분

만화 『이나중 탁구부』를 처음 봤던 옛날이 떠오른다. 지하철을 타고 가고 있었는데 10초 간격으로 입술을 깨물면서 땀을 흘려야 했다. 배가 아팠나? 너무 웃겨서 그랬다. 내게 이 계열의 만화는 『멋지다 마사루』 『삐리리 불어봐 재규어』 『돌격!! 크로마티고교』 『괴짜 가족』 등으로 이어졌다. 그러다가 최근에 알게 된 것이 『개그만화 보기 좋은 날』. 이 만화 역시 지극히 키치적인데다가 아무 의미도, 맥락도, 개념도, 교훈도 없이 황당하게 웃긴다.

이런 식이다. 미래의 어느 날, 한 남자가 결혼 상대를 찾다가 소개소에 전화를 건다. 혹시 여성형 로봇이라도 괜찮겠냐는 질문에 그만 그렇다고 대답해버리고 만다. 남자는 기대에 가득차 중얼거린다. "어떤 로봇이려나. 귀, 귀여운 걸까? 사랑해주겠어 이 자식♡" 벨이 울리고 "안녕하세요, 섹시 보디의 라브에예요"라는 기척이 들린다. 볼이 붉어져 달려나가보니 상하 대칭 2단 몸통을 소유한, 깡통 로봇 수준.

「명탐정인걸! 우사미」 에피소드는 어떤가. 주인공 우사미(토끼)네 반 누군가의 수영복이 없어진다. 원피스형 파란색 여자 수영복이다. 동물 초등학교 4학년 1반 친구들은 모두 걱정하며 우사미를 바라본다. 우사미 곁에는 늘 '쿠마키치'(곰)가 동행하며 마치 홈스 곁의 와트슨 박사처럼 우사미의 추리를 내레이션화한다. 이번에도 쿠마키치군은 우사미의 추리 순간을 과장된 행동으로 부각시키며 어쩌구저쩌구 설명하는데 우사미의 강렬한 캔디 버전 눈동자가 찾아낸 것은 파란색 여자 수영복을 입고 있는 쿠마키치(곰). 다음 장면은 오랏줄에 묶여 경찰에 연행되는 쿠마키치와 그를 배웅하는 반 친구들의 모습이다. 이게 뭐냐고? 이런 만화들은 이게 뭐냐 도대체! 하면서 사람을 웃긴다(물론 변화한 우리의 젠더 감수성의 측면에서 보자면 걸러내야 할 장면이 많은 것도 분명하다). 궁금한 사람은 반드

시 크게 웃을 수 있는 방에서 전 에피소드를 보시라. 특히 「종말」편과 「안 오잖아! 가정교사」 「소드 마스터 야마토— 오타」편은 꼭 챙겨 보시길.

시에서도 이런 식의 황당 개그가 가능할까? "사랑해주겠어 이 자식♡" 과 같은 식의 언어 운용이 가능할까? 에이, 시는 뭔가 착하고, 혼자 슬프고, 세상 고통을 다 겪은, 쓸데없이 무거운 애들이나 쓰는 거 아냐? 이런, 시도 모르는 것들. 김승일의 시는 조금은 다른 것 같다. 시적 화자는 어린 시절 자신이 자장면 배달원의 철가방에서 배달되었다고 믿는 소년. 이처럼 유치하고 황당한 출생 비화를 믿고 싶은 것은 자신이 그만큼 특별하다는 것을 증명할 수 있기 때문이다. 그리하여 자기가 태어날 때 할아버지 두 분이 돌아가셨다는 말을 들어도 전혀 슬퍼하지 않는다. 참으로 불경하다. "집안에 큰 인물이 태어나면 초상이 난다"는 말을 믿고 있어서 오로지 자기가 언제 큰 인물, 멋진 사람이 될까만을 생각하기 때문이다. 하지만 평범한 손금은 어떡해. 시적 화자는 슬퍼서 펑펑 울지만, 여기까지라면 황당하지도 않겠지만, 소년은 기어이 지하철 선로에 뛰어든다. 손금이 평범하다면 나 스스로 유명해지겠어! 하는 것 같다. 대책 없다. 너 누구니. 너 거기서 뭐하니. 죽을지도 모르니까 빨리 나와…… 싫어요. 나중에 유명해질 때까지 언제 기다려욋! 이렇게 유치하고 뻔뻔하고 이기적인 캐릭터라니. 그래서 이 시는 묘한 흥분과 웃음을 준다.

BGM: The Bird And The Bee, 〈Heard It On The Radio〉

정체성, 그것이 전복인 시대가 되었다니

최근의 문학잡지를 일별해보면 어느덧 시간의 완력이 느껴진다. 10여 년 전, 뜨거운 에너지를 내뿜으며 처음 등장했던 새로운 시인들의 작품은 여전히 활발하게 발표되고 있고, 여전히 매혹적이지만, 마치 토요일 한시에 시작한 결혼식이 끝나고 피로연의 뷔페 손님들마저 하나둘 떠나가는 오후 세시 오십분 무렵의 나른함이 감지되는 것도 사실이다. 다음 결혼식이 있을 거라고 믿었는데 어째 뷔페로 들어오는 하객들은 새 결혼식의 이른 손님들이 아니라 이미 끝난 결혼식의 뒤늦은 하객들처럼 보인다.

예를 들어 "시는 유한의 작은 영역을 품고 있으되 그 바깥으로 무한히 개방되어 있다. (……) 무한이야말로 시의 역량이며 시가 탄생하는 자리인 것이다. 시는 무한히 말한다"[1]라는 문장을 읽을 때, 선의와는 별개로, 어쩐지 겸연쩍은 느낌이 드는 것은 왜일까? 시는 정말 무한한 걸까? 만약 2005년이었다면 이 비평적 레토릭은 새롭게 속속 등장하는 시인들의 실제적 에너지와 결합하여 한국 시의 새로운 영역이 갱신되는 감각적 즐거

---

1) 권혁웅, 「시는 무한히 말한다」, 『포지션』 2014년 겨울호, 24쪽.

움으로 충분히 설득이 되었겠지만 손목에 붙여둔 뷔페 스티커를 문득 확인하게 되는 2015년 토요일 오후 세시 오십분의 감각으로는 '무한'에 대한 이 기대가 잘 받아들여지지 않는 측면이 있다.

2005년을 전후로 등장한 젊은 시인들은 대체로 '쉽게 명명하거나 도식화할 수 없고, 뻔하게 전달되지 않으며, 손쉽게 소통되지 않고, 의도 속에서 작동하는 다차원의 의도, 이면에 놓인 다른 의미와 감각'[2]을 발굴하고, 발명하고, 개방하는 데 많은 공을 세웠다. 이는 사실상 전세대에 비해 사회적 진출이 점차 어려워지는 사회·문화적 지체 현상과 맞물려(경제 위기는 사라진 것이 아니라 계속 심화되고 있었다) 한국 문화의 전성기라고 할 수 있는 1990년대를 청년기로 통과한 세대의 개별적 취향 축적이 만나 빚어진 독특한 결과물이었다. 이들로 인해 우리 시 화자의 연령대가 대폭 어려졌고, 너는 나와 다르지만 너를 인정한다는 취향의 시대가 열렸으며, 결과적으로 시의 폭과 품은 놀랍게 넓어졌다고 적는 것은 이제 거의 지루한 동어반복이 되어버렸다. 지루한 이야기를 조금만 더 해보자면, 혼종성, 실재, 환상과 무의식 등 다양한 차원에서 이들의 성과를 개념화할 수 있겠지만 정체성의 문제와 연결지어보자면 아마도 '탈주체'(정확히는 '탈자아'겠지만) 혹은 '혼종적 정체성'의 등장 정도를 꼽을 수 있을 것이다.

즉 이들은 '나는 누구인가'라고 하는 문제보다는 '나는 나를 벗어나는 무엇이 될 수 있는가'의 가능성에 더 많은 애정을 쏟았다. "눈을 감고 계속 걷는다면 나는 어디에 이를까"(이근화, 「꿈의 구장」, 『칸트의 동물원』, 민음사, 2006)를 꿈꾸거나 "우리들은 사랑스럽고 드디어 모호해진다"(김행숙, 「한 사람 3」, 『이별의 능력』, 문학과지성사, 2007)와 같은 문장을 쓸 수도 있었고, "방을 밀며 나는 우주로 간다"(김경주, 「우주로 날아가는 방 1」, 『나는 이 세상에 없는 계절이다』, 랜덤하우스코리아, 2006)는 상상력도 어색하

---

2) 권혁웅, 같은 글, 12쪽 참조.

지 않았다. 스스로에 대한 자부심이 없다면 이런 문장들이 가능했을까? 이는 또한 '무한한 나'를 만나는 레드 카펫이었으며, 비록 섬세한 일상 감각의 표현들이 두드러질 때조차도 결과적으로 이들 세대의 작품에서 두루 발견되는 쾌적하고 야심만만한 공통적 감각의 자장 안에서 움직였다고 봐야 한다. "제가 등단했을 때 같이 문학을 공부하던 친구가 '이런 방식으로도 시를 쓸 수 있다면, 나도 시를 포기하지 않아도 되었을 것 같아'라는 말을 하더라고요."[3]라는 말은, 선배 세대와는 다른 일상 감각을 언어화하는 데 골몰했던 세대가 마침내 자기 감각에 어울리는 다양하고 풍부한 언어를 집단적으로 쏟아냈던 시절을 호의적으로 증언하는 말로 받아들여도 무리가 없을 것이다.

나로부터, 여기로부터 멀어지는 일은 실상 '가능성'의 다른 말이었다. 자기 정체성의 불확실성에서 오는 불안이 없었다고는 할 수 없지만 그것조차도 낯설고 이상한 감각을 이끌어내는 미적 에너지로 전용할 수 있었던 이유는 무슨 일이 있어도 상상력의 자유만큼은 이제 다시 억압되는 일이 없을 거라는 낙관적 시대 분위기 때문이었다. 더 나은 세상이 오리라는 무의식적 기대가 없다면 지금 겪어야 할 정체성의 불안은 파괴적 고통에 머물 뿐 너그러운 유희나 상상력의 대상이 되기 힘들다. 민주 정부 10년의 정치적 변화는 상상력의 활력뿐만 아니라 경제적 진보 역시 당연한 것으로 꿈꾸게 만들었다. 실물 경제 상황이 결코 좋은 것은 아니었고 젊은 세대의 사회 진출은 지속적으로 늦춰지고 있었지만 어쨌든 다시 나빠지지는 않으리라고 하는 시대적 기대감과 생기가 없었다면 그토록 다양한 젊은 시인들의 미적 시도가 장려받고, 동시대 독자들에게 사랑받고, 더 멀리 펼쳐지는 것 또한 분명 어려웠을 것이다.

그러니, 문제는 이런 것이다. 10년이 지난 지금은 뭔가 달라지지 않았

---

3) 황현산·함성호·하재연, 「소통·타자·감각」, 『현대시』 2014년 12월호, 38쪽, 하재연의 말.

는가. 그것도 많이 달라지지 않았는가. '시의 무한'이 여전히 가능하리라는 말 앞에서 겪는 이 뒤늦은 겸연쩍음의 정체가 뭐냐는 말이다. 과연 오늘의 시대 감각 안에서도 '탈주체' 혹은 '혼종적 정체성'이, 경계를 넘고, 시의 가능성을 갱신하며, 미학적 새로움과 함께 윤리적 정당성까지 확보하고 있는가? "지금 문제가 되는 것은 부유한 자들은 이곳저곳 돌아다닐 수 있는 반면, 가난한 자들은 한군데 붙박여 지낼 수밖에 없다는 점이다. (……) 부유한 자들은 전 세계적인 차원으로 살아가고 가난한 자들은 국지적인 차원으로 살아가고 있다."[4] 이 말을 떠올려본다면, 2015년 현재, 결과적으로 이곳과 저곳을 넘나들며 탈주체와 혼종적 정체성을 마음껏 향유하는 일은 불행하게도 가난한 '시인'들이 아니라, 시인들을 따라 읽으며 감각을 확장했던 독자들이 아니라, 대다수 노동자들이 아니라, 유일하게 '부자'에게만 허용되는 시대가 되어버렸다고 해도 과언이 아니다. 그렇다면 미학적 상상력을 지칭하는 용어가 현실 정치의 변화 앞에서 억압당하거나 일정 정도 무력화된 상황에 이르렀다고 말해야 하는 건 아닐까? 아주 단정하지는 않더라도 최소한 그런 영향에 대해서도 함께 성찰해야 하는 것은 아닐까?

물려받은 부(富)가 없이 자신의 노력만으로 일정 수준 이상의 사회적 삶을 유지하기란 대단히 어려운 일이 된 지 오래다. 고용 없는 성장이 고착화되고 대다수의 사람들이 자신의 의도와는 상관없이 '고정되지 않는 정체성—비정규직'의 상태에 강제 수용된 것에 대해서도 이야기해야 한다. 지상에는 자신의 자리가 없어 공장 굴뚝으로 올라간 어떤 사람에게 가장 중요한 문제는 공장 안으로 돌아가 다시 '노동자'가 되는 것이다. '비-노동자'로 자유롭게 사는 것이 아니라 '노동자'라는 이름표를 갖고 살게 해달라는 바람을 갖고서 말이다. 한때 일본에서 '프레카리아트(불안정

---

4) 테리 이글턴, 『이론 이후』, 이재원 옮김, 길, 2010, 40쪽.

한 노동자 계층)'가 새로운 노동 운동의 세력으로 각광받은 적도 있지만 그것은 조직화를 전제로 하여, 알바만으로 생활이 가능한 일본 사회에서 나 가능한 것이었으며, 그것도 잠시, 이제 프레카리아트는 외국인이나 이주 노동자 등 사회적 약자에게 오히려 적대적인, 가장 잠재-폭력적이고 불안정한 계급을 가리키는 전 세계적인 용어가 되었다. 이제 막 사회에 진출하는 이십대들은 미래를 꿈꿀 여력도 없이 이 계층에 편입되어 평생을 그렇게 살 확률이 급속도로 높아지고 있다.

탈주체와 혼종적 정체성은 이미 깊은 내상을 입었다. 나는 그렇게 생각한다. 절박해진 문제는 당장 살아남는 것, 살아남기 위한 '정체성의 획득'이다. 부자가 되겠다는 것도 아니다. 많이 받지 않아도 좋으니 안정적으로 살고 싶은 간절한 비명. 기본 소득 보장 운동에서도 알 수 있지만 삶 자체가 뿌리째 흔들리고, 미래 역시 불확실성으로 점철된 세상에서는 '안정적이고 기본적인 삶'에 대한 요구가 우리 시대 어떤 구호보다도 더욱 절박하고 긴요한 정치적 요청이 된 것이다. 불과 10년 사이에 '고정된 정체성'을 요청하고 획득하는 일이 역설적으로 가장 정치적이고 급진적인 일이 되다니. 우리에게 도대체 무슨 일이 벌어진 걸까. "오늘날 몇몇 문화 이론에서 급진주의의 최신 유행으로 통용되는 것이 바로 이러한 안정된 정체성의 결여이다. 정체성의 불안정성이 '전복적'이라…… 사회에서 내쳐지고 무시당하는 사람들에게 이 주장을 시험해보면 정말 흥미로울 것"[5]이라는 좌파 문화 이론가·비평가의 말은 서구의 문화 이론에만 적용되는 말이 아니라 지금 한국 시가 처한 딜레마를 역설적으로 보여주는 잔혹한 농담처럼 들린다.

혼종적 정체성, 탈주체의 모험은 대다수 사람들의 삶이 안정적으로 유지될 때, 그 안정적 삶이 때로 상상력의 빈곤, 세속적 물질주의, 권위주의

---

5) 테리 이글턴, 같은 책, 33쪽.

적인 소통, 고리타분한 가족주의 혹은 위장된 국가주의로 개인을 억압하면서 변질될 때 대항적 의미를 지닌다. 그러나 대다수의 삶이 불안정해진다면 이야기는 달라진다. '사회에서 내쳐지고 무시당하는 비자발적 난민'이 넘쳐나는 이 시대의 혼종적 정체성이란 그 미학적 가능성과 성취, 앞선 세대와의 차별점에서 만들어지는 윤리적 정당성과는 별개로, 시대 감각이라는 좌표를 놓고 보자면 예전만큼의 폭발력을 갖는 것은 이제 상당히 난감한 일이 돼버린 것이다. 슬프게도 말이다. 미학은 따로 제 길을 가면 되는 것 아닌가. 그런 측면이 있을 것이다. 세상의 변화와는 별개로 시는 제 길을 가도 된다. 아마 이미 1980년대와 1990년대를 경험하고 2000년대의 시적 현장에서 오히려 더욱 제 가치를 인정받은 선배 시인들은, 세상이 뭐라 해도 그저 자기 시를 쓰다보면, 시절은 다시 바뀌고, 감각은 또 바뀔 것이니, 걱정하지 말고 원래 쓰던 대로 가라고 말하기도 할 것이다. 맞는 말이다. 모든 시인들을 현실 앞에 줄 세울 필요는 없다. 그러나 한 가지 분명한 것은 아무리 미학과 정치를 구분해서 상상해보려 해도 탈주체, 혼종적 정체성 같은 용어들의 시대적 효용이 (잠정적으로 또는 어느 정도는) 일단락되었다는 생각을 피할 수는 없다는 점이다.

더욱 주목할 것은 '정체성의 정치'가 오히려 전복적인 힘을 발휘하며 더욱 중요해지는 이 시점에서 최근 유의미한 문학적 성취와 이슈를 주도하는 세대가 이제 막 등단하거나 첫 시집을 내기 시작하는 1980~1990년대생 젊은 시인들이라고 말하기에는 망설여지는 면이 있다는 사실이다. 새로운 세대가 변화한 시대의 주역이 되지 못한다는 것은 특이한 일이다. 이에 대해서는 조금 더 애정 어린 고민과 글이 뒤따라야 할 것이다. 그렇다고 해서 2005년을 전후로 등장한 1970년대생 시인들이라고 말하기도 어려운데, 이들이 보여주었던 화법은 어느덧 주류 문법이 되었고, 그 미학적 갱신이 더이상 이루어지지 않는 상황에서 오히려 1965~1970년에 태어난 시인들의 활약이 두드러지는 것은 매우 독특한 현상이라고 여겨진다.

일단 심보선, 김소연, 이영광, 진은영 정도를 꼽을 수 있을 텐데, 스펙트럼상 1970년대생과 부분적으로 겹치거나 반보 정도 앞선 세대의 시인들이라고 할 수 있겠다. 이 세대의 시인들은 1980년대 말 격렬한 정치적 파토스의 시대를 겪은 세대임과 동시에 2000년대 후배 시인들의 시적 폭발을 가장 근거리에서 경험한 세대이기도 하다. 이들은 시단의 활동 이력이 길지만 비교적 2000년대 시인들과 같은 장에서 본격적인 활동을 펼쳐왔고, 사회·정치적 이슈에 민감하게 반응하고, 정치적 의사 표명에 낯설어하지 않으며, 현장에서 사람들을 만나고, 동시에 이를 언어화하는 작업에서도 기존 방식을 타성적으로 되풀이하기보다는 새로운 시도를 하려는 쪽에 속한다.

이중에서도 이영광 시인의 성취는 눈에 띄는 바가 있다. 그가 『현대시학』 2014년 11월호에 발표한 「수학여행 다녀오겠습니다」라는 시는 10월 25일 광화문 광장 낭독회 현장에서 낭송된 시이기도 하다. "돌아가야 해요, 꿈꾸고 꿈꾸던 괜찮아지던 힘든 곳으로,/끝내 와주지 않던 그, 나라라는 곳으로 돌아가야 해요/무엇보다, 울고 있는 엄마에게로 울고 있는 아빠에게로//돌아가고 싶습니다/수학여행 다녀오고 싶습니다/수학여행 다녀올게요/수학여행 다녀올게요"로 끝나는 이 시는 반복되는 강렬한 언어가 지닌 감동과 주술적 통증, 못다 한 애도, 지속되는 애도의 정치적 파급력이 결합된 강력한 작품이다.

하지만 내가 강조점을 두어 생각하는 것은, 조금 억지를 부려보자면 이런 것이다. 이영광이 쓴 것과 같은 이런 시를, 2005년을 전후로 등장한 1970년대생 젊은 시인들이 쓰기는 어려웠으리라는 점 말이다. 시도도 잘하지 않으려 할 뿐만 아니라 시도를 한다고 해도 의미 있는 작품이 나오기는 힘들지 않느냐 하는 생각이 든다. 아마도 지금 시대가 요구하는 것과는 배치되는 이들의 미적 자질 때문이리라. 자연스러운 애도가 고의로 지연되고 왜곡되는 시대, 시인들에게 가장 강력하게 요청되는 자질은 바로 '연대의 감각'과 '우울증적 합체의 정서'다. 상실한 대상을 떠나보내지 않고 끌어안아야 하며, 자기 학대의 모멸감에 시달리면서도 자아와 합체 시키고, 벌거벗겨진 타인이 건네주는 고통을 의연히 나눠 받으며 같이 앓아야 한다. 그러나 이들 1970년대생 시인들의 시적 화자들은 끈적한 인력보다는 비판적 척력에 민감하고, 동일성에 기반한 우울증적 합체보다는 비동일성의 아득한 개별적 감각에 최적화되어 있다. 또한 사태를 비틀어 향유하고 다르게, 감각적으로 말하는 법에 익숙하다. 자기 안의 타자와 타자성에는 오히려 익숙하지만 삶의 공간에서 실제로 대면하는 타인에게는 무관심하거나 취약한 면이 있다. 특히 문화나 취향이 매개되어 있지 않은 관계를 난감해하는 경향도 지적할 만할 것이다.

이런 와중에 지속적으로 발생하는 지금 현실 속 이 무수한 난민을, 벌거벗겨진 날것의 상태로 만나 공감하면서 연대하기란 쉬운 일이 아니다. 그러니까 지금 시대는 이들에게 이들이 별로 갖고 있지 못한 자질을 요구하고 있는 것이다. "근대 예술 안에 각인된 예술적 위계를 파기하며 예술적 능력의 평등이라는 공리를 실현"[6]하는 일이 이 세대에게도 보편적으로 가능한 일일까? 이들이 과연 예술적 능력의 평등에 흔쾌히 고개를 끄덕이며 자기 재능을 교환 가능한 재화로 제공할 수 있을까? 교환이 가능하려면 일정 정도 엘리트적 예술관을 포기하고 '무한한 나'에 대한 몰입과 자기애를 내려놓아야 한다. 그래야 타인이 들어올 수 있는 공백이 생긴다. 쉽지 않은 일이다. 진은영이 제안하는 '공리'를 실현하기 위해서라면 이들을 이들로 만든 시적 자질은 상당 부분 포기되어야 하기 때문이다.

아마도 황병승이라면 "나쁜 새끼는 나뿐인 새끼, 나밖에 모르는 새끼"(「내일은 프로」, 『육체쇼와 전집』, 문학과지성사, 2013)라며 고개를 젓다가 술집을 향해 달려가버릴 것 같고, 김이듬이라면 "네 미래는 이미 결정났

---

6) 진은영, 『문학의 아토포스』, 그린비, 2014, 7쪽.

어/제발 자라지 마/내 몸에서 떨어져/오토바이 뒤에 타고 다니며 별짓을 다할 때도/제발 내 몸밖으로 나가 나가 나가"(「언령(言靈)이 있어」, 『히스테리아』, 문학과지성사, 2014)라고 외치며 뒤로 나자빠질 것 같다. 김언이라면 "누구 눈에도 띄지 않는 복장을 상상한다는 것/그건 발견, 그건 발명, 그건 우스갯소리/말을 바꿔가며 증명할 수 있다는 것/경험을 말할 수 없지만 웃음은 이미 터졌다는 사실/그때의 나를 볼 수 있다는 것/8시에 시작하고 9시에 끝난다는 것/아니면 다른 집에서"(「문학의 열네 가지 즐거움」, 『소설을 쓰자』, 민음사, 2009)라고 계속 말을 바꾸면서 유령처럼 빠져나가고, 끝내 모든 폭발을 지연시킬 것 같다. 이것은 결코 비난이 아니다. 이들 세대의 시적 개성이 빚어내는 사태에 관한 객관적 기술을 시대적 변화와 마주보게 배치해보았을 뿐이다.

법을 조롱하며 그 억압성을 고발하고, 마음대로 뛰어넘고 한계 없는 상상을 꿈꾸는 시대가 아니라 법의 힘이 공명정대하고 강력하게, 보편적으로 발휘되기를 기도해야 하는 시대에 우리는 살고 있다. 한국 시가 10년간 꿈꿔온 미래는 모두 다 헛것이었을까. 그렇지는 않을 것이다. 그 성취는 분명 축적되어 다음 세대로 전수될 것이고 호명받지 못한 감각은 잠재되어 있다가 홀연 다른 계열을 만들면서 한국 시의 활력을 새롭게 접붙이며 나타날 것이다. 그러나 아마도 이들 세대의 꿈은 당분간 잠행을 해야 할 것 같다. 다만 벌거벗은, 몫 없는 자가 목소리를 내며 이 세대 앞에 등장할 때, 아니 마침내 이 세대가 미래를 완벽하게 박탈당한 채 몫 없는 자가 되어서 누군가에게 자기 목소리의 기입을 울면서 간청해야 할 때, 그때도 이 달아나는 혼종적 주체들은 전복적일 수 있을까? 이제 이 지점에 대해서도 고민해야 할 때가 온 것이 아닐까 싶다. 정체성, 그것이 전복인 시대가 되었다니 이렇게 비참한 일이 있을까, 라고 이들은 말할 것만 같다. 나는 고개를 저으려다가 그만 끄덕이고 만다.

기대가 사라져버린 시대의 무기력과
희미한 전능감에 관하여
—2010년대 젊은 시인들의 한 경향

1. 룸펜 프롤레타리아—시코쿠

되짚어보자면 황병승의 '여장남자 시코쿠'는 한국어 이름을 갖지 못했다는 면에서 명백하게 자본주의 사회의 '잉여'로 변두리에 축적되기 시작한 청년 세대의 등장을 징후적으로 보여준 캐릭터였다. 자기가 속한 사회의 누구도 제 가치를 알아주지 않을 때, 실패한 자가 비유적으로 자기 스스로를 '이방인' 같다고 말하듯이, '시코쿠'는 그 소외감과 분노를 세대론적으로는 어른들의 기성 문화에 반대되는 청년 문화의 위치로, 젠더의 측면에서는 이성애자와 어긋나는 동성애 혹은 트랜스젠더의 위치를 점유하고, 인종적으로는 한국인이라는 정체성에 반하는 일본인-외국인이라는 정체성을 지닌 독특한 하위문화적 주체[1]로 구현해냈다. 놓치지 말아야 할 것은 계급적 관점에서 '여장남자 시코쿠'의 발화 자체는 '룸펜 프롤레타리

---

1) "하위문화의 주체 형태는 계급론적으로는 노동자/룸펜(하층) 프롤레타리아의 위치를, 세대론적으로는 부모들의 기성 문화에 반대되는 청년 문화의 위치를, 성애론적으로는 이성애에 반대되는 동성애의 위치를, 인종적으로는 백인 정체성에 반대되는 유색(혼혈인) 정체성의 위치 속에서 형성된다."(딕 헵디지, 「역자 서문」, 『하위문화』, 이동연 옮김, 현실문화연구, 1998, 8쪽)

아 청년의 고백'이었다는 점이다.

황병승의 시적 주체들은 노동 시장에 진입조차 하지 못한 잉여로, 도시의 중심부가 아니라 변두리, 혹은 수도권 외곽 지역에서 대체로 할일 없이 마을을 어슬렁거리거나, 정상적인(?) 연애를 하거나 가정을 갖는 데는 실패하고, 치정이 얽힌 살인 사건에 연루되기도 하며, 냄새나는 어른-아저씨들의 세계를 혐오하지만 동시에 어른이 되는 것을 두려워하기도 하다가, 마침내 자신이 사는 마을에 온통 불을 지르고 그 불 속을 걸어가는 폭력적인 장면을 연출하는 자이기도 했다. 지배 계급의 입장에서라면, 이것은 전형적인 하층 계급 범죄자의 서사이지만, 몰락해가는 한국 자본주의의 잉여로 스스로를 자각해나가기 시작한 동세대 청년들에게 '시코쿠'는 그야말로 자신들이 분명 감각하고는 있으나 표현할 수 없었던 사회적 분노와 감수성을 처음 가시화해낸 매력적인 가공의—그러나 지극히 현실적인 캐릭터였다.

물론 이런 의문도 들 것이다. 룸펜 프롤레타리아라면 대체로 한국 시의 시적 주체가 점유해온 계급적 위치 중 한곳은 늘 이곳이 아니었나? 장정일과 박남철을 떠올려본다면 선뜻 그런 생각에 동의할 수도 있겠으나 그들의 작품에는 언제나 '룸펜-프롤레타리아'만큼이나 '룸펜-지식인'이라는 자의식이 강하게 작동했고, 때문에 자본주의 사회의 잉여로 자신을 인식할 때조차 무비판적 대중과 사회에 대한 이데올로기 비판과 문화적 자존감을 내장하고 있었다. 따라서 계몽적 시각을 거부하는 황병승의 감각과는 차이가 있다. 박노해와 백무산은 어떠한가? 이들은 명백히 각성된 프롤레타리아 주체였으며 당면한 계급적 모순을 직시하려는 투사이기도 했기에 이들의 자산을 이어받은 사람들에게는 아예 노동 의지가 없고, 사회 구조에 대한 비판 의식보다는 어른들에 대한 반발감만을 내장한 채, 계급 투쟁에는 생각이 없거나 비우호적이며, 사적인 문화 취미에 탐닉하고, 사고나 치고 다니는 불량한 '시코쿠'가 어떻게 보였을지 상상해보는 것은 어렵지 않다. 황병승의 시가 처음 등장했을 때 한국 시의 한 축을 점유해온 주체, 즉 '농촌에서 도시로 상경한-기성세대-노동 계급' 혹은 '프티 부르주아-지식인'이 보여준 '시코쿠'에 대한 반감은 바로 이러한 맥락에서 충분히 이해해볼 여지가 있다.

2. 상승하는 중간 계급―감정 귀족주의자의 등장

한편, 2000년대 한국 시에는 또 하나의 새로운 계급이 등장했는데 이를 대표하는 시인들이 바로 이장욱, 김행숙, 이근화, 하재연[2]과 같은 시인들이었다. "아름다움에 예민하지만 결코 격정적으로 과장하지 않으며 기품과 절제된 스타일, 자기 자신이 스스로에게 강제한 내적 규율을 수행하면서 신체와 행동을 미분하여 유려하게 제어할 줄 알고, 주술 호응을 비틀어 비문에 가까운 새로운 문장을 구사하여 이상한 감각을 만들어내는 일군의 시인들. 나르시시즘과 우아함을 추구하며 경제적이고 실용적인 삶을 추구하는 대중과 거리를 두었던 사람들"[3]이 등장한 것이다. 표면적으로 보자면 이들의 언어적 스타일과 계급적 성향은 황병승과는 상당히 달랐다. 무엇보다도 이들은 '감정의 귀족주의자들' 혹은 '감각의 귀족주의자들'이라 불릴 만했다. 1980년대를 '치욕'이라 명명했던 최승자의 용법을 빌리자면 이들 젊은 시인들에게 2000년대의 지배적 감정 상태는 아마도 '아득함' 내지는 '우아함'이라고 말할 수 있으리라. 이들의 시에는 끈적한 '청승'이 없었으며, 자기 학대도 없었고, 운명론적 체념 또한 없었으며, 대신 가벼운 우울과 지적 회의주의의 태도, '나'를 확장시키는 아득하고

---

2) 이 명단은 더욱 길어질 수 있다. 또한 이중에서도 김행숙은 나머지 시인들과 파토스의 결이 조금 달랐다. 훨씬 격하고 거친 데가 있다고 해야 할 것이다.

3) 박상수, 「귀족 예절론―감정의 귀족주의자들」, 『귀족 예절론』, 문예중앙, 2012, 67~76쪽을 참조하여 재정리.

우아한 감각들이 풍부하게 두드러졌다. 놀라운 시대적 격차다. "나는 2분간 담배연기. 3분간 수증기. 2분간 냄새가 사라지는데/나는 옷을 벗지. 저 멀리 흩어지는 옷에 대해/이웃들에 대해/손을 흔들지"(김행숙, 「이별의 능력」, 『이별의 능력』)와 같은 자유로운 감각은 이들의 선명한 장기였다. 체험적으로 회고해보자면 이들이 보여준 언어적 스타일은 이후 하나의 커다란 유행이 되었으며 등단을 준비하는 예비 시인들에게도 강력한 영향력을 행사했다. 신인상 심사 자리에서 예비 시인들이 전범으로 삼는 시인들로 이들의 이름이 자주 거론되었던 것은 물론이다.

　무엇이 사람들을 끌어들였던 것일까. 상상적으로 재구성해본다면 이장욱, 김행숙, 이근화, 하재연의 시적 주체는 "87년 이후 민주화 과정에서 교육과 부동산을 통해 부를 축적하기 시작한 중간 계급"[4]의 후예로, (물론 중간 계급의 신분 상승 신화는 IMF 이후 상당히 무너졌지만) 대학 교육을 통한 계급 이동 가능성이 잔존했던(그랬다고 믿어졌던) 시기에 고등교육을 받았던 '상승하는 중간 계급'에 해당된다. 이 시기의 많은 선배 시인은 젊은 시인들의 학력이 이렇게 높아져도 되는 것인가에 대한 염려를 쏟아내기도 했다. 학부 졸업에 그치지 않고 석사와 박사 학위를 받는 시인들이 급속도로 늘어나기 시작한 것이다. 여기에는 이유가 있다. 1990년대 초중반까지만 해도 대학 졸업의 학력으로도 충분히 취업이 가능했지만, 2000년대로 넘어오면서 사정은 완전히 달라졌다. 사오십대 노동 인구의 이른 명예퇴직과 함께 자영업의 경쟁은 심화되었으며, 청년 실업 또한 빠른 속도로 증가하고, 안정적인 일자리가 질 낮은 비정규직으로 대체되는 상황에서 경제적 부를 축적하여 신분 상승을 꾀할 수 없는 중간 계급의 입장에서 '유일'하게 노동 안정성을 확보하고 계층 이동의 확률을 높일 수 있는 대안이 그나마 대학 교육이었던 것이다. 학력과 가장 거리가 멀 것이라는

4) 이택광·박권일 외, 『우파의 불만』, 글항아리, 2012, 28쪽.

통념에 시달리는 시인들이 오히려 더 높은 학력(혹은 학벌)을 취득할 수밖에 없었던 것은 그만큼 한국 사회가 살기 힘들어졌다는 뜻이며, 청년 세대의 다양한 사회 진출이 점점 더 어려워지고 있음을 방증하는 것이라 하겠다.

이렇게 보자면, 변화한 조건 속에서, 앞선 세대보다 학력 자본이 높아진 이들 젊은 시인들에게는 노동 계급으로서의 정체성이 아니라 중간 계급의 자의식이 깔려 있었다고 보는 편이 옳다. 게다가 부모가 축적한 경제적 부를 기반으로 1990년대라는 문화적 황금기를 통과하고 물질적으로 비교적 풍족한 청년기(당시에는 그것이 당연한 것이라고 생각해 별다른 자각은 없었을 것이다)를 보낸 이들은 대학이라는 울타리 안에서 점점 하강해가는 사회적 분위기를 일정 정도 관망할 수 있게 되었다. 비록 현실적 조건들은 계속 악화되고 있었지만 대학·대학원이라는 '유예된 공간'에서 미래에 대한 막연한 기대를 유지할 수 있었던 '마지막 세대'가 바로 이들이었던 것이다. 또한 사회 진출이 늦어지는 대신 제도 교육의 수혜를 받는 시간이 늘어났으며, 이는 다각도에서 언어를 정련할 수 있는 물적 조건의 확보로 이어졌다. 축적된 한국 시의 전통 위에서 언어적 수련을 할 시간적 여유마저 갖게 됐다고 할까. '민주 정부 10년'이라는 정치적 배경 안에서 다시는 우리 사회가 퇴행하거나 상상력이 제한되는 일은 없을 것이라는 기대 또한 자유로운 분위기를 만드는 데 크게 한몫했음은 물론이다.

결국 "중간 계급의 언어의 성향은 엄격함과 과잉 교정주의로 요약된다. (……) 따라서 프티 부르주아의 아비투스는 상승 경향으로 표현"[5]됨을 덧붙여 생각해보자면 어째서 이 시인들이 '우아한 비문'을 적극 활용하는 아비투스를 지니게 되었는지 알 수 있다. 다른 빈약한 자원 대신 '언어'라는 상징 자본을 엄격하게 정련하고 통제하여 부르주아 계급의 미적 취향

---

5) 홍성민, 『취향의 정치학』, 현암사, 2012, 105쪽.

인 '우아함'에 도달하고 싶었던 무의식적 상승 욕망이 집단적으로 이들을 끌어당겼던 것이다. 이 욕망이 이전과는 다른 독특하고 아득한 아름다움을 만들어냈고, 자아를 주체로 확장시키는 감각적 체험을 만들어냈으며, 많은 사람도 바로 이들의 이러한 감각에 매료되었다. 만약 2000년대를 대표하는 '집단적 시적 주체'를 꼽으라면 바로 이들을 들 수 있겠다.

물론 이성복과 황지우를 떠올린다면 중간 계급 프티 부르주아의 출현이 전혀 새로운 일은 아니지 않는가라는 의문이 들 만하다. 이들과 2000년대 시인들은 어떤 차이가 있는가? 중간 계급 프티 부르주아라는 계급적 성향을 가지고 있었음에도 이성복과 황지우는 대체로 '반부르주아'라는 강력한 공통분모를 갖고 있었다. 황지우가 1980년대 한국 부르주아의 속물적 성향을 고발하고, 거기에 물들지 않기 위해 얼마나 치열하게 스스로를 폭로했는지 우리는 이미 알고 있다. 이성복 역시 이른 나이에 프티 부르주아의 삶 속으로 안착했지만 "나에게는 비참해지고 싶은 충동이 있어요. 버려진 빵이나 밥알을 주워먹은 적도 있어요. 한번은 우리 애들을 데리고 서점에 갔다가, 서점 앞에 골판지가 있길래 그걸 벙거지처럼 쓰고 벌러덩 드러누운 적이 있어요. 아이들이 '아빠, 교수가 이러면 어떡해요'라며 깜짝 놀랐지요. 어쩌면 내가 비참하지 않기 때문에 비참해지려고 하는 비참이 있습니다"[6]와 같은 고백처럼 끊임없이 자신을 동시대 노동 계급이나 룸펜 프롤레타리아의 삶과 연결하려는 '민중 지향'의 초자아를 갖고 있었다. "비참하지 않기 때문에 비참해지려고 하는 비참"이라는 고통은 이성복의 시를 강한 윤리적 책임감에 묶어놓는 역할을 했고 언어를 치열하게 만드는 판관 역할도 했다. 황지우와 이성복의 시선은 늘 자기 계급보다 아래쪽을 향하고 있었다. 역설적으로 이들의 삶이 실제로는 비참

---

6) 2002년 이문재 시인과의 대담 중 일부분이다. 이성복, 「'날림'에 대한 지독한 강박」, 『끝나지 않는 대화—시는 가장 낮은 곳에 머문다 —이성복 대담』, 열화당, 2014, 58쪽.

한 자들의 삶 쪽에 속하지 않았기 때문이다. 이것이 1980년대 시인들의 무거운 윤리 의식이고 파토스였다. 반면 2000년대 '감정-감각의 귀족주의자'들은 정치적 진보 성향을 갖고 있었다고는 해도 시인이 이미 누군가를 대변하는 '준지식인'이라는 정체성을 잃은 지 오래였음을 알았고, 스타일의 측면에서는 늘 자기보다 높은 계급을 향하고 있었기 때문에 대체로 윤리적이기보다는 언제나 미적이었다. 도시의 자유주의적 개인주의자로서의 라이프 스타일을 반영하고 있었다고 할까. 따라서 이들의 작품을 옹호하는 주된 논리 중 하나는 윤리가 아니라 "감각이 어떻게 시를 낳는가?"라는 것이었다.[7]

정리하자면 '상승하는 중간 계급'의 시적 주체들은 이전 세대의 무거운 윤리적 책임감 대신 감각적이고 사적인 즐거움에 매료된 채로 '자기 제어 능력─즉 우아함'이라는 지배 계급의 자질을 언어 제어를 통해 도달하고자 했다.[8] 이들은 '시코쿠'처럼 변두리나 수도권 외곽을 주거지로 삼은 것이 아니라 오히려 번잡한 도심 한복판을 당당하면서도 유연하게 걸어다닐 줄 알았다. 또한 "나는 복도에서/나는 자판기 곁에서/나는 버스 안에서/분수처럼 흩어졌다"[9]와 같은 문장을 자연스럽게 쓰기도 했다. 이것은 명백하게 윤리적 책임감이나 죄의식에서 자유로운, 기분좋은 사라짐이었으며 자기 자신에 대한 자긍심과 계급 상승에 대한 무의식적 기대가 없다

---

7) 권혁웅, 『미래파』, 문학과지성사, 2005, 8쪽.

8) "지배 계급은 골프, 테니스, 요트, 승마, 스키, 펜싱 등을 즐긴다. 지배 계급은 전용 장소에서, 본인이 선택한 시간에, 혼자서, 선택된 파트너와 함께하는 운동을 선호한다. (……) 기법을 배우려면 상당한 시간이 필요한 운동을 선택한다. 여기에는 페어플레이라는 의식화의 수준이 엄격하게 요구되는데, 이것은 통제된 인간관계의 양상(큰 소리를 내거나, 거친 동작을 할 수 없다)을 드러냄으로써 자연스럽게 고급 취향의 분위기를 만들어낸다"(강조는 인용자)고 한다면, 비록 프랑스 사회를 분석한 부르디외의 요약을 한국 사회에 수평 적용할 수는 없다고 해도 어느 정도는 부르주아가 만들어내는 '우아한 미적 취향'의 공통점을 유추해보는 것은 어려운 일이 아니다.(홍성민, 같은 책, 71~72쪽 참조)

9) 이장욱, 「잡담」, 『정오의 희망곡』, 문학과지성사, 2006.

면 펼치기 힘든 상상력이기도 했다. 따라서 "제가 등단하기 전에 최승자, 이성복, 황지우 같은 시인들의 시를 읽어왔는데요. 거기에서 느낀 파토스의 질량이라는 게 엄청난 무게감이었어요. 60년대 이후 7, 80년대를 겪어내고 언어로 뚫고 나온 시들을 보면서 (……) '그건 내가 표현할 수 있는 영역이 안 될 것 같은데'라는 생각을 하면서 시를 써왔어요. 그런데 제가 등단했을 때 같이 문학을 공부하던 친구가 '이런 방식으로도 시를 쓸 수 있다면 나도 시를 포기하지 않아도 되었을 것 같아'라는 말을 하더라고요. 아마 그런 것이, 제가 무겁게 느꼈던 이전 시대의 시적 파토스와는 다르지만 이렇게 말하는 방식도 가능하지 않을까, 라고 가까스로 찾아낸 시적 언어의 방식이라는 생각이 들어요"[10)와 같은 한 시인의 고백은 프롤레타리아트의 노동에서 자유롭고자 하는 '상승하는 중간 계급'의 무의식이 찾아낸, 독자적이고 새로운 스타일에 대한 사후적 자각의 표현이기도 했다.

3. 하강하는 시대 감각과 악화되는 노동 현실

그러나 "새로운 스타일의 창조와 확산은 불가피하게 생산, 공공화 그리고 패키징 과정과 결부되어 있으며 이 과정은 (……) 전복적 힘을 약화시킬 수밖에 없다"[11)고 한다면 2000년대 시인들의 성과가 '공공화'되고, 곧이어 '패키징' 과정을 거쳐 제도 교육 안에서 어느 정도 안착되어 전파를 끝마친 지금, 다음 세대의 변화를 탐문해보는 것은 불가피한 일일 것이다. 변화된 시대 조건에 대한 인식도 뒤따라야 한다. 이를 위해 우선 앞서 룸펜 프롤레타리아트의 정서적 재현으로 해석했던 황병승의 '시코쿠'가, 실은 중간 계급의 또다른 무의식을 대변하고 있었음을 기억할 필요가 있다.

---

10) 황현산·함성호·하재연 좌담, 「소통·타자·감각」, 『현대시』 2014년 12월호, 37~38쪽, 하재연의 말.
11) 딕 헵디지, 같은 책, 129쪽.

"루저 컬처의 원산지는 2차 대전이 끝난 후 장기 호황을 누렸던 서구 자본주의이다. (……) 엄밀히 말해 루저 컬처는 노동 계급이나 하층민을 위한 것은 아니었다. 이들의 상당수는 멀쩡한 중산층 청년들이었다. 루저 컬처가 다루고 있는 내용은 그 상스러운 외관과는 달리 지적이고 섬세한 스타일들로 채워져 있었다. 따라서 루저 컬처는 전도된 혹은 비뚤어진 엘리트주의라는 혐의를 받을 만한 면도 많았다."[12] 이렇게 보자면 황병승의 시편들 역시 "상스러운 외관과는 달리 지적이고 섬세한" 구성력과, 대중문화 혹은 하위문화에 대한 높은 습득과 숙련도를 보인다는 점을 놓쳐서는 안 된다. 즉 황병승이 보여준 이 모든 언어적 숙련도와 문화적 취향 습득은 사실 경제 호황의 산물이며, 스타일의 완성도는 명백하게 중간 계급의 자의식에 기반하고 있었다는 점이다. 다른 말로 하자면 '성공의 체험'이나 '성공의 모델'이 전제되어 있기 때문에 황병승 시의 '실패'의 감각이 그렇게 고통스러울 수 있었던 것이며(한편 무섭게 두렵기도 한 것이며), 그나마 실패를 '선택할 자유'가 있었기에 '실패도 성스러울 수 있었던 것'[13]이다. 따라서 '시코쿠'는 내용적으로는 룸펜 프롤레타리아를 지시하고 있지만 스타일의 측면에서는 '중간 계급'의 실패, 혹은 전락에 대한 두려움을 형상화하고 있었다는 것, 바로 이 점을 놓쳐서는 안 될 것이다.

이렇게 보자면 황병승이나 '감정-감각의 귀족주의자들' 모두 중간 계급의 무의식을 간직하고 있다고 봐야 한다. '감정-감각의 귀족주의자'들과 관련지어서라면 다음과 같은 말을 생각해볼 필요도 있다. "한국의 중간계급에게 부르주아는 국가와 공동체의 이해관계에 아랑곳없이 사익만을 챙기는 집단이다. 그렇다고 중간 계급이 노동 계급에게 호의적인 것은 아니다. 현실 세계에서 중간 계급도 대개 노동 계급이기에 노동의 현실로부

---

12) 최태섭, 『잉여사회─남아도는 인생들을 위한 사회학』, 웅진지식하우스, 2013, 20쪽.

13) 황현산은 황병승에게 '실패의 성자'라는 이름을 붙여주었다. 황현산, 「실패의 성자」, 『육체쇼와 전집』 해설, 같은 책, 2013, 180쪽 참조.

터 멀어질수록 '성공한 삶'이라고 생각하는 이들에게 '노동자'라는 사회적 존재는 잊혀야 하는 대상이기도 하다. 따라서 (……) 중간 계급은 노동 계급을 연민하면서도 그 처지를 혐오하는 것이다."[14] 즉, 이장욱, 김행숙, 이근화, 하재연 등 '감정-감각의 귀족주의자들'이 사랑받을 수 있었던 이유는 다시 말해서 이들이 프롤레타리아의 반복적인 노동과 거리를 두고, '온건한 개량주의'를 추구하며 '노동 현실'에서 비교적 자유로운 상승 감각을 선사했기 때문이었다. 그러나 2000년대를 지나 2010년대로 접어들면서 더욱 악화되는 현실의 노동 조건은 애초에 이 시인들이 무의식적으로 믿었던(믿고 싶었던) 계급 상승의 꿈을 좌절시켰다. 여기 말고 다른 세상이 가능하리라는 기대가 사라진 것이다.

이제 열악한 노동 현실이 시인의 삶 속으로, 감각 안으로 깊게 밀고 들어오게 된다. 시인별로 편차가 있기는 하지만 이 변화를 가장 선명하게 보여주는 것이 바로 이근화였다. 2012년에 발간된 그녀의 세번째 시집 『차가운 잠』에서는 "기름진 호떡을 맛있게 먹을 때마다 나는 내 가난을 실감한다"(「나의 밀가루 여행」)라든지 "점거중인 노동자의 마스크에 대해/남편을 잃은 베트남 여인에 대해/그녀의 사라진 팔십만원에 대해"(「그물의 미학」)와 같은 문장들이 등장하기 시작했다. 노동과 현실에서 비교적 자유로웠기에 감각적이고 아름다웠던 그녀의 시가 노동과 현실, 돈을 직시하기 시작하면서 산문적이고 윤리적으로 변했지만, 대신 감각적 쾌감과 아름다움은 이전에 비해서는 옅어졌다고 할까? 더 나은 미래를 꿈꿀 수가 없게 되었다는 점은 이들의 작품이 더 아름답고 감각적으로 진화해나갈 수 있는 길을 막은 셈이다.

그렇다. 우리는 상승이 아니라 하강하는 감각 속에서 시대를 살아가게 되었다. 이것이 중요하다. 이제 문제는 '경제'라고 말할 수 있는 것일까. 확

---

14) 이택광, 같은 책, 26쪽.

인할 수 있는 대부분의 자료들은 그렇다고 대답하는 것 같다.[15] "흔히 예전의 한국 사회와 지금의 차이로 '계층 이동 가능성'의 유무를 둔다. 과거의 사람들이 계층 상승이 가능하다고 믿었고 그게 실존했다면, 지금의 사람들은 그게 거의 불가능하단 걸 이미 알고 있다는 얘기다. (……) 부모님 세대는 사회 내에서 자신의 계층이 상승하지 않더라도 자신의 삶 자체가 상승한다고 느꼈다. 그리고 그것은 진실이었다. 사회는 올라가는 중이었다. (……) 하지만 이 세대가 세계에 대해 가지는 '느낌'은 그와는 정반대다. 그들은 청소년기와 청년기 초반에 그들이 누렸던 삶의 질을 유지할 수 없다는 사실은 '안다'. 그리고 그들 부모님 세대가 그들보다 훨씬 고생했다는 것도 '알고' 있지만, 엄청난 요행이 생기지 않는 한 자신의 평생 기대 소득이 부모에게 비칠 수 없음을 '안다'(……) '내가 불행한 것도 문제

---

15) "지금 나는 우리 한국 경제가 큰 위기에 봉착해 있다. 이렇게 봅니다. 그 위기는 성장 쪽에서도 위기고, 분배 쪽에서도 위기고, 성장과 분배, 양쪽의 위기가 겹치고 있습니다. (……) 한편에서 분배 위기라고 하는 것은 양극화로 인해서 민생고를 겪고 있는 겁니다. 경제가 성장을 해도 서민 생활은 향상이 안 되는, 그래서 경제가 성장해도 국민 생활은 더 어려워지는, 저는 이걸 빈곤화 성장이라고 보고 있습니다. 성장은 하는데 국민 생활은 빈곤해지는 이런 덫에 지금 걸려 있습니다. 그래서 한국 경제가 과거의 위기는요, 우리가 박정희 대통령 때 외채 위기도 겪었고, 김대중 대통령 때 외환 위기도 겪고 하지 않았어요? 이런 위기는 그때 그 고비만 넘으면 해결이 됐습니다. 지금 우리가 겪고 있는 성장 위기와 분배 위기는 경제의 기본 틀을 확 바꾸지 않으면 이건 고쳐질 수가 없습니다. (……) 빈곤화 성장이에요. 구체적으로 제가 말씀드리겠습니다. 과거에는요, 지금으로부터 약 10여 년 전 과거에는 경제가 8% 성장하면 기업 소득도 8% 성장을 하고 가계 소득도 8% 성장했어요. 그러니까 기업이 돈을 벌면 그것이 국민에게 순환시켜서 경제가 고르게 돈이 돌았단 말입니다. 지금은 경제가 4% 성장하면 기업 소득은 16% 오르고 가계 소득은 1~2%, 거의 안 오릅니다. 게다가 가계는 갚아야 할 빚이 있어요, 엄청난. 이 빚을 빼면 실질 가계 소득은 매년 뒷걸음질입니다. 그러니까 한번 생각해보세요. 경제는 매년 4%씩 느는데 기업만 1년에 16%씩 돈이 쌓이고, 그래서 쓸 데가없어서 사내 유보금을 몇백조씩 쌓아놓고 있잖아요? 그런데 가계는 점점 빈혈이 되어서 소비도 못하고, 국민 생활이 점점 민생고를 겪고, 그래서 우리로 하면 피가 심장이나 머리에 돌아야 하는데 머리에 안 돌면 뇌졸중 걸리는 거 아닙니까? 일종의 그런 거, 일종의 소득 뇌졸중에 걸려 있다. 소득이 순환이 안 되어서(……)", 박승 전 한국은행총재 인터뷰, 〈YTN 라디오 김윤경의 생생경제〉, 2014. 10. 27. http://radio.ytn.co.kr/program/?f=2&id=32518&s_mcd=0206&s_hcd=15

지만, 아이를 이런 세상에 낳기는 싫다'고. 옳든 그르든 지금 세대가 세상에 대해 느끼는 감정이 이렇다"[16]라고 한다면, 이제 중요한 것은 2010년대의 젊은 시인들이 바로 이러한 추락한 경제적 조건 위에서 시를 써나가야 한다는 사실이다. 이제 우리는 '분노가 축적된 노동 계급' 혹은 '몰락하는 중간 계급'을 만나게 된다.

4. 분노가 축적된 노동 계급— 조인호의 시

결혼도 하지 못하고, 한다 해도 아이를 낳지 않는 것으로 집단적 스트라이크를 대신하는 대한민국의 현실에서, 이처럼 몰락하는 시대 감각 속에서, 이를 징후적으로 포착하여 보여준 시인 중 한 명이 바로 조인호였다. 2011년 발간된 시집 『방독면』(문학동네)은 TV 화면 속 슈퍼 히어로물을 보고 자란 '프롤레타리아트 소년의 성장담'이었다. 2000년대의 중간 계급과는 달리 애초부터 몰락한 상태인 노동 계급의 자식으로, 국가로부터 부여받은 유일한 사회적 호명인 '해병'이라는 정체성을 사회 구성원으로 편입해 들어가는 통로로 이용한 것이 아니라 오히려 반정부군이 되어 이 세상을 폭파시켜버리려는 강력한 저항의 거점으로 전환시켜 만들어낸 독특한 결과물이 바로 『방독면』이었다. 황병승의 '시코쿠'보다도 더 낮은 계급의 시적 주체가 등장한 것이다. 우라사와 나오키의 만화 『20세기 소년』의 모티브를 적절하게 들여온 그의 시집을 읽고 있노라면 가정은 이미 해체되고, 친구도 없이 외롭고도 가난하게 자란 아이가 연상된다. "나는 현관문을 열었습니다. 그랬더니 온몸이 태양처럼 뜨겁게 불타오르는 사내가 문 앞에 서 있었습니다. 다름 아닌 한국가스공사 직원이었습니다. 오늘은 가스가 끊기겠습니다"(「악(惡)의 축—옴의 법칙」)와 같은 구절

---

16) 한윤형, 『청춘을 위한 나라는 없다』, 어크로스, 2013, 133~134쪽.

은 이 시집의 과잉된 언어, 과도한 스타일, 망상에 가까운 상상력이 어디서 오는지를 잘 보여준다. 이 모든 상상력 뒤에는 실은 '프롤레타리아 계급의 분노'가 작동하고 있었다. 시집을 읽다보면 '핵폭탄'을 이용하여 이 세계를 완전히 파괴한 뒤, 혼자만 살아남아 서울 타워 꼭대기에 올라 멸망한 세계를 차갑게 내려다보는 남자아이를 떠올릴 수 있다. 그는 방독면을 쓴 채 이 세계가 다시 '리부팅'되기를 바란다. 하층 계급 소년이 경험하는 경제적 고통이 계급투쟁 혹은 사회적 분노로 적절하게 표출되지 못한 채 한 개인의 '정신병적인 세계 폭파의 열망'으로 전환된다는 사실. 이 시집은 한국 노동 계급의 현실이 얼마나 열악한지, 노동 계급의 축적된 분노가 얼마나 강렬한지를 선명하게 보여주었다.

그러나 중요한 것은 이미 (상상적으로) 중간 계급화된 한국 시의 독자들이 이 과잉된 프롤레타리아트 소년의 분노에 별다른 반응을 보이지 않았다는 점이다.[17] 조인호의 시에는 고통스러운 현실과 남성적 파괴 욕구는 있었으나 '실패의 성스러움'도, 상승하는 중간 계급의 아름다움도 없었다. 특히나 "불발탄을 어깨에 짊어진 채 북(北)으로 행군하는 한 사나이가 있다/그는 스스로 재래식무기가 된 사나이다/그는 철과 화약을 먹고 회귀하는 사나이다/그는 외부의 충격에 분노하는 사나이다"(「스스로 재래식무기(在來式武器)가 된 사나이— 불발탄의 뇌(腦)관은 '빵과 우유'를 생각한다」)와 같은 남성적이고, 거친 상상력으로 충만한, 명백한 노동 계급의 언어를 보라. "아마도 남성성에 대한 숭배, 즉 투박함과 육체적 힘, 여성적

---

17) 처음 조인호의 시집이 발간되었을 때 다수의 신문 지면에서 이 시집을 다루었다. 그러나 짧은 서평을 제외하고, 『방독면』에 대한 본격적인 평론으로는 신형철의 「2000년대 시의 유산과 그 상속자들」(『창작과비평』 2013년 봄호)과 류신의 「표현주의 돌격대, 미래주의 특전사」(『플랫폼』 2011년 9·10월호)의 글 정도가 인상적이었다. 판매량으로 시집의 가치를 판단할 수 없고, 그렇게 되어서도 안 되지만 만약 일정 정도의 참고 사항 정도는 될 수 있다는 가정이 가능하다면, 인터넷 서점 알라딘에서 확인할 수 있는 정보로, 2015년 5월 8일 현재 문학동네 시인선 69권 중에서 『방독면』(일반판)은 판매량으로는 41위에 랭크되어 있다.

인 세련됨에 대한 선택적 거부 속에서 확립된, 거친 무례함에 대한 숭배
는, 상인들처럼, 경제 자본이 풍부하든, 그렇지 않든, 문화 자본이 부족하
다고 스스로 느끼는 사람들이 문화적 열등성에 맞서 싸우는 가장 효과적
인 수단일 것이다"[18]라고 한다면 조인호의 시집은 말 그대로 노동 계급의
시적 주체가 문화 자본–상징 자본을 축적할 여력이 부족했을 때, 취할 수
있는 방법 중 하나인 '과도한 남성성의 숭배'가 어떤 결과물로 나타나는
지를 잘 보여준 시집이었다(심지어 시집 안에 해병대 시절의 사진까지 들어
있다). 황병승이 표면적으로는 룸펜 프롤레타리아이지만 스타일의 측면
에서는 중간 계급의 세련된 미적 숙련도를 보여주었다면, 그리하여 의도
적으로 표준적 남성성을 경멸하는 태도를 취하였다면, 조인호는 내용과
스타일 모두 표준적 남성성을 더욱 강조하고, 노동 계급의 거친(?) 특징을
산문에 가까운 언어로 전면화하여 보여주었다. "사회적 위계의 위쪽으로
올라갈수록 검열이 더 심해지고, 그와 더불어 형식을 갖춘 말하기와 완곡
어법도 증가한다는 것은 분명한 사실"[19]이다. 조인호는 이와는 반대로 사
회적 위계의 가장 밑바닥으로 내려가려는 거친 남성성, 직설 어법, 무례함
을 채택하였지만 이미 (상상적으로) 중간 계급화된 독자들에게는 이런 방
식의 미적 스타일이 먹혀들지 않았다. 여기에는 분명 자신의 계급적 정체
성을 노동 계급에 두고 싶어하지 않는 독자들의 미적 무의식이 작동했을
것으로 보인다.[20] 조인호가 보여준 세계 멸망 혹은 혁명의 스토리는 시라

---

18) 피에르 부르디외, 『언어와 상징권력』, 김현경 옮김, 나남, 2014, 126쪽.

19) 같은 책, 100쪽.

20) 여기서 한 가지 생각해볼 것은 박준의 시집 『당신의 이름을 지어다가 며칠은 먹었다』(문학
동네, 2012)에 등장하는 시적 주체 역시 프롤레타리아, 혹은 룸펜 프롤레타리아 청년의 계급적
위치를 점하고 있었지만 이에 대한 독자의 반응은 상당히 달랐다는 점이다. 박준의 시적 주체에
게는 계급적 자각이 약화되거나 감추어져 있었고, 오히려 노동하는 여성에게 보살핌을 받는 연
약한 남성, 아픈 남성이라는 색깔이 두드러졌다. 특히 미인과의 사별로 이어지는 애틋한 연애담
이 이 시집의 주조를 이루었기에 박준의 시적 주체는 노동과는 거리가 먼, 여성성이 강화된 주

는 장르 안에서는 비현실적으로 느껴져 설득력이 약했고, 그것 말고는 중간 계급의 한계를 위무하는 특별한 '환상' 또한 『방독면』에는 없었다.

5. 몰락하는 중간 계급의 등장―황인찬과 송승언의 시

조인호의 인상적이지만 짧은 등장 이후, 황인찬의 등장은 한국 시의 중간 계급 독자들에게 큰 행운이었다. 황인찬이야말로 전세대와는 다른, '몰락하는 중간 계급'의 정서를 대변하는 시인이었기 때문이다. 나는 황인찬의 시에 대해 "그는 무례함이라고는 알지 못하는 사람처럼 이 세계를 지긋이 지켜본다"[21]라고 말한 적이 있다. 또한 "그의 시를 읽다보면 그것이 어떤 대상이든 간에 주체와 대상 사이에 동시적으로 발생하는 '이상한 격리감'을 느낄 수 있다. 이렇게 설명할 수 있으리라. 그는 지상의 모든 존재를 신성의 잠재적 구현자로 예감하고 있기 때문에 감히 신을 만질 수 없는 수행자처럼, 마치 울타리를 넘어가서는 안 된다고 믿는 신자처럼 어떤 종교적인 염결성으로 대상을 바라본다고 말이다. 공백은 격리감으로 뒤바뀐다. 그야말로 신성한 격리감이다"[22]라고 적기도 했다. 스타일의 측면에서 조인호와 같은 과격한 남성성을 드러낸 시들이 아니라 반대로 '감정-감각의 귀족주의자들'을 계승하는 것처럼 보이는 시가 등장했다. 그러나 자세히 들여다보면 황인찬의 시는 결코 앞선 세대의 시를 계승하는 시

체라고 보아야 한다. 본문에 인용한 부르디외의 지적처럼 "사회적 위계의 위쪽으로 올라갈수록 검열이 더 심해지고, 그와 더불어 형식을 갖춘 말하기와 완곡어법도 증가한다는 것은 분명한 사실"이라고 한다면 박준의 시적 주체는 계급적으로는 프롤레타리아, 혹은 룸펜 프롤레타리아였지만 스타일의 측면에서는 완곡어법을 지향함으로써 중간 계급 이상의 언어 아비투스를 보여주었다. 이 차이는 조인호와 박준의 시집에 대한 중간 계급 독자의 호불호를 구별하는 데 중요한 참조점이다.

21) 박상수, 「서글픈 백자의 눈부심」, 『구관조 씻기기』 해설, 민음사, 2012, 107쪽.

22) 박상수, 같은 글, 113쪽.

가 아니었다. 오히려 명확하게 단절하는 시였다고 평가해야 한다. 다음의
시가 그런 예일 것이다.

　　그는 내가 눈이 맑다고 했다 그는 내가 보호받고 있다고 말했다
　　저녁 다섯시, 사람들이 가득하다

　　그는 내 말을 듣기를 원했다 그는 내가 걱정된다고 말했다 그는 내가 행복
　　해지기를, 그가 내 위안이 되길 원했다

　　"어디 가서 차라도 한잔할래요?"
　　그가 한 말이었다 그는 내게 좋은 곳에 가자고 했다 그는 내가 거기서 더욱
　　나아질 것이라 믿었다

　　나는 좋은 곳을 믿는다
　　나는 아무 말도 하지 않는다

　　저녁 다섯시, 나는 돌아온다
　　　　　　　　　　　　　　　　—황인찬, 「순례」(『구관조 씻기기』) 전문

　　앞서 내가 황인찬의 시에 대해 했던 말은 상당 부분 보충되어야 할 것
같다. 지금 다시 황인찬의 시를 읽다보면 시인의 성정이나 품격도 이러한
시를 탄생시키는 데 공헌을 한 것이 사실이지만 동시에 더이상 꿈꿀 미래
가 없다는, '하강하는 시대감각'을 누구보다 먼저 자기 몸의 감각으로, 자
신도 모르게 포착한 시인이 바로 황인찬이었음을 확인하게 된다. 인용 시
에서 "그는 내게 좋은 곳에 가자고 했다 그는 내가 거기서 더욱 나아질 것
이라 믿었다//나는 좋은 곳을 믿는다/나는 아무 말도 하지 않는다//저녁

다섯시, 나는 돌아온다"는 구절을 보자. 만약 '상승하는 중간 계급'의 '감정-감각의 귀족주의자'들이었다면 '좋은 곳에 가서 더 나아질 것'이라는 상대방의 말이 나에게 불러일으킬 감각을 유려하게 따라갔을 것이다. 그것이 긍정적이든, 다소 부정적이든 어떤 식으로든 개성적인 반응을 보이거나 우아한 비문으로 낯선 감각을 형상화해냈을 것이다. 반면 '시코쿠'였다면 좋은 곳이 있다고 말하는 그를 실컷 조롱하고 혐오했을지도 모른다. 그러나 황인찬의 시적 주체는 다르다. 길거리에서 만난 종교인에게 시적 주체는 화를 내지도, 짜증을 내지도, 동의하지도, 반박하지도 않는다. 그의 생애를 미루어 상상하거나, 자신의 감각이나 내면으로 빠져들지도 않는다. 마치 깊은 내면이라는 걸 아예 가지지 못한 사람처럼. '그것은 원래 그런 것', 혹은 'A는 그저 A로 돌아온다'는 식의 매우 단순하고 엷은 반응만 보일 뿐이다. 그리고 그냥 집으로 돌아온다. 그런데 어째서 아름다운가? "나는 아무 말도 하지 않는다//저녁 다섯시, 나는 돌아온다"라니, 어쩐지 여기에는 '이상한 무기력과 무능감'이 배어 있지 않은가? 무력한 자는 대상을 그저 두고볼 뿐이다. 뭘 해도 크게 변하지 않으리라는 것을 알기에 그렇다. 절망보다 온순하지만, 더이상 화를 낼 힘도 없다는 점에서 절망의 끝에 도달하게 될 곳이 무기력, 혹은 무능감의 자리 같다.

이러한 행동에는 타자와 세상에 대한 기대 자체가 사라져버린 시대의 '무능감'이 스며 있다. 지금 내가 보는 사물 뒤에 뭔가 다른 것이 더 있을 것이라는 '기대'가 있어야 은유가 가능하고 상징의 신비가 열린다. 시적 주체와 A가 연결되고, 이를 기반으로 A를 다시 B와 연결시키고, B가 다시 C로 이어져야 나와 세계는 의미심장하게 관계를 맺고 구성된다. 이처럼 무엇보다 다른 삶과 존재에 대한 '기대'가 있어야 대상은 변모하고 가능성은 열리고, 의미가 형성될 터인데 황인찬의 시에는 바로 이러한 작용이 없다. 'A는 그저 A'인 것이다. "선릉역, 선릉역 말하자 선릉역에서 서는 것"(「서클라인」), "체리 한 알을 집어삼킨다 체리를 씹으면 체리맛이 난다"

(「X」)와 같은 당연한 말이 그의 시에서는 독특한 미감을 만들어낸다. 그것은 바로 시적 주체가 "문을 열지 않았다/열어봤자 아무도 없다는 걸"(「히스테리아」) 이미 알아버렸기 때문이다. 다른 세계의 가능성을 믿지 못하기 때문에 "저수지 내부의 무엇인가가 그 안으로부터 튀어오르리라고는 상상하기 어려"(「저수지의 어둠」)운 것이고, 이것은 결국 "올여름의 아름다운 일들을 생각했다/아무런 일도 생각나지 않았다"(「개종」)와 같은 '내용 없는—반복적인 말'을 중얼거리게 한다. A 뒤에는, 실상, 아무것도, 없다. 텅 비어 있는 것이다.

나는 이것이 변화한 시대감각이라고 생각한다. 만약 우리가 황인찬의 시에서 신성(神聖) 혹은 아름다움을 느낄 수 있다면 일차적으로 그가 '하강하는 중간 계급'의 시대적 정서를 자기도 모르게 미적 형상으로 반영하고 가시화해내었다는 사실 때문이지만 덧붙여 그의 시가 역설적으로 바로 눈앞의 현실 외에 다른 것은 없을 것이라는 관점을 통해 프롤레타리아로 하강할 가능성이 높아진 중간 계급의 집단적 불안과 두려움을 차단하고 위로했기 때문일 것이다. 즉, 이제 명백하게 더 나빠질 일밖에 남지 않은 사람에게, A 뒤에 아무것도 없다면, 그렇게 말해주는 사람이 있다면, 그것은 신기하면서도 꼭 믿고 싶은 위로가 되는 것이다. 신성한 격리감의 정체는 바로 이것이다. 뒤가 없기에 우리는 안심한다. 여기까지만 나빠지는 것으로 끝날 테니까. 완전히 더 나빠지지는 않을 테니까. 마치 신의 계시를 들은 것처럼, 은총을 내려받듯이 우리는 두 손을 모으고 감사한 마음을 품게 된다. 황인찬 시의 아름다움은 바로 여기에서 스며나온다. 2010년대의 '신성(神聖)'한 아름다움이 깃드는 '부재(不在)의 유물론적 자리'는 바로 여기다. 이런 까닭에 황인찬의 스타일은 2010년대 시인들과 이제 막 작품 활동을 시작한 후배 시인들에게까지 커다란 영향을 미치게 되었다.[23]

---

23) 물론 A 뒤에 아무것도 없기에 이것이 서러우면서도 투명한 위로로 다가온다는 감각은 『마

더불어 최근 젊은 시인들 중 '몰락하는 중간 계급'의 감각을 제 미적 특성으로 더욱 선명하게 부조해내고 있는 시인이 있는데 그가 바로 송승언이다. 송승언은 황인찬보다 1년 늦게 등단했지만 이미 등단할 때부터 황인찬에 버금갈 만한 자기 스타일을 확립하여 그뒤로도 인상적인 작품을 발표하면서 주목받아온 시인이다. 올해에 출간된 그의 첫 시집 『철과 오크』(문학과지성사, 2015)는 이런 그의 장점을 잘 보여주고 있다.

그러나, 매 순간 나를 관통하는 빛

창이 열리면 의자에 앉았다 빛 닿은 자리마다 얼룩이었다
담장 너머 이웃집은 근사한 요새 같았다

(……)

어제는 교회 가는 날 그것도 모르고 방에 있었지
오늘 교회에 가면 내일 좋은 곳으로 간다고 했다 좋은 곳은 이웃집보다 근사할까 알 수 없었고

좋은 곳에 가본 적이 없었다 좋은 곳을 상상하지 못했다
　　　　　　　　　　　　　　　　　—송승언, 「담장을 넘지 못하고」 부분

인용 시는 앞선 황인찬의 시와 비슷한 감수성을 보여준다. 중요한 것은

라나. 포르노 만화의 여주인공』(세계사, 1996) 시절의 박상순에게 이미 내재되어 있었다. "백합 정원에/유모차를 밀고 갔습니다/어린 백합들이 참 많았습니다/끝입니다"(「거울에게 전하는 말」)와 같은 표현이 그러하다. 초기 박상순의 깊은 상처와 슬픔은 이후 투명한, 그러면서도 은은한 허무감이 깔린 언어 배치 쪽으로 옮겨갔다.

바로 송승언의 시적 주체 역시 'A'의 뒤를 상상하지 못한다는 점이다. A의 뒤에, 혹은 너머에 더 나은 무언가가 존재하지 않는다는 생각은 '몰락하는 시대감각' 속에서 나고 자란 20대에게는 어떤 공통 감각으로 작동한다. 좋은 곳에 가본 적이 없기에 좋은 곳을 상상할 수도 없는 시적 주체에게는 '분노'와 '격렬한 파토스'가 스며들 여지가 별로 없다. 비교 대상이 있어야 지금의 상황이 문제적이고, 바꾸어야 할 상태라는 관념이 발생하고, 그래야 시적 주체가 능동적으로 움직일 수 있다. 하지만 이들의 관념 속에는 "좋은 곳"이 애초에 부재해 있기 때문에 비교 대상이 없고, 더 움직일 이유가 없는 것이며, 화를 낼 필요도 없다. 어떻게 해도 더 나빠질 일밖에 남지 않았다면 할 수 있는 일이라고는 그저 '무기력'하게, 혹은 '무능감' 속에 앉아 있는 것이다. 송승언의 시집이 나중에 발간되었다는 이유 때문에 어떤 독자들은 송승언의 시를 황인찬의 계승으로 보기도 하는데, 정확하게 말하자면 송승언은 황인찬과 같은 감수성을 '동시에' 보여준 시인으로 평가되어야 한다.

2010년대의 어떤 시인들에게는 격렬한 감정 자체가 사라지고 대체로 무덤덤한 정서—'무기력과 무능감'이 폭넓게 발견된다. 이 점이 중요하다. 2010년대는 2000년대와는 완전히 다른 감각에서 시를 쓰게 되었고, 이것이 바로 경제 조건과 연동하는 2010년대의 변화한 시적 공통 감각이기 때문이다. 그런 의미에서 당분간은 황병승과 같은 '스타일-정서'의 '루저 컬처에 기반한—실패의 성자'가 보여주는 격렬한 파토스를 경험하기는 힘들 것이다. 세습 자본주의가 고착화되고 유산을 상속받지 않은 자수성가형 성공 모델을 찾기란 점점 더 어려운 일이 된 지금의 일상화된 실패의 감각 속에서, 더 실패하는 길만 남은 자들에게는 실패를 형상화하는 일조차도 사치이기에 그렇다. 또한 '상승하는 중간 계급'의 '아득하고 우아한 아름다움'을 드러내는 것도 더이상은 가능하지 않을 것이다. 제도 교육의 '패키징' 결과 '감정-감각의 귀족주의자들'의 시적 스타일이 널리 유포되었는데 이런 스타일은 상승하는 시대감각이 전제되어야 호응을 얻고 그 미적 매력을 발산할 수 있다. 하지만 지금은 그것이 불가능하기에 아무리 후배 시인들이 이들의 시적 스타일을 차용한다고 해도 예민한 자의식으로 이를 변환하지 않는 한, 예전과 같은 수준의 아름다움을 표현하기란 어려운 일이 되었다. 반복하자면 자본주의의 촘촘한 그물망이 생활 세계의 모든 부분까지 영토화함으로써 이제 '시코쿠'와 같은 룸펜 프롤레타리아가 '나이들어서' '자기 노동 없이' 자본주의 사회에 기생하는 일은 어렵게 되었다고도 말할 수 있겠다. '상승하는 중간 계급'의 꿈은 이미 좌절되었다. 개인차는 있겠으나 최근에 첫 시집을 발표하기 시작한 1980년대 중후반생인 지금의 20대는 호황과 불황의 낙차를 동시에 경험했다기보다는, 이미 몰락하여, 초등학교 시절부터 IMF 구제 금융의 영향 아래서 살게 되었으며 그 이후의 지속적인 한국 경제의 하강 국면에서 사춘기를 보내고 지금에 이르렀다고 할 수 있다. 또한 앞으로 남은 삶은 오히려 더 나빠질 것이라는 생각을 가지고 있다.

"많은 또래 친구들이 미래에 대한 불안이 큰 것 같아요. 대학원으로 진학한 친구들도 많은데, 그 친구들은 변변한 수입 없이 부모님의 재산에 의지해 학업을 계속하고 있는데, 이제 대학도 교수와 강사의 규모를 줄이고 있으니, 그것만 바라보고 학업을 계속하는 이들은 미래가 너무나 불투명해 보여요. 저는 부모님의 재산에 의지하며 대학원을 다닐 형편이 아니라 대학원에 진학하지 않은 경우인데, 대학원에 가지 않아서 그나마 마이너스 인생은 면하고 있는 것 같아요. 하지만 일터에 있는 친구들의 경우도 자기가 정말 원하는 일을 하고 있지 못한 경우가 많고, 그런 일터가 점점 없어지거나 혹은 그 노동에 대한 대가를 온당히 지불받지 못하고 있는 것 같습니다. 위 세대들이 보면 배부른 소리처럼 들리겠군요. 어쨌든 아버지 세대들 다수에게는 나라가, 가정이, '너무 어려워서' 경제 발전을 위해 한몸 희생해야 한다는 희생 논리가 있었고, 그 한몸 희생할 수 있는 처소들도 있었죠. 그리고 몸을 희생하면 자신과 가정을 그럭저럭 책임질 수 있는 보상도 주어졌고요. 그런데 우리 세대는 그렇지가 않아요. 희생해야 겠다는 생각도 없지만 그렇다고 희생할 수 있는 처소가 있는 것도 아녜 요. 대부분에게는 제대로 된 일터가 주어지지 않거나, 일터에 나가도 이 도시에서 제 한 몸 건사하기가 힘든 수준의 임금을 지불받죠. 집이 없는 데 집을 못 사니까요. 그런 와중에 위 세대가 자신들이 희생한 '영웅담'을 늘어놓으며, 그것을 계승하라고 훈계하는 걸 자주 보게 되는데, 그러기 싫 고 그럴 수도 없죠"[24]와 같은 말을 보라. 여기서도 확인할 수 있듯이 중간 계급의 마지막 피난처였던 대학조차 이제는 제 기능을 하지 못하게 되었 다. 집이 없어서 집을 구하고 싶지만 집을 살 수 있는 절대적 경제력도 없 다. 집값이 너무 올랐기 때문이다. 이미 기성세대가 그들의 자산 가치를 위해 부동산 거품을 지속적으로 조장하여 다음 세대의 미래까지 자본화 하여 자신들의 재산으로 축적해버린 뒤이다. 하지만 기성세대 역시 신규 로 그들의 자산 가치를 위해 부동산 시장에 진입하는 젊은 세대가 없기에 부동산 자산을 팔아 현금화하지도 못한다. 오히려 집을 담보로 대출을 받 아 자영업 시장에 뛰어든다. 자립하지 못한 자식들을 위해 다시 일을 해 야 하는 것이다. 대학생은 학자금 대출로, 기성세대는 집 담보로 빚은 늘 어만 가고 가처분 소득은 형편없이 줄어만 간다. 우리는 어느덧 빚을 갚 기 위해 일을 하게 되었다.

따라서 지금 20대 젊은 시인들에게는 황병승의 시 속에 전제된 '멀쩡 한 중산층 청년'의 기억도, 가능성도, 단적으로 말하자면 '없다'. 한 가지 더, 황병승의 시적 주체가 항상 강력한 '부끄러움'과 '수치심'에 시달린 것 을 다시 회고해볼 필요가 있다. 대체 이 강력한 파토스는 어디에서 온 것

---

24) 박성준·김승일·송승언 좌담, 「시는 우리의 무엇을 발설하려 하는가!」, 『시로여는세상』 2015 봄호, 송승언의 말.

일까. 그것은 분명 그토록 부정하고 혐오하는 어른들의 세계에, 자본주의 사회에, 실은, 자신이 '기생(寄生)'하고 있다는 점 때문이었을 것이다. 만약 부모의 경제적 지원이 뒷받침되지 않는다면, 자신의 노동으로 생존을 유지해야 한다면, 자본주의 사회에서 이런 정도의 문화 취향과 섬세한 스타일을 축적할 만한 시간을 확보하기란 어려운 일이다. '시코쿠'라는 룸펜 프롤레타리아가 겪었던 과도한 자의식—실패의 감각은 이러한 생존 조건과 깊게 연루되어 있다. 따라서 이미 경제적 지원이 가능한 가족이 해체되거나 가장의 경제력이 하강하는 국면에서 청소년기를 보낸 지금의 20대는 '과도한 자의식—실패의 감각'을 맛볼 기회조차 없다. 제 몸을 의탁하여 기생할 곳조차 없기 때문이다. 선택의 여지가 있는 상태로, 실패가 밖에서 다가오는 것이 아니라 강요된 현실로, 실패가 이미 감각 안에 들어와 있다고 할까.

이처럼 '하강하는—몰락하는 중간 계급'의 감각 속에서 송승언의 시적 주체는 '부재(不在)'의 정서를 기묘하게 슬픈 아름다움 속에서, 반복적으로 드러낸다. "내가 이곳을 설계했다 믿었는데 아니었던 거지"(「녹음된 천사」), "내가 무슨 소리를 하고 있나 너는 발생하지도 않았는데"(「셰이프시프터」), "금잔화를 보려고 했지 그런데 그곳에 금잔화는 없었다//(……)//아무것도 없는 명징한 공원이었다/배후에서 갈라지는 길이 보이지 않은"(「모든 것을 볼 수 있었다」), "몇 호실이니? 묻는데 대답이 없고 묻는 사람이 없다 정원에는 죽은 개미 떼 주인 잃은 작은 굴들"(「굴」), "2층에는 아무것도 없습니다/원래 아무것도 없었기 때문입니다"(「이파티예프로 돌아오며」)와 같은 구절들에서도 알 수 있듯이 송승언의 시에서는 시적 주체 자신뿐 아니라 대상과 세계 또한 온통 부재하는 감각 속에 있다. 아무것도 명백한 것은 없고, 오로지 부재한다는 사실만이 명백하다. 따라서 관계는 발생하지 않고, 의미는 축적되지 않으며, 배후는 지워진다. 언어는 필연적으로 단순해지며 서사는 흩어진다. 때문에 문장의 기묘한 배치나 섬세한 단어 선택이 부각된다. 어쩔 수 없는 '미니멀리즘'이 탄생하는 것이다(지금 젊은 시인들의 언어가 대체로 단순해지는 것도 이런 상황과 관련이 깊다). 여기서 우리가 슬픈 아름다움을 감지할 수 있다면 그것은 바로 '몰락하는 중간 계급'인 우리 자신에 대한 서글픈 연민 때문일 것이며 이 세계에는 더이상 기대할 것이 없다는 허무한 현실 감각을 송승언의 시가 환기하기 때문일 것이다. 이런 상황에서 송승언의 시적 주체가 보여줄 수 있는 유일한 대응책은, 현재로서는 다음과 같은 방향일 것이다.

아무것도 배우지 않는다 애초에 배운 게 없으니 어떤 사물에도 레테르를 붙이지 않기로 오늘 식단에 대해 침묵하기로 음식이 어떠했더라도 그건 좋은 일도 나쁜 일도 아니므로

옴짝달싹하지 않고 싶다 더는 네가 불러도 가지 않고 싶다 차갑더라도 여기 머물고 뜨겁더라도 여기 머물기로 한다 너에게 호명되지 않은 위치에서 너를 호명하지 않기로 한다 애초에 남이니까 남 아닌 것으로 위장하지 말기로

(……)

(……) 목소리와 표정에 감응하는 법 없기로 내가 어떤 것으로 불리는 법 없기로 없다고 한다면 없는 것으로

—송승언, 「돌의 감정」 부분

'성공 신화'를 재생산하여 개인의 욕망을 부추겨 사회에 참여시키고, 겨우 기본적인 생존만을 보장해주는 자본주의 임금 시스템의 구조가 지금처럼 지속적으로 악화될 경우, 계급 혁명을 꿈꾸기 힘든 개인의 차원에서

실행할 수 있는 현실적인 방법 중의 하나는 욕망에서 이탈해버리는 일이다. '감정-감각의 귀족주의자들'처럼 '나를 확장시키는 아득하고 우아한 감각'을 추구하여 취향의 소규모 공동체를 이루는 것이 아니라 사회가 부여한 욕망의 질서로부터 아예 이탈하여 단자화되기, 즉 '아무것도 하지 않기'를 선택하는 것이다. "요즘 젊은 남자가 제일 싫어하는 일은 누군가에게 이용당하는 것이라고 하더군요. 남 좋은 일을 해주고 이용당하는 느낌이랄까. 초식계(육식동물처럼 공격적이지 않고 양처럼 온순하고 성실한 남성을 일컫는다—옮긴이)가 되어버리는 이유가 무엇인가 하면요, 욕망을 갖게 되거나 타인에게 욕망을 들키면 교묘하게 이용당한다고 생각하기 때문이에요. 욕망이 빌미가 되어 조종당하는 것이 무서우니까 아예 욕망에 등을 돌리려고 하는 겁니다. (……) 욕망을 가지면 누군가에게 이용당한다는 것을 모두 알고 있습니다. '우리를 자본주의 사회에 끌어들여서 결국 너희들이 돈을 벌려는 것이잖아?' 이런 입장이지요"[25](강조는 인용자)라는 말은 비록 일본 사회 청년들에 관한 이야기이지만 우리 시의 시적 주체를 이해하는 데에도 도움이 될 만하다. 인용 시에서 시적 주체는 아무 것도 배우지 않고, 어떤 사물에도 이름표를 붙이지 않으며, 좋고 나쁨의 의사 표현조차 하지 않으려 한다. 호명당하지도, 호명하지도 않은 채 그저 이 자리에 존재할 뿐이다. 이 사회의 누구도 20대를 제대로 호명해주지 않는다면, 이 길 말고 다른 방법이 또 있을까? 하강 정도가 아니라 아예 몰락하는 시대감각 속에서 어떤 것도 기대할 수 없는 사람이 할 수 있는 일이 이것 말고는 과연 무엇이 있겠는가?

또한 이렇게 아무것도 하지 않는다면 주체는 '실패' 자체를 경험하지

---

25) 우치다 다츠코·오카다 도시오, 『절망의 시대를 건너는 법』, 김경원 옮김, 메멘토 2014, 46~47쪽. '젊은 남자'를 마치 남녀를 대표하는 보편 성별로 전제한 것 같은 글이어서 새겨 읽을 필요가 있다. 이 글은 맥락상 두 명의 대담자가 현재 일본 사회 젊은이들의 특징을 두루 언급하면서, 특히 초식계 남성의 성향을 진단하기 위해 주고받은 대화를 가져온 것이다.

않아도 된다. 무언가를 하지 않으면 성공도 없겠지만 대신 실패할 필요도, 실패의 가능성도 없다. 오히려 어떤 희미한 '전능감'을 체험하게 된다. 최선을 다하면 성공하겠지만 최선을 다하지 않았고, 하지 않았기 때문에, 실패할 이유도 없고, 그렇게 하면 스스로의 나르시시즘을 상처 없이 보존할 수 있게 되는 것이다.[26] 바로 이런 이유로 아무것도 하지 않는 것은 성스러운 아름다움을 간직하게 된다. 송승언은 빛, 물, 순백, 눈부심, 백조와 같은 이미지를 자주 소환하는데 이것은 '하지 않음의 전능감'이 빚어내는 아름다운— 그러나 서글픈 결과물들이다. 몰락하는 중간 계급의 서글픈 파토스는 바로 이 지점에 고인다. 송승언의 시를 읽다보면 아무것도 하지 않는데 기묘하게 서글픈 순간들을 자주 만나게 된다.

이들 2010년대의 시적 주체들은 자본주의를 너무 잘 알고 있다. "맞아요. 그들이 기성세대와 다른 점도 바보라서 자본주의를 잘못 알고 있는 것이 아니라 자본주의를 그냥 지나쳐버린다는 것예요. 슬쩍 빠져나가버리니까 기존의 자본주의 논리가 통하지 않아요. (……) 나아가 지금은 인터넷 사회라서 실패가 더 용납되지 않아요. 왜냐하면 실패는 블로그에 기록으로 남아 평생 지적거리가 되거든요. 그들은 이런 공포스러운 기록 사회에서 살아가고 있어요. 우리 세대는 실패를 잊어버릴 수 있는 세대인 반면, 그들은 완전 기록 시대에 살고 있는 셈이죠."[27] 그렇다. 지금 젊은

---

26) "'도전하면 좌절할지도 모른다''고백하면 차일지도 모른다' 이러한 시도를 미리 전부 회피하면 자신의 가능성은 무한하고, 제대로 하기만 하면 뭐든 가능한 아이라는 자기 이미지를 언제까지고 유지할 수 있기 때문입니다. 만약 자신의 전능감을 잃어버릴 것만 같은 시험이나 경쟁에 직면했을 때도 전능감을 유지하는 것은 어렵지 않습니다. '제대로 한 게 아니니까''그냥 한 번 해보는 거니까'라고 핑계를 대면서 실패했을 때에도 최선을 다하지 않아서 실패했다(=최선을 다해 도전하면 분명 성공할 것이다)는 자기변호가 가능하기 때문에 전능감이 유지됩니다." 구마시로 도구, 『로스트 제너레이션 심리학—1970년대생부터 1980년대 전반생까지, '잃어버린 세대'의 마음을 읽다』, 지비원 옮김, 클, 2014, 26~27쪽 참조.

27) 우치다 타츠루·오카다 도시오, 같은 책, 48쪽.

세대에게는 실패를 '선택'할 여유가 없다. 점점 잔혹해지는 대한민국적 현실에서는 한번 탈락하면 영원히 실패자로 남기 쉽고, 게다가 실패가 기록으로 남는 초가시화된 사회에 살고 있다. 여기서 자신을 보존할 수 있는 길은 어쩌면 아무 일도 하지 않고 "돌의 감정"에 머물러 있는 것인지도 모른다. "이곳에 나를 버린 게 누구인지/생각하지 않았다 탈출을/꿈꾸지 않았다 알 수 없는//해변을 걸었다"(「유형지에서」)는 문장처럼 그저 버림받은 채로, 탈출조차 꿈꾸지 못한 채 이 현실 속에 존재한다. 살아간다기보다는 그저 존재하는 것. 당분간은 이렇게 버티어야 하는 것. 이 무기력과 무능감을 어떻게 해야 할까. 송승언의 시적 주체는 바로 '열심히 한다'가 아니라 '열심히 아무것도 하지 않는다'는 마음으로 지금 현실을 견딘다. '몰락하는 중간 계급'의 자존감은 이렇게 보존된다.

6. 몰락하는 중간 계급의 보수성을 극복할 수 있을까?

우리는 알고 있다. 자본주의 사회는 기술이 발달할수록 필연적으로 인간을 소외시킨다는 것을. "마르크스가 『자본』에서 궁극적으로 말하는 것도 자본 축적과 실업이 밀접한 관련성을 갖고 있다는 '사실'이기 때문이다. 자본주의가 발전할수록 그 발전의 주역인 노동자는 일터를 떠나야 한다는 것은 말하자면, 아무도 발설하지 않는 공공연한 자본주의의 비밀이다."[28] 하지만 우리는 모두 믿는다. '나'만은 예외일 것이라고. 나만은 성공할 수 있을 거라고. 지금 이 순간에도 잉여는 사라지지 않고 축적되고 있다. 이 거대한 흐름을 과연 뒤바꿀 수 있을까. 대학 진학률이 7, 80%를 넘나드는 지금, 오늘날의 20대가 느끼는 열패감은 대학에 못 간 사람뿐만이 아니라, 부모님이 시키는 대로 열심히 살았는데도 광범위한 잉여로 남

---

28) 이택광, 『99% 정치』, 마티, 2012, 51~52쪽.

을 수밖에 없는, "대학에 진학한 이들이 좌절에 빠져드는 정서"[29]로 뒤바뀐 지 오래인데 말이다.

2000년대 '감정-감각의 귀족주의자들'의 시를 읽는다는 것은 비록 현실은 몰락해가고 있었음에도 우리가 이 정도의 상징 자본을 다룰 만한 경제적 여력을, 여전히 가지고 있는 계급임을 확인하는 일이었다. 더욱 정확하게는 소위 전통 서정시의 핵심 주체인 '노동자-농민-그들의 아들딸'로 구성되었던 한국 시단의 주류 계급-정체성이 종말을 고하고, 이제는 중간계급에서 다시 부르주아를 지향하는 '상승하는 중간 계급'의 구성원들이 뒤늦게 집단적인 시적 주체로 부상해가는 과정이기도 했다. '감정-감각의 귀족주의자'들은 더 많은 동료 시인과 후배 시인, 독자를 빨아들이면서 세력을 확장해나갔다. 그러나 2010년대 젊은 시인들은 하강 정도가 아니라 '몰락하는 중간 계급'의 정서를 기반으로 시를 쓰게 되었다. 앞선 세대와의 완전한 단절이다. '분노하는 노동 계급'의 시적 언어는 큰 반향 없이 금세 사라졌고(젊은 시인들에 한하여, 현재로서는), '몰락하는 중간 계급'의 정서에 기반한 시들이 등장한 것이다. 'A의 뒤에 아무것도 없다' 'A는 다시 A로 돌아올 뿐'이라는 것은 실재하는 현실 감각이기도 하지만 동시에 몰락하는 중간 계급의 불안을 저지시켜주는 아름다운 가상(假想)이기도 하다. 덧붙여 '아무것도 하지 않는 것의 전능감'은 이들의 계급적 추락을 잊게 만드는 하나의 놀랄 만한 자구책이기도 했다.

경제적으로 전망해보자면 이제 우리 앞에 남은 것은 중간 계급의 몰락과 광범위한 프롤레타리아트화, 또한 그 프롤레타리아트의 빈민화, 더불어 1인 가구의 급속한 증가일 텐데, 이것이 어떤 미적 양식으로 나타나게 될지 상상해보게 된다. 생존 자체에 대한 공포는 말할 것도 없지만 이 글의 논지와 관련하여 우려스러운 것은, 2010년대 젊은 한국 시의 경향이

---

29) 한윤형, 같은 책, 147쪽.

자칫 정치적 · 미적 보수성으로 이어지지 않을까 하는 점이다. "생활 양식이 너무나 위태로워서 삶의 환경을 제어할 수 없다는 생각이 굳어지면 우리는 검증된 것, 익숙한 것을 고수하는 경향을 보인다. 우리는 정해진 삶을 따름으로써 내면 깊숙한 불안감을 중화시킨다. 우리는 이 방법으로 예측할 수 없는 상황을 길들였다는 환상을 얻는다. (……) 모두 변화를 두려워한다. 그들은 세계를 전권을 가진 배심원 대하듯 바라본다. 비참하게 가난한 사람들도 자기를 둘러싼 세계를 두려워하여 변화에 호의적이지 않다. 추위와 굶주림이 뒤따를 때 우리네 인생은 위험하다. 따라서 빈민층의 보수성은 특권층의 보수성만큼이나 뿌리깊으며, 전자는 후자만큼이나 사회 질서를 영속하는 하나의 요인으로 작용한다"[30] (강조는 인용자)는 점 때문이다. 사는 게 힘들어지면 계급 혁명이 일어나는 것이 아니라 (임계점에 이르기 전까지는) 사회가 전반적으로 보수화될 가능성이 있다. 검증되고 익숙한 것을 고수해서 삶의 불안감을 제어하려고 하기에 그렇다. 미학도 마찬가지이다. 적어도 지금의 시단의 분위기에서라면 몰락하는 세계가 너무도 거대하여 이에 전면적으로 노출되는 젊은 시인들이 어떤 꿈을 꾸는 것 자체가 힘든 상황이 되었다. 할 수 있는 일이라고는 움직이지 않고 단지 여기만을 생각하며 "돌의 감정"으로 버티는 일뿐. 우리 시의 시적 주체들은 이만큼 왜소해졌다. 이런 상황에서 한국 시단의 주류로 부상한 중간 계급의 시적 주체들은 과연 우리 사회의 전면적인 보수화에서 자유로울 수 있을까? "빈민층의 보수성은 특권층의 보수성만큼이나 뿌리깊"다고 한다면, 이 희망 없는 세계에서 빈민층화되어가고 있는 중간 계급의 시적 주체들은 얼마나 역동적인 대안이 될 수 있을까? 생각해보아야 할 것들은 많지만 이 글은 일단 여기에서 멈추기로 한다.

---

30) 에릭 호퍼, 『맹신자들— 대중운동의 본질에 관한 125가지 단상』, 이민아 옮김, 궁리, 2011, 23쪽.

상실 이후, '나'와 '세계'가 직접 만날 때
—'세카이계'의 관점으로 살펴본 최근 우리 시의 한 모습

1. 지하 미로, 동굴, 숲, 중세 — 그리고 던전

신기하게도 최근 젊은 시인들의 시집에서 '세계'를 직접 언급하거나 암시하는 제목들이 많아졌다. 우선 시집 제목만 놓고 보자면 『희지의 세계』(황인찬, 민음사, 2015), 『가능세계』(백은선, 문학과지성사, 2016), 『세상의 모든 최대화』(황유원, 민음사, 2015) 등이 눈에 확 띈다. 여기에 다시 『온갖 것들의 낮』(유계영, 민음사, 2015), 『어느 누구의 모든 동생』(서윤후, 민음사, 2016)등의 시집까지 떠올려본다면, 이 시인들이 직접 '세계'라는 말을 쓰지는 않았지만, '인간'이라는 말이나 '온갖 것', 또는 '어느 누구의 모든'이라는 말 속에서 어쩐지 이들이 '세계의 그 모든 것'에 자기 시의 국면이 확대 적용되기를 바란다는 인상을 받기도 한다. 조금 섣부른 상상이기는 하지만 젊은 시인들의 문학적 야심이 그만큼 거대해졌다는 증거가 아닐까? 그렇지는 않은 것 같다. 오히려 '세계'라는 이 쉽게 손에 잡히지 않는 실감이 어떤 이유에서인지 시적 자아의 내부로 이미 들어와 있어서 세계를 상상하기가 그만큼 쉬워진 것이 아닌가 하는 생각에 더 오래 머물게 된다. 그러니까 예전 같았으면 너무 멀리 있어서, 혹은 너무 광활해서 도무지

쉽게 시 안으로 포섭할 수 없었던 '세계라는 감각'이 훨씬 젊은 시인들 가까이에 도달해버렸다고 할까. 혹은 더 가볍게 세계를 다룰 수 있게 되었다고 할까. 여러모로 시적 자아가 느끼는 감각이 별로 어렵지 않게 세계에 대한 인식으로 곧장 등치된다고 말하고 싶은 유혹에 빠지기도 하지만 그것이 사실은 아닐 것이다. 반드시 지금의 젊은 시인들만 그런 것이 아니라 예전부터 시인들은 이런 세계 인식의 도약을 보여온 것이 맞기 때문이다. 어찌되었든 2000년대 시인들에 비해 비교적 소소해진 시적 자아를 가동시켜 시를 써나가고 있다는 평가를 듣는 이들 2010년대 시인들이 '세계'라는 감각에 어떤 식으로든 가깝게 연루되어 있다는 것은 분명 흥미로운 현상으로 보인다.

그렇다면 우리의 논의를 좀더 정밀하게 전개시키기 위해 이들이 그려내는 세계가 어떤 곳인지 한발 다가가보면 어떨까. 이에 대한 응답으로 앞서 언급하지는 않았지만 송승언의 『철과 오크』를 먼저 읽어보고 싶다. 그의 시집을 넘기다보면 이 시집 안에 구현된 '세계'가 우리가 익히 알고 있는 어떤 공통 감각에 근거해서 작동되고 있지는 않다는 것을 느끼게 된다. 우리는 때로 중세 유럽의 축축하고 기괴한 숲 안에 들어와 있거나, 마을에서 떨어진 숙영지에서 모닥불을 피우고 죽은 새를 구워 먹고 있는 떠돌이 나무꾼들 사이에 함께 앉아 있는 것 같다. 어떤 때는 갑옷 입은 병사들이 초현실적인 그림자에게 조용히 잡아먹히는 장면을 목격하기도 한다. 한국 시에 어째서 이런 이국적인 배경이 자연스럽게 등장하게 되었을까? 특히 표제작인 「철과 오크」를 읽노라면 그간 우리 시사에서 보기 힘들었던 이 기묘하게 비현실적인 중세적 공간과 인물, 배경과 서사가 과연 어떻게 만들어진 것인지 더욱 궁금해진다. "불 앞에서 나무꾼들은 수십 개의 그림자를 벗으며 농담을 하고 있고/인간의 맛에 대해 이야기하고 있다//불그림자가 불의 주변을 배회하며 불그림자를 만들고 있고/새들은 여전히 침묵을 부리에 물고 있고//나무 위에서 열쇠들이 쏟아지고 있다/나부라진 옷가지들이 발자국을 가리고 있고/나무꾼들은 횃불을 나눠 들고 더 어두운 곳으로 움직이고 있고/잎이 풍경을 가리며 무성해지고 있고"와 같은 구절을 보라. 물론 이런 디테일들은 원본을 지시하며 인용되는 것이 아니라 체화되었다고 해도 좋을 만큼 설득력 있게 시 안에 녹아 있어서 그만큼 독특하고 개성적이다.

더 생각해보면 어쩐지 이 세계는 분명하게 계급이 나뉜 세계일 것 같고, 어디로 발을 내디뎌도 '몬스터'가 우글거리는 세계일 것도 같으며, 그래서 출구가 없이 뒤가 막혀 있는 공간일 것 같다는 막막한 상상을 하게 된다. 묘하게 '비현실적인 실감'이라고 할까. 한편 그 가운데서도 살기 위해서 인간을 포함하여 모든 것을 먹어치워야 하는 제한 조건을 겨우 통과하고, 몬스터를 하나씩 처치해나가며, 마침내 하나의 임무를 완수한 뒤 다음 스테이지로 이동할 수 있는 보상 혹은 아이템("열쇠들")을 손에 넣고, 다시 어딘가로 끊임없이 이동하는 소규모 무리를 떠올리는 것도 어렵지 않다. 중세를 배경으로 한 판타지 영화나 롤플레잉 게임 안에 들어와 있는 것 같은 기분이라고 굳이 말할 수 있다면 이것은 아마도 그가 게임을 즐기는 시인이라는 점에서 영향받은 해석임을 부인할 수 없으리라.

"게임의 소재는 우리가 사는 세상의 풍경만큼 다양하다. (……) 하지만 아마도 게임에서 가장 많이 소재로 삼은 것은 중세 시대, 그중에서도 특히 던전일 것이다"[1]라고 시작한 글에서 일단의 힌트를 얻을 수 있지 않을까. 같은 글에서 그는 "던전의 사전적 의미는 옛 성채에 딸려 있던 지하 감옥이지만, 오늘날 던전을 사전적 의미로 읽는 사람은 드물다. 게임 속의 던전은 숱한 괴물들이 보물을 지키는 미로이다. 던전의 세 가지 요소는 다음 정도로 요약할 수 있다. 어두침침한 미로, 몬스터와 함정으로 구성된

---

1) 송승언, 「던전이라는 형식」, 중대 대학원신문 312호, 2014. 9. 3.
http://gspress.cauon.net/news/articleView.html?idxno=20931 (검색일: 2016. 4. 18.)

난관, 그리고 보물. 그 요소들을 갖추고 있다면 벽돌로 만들어진 지하 미로이든, 동굴이든, 숲이든 모두 던전이라고 부른다"라고 말하면서 "던전은 그래서 한편으로는 유한하고 폐쇄적인 삶의 구조에 관한 메타포가 된다. 형식 아래에서만 비로소 추동되는 것들이 있다. 그래서 인간은 성취를 갈망하며 끊임없이 움직인다. 우리는 유한한 삶의 시간 동안 끝없이 성취를 갈망하지만, 현실에서의 성취는 크게 제한되어 있다. 반면에 게임에서 성취의 자리는 얼마든지 마련되어 있다"고 정리하며 게임의 설정과 세계관을 삶의 알레고리로 치환하기도 하며, 정해진 서사가 없이 매번 랜덤으로 펼쳐지고, 그렇기에 더욱 흥미롭게 무한히 반복할 수 있는 게임 속 세계가 얼마나 매력적인지 밝혀 적고 있다.

2. 몰락한 세계와 접속하는 세카이계 상상력

우리에게 흥미로운 부분은 바로 이 부분이다. 지하 미로, 난관, 동굴, 숲. 그리고 던전. 현실을 충분히 살아서 던전이라는 비유를 얻은 것일 수도 있지만 던전이라는 알레고리화된 기호를 통해 현실을 추체험하여 감각하는 면이 사후적으로 더해졌다고 할까? 송승언의 시에는 우리가 익히 알고 있는 소위 리얼한 실제 사회나 타인, 공동체에 대한 구체적인 재현이 빠져 있다. 그의 시적 화자는 마치 멸망한 세계에 홀로 남은 채로 알 수 없는 해변에 버려져서는 "이곳에 나를 버린 게 누구인지/생각하지 않았다/탈출을 꿈꾸지 않았다 알 수 없는//해변을 걸었다//멈추면/완성되지 못하는 침묵이 굴속에서 울었다"(「유형지에서」)고 말하며 외로움에 소스라치듯 울며 '갇힌/닫힌' 세계를 증언하고 고통스러워하는 것처럼 보인다. 동시에 "나무꾼들은 햇불을 나눠 들고 더 어두운 곳으로 움직이고 있고/잎이 풍경을 가리며 무성해지고 있고"(「철과 오크」)에서처럼 무엇이 나타날지 알 수는 없지만 큰 희망도 없이 담담하게 다음 스테이지를 향해 햇불을 들고 어둠 속을 걸어가는 존재들로 상상되기도 한다. 바로 이 길항 관계가 독특한 개성을 만들어낸다. 그럼에도 불구하고 아직까지는 닫힌 세계의 막막함과 무력함에 무게중심이 기울어져 있다는 느낌을 쉽게 부정하기는 힘들다.

인간의 기본 인식이 개인의 성숙과 함께 '하나의 개인으로서의 나'→'타인과 관계를 맺는 사회 혹은 국가'→'세계'로 넓어지고 확장된다면 그의 시에는 우리가 흔히 현실이라고 말하는 공간의 체험과 타인의 흔적, 공동체의 실감과 실상이 빠져 있다는 말을 해보고 싶은 것이다. 만약 송승언의 시가 "마치 의미를 비워낸 듯한 투명한 이미지들로 사태를 직관하는 가운데, 돌연 낯설기 그지없는 현상학적 풍경을 제시함으로써 독자를 기이하고도 비현실적인 시적 공간으로 안내"[2] 한다면 여기에는 물론 다양한 요소들의 힘이 공동으로 작용하겠지만, 그중에는, 마치 픽셀이나 기호로 축약된 채 랜덤한 무한 맵 위에서 펼쳐지는 — 던전으로 대표되는 게임 속 이미지가 무수하게 데이터베이스화된 채 적절하게 참조된다고 상정해볼 수 있다는 말이다. 이를 통해 그려지는 세계가 낯설게 느껴지는 것은 어떤 의미에서 당연한 것 아닐까. 송승언 시의 한 축이라고 할 수 있는 중세적 배경과 이미지, 캐릭터와 서사는 바로 삶에 대한 직접 체험이 게임 체험으로 대체된 시대, 뒤바뀐 리얼함의 감각이 성공적인 보편성으로 확대된 한 사례라고 말해볼 수 있지 않을까?

다시 정리하자면 2000년대 시인들에게 그 자리가 '대중문화'였던 것처럼, 2010년대의 시인인 송승언에게는 '개인'과 '세계'의 사이에서 이 둘을 매개하는 '타인/공동체/사회/국가'가 상실되고, 이곳이 게임 체험으로 대체된 듯한 인상을 준다는 것인데 이 대목에서 우선적으로 떠올릴 수 있는 개념이 바로 '세카이계(セカイ系, 世界界)'라는 것이다. '세카이계' 상상력

---

2) 강동호, 「의미의 미니멀리즘」, 『철과 오크』 해설, 120~121쪽.

이란 "한마디로 주인공과 연애 상대의 작은 감정적인 인간관계('너와 나')를 사회와 국가 같은 중간항의 묘사를 넣지 않고 '세계의 위기'나 '세계의 종말'이라는 거대한 존재론적 문제에 직결시키는 상상력을 의미"[3]한다. 이제는 널리 알려진 바와 같이 아즈마 히로키는 이것을 포스트모던한 시대의 자연스러운 한 현상으로 보며 "포스트모던에서는 수많은 이야기가 현실에 의거하지 않고 대중문화의 기억에서 허용된 인공 환경에 의거하게 된다"[4]고 지적하였는데, 비록 라이트노벨을 비롯한 일본 만화나 애니메이션 등의 예를 들며 설명하기는 하지만 "이러한 환경에서 이야기는 현실에 직면하지 않으며 또 직면할 필요도 없다. 캐릭터 소설은 데이터베이스를 참조하여 만들어지고, 그렇게 생산된 캐릭터 소설은 다시 한번 데이터베이스를 풍성하게 채운다"[5]는 주장은 최근 시가 씌어지고 읽히는 현실에도 충분히 유의미한 대목이라 하겠다. 송승언의 시는 바로 이러한 조건하에서 몰락해버린 세계와 직접 마주하는 대신 던전의 어둠과 미로를 통과하는 중이다. 그는 현실을 참조하는 대신 게임적 인공 환경을 알레고리 형식으로 가동하여 오히려 낯설고 이국적인, 그래서 개성적인 공간과 이미지를 성공적으로 조형해내고 있다.

---

3) 아즈마 히로키, 『게임적 리얼리즘의 탄생』, 장이지 옮김, 현실문화, 2012, 73쪽. 이 분야의 연구는 최근 젊은 시인들의 작품과 아즈마 히로키의 성과를 결합시켜 선구적으로 탐구해온 장이지의 공이 크다. 필자 역시 이러한 장이지의 성과에 상당 부분을 빚졌다. 보통 이 계열의 대표 애니메이션으로는 〈최종병기 그녀〉〈별의 목소리〉〈이리야의 하늘, UFO의 여름〉〈스즈미야 하루히의 우울〉 등이 꼽힌다. 사실 '세카이계'는 인터넷상에서는 이미 시효가 지난 용어가 되었지만 여전히 이와 관련된 데이터베이스와 세계관이 후속 작품들에 영향력을 행사하고 있음을 부인할 수는 없다.

4) 아즈마 히로키, 같은 책, 55쪽.

5) 아즈마 히로키, 같은 책, 같은 쪽.

3. 자존감의 상실—과장된 자기 이미지 그대로 어른이 되다

우리 시대의 어떤 시인들이 체험, 그리고 재현의 리얼한 현실로서의 사회와 공동체를 상실했다면, 이것은 아예 새로운 현상이 아니지만, 여기에는 분명 최근 우리 사회를 되비추어볼 수 있는 동시대적이고 사회학적인 이유도 있을 것이다. 얼마 전 출간된 사회학자 엄기호와 정신과 전문의 하지현의 대담은 이에 관한 흥미로운 관점 하나를 제공한다. 특히 하지현은 현장의 임상 경험을 토대로 지금 우리 사회의 젊은 구성원들이 사회 진출을 못하게 되면서 "꽤 늦은 나이까지도 항상 나는 일 인분이 못 된다고 자각하고 지내는 것이 자연스러운 사회가 되었"[6]다고 지적한다. 그런데 바로 이런 생각이 "'나는 완전하지 못하다' '나는 결함이 있는 게 분명하다'로 이어"[7]져서 스스로에 대한 자존감의 상실로 나아간다는 것이다. 더욱 중요한 것은 인정받지 못했기에 여전히 청소년기의 심리 상태를 그대로 간직한 채 성장하게 되며, 따라서 "모든 걸 다 할 수 있다는 전능감에 더해서, 나만 유일하게 독특한 존재라고 믿는 마음과 더 나아가 절대 부서지지 않는, 불멸의 존재이고 싶다는 환상까지 갖게 되는 것이 특징"[8]이라는 점도 덧붙인다. 즉 자존감의 상실 이면에는 청소년기 특유의 '과장된 자기 이미지'가 있는데 원래대로라면 적절한 시기에 자연스럽게 사회에 진출하여 타인과 만나고 일정한 경험을 통과하면서 단계적으로 극복되어야 할 것이지만 사회 진출 자체가 어려워지면서 이런 과정은 생략되고 전능감이 여전한 채로 곧장 어른이 된다는 것이다. 만약 여기에 '인간관계의 근육이 쇠퇴하는 현상'[9]까지 더한다면 어떨까. 현격하게 축소된 인간관

---

6) 엄기호·하지현, 『공부중독』, 위고, 2015, 26쪽.

7) 엄기호·하지현, 같은 책, 같은 쪽.

8) 엄기호·하지현, 같은 책, 35쪽.

9) 하지현은 지금 세대의 또 하나의 특징으로 "기본적인 관계의 하한선도 존재하지 않게 된 첫 번째 세대"가 당도했다고 말한다. 즉 "옛날 같으면 학창 시절 때 시간이 많으니까 친구들과 어

계와 거기에서 오는 일상 체험과 실감의 급격한 사라짐 현상은 이미 2000
년대 시인들에게도 지적된 것이지만 이제는 그 정도가 더욱 심해져서 살
아 있는 타인과의 정서적 관계나 상처, 실패, 거기에서 오는 다양한 감정
관계들을 축적하는 것이 상대적으로 어려운 시대가 되었다는 것이다.

그러니 성장하자고 말하려는 게 아니다. 그러니 어떻게든 빨리 사회로
진출해서 더 많은 사람을 만나고 현실의 실감을 회복해서 시를 쓰자는 말
이 아니다. 심리학자나 사회학자라면 응당, 또한 우선적으로 그렇게 말할
수 있겠지만 시는 다르다. 시는 우리 시대의 변화한 현상과 겹치면서, 독
특한 미적 형상으로 그것을 구현하고 재가공해냄으로써 기본적으로 상
징계의 한계와 모순을 폭로하기도 하지만 동시에 이 모든 것을 주체 쾌락
의 구조로 재전유하여 이곳저곳에 설명이 쉽지 않은 쾌락을 덧붙이기도
한다. 온전히 도덕적이고 윤리적인 것으로만 시를 쓰고 읽는 것이 아니라
도덕과 비도덕, 윤리와 비윤리를 뒤섞어서, 이상하게 불투명하고 무조건
옳다고만은 할 수 없는, 오히려 비도덕과 비윤리라는 기이한 외설적 보충
물을 은밀하게 가동시켜, 단순히 도덕/윤리/정치적인 어떤 것으로만 설명
되지 않는 미적 형상을 만들어내는 것이다. 자아 중심의 심리학 또는 일

울리면서 자연스럽게 배울 수 있는 게 있었거든요. 친구 집에서 자고, 놀고, 친구 엄마한테 밥
얻어먹으면서 '잘 먹었습니다' 인사드리고 나오고, 이렇게 남의 집에 가서는 어떻게 해야 한다
는 것을 자연스럽게 익혔죠. 친구 형이 내 형 같기도 하고, 그래서 그 형 물건을 만졌다가 맞기
도 하고, 그런데 친구 형이니까 참아야 하는 거고, 그런데 집에 가서는 말할 수 없고, 내가 잘못
해서 맞은 거니까. 이런 식으로 몸으로 익혀나갈 기회가 있었는데, 지금 친구들은 일곱 살 때부
터 학원 뺑뺑이를 도니까 친구 집에 가본 적도 없고, 오랜 기간 동안 징그럽게 서로 치고받고 싸
우는 경험들도 못하고, 그렇게 파편화되어 살다가 어느 순간 대덩이 되는 거예요. 내가 어디쯤
에 있는 누구이고, 어느 정도인지 잘 모르는 거예요. 그럴 기회가 없었던 거죠. 그러니까 관계
에 있어서 기본적인 기술 자체가 결핍되어 있을 가능성이 있어요. 그래서 픽업 아티스트가 가르
칠 가능성도 있는 거예요. (……) 그걸 『아프지 않다는 거짓말』이란 책을 쓴 가이 윈치의 말을
빌리자면 '인간관계의 근육'이 쇠퇴한 것이라고 비유할 수 있어요"라고 정리한다.(엄기호·하지
현, 같은 책, 41~43쪽)

반적인 사회학, 혹은 지나치게 정치성과 윤리를 강조하는 비평과 구분되는 시의 개성이 여기에 있다. 비평은 이것을 두루 다 읽어낼 수 있어야 하지만 우리 비평은 지나치게 시를 순결하게 해석하고, 오로지 재빨리 구원해내려고만 한다. 오직 시만이 우리에게 허락된 유일한 희망이어야 한다는 듯이. 그러한 노력과 극진한 애정을 부정하려는 것이 아니다. 이는 분명 믿고 싶은 꿈이지만 조금만 더 치열하게 시의 육체를 두루 살피고, 그다음에 희망을 말하면 안 되는 것일까. 윤리는 남지만 미(美)가 사라지는 사태에 대해 말하고 싶은 것이다. 미는 윤리적일 수 있지만 언제나 윤리적이지만은 않다.

4. 데이터베이스와 시뮬레이션의 시

아무튼 이러한 상황과 조건이라면 지금 우리 사회를 살아가는 젊은 세대뿐만 아니라 기성세대조차도 사회와 국가를 예전만큼 실체적으로 감각하거나 상상하지 못하고 곧바로 자기 존재와 세계가 날것으로 대면하는 '세카이계 상상력'을 펼치는 것이 어색하지 않다. 예전과 같은 방식으로 타인과 사회와 공동체와 국가를 리얼하게 상상하는 것이 오히려 더 어색한 일이 된 것이다.

그는 재잘거리기를 좋아하는 평균 신장과 체중의 한국인이다 그는 내 품에 안겨서 멍청한 표정을 짓는 사랑스러운 서울 출신의 이십대 남성이다

책을 읽어주면
금세 잠이 들곤 했다 피곤한 하루였으니까 따뜻한
불을 쬐고 있으면 눈이 서서히 감기고야 마니까

"들어봐, 내가 이상한 기사를 읽었어"
— 물리학자들, 신의 입자 발견
"대체 그게 뭔데?"
"나도 몰라"

그는 그렇게 말하고는 내 품에 파고든다 더 파고들 것이 없는데도 무엇인
갈 더욱 원한다는 듯
나는 그가 무겁다고 생각하며 두 팔로 그를 안았는데

밖에서는 눈이 내린다
전쟁중이라고는 믿을 수 없을 정도로 하얀 눈이다
"이 정도의 눈을 보는 건 처음 있는 일이야"

난로가 내뿜는 열과 빛이 실내의 온기를 순환시켰다 차가운 것이 뜨거워지
고 뜨거운 것이 다시 차가워지는 동안 그는 여전히 나에게 안겨 있었다

"뭐해?"
"네 숨소리 들어"
"시시해"

나도 그래,
말하는 대신 나는 창을 열었다 그러자 전쟁중이라고는 믿을 수 없을 정도
로 하얀 눈이 실내에 들이닥쳤다

무엇이라고 말할 수 없을 정도로 희고 차갑고 작은 것들이 공중에서 녹아
내릴 때,

사랑스러운 한국인 남성인 그가 불안하면서도 여전히 무엇인갈 바라는 눈
으로 나를 보고 있었다

—황인찬,「동시대 게임」전문

앞에서 이미 밝혔듯이 '세카이계' 상상력이란 "한마디로 주인공과 연애
상대의 작은 감정적인 인간관계('너와 나')를 사회와 국가 같은 중간항의
묘사를 넣지 않고 '세계의 위기'나 '세계의 종말'이라는 거대한 존재론적
문제에 직결시키는 상상력을 의미"함을 되새겨본다면 황인찬의 두번째
시집『희지의 세계』는 그야말로 세카이계 상상력이 주요 배경을 이루고
있는 시집이라고 할 만하다. 이를 위해 우선 세카이계의 대표 작품이라고
할 수 있는 신카이 마코토의 애니메이션〈별의 목소리〉(2002)를 검토해볼
필요가 있다.〈별의 목소리〉는 다음과 같은 여주인공의 대사로 시작된다.
"세계……라는 단어가 있다. 난 중학교에 다닐 무렵까지 세계란 휴대
폰의 전파가 도달하는 곳이라고 막연히 생각했었다. 하지만 어째서일까.
내 휴대폰은 누구에게도 울리지 않는다. 여보세요, 거기 누구 없니? 난 어
디까지 가면 되지? 나…… 외로워 (……) 있잖아, 난 어디에 있는 거지?
아, 그렇구나. 난 더이상 그 세계에 존재하지 않는 거구나."
이 애니메이션에서 세계는 알 수 없는 이유로 외계인의 침공을 받는
다. 2046년 7월, 중3 여학생 미카코는 지구를 구하기 위해 유엔군의 우주
선 멤버로 선발되어 사랑의 친밀한 감정을 나누던 동급생 남자친구 노보
루와 이별한다. 이후 둘은 먼 우주 공간을 사이에 두고 휴대폰 메일을 주
고받는데 외계인과의 국지적인 전쟁은 지속되고, 미카코는 점차 지구에
서 멀어지게 된다. 외로움은 깊어간다. 격렬한 전투중 마지막으로 보낸 메
일이 지구에 도착하려면 8년 224일 18시간이 걸리고, 결국 그녀는 우주
에서 혼자 죽는다. 하지만 마지막 순간에도 지구의 노보루를 떠올리며, 비
를 맞고, 편의점에서 함께 아이스크림을 먹는 등의 소소한 일상을 눈물겹

도록 간절하게 그리워한다. 지구에 남은 노보루는 기약 없는 기다림 속에서 그녀를 잊기로 마음먹었다가 1년 넘게 걸려 도착한 그녀의 메일을 받고 직접 그녀를 만나러 가기 위해 그때부터 우주비행사의 꿈을 꾼다. 결국 성인이 되어 함대 승선을 앞두게 된 상황에서 8년 전 그녀가 보낸 마지막 메일을 받는다. 미카코는 죽어가면서 "우리들이 생각하는 건 오직 한 가지뿐, 노보루군. (두 주인공의 목소리가 겹치면서) 난 여기에 있어"라고 말한다.

이처럼 세카이계 애니메이션에는 기본적으로 종말을 앞두고 있거나 위기에 처한 세계, 실종된 공동체 혹은 국가, 대타자에게 호명되어 이유를 알 수 없이 동원되는 초인적인 힘을 가진, 그러나 상처받기 쉬운 여주인공, 이를 안타깝게 바라보는 무력한 남주인공, 그리고 그런 남주인공 앞에서만은 한없이 순애보적인 사랑과 헌신을 선보이는 여주인공, 이 둘이 나누는 순결한 사랑과 일상의 소소하고 애틋하면서도 빛나는 풍경들이 주된 데이터베이스를 구축하고 있다. 이제는 현실 체험 대신 이러한 정보들이 공통 감각으로 작동하는 시대가 된 것이다. 그러니까 황인찬의 시는 바로 이 정보를 공유한 사람들에게는 비교적 익숙한 테마를 반복하고 변형시키면서 시를 시뮬레이션해나간다. "'이자 관계로 그려진 그의 연애담'은 문학의 전통이 '매뉴얼화'한 것처럼 어딘지 '매뉴얼'의 냄새가 난다. 그것 역시 일종의 폐쇄회로다"[10]라는 말은 그런 의미에서 매우 암시적이며 정확한 지적이 아닐 수 없다.

인용 시 또한 마찬가지이다. 가장 눈에 띄는 것은 "밖에서는 눈이 내린다/전쟁중이라고는 믿을 수 없을 정도로 하얀 눈이다"에서 알 수 있듯이 세계는 전쟁중이고, 일촉즉발의 위기 상황이라는 점이다. 즉 '타인/사회/공동체/국가'는 지워지고 오로지 사랑하는 연인만이 종말의 세계와 직접

---

10) 장이지, 「폐쇄회로의 시니시즘」, 『희지의 세계』 해설, 민음사, 2015, 135쪽.

맞닿아 있는 것이다. 이렇게 되면 연인의 감정이 곧장 세계의 운명을 좌우하는 중요한 사건이 되며, 그만큼 연인의 관계는 더 로맨틱하고 집중도가 높아질 뿐만 아니라 실제로 세계의 역사를 대신할 수도 있게 된다. 불행하고도 비극적인 세계는 어찌 보면 비현실적으로 평화롭게 보이는 연인의 모습과 대비되며 묘한 긴장감과 함께 안정감을 준다. 왜냐하면 세계가 몰락하고 있는데 연인은 서로 책을 읽어주거나 숨소리를 들으며 지극히 일상적이고 소소한 생활을 지속하고 있기 때문이다. 이것은 어쩐지 '운명의 피해자이지만 유일하게 선택받은 생존자'의 느낌을 전해주기에 비현실적이지만 믿고 싶은 풍경으로 다가오는 것이다. 시에 등장하는 '애인—한국인 남성'은 시종일관 시적 화자를 갈구하는 듯한 태도로 순정을 드러내고 있다. 시적 화자의 정체성이 밝혀져 있지 않아 확언할 수는 없지만 상대방이 남성이라는 점에서 '일반인 남자 주인공—초인적인 여성 주인공'이라는 세카이계의 중요 설정은 어쩐지 '매력적인 남자—평범한 한국인 남자'의 캐릭터 관계로 변주되어 있는 듯한 인상을 준다.

이렇게 되면 사회적 위치를 할당받지 못하여 발생한 '나는 완전하지 못하고 결함이 있다'는 자존감의 하락은 상대 연인의 일방적인 구애와 순애보로 충족을 받을 수 있게 되고, 청소년기의 심리 상태—즉 '모든 걸 다할 수 있다는 전능감과 나만 유일하게 독특한 존재라고 믿음 혹은 불멸의 존재이고 싶다는 환상'은 전쟁의 와중에서도 나와 연인만은 특별하게 살아남아 비현실적으로 느껴질 정도의 소소한 일상을 평화롭게 영위하고 있다는 기묘한 안정감으로 보상받게 된다. '주체의 퇴조'(장이지)이지만 동시에 '전도된 전능감'의 구현을 보여주는 대목이다. 이러한 해석이 황인찬 시에 대한 단편적인 비판으로 들리지 않기를 바란다. 황인찬 시집에 접근하는 경로는 많겠지만 지금 우리는 오히려 황인찬이 바로 이러한 데이터베이스화된 세카이계의 정보를 조합하여 마치 미소녀 시뮬레이션 게임처럼 만들어낸 시로 '시대와 세대의 보편성'을 담아내는 설득력 있는 개성을 만들어냈다고 말하고 싶은 것이다.

흥미로운 것은 황인찬의 시적 화자가 이러한 시적 상황을 통해 쾌락을 만들어내면서도 일정 정도 자기가 펼치고 있는 시뮬레이션이 일종의 환상이라는 생각 때문에 고통받고 죄책감에 시달린다는 점이다. 자신은 게임 속 유저이며, 지금 자신의 눈앞에 펼쳐지는 캐릭터의 극화(시로 만들어낸 환상) 바깥에는 실제 현실—즉 아무것도 제대로 이루어지는 것이 없고 마음에도 들지 않는 폐허 같은 현실이 존재한다는 것을 이미 감각하며 '게임 속/게임 바깥'을 미묘하게 비틀거나 상호 간섭하는 상태로 문득문득 보여준다는 것이다. 인용 시 중 "그는 내 품에 안겨서 멍청한 표정을 짓는 사랑스러운 서울 출신의 이십대 남성이다"라는 구절에서 알 수 있듯이 시적 화자는 자신을 사랑하도록 시뮬레이션된 상대에 대한 지속적이고 은근한 혐오의 감정을 갖고 있다. 이것은 단순한 혐오라기보다는 자신이 만들어낸 가상의 캐릭터에 대한 염증이고 비틀린 자각의 흔적으로 읽힌다. 뿐만 아니라 이번 시집의 마지막 시 「인덱스」에서도 "동네의 오래된 폐가였다//이곳에 오면 미래의 연인을 만날 수 있다는 그러한 말을 나는 믿었다//(……)//아무도 없는 집에서 나는 알았다 내 사랑의 미래가 거기에 있고 지금 내가 그것을 보았다는 것//나는 깜짝 놀라서 집을 나왔고//이제부터 평생 동안 이 죄악감을 견딜 것이다"라는 구절을 확인할 수 있는데 이것은 마치 자신의 현실, 그리고 사랑이 실제로는 '폐가'에 불과한데도 그 안에서 다양한 캐릭터를 등장시켜 구현해나가는 가공의 작업- 시쓰기에 대한 죄책감이 반영된 것으로 읽힌다. 사실 폐가 안에는 아무것도 없다. 이것이 현실임을 인정해야만 살아갈 수 있다면 어찌할 것인가. 혹은 이제부터 타인/사회/국가와 직접 대면해서 상상 속 이미지로만 존재하는 폐가를 재건해나가야 한다면 어떻겠는가. 바로 이 대목이 황인찬의 시적 화자가 지닌 메타적 인식이자 '자율적 주체화'[11]가 보다 의지적이고 윤리적으로 발동할 수 있는 출발점이라고 할 수 있겠다. 그러나 미의 측면에서라면, 그는 이 폐가를 떠나고 싶어하지 않을 수도 있다.

5. 국가/사회/공동체/타인의 궤멸과 남은 자의 시쓰기

송승언과 황인찬이 보여주는 세카이계의 상상력은 경제 불황의 여파로 실제로 몰락하는 것처럼 느껴지는 이 세계에 의해 그 현실적 설득력을 보충받고, 또한 지속적인 사회와 공동체 경험의 상실, 사회적 진출이 무한정 연기되면서 일 인분의 몫을 할 기회를 잃고 어느덧 미래에 대한 기대가 사라져버린 시대의 현실적인 무기력과 희미한 전능감을 동시에 보여준다는 면에서 앞선 세대와의 변별점을 지니며 동시대적 감수성을 일정 부분 대표한다고 볼 수 있다. 그러나 이상의 해석은 자칫 인식의 정밀성과 현실 해석의 정밀성을 강조한 나머지 현실의 힘을 과장하고 실천의 자리와 가능성을 지나치게 협소하게 만들 위험이 있는 것도 분명 사실이다. "자본주의의 법칙을 너무나 잘 인식함으로써 오히려 실천을 차단당하는 것이다."[12] 이런 가운데 최근 발간된 백은선의 『가능세계』는 범주화의 위험과 오류를 무릅쓰고 말하자면 같은 세카이계 상상력을 배경으로 하는 시집이지만 앞선 두 사람과는 다른 방식의 상실감과 파토스를 보여주고 있다는 면에서 인상적이다.

사실 백은선의 시들은 "화자만이 알 수 있는 특정한 정황 속의 단편적

---

11) 푸코는 '종속적인 주체화'와 '자율적인 주체화(혹은 미학화)'를 구분한다. 지배적인 사회 규범을 따르는 선택이라고 할지라도 거기에는 주체의 자유 의지가 작동하며 이것은 단순한 지배 규범을 조금 더 복잡하고 다양하게 굴절시킬 수 있다는 것이다. "그것은 자기에 의한 자기의 형성 과정에 초점을 맞추면서도, 전통적인 교양주의의 이념에 의존하지 않는 새로운 이상을 제시한다. 그 이상은 바로 기존의 지식과 권력관계와 정체성에서 벗어나 존재의 가능한 자유를 펼치고 시위하는 것이다."(이상길, 「취향, 교양, 문화 — 사회학주의를 넘어서」, 『문학과사회』 2014년 여름호, 254~259쪽 참조)

12) 이택광, 『99% 정치』, 마티, 2012, 52쪽.

이미지들과 그러한 정황이 환기하는 정서들을 마구 뒤섞어 무질서하게 토해놓고 있다. (……) 모든 시들이 어느 정도는 즉흥적으로 씌어지고 있다는 생각마저 들게 된다. 재현할 명백한 대상을 애초에 갖지 않은 시, 시를 쓴 시인조차 무엇을 쓴 것인지 알아채기 어려운 시"[13]라는 인상을 준다. 적절한 지적이 아닐 수 없다. 하지만 그런 생각에 동의하며 1부를 읽은 뒤, 2부를 읽어나가기 시작하면서부터 이상할 정도로 읽는 이의 감정이 움직이기 시작하는데 그것은 차츰 수위를 높여나가다가 표제작인 「가능세계」에 이르면 작은 폭발에 이르게 된다.

이게 끝이었으면 좋겠다 끝장났으면 좋겠다

젖은 솜처럼

해수어와 담수어의 사이만큼

이미 실패했지만 다시 실패하고 싶다

(……)

사진사에게
본 적도 없는 빛을 주세요
빛바랜 인화지 위 가장 긴 노출을 담아
끝장이라고 다 끝이라고
불러주세요 나를

---

13) 조연정, 「소진된 우리」, 『가능세계』 해설, 211~212쪽.

(……)

왜냐고? 끝장나라고
됐어 다 필요 없어
말로 할 수 없는 말이
말뿐인 말로
앞발이 잘린 채 뒤틀릴 때
온도와 함께 혓바닥을 잃을 때

(……)

왜 잊히지 않는 걸까

—백은선, 「가능세계」 부분

    시를 다 읽어도 대체 어디에서 이 격렬한 파토스의 근원을 찾아야 할지
알 수 없어 혼란스럽다. 한 가지 분명한 것은 시적 화자가 어떤 잊지 못할
트라우마적 사건 때문에 깊은 충격을 받았고 이로 인해 세계가 몰락하고
있다는 느낌을 받았으며, 마침내 더이상 기대할 것도 없는 이 세계가 차
라리 완전히 끝장나버리기를 바란다는 것이다. 이 역시 개인과 세계 사이
에 '타인/사회/국가'라는 매개항이 아예 없으며 그렇기에 더욱 날것의 상
태로 '나'와 '세계'가 대면하고 있기에 가능한 상상력이다. 폭력적이고 일
방적이며 지극히 공격적인 어조이지만 여기에는 어쩐지 그만한 깊이의
상실감과 고통이 결합되어 있는 것처럼 느껴져서 절망의 강도가 유난히
세다. 그런데도 제목이 '가능세계'이다. 이것은 마치 이 지독할 정도의 구
제불능의 세계가 전부 망해버리고 다시 새로운 세계가 열리기를 바라는

외침같이 들리지 않는가?

물론 그런 첫인상이 전부는 아닐 것이다. 시를 읽으면서 가졌던 의문은 어느덧 우리 모두에게 충격으로 남았던 공통 감각 하나와 연결된다. "여보세요. 거기 누구 없나요. 냄비는 뜨겁고 손과 물 혹은 손에 갇힌 손, 물에 갇힌 물. 그건 균열에 대한 이미지. 눈이 내리기 직전에는 모든 것이 자리를 바꾸지.//(……)//꼼짝 말고 여기 있어."(「아홉 가지 색과 온도에 대한 마음」), "물밑에서 얼굴을 본 날. 방으로 돌아와 썼다. 아무도 못 믿어. 아무도 못 믿어. 종이를 찢으며, 귀머거리는 불 속에서 노래한다. (……)//신발을 벗은 사람에 대해 써보자./물을 딛는 숨소리에 대해 써보자./눈보라 속의 육체 그리고 육체 속 눈, 눈.//세계의 처음에 거짓말이 있다.//(……) 두 귀를 팔아 노래를 산다면. 무엇을 부를까. 부를 수 있을까."(「독순」), "가라앉은 배, 찢어진 나무/(……)/종말 직전 동물들이 느끼는 것"(「질문과 대답」, 108쪽)과 같은 구절들은 어떤가.

2부 전반을 가득 메운 이 물과, 물속에 잠들어 있는 얼굴의 이미지와, 살려달라는 목소리, 갇힌 손, 꼼짝 말고 여기 있으라는 말과, 가라앉은 배, 찢어진 나무와, 종말, 그 이후, 다시 그 이후, 무엇을 더 쓸 수 있는가 자문하는 문장들……을 읽노라면 누가 말해주지 않아도 우리는 너무나도 선명한 사건을 떠올릴 수 있게 된다. 그것은 지워졌는가? 그것은 잊혔는가? 그래도 되는가? 그럴 수도 있는가? 무엇보다 분명한 것은 '세월호 참사'가 우리에게, '국가'의 몰락을 지나치게 선명하고 극단적으로 알린 사건이었다는 점이다. 국가가 있어야 할 자리는 지워지고, 대신 오히려 살릴 수 있는 아이들과 승객들을 손 한번 써보지 못하고 떠나보냈다는 무력함만이 남았다. 이는 도미노처럼 '국가/사회/공동체/타인'을 차례로 궤멸시키면서 우리가 누구에게도 보호받지 못하고 홀로 버림받았다는, 그럴 거라는, 공통 감각과 트라우마로 이어졌다. 그러니까 백은선의 시적 화자는 시집 전반에 걸쳐 한 번도 직접적으로 호명된 바는 없지만 마치 부유물처럼 세월호가 자신에게 남긴 흔적들을 절단된, 파탄난, 그럼에도 불구하고 말해야만 하는, 원본이 있지만 제대로 재현해낼 수 없는, 실패와 불가능성으로 귀결될 수밖에 없는, 그럼에도 견디고 겨우, 드문드문, 그러나 강렬한 파토스에 담아서 말해내는 방식으로 형상화해낸다. "말하려고 했다. 세계나 인간 같은 것.//(……)//네 얼굴은 갈가리 찢겨 있어./눈과 코와 입이 전부 따로 놀아."(「비신비」, 194쪽)

6. 눈과 돌, 눈 대신 돌

  그러나 앞선 두 시인과 달리, 백은선의 시에는 세계의 위기나 종말은 있지만 결정적으로 '주인공과 연애 상대의 작은 감정적인 인간관계'가 없다. 그러니까 종말을 견디어낼 수 있는, 혹은 우회할 수 있는, 또는 외설적으로 보충해낼 만한 '사랑'이 빠져 있는 것이다. 사랑에 관해서라면 상대적으로 황인찬의 시가 가장 적극적이며, 그다음에 비교적 담담한, 사랑을 간절히 원하지도 그렇다고 아예 부정하지도 않는 송승언의 시적 화자를 배치할 수 있겠고, 가능성을 거의 인정하지 않는 백은선의 시적 화자를 가장 마지막에 놓아볼 수 있겠다. 따라서 같은 세카이계 상상력을 펼쳐내는 시인들이라 할지라도 백은선의 경우, 그야말로 세계와 맨몸으로 혼자 만나고 있다는 말이 가능해진다. 따라서 그녀의 시적 화자가 아무것도 믿지 못한다는 점에서 비극성은 증가하며 한 인간이 견뎌내야 할 파토스의 내압은 더욱 상승한다. 감정적으로 휘몰아치는 격정 속에서 언어를 이어나가게 된다는 말이다. 송승언이나 황인찬과는 완전히 다른 방식의 언어다.
  "세계의 처음에 거짓말이 있다"(「독순」)는 말처럼 세계에 대한 기대를 완전히 상실한 사람이라면 타인과 만나 생성되는 신비가 끼어들 여지가 없다. 그런 의미에서 백은선의 시적 화자가 세계와 대면하는 쿠션은 오직 자신의 불가능한 의지뿐이다. 애초에 싸움이 되지 않는 것이 세계이고, 자신은 너무나 연약하기에, 총동원할 수 있는 것은 불가능하다고 여겨지는 스스로의 의지밖에 없는 셈이다. 고통스럽지만 어떤 경우에라도 포기하지 않겠다는 의지라고도 바꿔 말할 수 있겠다. 따라서 "가장 불가해한 것에 도달하고 싶었어//(……) 끝장난 다음 자리를 벗어날 수 없었다 끝장난 자리를 맴돌며 흩날린다 눈, (……) 확인할 수 없는 물질에 대한 것 넘어서는 지점에서 거꾸로 다시 시작되는 것 이전과 같이 이후 없는 것 오로지 믿음 안에서만 감각으로 실현되는 것 이것을 눈이 내린다고 말한다"(「비신비」, 202쪽)와 같은 시를 읽으면 (불가능하지만) 자아를 최대한으로 팽창시켜 자신만의 믿음 안에서 반복이라는 주술로 이 세계를 온통 눈으로 덮어버리겠다는 (불가능한/간절한) 욕망을 확인하게 된다.

그러지 않아도 홀로 자란 세대가, 타인이 희미하고, 공동체는 약화되었으며, 사회는 자신을 불러주지 않고, 국가는 제 당연한 임무를 버렸을 때, 바닷속 죽음을 위로하듯이, 세계를 희게 덮어서 없애버리겠다는 듯이, 폐허를 덮고 그래서 다른 세상을 만들어 보이겠다는 듯이, 오로지 홀로 버티고 서서, 자신의 믿음 안에서 종말의 세계에 눈을 내리는 것이다. 서럽고 아프고 원통한 눈이다. 세카이계의 관점에서라면 마치 〈에반게리온〉의 신지가 극도의 우울함 속에서 내면을 거대하게 부풀려 자신을 버린 부모, 그리고 그로 대변되는 부조리한 세계와 맞서 분노를 터뜨리는 형국이라고 할 만하다.

온통 가득했던 상처받은 정념과 파토스는, 그러나 시집의 후반부로 가면서 차츰 정리되며, 마지막에 이르러 호흡을 고른다. 그 물질적 속성에 기대자면 눈은 언젠가 녹아 사라지고, 곧 지워지며, 폐허의 세계는 이내 다시 모습을 드러낼 것이다. 그렇다면 어떻게 할 것인가. 백은선은 이제 '눈' 대신 '돌'을 선택한다.

우리는 모든 쓸모없는 것들에 대해 생각하기로 생각을 한다. (……)

어떤 사람은 수간이나 미러볼 혹은 죽음과 사랑을 소재로 삼았다. 특별한 것 센 것이 근원에 가까이 갈 수 있는 통로가 될 것 같았다. 나도 그랬다. 실종된 형제에 대해 쓰고 폭력과 근친에 대해 썼다. 수치스럽고 즐거웠다. (……)

강바닥에는 무엇이 있을까. 나는 찢어진 타이어 속을 오가는 민물고기나 오래전에 투신해 앙상해진 몸을 생각했다. 이제 우리는 세 번씩 반복해서 말해야만 하고 그것은 의미 없는 일이지만 중요하다. (……)

혼종에 대해 말하거나 쓰는 것 그런 담론 속으로 이끌려가는 것은 어려운 것이 아니다. 그러나 혼종은 없으므로. 우리는 혼종에 대한 혼종, 일종의 갈망에 대해 말하려고 하는 것 같다. 아무도 그렇게 생각하지는 않겠지만 이것은 사라진 마을에 대한 복기이고, 그 마을의 나무 아래 있던 돌에 대한 나의 생각이다. 이것은 아무것도 아니다. 돌은 어디에나 있고 우리는 그것을 안다.

　　　　　　　　　　　　　　　　　　　　　　—백은선,「도움의 돌」부분

　시집의 마지막에 실린 이 작품은 마치 고통과 방황의 뒤에 새롭게 던지는 다짐으로 읽힌다. '나'는 '우리'로 바뀌고 바로 그런 의미에서 자기 세대의 문학론을 밝혀 적는 것처럼 읽히는 위의 시에서 시적 화자는 세고 자극적인 것이 아니라, 오히려 아무것도 아닌 것처럼 보이지만, 어디에나 있는 평범한 '돌'에 대해서 잊지 않고 기록해나가겠다는 다짐을 밝힌다. 당연히 있어야 할 작고 연약한 목숨에 대한 흔들리지 않는 기억, 그 갈망을 약속하는 것이다. 이것은 '국가'가 무너져 폭력적으로 나와 세계의 매개항을 잃었지만, 그래서 홀로 남겨졌지만, 오히려 떠난 사람들에 대한 사랑을 간직하고, 그것을 이 세계의 모든 작지만 소중한 것들에 대한 사랑의 힘으로 전환시켜 지금 현실을 살아내겠다는 다짐이기도 하다. "이제 우리는 세 번씩 반복해서 말해야만 하고 그것은 의미 없는 일이지만 중요하다"는 말은 사랑이라는 관점에서, 남은 자의 임무가 무엇인지 돌아보게 만든다는 점에서, 백은선 시의 경로를 다시 재조정한다. 이렇게 백은선의 시적 화자는 나와 세계의 사이에, 떠난 사람과 남은 사람이 사랑으로 연결되는 공동체 하나를 건설한다. 이 다짐이 앞으로 어떻게 펼쳐질지 궁금해지지 않을 수 없다. 윤리가 아니라 미의 측면에서라면 아마도 더 많은 것을 고려해야 하리라.

7. 윤리가 남지만 미에 대해 더 이야기해야 합니다

백은선의 「도움의 돌」을 거쳐 우리는 다시 송승언의 시 「돌의 감정」으로 돌아온다. 사실 송승언의 「돌의 감정」에 대해서라면 이미 이 책의 앞선 글에서 언급한 바가 있다. "옴짝달싹하지 않고 싶다 더는 네가 불러도 가지 않고 싶다 차갑더라도 여기 머물고 뜨겁더라도 여기 머물기로 한다 너에게 호명되지 않는 위치에서 너를 호명하지 않기로 한다 애초에 남이니까 남 아닌 것으로 위장하지 말기로 (……) 내가 어떤 것으로 불리는 법 없기로 없다고 한다면 없는 것으로"(「돌의 감정」)라는 구절을 통해 우리는 지금 젊은 시인들이 차라리 이 사회의 어떤 호명에도 응답하지 않는 방식으로 자본주의 사회를 버티고 있으며 그것이 바로 사회적 호명이 실종되어버린 사태가 빚어낸 전면화된 무력감과 무기력을 견디는 '돌의 감정'이 아니겠냐는 해석이었다. 단순화의 위험이 있기는 하지만 송승언은 돌로 남으려는 자이고 백은선은 돌에 대해 기록하려는 자라고 말해도 좋겠다. 둘 사이에 '폐가'(종말의 세계)를 세카이계 시뮬레이션 연애담으로 대체하려고 했던 황인찬이 있을 것이다. 무엇보다도 몰락한 세계, 위기의 세계에서 젊은 시인들이 선택한 사물이 '돌'이라는 것은 의미심장해 보인다. 돌이야말로 상처받지 않는 물질, 비교적 단단한 물질, 어디에나 있는 흔한 물질이다. 그러나 바로 그 사소함으로 끝까지 오래 살아남는 물질이 아니던가. 바로 이것이 지금 젊은 시인들이 꿈꾸는, 세카이계 상상력 안에서의 잠정적이고 물질적인 '자기 이미지'라는 생각이 든다. 이제 우리는 논리적 정합성에 대한 과도한 욕망을 거둬내고 송승언의 「돌의 감정」을 다시 읽는다. 문득, 보지 못했던 것들이 보인다. 이 시는 지금 젊은 세대의 아픈 생존법이 고스란히 담겨 있지만 꼭 거기에만 그치는 것은 아닌 듯하다. 우리가 미처 읽지 못한 것은 무엇이었을까. 특히 마지막 두 연을 유심히 살펴볼 필요가 있다.

　　다만 있다고 한다면 추락하기로, 벼랑에서 떨어져 부서진 상태이기로, 더
　　부서질 수 없을 파편들로

　　너와 내가 아닌 모든 자리로 말이 되어 번개가 되어 일용할 만나가 되어
　　　　　　　　　　　　　　　　　　　　　　　—송승언, 「돌의 감정」 부분

　돌의 상태 그대로 머물 줄 알았던 시는 거기에서 끝나지 않는다. 돌은 추락하고, 부서지고, 파편이 되어 흩날리고자 한다. 미래를 향한, 무심한 듯한 의지가 돌이라는 물질에 (불)가능한 꿈 하나를 마련해놓는다. 말이 되고 번개가 되고 마침내 만나가 되려는 돌. 이스라엘 백성들이 출애굽하여 광야를 헤맬 때, 그리하여 마침내 하나님과 모세를 원망하게 되었을 때, 굶주림에 시달리던 백성들에게 하나님이 내려준 것이 있었다. 야영지 한쪽에 작고 둥글며 서리 같은 것이 하얗게 덮여 있었는데 꿀 섞은 과자처럼 맛이 있었다고 한다. 이것이 바로 '만나'였다. 이스라엘 백성들은 광

야 생활 40년 동안 만나를 먹으며 희망을 꿈꾸었다. 돌은 그대로 있으면 돌이지만, 우리는 겨우 돌의 감정으로 이 세계를 버티기도 하지만, 우리가 보지 못한 한쪽에서는 스스로를 부서뜨려 만나가 되는 꿈이 감추어져 있기도 한 것이다. 때로는 윤리가 미를 견인한다. 송승언의 「돌의 감정」은 그 슬프고도 아름다운 사례이리라. 다만 섣불리 이것만이 희망이고 시의 유일한 위의(威儀)라고 말하지는 않겠다. 미는 윤리적일 수 있지만 언제나 윤리적이지만은 않다. 우리는 윤리가 아니라 미에 대해 더 이야기할 필요가 있다.

시인의 고투와 시적 대속

얼마 전 나는 운좋게도 한국 시의 성취와 경향을 두루 살펴볼 수 있는 심사 자리에 참석한 적이 있다. 지난 1년 동안 문학잡지에 발표되었던 많은 작품을 꼼꼼하게 읽었다. 엄정한 심사자라는 공적 책임감이 있었지만 동시대를 함께 살고 겪는 사람으로서의 동료 의식 또한 자연스럽게 동반됐다. 힘든 상황에서도 한 해 10여 편이 훌쩍 넘는 작품을 성실하게 발표하는 동료, 선후배 시인들의 노력을 보면서 진심으로 감탄하지 않을 수 없었다. 심사가 어느 정도 마무리된 뒤 참석했던 사람들끼리 최근 시의 경향 몇 가지를 꼽아보기도 했다. 그중에서도 다수가 동의하는 눈에 띄는 특징은 지금 우리 시의 산문화 경향이었다. 몇 가지 이유를 댈 수 있었다. 무엇보다 현실의 급박한 실상이 가차없이 시로 밀려들어오고 있다는 점, 시인들 또한 어떻게든 그것과 만나려고 노력한다는 점, 그래서 언어가 자꾸 풀어진다는 점, 이것이 아직은 완성도 있는 언어로 소화되거나 개성적으로 표현되지는 못하고 있다는 점이 언급되었고 모두들 고개를 끄덕였다. 어떤 젊은 시인들이 보여주는 미니멀화된 언어의 경향성과는 또 별개로 언어의 밀도, 강도, 탄성이 대체로 많이 약해진 것은 분명 사실이었다.

비난이라기보다는 안타까움이 강한 목소리였다. 누군가는 시의 산문화 경향이 현실을 마주하는 시인들의 무기력을 드러내는 징표라고 말하기도 했다. 다시 고개를 끄덕일 수밖에 없었다.

현실은 시로 밀려들어오고 있는데 소화해낼 시간은 부족하다. 하나의 사건이 더 큰 또다른 사건으로 대체되는 일상을 자주 경험해야 한다. 게 다가 상상의 범위를 훌쩍 벗어난 사건들의 충격이란. 슬픔과 분노가 지속 적으로 찾아온다. 그중 하나를 품어 견디고 가라앉혀 시적 언어라는 형식 으로 간수하기도 힘겹다. 견디는 일이 힘든 사람은 현실과 거리를 두기도 한다. 살기 위해서. 아예 세상일에는 관심 없다는 사람들의 손사래가 이해 안 되는 것도 아니다. 조금이라도 기본적인 윤리 의식을 가진 사람들이라 면 매번 우울과 낙심을 경험할 수밖에 없는 조건이다. 사회의 많은 문제 가 해결되기는커녕 은폐되거나 너무도 뻔뻔한 이유를 대며 속절없이 무 시될 때 절망과 패배감은 더 많이 아파하는 사람들에게 쌓여만 간다.

또한 시인들이 현실과 자기 언어를 양손에 들고 싸우려면 최소한의 물 리적 시간이 확보되어야 하는데 지금의 한국 사회는 나날의 생존을 위해 투여해야 할 시간이 급속하게 늘어만 간다. 깊이 있게 언어를 매만질 시 간이 부족해진다. 시를 쓸 수 있는 최소한의 물적 토대를 확보하기가 점 점 어려워지는 것이다. 지독한 세대론의 함정에 자꾸만 빠져드는 것은 도 무지 현실을 설명할 마땅한 방법이 없기 때문이다. 혼자 살기도 쉽지 않 지만 가족을 이루고 살아가기란 더욱 고통스럽다. 물론 지금보다 엄혹했 던 시절에 관한 이야기를 꺼낼 수도 있겠다. 그때도 시는 씌어졌고 가난 과 치욕과 절망의 바닥에서도 시를 써내려간 선배 시인들을 생각하면 '그 래, 그때에 비하자면 지금은 별것 아닐 거야'라는 생각이 들지 않는 것은 아니다. 그럼에도 여전히 버티어내야 할 나날의 일상은 해가 갈수록 가혹 해진다는 생각에서 벗어날 수가 없다는 것이 문제다. "1979~1980년 경 제 위기로 최초로 한국 경제가 실업이라는 것을 경험하기 전까지 한국 경제는 사실상 완전 고용 상태로 운영되었다. (……) 지금의 50대 이상 부모들이 결혼을 하고 자식을 낳았던 시기에는 완전 고용이라는 시대적 배경이 있었"[1]지만 "불행히도 한국은 지금 노동자를 사회의 적으로 보고, 이들이 더 가난해지고 불행해지는 것이 경제가 발전하는 길이라고 생각하는 사람들이 사회를 이끌고 있다".[2] 그러니까 내가 하고 싶은 말은 대의명분과 가치와 진정성에 관한 이야기가 아니다. 가장 기본적인 '생존'에 관한 말을 하고 싶은 것이다. '노동자들이 더 가난해지고 불행해지는 것이 경제가 발전하는 길이라고 생각하는 사람들이 사회를 이끄는' 시대에, 살아남기 위해서 하루의 대부분을 탕진하다보면 어떤 경우에는 무슨 자극이 와도 매우 즉물적이고 단순한 반응만을 내보이게 된다. 뭔가에 깊이 반응할 힘이 없는 것이다.

깊이 반응하려면 더 많이 느끼고 더 오래 생각해야 하는데 도저히 그럴 만한 여력이 없다. 타인은커녕 내 삶의 단순한 지평만을 고민하기에도 벅차다. 삶은 축적되지 않으며 말의 두께는 얇아지고 사유는 가벼워진다. 최근 시의 산문화 경향과는 반대로 어떤 젊은 시인들의 시상과 언어가 자꾸만 미니멀화해지는 것이 이런 사태와 연관이 있을 거라는 생각을 할 때가 많다. 산문화와 미니멀화는 둘 다 지금 현실 조건과 긴밀하게 연동하는, 다른 듯 보이지만 상통하는 경향이라고 나는 생각하는 편이다. 그런 이유로 '어떠한 경우에도 시는 언어!'라는 주장에 나는 완전히 동의하기가 힘들다. 언어만의 물질적 힘과 특성도 중요하지만 언어가 굴절되는 맥락과 심리, 배경까지를 다양하게 겨루어보아야만이 그 언어의 실상이 겨우 드러난다고 생각한다.

그러나 이런 생각에도 문제가 없는 것은 아니다.[3] 언제든 현실 원칙을

1) 우석훈, 『솔로 계급의 경제학』, 한울아카데미, 2014, 56~57쪽.

2) 우석훈, 같은 책, 187쪽.

3) 이택광, 『99% 정치』, 52쪽.

강조하다보면 실천의 자리가 사라진다는 점을 명심해야 한다. 분석의 정합성을 높이려다보면 현실의 힘을 과장하게 되고 남는 것은 이 모든 사태의 수동적인 귀결로서의 삶ー시밖에 없다. 안다. 이런 생각은 명철한 것 같지만 현실 추수에 가깝고 지극히 패배주의적이다. 안다. 어떠한 경우에도 바로 이 자리, 파괴된 현실 안에 희미하게 존재하는 현실 극복의 기미에 감각을 열어두어야 한다는 것을. 그것이 시인의 일이어야 함을.

그런 이유로, 최근 나의 고민에 적절한 길을 제시해준 한 시인의 말을 읽어보고 싶다. "고통스러운 시대나 상황에 처하여 분노하고 탄식하는 것은, 예나 지금이나 떳떳할 뿐 아니라, 마땅히 필요한 시인의 노릇이다. 그러나 동시에 분노와 탄식 너머의 자리까지를, 그 마음자리의 시범까지를 시인에게 또 기대하는 것 역시 불가피하다. (……) 동시대의 삶의 사회적 예각을 놓치지 않으면서 그러나 과도한 격정에 시를 넘기지 않는 것, 시대를 앓되 자신의 성량과 창법의 개성을 함부로 하지 않는 것, 분노와 슬픔을 지니되 단정함을 유지하는 것, 아픔을 나누어 품으면서 미움에 눈멀지 않는 일, 그것들은 긴요한 만큼이나 결코 쉬운 일이 아니다. 쉬운 일이 아닌 까닭에, 그러므로 더욱 간곡하게 시인들께 요망하게 된다.

무엇보다 현실적 고달픔의 직접성 너머 더 상위의 질서와 이법을 예감하고 기대하는 어떤 감각이 보전되어야 하기 때문이다. 또한 이 마음의 애씀을 통해서만 사랑이라면 사랑을, 작으나마 '시적 대속'이랄 것을 꿈꾸어볼 수 있겠기 때문이다. 그것이 어떤 막다른 자리에서도 우리가 예술과 아름다움을 포기할 수 없는 이유가 아닐까. (……) 저마다의 호흡, 저마다의 방식으로 당면하고 있는 '지금 여기'를 최선을 다해 앓아내고 있는 많은 시인들의 고투에 힘입어 한국어의 영혼이 이만큼이나마 부지되고 있다."[4]

---

4) 김사인, 「고통의 품위」, 『제60회 현대문학상 수상 시집』 심사평, 현대문학, 2014, 177~178쪽.

이 글을 다시 읽어본다. 한 문장씩 짚으며 또 읽어본다. 그러나 읽으면서 나는 고통스럽다. 힘을 내어 일어서야 한다는 것을 알지만 미래의 전망을 기대할 수 없기에 분열한다. 분노와 슬픔과 탄식을 내보이기에는 주저가 안 되지만 미움에 눈멀지 않기가 너무나 어렵기에 힘들다. 최선을 다해 지금 현실을 앓아내고 현실적 고달픔 너머 더 상위의 질서와 다른 세상을 기대하는 일이 시인의 일임을 알지만 그 막막한 일을 해낼 자신이 없기에 흔들린다. 누군가가 나의 고통을 먼저 알아주었으면, 하는 마음. 자신의 고통조차 어쩌지 못하는 자가 대속의 길을 걸을 수 있을까, 또한 그런 마음. 그러나 마음의 애씀을 통해서만 사랑이 가능하다면, 사랑이 사랑을, 그리고 다시 시적 대속을…… 지금 한국 사회를 살아가는 시인들에게 '고통의 품위'는 과연 가능한지, 가능하다면 어떻게 가능할 수 있을지를 끝까지 고민해보겠다는 다짐을 해보지만 막막한 마음이 사라지는 것은 아니다.

2부

너의 수만 가지 아름다운 이름을 불러줄게
─ 강성은의 「물속의 도시」

붉은 구름들은 사라진 도시 위에 오래 머물렀다

사라진 도시 위에 밤마다 새로운 도시들이 생겨났다

서로의 도시를 침범하지 않은 채

서로의 꿈을 들여다보지도 못한 채

새로운 도시 속에서 지느러미를 단 아이들이 태어났다

붉은 구름은 아이들을 녹이지 못했다

그사이 새들이 다시 날아왔고 식물들이 자랐으며

사람들은 눈을 감고도 도시를 볼 수 있게 되었다

붉은 구름이 사라지고 나서도 오래

도시가 사라진 것을 아무도 눈치채지 못했다

물속은 더없이 맑고 투명했고

아이들은 환하게 웃으며 헤엄쳤다

키 큰 나무들이 아이들의 머리칼을 쓰다듬으며

수만 가지 아름다운 이름들로 불러주었다

   ─강성은, 「물속의 도시」(『구두를 신고 잠이 들었다』, 창비, 2009) 부분

텅 빈 학교 운동장. 정글짐 위에 앉아 다리를 까닥이며 느리게 흔들리는 플라타너스 나무를 바라보고 있었는데 한 여자가 손을 잡고 내게 머리를 기대왔다. 나는 화답하듯 눈을 감고 낮은 허밍으로 아주 오래전에 잊어버린 노래를 불러주었다. 그러자 우리 둘 사이에서 여자아이가 태어났다.

정말로 그렇게밖에는 설명할 수 없는 탄생이었다. 어디서 이 '아이'가 왔을까. 어른의 가면을 쓰고 있지만 나도 '아이'인데, 내게 또다른 '아이'가 생긴 것이다. 완전히 낯선 존재. 너무너무 작아서 신기한 아이. 그 작은 몸이 움직인다는 것이 더 놀라운 아이. 아이와 함께 지내면서 내가 가장 궁금했던 것은 도대체 언제 이 아이가 자라느냐는 것이었다. 재어보면 보름, 한 달 새에 금방 몸무게가 늘고 키가 크는데 하루종일 함께 있어도 크는 것을 볼 수는 없었다. 고속 촬영 필름을 보듯 내 눈으로도 아이가 크는 모습을 직접 볼 수 있다면! 그것까지 다 보고 싶은데. 하지만 아이는 내 눈을 피해서 쑥쑥 잘도 자랐다. 그래서 더 신기했다.

걷게 되고, 곰돌이 인형을 껴안고 까르르 웃고, 엄마·아빠라는 말을 자유롭게 할 정도의 나이가 되자 아이에게도 변화가 생겼다. 자다가 꿈을 꾸게 된 것이다. 물론 그전에도 꿈을 꾸기는 하였겠지만 말을 못하니 그 꿈속을 들여다볼 수 없었다. 하지만 말을 배운 뒤로 꿈을 꾸고 나면 새벽에라도 깨어나 우리에게 꿈 이야기를 들려주었다. "응, 가짜 엄마랑 가짜 아빠가 나를 버리고 갔어. 나는 엉엉 울다가 자꾸만 지워졌어. 내가 없어졌어." 이런 식의 이야기였는데 물론 말을 하는 내내 아이는 너무나 서럽게 울고 있었다. 그제야 그동안 아이가 자다가 경기 들린 듯 갑자기 울고는 했던 것이 무슨 이유 때문이었는지 짐작이 갔다. 품에 안아 토닥이며 등을 쓸어주면 아이는 한참을 더 울다가 겨우 잦아들면서 다시 잠에 빠지고는 했다. 왜 이렇게 연약한 존재로 태어났니. 왜 아무것도 가진 것이 없이 태어났어, 낮게 중얼거리며 아이의 젖은 이마를 쓸어주었다.

강성은의 시를 읽으면 마치 엄마 뱃속 아이들의 꿈 이야기를 듣는 것 같다. 태어나기 전이지만 이미 세상의 모든 불화를 예감하고 있는 아이의 꿈이라서 이 꿈은 너무나 슬프고 몽롱할 정도로 아리다. 상처를 견디고 밖으로 나가 성장해야 한다는 생각과 영원히 이 속에서 어린아이로 머물고 싶다는 생각 사이에서 비극은 더욱 깊어만 간다. 인용 시를 다시 읽으며 나는 생각한다. 어쩐지 아이들의 꿈은 모두 연결되어 있을 것 같다고. 그런 능력이라도 없으면 아이들이 너무 불쌍할 것 같다고. 하루에도 수백 번 낯선 도시가 세워졌다가 무너지고, 지느러미를 단 아이들이 태어나고, 바깥의 어떠한 힘도 이 아이들을 해치지는 못할 것 같은 그런 세상. 눈을 감아야 보이는 아이들의 마지막 안식처. 그 꿈에는 내 아이의 서러운 꿈도, 내가 아이였을 때 흘렸던 눈물도 모두 들어 있을 것만 같다. 물속에 잠긴 이 도시에서는 정말로 키 큰 나무들이 거대한 잎사귀를 천천히 흔들며 아름다운 목소리로 우리를 불러주고 있을 것만 같다. 간지럽고도 행복하게. 나도 그렇게 내 아이의 꿈속에 들어가서 아이를 위로해주고 싶다. 걱정 마. 내가 너를 지켜줄게…… 수만 가지 아름다운 이름과 함께 너를 오래도록 쓰다듬어 줄게.

BGM: 오존, 〈Somehow〉

발칙한 아이들의 모험에서
일상 재건의 윤리적 책임감으로
—2010년대 시와 시 비평에 관하여

1. 발칙한 아이들의 윤리적 모험과 자기애의 욕망

2006년 발표된 함돈균의 평론 「아이들, 가족 삼각형의 비밀을 폭로하다」가 흥미로웠던 것은 진은영, 이민하, 김민정과 같은 젊은 시인들(당시로서는)의 목소리를 "가족 삼각형 내부에서 가장 타자화된 자리인 '아이 꼭짓점'"[1] 등장의 징후로 해석해냈다는 점에 있었다. 정신 분석에서 '아버지 – 엄마 – 아이'의 가족 삼각형이라는 원초적 틀은 인간의 삶과 세계를 해석하는 기본 틀로 간주되며 특히 아버지의 자리는 억압과 금기의 자리이기도 하지만 주체 탄생의 드라마를 가능케 하는 양가성을 지닌 자리로 이해되어왔다. 체제가 승인한 정상성에 대한 의문과 전복의 운동성을 중시해온 문학은 '아버지 꼭짓점'의 양가성을 두루 살피기보다는 대체로 아버지를 비판하는 쪽에서 이 주제를 탐문해온 것이 사실이다. 특히 시문학사의 관점에서, 1980년대 '여성시'의 등장으로 젠더 의식을 갖춘 여성 주

---

1) 함돈균, 「아이들, 가족 삼각형의 비밀을 폭로하다」, 『얼굴 없는 노래』, 문학과지성사, 2009, 63쪽.

체들이 선구적으로 등장하면서 아버지라는 시적 대상은 전면적 성찰의 대상으로 해체되어야 하는 운명을 맞게 되었다. 가족 삼각형 내에서 아버지의 보조자로, 혹은 가족의 그림자로 억압되어온 '엄마 꼭짓점'이 지배적 남성 질서에 균열을 내는 여성시의 목소리에 힘입어 입을 열기 시작한 것이다. 1990년대와 2000년대에 이르기까지 지속된 여성시는 그러나 "여성 신체와 유비 관계로 환원된 사물 세계에 이질성을 거세함으로써, 여성의 몸을 남성적 표상 체계에 익숙한 신체로 번역"[2]하는 한계를 드러내며 제 스스로 비판의 대상이 되고 만다. 이에 대해서는 분명 이론의 여지가 있겠으나, 전체적으로는 2000년대의 시인들이 여성 주체의 피로감을 대신하여 '아이들'의 자리를 정상성을 비판하는 새 거점으로 발견해냄으로써 한국 시가 갱신된 운동성을 보여주고 있다는 것이 함돈균의 주요한 판단이었다. 어른의 세계에 편입되기를 원치 않지만 그렇다고 아이의 세계에 판타지를 갖고 있지도 않은 경계의 아이들이 아버지와 어머니(혹은 성인 남성과 성인 여성)의 공모로 유지되는 세계에 대한 근원적이고 비판적인 질문을 던지는 일이 가능해졌다는 것이다.[3]

이제는 많이 익숙해진 이야기를 인용해본 것은 2000년대 우리 시사에 새롭게 등장한 '아이들'이, '부모-자식'이라는 수직적 차원에서 불화하는 관계를 그렸다는 것을 또 한번 강조하기 위해서가 아니라 심지어는 동기간이라고 할 수 있는 수평적 관계마저 불화의 감각으로 그려냈음을 말하기 위해서이다. 바로 여기서부터 우리의 이야기를 시작해보자.

언니, 나는 비행기를 탈 거야. 나는 아무것도 버리지 않았는데, 갑자기 너무 가벼워졌어. 마리오는 아름다운 남자야.

---

2) 함돈균, 같은 글, 61쪽.
3) 함돈균, 같은 글, 56~65쪽, 참조.

안녕. 나는 보따리 장사를 할 거야. 보석 가게에서 나는 아름다움을 감정하지. 가짜가 얼마나 아름다울 수 있는지 아는 건 멋진 일이야. 언니, 곧 부자가 될게. 라인 강가에서.

한국 남자를 사랑해보지 못했어. 오늘밤에도 언니는 시를 쓰고 있니? 언젠가는 언니 시를 읽고 감동하고 싶어. 안녕.

11월에 나는 마리오를 만나지. 언니는 한국어로 사랑을 고백할 수 있어? 언니, 우리가 어렸을 때 문방구에서 마론 인형을 훔치는 언니를 봤어. 눈물이 주르르 모래처럼 흘렀어.

언니, 우리가 아주 어렸을 때 모래는 가장 아름다운 흙의 형상이었지. 나는 매일 밤 기도를 해. 언니가 우리 집을 떠나던 날에 나는 왜 쓸쓸해지지 않았을까? 언니를 위해 기도할게. 안녕.
　　　—김행숙, 「하이네 보석가게에서」 (『사춘기』, 문학과지성사, 2003) 전문

이 작품은 여동생-화자의 시점으로 자매 관계의 불화를 말하고 있지만 단순히 그것만을 보여주는 것은 아니다. 시적 화자는 외국인 남성을 사랑하고, 보석 중개인으로 부자가 되고 싶은, 언니의 시를 읽으며 한 번도 감동받아본 적이 없는 지극히 현실적인 인물처럼 보인다. 동시에 시를 쓰는 언니가 어렸을 때 마론 인형을 훔치는 장면을 보며 눈물을 흘렸던 사람이기도 하며 또한 언니를 불쌍하게 생각하지만 진실하게 사랑하지는 못하는 자신을 스스럼없이 편지로 고백할 수 있는 태연함의 소유자이기도 하다. 그래서인지 언니를 위해 기도하겠다는 동생의 마지막 고백은 반쯤의 진실과 반쯤의 위선으로 결합된 것 같다. 중요한 것은 여기 등

장하는 시적 화자가 마냥 착한 사람으로는 보이지 않는다는 점이다. 즉 인용 시는 화자 내면의 균열과 속물 근성, 타인을 향한 애정과 경쟁심, 상대를 폄훼하면서 자신을 부각시키려는 묘한 욕망의 드라마를 위태롭지만 매력적인 어조에 담아 매우 '입체적'으로 그려낸다. 김행숙의 시 한 편으로 2000년대 등장한 '아이들' 전부를 대변할 수는 없겠지만 분명 '착하다고는 말할 수 없는 아이들'이 보여준 내면의 분열과 무의식, 불화의 감각은 정상성의 경계를 넘나들면서 '윤리적 모험'을 가능케 한 측면이 있다.

이런 방식의 윤리적 모험은 시에서 재현되는 인간형을 더욱 풍부하고 사실적이며 입체적으로 만들어내며 제도가 부여한 정상성의 범위를 의심하면서 확장시키는 효과가 있었다. 이전까지의 한국 시에서 볼 수 없었던 새로운 감각과 주체의 모습이었음은 분명하다. 이를 '불화하는 입체적 개인'으로 불러도 될까? 또한 여기엔 '내'가 '너'와 어떻게 '다른가'에 대한 근본적 탐구 정신이 깔려 있음도 지적해야 할 것 같다. 자기 존재의 특별함에 대한 남다른 자신감은 인용 시에서라면, 시적 자아가 부모를 떠나고 언니와도 이별하면서 다분히 태연한 척 평정심을 유지할 수 있는 이유가 어찌되었든 이국에 나가서라도 자신의 삶을 스스로 개척할 수 있다는 자신감 때문이라는 기대와 서로 통한다. 균열과 무의식조차도 존재의 독자성과 아름다움에 관한 이상한 자신감으로 흡수해버린 시적 주체의 '윤리적 모험'은 2000년대 시인들에게 두루 작동한 공통 감각이었다. 이를 가장 선명하게 이어받은 2010년대의 시인으로는 아마도 김승일을 꼽을 수 있을 것 같다.

예를 들어 김승일의 시적 화자가 "내가 배달된 해에, 할아버지가 둘 다 죽었다. 집안에 큰 인물이 태어나면 초상이 난다지. 이것 역시 내가 정말 정말 좋아하는 이야기. 나는 얼마나 유명해질까? 기대가 된다. 그러나// 손금이 평범해서 나는 울었지. 그래도 손금이 평범하다고 우는 애는 나밖에 없을 거야. 있으면 어떡해? 조금밖에 없을 거야. 그렇지? 실컷 울었더니 손금이 변했어.//(……)//할아버지들은 돌아오지 않는다. 이것이 혹독한 현실. 하지만 사명감은 갖지 않을래. 사명감이 없는 애는 나밖에 없을 테니까. 있으면 어떡해? 있으면 좋지. 짱깨가 내 앞을 지나갔다. 폭주족처럼. 이목을 끌며 멋있게"(「멋진 사람」)와 같은 목소리로 말할 때, 이 엉뚱하고 도취적인 목소리에 배어 있는 자신감을 외면하기란 어려운 일이다. 소위 '병맛'이라고도 부를 만한, 유아적이고 어처구니없이 유머러스한 감각이다. 돌아가신 할아버지를 추모하는 것이 아니라 그 대신 '나라는 위대한 존재가 태어났다'고 뻔뻔(?)하게 기뻐할 수 있는 데는 추모의 윤리적 책임감 정도는 가뿐하게 넘나들 수 있는 '과도한 자기애의 욕망'이 있기 때문이었다. 놓치지 말아야 할 것은 역설적으로 이런 식의 (과장된) 자기애는 오늘날 농담 이외에는 실현 불가능하다는 것을 많은 사람이 감각적으로 알고 있기 때문에 오히려 여유 있게 웃을 수 있는 거리감을 동반하며 다가왔다는 점, 그래서 일종의 무대 위 일인극과도 같은 메타적 관람의 기회를 제공하며 유희적으로 소비될 수 있었다는 점이다. 김승일의 소년 화자는 자기 내면의 복합적인 균열을 들여다보기보다는 현실의 타자가 지닌 구체성에 부분적으로만 책임지거나 아예 타자성을 의도적으로 지나쳐버리는 태도를 통해 웃음을 유발하고, 아직 본격적인 사회로 진입하기 전 '자기 전능감'을 가진 아이로서 '연극적인 자기애의 도취'에 빠진 캐릭터를 인상적이고도 흥미롭게 보여주었다.

2. '국가 없는 국가'의 등장과 생활 세계의 상실

그러나 이런 식의 아이 화자의 목소리는 이제 더이상 가능하지 않은 것 같다. 김행숙 시의 '여동생-화자'라든지, 김승일 시의 '아이-화자'를 2017년의 한국적 현실에 도입한다는 것은 이제는 거의 불가능한 일처럼 느껴진다. 여기엔 일차적으로 공동체와 사회의 상실, 더 나아가 국가의 상실에 근본적인 이유가 있다. 이것에 대해서라면 이 책의 바로 앞에 실린 글에서 송승언, 황인찬, 백은선의 시를 제시하면서 '세카이계'라는 관점에서 이미 살펴본 바가 있다. 2000년대 이후 지속적인 경기 하강의 국면에서 개인의 사회적 진출이 지연되거나 아예 봉쇄되고, 타인을 만나 삶의 감각을 체험하고 훈련할 기회, 혹은 사회적으로 일 인분의 몫을 할 기회를 박탈당해버린 사람들이 증가하면서 개인의 고독은 깊어져왔다. 개인과 세계 사이에서 안전망 노릇을 해왔던 '타인/공동체/사회/국가'의 존재감은 희미하거나 상실되어갔고 그 결과, 최근 젊은 시인들의 작품에서도 '나'와 '세계'가 날것으로 직접 만나는 현상이 나타난다는 것이 핵심 진단이었다. 구체적 현실감을 느낄 수 없는 중세적 분위기의 시공간, 현실이 아니라 애니메이션이나 게임으로 형성된 데이터베이스에서 도출해낸 것 같은 평평한 인물형이나 시적 풍경, 영문을 알 수 없는 전쟁중의 세계와 대조적으로 유일한 애인과 평화로운 방안에서 기이한 만족과 불안을 동시에 누리고 있는 장면, 눈보라가 치는 거대한 세계와 홀로 대적하면서 그래도 삶을 포기하지 않고 오히려 떠난 사람들에 대한 '사랑'을 간직하고, 그것을 이 세계의 작지만 소중한 것들에 대한 사랑의 힘으로 전환시켜 지금 일상을 충실히 살아내겠다는 다짐 등이 바로 그 흥미롭고도 인상적인 예에 해당하는 것들이었다.

같은 맥락에서 지그문트 바우만이 한 대담집에서 풀어낸 이야기에 귀를 기울여볼 필요가 있다. 바우만은 오늘날 세계가 위기에 처한 가장 큰 이유로 '국가의 위기'에 주목한다. 그에 따르면 국가의 위기를 초래하는 요소로 첫째, 국가가 더이상 경제와 관련해 구체적 결정을 할 능력이 없는 현실, 둘째, 이러한 무능력 때문에 적절한 사회 서비스를 제공할 수 없게 된 현실에 대해 말한다. 즉 원래는 국가가 감당해야 할 재정, 복지, 제도적 권한 등이 갈수록 사기업에 이양되고, "위기의 국가는 공공복지를 제공하고 보장하는 기구가 아니라 시민에 빌붙어서 오로지 스스로의 생존에만 신경을 쓰는 '기생충'"[4]이 된다. 우리가 알고 있던 국가는 사라졌다. 그리고 우리 앞에 홀연히 "아무런 책임도 지지 않으면서 통치하는 완전히 새롭고 이상한 지배 형태 즉 '국가 없는 국가(state without a stste)'"[5]가 출현했다는 것이다. 바우만의 진단은 한국적 현실에 대한 구체적 관찰을 토대로 귀납된 결과가 아니라는 점에서 신뢰를 의심해볼 여지가 있지만 이미 전 지구적 현실이 균질화되어가고, '세월호 참사'를 통해 '이것이 나라인가'라는 필연적인 질문을 던졌고 지금도 던지고 있는 우리에게는 그 어떤 개념보다도 적실하게 한국적 현실을 설명해주고 있는 말처럼 들린다.[6] '국가 없는 국가'의 출현이 "공통의 위험들 앞에서 아무도 없이 나 혼자 있도록 선고받았다는 짜증과 모욕감과 분노"[7]를 국가의

---

4) 지그문트 바우만·카를로 보르도니, 『위기의 국가』, 안규남 옮김, 동녘, 2014, 47쪽.

5) 지그문트 바우만, 같은 책, 75쪽. 카를로 보르도니의 말.

6) 세월호 참사 당시 전국 각지에서 민간 잠수사들이 조금이라도 일손을 보태겠다는 일념으로 팽목항으로 모여들었다. 국가 기능의 상실과 무능을 두고만 볼 수 없었던 시민들의 자발적인 움직임이었는데, 참사 자체도 그렇지만 이와 관련하여 '국가 없는 국가'의 실상을 적나라하게 드러난 사건이 하나 있었다. 2014년 5월 6일 세월호 실종자 수색을 하던 민간 잠수사 한 명이 가이드라인에 공기 공급 호스가 걸려 호흡 곤란으로 숨지는 사건이 바로 그것이다. 사고 직후 광주지검은 관리 책임이 있는 해경이 아닌 같이 수색에 참여했던 또다른 민간 잠수사 공씨를 업무상과실치사혐의로 기소했다. 결국 이 사건은 1, 2심 모두 무죄 판결이 났을 뿐 아니라 대법원에서 무죄를 선고한 원심이 최종 확정되었다. 대법원은 "원심의 무죄 판단은 정당하고 법리를 오해한 잘못이 없다"며 검찰의 상고를 기각했다. 2심 판결 중 일부를 인용해보자면 재판부는 "민간잠수사 투입 권한이 없는 상태에서 공씨가 감독 의무를 해태하였다고 책임을 묻는 것은 가지고 있지 않은 권한을 행사하지 않은 책임을 묻는 것"이라는 판단을 한 것이다. 이것이 바로 '국가 없는 국가'의 실체를 보여주는 사건이 아니고 무엇이겠는가. 무죄를 선고받은 1심 직후 공씨는 "있는 죄를 벗은 게 아니라 없는 죄를 덮어씌우려다가 실패한 거다. 능력이 되면 대한민국을 떠나고 싶은 마음이다"라고 말했는데 국가 없는 국가의 시대에 국가를 대신하겠다고 나선 시민의 삶이 어떤 식으로 파괴되는지를 공씨의 말은 참담할 정도로 적나라하게 보여주고 있다. (김민경, 「'무리한 기소' 논란 세월호 민간잠수사 무죄 확정」, 한겨레, 2017. 1. 30. 참조. 검색일: 2017. 1. 31. http://www.hani.co.kr/arti/society/society_general/780575.html?_fr=mt2)

7) 지그문트 바우만, 같은 책, 186쪽.

구성원들에게 폭력적으로 체험케 한 것이다.

다시 한국 시로 돌아와서, '국가 없는 국가'의 부정적 위력이 이 정도라면, 이 '짜증과 모욕감과 분노'를 어떻게든 표출하고 되돌려주려는 시적 대응을 떠올려보는 것도 자연스러울 것이다. 이 길이 2000년대 시인들의 '윤리적 모험'과 맞닿는 부분일 터인데 참사 이후 한국 시가 이쪽으로 흘러가지는 않았던 것 같다. 오히려 그런 모험을 경계하며, '그들을 구하지 못했다' '거기에는 분명 내 책임이 있다'는 윤리적 책임감과 죄책감이 훨씬 더 강력한 정서로 작동했다라고 적는 것이 옳겠다. 안전하다고 믿었던 삶이 무너진 상황에서 지금 당장 고통받는 타인의 손을 잡아주어야 한다는 절박함을 누가 외면할 수 있을까. 이것이 아마도 '재난의 공동체'였을 것이다. 이전과는 그 무게감이 다른 매우 강력한 '타자 윤리'에 응답하는 시편들이 생산되기 시작했고 그 앞자리에 안희연의 시집 『너의 슬픔이 끼어들 때』(창비, 2015)가 있다.

3. '윤리적 모험'에서 '윤리적 책임감'으로의 이행

이 시집에 관한 가장 인상적인 평 중의 하나는 "안희연은 대체로 '안과 밖'의 경계/차이의 구도로 상상되어온 주체와 타자의 관계를 '옆'의 수평과 연대의 구도로 치환한다. (……) 근접성, 평등, 접촉 등을 함의하는 '옆'은 안희연이 지향하는 삶과 시의 윤리적 지평을 가늠하게 한다"[8]는 것이다. 이제는 타인과 나를 구분하는 감각, '나'와 '당신'이 어떻게 다른가라는 인식이 아니라 '나'와 '당신'이 어떻게 연대할 수 있는가의 문제가 부각되기 시작한다. '옆의 상상력'은 그런 의미에서 안희연 시에 대한 적절한 호명이었다고 생각한다. 이를 인정한다면, 참으로 놀라운 변화가 아닐까. 한

---

8) 김수이, 「'옆'의 존재론, 의미없는 실패라도 좋은」, 『너의 슬픔이 끼어들 때』 해설, 150쪽.

국 시의 흐름이 2000년대의 '윤리적 모험'에서 2010년대의 '윤리적 책임 감'으로 변화했음을 보여주는 선명한 사례가 바로 안희연의 시집임을 증명하는 말이기 때문이다.

가족 삼각형(역삼각형)에서 '아이'의 위치를 점하고, 윤리와 비윤리의 경계를 넘나들며 삼각형의 기성 질서에 대한 발칙한 질문을 던졌던 2000년대의 '아이-화자'의 흔적이 안희연의 시에서는 거의 사라졌다. 마치 유년기의 기억을 몽땅 압수당하고 곧바로 '사회적 대의'를 통로로, 세계의 실상에 직접 접속해버린 몸을 보는 것 같다. 안희연의 시도는 역삼각형이 아니라 사다리꼴의 형태를 띠며, 사다리꼴의 밑변을 지속적으로 늘려감으로써 바로 지금 우리 사회가 시인에게 기대하는 연대의 감수성을 누구보다 충실하게 응답하여 보여준다.

아쉬움이 없는 것은 아니다. 특히 '모험이 정형화되어 있어서 읽다보면 지루한 감이 있다'[9]든지 '자기 세대의 현실을 너무 특권화하고 싶은 유혹'[10]에 빠져 있는 것 아니냐는 지적, 또한 너무 "착한 절망"[11]이 아니냐는 말은 경청할 만하다고 생각된다. 물론 반론도 충분히 가능하다. 안희연의 '착한 절망'에는 무엇보다도 사회의 가장 기본적인 윤리가 무너져버린 우리의 현실 문제가 걸려 있다. 김승일의 시적 화자가 '엉뚱한 자기애의 욕망'을 형상화할 수 있었던 것은 실상 자기가 아니어도 돌아가신 할아버지에 대한 애도가 정상적으로 작동할 것이라는 공적 기대가 어느 정도는 유지되었기 때문이다. 현실이 그렇지 않다고 하더라도 일단 시적 정황 안에서는 자기 말고 주변 사람들이 어쨌든 애도의 윤리를 실행할 수 있는 정상적 타인으로 상정되고 있기에 시적 자아가 '발칙'하게 운신할 수 있는

---

9) 신용목·정홍수·최원식 좌담, 「문학초점: 이 계절에 주목할 신간들」, 『창작과비평』 2015년 겨울호, 284쪽, 최원식의 말.

10) 같은 좌담, 283쪽, 정홍수의 말.

11) 송종원, 「제23회 김준성 문학상 시 부문 심사평」, 『21세기문학』 2016년 여름호, 18쪽.

공간이 만들어지는 것이다. 그러나 안희연의 일부 시들에서는 그런 상식적 기대 자체가 무너져버렸기에 바로 그 '가장 기본적인 윤리'를 재가동시켜야 하는 선결 과제를 떠안게 된다.

매일의 일상이 특별히 도발적이거나 미학적으로 새로울 수는 없다. 그런데 바로 그 일상이 무너져버렸기에, 일상을 회복하려는 시적 시도는 예전에 비해 상대적으로 평이한 것처럼 보이고 덜 발칙해 보인다. 2010년의 어떤 시적 움직임들이 표면적으로는 일견 평이해 보이는 것도 이와 관련이 깊다. 예를 들어 "나는 어느 누구의 모든 동생처럼/책상 밑에 숨는,/아직은 작고 연약해서/이불이 너무 커 밤새 이불 밖으로 나오지 못했다/(······)/여기야, 바로 여기에 있어/숨은 적 없이 숨어 있게 된 방안"(서윤후, 「나의 연못」, 『어느 누구의 모든 동생』)과 같은 구절을 읽으면, 숨으려고 한 적이 없음에도 불구하고 자기만의 방안에 숨게 되어버린 시적 자아의 기이한 현실감을 확인할 수 있다. 부정할 어른이나 기성 질서 자체가 아예 사라지거나 적어도 그것들과 접촉하지 못한 상태로 혼자 겪는 적막한 슬픔이라고 할까? 뭐가 있어야 좋아하거나 다투거나 감정을 주고받는 등 생활 세계의 감각을 축적할 수 있을 텐데 일상의 중력 자체가 구체적 타인의 증발과 함께 사라져버린 것이다.

이제 타인은 2000년대 시에서처럼, 차이와 불화의 감각으로 자신의 개별성을 빚어내는 긴장과 척력(斥力)의 '구체적 대상'이 아니라 있다면 존재감이라도 느껴보고 싶은 '흐릿하고 추상적인', 동시에 그만큼 더 애틋한 그리움과 연대의 대상으로 변모한다. 바람이 있다면 어떤 커다란 것이 아니라 유일하게 허락된 누군가의 손을 잡고 소소한 일상을 같이 꾸려나가고 싶다는 정도랄까. 바로 이러한 시대적 분위기에 또 한쪽에서는 '기대가 사라져버린 세계의 무기력과 무능감'을 형상화하는 작품들이 생산된 것도 사실이다. 양쪽 모두에, 가장 기본적인 일상의 향유를 막는 악화된 현실의 문제가 지속적인 배경으로 작동하고 있었다.

그런데 갑작스럽게도 시인들은 실감을 잃어버렸던 '타인/공동체/사회/국가'를 폭력적으로 재인지하며, 스스로 그것들을 재건해야 하는 임무를 떠맡게 되었다. 역설적이지만 세월호 참사를 계기로 흐릿해져만 갔던 '나'와 '세계'의 중간항들을 트라우마적인 방식으로 자각하게 된 것이다. 마땅히 있어야 할 것이 사라졌다. 사라진 것을 그대로 두었다가는 모두가 절멸하고 말 것이라는 공포와 분노. 그렇다면 행동해야 한다. 무엇이라도 하지 않으면 이 상실감 속에서 고립되어버릴 것이기 때문이다. 따라서 기본적인 삶을 다시 살기 위한 조건들을 밑바닥에서부터 차례로 만들어나가야 하는 지극히 평범하지만 중요한 의무와 책임이 '2010년대 중반 이후 시인들'에게 주어진다. 이제 '자아'와 '주체'의 2000년대식 구분과 둘 사이의 의도적 균열, 그로 인한 시적 활력과 개성의 발산은 더이상 장려 사항이 될 수 없으며 오히려 그러한 균열을 봉합하여 '시인—시적 자아'를 어떻게 하면 윤리적으로 다시 촘촘하게 일치시킬 수 있는지의 여부가 중요한 압력으로 작동하게 된 것이다.

또한 이와 같은 흐름에는 '용산'부터 '세월호 참사'로 이어지는 '국가 없는 국가'의 위기 상황뿐 아니라 최근 불거진 '문단 내 성폭력'의 문제까지 가세한다. "지난 10~20년 동안 우리는 예술적·미학적·문학적인 것들, 그러니까 작품은 작가의 삶, 윤리와 분리된 별개라는 주장을 지속적으로 재생산해왔어요. 그런 생각이 부메랑이 되어서 돌아온 느낌이에요. 하지만 문학이 상식에서 벗어나야 한다는 건 상식 이하로 내려가라는 주장이 아니잖아요? 작품을 작가의 삶이나 윤리적 잣대로 평가할 수 없다는 말은 비윤리적인 삶에 대한 면죄부가 아니죠. 그래서 자꾸만 작가와 작품이 진짜 별개, 다른 것일까 하는 생각이 들어요"[12]라는 말처럼, 문학이 상식에

---

12) 고봉준·심진경·장은정·정한아 특집 좌담, 「2016년 한국문학의 표정」, 『21세기문학』 2016년 겨울호, 246쪽, 고봉준의 말.

서 벗어나야 한다는 건 상식 이하로 내려가라는 것이 아니며, 작품을 작가의 삶으로 평가할 수 없다는 말은 자동적으로 비윤리적인 삶에 대한 면죄부가 될 수 없음은 자명한 일이다.

그럼에도 불구하고 '문단 내 성폭력'을 둘러싼 일련의 사태는 남성 시인들의 윤리적 모험이 작품 내에서가 아니라 실제 현실에서 상식 이하로 구현될 때, 얼마나 자기기만적인 방식으로 스스로를 합리화하며, 여성을 파괴하고 착취할 수 있는지를 끔찍하고도 고통스럽게 드러냈다. 이번 사태에는 한국 문단의 지속적인 여성 혐오와 착취—1990년대와 2000년대의 일부 남성 시인들—혹은 그들을 계승한 2010년대의 어떤 남성 시인들이 작품 내에 보유하고 있었던 균열, 혹은 "항상적 분열의 반윤리성"[13], 나르시시즘, 이 모든 것을 더 거대한 자아로 흡수했던 자의식, 자신을 짓누르는 억압에는 민감했으나 자신이 권력의 주체가 되었을 때는 무감해지는 감각(특히 젠더의 차원에서), 자기 안의 타자성에는 눈 밝았으나 현실의 구체적 타인과 타자성에는 별 관심이 없었던 인식 등이 지극히 부정적인 방식으로 작동한 결과이다. 이처럼 국가적 차원뿐 아니라 개인적 차원에서도 가장 기본적으로 지켜져야 할 윤리가 무너진 상황이라면 작가와 작품, 시인과 시적 자아는 더욱 엄중하게 일체화되어 '일상 재건의 윤리적 책임감'을 요청받게 된다.

4. 다시 도래한 진정성의 시대

2000년대 '시적 주체의 윤리적 모험'이 2010년대의 '일상 재건의 윤리적 책임감'으로 전환된 최근 한국 시단의 변화에 충분히 공감하고 그것을 받아들인다 해도 고민할 대목이 아예 없는 것은 아니다. 그것은 무

---

13) 같은 좌담, 247쪽, 정한아의 말.

엇보다도 2010년대 한국 시가, 또는 비평이, 지나치게 '진정성(眞正性, authenticity)'의 언어를 추구하게 되었다는 점에 있다. 문제는 이런 것이다. 예를 들어 안희연이 304낭독회에 참여하는 소회를 적은 글에서 "나는 시를 쓰는 사람이니, 304낭독회를 계속해나가면 된다. 304번의 낭독회 중고작 아홉 번의 낭독회를 마친 것이니 앞으로 갈 길이 멀다. 그러나 나는이 일이, 시간이 오래 걸리는 일이라는 점이 마음에 든다. 낭독회가 끝나고 집으로 돌아가면, 한동안은 말의 힘을 믿게 된다. 그러다 또 심해의 시간이 밀려오고, 부질없다는 생각이 강해질 즈음 다음 304낭독회 날이 돌아온다. 어쩌면 304낭독회가 이 길고 긴 싸움의 마취제 혹은 영양제 역할을 하고 있는지도 모르겠다. 이게 좋은 건지 아닌 건지는 확신할 수 없지만 시간이 흐를수록 내 믿음의 근육은 단단해진다"[14](강조는 인용자)는 말을 할 때, 우리는 헌신하는 자의 진정성 가득한 목소리에 감응하여 깊이 공명하게 된다. 다만 안희연의 산문적 고백에는 강조와 같은 '망설임—어두운 질문'도 분명히 존재한다는 사실에 주목할 필요가 있다.

아마도 2000년대의 시인들이라면 강조 부분에 대한 탐색으로 굴절되거나 휘어져나감으로써 복합적이고 이질적인 미감을 만들어냈을 것이다. 하지만 2010년대의 상황에서 그런 시도는 오히려 시대에 감응하지 못한 이기적이며 불성실한 행위로 이해될 확률이 높다. 그만큼 윤리적 책임감에 대한 사회적 압력이 높아졌다는 말이다. 안희연의 경우, 강조 부분들은 분명 일정 정도 자기 고민의 대상이 되기도 하지만 끝내 억압되는 것 같다. 결국은 '어두운 질문'들은 "시간이 흐를수록 내 믿음의 근육은 단단해진다"는 다짐과 결론을 위한 간이 정류장 같은 인상을 준다. 동시에 모든 것을 무위로 돌리는 어두운 질문이 다시 찾아온다 해도 모두가 함께하는 싸움을 위해서라면 그것들을 이겨내야 한다는 '단단한 의지'가 느껴진다

---

14) 안희연, 「저 공포 안에서」, 『문학선』 2015년 여름호, 147쪽.

고, 조심스레 말해볼 수 있을 것 같다.

사회학자 김홍중은 '진정성'에 대한 여러 저작들을 살펴 자신의 논지를 펼치면서 다음과 같은 말을 한 바 있다. "모더니티의 문화적 문법에 의하면, 진정성의 윤리는 사회의 부조리와 억압에 저항하는 반역적(rebellious) 개인성과 연결되어 있었다. 그러나 후기 근대적 진정성은 사회와 길항하는 개인성이 아니라, 개인이 속한 조직이나 공동체에 기능적으로 복무하는 노동 윤리에 충실한 주체 형성의 원리로 변모한다. 진정성의 추구가 사회적 순기능으로 전환되는, 소위 '진정성의 덫(authenticity trap)'이 나타난다"[15]는 것이다. 이를 조금 변형시켜보자면, '일상 재건의 윤리적 책임감'이 현실 논리가 아니라 문학의 논리에 너무 쉽게, 구별 없이 빨리 적용되어버린다면, 2010년대의 시적 운동성은 모두가 합의할 수 있는(혹은 보다 많은 사람이 합의할 수 있는) 보편적인 공동체의 윤리를 구축하는 데에 바쳐질 수 있다. 아무리 정교한 비평적 논리로 2010년대 시의 정치성과 운동성을 독특하게 조명한다고 해도 결국은 이미 전제된 '일상 회복' '타자-연대' '공동체 재건'을 위한 기능주의적인 효용성이 당위적 목표로 전제되며, 비교적 보수적인 합의로 그것들이 흡수될 수 있다는 말이다. 이것이야말로 '진정성의 덫'이라고 부를 만하다.

따라서 안희연의 시가 '착한 절망'으로 평가되는 것은 진정성의 추구가 '길항하는 개인'을 충분히 거쳐가는 것이 아니라 사실상 그냥 통과해가면서, 지금 시대가 요구하는 윤리에 너무 '기능적이고 정합적으로 복무하는 모범성'을 보이기 때문은 아닐까 하는 의문을 제기할 수 있겠다. 예를 들어 안희연이 "끝인 줄도 모르게 길들이 끝나 있었다. 등뒤는 드넓은 공터였다. 보이지 않는 것을 어떻게 믿을 수 있어요? 물었을 때//그는 눈을 동그랗게 뜨고 말했다. 당신 안에 사람이 있다고/좁은 다락에 갇혀 문

---

15) 김홍중, 「서바이벌, 생존주의, 그리고 청년 세대」, 『사회학적 파상력』, 문학동네, 2016, 278쪽.

을 두드리는 어린아이가 안 보이냐고, 안 보이냐고 물었다"(「라파엘」,『너의 슬픔이 끼어들 때』)라고 말할 때, '보이지 않는 것을 어떻게 믿을 수 있느냐'는 질문이 끝나기가 무섭게 '네 안에 갇혀 문을 두드리는 어린아이가 안 보이냐'는 당위적 대답이 가해지면서 질문이 빚어내는 다양한 대답의 가능성은 서둘러 닫혀버리는 것 같다. 물론 시집 내부에는 지속적 갈등과 다른 가능성을 말하는 시편들도 많이 있지만, 이 글이 제시하는 의문들에서 안희연의 시가 완전히 자유롭다고 말하기는 어려운 것 같다. 만약 2000년대 시인들이었다면, 혹은 2010년대 초반의 송승언이나 황인찬이라면 대답을 불러오는 일을 좀더 지연시키면서 "끝인 줄도 모르게 길들이 끝나 있었다. 등뒤는 드넓은 공터였다"라는 문장의 감각 안에 조금 더 오래 머물렀을 것 같다. 그러나 그것 또한 현실이 이보다 더 나빠질 수 있다는 폭력적인 체험이 없을 때의 이야기다.

이렇게 되면 '보이지 않는 것', 즉 지금 여기서 찾아볼 수 없는 '희망'을 구하는 방법으로서의 '선명하고 즉각적인 고통'과, '고통을 겪는 얼굴로서의 타자', 그것이 필연적으로 불러일으키는 '공감의 윤리' '신념' '의지'의 문제로 삶의 다양한 감각들은 흡수돼버린다. '여기의 현실'과 '멀리의 꿈'의 낙차가 너무 크기에 그 간극을 채울 수 있는 건 지금으로서는 인간의 신념과 의지밖에 없다. 그럴수록 진정성에 대한 요구는 늘어날 것이다. 분명 소중하며 절대로 포기할 수 없는 길이기는 하지만, 이것은 혹시 사회적 대의와 요청을 지나치게 기능적으로 빨리 내면화한 결과는 아니냐는 것, 역설적으로 '사회와 길항하는 개인'을 너무 쉽게 제거하고 얻은 그런 진정성은 아니냐고 조심스러운 질문을 해보는 것이다. 진정성은 유일하고 순수한 상태를 위해 그것에 해당하지 않는 것을 제거하는 쪽으로 움직이는 양면성을 내포하고 있다.

5. 2010년대의 비평에는 무엇이 필요할까

덧붙여 2010년대의 시를 읽는 독법을 점검해볼 필요도 있다. "이미 끝나버렸다는 단정과 망연자실로 가득한 '내정된 실패의 세계'에서 시인은 거기에 휩쓸리지 않고 '머릿속 전구가 켜지는 순간'을 떠올린다. (……) '서로를 물들이며' '언덕'(「기타는 총, 노래는 총알」)을 넘어설 수 있는 힘이 생성할 수 있으리라는 **기대를 우리 또한 저버릴 수 없을 것 같다**"[16](강조는 인용자)는 해석은 어떤가. 양경언은 '현실의 압력 때문에 무능감과 열패감에 시달리는 2010년대의 시적 주체와 언어'라는 비평적 접근에 반대하며 "불안과 무기력함, 축소화와 왜소화라는 말로 삶을 가둘 때 거기에서 피어나는 부패의 공기를 다른 방향을 흘려보"[17]내기 위해 '작은 것들의 정치성'을 주장하며 2010년대 동세대 젊은 시인들의 작품이 가진 의미 있는 운동성에 주목하는 활약을 펼치고 있다. 안희연의 작품 역시 그런 맥락에서 '가만히 있는 것' '다만 버티고 있는 것'이 아니라 "바닥 너머의 출구를 마련"[18]하는 일로 해석해낸다. 그런데 여기에는 작품의 육체를 두루 살핀 자의 감각보다는 "**기대를 우리 또한 저버릴 수 없을 것 같다**"는 말처럼, 이미 가지고 있는 기대로 작품을 너무 빨리 구원해내려는 자의 조급함이 느껴진다. 물론 이러한 작업은 동세대 시인들을 적극 지지하고, 당면한 현실에

---

16) 양경언, 「이제 되었다니, 그럴 리가」, 『문학과사회』 2015년 겨울호, 557쪽. 본문의 논점과는 별개로 이 글에서 양경언이 「기대가 사라져버린 세대의 무기력과 희미한 전능감에 관하여—2010년대 시인들의 한 경향」을 비판하며 "시적 주체가 점유해온 계급적 위치"를 탐독하는 작업은 시가 새로운 화법을 발명할 때마다 개시하는 세계에 대한 가능성을 애초부터 차단하는 결론에 이를 수 있고, 2010년대 이후 시적 주체들의 주된 상태를 '무기력'하다고 보는 관점이 문학 작품의 송곳니를 끝내 드러낼 수 없도록 만들고 있지는 않은지, '무기력한 시대감각을 고스란히 체화하는 시'라는 예정된 결론으로 가는 것은 아닌지 지적한 것은 충분히 납득할 만한 비판이었다고 생각한다. 현실의 위력을 앞세우는 글은 늘 문학적 실천의 가능성과 새로운 희망에 둔감할 수 있음을 성찰하는 중요한 계기가 되었다.

17) 양경언, 같은 글, 544쪽.

18) 양경언, 같은 글, 545쪽.

눈감지 않고 싸우며, 문학의 가능성을 꼼꼼하게 살피고, 시인들의 작품을 현실의 귀결이 아니라 늘 현실을 극복하려는 힘을 가진 언어로 파악해낸다는 면에서 진지하고 믿음직스러운 행보임에 분명하다.

그러나 양경언의 어떤 해석은 시를 너무 신학적으로 보는 관점의 소산은 아닐까? 예를 들어 그의 비평적 전제는 늘 "눈먼 자들의 국가에서 버림받은 이들의 곁, 그 자리로 가서 오래도록 귀를 열고, 말을 하는 것. 그리고 그것이 씻겨가지 않도록 계속해서 쓰는 것. 문학은 느린 화살처럼 오래도록, 은밀한 걸음으로 갈 것이다. 이는 문학이 애초부터 해온 일이기도 하거니와 문학이 아름다울 수 있는 이유이기도 하다"[19]는 쪽에 벌써 고정되어 있는 것 같다. 이것은 구원을 전제로 하는 너무나 익숙한 비평적 레토릭이어서 현실에서라면 몰라도 작품 내에 곧바로 도입될 경우, 각각 다른 작품들이 대입되어도 언제나 엇비슷한 결론으로 이어지는 '자동 회로'로 작동하는 것 같다. 여기에는 '이 시대에 시는 무엇을 할 수 있을까'의 관점이 가장 중요한 문제의식으로 깔려 있고(그것 자체를 비난하자는 것이 아니다), 그래서 이를 강조하다보면 이미 마련된, 너무 도덕화되어버린 '정치성과 윤리성' '시적 구원'에만 시를 꿰맞추게 되고, 결국 시의 다양한 육체성을 간과하는 결과를 빚게 되는 것이다. 비록 양경언 비평에 대한 직접적인 언급은 아니지만 아래의 글을 참조한다면 우리의 생각은 조금 더 진전될 수 있을 것 같다.

시가 일정한 기능을 갖게 되면 삶에서의 시의 역할이 뚜렷하게 설명되기 때문에 효용에 갇히게 되는데, 이때 문제가 되는 것은 시의 효용 그 자체가 아니라 시가 삶과 맞닿는 부분이 자신의 효용이 작동하는 부분적인 범위로

---

19) 양경언, 「눈먼 자들의 귀 열기—세월호 이후, 작가들의 공동 작업에 대한 기록」, 『창작과비평』 2015년 봄호, 290쪽.

제한된다는 점일 것이다. 모두가 주어진 제자리에 놓여 있으며 자신의 기능에 충실할 때, 시는 쓰는 자에게나 읽는 자 모두에게 삶은 이미 '알고 있는 것'으로 나타난다. 타자 윤리를 경유하여 2010년대 시의 가치를 설명하려는 방식이 새로운 시를 다루는 세대 담론임에도 불구하고 우리에게 새로운 인식적 충격을 주지 않는 것은 이 때문이다.[20]

시의 정치성을 강조하고 타자 윤리를 중요시하며, 시가 무엇을 할 수 있는가 혹은 무엇을 해야 하는가라는 책임감을 강조할 때, 더 깊숙이 생각해볼 수 있는 문제는 시의 효용성 그 자체가 아니라 그런 논의가 대체로 설명해내는 지점이 매우 뻔하거나 협소해질 수 있다는 것이다. 그러니까 우리가 하고 싶은 말은 이런 것이다. 2010년대의 시인들이 무기력이나 무능감을 드러내면 안 되는 것인가? 고통받으면서도 늘 보이지 않는 희망을 꿈꾸고, 여기가 아니라 저기를 향해 운동하는 것만이 시의 중요한 의의이자 기능이어야 하는가? 그것의 실패, 좌절, 혹은 다른 고통, 두려움, 미련, 막막함 안에 머물러 있으면 안 되는 것인가? 나는 양경언의 작업이 문학장에 대한 비평가의 중요한 개입이자 좋은 의미의 비평적 압력이라고 생각하지만 한편으로는 저 오래된 '문학적 진정성' 추구의 또다른 버전이라고 생각한다. 2000년대의 '윤리 비평'이 2010년대의 '진정성 비평'으로 그 자리를 옮겨왔다고 할까. 이렇게 되면 1990년대와 2000년대를 거치면서 한국 시에서 힘겹게 얻어낸 '입체적 개인'은 또다시 사라지고 만다. 입체적 개인을 건너뛰면 의미는 있지만 매력은 없는 언어가 된다. "진정성의 추구와 긴밀하게 결합되어 있는 정의(justice)의 이상은 속되고 개인적인 '행복의 추구'를 죄악시하게 된다"[21]는 말에 귀를 기울여볼 필요

---

20) 장은정, 「끝과 실패」, 『문학과사회』 2016년 여름호, 378쪽.
21) 김홍중, 「진정성의 기원과 구조」, 『마음의 사회학』, 문학동네, 2009, 40쪽.

도 있을 것이다. 이러한 말은 또 어떤가. "1980년대를 뜨겁게 달구었던 사회변혁 운동이 그 노력과 열정에 값하는 결실을 거두지 못한 한 가지 이유는 변화를 이뤄낼 '개인 주체'에 대한 이해가 부족했기 때문이 아니었나 싶다. '직접적인' 사회적 실천에 대한 강박적 요구는 '개인의 무의식적 결단을 통과하는 실천'을 구상할 여유를 빼앗아버렸다."[22] 2010년대의 젊은 시인들이, 혹은 비평가들이 시대가 요구하는 '윤리적 책임감'에 고통스럽고도 성실하게 응답하는 것을 부정하자는 것이 아니며 그렇게 되도록 내버려두어서도 안 된다. 만약 그런 일이 생긴다면 우리는 누구보다 열렬하게 시인과 비평가들을 응원하고 지지할 것이다. 이는 분명 바닥까지 무너져버린 일상을 재건하기 위한 우리들의 필연적인 몸부림임에 틀림없다. 다만 그런 가운데서도, '개인의 무의식적 결단을 통과하는 실천'을 빼놓은 성급한 진정성의 윤리를 시의 내부로 너무 쉽게 들여올 경우, 그 작품은 오래갈 수 없다는 것을 말하고 싶은 것이다. 물론 이 말조차 자식을 잃고 아직도 팽목항을, 동거차도를 떠나지 못하고 있는 유가족을 생각하자면 배부른 소리처럼 들릴 것이라는 것도 안다. 그럼에도 불구하고 우리는 문학 안에서 사회적 윤리와 개인의 욕망을 길항하게 만들어야 한다.

또한 양경언의 비평은 "2010년대의 시들이 그 이전에 쓰인 시들의 영향 아래에서 쓰이는 것은 사실이나, 이 시들이 이전 시들에 대한 나른한 변주가 아니라 저 자신들의 치열한 모색 속에서 각각의 표정을 짓고 있는 상황 자체를 대면해야 할 책무를 이 글은 감당하고 싶어한다. 어떤 상황에서든 우리는 읽기의 장벽을 마주하지만, 쓰기의 역능은 그를 천연덕스럽게 돌파하기 때문이다"[23] 라든지 "이처럼 2010년대 시는 낯익은 화법으로 '나'를 내세워 '너'를 요청하는 '잠재적인 대화의 관계'를 끊임없이 요구하는 방식으로 씌어지고 있

---

22) 이명호, 「히스테리적 육체, 몸으로 글쓰기」, 『누가 안티고네를 두려워하는가』, 문학동네, 2014, 96쪽.

23) 양경언, 「나는 거기에 있지 않다」, 『실천문학』 2015년 봄호, 49쪽. 강조는 인용자.

다. 이전 시들과의 관계 속에서 읽기의 곤궁을 호소하던 독자 역시도 2010년대 시를 읽을 때에는 각 시구의 배치를 통해 형성된 의미 층위에 불편 없이 참여하거나, 또는 화자가 마련한 사유의 틈새에 개입하는 전환된 역할을 부여받는다"[24]라고 말하며 2010년대 시를 2000년대의 시와의 관련성 속에서 해석하는 움직임에 반대하며 2010년대 시의 독자성과 차별성을 부각시키는 입장을 취한다.

말하자면 2010년대 어떤 젊은 비평가들이 보여주는 '진정성의 감각' 안에는 파국의 현실에서 유일하게 믿을 수 있는 것으로서의 글쓰기, 혹은 시쓰기에 관한, 동시대성에 근거한, 과도한 의미 부여가 존재한다는 것이다. 1장에서 인용했던 김행숙의 시에서, 여동생의 눈으로, '시를 쓰는 언니'에 대해 말하면서 비판적 외부 시선을 도입했던 것과는 달리 2010년대 일부 젊은 비평가들의 글에서는 자신의 선택한 텍스트에 대해 비판 없이 매끈한 상찬, 시와 비평의 힘을 지나치게 맹신하는 열정적 언어가 발견된다. 여기에는 2010년대 시 이외의 다른 것들을 모두 지워버리거나 서둘러 비판하면서 자기 세대의 감각과 현실만을 절대적인 것으로 만들고 싶어 하는 욕망이 느껴진다.[25] 욕망 자체를 결코 부정해서는 안 될 것이다. 문

---

24) 양경언, 「작은 것들의 정치성—2010년대 시가 '안녕'을 묻는 방식」, 『창작과비평』, 2014년 봄호, 356쪽. 강조는 인용자.

25) 뒤에서도 다룰 테지만, 예를 들어 양경언과 함께 2010년대 시에 적극적으로 의미 부여하는 장은정은 철학이나 사회학 등 어떤 외부 논리에도 기대지 않고 오로지 작품의 내적 논리만으로 시의 의미를 규명해보겠다는 의욕을 선보인다(물론 표면적인 직접 인용만 없을 뿐 다양한 철학적·이론적 배경, 앞선 평론가들의 작업에 대한 비판적 참조를 이미 가동시키고 있다고 말할 수 있을 것이다. 최근에는 다양한 이론적 성과를 두드러지게 인용하며 글을 전개하고 있다). 이는 매우 참신한 시도임에 분명하지만, 때로는 자신이 선택한 텍스트를 과잉 해석하거나, 시의 논리를 비평가의 논리로 너무 많이 채워버리는 문제를 발생시키기도 한다. 결과적으로 시의 권능을 과도하게 부각하고(이를 비평가 자신의 권능과 자기애로 연결시킬 수 있다)는 점에서, 자신의 해석과 논리를 절대화하는 문제를 노출한다. 비평에 '구성적 외부' 또는 그것에 대한 자각이 없는 것이다. 예를 들어 "최근 2010년대 시들은 이미 모든 것이 결정되어 있으며 그것이 다가오는 어떠한 시간들 속에서도 더 나은 상태로 변화하리라는 희망을 전혀 전망하지 못한다는 특

제는 2010년대 젊은 비평가 중에서 자기 세대의 '시'에 대해 '구성적 외부'를 자처하며 반성적으로 성찰하는 사람이 잘 보이지 않는다는 점에 있다. 현실의 공동체뿐 아니라 문학의 공동체를 만들려는 욕망이 너무 강한 나머지 자기를 점검하는 외부적 시선을 마련하지 못하는 것은 아닐까? 그러니까 2010년대 어떤 비평가들은 수평적인 차원의 동기간 연대에는 많이 열려 있지만 수직적 차원의 대화에는 너무 빨리 문을 닫아버린 것처럼 보인다는 말이다. '자기 세대의 현실을 특권화하고 싶은 유혹'(정홍수)은 2010년대의 시뿐만 아니라 비평에도 적용될 수 있다.

6. 그러나 이 글이 그런 말을 할 자격이 있을까

물론 2000년대 시와 비평을 기억하는 사람들이라면 같은 질문이 2000년대 시인과 비평가들에게도 똑같이 돌아가야 한다고 말할 수 있을 것이다. 부정할 수 없이 맞는 말이다. 돌이켜보자면, 2000년대의 어떤 시들은 자아에서 주체로의 변화가 만들어내는 균열과 쾌락에 기대어 자신이 무한해질 수 있다고 믿은 나머지 1990년대적인 시적 자아가 그래도 감당하려고 노력했던 책임감의 문제를 놓쳤다.[26] 즉 '1990년대 시적 자아의 책임감'과 '2000년대 시적 주체의 쾌락'을 길항 관계로 놓고 좀더 오래 고민하지 못한 채 너무 쉽게 후자로 넘어가버렸다는 것이다. '입체적 개인'과 '시

징을 지니고 있다. 많은 비평들은 이러한 특성을 어떤 출구도 보이지 않는 절망적인 사회 현실에서 기인한 반응이라 해석하는 일에 동참하며 심지어 이들의 절망에 공감하고 이들의 한계를 이해하려 노력하는 것이 비평의 윤리가 아니겠느냐고 묻는다. 그러나 이것은 무지와 무능, 한계 자체가 실패라는 전제에서 기인한 것이기 때문이며 이들의 시가 정면으로 다루고자 하는 무능의 가치를 전혀 이해하지 못했기 때문이다"(장은정, 같은 글, 398~399쪽)와 같은 구절에서 과잉의 기미를 엿볼 수 있다.

26) 이에 대한 구체적인 논의는 박상수, 「왜가리 없는 왜가리를 어떻게 껴안아야 할까―이수명론」(『귀족 예절론』, 문예중앙, 2012) 참조.

의 권능', 그것이 만들어내는 '무한한 시의 쾌락'을 중요시한 결과이리라. 동세대 비평 또한 이것을 지나치게 선도하거나 너무 쉽게 방조하고 말았다. 게다가 '아이-화자'를 대거 페르소나로 삼으면서 '여성'이라고 하는 정체성을 놓친 것도 뼈아프다. 여성이 실제 삶에서 경험하는 고통과 차별은 그대로이거나 더 가혹해졌는데, 시 안에서 '아이-화자'로 말하면서 남성과 여성의 정체성을 교란하고 넘나드는 일에 주된 관심을 기울인 것이다. 그뿐 아니라 어떤 남성 시인들이, 삶에서 시를 출현시키기보다는 그둘을 분리하고, 시 안에서 시도한 윤리적 모험을 실제 현실로 흉내내면서 상식 이하의 방식으로, 지극히 분열적이게도, 여성을 착취한 사건은 씻을 수 없는 과오로 기록될 것임에 분명하다. 이런 이유로 2010년대의 시인들이 삶을 먼저 생각하고, 그만큼 시쓰기와 문학의 가치를 소중하게 생각하려는 것, 삶과 시를 진정성의 관점에서 일치시키고, 시와 비평의 윤리적 공동체를 마련하려고 하는 것은 어쩌면 당연한 반작용일 수도 있겠다는 생각이 든다.

그럼에도 불구하고 2000년대 시인들이 찾아낸 '입체적 개인'을 완전히 포기하지는 말아달라는 말을 하고 싶다. 2000년대 시인들이 1990년대 시적 자아의 책임감을 놓친 것처럼, 2010년대 시인들이 2000년대의 입체적 개인을 포기해버린다면 어떤 결과를 가져올까. 물론 별일이야 있겠는가. 2010년대의 시인과 비평가들이 그동안 너무나 잘해왔듯이 태연하게 자신들의 일을 하면 된다. 하지만 바로 그렇게 반성 없이 질주했던 2000년대 어떤 시인들이 한국 시를 추문으로 만들었다. 그들 모두가 어찌되었든 한국 문학이라는 제도 안에서 비평적 상찬과 보호를 받았던 시인들이었다.

장은정은 최근 출간된 안태운의 시집 『감은 눈이 내 얼굴을 』(민음사, 2016)의 해설에서 다음과 같이 말한다. "읽는 자마저도 분열시키는 이 전면적인 경악 앞에서 자유와 혁명의 계기로서의 시에 대한 모든 기대는 파기된다"고. 안태운의 시가 "자유가 아니라 예속"을 선보인다는 것이다. 안태운의 시가 선사하는 충격은 "현실의 삶에 대한 믿음과 마찬가지로 내면적 현실에 대한 믿음 역시 환각에 불과했음"을 보여주는 데 있으며, 바로 그런 이유로 "우리는 너무 오래도록 현실의 삶과 대비되는 문학의 진정한 삶을 믿어왔던 것은 아닐까"라며, "진정한 삶 역시 현실의 삶과 마찬가지로 기만이며 환각인 것은 아닐까"라는 질문을 던진다. 이 질문은 상당히 낯설고 이채롭게 다가온다. 평상시 동세대 시인들의 시를 누구보다 명민하고 단단한 감각적 논리로 풀어내면서 시의 진정성과 가능성에 투신해온 목소리와는 많이 다른 해석이기 때문이다. 평소 자신이 가졌던 시에 대한 믿음이 부서지는 경험 때문인지 이 해설에는 특이나 자문과 질문이 많다. 스스로도 이런 자신의 해석을 믿을 수 없다는 놀라움이, 이런 식의 경악이 시의 끝이어서는 안 된다는 자의식과 함께 작동한 것이리라(그런데 시가 그런 경악으로 끝나면 왜 안 되는 것일까?). 그러면서도 "안태운의 시는 자신을 증오하는 것조차 서슴지 않는다. 이 증오는 우리의 감은 눈을 끝내 찢고 그동안 알면서도 모른 척해왔던 것을 남김없이 보게 만든다"라고 지적하며 "이 잔혹한 예속조차 시의 자유일 것이다"라고 결론 내린다. 이런 장은정의 해석에 감탄하고, 또 그것을 지지하며, 다만 1부의 시편들은 조금 다르지 않았냐고 묻고 싶다.

안태운의 시집을 처음 읽으면 슬픔과 절망의 전면적인 이미지를 떠올리게 된다. 그러나 1부의 시편들은, 각각 의미론적으로는 닫혀 있거나 구원 없이 종결되는 듯 보이지만 이미지의 차원에서는 지속적으로 흔들리고 흘러넘치면서 다른 운동성으로 이어진다. 즉 첫 시 「얼굴의 물」이 "비는 계속 내리고 물은 차오르고 얼굴은 씻겨나가 이제 보이지 않고"로 끝나기에 충분히 고립의 슬픈 이미지만 부각되는 것 같지만 만약 이미지를 '사물'이 아니라 '행위'로 이해한다면 「얼굴의 물」의 마지막 구절은 폐쇄적인 단절의 이미지가 아니라 무언가 지속될 것을 암시하는 불완전한 결론 ― 미래를 암시하는 이미지로 해석된다. 특히나 「얼굴의 물」 다음 시편으로 등장하는 「탕으로」의 첫 구절은 "고인 물은 멈추지 않고 있다"로 시작됨에 주목하자. 「탕으로」는 매우 암시적인 방식으로 세월호 참사로 고통받은 사람들, 그리고 그들을 이념적 언어로 몰아세우며 폄훼하였던 폭력적인 분위기를 재현하는 듯 보이는데, 중요한 것은 이 시가 "모든 물은 넘쳐흐르고 옷자락은 몸을 휘감고 형태는 마모되어갔다. 주위로 소리를 내면서 지나고 있는 것들이 있었다. 물의 자취가 날아가고 있다"는 구절로 끝난다는 점에 있다. 이렇게 가볍게 끝내도 되는 것일까라는 질문이 들 정도이고 어쩌면 이 구절들은 사건의 비극성과 고통에 대해 직접 말하기를 비켜가는 것처럼 보이는데, 정확히 말하자면 이는 비켜가는 것이 아니라 이것이 바로 안태운 시적 자아가 이미지 운동성 안에서 사건을 다루는 방법이라고 말해야 할 옳을 것 같다. 즉 여기서 작동하는 물의 이미지는 내용적으로 탕 안에서 죽어가는 이들에게 초점이 맞추어진 동시에 물이 끊임없이, 멈추지 않고, 계속해서 움직이고 있다는 바로 그 이미지의 운동성, 말의 운동성에도 초점이 맞추어져 있는 것이다. 죽음을 되돌릴 수는 없고 죽은 이들이 물속에서 다시 걸어나올 수도 없지만(그래서 너무나 고통스럽지만) 그렇다고 해서 이 모든 사태가 완전히 그렇게만 끝나지도 않을 것임을 바로 이 움직이는 물의 이미지, 그것을 반영한 마지막 문장의 운동성이 현시한다고 할까. 그러니까 1부의 시편들은 각각의 시편으로 끊어지거나 조각나지 않고, 물 이미지의 운동성으로 끝과 시작이 서로 깊숙이 연결되어 있으며, 시적 화자와 익명의 인물들은 물이 이동하고 출렁이듯이 '행동─다음 행동─또 다음 행동……'을 반복적으로 쌓아가고, 지속적인 변화를 암시하며 최종 결과를 알 수 없는 방식으로 언어를 개방하는 것이다. 이런 식의 모순과 긴장, 문장의 운동이야말로 물의 이미지이고 '행위로서의 이미지'라고 할 수 있을 것 같다. 따라서 자서에서 "뒷모습과/뒤를 돌아보는 모습/사이에서/걷고 있었다"라고 적을 때, 안태운의 시적 자아가 지닌 정체성은 더욱 의미 있게 다가온다. 이 한발 늦은 돌아봄

이야말로 안태운 시의 개성을 결정짓는 독특한 자리이다. 안태운은 적어도 시집의 1부에서라면, '행위로서의 이미지 – 잔존하는 이미지의 미광'을 포기하지 않는다. 결국 '나'는 '너'를 지나쳤지만, 그것이 '나'의 한계이지만, 결코 끝은 아니며 '너의 이미지'는 '나'에게 남아 여기, 출렁이는 언어로 기록될 것이다, 라고 그는 말하고 있는 것이다.[27]

이처럼 안태운은 물의 이미지, 물의 운동성으로 "잔혹한 예속"을 극복한다. 자유가 아니라 구속의 방식으로. 만약 세월호 참사가 없었다면 안태운 시에 이 같은 뒤돌아봄이 없었을지도 모른다. 참사 이전이라면 안태운의 시는 2000년대 시의 어떤 자산을 충실하게 계승하며 절망과 고통을 현시하는 시로 남았을 것이다. 그게 나쁘다는 것이 절대 아니다. 그 또한 우리의, 인간의, 시의 명백한 일부이다. 다만 스타일상 언어적 사유를 중시하고, 현실과의 구체적인 접촉면을 멀리할 것 같은 안태운의 시도 2010년대의 현실에서 결코 자유로울 수 없어다는 말을 하고 싶은 것이다. 그리고 바로 그런 점이, 2010년대 시를 2000년대 시와 구별 짓는 또 하나의 계기가 된다고 말할 수 있겠다.

이제 우리의 긴 여정을 정리하며 안태운이 보여준 이 '돌아봄의 순간'이야말로 2000년대의 시와 2010년대의 시가 만나면서 길항하는 지점이라고, 조금은 과장하여 말해볼 수 있겠다. 2000년대의 입체적 개인과 2010년대의 윤리적 책임감이 현재로서는 안태운의 시에서 길항하고 있는 것이다. 당신이라면 어디로 가겠는가. 당신의 감각은 어느 쪽으로 기우는가. 초점을 어디에 맞추느냐에 따라 시의 일은, 또 해석은 또 달라질 수 있으리라. 다만 어느 쪽이든 '입체적 개인'을 포기해서는 안 된다는 말을 하고 싶다. 부디 '시를 사랑하되 시의 자유와 권능을 너무 믿지는 말라'는

---

27) 이 부분의 해석은 이 책의 5부에 실린 「부서져나간 자리에 잔존하는 미광— 안태운의 시, 그리고 이미지 운동에 관하여」을 참조하여 발췌, 요약하였음을 밝힌다.

말 역시 나에게, 그리고 당신에게 남기고 싶다.

새로운 문학적 재현의 윤리를 위하여
─ 애도와 멜랑콜리, 그리고 '오염의 정치'

1. 어떻게 해도 떠나보낼 수 없는 기억

2017년 1월, 광화문에서 열린 집회에는 세월호 생존 학생 아홉 명이 참석해 무대에 올랐다. 생존 학생으로서는 처음 대중 앞에 모습을 드러낸 이들은 이 자리에서 자신들의 심정을 담은 글을 낭독하며 여전히 지속되는 슬픔과 고통에 대해 증언했다. 세월호 참사 이후 천 일에 가까운 시간이 지났지만 제대로 된 애도가 이루어질 수가 없었음을 다시 한번 확인시켜주는 현장이 바로 광화문 광장이었다.[1]

세월호 참사는 참사 그 자체로만 고통스러운 것은 아니었다. "배가 침몰된 게 1차 트라우마라면, 정부의 무책임한 대응은 2차 트라우마이다. 여기에 조금만 크게 울고 소리를 질러도 진짜 유가족이 아니라는 둥, 불순

---

[1] "3년이나 지난 지금, 아마 많은 분들이 지금쯤이면 그래도 무뎌지지 않았을까, 이제는 괜찮지 않을까 싶으실 겁니다. 단호히 말씀드리지만 전혀 그렇지 않"다며, "아직도 친구들 페이스북에는 친구를 그리워하는 글들이 잔뜩 올라옵니다. 답장이 오지 않는 걸 알면서도 계속해서 카카오톡 메시지를 보내고, 꺼져 있을 걸 알면서도 받지 않을 걸 알면서도 괜히 전화도 해봅니다"라고 말했다. 권영철, 「세월호 생존학생 "3년이 지나도 전혀 무뎌지지 않아"」, 노컷뉴스, 2017. 1. 8.(검색일: 2017. 1. 8. http://www.nocutnews.co.kr/news/4713819)

세력이 끼어 있다는 둥 막말이 너무나 자유롭게 통용되는 사회적 분위기, 책임자들의 변명만이 난무하는 법정, 유족들에게 가만히 있으라고 외치면서 실제로 파행의 양상을 띠는 세월호 관련 국정 조사는 나아가 3차, 4차 트라우마를 야기하고 있"[2]음을 떠올려본다면 참사만큼이나 참사를 둘러싼 사회적 진상 규명의 과정이 왜곡되고 지연되면서 정상적인 애도 자체가 불가능한 상황에 처하게 되었다는 것이 생존자와 이들을 지켜보는 국민들의 트라우마적 고통을 심화시키는 이유였음을 알 수 있다.

세월호 참사를 둘러싼 그간의 일들을 일종의 재난 상황의 지속이라고 부를 수 있다면 "재난이라는 사건과 애도라는 정동은 각별히 이어져 있다. 재난은 상실을 본질로 하며, 애도는 이 상실에서 기인하는 핵심적 정동이기 때문"[3]에 재난 이후 공적 차원의 애도 불가능성이 심화될수록 그 불가능성을 가능성으로 바꾸어 애도하는 일은 더욱 시급한 일이 된다. 현실의 절망과 막막함 앞에서 문학적 상상력을 통한 고발과 대응이 그 어느 때보다 강력한 사회적 책무로 작가들에게 요청되는 것도 이 때문이다. 따라서 '재난자본주의'로 명명될 수 있는 한국적 현실이 '종말 서사'를 불러왔고 이것이 세월호 참사로 인해 강렬하게 부각되면서 '애도'가 한국 문학의 중요한 테마가 되었다는 지적[4]이나, 최근의 애도 불가능한 상황에서도 글을 쓰는 움직임들을 "트라우마적 리얼리즘"으로 명명하며 삶과 글쓰기의 잠재성을 고민하는 작가들의 움직임을 좇는 노력[5]이라든지, 용산이

2) 이영진, 「2014년 여름, 비탄의 공화국에서—애도와 멜랑콜리 재론」, 『문학과사회』 2014년 가을호, 299쪽.

3) 문강형준, 「재난 시대의 정동—애도의 가능성과 불가능성」, 『여성문학연구』 제35호, 한국여성문학학회, 2015, 47쪽.

4) 정혜경, 「2010년대 소설에 나타나는 '불가능한 애도'의 양상과 윤리」, 『여성문학연구』 제35호, 한국여성문학학회, 2015, 159~160쪽, 참조.

5) 이소연, 「더블클릭을 향한 열정—문학은 어떻게 애도의 시간을 발명하는가」, 『문학과사회』 2016년 여름호, 403~404쪽, 참조.

나 평택, 밀양에서 세월호까지 2000년 이후 우리 사회가 경험한 숱한 '죽음/죽임' 앞에서 상징화된 기념비적 죽음에 반대하며 어떤 죽음도 완전히 종결되지 않는 것으로 다루려는 '시적 애도'에 대해 말하는 비평적 목소리[6]들은 모두 그 밑바탕에 가장 핵심적인 질문으로 상실 이후의 '애도(mourning)'의 문제를 고민한다고 볼 수 있다. 국가 기능의 위기와 구시대적 적폐가 집약된 세월호 참사 문제를 해결하지 않고서는 한 걸음도 앞으로 나아갈 수 없다는 위기의식은 사적이면서도 공적인 '애도의 윤리'라는 문제와 필연적인 연결 지점을 갖게 한다.

그러나 문학적 관점의 애도에는 애도를 완수해야 한다는 당위적 지향보다는 애도가 가로막힌 사회적 현실의 문제를 폭넓게 형상화하고, 이런 상황에서라면 과연 '어떤 애도가 가능하며, 역설적으로 어떻게 애도에 실패해야 더 윤리적인가'에 대한 치열한 고민이 담긴다는 특징이 있다. 즉 '잘 떠나보냄의 과정'이라는 일반적 개념으로서의 애도뿐 아니라 '어떻게 해도 떠나보내지 못함'에 대한 사유가 공존하고 있는 것이다. 따라서 애도에 대해 잘 말하기 위해서는 애도뿐 아니라 멜랑콜리(melancholy)에 대해서도 살펴볼 필요가 있다. 이 글에서는 최근 문학 작품을 이야기하는 데에 전제되는 '애도와 멜랑콜리'를 둘러싼 이론적 지형과 그 전개 방향을 살펴보고, 이를 근거로 애도와 멜랑콜리의 가능성과 한계, 그리고 문학적 재현의 윤리에 대해 질문의 형식으로 논의해보고자 한다.

2. 벤야민—멜랑콜리의 복권

애도와 멜랑콜리에 대한 근원적 출발은 히포크라테스의 '체액론'으로

---

6) 고봉준, 「죽었는데, 우리는 왜 말을 합니까—시적 애도는 어떻게 가능한가」, 『문학선』 2014년 겨울호, 18~19쪽, 참조.

거슬러 올라간다. 히포크라테스는 인체를 구성하는 네 가지 체액으로 혈액, 점액, 황담즙, 흑담즙의 네 가지를 들며 특히 멜랑콜리를 흑담즙이 과도하게 나타는 병리적 현상으로 파악한 바 있다. "그리스어 melancholia가 '검은(melas)'와 '담즙(cholê)'이라는 두 어휘의 복합어에 기인하는 것도 이러한 체액 병리학적 배경 때문이다."[7] 특히 건조하고 차가운 요소로 간주된 검은 쓸개즙이 지배적 영향력을 행사하는 '후모르 멜랑콜리쿠스(humor melancholicus)'는 가장 고상하지 못한 체질이었다.[8] 이후 고대의 체액 병리학적 분석은 근대 심리학으로 이어지면서 강화되었고 특히 계몽주의에서 절정을 이룬다. 계몽주의에서 멜랑콜리는 정신적 질병이자 사회적 행복을 저해하는 위험한 병으로 취급되었고 광신과 절망을 낳는 요인으로 지탄받는다. 반대로 예술에서의 멜랑콜리는 예술의 필수적인 요인이자 정신 활동의 긍정적 요인으로 인식되었는데 특히 15세기 독일 화가 뒤러가 남긴 동판화 〈멜랑콜리아 I〉에 대한 현대적 해석은 그 중요한 계기가 되었다고 할 수 있다. 사색과 절망, 예술과 멜랑콜리의 긴밀한 관계를 포착한 파노프스키의 새로운 해석이 발터 벤야민에게 큰 영향을 끼친 것이다.[9]

벤야민의 『독일 비애극의 원천』은 다양한 방면의 연구 주제를 담고 있지만 멜랑콜리에 대한 이야기를 전개하는 데에 빼놓을 수 없는 텍스트이다.[10] 이 책에서 벤야민은 바로크 작가들을 연구하며 그들이 세속적 현실

---

7) 최문규, 「근대성과 "심미적 현상"으로서의 멜랑콜리」, 『현대비평과 이론』 제12권 제1호, 현대비평과이론학회, 2005. 6, 57쪽.

8) 발터 벤야민, 「우울」, 『독일 비애극의 원천』, 조만영 옮김, 새물결, 2008, 186쪽 참조.

9) 최문규, 같은 글, 55~65쪽 참조.

10) 물론 이 책은 비애극과 알레고리라는 문학 장르와 형식 이외에도 멜랑콜리, 장르론, 미학과 예술철학, 언어철학, 신학, 역사철학, 비극과 비애극의 차이, 자연사와 역사, 상징과 알레고리, 예술형식과 인식론, 신학과 예술철학 등 다양한 주제를 담고 있다. (최성만, 『발터 벤야민 기억의 정치학』, 도서출판 길, 2014, 120쪽 참조)

의 평탄함 속에서도 배면의 우울과 삶의 허무, 폐허를 발견해냈던 멜랑콜리한 이들로 해석해냈다.[11] '우울'에 관한 독립적인 장에서 벤야민은 다음과 같이 말한다.

'깊은 상념'(티프진), 우울은 무엇보다도 비애에 젖어 있는 사람의 특성이다. (……) 병적 상태의 비애 개념에는 사물과의 자연적이고 창조적인 관계가 결여되어 있기 때문에 지극히 하찮은 사물도 무언가 수수께끼 같은 지혜의 암호로 등장하게 된다. 그러나 바로 그렇기 때문에 이 병적 상태의 비애 개념은 비할 바 없이 풍부한 맥락 속에 놓이게 되기도 한다. 알브레히트 뒤러의 「멜랑콜리아Melencholia」에서 땅바닥 여기저기에 용도를 잃은 채 널려 있는 일상 활동의 도구들이 사색의 대상이 된다는 사실은 이러한 병적 상태의 비애 개념에 잘 부합된다. (……) 명상적인 지향성들 가운데에서 우울은 피조물 특유의 지향성이다.[12]

벤야민은 우울과 병적 상태의 비애를 연결하며, 병적 상태의 비애 혹은 멜랑콜리에 사로잡힌 자는 사물과의 자연스러운 관계를 잃었기 때문에 오히려 하찮은 사물들까지도 "지혜의 암호"로 바라본다고 생각했다. 멜랑콜리에 빠진 자는 파편화된 사물들을 "풍부한 맥락" 속에서 탐구할 수 있는 것이다. 결국 멜랑콜리는 단순히 병리적 감정이 아니라 세계의 폐허에 정직하게 반응한 결과이며, 이 세계를 입체적으로 파악할 수 있는 중요한 인식의 출발점이었다. 벤야민적 관점에서라면, 보들레르와 같은 시인은 세계의 어둠과 질병을 인식하고 자신이 늘 불충분하고 불순한 세계, 폐허나 다름없는 역사적 현실 안에 내던져져 있음을 예민하게 감각하고 있기

11) 최문규, 같은 글, 85쪽 참조.
12) 발터 벤야민, 같은 글, 178~187쪽.

에 필연적으로 멜랑콜리커가 될 수밖에 없다. "멜랑콜리커는 상실한 대상을 다른 대상을 통해 대체할 수 없지만, 그럼에도 불구하고 이 결여의 공백을 채우기 위해 부단히 이미지를 제조하는 자이다. 이상적인 대체 이미지의 창조는 (……) 부단히 유예되기에, 상실감은 깊어지고, 그럴수록 대체 이미지 창조에 대한 어두운 열정은 증폭된다. 멜랑콜리가 격렬한 시 창작의 파토스로 승화될 수 있는 이유는 여기에 있"[13]는 것이다.

이처럼 형상과 의미, 기표와 기의의 관계가 해체되고 총체성이 붕괴된 폐허의 세계에서 제각각 흩어진 잔해들을 연결하여 원래의 맥락과 다른 새로운 맥락을 만들어내고 폐허에서 희망을 엿보는 자리에 멜랑콜리가 있었다.[14] 동시에 "멜랑콜리커란 상실한 대상 혹은 상실된 내면을 정면을 응시하지 못하는 자들이다. 때문에 자신이 표현하고자 하는 바를 정확하게 표현하지 못한 채 파편화된 이미지, 비유, 에피소드를 찾아다니며 자아의 슬픔을 연장시키곤 한다. 비어 있는 현실의 공허함에 대한 저항인 동시에 그러한 현실을 심미화하는"[15] 존재가 바로 멜랑콜리에 빠진 자이기도 했다. 벤야민의 멜랑콜리 이론은 이처럼 바로크와 멜랑콜리를 연결하고 이를 다시 알레고리라는 수사학과 연결지었다는 점에서 예술사적으로 독특한 위치를 지닌다.

---

13) 류신, 「멜랑콜리 시학」, 『한국문학과 예술』 제9집, 숭실대한국문예연구소, 2012. 3, 97쪽.

14) 류신, 같은 글, 98쪽 참조. 벤야민의 알레고리 개념을 자신의 주요한 비평적 방법론으로 채택한 황현산은 "알레고리는 질서 속에 혼란을 창조한다. 문제는 이 혼란인데, 삶의 비극성뿐만 아니라 새로운 가능성도 이 혼란 속에 있기 때문이다. 알레고리는 그 파편적 성질을 이용하여 현실의 고리가 거의 끊어진 자리에서 미래의 한 점을 향해 정신을 투기하고, 논리적으로 현실의 조건이 아직 성숙하지 않은 자리에서 그 현실의 질적 변화를 전망한다"라고 말하며 알레고리의 시적 가능성을 중시한다. (황현산, 「불모의 현실과 너그러운 말」, 『잘 표현된 불행』, 문예중앙, 2012, 71~72쪽)

15) 정끝별, 「21세기 현대시와 멜랑콜리의 시학」, 『한국문예창작』 제11권(통권 24호), 한국문예창작학회, 2012. 4, 22~23쪽.

3. 프로이트—임상으로서의 애도와 멜랑콜리

그러나 최근 문학장의 애도와 멜랑콜리에 관련된 이론적 지형은 '폐허의 변증법'에 기댄 벤야민의 이론보다는 트라우마적 대상 상실과 연관된 정신 분석 이론에 의지하는 경우가 많다. 벤야민의 멜랑콜리 이론은 근대 이후의 세계에서 보편적이고 일반적인 예술론의 힘을 갖추고는 있지만 상실에 초점을 맞추었다기보다는 알레고리의 작동에 기울어 있기에 애도와 멜랑콜리에 관한 정치한 분석과는 잘 어울리지 않는 경향이 있다. 그런 맥락에서 정신 분석의 이론을 전개하는 가장 첫번째 자리에서 빠지지 않고 언급되는 글이 바로 프로이트의 「애도와 멜랑콜리」[16]이다.

이 글에서 상실 이후의 반응은 애도와 멜랑콜리로 구분된다. 두 가지 모두 "사랑하는 사람의 상실, 혹은 사랑하는 사람의 자리에 대신 들어선 어떤 추상적인 것, 즉 조국, 자유, 어떤 이상(理想) 등의 상실에 대한 반응"[17]이라는 점에서는 같지만 사랑의 대상과 주체의 관계를 놓고 보자면 이야기는 달라진다. 우선 애도는 사랑의 대상을 상실한 뒤 고통을 겪

---

16) 지그문트 프로이트, 「슬픔과 우울증」, 『정신분석학의 근본 개념』, 윤희기 옮김, 열린책들, 2004, 243~265쪽. 임진수에 따르면 「슬픔과 우울증」은 「애도와 멜랑콜리」로 다시 번역되어야 한다. 프로이트의 논문 「Trauer und Melancholie」가 번역자에 의해 「슬픔과 우울증」으로 번역된 것인데 독일어 Trauer은 사랑하는 사람이 죽었을 때 느끼는 특별한 슬픔과 그 슬픔을 극복하는 과정 전체를 이르는 말이기에 단순히 '슬픔'으로 번역하면 원래 단어의 함의를 다 담아내지 못한다는 것이다. 또한 Melancholie 역시 우울증으로 번역되었는데 우울증은 미국 정신의학에서 도입한 것으로 유럽 전통에서 말하는 역사를 가진 개념이 아니다. 임진수는 depression이 melancholie의 하위 개념이라 말할 수 있을 정도로 차이가 난다고 본다. 본고에서는 임진수의 견해를 받아들여 '슬픔과 우울증' 대신 전체 용어를 '애도와 멜랑콜리'로 통일하여 쓰기로 한다. 벤야민 역시 히포크라테스의 체액론에서 비롯한 유럽 멜랑콜리의 역사 안에서 우울에 대해 말하고 있으며 데리다와 버틀러는 프로이트의 이론에서 자신들의 애도 이론을 펼쳐나갔기에 애도와 멜랑콜리라는 용어가 적절한 것으로 판단된다. (임진수, 「애도와 멜랑콜리」, 『애도와 멜랑콜리』, 파워북, 2013, 7~10쪽 참조)

17) 지그문트 프로이트, 같은 글, 244쪽.

던 주체가 시간이 지나면서 결국 그 대상에게 투여되었던 리비도를 철수시켜 자아로 되돌리는 정상적인 과정으로, 애도 작업(work of mourning)이 완수되면 주체는 슬픔과 고통을 딛고 기운을 회복하여 다른 대상을 사랑할 준비를 할 수 있게 된다. 즉 '대상 상실' 이후 '대상 포기'로 이어지는 과정을 마무리하고 죽은 사람을 마침내 기억에서 잘 떠나보내는 것이다. 반면 멜랑콜리의 경우, 상실한 대상을 떠나보내지 못하는 병리적 구조를 드러낸다는 점에서 차이가 있다. 상상적으로 상실한 대상을 주체의 내부로 들여와 자아와 합체시킨 뒤 나르시시즘의 상태로 퇴행하는 것이다. 이를 좀더 구체적으로 정리하자면 다음과 같다.

첫째, 애도는 상실한 사람(대상)이 무엇인지 의식적으로 알고 있지만 멜랑콜리는 상실한 사람(대상)이 누구인지는 알고 있다 해도 무의식적인 차원에서, 그의 어떤 것을 상실했는지 모른다. 둘째, 상실 이후 애도는 세상이 빈곤해지지만 멜랑콜리는 자아가 빈곤해진다. 떠난 대상을 주체 내부로 들여와 자아에 합체시키기 때문에 원래 '대상 상실'의 문제는 이제 '자아 상실'의 문제로 뒤바뀌는데 이는 '자애심의 급격한 추락'과도 연결된다. 다시 말하자면 애도하는 자는 스스로를 비난하지는 않지만 멜랑콜리에 빠진 자는 정도 이상으로 자기 자신을 쓸모없고, 무능한 존재로 비난하며 고통스러워한다. 따라서 멜랑콜리의 마지막에는 자살의 이행으로 넘어가기도 한다. 셋째, 멜랑콜리에 빠진 자가 자기 비난이라는 징벌을 통해 만족을 얻기 위한 것처럼 보이는 이유는 사실상 표면적인 자기 비난 뒤에는 주체의 의지와는 상관없이 멋대로 떠나버린 사람에 대한 비난이 숨어 있기 때문이다. 상실을 계기로 잠재되어 있던 애증 병존의 양가감정이 드러나는 셈이다.[18]

이러한 프로이트의 애도 이론은 임상에서 우울증에 빠진 환자들을 치

---

18) 지그문트 프로이트, 같은 글 참조: 임진수, 같은 글 참조.

료하기 위한 연구로 진행된 것이기에 치료에 초점을 맞출 경우 강조점을 두게 되는 것은 아무래도 멜랑콜리보다는 애도라고 볼 수 있다. 그러나 문학을 비롯한 철학에서 사유의 대상으로 삼는 것은 오히려 정상적인 애도의 실패, 즉 멜랑콜리라고 하는 병리적 증상이다. 여기서 중요한 것은 타자를 쉽게 떠나보내는 쪽보다는 잘 떠나보내지 못하는 쪽에 문학의 길이 있다는 윤리적 믿음이다. 이런 관점에서 애도를 철학적 사유의 대상으로 삼은 사람이 바로 데리다였다.

4. 데리다―이중 구속으로서의 애도, 애도의 불가능성

데리다는 사랑하는 사람의 상실을 극복할 수 있다고 생각했던 프로이트의 애도 이론에 문제를 제기하면서 프로이트의 애도 이론이 애도 작업의 완수에 초점이 맞추어져 있고, 따라서 프로이트의 애도는 결국 타자의 타자성을 말살할 수 있다고 본다.[19] 상실한 대상을 기억에서 잘 떠나보낸다는 것은 내면화에 성공했다는 말이기도 하며, 내면화에 성공했다는 것은 상실한 대상의 흔적을 주체의 내면에 이질감 없이 결합시켰다는 말로 바꿀 수도 있다. 타자가 주체의 일부로 동화되는 것이다. 타자는 더이상 타자로서의 실체를 갖지 못하게 되고 존재감을 잃게 된다. 데리다는 바로 이 대목을 성찰한다. "프로이트는 기억을 통한 내면화를 해야 한다고 생각하고, 데리다는 기억을 통한 내면화가 실패하고 불완전한 것이 되도록 그것을 '깨고 상처내고 다치게 하고 충격을 줘야'한다고 생각한다"[20]는 지적 역시 같은 맥락이라고 할 수 있다. 그는 자신의 친구였던 레비나스에 대한 조사(弔詞)에서 "레비나스에 의해, 레비나스 덕택에 우리

---

19) 왕철, 「프로이트와 데리다의 애도 이론―"나는 애도한다 따라서 나는 존재한다"」, 『영어영문학』, 한국영어영문학회, 2012. 9, 789쪽.

20) 왕철, 같은 글, 792쪽.

는, 의심할 바 없이 여기서 일어난 것을, 살아 있으면서, 살아 있는 그로부터 맡겨진 책임으로서 받아들일 기회를 가졌습니다. 그러나 그뿐이 아니지요. 우리는 또한 그것을 가벼워지고 무고(無辜)해진 빚으로 레비나스에게 되갚을 기회를 가지고 있습니다. (……) 물론 레비나스에게 우리가 진 빚의 기회란, 우리가 스스로 그 빚을 떠맡고 그 빚을 긍정할 수 있다는 것을 뜻합니다"[21]라고 말하며 죽은 자가 남은 자의 내면에 영원히 살아 현실의 삶에 지속적인 영향을 끼칠 뿐만 아니라 남은 자는 그 영향을 '긍정적인 빚'으로 여기며 죽은 이에게 그것을 되돌려주는 순간까지의 책임을 상상하며 대화적 관계를 유지한다. 이것은 '내사'가 아니라 '융합'이라고 할 수 있을 것인데 데리다는 프로이트의 이론을 계승하여 애도 이론을 발전시킨 후속 이론가들이 의미 부여한 용어인 '내사(introjection)'와 '융합(incorporation)'을 구분하며, 융합을 애도의 본질로 보는 관점을 취한다.

아브라함과 토록이 말하는 '내사'란 살아남은 사람이 죽은 사람의 좋은 기억(속성)들을 자신의 일부로 동화시키는 정상적인 애도를 의미하고, '융합'이란 살아남은 사람이 죽은 사람의 면면을 자기화하지 못하고 마음속에 '지하 묘지(crypt)'를 만들어 그를 살아 있게 하는 비정상적인 애도를 의미한다. 그들에 따르면, 후자의 경우 "때때로 한밤중에 그 묘지 속의 유령이 다시 돌아와 살아남은 자를 괴롭히는" 현상이 발생한다고 한다. 당연한 말이지만, '내사'는 프로이트가 말한 '애도 작업'의 성공을, '융합'은 '애도 작업'의 실패 즉 우울증의 경우를 지칭한다. 전자는 앞에서 얘기한 '내면화'의 성공이요, 후자는 '내면화'의 실패에 해당하는 경우일 것이다. (……) 데리다의 애도 이론이 향하는 곳은 애도의 실패에 해당하는 '융합' 즉 잃어버린 대상을 죽음의 세계로 떠밀지 않고 '살아 있는 사자'로 만들어 내 안

21) 자크 데리다, 「아듀」, 『아듀 레비나스』, 문성원 옮김, 문학과지성사, 2016, 35쪽.

에, 내 안에 있는 '비밀 묘지'로 들이는 것이다. 아브라함과 토록, 혹은 프로이트에게는 '융합'이 타자를 내면화하지 못하는 무능력이나 결함, 혹은 치료의 대상이지만, 데리다에게는 타자를 죽이거나 먹거나 소화하지 않으려 하는 건 죽은 대상에 대한 책임이며 윤리성의 발로다.[22]

이처럼 '애도에 실패'하고 마음에 지하 묘지를 만들어 죽은 자와 함께 사는 일은 데리다의 관점에서는 오히려 '애도의 성공'이라고 할 수 있다. 따라서 "데리다가 보기에, (……) 정상적 애도 같은 것은 없다. 애도 개념에는 이중 구속의 논리가, 즉 '성공이 실패하고' '실패가 성공하는' 아포리아의 논리가 수반된다"[23]는 말이 가능해진다. 애도의 실패, 혹은 내면화의 실패는 죽은 자가 타자성을 잃지 않고 영원히 주체의 내면에 살아남아 끝없는 책임을 요구하며, 죽었지만 거기 그렇게 살아 있는 사태를 칭하는 말이 되는 것이다. 프로이트에게 애도의 기준이 '남은 자'였다면 데리다에게 그 기준은 '상실된 자'로 바뀌면서 많은 것이 달라진다. 이제 살아남은 자가 말하는 것이 아니라 죽은 자가 말하고, 살아남은 자가 죽은 자를 보는 것이 아니라 죽은 자에 의해 살아남은 자가 보여지는 무모하고 불가능한 일을 상상하는 일 또한 가능해진다.[24]

다만 왕철의 지적처럼 환자 치료라는 임상적 관점을 중시한 프로이트와 철학적이고 윤리적인 사유를 중시한 데리다를 부정과 긍정의 관계로 파악하는 것보다는 대화적 관계로 보아야 생산적인 논의가 가능하며, 또한 "환자들을 관찰하고 치료한 결과를 토대로 한 프로이트의 실증적인 애도 이론과 다르게, 데리다의 애도 이론은 드 만, 바르트, 푸코, 알튀세르,

---

22) 왕철, 같은 글, 793~795쪽. 왕철은 데리다가 내사와 융합의 구분조차도 비판적으로 보고 있다고 지적하며, 그럼에도 불구하고 데리다의 애도 이론은 융합의 관점을 따른다고 본다.

23) 니콜러스 로일, 『자크 데리다의 유령들』, 오문석 옮김, 앨피, 2007, 303쪽.

24) 왕철, 같은 글, 797~798쪽 참조.

140   2부

들뢰즈, 레비나스, 료타르 등처럼 그의 친구이면서 주목할 만한 저술을 남긴 철학자들의 죽음을 애도하기 위한 것이었다. 그래서 이상주의적이고 유토피아적인 애도 이론이 가능했"[25]음을 상기할 필요도 있을 것이다.

5. 버틀러―오염의 멜랑콜리와 불확실성의 연대

프로이트를 반성하며 멜랑콜리 쪽에서 진정한 애도의 가능성을 발견한 데리다의 이론은 문학장에 적용시키기에 가장 적합하지만 그만큼 이상주의적이며, 기본적으로 개인적 차원의 애도에 머무르는 특징을 지닌다. 그렇다면 이 개인적 애도가 공적이고 사회적 차원으로 확장될 수 있는 길은 없는 것일까. 이에 대한 답은 버틀러의 애도 이론에서 찾아볼 수 있다.

버틀러는 프로이트의 애도와 멜랑콜리의 논리를 가져와서 젠더의 관점에서 접근한다. 섹스와 젠더가 구분되는 것이 아니라 섹스가 곧 젠더이며, 사회문화적 성(性)이라고 할 수 있는 젠더는 바로 '우울증적 동일시'의 과정으로 구성된다는 것이다. 버틀러에 따르면 주체의 에고는 원래부터 주체의 것이 아니라 주체가 사랑했으나 완전히 떠나보내지 못한 상실된 대상이 내부로 합체된 것이며 자기 안에 보유한 결과 모방 행위를 통해 구성되는 일이 된다. 즉 주체의 에고는 과거 사랑했던 대상의 집적물이라는 것이다. 이는 프로이트가 「애도와 멜랑콜리」 이후 새롭게 「자아와 이드」라는 논문에서 주장한 내용이기도 하다. 이렇게 되면 자애심의 추락이라는 대가를 치르면서 상실한 대상을 자아로 합체시키는 멜랑콜리 특유의 증상은 이제 더이상 병리적 증상에 그치는 것이 아니라 자아를 형성하는 근본적이고 보편적인 주체 구성의 조건이 된다. 같은 논리로, 남자와 여자라는 젠더 정체성이 만들어지는 과정에도 사랑했던 대상의 상실이 개입

---

25) 왕철, 같은 글, 801쪽.

되어 있다. 남자아이의 경우는 사랑했던 엄마와의 근친애의 금지로 엄마를 상실하면서 엄마의 흔적이 자아 안에 남게 되며 아버지와의 동성애 금지로 아버지를 상실하면서 아버지의 흔적이 남게 된다. 여자아이도 엄마와의 동성애의 금지와 아버지와의 근친애의 금지로 상실한 양쪽의 정체성이 동시에 흔적으로 남는다. 이것이 대상 상실을 대체하는 동일시이다. "동일시는 대상 관계를 대체하는 상실의 결과이기 때문에, 젠더 동일시는 금지된 대상의 성이 하나의 금지로서 내면화되는 일종의 우울증[26]의 형태로 나타난다. 우리 사회의 디폴트 값이 '동성애 금지'이기에 남자아이는 자아에 합체된 남성성을 패러디하고 여자아이는 여성성을 패러디하여 각각 남자와 여자로 자신의 젠더를 구조화하면서 이성애자로 자리매김하고 욕망의 대상을 동성이 아니라 이성에 두며, 금지로 만들어진 우울한 젠더 정체성을 반복 수행한다는 것이다. 그럼에도 불구하고 남자아이에게는 여성성이, 여자아이에게는 남성성이 상실된 사랑의 흔적으로 에고 안에 존재한다. 그 결과, 완전히 이성애적이거나 완전히 동성애적인 것이 불가능한 만큼 완전히 남성적인 남성, 여성적인 여성이라는 이분법 또한 불가능해지는 셈이다. 이처럼 젠더는 기본적으로 우울증을 토대로 구성된다는 것이 버틀러의 주장이다. 이성애자 여성은 아버지에 대한 사랑 이전에 원천적으로 어머니에 대한 근친애적 욕망이 억압된 것이며 이렇게 배제된 동성애는 우울증적 젠더 형성의 원인이 된다. 따라서 동성애적 욕망은 이성애 사회에서 우울증의 양식으로 드러난다.[27]

이처럼 에고에 합체된 상실 대상을 패러디하여 반복 수행하는 우울한 주체는 상실한 대상을 자신의 내부에 잠재적으로 보유하고 있다는 의미에서 주체와 타자의 경계를 허무는 불확실한 정체성을 지니게 된다. 버틀

---

26) 주디스 버틀러, 「프로이트와 젠더 우울증」, 『젠더 트러블』, 조현준 옮김, 문학동네, 2008, 206쪽.

27) 조현준, 「젠더 우울증: 프로이트 비판」, 『젠더는 패러디다』, 현암사, 2014, 137~154쪽 참조.

러는 역설적으로 '정체성의 해체'가 '정치성'으로 연결되는 지점을 탐구하는데, 그 대표적인 인물이 바로 안티고네이다. 헤겔과 이리가레, 라캉의 이분법적인 안티고네 해석을 비판하면서 버틀러는 안티고네가 오빠를 묻어주기 위해 크레온의 국법을 위반할 때, 그 오빠는 실제 '오빠'인 죽은 폴리네이케스이면서, '아버지이자 오빠'인 오이디푸스이기도 하기에 양자를 결코 구분할 수 없다고 보았다. 또한 크레온의 남성성을 제외한 여성적 존재가 아니라 바로 그 크레온의 남성성을 '구성적 외부(constitutive outside)'로 이미 갖고 있는 방식으로 크레온에게 대적하는 안티고네는 단순히 순수한 여성을 대표하는 인물이 아니라 남성성과 여성성을 동시에 가진, 친족 체계에 일탈적 혼란을 초래하는 불확실한 주체로 해석한다. 이제 안티고네는 복수적 정체를 지니며 살아가는 비순수의 모호한 퀴어 주체이며 상징적 법과 절대적으로 대립, 단절되어 있는 '순수의 정치'가 아니라 자신이 저항하고자 하는 바로 그 체계에 어쩔 수 없이 섞여들어가는 '오염의 정치'를 통해 그 정치성을 실현하는 존재가 된다.[28]

이처럼 "애도가 칙령으로 금지된 상황에서, (……) 완전히 애도하지 못한 오빠/아빠는 이미 안티고네의 젠더 자아에 합체되어 있다"[29]는 것이 중요하다. 이제 버틀러는 우울증이 수동성의 형태가 아니라 반복과 환유를 통해 일어나는 반항의 형태라는 호미 바바의 입장을 수용하여 내면화된 우울증과는 달리 사회적으로 표출된 우울증은 억압받고 박해받았던 감정을 모반으로 표출하는 행동이라고 주장한다.[30] 즉 "사랑했던 대상에 대한 애정이 클수록 그 대상에 대한 증오도 큰 법인데, 개인에 대한 증오

---

28) 이명호, 「누가 안티고네를 두려워하는가?」, 『누가 안티고네를 두려워하는가―성차의 문화 정치』, 문학동네, 2014 참조.

29) 조현준, 「안티고네, 숭고미에서 퀴어 주체로」, 『라깡과 현대정신분석』 8(2), 한국라깡과현 대정신분석학회, 2006.12, 203쪽.

30) 조현준, 같은 글, 205쪽, 참조.

는 한 개인의 자아 박해나 외부 관심의 저하로 나타나지만, 그것이 외부적 표현을 금지한 사회적 담론 권력에 대한 반동적 감정으로 표현될 때는 억압당한 소수자의 사회적 분노와 공격욕으로 표현될 수 있다는 것이다. 공적 차원에서의 우울증은 살아도 산 것이 아닌 지배 담론 외부의 집단에게서 제도에 대한 분노와 공격성으로 나타날 수 있다"[31]는 지적이다.

그러나 버틀러의 애도 이론은 전대미문의 9·11 테러 이후 조금 더 윤리적인 쪽으로 선회한다. 즉 테러 응징을 위한 국가 폭력의 당위성이 애도를 압도하여 기세를 올리는 미국의 현실에서, 에고에 합체된 상실한 대상의 영향력은 과연 이후 남은 자의 삶을 어떻게 뒤바꾸어놓는지, 연대는 어떻게 가능한지에 초점을 맞추어 고민하기 시작한 것이다.

내가 애도하는 죽음들에 의해서도 내가 구성된다는 이야기인 것이다. 크레온의 명령에도 불구하고 오빠를 묻음으로써 자신의 목숨을 위태롭게 한 안티고네는 주권적 권력과 헤게모니적인 국가통일이 증대되고 있는 시기에 공적 애도를 금하는 명령에 도전함으로써 정치적 위험을 구현했다.[32]

나는 마치 완전한 대체가능성이 우리가 간구하는 바로 그것이기라도 한 것처럼, 누군가가 다른 누군가를 잊어버렸거나 혹은 그 밖의 어떤 다른 것이 그것의 자리를 차지하는 것이 곧 성공적인 애도의 의미라고는 생각하지 않는다.

오히려 애도는 자신이 겪은 상실에 의해 자신이 어쩌면 영원히 바뀔 수도 있음을 받아들일 때 일어난다.[33]

---

31) 조현준, 같은 글, 204쪽.
32) 주디스 버틀러, 『불확실한 삶: 애도와 폭력의 권력들』, 양효실 옮김, 경성대출판부, 2008, 80쪽.
33) 주디스 버틀러, 같은 책, 47쪽.

친족 체계와 젠더 경계를 교란시키는 불확실성의 주체로 안티고네를 해석하는 흐름에서, 버틀러는 공적 애도 금지라는 국가법에 대항하여 '구성적 외부'로 자신의 에고에 합체된 죽은 오빠를 애도하려는 노력을 포기하지 않았던 안티고네에게서 정치적 가능성을 다시 한번 확인한다. 즉 남은 자는 살아 있어도 산 것이 아닌 멜랑콜리의 상태에서 상실한 대상을 다른 대상으로 교체하여 성공적인 애도를 완수하는 것이 아니라 상실 이후, 죽은 자가 남긴 영향력을 수용하여 자신의 삶이 영원히 뒤바뀔 수 있음을 인정하는 것이다. 이제 애도의 지평은 과거에만 맞추어지지 않고 현실과 미래의 시간으로 이동한다. 변화된 삶이 어떤 모습으로 등장할지는 모르지만, 상실 이전과는 이후는 완전히 다른 삶이 된다. 이렇게 변화된 삶은 사회적 행동으로 연결되어 나타날 수도 있다. 특히 대상을 잃는다면 대상만 사라지는 것이 아니라 그와 관계를 맺었던 '나' 역시 어떤 존재인지 알 수 없게 된다는 것은 상실한 대상과 남은 자의 관계성에 초점을 맞춤으로써 애도의 새로운 가능성을 열어 보이는 중요한 대목이 된다. 관계성(relationality)의 측면에서 보자면 애도와 함께 겪게 되는 슬픔은 남은 자를 모두 개별화시키거나 탈정치화하는 것이 아니라 오히려 인간의 취약성에 대한 자각과 함께 "복잡한 수준의 정치 공동체의 느낌을 제공하고 (……) 무엇보다도 우리의 근본적인 의존성과 윤리적 책임감을 이론화하는 데 중요한 관계적 끈을 강조"[34]한다는 면에서 애도의 새로운 경지를 보여준다. 즉 "우리의 취약성은 궁극적으로 우리의 '관계성'(relationality)을 환기시키고, 이 관계성에 대한 성찰이야말로 기실 '정치'의 다른 이름"[35]인 것이다.

---

34) 주디스 버틀러, 같은 책, 49쪽.
35) 문강형준, 같은 글, 52쪽.

이처럼 버틀러는 애도에서 출발하여 "자신에게 자신이 알지 못하는 불확실함이 있다는 것을 인정하는 것으로부터 출발하는 윤리, 철저히 평등주의적이어야 할 국제적 연대, 상실과 허약함의 경험에서 출현하는 전혀 다른 연대의 가능성"[36]을 고민한다. 이제 버틀러의 애도는 "더이상 프로이트적인 의미의 심리 상태에만 머무르지 않는다. 애도는 갑작스럽게 나타난 사건이 드러내는 진리에 충실히 따르는, 바디우적인 의미에서의 '사건에의 충실함'(to be faithful to an event)이라고도 할 만한, 그런 행동(action)을 가리키는 이름이 된다"[37]는 적극적인 해석이 가능해진다.

6. 애도 안의 문학적 재현─가능성과 질문들

지금까지 체액론에서 출발하여 벤야민, 그리고 다시 프로이트와 데리다, 버틀러에 이르기까지 애도와 멜랑콜리에 관련한 이론들을 살펴보았다. 이와 관련하여 다양한 성찰과 문제의식이 가능하겠지만 가장 먼저 꼽을 수 있는 것은 첫째, 상실한 대상을 어떻게 재현하느냐의 문제이다.

희생자의 '낭만화' 역시 반복된다. 죽은 고등학생들을 하나하나 '기억'하며 박재동 화백의 그림과 함께 이들의 짧은 생을 기술했던『한겨레』의「세월호, 잊지 않겠습니다」기획이 그렇다. (……) 박재동 화백의 그림 속 아이들은 모두 밝게 웃고 있다. 과연 이 아이들이 모두 그렇게 착한 아이들이었을까? 이들이 모두 그렇게 행복했을까? 오히려 대한민국의 망가진 입시교육 속에서 다른 평범한 아이들처럼 이들 역시 조금은 괴물 같은 아이들로 살았던 것은 아닐까? 분노해야 하는 것은, 이들이 착하고 행복한 아이

---

36) 양효실,「역자 후기」,『불확실한 삶: 애도와 폭력의 권력들』, 경성대출판부, 2008, 209쪽.
37) 문강형준, 같은 글, 51쪽.

였는데 불행히도 죽었다는 '신화'를 통해서가 아니라 이들이 대한민국 교육 속에서 불행했음에도 행복할 수 있는 기회도 없이 먼저 갔다는 '사실'을 통해서가 아닐까? 마치 20세기 초 뉴욕 공장의 여성 노동자들이 근면 성실하고 조신한 여성들이어야만 애도될 수 있었던 것처럼, 이들 모두가 착하고 행복하고 꿈이 있는 아이들이어야만 애도될 수 있는 것일까?[38]

인용글은 새겨 읽지 않으면 '희생자의 낭만화'라는 구절의 뉘앙스가 자칫 애도의 정서를 일방적으로 폄훼하는 것으로 해석될 여지가 있기 때문에 상당히 조심스러운 접근을 필요로 한다. 이를 위해 '희생자의 낭만화'라는 단정적인 구절을 '상실한 대상을 어떻게 재현할 것인가'라는 질문의 형식으로 바꾸어보면 어떨까. 중요한 논점은 애도와 멜랑콜리의 논리 안에서 상실한 대상을 다면적이고 입체적으로 재현한다는 것이 생각처럼 쉽지 않다는 점이다. 박재동 화백의 그림[39] 속에서 아이들은 대체로 부드럽게 미소 짓고 있으며, 함께 실린 부모의 편지글에서도 약간의 편차는 있으나 주로 선하고 밝은 모습으로 아이들이 회고된다고 말해야 정확할 것이다. 아이를 지키지 못했다는 죄책감과 무력감, 아이가 곁에 없다는 현실을 인정할 수 없는 분노, 자기 비하와 원망의 감정에 시달리는 남은 가족으로서는 아이들을 다른 모습으로 재현한다는 것은 상상할 수도 없고, 그것은 아이들과 그 아이들을 기억하는 사람들에게 다시 한번 큰 상처를 주는 일이다. 특히 애도의 완수, 즉 치유의 관점에서라면 더욱 그러하다. 다만 잠시 멈추어 생각해볼 수 있는 기회가 허락된다면, "분노해야 하는 것은, 이들이 착하고 행복한 아이였는데 불행히도 죽었다는 '신화'를 통해서가 아니라 이들이 대한민국 교육 속에서 불행했음에도 행복할 수 있는

---

38) 문강형준, 같은 글, 56~57쪽.

39) 박재동 화백의 그림과 가족들의 편지글은 http://0416.hani.co.kr에서 확인할 수 있다.

기회도 없이 먼저 갔다는 '사실'을 통해서가 아닐까?"라는 질문이 파생시키는 고민들이다. 문강형준의 지적처럼 아이들이 "근면 성실하고 조신"하지 않았다면 애도되어서는 안 되는 것일까? 다음의 글은 시인들의 입장에서 역시 같은 종류의 질문을 던진다.

    신해욱: 그 말씀 듣고 보니까요, 제가 쓰면서 힘들었던 이유 중 하나도 결국은 부모에 대한 저의 마음이 투영되었기 때문일 텐데요. 그 상황에서 엄마들이 아이에 대해 할 수 있는 이야기가 사실 얼마나 한정적이겠어요. 얼마나 귀하고 착한 애였는지, 얼마나 의젓했는지, 얼마나 꿈이 많았는지 등등. 그런데 그 나이 때에 부모가 아는 아이의 모습은 일면적이잖아요. 몰래 하는 짓들도 많고요. 거짓말도 밥먹듯이 하고요. (……) 엄마가 호연이를 너무 멋진 아들로 각색한 건 아닐가 하는 의문 자체가, 호연이를 제 방식으로 각색하려는 마음에서 싹튼 셈이죠. 결국 엄마가 호연이에게 충실하면서, 엄마가 듣고 싶은 말을 들려주는 것. 호연이가 하늘에서 진심으로 원하는 건 그런 거였을지도 몰라요. (……)
    박 준: 대부분의 부모들은 자식에 대해 좋게 생각하고 좋게 말하려는 면이 있잖아요. 저는 그 점이 우려되기도 해요. 아직 학생이기는 하지만 한 사람이 살다 간 인생과 그가 갖고 있던 생각과 가능성을 부모의 발화에 의해서만 재현한다는 것이 옳지 않을 거라는 생각도 했고요. 하지만 지금 시점에서는 가장 위로받아야 할 분들이 부모님들이니까 그분들에게 맞추는 것이 이 시가 할 일이다, 라는 생각에 그 불만과 의심은 잠시 접어놓았지요.[40)]

    안산의 치유 공간 '이웃'에서는 세월호 참사로 돌아오지 못한 단원고

---

40) 김소연·신해욱·박연주·박준·김민정 좌담, 「엄마, 나야」, 『문학동네』 2015년 여름호, 546쪽.

아이들의 남은 가족을 위해 '생일 시' 프로그램을 진행했다. 기성의 시인들이 생일을 맞이한 아이들의 입장에서 남은 가족들에게 치유의 메시지를 담은 '육성 시'를 써서 헌정하는 프로그램이었다. 이에 대한 체험을 공유하며 세월호를 추모하는 한 좌담에서 시인들은 세련된 시를 쓰려는 시인으로서의 자의식과 치유 기능으로서의 시의 역할을 요구하는 목소리들 사이에서 갈등하는 모습을 보여준다. 즉 위의 인용글은 상실한 대상을 어떻게 재현할 것인가의 문제뿐 아니라 재현하는 자는 어떤 태도를 가져야 할 것인가의 문제까지 겹쳐 있다고 볼 수 있다. 현재로서는 시인들이 '애도의 공적 윤리'에 공감하는 것으로 작품 생산의 자의식을 조정한 것처럼 보인다.

이 문제는 애도 안에서 재현에 참여하는 작가가 가져야 할 자격, 즉 "언어를 가지지 못한 존재의 발화 불가능성에 자리를 내주는 고도로 자기성찰적인 언어, 무의미가 됨으로서 오히려 충만한 증언을 가능하게 하는 공백의 언어, 증언의 불가능성을 지시함으로써 역으로 증언에 성공하는 역설의 언어, 그런 언어만이 작가에게 증인으로서의 자격을 부여한다"[41]는 문학적 주문과 "세련된 문학을 우리는 향유하고 쓰려 해왔지만 우리 사회가 얼마만큼 야만적이고 허약한 수준인지 뻔히 목도한 마당에, 문학의 세련이 현실과 지나치게 유리돼 있지 않나 그 점이 가장 크게 반성돼요"[42]라는 현실적 반성과의 거리에서도 재확인할 수 있다. 세월호 참사는 문학적 재현의 윤리를 뒤흔들었고, 언어와 작품을 대하는 태도에 대해 근본에서부터 다시 고민하게 만들었다. 무엇보다도 '애도 안의 문학적 재현'이라는 관점에서, 어쩌면 애도의 대상은 항상 애도를 받을 만한 자격을 갖출 때만이 애도의 대상이 될 수 있다는 도덕화된 윤리를 더욱 강화하는 방식

---

41) 김형중, 「우리가 감당할 수 있을까―트라우마와 문학」, 『문학과사회』 2014년 가을호, 275쪽.
42) 김소연·신해욱·박연주·박준·김민정, 같은 좌담, 554쪽.

으로만 재현되어왔던 것은 아닌지에 대한 질문은 앞으로 지속적인 고민이 필요한 대목이다. 이와 같은 문제의식은 그 실제의 예를 세월호 참사로 한정하여 생각할 것이 아니라 상실 이후를 다루는 애도와 관련된 광범위한 예술 작품에 적용하여서도 마찬가지일 것이다.

둘째, 재현하는 대상뿐 아니라 재현하는 자의 윤리와 연관지어 한 걸음 더 들어가 생각해볼 것은 '구성적 외부'에 관한 버틀러의 논점이다. 앞 장에서 말했듯이 에고에 합체된 상실 대상을 패러디하여 반복 수행하는 우울한 주체는 주체와 타자의 경계를 허무는 불확실한 정체성을 지니고 있으며 그 대표적인 인물이 바로 안티고네였다. 특히 안티고네는 자신의 애도를 막으려는 크레온의 남성성과 대적하면서 자신의 여성성만으로 그에게 맞선 것이 아니라 '구성적 외부'로서의 크레온의 남성성을 자기도 모르게 작동시켜 애도를 실행한다. 바로 그렇기 때문에 복수적 정체를 지닌 비순수의 모호한 퀴어 주체로서 애도를 완수하려는 안티고네의 노력은 문학적으로나 철학적으로 수많은 영감을 불러일으키며 재해석되어왔는지도 모른다. 그러나 세월호 참사 이후 한국적 현실에서 '적의 일부를 구성적 외부로 들여와 적과 대적하는 일'이 가능할지에 대해서 선명하게 답하기는 어렵다. 구성적 외부를 작동시키는 일이 바로 버틀러가 말한 '순수의 정치'가 아니라 '오염의 정치'일 텐데, 이에 대한 본격적인 고민이 담긴 작품이나 비평은 아직 찾아보기 어려운 실정이다. 오히려 우리 문학과 비평은 더욱 적극적으로 '불가능에 가까운 수준의 순수의 정치'로 나아가려는 경향을 보이는 것은 아닌지 되물어볼 필요가 있다. 그것은 지금 우리의 비평장에서 버틀러의 이론이 구성적 외부를 동원한 '우울증적 젠더' 이론에 기댄 쪽보다는 불확실함의 인정에서 출발하는 연대의 가능성을 탐구한 '불확실한 삶' 쪽에 그 활용의 초점이 맞추어져 있다는 점에서도 확인할 수 있다. 연대와 공동체의 길은 무엇과도 바꿀 수 없이 중요한 것이며 그대로 탐구되어야 하는 것이 맞다. 하지만 예술적 재현의 관점에서,

특히 애도 안의 재현을 상상할 때, 구성적 외부를 제거한 상태의 순수한 길 외의 다른 길은 없는 것일까? 그 다른 길을 찾는 데에 '구성적 외부'라는 개념이 중요한 힌트가 될 수는 없는 것인지에 관한 질문 역시 중요한 논점으로 고민되어야 한다.

셋째, '오염의 정치'라는 관점을 좀더 확장시켜보자면, 멜랑콜리에서 빼놓을 수 없는 '양가감정'은 어디로 사라졌냐는 지적도 가능할 것이다. 앞서 언급한 프로이트의 애도 이론 중에서 독특한 부분 중 하나는 멜랑콜리에 빠진 자가 자기 비난이라는 징벌을 통해 만족을 얻기 위한 것처럼 보이는 이유가 사실상 표면적인 자기 비난 뒤에는 주체의 의지와는 상관없이 멋대로 떠나버린 사람에 대한 비난, 원망, 미움 등이 숨어 있다는 점이다. 이는 상식적으로 생각해도 당연한 양가감정일 것이다. 그러나 상실 대상에 관한 미움과 원망 등의 감정이 문학적 재현의 과정 안에 들어온다면 과연 어떻게 굴절되거나 형상화될 수 있을까? 이는 정상적이고 사회적인 애도가 가로막힌 지금의 상황에서 수용되기 어려운 면이 있다. 멜랑콜리의 또다른 무의식을 끄집어낼 수 있다는 점에서 의미 있는 일로 판단된다 하더라도, 남은 자의 고통을 떠올린다면 쉽게 받아들여지기는 어렵기 때문이다. 더군다나 참사의 실질적인 진상 규명과 책임자 처벌이 제대로 이루어지지 않은 상태에서 이는 자칫 애도의 노력을 불능으로 만들어버릴 위험이 있다. 온전히 아름답기만 한 상실 대상은 없을 터이지만 지금 우리는 다른 측면을 상상할 윤리를 허락받지 못한 상태이다. 지금은 어렵다 하더라도 일정 시간이 지난 뒤에 이 문제는 억압된 것이 회귀하듯 재현의 영역 안으로 돌아올 가능성이 있다.

넷째, 애도와 멜랑콜리의 논리 안에서 싸우면 싸울수록 과도하게 순수해지려는 아이러니가 발생할 수 있다는 점이다. 해결되지 않은 애도의 문제를 해결하기 위해 적과 우리를 분리하고 적과는 반대되는 가치로 적과 대항하려고 하다보면 적은 부정과 부패의 결정체이고 우리는 숭고와 순수의 결정체로 추상화하게 될 위험이 있다. 적과 대적하여 싸우는 과정에 따라붙게 되는 진영 논리이며 구성적 외부를 거부하면서 애도의 공동체를 구성해나갈 때 필연적으로 발생할 수 있는 문제이다. 또한 데리다적 관점에서 애도의 불가능성을 견디면서 그 불가능성을 가능한 불가능성으로 전유하려는 노력은 불가피하게 '진정성'의 논리와 만날 수 있다. 애도에 관한 사회의 압력이 높아질수록 문학장 내부에도 그 압력이 전달되기 마련이며, 애도 불가능의 시대에 문학의 역할에 대해 고민하기 시작하면 그것은 '이 시대에, 어떻게 해야 진정한 문학을 할 수 있을 것인가'의 논리로 연결될 수 있다는 말이다. 원래 " '진정성(眞正性, authenticity)'은 본래 좋은 삶과 올바른 삶을 규정하는 가치의 체계이자 도덕적 이상으로서, 자신의 참된 자아를 실현하는 것을 가장 큰 미덕으로 삼는 태도를 가리킨다. 진정한 자아의 실현이 대개 사회적 모순, 억압, 문제 등에 의해 좌절되기 때문에 진정성의 추구에는 언제나 사회의 공적 문제에 대한 격렬한 항의, 비판, 참여가 동반된다"[43]고 한다면 지금 우리 시대의 작가와 비평가들은 애도의 공동체라는, 1980년대 이후 다시 출현한 '진정성의 에토스' 안에서 애도를 불가능하게 만드는 사회와 국가에 저항하고 있다고 해도 과언이 아니다. 애도의 불가능성과 멜랑콜리의 감정은 그 자체로 우리 사회의 모순과 억압, 구조적 기능 상실에 대한 격렬한 항의이자 비판이다. 그런데 문제는 이런 것이다. "진품이 언제나 하나이듯이, 진정한 삶의 형식 또한 하나일 수밖에 없다는 통념, 일종의 '유일성의 신화'는 바로 여기에서 발생한다. 유일성의 위치를 확보한 것은 다른 어떤 것보다 고귀하지만 이를 제외한 나머지는 모두가 허위나 모조품으로 규정될 수밖에는 없기 때문이다. (⋯⋯) 진정성의 언어는 상처의 언어, 배제의 언어, 전

---

43) 김홍중, 「진정성의 기원과 구조」, 『마음의 사회학』, 문학동네, 2009, 19쪽.

제(前制)의 언어로 작용"[44] 할 수도 있다는 점에 주목해야 한다. 진정한 삶은 완성되는 법 없이 늘 지속적으로 추구되어야 하는 도래하지 않은 것이며, 그래서 도달하기 어렵고, 더욱 높은 수준의 윤리적 책임을 요구하기에 이를 위해서는 불의하고 부정한 것들을 계속해서 다듬어내고 배제하여야 한다. 바로 이런 부분이 '오염의 정치'와 대조되는 '순수의 정치'가 가지고 있는 특징인데, 문제는 삶의 태도로서가 아니라 예술적 태도로서 진정성의 언어가 추구될 때이다. 즉 과도하게 순수해지려는 노력이 지극히 빈약한 윤리적 실체로만 남을 위험성은 혹시 없겠느냐는 것이다. 이 역시 매우 섬세하게 탐구되어야 할 문제이다. 이렇게 되면 문학 작품은 아무래도 윤리적 올바름을 추구할 수밖에 없고, 비평은 더욱 미세한 윤리적·논리적 곡예를 펼치며 이 계열의 작품을 옹호하게 될 수도 있다.

다섯째, 세월호 참사 이후 애도와 멜랑콜리를 둘러싼 문학 작품과 비평이 지금 우리 사회에 결여된 정상성에 대한 촉구와 만나면서 '의도치 않은 보수화의 경향'을 만들어낼 위험은 없겠느냐는 것이다. "국가의 국민보호 기능이나 안전에 관한 법률을 수선하는 정도가 아니라 아예 국가 자체를 의심해야 한다는 황종연의 지적은 발본적"[45] 이라는 말에서 역으로 유추해볼 수 있는 것은 상실 이후 상실한 것을 회복하거나 상실의 상처를 치유하려는 노력이 정상적 국가에 대한 무의식적 재지향으로 나타날 수도 있다는 말이다. 다음과 같은 주장 역시 같은 맥락의 지적이라 하겠다.

정상성에 대한 집착은 1990년대를 서서히 지배한다. 다리가 무너져 학생들이 죽었을 때도, 백주대낮에 소비자본주의의 상징 백화점이 붕괴했을 때도, 모두가 국가와 자본주의의 정상성을 회복하라고 주문하기 바빴다.

---

44) 김홍중, 같은 글, 35~36쪽.

45) 김형중, 「문학과 증언: 세월호 이후의 한국문학」, 『감성연구』 제12집, 전남대호남학연구회 인문학국사업단, 2016. 3, 39쪽.

이 모든 것이 국가와 자본주의가 '정상적으로' 운용되지 못한 한국 특유의 후진성 탓이라고. 그렇게 국가와 자본은 비판을 빨아들였다. 이제 국가와 자본 자체는 공격 대상에서 벗어나, 누가 어떻게 국가와 자본을 운용하는 지에 포화가 집중된다. 군사 독재 시절에 부정부패로 힘을 얻은 자들이 국가와 자본을 개판으로 운용한 탓이라는 인식이 퍼진다. 보다 합리적이고 유능한 이들이 운용을 담당하면 한국은 선진화될 것이라는 신화가 자리잡는다. 이 모든 것이 1990년대에 낡은 것이 승리하는 논리였다. **국가와 자본은 이 시기부터 이미 '유체 이탈'을 일삼았다. 국가와 자본은 정상적으로만 운용되면 괜찮다는 초-보수적인 생각이 자리잡은 것이다.**[46]

인용글은 성수대교 참사와 삼풍백화점 붕괴 참사 이후의 애도가 정상성에 대한 요청으로 변질되는 과정을 섬세하게 짚고 있다. "국가와 자본은 정상적으로만 운용되면 괜찮다는 초-보수적인 생각"에서 과연 2014년 이후의 우리 사회는 얼마나 자유로운가. "트라우마를 야기하는 사회적 환경의 변화 없이 회복은 결코 개인적인 차원에서 이루어질 수 없다. 그런 점에서 "우리들에게 세월호의 죽음은 개인 차원의 자연사가 아니기에 애도는 정의의 문제로, 산자들에 대한 정의가 아니라 죽은 자들에 대한 정의로 건너가야 한다"는 철학자 김진영의 전언에 공감한다. "애도는 산 자들이 죽은 자들과 어떻게 관계를 맺을 것인지, 죽은 자들에게 어떻게 정의로운 관계를 만들어줄 것인지를 발본적으로 묻는 것이어야 한다"[47]는 지적 또한 분명 절실하며 온당한 것이지만 이를 문학장에 그대로 적용할 경우, 애도 안의 문학적 재현이라는 역할이 다분히 지정된 결승점을 향해 달려가는 일로 한정될 수도 있다. 그 일은 지금까지 반복되어온 우리 현

---

46) 김항, 『종말론 사무소』, 문학과지성사, 2016, 21쪽. 강조는 인용자.
47) 이영진, 같은 글, 304쪽.

대사의 무수한 '죽음/죽임'을 애도하는 일과 어떻게 다를 수 있을까.

여섯째, 남은 자들이 멜랑콜리에 빠져드는 것이 실은 대상을 상실했기 때문이 아니라 애초부터 대상을 결여하고 있었다는 것을 감추기 위해서는 아닌가 하는 인식이 필요하다는 점이다. 지젝은 애도와 대립되는 멜랑콜리의 복권에 의문을 제기하며, 멜랑콜리의 주체가 '상실'과 '결여'를 혼동할 수 있다고 본다.[48] 즉 멜랑콜리의 주체는 멜랑콜리에 빠져듦으로써 마치 대상을 원래 소유했었지만 나중에 잃어버린 것처럼 고통스러워한다. 하지만 그것은 일종의 자기 스스로가 만든 기만적인 스펙터클일 수 있다. 문제는 이런 것이다. 애초에 상실했다고 믿는 대상을 한 번도 제대로 소유해본 적이 없다면 어떻게 하겠는가. 실은 대상을 제대로 사랑해본 적이 없음에도 불구하고─즉 원래부터 그 대상을 결여하고 있었음에도 불구하고 상실 이후에 지독한 상실감에 빠져들면서 고통받는다면, 처음부터 그 대상을 제대로 사랑하지 않았다는 것을 감출 수가 있고 상실감 안에서 그 대상을 자기 방식대로 영원히, 동시에 역설적인 편안함 속에 소유할 수 있게 되는 것이다. 이렇게 되면 주체는 멜랑콜리의 기만적인 스펙터클 안에서 상실'감'에 고착되어 자신이 무엇을 '상실'했는지 되묻는 일을 하지 않을 수도 있다. 그렇다면 이렇게 물어볼 수 있을 것이다. 우리는 떠난 아이들을 정말로 사랑했던 것일까. 사실은 제대로 그 아이들을 사랑해본 적이 없으면서 상실 이후에 비로소 상실감에 과도하게 집착함으로써 그 아이들을 사랑했었다는 기만적인 스펙터클로 우리 스스로를 속이고 있는 것이 아닐까? 그 때문에 보지 못하고 있는 것들에는 무엇이 있는지 되물어볼 필요도 있을 것이다. 그렇다면 우리에게 필요한 것은 애도와 멜랑콜리의, 때로는 기만적인 구조 안에서 상실 대상을 소유하려는 욕망보다는 상실 이전에 대상을 충분히 사랑하는 능력을 키우려는 노력

---

48) 슬라보예 지젝, 『전체주의가 어쨌다구?』, 한보희 옮김, 새물결, 2008, 220~222쪽 참조.

은 아닌지 되물어야 한다. 우리는 떠난 아이들을 얼마나 알고 있으며 그들의 무엇을 잃었다고 생각하는 것일까. 우리에게 부족한 것은 제대로 애도하려는 노력이 아니라 제대로 사랑하는 능력이 아니었을까? 사랑할 시간이 부족했지만 그것이 왜 부족한지 따져 묻거나 바꾸려는 노력을 하지 않았고, 더 많이 사랑하려는 노력을 하지 않았다고 바꿔 말할 수도 있을 것이다. 이와 같은 질문을 던지고 탐구하려는 문학 작품이 한국 문학의 장 안에 기입될 때, 애도와 멜랑콜리의 자장은 더 넓어질 수 있을 것이다.

일곱째, 앞의 이야기와는 반대로 멜랑콜리의 기만적인 구조가 오히려 욕망을 지속시키는 일을 할 수도 있다면 멜랑콜리의 독특한 생산력을 어떻게 볼 것인가 하는 점이다. 프로이트의 이론을 비판적으로 심화시킨 페디다(Pierre Fédida)에 따르면, "멜랑콜리는 대상의 상실에 따른 퇴행적 반응이라기보다는 오히려 상실된 대상을 살아 있게 만드는 몽환적인(혹은 환각적인) 능력이다".[49] 즉 대상을 상실해서 우울한 것이 아니라, 우울하기 때문에 사후적으로 상실을 인지하고, 상실을 회복하기 위해서 세계 내의 기호들을 대신 삼킨다는 것이다. 이렇게 되면 멜랑콜리에 빠진 자가 "진정으로 추구하는 것은 (……) 상실된 대상이 아니라 그 대상의 부재이며, 이 대상이 현존하지 않는 한에서 그것은 늘 점유를 향한 우울자의 욕동을 추동하는 힘으로 작용"[50]하는 것이다. 이렇게 되면 멜랑콜리는 끔찍한 고통이 아니라 스스로 만들어내는 견딜 만한 감정이 된다. 물론 이와 같은 주장은 실제로 세월호 참사와 같은 트라우마적 상실을 경험한 자에게는 해당되지 않는 말일 수 있다. 그러나 동시에 미적 감수성으로서의 보편적인 멜랑콜리는 대상이 부재한다는 인식을 불러일으키고, 부재를 대신할 수많은 이미지와 기호를 탐닉하는 힘이 될 뿐만 아니라, 대상을

---

49) 김홍중, 「멜랑콜리와 모더니티」, 『마음의 사회학』, 236쪽 재인용.

50) 김홍중, 같은 글, 같은 쪽.

살아 있게 하는 힘이 되기에 지속적인 탐닉의 감정이 될 수도 있다. 이 힘을 어떻게 볼 것인가의 문제는 멜랑콜리의 긍정성과 관련하여 또다른 측면에서 탐구해볼 가치가 있다.

7. 구성적 외부와 오염의 정치

한국 문학과 관련하여 애도와 멜랑콜리, 애도 안의 재현이라는 문제가 중요하게 부각된 것은 세월호 참사를 둘러싼 재난 상황의 지속 때문이었다. 공적 차원의 애도 불가능성이 심화될수록 그 불가능성을 가능성으로 바꾸어보려는 사회 각 분야의 노력이 요청되었으며 문학도 예외는 아니었다. 그리고 이런 움직임의 밑바탕에 가장 핵심적인 질문으로 상실 이후의 '애도'와 '멜랑콜리'의 문제가 겹쳐 있었다. 이 글에서 애도와 멜랑콜리에 관련하여 제기할 수 있는 질문들은 사실 '애도 안의 문학적 재현'이라는 관점에서 '애도의 대상은 언제나 애도를 받을 만한 자격을 갖출 때만이 애도의 대상이 될 수 있는 것인가에 대한 질문'과 '사회가 요청하는 애도의 윤리와 작가의 문학적 윤리가 어떻게 만날 수 있는지'의 문제가 긴장 관계를 이루면서 제기될 수 있는 질문이기도 했다.

애도와 멜랑콜리를 다룬 문학이 나아갈 수 있는 길은 아마도 '순수의 정치'와 '오염의 정치'로 구분할 수 있을 터인데 '구성적 외부'라는 버틀러의 개념을 적극 수용한다면 애도와 멜랑콜리의 윤리는 구성적 외부를 가동시킨 '오염의 정치'로 나갈 수 없겠느냐 하는 것이 이 글의 비판적 물음이었다. 그러나 이 과정은 일방적인 주장으로 전개되어서는 안 될 것이다. 여기에는 필연적으로 세월호 참사라는 현실의 트라우마적 상실과 고통이 연관되어 있기 때문이다. 애도 완수의 현실적 노력과 문학적 형상화의 장은 일정 정도 구분될 필요가 있는 것으로 보이지만 이 역시 이론적 제안으로 간단하게 해결될 수 있는 사안은 아니며 현실의 압력은 언제든 문학적 재현의 윤리에 압력을 가할 것으로 보인다. 다만 한 가지 분명한 것은 현실과 문학의 관계를 창조적 길항 관계로 이끌어나가기 위해서는 분명 구성적 외부와 오염의 정치에 대한 고려가 필요하다는 사실이다.

애도와 멜랑콜리는 필연적으로 진정성을 추구할 수밖에 없다. 진정하지 않은 애도는 애도가 아니기 때문이다. 다시 회귀한 진정성의 압력 안에서 애도와 멜랑콜리를 다루는 문학은 애도 안에 내재된 또다른 무의식에 대한 탐구, 상실 대상에 대한 양가감정의 문제, 정상성의 추구가 예술적 보수화와 만나는 것에 대한 경계, 멜랑콜리의 기만적 스펙터클에 대한 자의식 등의 문제의식을 동시에 안고 탐구되어야 한다. 또한 상실 대상에 대한 애도 안에서만 대상을 소유하는 것이 아니라 상실 이전에 대상을 사랑할 수 있는 힘을 키우려는 노력도 필요하다. 이와 같은 질문을 던지고 탐구하려는 문학 작품과 비평이 한국 문학의 장 안에 새롭게 기입될 때, 애도와 멜랑콜리는 갱신의 상상력으로, 새로운 문학적 재현의 윤리를 제시하며 제 역할을 다할 수 있을 것이다.

잘 닫히지 않는 상자
— '문단 내 성폭력'과 '항상적 분열의 반윤리성'이라는 문제

2016년 가을, 한 계간지의 비평 관련 글을 완성해야 하는 감사한 책임이 나에게 있었다. 그러나 나는 그 일을 하지 못했다. 문단 내 성폭력 사태와 관련하여 많은 시인과 비평가가 참담한 소회를 밝혔듯이 나 역시 같은 이유였다고 말할 수 있겠다. 나의 마음을 가장 잘 대변했던 구절로 이 글을 시작해보자.

당연한 말이지만 시를 쓰는 것은 그저 시를 쓰는 것일 뿐이다. 그것은 어떤 특권도 아니고 따라서 비윤리적 행위를 합리화할 어떤 근거도 되어서는 안 된다. 선배 문인의 다음 글처럼 말이다.

그러므로 시인이란 무엇인가? 시인이란 시를 쓰기 위해 젊어서부터 무작정 시집을 읽기 시작한 사람들 가운데 생겨났으며, 시인이 된 뒤에도 시인이 되기 전과 똑같은 열정으로 시집을 읽어대는 사람이다. 그것이 그들 지식의 인덱스(index)이다. 제 좋아서 하는 일이니 굳이 존경할 필요도 없고 귀하게 여길 필요도 없다. 그 가운데 어떤 이들은 시나 모국어의 순교자가 아니

라, 단지 인생을 잘못 산 인간들일 뿐이다. 그런데도 이 인간들 가운데 몇몇은 그걸 은근히 뻐기기도 하고 손을 벌려 국고를 구걸하기도 한다.

—장정일, 『생각』에서

처음에 왜 나는 시를 쓰고자 했을까? (……) 나와 타인을 온전히 이해하기 위한 하나의 열쇠가 되리라는 믿음이 있었기에 나는 시를 쓰고자 했었다. 나는 시를 통해서 시를 쓴 누군가를 조금이나마 알 수 있을 것이라는 터무니없는 믿음을 가지고 있었는지도 모르겠다. 그리고 이제 그 믿음이 얼마나 터무니없는 것인지를 나는 똑똑히 알게 되었다. 요즘의 나는 시를 쓰는 사람으로서 나 자신에 대해서나, 시에 대해서나, 모두 무력감에 빠져 있다.[1]

가을이 지나 겨울이 될 때까지, 다시 맞이한 백지 앞에서도 나는 계속 망설일 수밖에 없었다. 만약 나를 지배하는 고민과는 완전히 다른 이야기를 풀어놓는다면, 혹은 이 글에서 '나'라는 주어를 빼고 쓰는 일을 계속한다면, 부담감은 훨씬 줄어들지도 모른다. 하지만 그래도 될까? 그것이 정당한 일일까? 질문은 멈추지 않았다. 결국 상자의 뚜껑을 꽉 맞물리게 닫으려는 욕심을 포기하고 어떻게 해도 잘 닫히지 않는 지금의 상태를 있는 그대로 드러내는 글을 쓰는 것이 그래도 맞겠다는 생각을 하자 겨우 생각의 물꼬를 틀 수 있었다.

그런 내게 김경인 시인의 인용글은 고개를 끄덕일 만한 글이었다. 평소 나는 김경인 시인처럼 "시를 쓰는 것은 그저 시를 쓰는 것일 뿐이다. 그것은 어떤 특권도 아니고 따라서 비윤리적 행위를 합리화할 어떤 근거도 되어서는 안 된다"는 생각을 가지고 있었다. 지나친, 그래서 과잉된 자의식

---

1) 김경인, 「가벼운, 더 가벼운」, 『현대시』 2016년 12월호, 50쪽.

일 수 있겠으나, 바로 그런 이유로 사람들이 많은 공공장소에서 시집을 꺼내어 읽는 것을 부끄러워하는 편이었다. 그것은 마치 헬스 트레이너가 출근길의 지하철 안에서 갑자기 팔뚝을 드러내고 자랑한다든지 푸시업을 하는 것처럼, 어쩐지 매일의 일상을 성실하게 살아가는 타인들에게 과도하게 나의 향락을 어필하는 행동처럼 느껴졌기 때문이다. 말도 안 되는 자의식이라고 말할 사람이 분명 있겠으나 차라리 문학을 전공하지 않은 사람이었다면 훨씬 부담감 없이 시집을 꺼내 읽었을 수도 있을 것이다.

물론 내게도 "제 좋아서 하는 일이니 굳이 존경할 필요도 없고 귀하게 여길 필요도 없다. 그 가운데 어떤 이들은 시나 모국어의 순교자가 아니라, 단지 인생을 잘못 산 인간들일 뿐이다. 그런데도 이 인간들 가운데 몇몇은 그걸 은근히 뻐기기도 하고 손을 벌려 국고를 구걸하기도 한다"는 장정일의 말은 서글프면서도 뼈아프게 다가온다. 분명 일면의 진실이 거기에 있기 때문일 것이다. 그래서 더더욱 세속과 시를 대립항으로 놓고 시의 가치를 최대한 인정해주고, 귀히 여기며, 어떠한 현실의 어려움에도 불구하고 시의 길이 가치 있는 길임을 아름다운 문장으로 증명하는 글 앞에서 현란하게 흔들리기도 했다. 때로 내가 어떤 시의 가치와 의미를 과도하게 조명하는 글을 쓴 것은 그런 이유 때문이었다. 내가 이토록 헌신하는 문학의 길이, 그리고 결국은 내 자신이 부정당할 것 같은 불안한 마음이 아예 없었다고는 말하기 힘들었던 것이다.

그럼에도 불구하고 나는 대체로 시의 권능, 시의 자유, 시의 무한을 지지하려는 욕망―그렇게 해서 더 감동적이고, 더 멋진 문장을 쓰고 싶은 열망과 차라리 싸우며 '시를 읽고 쓰는 것은 그래도 덜 나쁜 사람이 되는 길'(김소연)이라는 믿음을 유지하려고 노력했다. 즉 '시를 쓰는 것은 그저 시를 쓰는 것일 뿐'이라는 믿음과 '비교적 덜 나쁜 사람이 되는 길이 시를 쓰는 일'이라는 두 명제 사이에서 흔들리며, 때로는 한쪽으로 더 기울며, 문학으로 인하여 조금이라도 더 나은 사람이 되고자 지금까지 나의 일을 해왔던 것 같다. 후자 쪽에 힘을 더 주자면 김경인 시인의 말을 빌려 "나와 타인을 온전히 이해하기 위한 하나의 열쇠가 되리라는 믿음이 있었기에 나는 시를 쓰고자 했었다. 나는 시를 통해서 시를 쓴 누군가를 조금이나마 알 수 있을 것이라는 터무니없는 믿음"을 가지고 있었다고 말해도 좋겠다. 하지만 2016년 가을과 겨울, 문단 내 성폭력이라는 일련의 과정을 겪고 그 작은 기대조차 완전히 무너지는 경험을 하게 된 것이다. "어떤 이들은 시나 모국어의 순교자가 아니라, 단지 인생을 잘못 산 인간들일 뿐이다"라는 말을 이제 과연 누가 손쉽게 부정할 수 있을까? 인정한다고 해서 굴욕과 수치심이 사라지는 것도 아닐 터이다.

가장 중요한 것은 남성 가해 지목자들이 문학 장의 피라미드 구조 안에서 저보다 더 약한 사람을, 특히 문학에 애정을 가지고 있고 문학을 배우고자 한 여성들을, 위계의 기울어진 운동장 내에서 착취하며 자신의 문학을 해왔다는 사실이다. 문학에 대한, 얼마 남지도 않은 사회적 기대와 호의를 그런 식으로 무너뜨려버린 것이다. 그렇게 쓰인 시에 감동하거나, 상찬을 보내며 그들을 지지했다는 것이 그들 삶의 착취를 방조하거나 암묵적으로 도운 것은 아닐까 하는 생각이 불러일으키는 죄책감과 수치심. 나는 이 감정 안에서 서둘러 떠나면 안 될 것이라는 생각을 한다. 한 비평가의 지적처럼 문학이 상식에서 벗어나야 한다는 건 상식 이하로 내려가라는 것이 아니며, 작품을 작가의 삶으로 평가할 수 없다는 말은 자동적으로 비윤리적인 삶에 대한 면죄부가 될 수 없음이 자명한 일임에도 이런 일이 벌어졌다는 것에 대해 오래 생각한다. '작가와 작품이 정말 별개인가'라는 자문을 던져보지만 명확하게 답하기 힘들다.

이번 사태의 원인으로 여타의 다양한 이유를 들 수 있겠지만 내가 믿었던 문학에 어떤 근본적인 문제가 있었기 때문은 아닐까, 라는 질문을 던져본다. 금기를 넘어서 문학 안의 내적 자유를 최대한 추구했던 2000년대 문학 장의 분위기가 이번 사태에 일정 정도 영향을 끼친 부분은 정말 없었던 것일까. 나도 그 일부는 아니었던가. 그런 의미에서 오래 들여다본 문장 중의 하나는 다음과 같은 것이었다.

폭발적으로 세속화된 분위기나 정서 속에서 이른바 '미래파'가 탄생했지요. 이때 '리얼리스트'들이 '젊은 시인'들에게 '너희는 왜 공상적인 이야기, 내장과 눈알을 파는 끔찍한 이야기, 난해한 말장난밖에 안 하느냐'라고 비난하면 '이게 바로 우리 머릿속에서 이루어지고 있는 현실이야. 우리는 당신들처럼 촌스럽게 현실을 여과 없이 모방하고 재현하는 방식으로 하지 않아'라는 게 그들의 변명이었어요. 저는 그 항변에 보이는 어떤 난감함과 세대적 절망에 일정 부분 공감하기도 하는 한편, 어딘가 찝찝한 기분을 느끼곤 했는데, 매우 조심스럽습니다만, 저는 결국 미학적 분리주의가 심화된 상태에서는 그저 '작가와 작품을 따로 생각해야 한다'는 부박한 주장으로는 봉합할 수 없는 **항상적 분열의 반윤리성**과 연결된다고 생각해요.[2]

다양한 해석의 여지가 있겠으나 중요한 것은 아마도 "항상적 분열의 반윤리성"이라는 구절로 보인다. 그러니까 2000년대 시에는 단순히 '문학'과 '현실'을 분리시켜 생각하는, 문학의 자율성과 자유를 최대한 지지하는 미학적 분리주의로만 죄를 물을 수 없는, 작품 '내'적인 "항상적 분열의 반윤리성"이 있지 않았냐는 '조심스러운' 질문인 것이다. 이어지는 글에서 정한아 시인은 문학이 삶을 모방하는 것이 아니라 삶도 문학을 모방할 수 있다는 관점에서 (혹시 2000년대 시인들이 자기 작품에서 구가한 시적 자유를 현실로 모방해서 이런 일이 벌어진 것이 아니냐는 맥락의) 이야기를 덧붙인다. 이것은 그대로 중요한 고민의 지점이지만 애초의 논점과는 조금 다

---

2) 고봉준 · 심진경 · 장은정 · 정한아 특집 좌담, 「2016년 한국문학의 표정」, 『21세기문학』 2016년 겨울호, 247쪽, 정한아의 말. 강조는 인용자.

른 이야기로 보인다. 더 물어야 할 것은 바로 이 작품 자체가 보유하고 있는 '항상적 분열의 반윤리성'이라는 명명이 무엇을 의미하냐는 말일 테다. 이에 대한 접근은 일차적으로 다음과 같은 고민을 통해 가능할 것 같다.

미학적 아름다움이 아님을 강조하기 위해 '앓음다움'이라 써놓고도, 결국은 미학화의 가능성을 두리번거렸던 건 아닐까. 내가 애정한 건 열외에 있는 이들이 아니라, 혹시 열외라는 착각을 불러일으킨 이들이 아니었나. 비성년 서사가 가능한가. 얼굴이 가능한가. 형식이 가능한가. 속성과 형상을 나는 부러 혼동하려 했던 건 아닌가. 명명의 방식으로, 열외의 폭력성을 변호하고 조장한 건 아닌가. 착잡한 의문이 끝없이 따라 나온다.[3]

자신의 인상적인 산문집 『비성년열전』(현대문학, 2012)을 썼던 마음을 지금에 와서 다시 되돌아보는 이 고백은 기성 질서에 편입되기를 거부하고 성년이 아니라 비성년으로 남기를 고집했던 열외자들을 조명한 글이 사실은 그들 삶의 고통은 외면한 채로, 혹은 정작 담겨야 할 열외자의 삶을 빠뜨린 채로, 서둘러 열외적 삶을 '미학화'하려 했던 결과가 아니었느냐는 반성이 담겨 있는 것 같다. "명명의 방식으로, 열외의 폭력성을 변호하고 조장한 건 아닌가"라는 질문은 과도한 반성이라는 생각이 들기도 한다. 하지만 그만큼 이번 사태가 우리들 사유와 감각의 전면적인 성찰을 요구한다는 것을 선명하게 보여준다는 점에서 고통스러운 의미를 부여할 수 있을 것 같다. 그렇다면 한번 더 물어야 할 것이 있다. '미학화'는 어떤 미학화를 말하는 것일까. 그것은 앞서 잠깐 언급했듯이 문학과 영화, 애니메이션의 어떤 비성년 캐릭터를 글로 옮기는 과정에서 발생하는 미적 쾌락, 즉 그들의 고통스러운 삶에 대한 윤리적 공감보다는 그들을 미학적으

---

3) 신해욱, 「괄호의 풀림」, 『더 멀리』 11호, 2016년 12월 30일, 106쪽.

로 세련되거나 아름답게 그려내고 싶은 욕망에 더 기울어 있었던 자신에
관한 반성으로 보이는데 다음의 글을 함께 읽어본다면 다른 지점의 생각
으로 좀더 진전될 수 있을 것 같다.

『예루살렘의 아이히만』에서 아렌트(Hannah Arendt, 1906~1975)는
나치 사형 집행인들이 자신들의 끔찍한 행위를 감내하기 위해 수행한 이런
왜곡을 정확히 기술했다. 그들 대다수는 단지 사악하기만 한 게 아니라, 희
생자를 고문하고 죽이는 일이 부끄러운 일이라는 것을 잘 알고 있었다. 이
런 곤경에서 벗어나는 방법은 "'내가 사람들에게 한 짓은 얼마나 *부끄러운
가!*'라고 말하는 대신 '내 의무를 수행하는 것을 지켜봐야 하는 것은 얼마
나 끔찍한가!' '내 어깨에 지워진 과업은 얼마나 무거운가!'라고 말하는 것
이다." 이런 식으로 그들은 유혹에 맞서는 논리를 뒤집을 수 있었다. 그들
이 견뎌야 하는 유혹은 눈앞에서 고통받는 인간에 대한 근본적인 동정과
연민에 굴복하고 싶은 유혹이다. 그래서 그들의 '윤리적' 노력은, 살인하고
고문하고 모욕을 주고 싶지 않은 유혹을 이겨내는 과업에 맞춰진다. 동정
과 연민이라는 자생적인 윤리적 본능을 극복하는 것이 윤리적 위대함의 증
거로 바뀐 것이다. 내 의무를 다하기 위해 나는 타인에게 고통을 가하는 무
거운 짐을 질 준비가 되어 있다.[4]

우리에게는 '악의 평범성'이라는 개념으로 널리 알려진 한나 아렌트의
저작에 대한 지젝의 보충은 유대인 학살을 실행한 자들이 가진 '도착적
성향'에 대한 지적으로 정교화된다. 즉 이들은 지금 눈앞의 고통받는(고통
받을) 유대인에 대한 '윤리적 책임감' 혹은 이들을 죽음으로 몰아넣는 자
신에 대한 경멸과 수치심 대신 이것을, '그럼에도 불구하고 이 고통스러운

---

4) 슬라보예 지젝, 『HOW TO READ 라캉』, 박정수 옮김, 웅진지식하우스, 2007, 164~165쪽.

명령을 수행해야 하는 나라는 인간에 대한 애처로움과 자기 연민'으로 뒤바꾸어놓았다는 것이다. 후자의 것을 '미학화'라고 부른다면 과도한 일일까.

이렇게 되면 애초의 '고통받는 타자에 대한 윤리적 책무'는 오히려 '극복해야 할 자신의 과업'이 되면서 "그것은 내 책임이 아니다. 나는 단지 보다 높은 역사적 필연성의 순진한 도구일 뿐이다"[5]라는 인식으로 이어지는데 지젝의 입장에서 이것은 "이 위치의 외설적 향락은 내가 행하는 것에 대해 나는 죄가 없다고 인식하는 데서 발생한다"[6]는 성찰로 해석될 수 있는 것이다. 섬뜩하고 무서운 지적이며 쉽게 다른 장으로 옮겨오기 무거운 논리이다. 여기서 자기 합리화를 가능케 하는 도착의 구조를 가져와 '미학화'의 구조로 설명해보자면, 2000년대 시의 미학적 성취와 쾌락은 주체의 분열—즉 '행위하는 나'와 그 '행위를 지켜보고 미학화하는 나' 사이에서 특히 후자의 자유를 너무 과도하게 밀고 나간 데서 발생한 것이 아니겠느냐는 질문을 던져볼 수 있다는 것이다. 앞의 것을 '1990년대식 시적 자아의 윤리적 책임'이라고 할 수 있을 것이며 뒤의 것을 '2000년대식 시적 주체의 쾌락'이라고 말할 수도 있겠다.

예를 들어 2000년대 시인들은 '나는 나로부터 멀어진다'라든지 '나는 이러한 내가 마음에 든다'와 같은 감각들을 배면에 깔고, '행위하는 나'와 '행위를 지켜보고 미학화하는 나'를 구분하는 데에 능통했고 이 균열을 새로운 미감을 만들어내는 거점으로 잘 활용했다. 돌이켜보자면 나는 분명이 '균열'과 '자유'를 좋아했던 것 같다. 상식적 윤리를 비스듬히 비껴나가는 다양한 균열과 굴절에 시적 쾌락이 있었다고 말할 수도 있겠다. 윤리적 책임감에 곧바로, 전면 응답하기를 거부하고 그것을 지연하거나 관찰

---

5) 슬라보예 지젝, 같은 책, 163쪽.
6) 슬라보예 지젝, 같은 책, 같은 쪽.

하면서 확장하는 데에는 역시 윤리보다는 미학을 쾌락 구조로 전유해내는 비윤리성이 일정 정도 내장되어 있지 않았느냐는 말이다.

조심스럽기는 하지만, 이것이 바로 "항상적 분열의 반윤리성"이 아니었을까 생각해본다. 2000년대 시들은 바로 이러한 비윤리성의 영향 안에서 미학적 쾌감을 기반으로 한국 시의 한 전위를 만들어냈던 것은 아니었을까? 따라서 2000년대 비평이 그토록 '자아'와 '주체'를 구분하면서 '주체의 가능성'에 투신한 것은 일면 중요한 변화를 포착한 의미 있는 일이었지만 동시에 주체의 가능성을 '맹신'했다는 점에서 분명 반성적으로 성찰될 필요가 있다고 나는 생각한다. 그런 의미에서 다음의 말을 재호출하여 되새겨보고 싶다.

표면적으로는 1997년의 IMF 경제 위기를 극복하고, 아직 오지 않은 2008년의 미국발 금융위기의 여파에서도 자유롭던 이 시기의 정치·경제적 무풍지대를 통과하며 이들은 전세대의 '슬픔-책임'이라고 하는 자아의 윤리에서 비로소 풀려나게 되었다. '자아'를 덜어내 '주체'로 개방하고 다른 목소리를 들여오는 미적 실험을 감행할 여유를 허락받은 셈이다. (……) 시간이 지나면서 '주체'를 활용하는 개별 시인들의 대응도 격차를 보이기 시작했다. 이때부터 나는 '주체'를 거점으로 '무한'에 자신을 의탁하는 시편들은 어떤 의미에서, 주체가 유미주의적인, 동시에 비윤리적이면서 외설적인 쾌락에 최대한 감응한 결과가 아닌가 하는 생각을 갖게 되었다. 주체가 시를 쓰면서 쾌락을 느낄 때, 또는 우리가 시를 읽으면서 행복을 느낄 때, '윤리적 올바름'으로만 이 감탄을 해석해서는 안 된다. 우리는 무언가를 옳지 않아서 좋아할 수도 있다. 다만 우리는 우리 자신이, 우리가 상상하는 것 이상으로 비윤리적이고 외설적인 존재일 수도 있음을 감추기 위해, 그 무언가에 지나치게 열광했는지도 모른다. 미학적 전위는 정치적 보수성과 만날 수도 있다. 과연 '시'만이 오로지 순수할 수 있겠는가?[7]

나는 여전히 2000년대의 '윤리 비평'이 '억압적 정상성에 항거하는 시적 윤리와 모험'이라는 논리로 2000년대 시를 과도하게 정당화했다는 아쉬움을 갖고 있지만 그렇다고 해서 같은 시대를 함께 통과했던 나의 작업들이 면죄받는 것은 아닐 것이다. 특히나 비윤리적 쾌락을 미적 전위로 받아들이며 환호했음에도 그런 것은 애초에 없었던 것처럼 스크린 뒤로 감추고 2000년대 시들의 자유, 무한, 저항 가능성, 새로운 감각을 해석하고 의미 부여하는 비평적 논의가 지속되는 것을 비판하겠다는 이유로 '시의 외설성'에 너무 관대한 면죄부를 준 것은 아닌가 하는 통렬한 자각을 하게 된다. 또한 "2000년대의 시적 자유에 대해서라면 우리는 이제 잘 알고 있다. (……) 비평은 시에서 일어나는 일들을 마치 무대에서 벌어지는 일처럼 관조함으로써 그 시들을 일종의 '쇼'로 전락시키는 데 일조하지 않았을까. 비평은 증발하며 자유롭게 사라지는 시적인 것들을 읽으며 해방감을 느끼는 이들이, 실제로 자신의 상자에서 벗어나 '다른 삶'으로 옮겨가는 계기가 되도록 충분히 기능했던 것일까"[8]라는 지적은 계속 고민해나가야 할 적절한 문제 제기라고 생각한다. 덧붙여 앞으로 더 생각해볼 지점이 있다면 2000년대 시가 정체성의 경계를 넘나드는 혼종적 작업에 몰두한 나머지 '여성'이라고 하는 정체성을 놓친 것에 대한 시인들의, 비평가들의 자각이 필요하다는 점일 것이다. 이에 대한 참조점으로 다음의 글을 읽어보고 싶다.

포착될 수 없고 이해될 수 없는 '공백이자 잉여'로만 여성의 서사가 쓰여지는 것은 여성의 또다른 배제가 아닌가? 그런 무형의 상상력은 과연 새로

7) 박상수, 「책머리에」, 『귀족 예절론』, 문예중앙, 2012, 9~10쪽.

8) 장은정, 「뒤섞인 채로―유계영의 『온갖 것들의 낮』과 더불어」, 『현대시』 2016년 1월호, 127쪽.

운 성체계를 가능하게 할 수 있을 것인가? 우리는 언제까지 '다락방의 미친년들'이어야 하는가? '미친년'의 언어를 전유하여 들리게 만들어온 것이야말로 여성 운동의 역사 아닌가. (……) 억압된 것의 귀환으로서 여성을 언제나 '유령'으로 상상해온 그 지겨운 상상력의 재탕이기도 한 것이다. 그리고 그 지루한 상상력이야말로 지배 이데올로기를 영속시키는 지반이다.[9]

이것은 비록 영화나 대중문화에 대한 성찰에 기반한 견해이지만, 문학 장에 적용해도 큰 무리가 없는 것으로 보인다. 이제는 정말로 여성의 언어가 광기, 무의식, 공백, 잉여, 히스테리로'만' 표현되어서는 안 되지 않을까. 그동안의 한국 시의 중요한 자산이었던 여성적 언어는 때로 현실에서 고통받는 여성의 실상을 잘 담아내지 못하는 방식으로 정형화된 것은 아닐까 하는 고민이 필요할 때가 되었다는 것이다. 따라서 여성을 영원히 기성 질서의 바깥에서, 혹은 열외자의 방식으로, 또는 하나의 증상으로 떠돌게 만들기보다는 이 세계의 구체적 구성원으로서, 실체를 가진 존재로 형상화하려는 일에도 예민한 노력이 필요하겠다는 다짐이 중요하다. 뿐만 아니라 기존 서정시의 재현 방식과는 또 어떻게 다르게 재현할 수 있을 것인가에 대한 고민도 병행되어야 한다. 당연하게도 이는 비평의 언어로 성취될 수 있다기보다는 시의 일로 선취되어야 할 것이라는 생각이 든다. 그 밖에 더 제기될 수 있는 다양한 질문들은 잘 닫히지 않는 상자 안에서, 차후에 대답해나가야 하는 일로 남기기로 한다. 다만 "과연 '시'만이 오로지 순수할 수 있겠는가"라는 부정의 변증법만큼은 결코 놓쳐서는 안 될 것이라 믿는다.

---

9) 손희정, 「기억의 젠더정치와 대중성의 재구성—최근 대중 '위안부' 서사를 중심으로」, 『문학동네』 2016년 가을호, 563~564쪽. 강조는 인용자.

다른, 남성성들을 위하여
—'식민지 남성성'과 작별하기

1.

　산책로를 빠져나와 수심이 얕은 계곡에 다다랐다. '들어가지 마시오' 푯말 위를 훌쩍 건너 너럭바위 위에 그들은 자리를 잡았다. 현석 선배가 막걸리와 종이컵을 꺼냈다. A 교수는 등산화를 벗고 양말을 벗었다. 맨발을 계곡물에 담갔다. 학생들도 신발과 양말을 벗었다. 맨발을 물에 담갔다. 물이 흘러가며 발목을 스쳤다. 살갗이 베이는 것처럼 차가웠다. A 교수는 시원하다고 호탕하게 말했다. 학생들도 시원하다고 말했다. 정원도 시원하다고 말했다. 맨발을 물에 담근 채로 백팩에서 김밥을 꺼내어 나누어 먹었고, A 교수가 종이컵에 채워준 막걸리를 들이켰다. 김밥은 딱딱했다. 학생들은 차례대로 시를 낭송했다.

　"자유로워야 한다. 피로 써라. 다칠 것을 두려워하지 마라. 완전 연소하라."

　정원은 받아 적었다. 학생들이 하나도 빠뜨리지 않고 받아 적을 수 있도록 A 교수는 천천히 읊었다. (……) A 교수는 노래를 부르기 시작했다.

　"돌아서 눈 감으면 잊을까. 정든 님 떠나가면 어이해. 바람결에 부딪히는 사랑의 추억."

눈을 감은 채 A 교수는 자기 노래에 빠져드는 표정이었다. (……) 물은 불어나 콸콸 흘렀다. 그들은 목청껏 노래를 부른 후, 박수를 쳤다. 계곡물에 담가둔 새빨간 발을 꺼내어 양말을 신었다. 오늘 느낀 시심을 시로 써 오라는 과제를 받았다. 쓰레기를 주워 모으던 정원에게 A 교수가 다가왔다.

"잘해라."

"예?"

시를 잘 쓰라는 말로 정원은 알아들었다.

"너는 마녀상이야. 남자 잡아먹을 상이야. 잘해라."

그들은 언덕을 내려갔다. 현석 선배가 동기들에게 하는 말이 들려왔다.

"교수님 정말 시인이지 않냐?"

현석은 감동적인 수업이었다고 말했다. 흰 새떼가 날아가고 있었다.[1]

'고발 성격의 르포르타주라기보다는 소설적 요소가 가미된 글'[2]이라고 하지만 문학장 내에서 창작 수업을 받아온 사람들에게 인용글에 등장하는 전반부의 풍경은 어딘가 익숙하다. 특히 낭만성과 진정성을 적절하게 결합하여 계곡에서 이루어지는 A 교수의 야외 수업은 누구나 한 번쯤은 습작기에 기대해보는 전형적인 문학적 에피소드가 아닐까. 표준화된 정보 습득이 아니라 선생의 문학적 역량에 기댄 도제식 수업의 특성, 작품의 단순 해석에 그치지 않고 그것을 쓴 학생들의 내면과 깊이 만나게 되는 관계 맺기의 특수성, "야인과 낭인과 광인[3]"을 오히려 예술적 모델로 신비화하는 낭만주의적 전통의 자장 안에서 문학 선생의 이와 같은 자기 연출은 대체로 큰 영향력을 행사하며 미화되어온 것이 사실이다. 나 역시

---

1) 임솔아, 「추앙」, 『참고문헌 없음』, 참고문헌없음 준비팀, 2017, 160~169쪽.

2) 임솔아, 같은 글, 169쪽 참조.

3) 황수현, 「다행입니다, 문학이 내 영혼을 구원하지 않아서」, 같은 책, 198쪽.

이러한 풍경에 감탄하던 시절이 있었지만 어느 순간 이 풍경이 빚어내는 연극적인 연출과 나르시시즘으로 귀결되는 내러티브, 과잉된 분위기에 불편함을 느끼기도 했다. 불행하게도 이런 수업이 나와 잘 맞지 않는다는 자의식을 형성하기까지는 오랜 시간이 걸렸다.

중요한 것은 A 교수가 수업을 끝내고 돌연 여자 제자에게 "너는 마녀상이야. 남자 잡아먹을 상이야. 잘해라"라는 말을 하는 순간이다. "자유로워야 한다. 피로 써라. 다칠 것을 두려워하지 마라. 완전 연소하라"는 말과 이 말 사이의 아득한 낙차를 생각해보라. 대체 무슨 일이 일어난 걸까. 삶의 자유와 문학적 헌신을 설파하던 예술지상주의자는 금세 사라진다. 너무나 노골적인 여성 혐오의 발언이어서 정말로 A 교수의 말이 맞을까 싶고, 그래서 충격적이지만, '문단 내 성폭력'이라는 일련의 사태를 겪은 후 접하는 이 풍경은 나에게 몇 가지 사실을 차분하게 알려준다. 내가 남성이었기 때문에 이런 혐오 발언의 직접적 대상이 되어본 적이 없었으며 그래서 문학적 스승이나 선배들을 비교적 아름답게 회고할 조건을 갖출 수 있었다는 점, 그러나 그 조건이 실은 명백히 존재하던 숱한 희롱과 폭력에 대한 자발적 외면 혹은 무지를 가장한 무관심의 결과일 수 있다는 점 말이다. 그러나 이런 뻔한 자기 고백조차 얼마나 한가한 소리로 들리는가. 아마도 나는 인용글에 등장하는, A 교수에게 감화를 받아 그를 추앙하며 적극 보필하는, "교수님 정말 시인이지 않냐?"고 고백하는 '현석 선배'였을지도 모른다. A 교수와 현석 선배의 '남성 동맹'이 가능한 이유는 이 동맹에서 여성 제자인 '정원'이 '마녀'로 제외되기 때문이다. '정원'은 시를 잘 쓰라는 격려 대신 남자에게 잘하고 절대 남자를 이기려고 하지 말라는 암시를 강요받는다. 결국 이 말은 '남자인 A 교수' 자신에게 반하지 말고 잘 따르라는 우회적 압력으로 읽히지 않는가. '정원'이 부당한 대우를 받았음을 인정하기 시작한다면 이 신성한 동맹은 곧 깨어질 수밖에 없다. 그래서 더더욱 마녀는 제외되어야 한다.

2.

　애초에 이 글은 '문단 내 성폭력'과 관련된 일련의 사태를 되돌아보며 '가해자/피해자'의 틀로 사건을 해석할 때 놓치는 지점은 없을까에 대한 의문에서 촉발되었다. "가해자를 괴물로 만들고, 그들을 신속히 삭제하는 캠페인은 그 캠페인의 주체들에게 피해자 혹은 약자의 정체성을 부여하는 동시에, 저항의 사유인 페미니즘을 동원해 또다른 억압의 정치로 치환할 위험 또한 내포하고 있"[4]는 것은 아닌지 생각해볼 수는 없을까. 좀더 자세히 말해보자면 "성폭력 사건들에 내재한 이러한 욕망의 작동, 정치성을 떠나 순수한 피해자의 고통만을 이야기하는 것은 사안에 대한 반쪽짜리 해결책을 도출하게 된다. 우리는 성폭력 가해가 지니는 위계적 성격에 대해 주목해야 한다고 말한다. 직장, 가정, 문단, 미술계 내 성폭력 등 기본적으로 가해와 피해의 구도는 권력의 위계 관계에서 일어난 구조적인 차원을 언급한다. 그러나 피해자의 폭로에 대해서는 이러한 위계를 뒤흔들고자 하는, 혹은 폭파하고자 하는 욕망을 말하는 것을 금지시킨다. 오로지 눈물 흘리는 피해자, 고통당한 피해자만 있으면, 욕망이 삭제된 순수성의 테제가 둘러씌워진다. (……) 그렇기 때문에 성폭력 피해자의 발화를 두고 법의 영역이 아니라 담론 혹은 문화라는 영역에서 이야기되어야 할 것은 그 내용에 대한 판단/판결 혹은 처벌을 넘어서 그 사건과 경험에 착종되어 있는 섹슈얼리티, 감정, 욕망, 권력이 아닐까"[5] 하는 것이다. 이와 같은 고민은 '가해자/피해자'의 구도로만은 담아낼 수 없는, '섹슈얼리티'가 지닌 비윤리적 파괴성과 여성의 착종된 감정, 욕망, 권력 의지를 노출한다

---

4) 이진실, 「페미니즘이 해시태그를 만났을 때」, 『당신은 피해자입니까, 가해자입니까』, 현실문화, 2017, 47쪽.

5) 이진실, 같은 글, 59~60쪽.

는 점에서 충분히 생각해볼 여지가 있는 대목이다. 또한 우리에게 왜 '순수의 정치'가 아니라 '오염의 정치'가 필요한지를 알게 해주는 지점이기에 특별한 의미가 있다.

하지만 인용글의 바람대로 담론 혹은 문화의 영역에서 이런 정동까지 다루어지기란 쉽지 않은 일로 보인다. 쉽지 않다고 해서 피할 일은 절대 아니지만 '가해자/피해자'의 프레임이 지닌 또다른 여성 억압적 요소에 관한 성찰은, 많은 사건들에서 너무나 일관된 '남성 가해자/여성 피해자'라고 하는 '젠더 문제'가 지속적이고 비중 있게 작동하고 있는 현실에서 자칫 젠더 문제를 희석시키고 가해자에게만 면죄부를 주는 방향으로 변질될 가능성이 높기에 고려해야 할 점이 만만치 않다는 문제가 있다.

이런 관점은 앞으로 더 깊이 고민해야 하는 문제로 남겨두고, 내가 이번 글에서 우선적으로 해보고 싶은 말은 이런 것이다. '문단 내 성폭력'과 관련된 글을 쓰려고 마음먹고서도 한참 동안 글의 진도가 나아가지 않았다. 몇 가지 이유를 떠올려볼 수 있었는데 먼저 '연루된 자로서의 자기 고백과 점검' 없이는 이 글이 진전될 수 없다는 사실 때문이었다. 이미 문단의 내부자이자 연루된 자로서, 과연 나는 말할 자격이 있는가. 설사 말을 한다고 하여도 그것은 교묘한 자기 변명과 합리화에 이르지 않을까. 예를 들어 '가해자/피해자' 구도에서 놓친 것은 없는지에 대해 의문을 품었던 것도 어찌 보면 내가 남성 연대의 또다른 자리, 즉 '현석 선배'의 위치에 있기 때문은 아니었나 하는 점들 말이다.

게다가 남성으로서 여성주의적 관점 안으로 들어간다는 일은 단순히 한 편의 글을 쓰는 일로 그치지는 않는다. 밀쳐두었던 경험들이 완전히 다른 해석을 요구하며 들이닥치는 경험을 해야 한다. 글과 삶이 강력하게 연동되어 인식과 실천이 결합된 전혀 다른 사유의 장이 펼쳐지기도 한다. 생각은 자주 멈추었고 '이 문장을 현실에서도 내가 과연 책임질 수 있는가'의 자문 앞에 고민할 수밖에 없었다. 모든 것을 겨우 확인해낸 뒤에도,

쉽사리 글을 시작할 수 없었던 데에는 또다른 무의식적 저항감이 남아 있었던 것 같다. 아무리 관념적으로는 여성 해방을 지지하며 진보인 연하는 남성이라도 실제 여성 해방이 실현되려 할 때는 자신의 무의식과 대면할 수밖에 없다는 이유가 바로 그것이었다. 즉 "남성이 유일한 주체인 세계에서 여성이 주체가 되고자 할 때, 남성들은 주체의 지위 상실에 대한 공포와 마주하며 자신의 성적 지배를 유지하기 위한 연대를 구축한다. (……) 성적 지배 체제를 거부하는 '여성'과의 연대는, 주체가 되고자 하는 여성에 대한 존중은, 성적 독점 질서에 대한 자신의 무의식과 직면하지 않는다면 불가능한 것들이다."[6]

그렇다. 성적 지배를 거부하는 여성 주체의 부상이 불러올 남성 지배 구조의 추문화와 강력한 탄핵, 남성 주체의 지위 상실에 대한 무의식적 공포는 차라리 아무 말도 하지 않고 이 불편한 상황이 지나가기만을 기다리게 만들었던 가장 강력한 유인책이기도 했던 것이다. 남성의 입장에서 '주체가 되고자 하는 여성에 대한 존중과 연대는 어떤 방식으로 이루어져야 할 것인가'를 자문할 때, 과연 어떤 대답이 가능할까. 이를 위해 A 교수는 왜 남성 제자에게는 좋은 스승이자 진정한 시인으로 추앙받는데 여성 제자에게는 그렇지 못했을까에 대한 탐문이 조금 더 필요하다.

3

여성주의 연구활동가 권김현영은 국제학부의 여성학 수업중 대부분 유학생인 여성들의 발언을 통해 "한국 남자들은 이상할 정도로 남자다움에 집착하는데, 사실 전혀 남자답지 않"[7]다는 결론과 맞닥뜨린다. "원하는 것

6) 김홍미리, 「남성 진보 논객과 담론 헤게모니」, 『그럼에도 페미니즘』, 은행나무, 2017. 80~81쪽.
7) 권김현영, 「근대 전환기 한국의 남성성」, 『한국 남성을 분석한다』, 교양인, 2017. 69쪽.

(주로 섹스다)을 얻기 위해서는 비굴할 정도로 집요하게 굴다가, 끝내 얻지 못하면 자존심에 상처를 입었다며 폭력적으로 변한다는 사례는 너무 많아서 학생들을 잠시 진정시켜야 할 정도"[8]였다는 것이다.

눈여겨보아야 할 것은 IMF를 거치면서 남성 생계 부양자 모델이 사실상 해체되고 있음에도 불구하고 한국 사회 젠더 문법의 이분법적 규범성은 고스란히 유지되고 있으며, 특히 경제 위기가 닥칠 때마다 '남성의 위기'는 새로운 젠더 규범의 변화로 이어진 것이 아니라 기존의 남성성을 퇴행적으로 더 강화하는 방식으로 돌파구를 마련해왔다는 점이다.[9] 그러면서 이런 남성성의 출발이 대체 어디서부터인가 탐구하는데, 결론부터 말하자면 '식민지 남성성'이 바로 그 기원이 아니겠느냐는 것이다.

핵심은 이렇다. 근대 전환기 식민지 조선에서 남성들은 구체제의 계급 격차를 사라지게 할 수 있는 '남성 간 평등의 기회'를 발견한다. 이는 어떤 남자와 동일시할 것인가의 문제로 연결되는데 한국의 남성은 불행하게도 동일시할 존재를 찾지 못하게 된다. 조선이 무너진 현실에서 남자이자 근대적 인간으로 주체화할 수 있는 방법은 창씨개명을 하고 일본 제국의 군인이 되는 등 눈앞의 일제와 동일시할 방법밖에 없었지만 남자들에게 그 길은 영혼을 파는 일과 다름없었기 때문에 대놓고 뛰어들 일이 못 된다. 물론 친일의 길로 들어서서 부와 명예를 누리는 자가 있었지만 그와는 반대되는 길을 선택하여 자존심을 지킨 것이다. '각혈하는 폐병쟁이 식민지 지식인 남성'이 그 대표적인 이미지이다. 따라서 '일본 남성/조선 남성'의 관계는 권력 관계이며 또다른 권력 관계인 젠더 규범 내에서 '남성/여성'의 관계로 치환된다. 식민지 남성은 스스로를 '결핍=여성=피해자'로 연결하면서 자기 연민과 혐오에 시달리고, 동일시를 통한 성장 기회를 잃고

---

8) 같은 글, 같은 쪽.
9) 같은 글, 72~73쪽 참조.

마는 것이다.[10]

바로 여기에서 "한국의 식민지 남성성은 피해자이자 약자로서 위치를 점유하여 자신을 '여자만도 못한 존재'라고 자기 비하를 일삼는 습관"[11]을 반복적으로 드러내며 동시에 그것을 자랑하고(식민지 근대성에 자신을 팔아넘기지 않은 것이기에) 나르시시즘의 내러티브로 연결시킬 수 있는 근거를 마련한다. 문제는 식민지 남성이 피해자로서의 자기혐오와 절망을 보상받기 위해 여자들에게 의지했음에도 바로 그 이유 때문에 상처받은 자신의 취약한 남성성을 재확인하면서 여성을 한번 더 비하하는 '이중의 여성 비하 구조'에 빠지게 되었다는 점이다. 정희진은 자신의 사회 운동 참여 경험과 다양한 문헌을 참고하여 이러한 '식민지 남성성'의 특징을 열 가지로 정리하는데 그중에서 몇 가지만 살펴보면 다음과 같다.

1) 남성은 보편적 주체로서 자신을 국가나 민족과 동일시한다.

2) 자신의 성별 정체성을 국내 여성과의 관계에서 구성하기보다는 외세와의 관계에서 파악한다. 이때 자신은 강대국에 비해서 약자이므로 '여성'으로 정체화한다.

3) 하지만 자신은 '본질적'으로 남성이므로 강자에 저항하거나 강대국을 '이용'해야 하는 중대한 업무를 띠는데, 이때 자기 옆의 여성들이 자신과 뜻을 함께하지 않고 평등을 외치는 것은 반민족, 반국가적 행위라고 생각한다.

4) 여성 해방은 계급 해방이나 민족 해방 이후의 과제이다.

5) 이때 여성의 역할은 강자와의 투쟁에 바쁜 자신을 대리하여 생계를 책임지고, 자녀를 바르게 양육하고, 자신의 성적 욕구를 해결해주는

---

10) 같은 글, 95~96쪽, 참조.

11) 같은 글, 96쪽.

것이다. 즉 여성은 성 역할에 충실해야 한다. 그것이 대의다.

6) 동시에 자신이 지쳤을 때는 언제나 위로와 지지와 격려를 해주는 정
치적 '동지'여야 한다.

(……)

10) 자신의 이 모든 '고통'을 해결하는 방법은 자기 성찰이나 강자에 대
한 저항이지만, 강자는 멀리 있거나 강대국 자체도 균질적 존재(여
성도 흑인도 있다)가 아니므로 '도리가 없다'. 결국 술을 마신다. 무
기력, 자기 연민, 고뇌하는 자기도취 상태에 있다.[12]

인용글의 '강자' 혹은 '강대국'이라는 단어에 우선 주목해주기를 바란
다. 이 단어가 들어간 자리에는 시기별로 다양한 대체 단어가 가능하다.
식민지 시기에는 '일제'였으나, 산업화 시대에는 '자본주의' 혹은 '성공'이
었으며 민주화 시대에는 '독재 정권' 또는 '미국'이었다는 생각을 해볼 수
있다. 그러니까 한국의 남성은 너무나 오랫동안 그 우월적 지위를 충분히
누렸음에도 상처받은 자로서의 무기력과 자기 연민, 고뇌로 이어지는 '나
르시시즘적 내러티브'의 주인공으로 자기를 엉뚱하게 위치시켜온 것이
다. 이 대목이 중요하다. 자기 안의 여성성을 '보편 주체로서의 남성성'을
성찰하는 계기, 혹은 다른 남성성을 꿈꾸는 출발점으로 삼은 것이 아니라
혐오하거나 배제하면서 현실의 여성을 '땔감'으로 삼아 '자기 비하의 나르
시시즘적 내러티브'로 만들어냈다. '자기 비하의 나르시시즘적 내러티브'
는 자기보다 낮은 위치에 있는 상대를 만났을 때는 언제든지 '자기 과시
의 나르시시즘적 내러티브'로 변신할 수 있음을 잊어서도 안 될 것이다.
나에게 중요한 것은 앞서 살펴본 A 교수가 바로 이 '식민지 남성성'의

---

12) 정희진, 「한국 남성의 식민성과 여성주의 이론」, 『한국 남성을 분석한다』, 교양인, 2017,
58~60쪽.

자장 안에서 여성 혐오를 수행해왔던 것은 아닐까 하는 점이다. '강자' 혹은 '강대국'의 자리에 '문학'을 넣어보라. 혹은 '시'를 넣어보라. "1) 남성은 보편적 주체로서 자신을 문학이나 시와 동일시한다. 2) 자신의 성별 정체성을 '문학적, 시적 성공'과의 관계에서 파악한다. 이때 자신은 '위대한 문학'에 비해서 아직은 약자이므로 '여성'으로 정체화한다(혹은 이미 성공했으므로 '남성'으로 정체화한다). 3) 자신은 '본질적'으로 남성이므로 문학을 지속해야 하는 중대한 업무를 띠는데, 이때 자기 옆의 여성들이 자신과 뜻을 함께하지 않고 평등을 외치는 것은 반예술적, 반문학적 행위라고 생각한다. 4) 여성 해방은 나의 문학적 성공 이후의 과제이다. 5) 이때 여성의 역할은 문학적 창조 활동에 바쁜 자신을 대리하여 생계를 책임지고, 자녀를 바르게 양육하고, 자신의 성적 욕구를 해결해주는 것이다. 즉 여성은 성 역할에 충실해야 한다. 그것이 대의다. 6) 동시에 자신이 지쳤을 때는 언제나 위로와 지지와 격려를 해주는 문학적 '동지'여야 한다"와 같이 정리할 수 있을 것이다.

10)은 남성의 상태에 따라서 두 가지 경우로 갈린다. '자기 비하의 내러티브'로 진행할 경우 "여성의 모성과 연민을 자극하는 '자작극'"[13]이 될 수 있고 '자기 과시의 내러티브'로 진행할 경우 "직접적 폭력이나 협박, 치킨 게임과 같은 '대로상에 드러눕기'"[14]의 형태로 이어질 가능성이 있다. 놓치지 말아야 할 것은 A 교수가 "자유로워야 한다. 피로 써라. 다칠 것을 두려워하지 마라. 완전 연소하라"와 같이 '시'에 대한 과도한 진정성을 강조하면 강조할수록 그것의 현재적 구현자인 '남성으로서의 자기 자신'이 1)에 근거하여 과대평가되고, 과대평가된(혹은 과대평가의 보편 기준에 미달하는) 남성의 여성 혐오와 착취는 3), 4), 5), 6)에 근거하여 더욱 굴절되고

---

13) 정희진, 같은 글, 50쪽.
14) 정희진, 같은 글, 같은 쪽.

왜곡되는 방식으로 강력해질 수밖에 없다는 점이다.

그럴 리는 없겠지만 이와 같은 지적이 '그러니까 이들을 이해하자'는 말로 오해되지 않기를 바란다. 그것은 나의 의도를 완전히 반대로 읽은 것이다. 문학을 과도하게 절대화하는 남성을 믿지 말아야 한다. 그것에 도달하지 못했다고 자기 비하에 빠져 그것을 은밀하게 과시하는 남성 또한 믿지 말아야 한다. 그러니까 강력한 예술지상주의자이자 문학주의자이면서 자신의 남성성을 (굴절시켜) 자랑하는 자라면 세상에 둘도 없는 위험한 인간일 가능성이 높다. 문학주의와 여성 혐오는 다른 차원의 것이 아니라 연동한다. 그 사이에 '식민지 남성성'이 개입되는 한.

비록 정도의 차이나 개인차가 있다고는 하여도 대체로 이러한 심리 구조 안에서 한국 남성 문인의 창작 활동이 이루어지지 않았다고 자신할 수 있을까. 게다가 우리는 너무 오랫동안 A 교수와 같은 문학적 스승이나 선배로부터 영향받으며 문학을 해온 것이다. 다른 방식의 '남성성들'을 경유하여 문학에 접속해본 경험이 없었다고도 말할 수 있겠다. '문단 내 성폭력'과 관련된 사건들에서 가해자로 지목된 남성 시인들 또한 사안별 정도 차이가 분명 존재한다고는 하여도 정확히 위의 '식민지 남성성'의 심리 구조 안에서 그동안 아무런 제지 없이 반복되어온 여성 혐오와 착취의 모델을 수행한 것이라고 나는 생각한다. 그러면서도 끝내 '나르시시즘의 내러티브'만은 포기하지 않았던 것이다. 만약 사정이 이러하다면 다음과 같은 말이 그리 가혹한 지적은 아니라는 생각이 든다.

21세기로 넘어온 지금, 운동권이 페미니즘의 언어를 이해하지 못해 당황하는 기색이라도 비치는 반면 문단의 대의는 여전히 활발하게 유통중이다. "문학의 위대함"이란 말이 "그래도 시는 잘 쓴다"로 살짝 변형됐을 뿐이다. 최근의 문단 내 성폭력 고발 운동에 대해서도 어떤 문인들은 판관의 자세로 저 말을 반복했다. "그놈이 그래도 시는 잘 썼어" "저놈은 시도 못

쓰는 놈이 그러고 다니네". 마치 이 상황에 대한 '문학적 접근'은 그것뿐이라는 것처럼.

　시 쓰는 능력에 따라 성적 대상을 공급받을 자격을 측정하는 그들의 성별은, 말할 필요도 없이 남성이다. '사람 위에 예술 있다'는 명백히 '여자 위에 문학' 있던 시절의 유산이다. 물려받은 유산을 가지고 편안하게 여성을 착취해온 야인, 낭인, 광인 들과 "그래도 시는 잘 쓴다"며 그들을 용인해준 선생님들과 "아휴, 더러운 새끼들. 난 그런 짓은 안 해"라고 사적으론 말하면서 공식적으론 결코 아무런 발언도 하지 않은 '무고한' 문인들 모두가 한마음 한뜻으로 현재의 판에 복무해왔다. 문학계의 성 착취 구조는 여자를 인간으로 본 적도 없고 볼 능력도 없는 자들의 합작품이다.[15]

　이제 남성 문인들은 저 오랜 '식민지 남성성' '자기 비하(과시)의 나르시시즘적 내러티브'를 끝낼 때가 되었다. 그것은 여성을 마녀나 성적 대상으로서가 아니라 인간이자 동료로 대하는 일에서부터 시작할 것이다. 무엇보다도 동일시의 대상 혹은 애증의 대상으로서의 A 교수 찾기를 그만두고 우리 안의 A 교수를 떠나보내야 한다. 그렇지 않다면 다른 남성성들을 발명해나가는 일은 불가능해질지도 모른다. 이 당연한 말을 지금에서야 하는 비겁함에 용서를 구한다.

---

15) 황수현, 같은 글, 199~200쪽.

3부

마지막까지 여전히 남아 있는 그 마음
— 황인찬의 「단 하나의 백자가 있는 방」

조명도 없고, 울림도 없는
방이었다
이곳에 단 하나의 백자가 있다는 것을
비로소 나는 알았다
그것은 하얗고
그것은 둥글다
빛나는 것처럼
아니 빛을 빨아들이는 것처럼 있었다

나는 단 하나의 질문을 쥐고
서 있었다
백자는 대답하지 않았다

수많은 여름이 지나갔는데
나는 그것들에 대고 백자라고 말했다

모든 것이 여전했다

(……)

사라지면서

점층적으로 사라지게 되면서

믿을 수 없는 일은

여전히 백자로 남아 있는 그

마음

여름이 지나가면서

나는 사라졌다

빛나는 것처럼 빛을 빨아들이는 것처럼

— 황인찬, 「단 하나의 백자가 있는 방」(『구관조 씻기기』) 부분

요 며칠 어딜 가나 '야광토끼'의 노래를 다시 듣고 있다. '1990년대 강수지와 하수빈의 계보를 잇는 한국적 걸 팝(김작가)' '신스팝과 일렉트로니카의 활달한 만남' '모던 록의 세련된 감수성에 실린 무겁지 않은 일상터치' 등등의 평가가 전혀 무색하지 않은, 정말 마음에 쏙 드는 그런 앨범이라서 다시 들어도 마냥 좋다. 정말로 〈보랏빛 향기〉 시절의 강수지와 윤상의 성과물을, 2010년대식으로 재해석해놓은 것만 같다. 20대 여성의 속마음과 감수성을 이렇게 표현할 수도 있구나. 부담없이 흥겹고, 발랄하고, 쓸쓸하고, 편하고, 쿨하다. 아무리 좋은 앨범이라도 한 앨범에서 두세 곡을 건지기 힘든데 이 앨범은 전곡이 다 마음에 든다. 이런 음악을 만나게될 때마다, 조금 과장하자면 내가 살아 있다는 것이 고맙다. 또 한편, 도대체 어디서 이런 감수성을 얻었고, 어떻게 이런 음악을 만들어왔는지 부럽기 짝이 없고, 지금도 인디 신의 수많은 뮤지션이 혼자만의 공간에서 이런 대단한 작업을 하고 있을 것을 생각하면 존경심이 솟구친다.

가사 또한 참신하고 베리 큐트하면서도 또한 담백하다. 담백에 관해서 말하자면 〈Long-D〉라는 노래의 이런 가사. "뜸해진 너의 전화/나를 위한 거라고/멀어진 거리만큼 낯설어진 목소리/이젠 전화해서 울지 않고 우울해하지도 않을 텐데/추억이 될 시간 추억이 될 시간 추억이 될 시간 추억이 될 시간" 같은 가사 말이다. 이런 노래를 듣노라면 온통 '너 때문에 죽겠고, 아파 미치겠고, 총 맞은 것 같고, 심장이 없어진 것 같고, 허나 오늘 밤 미치게 즐기겠다'는 대중가요의 센 가사들에 지친 내 마음이 무던하게 가라앉는 것이다. 전화도 뜸해지고, 그것조차 나를 위한 거라고 변명하는 그 사람. 낯선 목소리. 이제 우리의 사랑이 추억이 될 시간이로구나. 이 담백한 수긍이 그저 담담하게 안타깝고 슬프다는 말이다.

황인찬의 작품도 그야말로 담백하다. 2000년대 중후반 이후 등장한 시인들의 목소리가 자주 '사춘기 소년 소녀'의 자장 안에서 '거칠고, 자유분방하고, 국외자적으로' 움직이고 있다는 것을 기억한다면 황인찬이 보여주는 이상한 정적과 고요는 상당히 안정되고 클래식하다. 조명도 없고 울림도 없는 어떤 방안에서 '백자'와 마주한 시적 자아. 질문을 던져보지만 백자는 대답이 없다. 당연하게도, 백자가 대답할 리 있겠는가. 그런데 "지나간 수많은 여름"에 대해 "백자"라는 이름을 붙인 순간 어째서 환한 빛의 깨끗하고, 슬픈, 아름다운 이미지가 이 공간에 가득 들어차는 것일까. 모든 것은 여전한데도 어째서 "사라지면서/점층적으로 사라지게 되면서/믿을 수 없는 일은/여전히 백자로 남아 있는 그/마음"이라고 명명하는 순간 백자의 흰빛과 함께 시적 자아 역시 빛의 둘레에 끌어당겨지면서 지워질 준비를 하는 것일까? 끝내 여름은 지나간다. 여름과 함께 빛나는 것처럼, 빛을 빨아들이는 것처럼. 드디어 '내'가 사라졌을 때, 텅 빈 방안에는 백자의 순수한 아름다움, 그리고 순결한 마음만이 남는다.

BGM: 강아솔, 〈겨울에 누워〉

박서원 시의 상상 체계 연구
—'외상 후 스트레스 장애'와 '히스테리'의 개념을 중심으로

1. 여성주의적 고백시의 출현

1970년대 후반부터 앞 세대와는 거의 단절이라고 할 만한 변화를 보여주기 시작한 여성시는 1980년대로 접어들어 "민중으로서의 여성이라는 시각에서부터 철저하게 자의식을 가진 '개인-여성'으로의 전환"을 본격적으로 선보이기 시작했다.[1] 특히 "가족과 개인의 수치, 죽음 충동과 육체

---

1) 김승희는 일레인 쇼왈터의 정의를 빌려와, 1970년대 후반을 전후로 앞 세대의 시를 '여성적 시', 이후의 시를 '여성주의적 시'로 구분한다. 1970년대 초반까지 주류 여성 시인들이라 할 수 있는 김남조, 홍윤숙, 허영자, 김후란과 그뒤를 이은 문정희, 노향림, 신달자, 유안진 등의 시를 '감정 표시적 서정시'로 보며 이를 '여성적 문학(feminine literature)'으로 보고 1970년대 후반부터의 등장한 시를 '여성주의적 문학(feministic literature)'으로 따로 구분하는 것이다. '여성주의적 시인'으로는 한국 여성주의적 시의 개척자라고 부를 만한 고정희를 비롯하여 최승자, 김혜순, 김정란, 김승희, 박서원, 이연주, 차정미 등을 꼽는다. 이들의 시는 남성중심주의 역사와 사회에 대한 항의, 아버지로 상징되는 유일신에 대한 부정과 고발을 공통적으로 보여주는 특징을 보인다. '여성주의적 시'는 다시 '여성주의적 비판시'와 '여성주의적 고백시'로 나뉜다. 고정희와 같은 여성 해방적 시를 '여성주의적 비판시'로, 최승자, 김혜순, 김정란, 박서원, 이연주 등의 고백적 여성시를 '여성주의적 고백시'로 명명하면서 1980년대 이후 한국 현대 여성시의 고백시적 경향을 논의한 바 있다. 이들 여성주의적 고백시는 "민중으로서의 여성이라는 시각에서부터 철저하게 자의식을 가진 '개인-여성'으로의 전환을 보여주었다"는 것이다. (김승희, 「한

절단, 광기 등 개인의 무의식 안에서 떠오른 병리학적 체험을 처절하고 비극적 목소리로 '고백'"2)하기 시작하였는데 이 계열의 작품을 '여성주의적 고백시'로 개념화한 김승희의 명명은 유효적절하다고 할 수 있다. 여성주의적 고백시의 출발점을 1980년대 최승자와 김혜순에게 찾는다면 이들 시인과 맥이 닿아 있는 시인으로 꼽을 수 있는 1990년대의 대표적인 시인이 바로 박서원이다.3)

1960년 서울에 출생한 박서원은 서른 살이 되던 1989년에 등단하여 총 다섯 권의 시집을 출간하였다. 등단 이후 박서원은 30년간 지속적으로 시집을 내고 활동을 하였지만 2002년 다섯번째 시집 이후 갑자기 문단에서 사라지게 된다.4) "지금까지 대부분의 평자들은 박서원의 시를 무의식의 자리에서 생성되는 분열증적 언어로 간주하고, 그 혼돈의 목소리를 현실과 의식의 자리에서 빚어지는 남성적 사유 체계와 금기를 파괴하는 저항의 몸짓으로 파악"5)해왔다는 평가에서도 알 수 있듯이 박서원의 시는 1990년대, 남성적 질서에 대항하는 여성시의 한 성과를 보여주는 작품으로 평가되어왔다. 또한 "최승자나 김승희, 김정란처럼 제도와 금기를 타파하라고 외치는 전사의 얼굴과는 다른, 제도와 금기에 의해 찢기고 피 흘

국 현대 여성시의 고백시적 경향과 언술 특성」,『여성문학연구』통권 18호, 한국여성문학연구회, 2007. 12. 237~240쪽 참조)

2) 김승희, 같은 글, 240쪽.

3) "박서원은 80년대에 이미 선을 보인 최승자의 폭발적 언어의 뒤를 잇는다." 김정란, 「신성한 피」,『난간 위의 고양이』해설, 세계사, 1995, 113쪽)

4) 고통스러운 가족사로 인해 자신을 철저하게 감추고 살아가야 했던 박서원의 소식은 다섯번째 시집 이후 전혀 알려진 바가 없었다. 최근에야 뒤늦은 사망 소식이 전해졌다. "최근에 박서원이 사망했다는 소식이 문단에 흘러들어왔다. 죽음의 자세한 정황도 시기도 아직 알려지지 않았지만 그가 이 세상 사람이 아닌 것만은 사실인 것 같다. 고결한 재능을 뽐냈던 그의 시집 두 권을 편집했던 사람으로 그의 죽음을 애도한다." (황현산, 「박서원을 위하여」,『문예중앙』2016년 가을호, 272쪽 참조)

5) 오형엽, 「여성적 신체의 목소리」,『세계의 문학』1998년 봄호, 313~314쪽.

리는 피해자의 얼굴"[6]을 하고 있으며 "상당 부분 사회적 맥락과 연결되어 있었던 최승자의 사나움을 내면 깊숙이로 끌어내"[7]렸다는 점에서 차이점을 드러내기도 하였다. 즉 박서원의 시는 가부장제 사회의 억압적 질서와 폭력의 철저한 피해자로 그 생생한 고통을 그 어떤 시인보다 선명하게 드러내었으며, 이것을 사회적 맥락으로 확장시키기보다는 대체로 여성 개인의 내면 깊은 무의식적 언어로 표현해내었다는 점에서 의미를 지닌다는 것이다. 이 글에서는 이러한 관점을 계승하여 박서원 시를 분석해보려고 한다. 특히 그녀의 언어는 "생경한 이미지들로 가득차 있다. 그것들은 자연어로 곧바로 번역되기를 거부하면서 독자를 당혹 속으로 밀어넣"[8]는 언어적 특징을 보여준다. 이처럼 쉽게 번역되기를 거부하는 박서원의 개인적이고 내밀한 언어와 체계를 들여다보기 위해 요청되는 것이 바로 '외상 후 스트레스 장애(PTSD: post-traumatic stress disorder)'와 '히스테리'라는 개념이다.

2. '외상 후 스트레스 장애'와 '히스테리'의 개념

정신 분석의 역사는 히스테리 환자였던 안나 오(Anna O.)와 프로이트의 만남에서 처음 시작되었다. 지적이고 영민하였던 안나는 병든 아버지를 극진하게 간호하였는데 그 결과 자신의 몸까지 아프게 되었다. 안나의 히스테리 발병에는 여성의 사회 진출은 가로막히고 오직 그 활동 영역이 가정이라는 사적 영역에만 제한된 당대 억압적 가부장 질서와 그 속에서 자신의 재능을 온통 가족을 돌보는 데 쓸 수밖에 없었던 여성들의 말로 표현하지 못할 고통과 갈등이라는 요소가 개입되어 있었다. 아버지의 죽음 이후 이를 하나의 트라우마로 경험한 안나의 히스테리 증상은 더욱

---

6) 김수이, 「잃어버린 얼굴을 찾는 여행」, 『모두 깨어 있는 밤』 해설, 세계사, 2002, 140쪽.

7) 김정란, 같은 글, 114쪽.

8) 정과리, 「가시 눈꽃의 설화」, 『이 완벽한 세계』 해설, 세계사, 1997, 134쪽.

심해져서, 신체 마비, 지각 마비, 청각 장애, 시각 장애, 신경통, 기침, 손 떨림, 언어 장애, 환상으로 이어진다. 프로이트는 당시 유행하던 최면 치료 방법을 벗어나 말을 통한 '자유 연상'을 거쳐 '대화 치료'를 실행하여, 억압된 것을 의식으로 떠올릴 수 있도록 하였다. 그러자 증상은 사라지고 안나는 건강을 되찾을 수 있었다.[9]

프로이트는 이후 다양한 히스테리 환자를 만나 환자들의 과거를 재구성하면서 히스테리의 이유가 유년의 성적 학대가 빚어내는 외상에 연루되어 있음을 발견하였다. 이른바 히스테리의 '외상론'이라고 할 수 있었다. 프로이트는 이후 히스테리의 기원을 '환상론'에서 찾게 된다. 성적 외상이 실제 현실에서 촉발되기는 하지만 여기에 환자 개인의 욕망이 더해지고, 갈등으로 인한 무의식적 억압, 무의식에 잠재되어 있던 표상과 정동이 검열을 통과하여 만들어낸 환상으로 연결된다는 것이다. 프로이트가 현실의 외상, 즉 트라우마를 부인한 적이 없음에도 불구하고, '외상론'에서 '환상론'으로 그의 이론이 기울면서 여성이 실제 경험한 성적 학대와 착취는 제대로 인정되지 않았다. 이것은 분명 문제적으로 지적될 수 있는 부분이다. 외상 후 스트레스 장애 연구의 선구자이자 의과대학 정신의학과 교수인 주디스 허먼의 경우, 당시 프로이트가 성적 폭력이 여성의 성생활과 가정생활에서 일상적인 것임을 어렴풋이 알고 있었지만 그렇게 되면 당시 프랑스와 빈의 대다수 부르주아 가정 내에서 여성들이 같은 일상적 학대를 받고 있다는 것을 인정하는 일이 두려워 이를 거부하였다고 비판한다. 외상 후 스트레스 장애 연구는 이후 두 번의 세계대전을 거

9) 이상은 브로이어, 「안나 O. 양」, 『히스테리 연구』, 김미리혜 옮김, 열린책들, 2003, 35~67쪽 참조. 다이앤 헌터, 「히스테리, 정신분석, 페미니즘: 안나의 사례」, 『여성의 몸, 어떻게 읽을 것인가?』, 한애경 옮김, 한울, 2001, 146~151쪽 참조. 박서원 역시 자신의 과거를 담은 첫 에세이 『천년의 겨울을 건너온 여자』(동아일보사, 1998)를 쓰면서 자기 안의 곪은 상처를 다 도려내자 희한하게도 신경증이 호전되어 신경증 약을 거의 끊을 수 있는 단계에 이르렀다고 고백한다. (박서원, 『백년의 시간 속에 갇힌 여자』, 중앙M&B, 2001, 153쪽 참조)

치면서 참전 군인들에 대한 연구를 통해 광범위한 발전을 이루었다. 또한 이는 프로이트 이후 한동안 다시 장막 뒤로 감추어졌던 여성의 히스테리 역시 실제 현실의 트라우마 때문이며, 이로 인한 히스테리가 일상적 삶을 살아가는 여성에게 일반적으로 일어난다는 점 또한 널리 알려지게 되는 계기를 마련했다. 이는 놀라운 성과였다. 특히 강간 생존자들이 강간이라는 트라우마의 후유증으로 히스테리 증상을 겪었는데 이것은 바로 참전 군인이 보이는 증상과 유사하다는 점 또한 밝혀지게 되었다. 여성의 신경증인 '히스테리'와 남성의 '전투 신경증'이 같은 '외상 후 신경증'에 속한다는 것이다.[10] 이로써 강간의 피해자는 전쟁의 후유증을 앓는 환자와 유사한 참혹한 고통을 겪는다는 사실이 밝혀졌다.

이상의 논의를 진행시킨 것은 박서원의 시가 '외상 후 스트레스 장애'와 '히스테리'라는 두 개의 개념 틀과 깊은 관련성을 갖기 때문이다. 박서원은 1998년 발간된 자전 에세이 『천년의 겨울을 건너온 여자』에서 처음으로 열여덟 살 때 성폭행을 당했던 일을 고백한다. 당시 사건의 고통은 말로 설명할 수 없는 것이지만 더욱 그녀를 고통스럽게 했던 것은 오히려 생존자를 모욕하는 가해자의 폭력적인 태도, 가족들에게도 알리지 못하고 혼자서 감당해야 했던 수치심과 세상에 대한 절망, 분노 그리고 완전한 무력감이었다. 이로 인하여 그녀는 다음과 같은 증상을 겪게 된다.

머리가 점점 이상해졌다. 1 더하기 2만 계산되고 3 더하기 4는 계산이 되지 않았다. 시도 때도 없이 잠에 빠지고 정작 자야 할 시간엔 잠이 안 왔다. 잠을 자도 악몽에 시달렸다. 어디론가 한없이 끌려가서 결딴날 것 같은 육체는 몽환 속에서 끔찍한 고통을 느끼게 했다. 4명의 남자가 나를 발가벗

---

10) 이상은 임진수, 「〈대구 지하철 참사〉 후유증에 대한 정신분석적 해석」, 『애도와 멜랑콜리』, 파워북, 2013, 23~31쪽 참조. 주디스 허먼, 「망각된 역사」, 『트라우마』, 최현정 옮김, 플래닛, 2007, 25~67쪽 참조.

겨서 강간하고 굵은 나뭇가지에 거꾸로 매달아놓는 광경이었다. 악몽에서 깨어나면 나는 숨이 차서 헉헉거렸다. 도무지 꿈같지가 않았다. 그 고통은 너무 생생해서 현실의 일 같았다. 잠에서 깨어날 때 내 팔다리는 물속에 빠진 것처럼 허우적거렸다. 나는 전화벨만 울려도 놀라서 심장 발작을 일으켰다. 어머니는 전화기에 방석을 올려놓았다. 내 신경은 날이 갈수록 예민해졌다. 무슨 소리가 들려 뒤돌아보면 티슈 한 장이 떨어져 있을 정도였다. 나는 남들이 도저히 들을 수 없는 소리와 냄새를 맡았다. 환청과 환각도 더 심해졌다. 불을 끄면 어둠 속에서 온갖 모양과 색깔을 가진 것들이 떨어졌다. 삼각형, 사각형, 동그라미 들이 무지개처럼 빛나며 춤을 추는 것이었다.[11]

나중에 그녀의 병명은 희귀성 질환인 '기면증(嗜眠症)'으로 밝혀진다. 박서원은 갑작스러운 기면 발작뿐 아니라 끊임없는 환상, 시야가 좁아지거나 갑작스럽게 앞이 보이지 않는 시력 장애, 방향 감각의 완전한 상실, 제어할 수 없는 갑작스러운 경련과 신체 마비, 마비 후에는 대창에 전신을 꿰이는 것 같은 통증으로 고통받는다. 그녀의 정확한 병명을 진단하는 것이 이 글의 목적은 아니기에 단언할 수 없지만 이상의 증상과 이후 박서원 삶의 이력을 따라가보면 여기에는 공식적 진단명인 기면증 이외에도 전형적인 트라우마에 의한 '외상 후 스트레스 장애'와 '히스테리' 증상이 겹쳐 있는 것으로 보인다.[12]

---

11) 박서원, 「피리새는 피리가 없다」, 『천년의 겨울을 건너온 여자』, 97~98쪽.

12) 박서원은 자신의 자전 에세이에서 다음과 같이 말한 바 있다. "동생들이 나를 싫어하는 건 당연했다. 내 히스테리가 정도를 넘었기 때문이다. 자제해야 한다는 것을 알면서도 불쑥불쑥 고개를 드는 나 자신에 대한 경멸감은 히스테리로 돌변하곤 했다. 머리가 폭발할 것같이 아플 때면 있는 대로 비명을 질러댔다. 아무에게나 마구 신경질을 부려대는 히스테리, 온몸이 꽈배기처럼 꼬이는 증세를 병으로 이해하는 사람은 아무도 없었다. 발작을 일으키고 호흡 곤란이 오고 내장과 머리가 파열되는 것 같은 고통을 호소해도 들어주는 사람 역시 없었다. 나는 버려진 존재였다." (박서원, 「기나긴 투병생활」, 같은 책, 107쪽)

신체 외부와 내부 경계에 피부가 있어 외부의 자극으로부터 신체를 보호하듯이 심리에도 피부와 같은 보호막이 있다. 그런데 이 보호막의 수용 한도를 넘어서는 자극이 가해졌다면 신체에 생긴 것처럼 상처가 발생할 수 있다.[13] "그것은 심리 장치에 와 닿은 외적인 자극이 그 심리 장치의 막을 〈뚫고〉 심리 내부로 밀려들어 온다는 것을 뜻한다. 그것은 심리(와 그 장치)에 엄청난 파장을 가져"[14] 오는 것이다. 중요한 것은 심리적 보호막이 뚫리면서 외부의 자극뿐 아니라 인간 내부의 '죽음 충동'마저 그 뚫린 구멍을 통과하여 주체의 심리에 커다란 자극으로 솟구쳐오른다는 점이다.

여기서 함께 생각해볼 수 있는 것은 안나 오가 보여주었던 '신체 마비, 지각 마비, 청각 장애, 시각 장애, 신경통, 기침, 손 떨림, 언어 장애, 환상'과 같은 '히스테리 증상'[15]이 박서원에게도 거의 유사하게 발병하였다는 사실이다. 히스테리자는 '기억의 흔적'으로 고통받는다. 신경증의 원인이 되는 직접적인 트라우마 이후, 반복되는 히스테리 증상은 도저히 해결할 수 없는 정신적 갈등을 신체의 증상으로 대신 보여준다[16]는 의미가 있다.

---

13) 임진수, 같은 책, 25~26쪽 참조.

14) 임진수, 같은 책, 26쪽.

15) "히스테리 증상들은 고통스러운 일이 있을 때, 이를테면 청소년기같이 주체의 삶이 위기에 처해 있을 때 흔히 나타나는 것과 유사하다. 그런 점에서 이 신경증은 누구에게나 잠재되어 있다는 것을 알 수 있다. 이 신경증은 다양하지만 대개는 일시적인 장애의 형태로 나타난다. 그 중 가장 전형적인 것으로는 신경중추의 근육 신축 기능 이상─근육 경련, 걷기 곤란, 사지 또는 안면 마비 등─과 같은 신체적 증후들과, 부분 신경통, 편두통, 부분적 신체 마비 등의 감각 장애, 그리고 실명(失明), 청력 상실, 음성의 상실 등의 감각 기관 장애 등이 있다. 또한 우리는 거기서 불면증이나 가벼운 졸도에서부터 의식이나 기억, 지적 능력의 일탈(주의 산만, 건망증 등)과 가혼수(假昏睡)의 심각한 상태에까지 이르는 보다 특수한 질병 체계도 찾아볼 수 있다. 히스테리 환자를 고통스럽게 하는 그 모든 증세들, 특히 신체 증후들은 아주 독특한 하나의 특징을 갖고 있다. 그것들은 대체로 잠정적이며, 신체상의 어떤 원인 없이 초래된다는 점이 그것이다." 쥬앙 다비드 나지오, 『히스테리의 정신분석』, 표원경 옮김, 백의, 2001, 22~23쪽.

16) "프로이트는 히스테리적 증상을 유아기의 외상적 체험 때문에 발생한 불쾌한 '무의식적 욕망'과 이것이 의식으로 등장하는 것을 막는 '방어' 사이의 '심리적 갈등'과 '타협'의 산물로 이

이를 상기한다면 성폭행이라는 트라우마 이후 누구에게도 이해받지 못하고 혼자서 고통을 감당해야 했던 박서원의 정신적 고통과 갈등은 이후 지속적인 육체의 증상으로 드러났다고 할 수 있다. 이 육체의 증상은 박서원 시의 중요한 시적 출발점이기도 했다는 점에서 외상 후 스트레스 장애뿐 아니라 히스테리와 연관된 언술 특징과 상상 체계에 관한 연구가 요청된다. 물론 이것은 단순히 증상의 1차적 시적 변용을 규명하는 일에 그치는 것이 아니라 무의식적 상상 체계에 관한 탐구로 연결되어야 한다. "'몸의 증상'으로 드러나는 여성들의 욕망은 의식의 통제 너머에 있다. 그것은 '내 속에 내가 어쩔 수 없는 이방인'으로 들어와 있는 '무의식적 감정'이다. 히스테리를 거론한다는 것은 바로 이 '여성적 무의식'이라는 논의의 지평을 열어 '여성 주체'의 문제를 다시 생각해보는 일"[17]임을 기억한다면 이제 박서원의 시를 읽는 두 가지 논점이 마련된다. 첫째, 현실에서 실제로 일어난 트라우마 이후의 고통과 관련된 외상 후 스트레스 장애, 히스테리라는 두 개의 개념과 함께 박서원 시의 언술 특징을 살펴보는 일과 둘째, 트라우마로 인한 기억의 흔적이 다시 현시되고 재구성되는 과정에 나타난 상상 체계[18]를 '주체의 욕망과 무의식'이라는 관점에서 살펴보는 일이다. 이를 위해 박서원의 시집 중에서 완성도가 높은 제2시집 『난간 위의 고양이』(세계사, 1995, 이하 『난간』)와 제3시집 『이 완벽한 세계』(세계사,

---

해한다. 히스테리의 고전적 예라고 할 수 있는 전환 히스테리는 언어로 표현될 수 없기 때문에 발산될 수 없었던 무의식적 욕망이 신체적 증상으로 '전환(conversion)'되어 나타난 것이다." (이명호, 「제3장 히스테리적 육체, 몸으로 글쓰기」, 『누가 안티고네를 두려워하는가』, 문학동네, 2014, 104쪽)

17) 이명호, 같은 글, 95쪽.

18) '상상 체계'라는 개념 중 우선 '상상'이라는 말은 시적 자아의 의식과 무의식이 특정 연상 과정과 전환에 동시에 작용하고 있음을 전제로 한 용어이되 무의식적인 몫 또한 시적 자아의 주체적인 것으로 해석하려는 관점이 담긴 용어로 사용될 것이다. '체계'라는 말은 상상 과정이 표면적으로 불합리해 보이지만 비교적 합리적인 해석이 가능하다는 관점이 전제된 용어이다.

1997, 이하 『세계』)를 분석 대상 시집으로 삼기로 한다.[19]

3. 언술 특징: 침투-이미지-감각-파편화

　외상 후 스트레스 장애로 인한 증상은 주로 세 가지로 구분할 수 있다. '과각성(過覺醒)'과 '침투' 그리고 '억제'가 바로 그것이다. 이중 '과각성'은 신체가 늘 높은 수준으로 각성되어 있는 상태를 말한다. "외상을 경험한 뒤, 인간의 자기 보호 체계는 영속적인 경계 태세로 들어가는 것 같다. (……) 과각성의 상태에서, 외상을 경험한 사람은 쉽게 놀라고, 작은 유발에도 과민하게 반응하며, 잠을 잘 자지 못한다"[20]는 말처럼 생존자는 자율신경이 극도로 예민하며 평소라면 무시할 사소한 자극 정보까지 절대 무시하지 못하고 "매번 새롭고, 위험하고, 놀라운 것"[21]으로 반응한다. 이것은 혹시라도 다시 반복될 상처를 미연에 예방하기 위한 신경계의 방어 작용이자 과민 반응인데, 이러한 임상적 차원의 비극성에도 불구하고 과

---

19) 황현산은 박서원의 첫 시집 『아무도 없어요』(열음사, 1990)의 성취에 주목하면서도 "다섯 해 뒤에 나온 『난간 위의 고양이』에서는 시를 시처럼 짜맞추려는 이런 서투른 시도들이 말끔히 사라진다. 등단 후, 그가 시인들을 만나고 독서하는 시가 바뀌면서 '나도 쓸 수 있다'가 '나는 더 잘 쓸 수 있다'로 바뀐 것이다. 그는 힘있는 말이 갖추고 있기 마련인 각과 선이 어떻게 생성되는가를 알아차렸으며, 신경장애를 앓는 사람으로 자신의 내적 풍경의 형식이 시의 언어적 구조와 다르지 않다는 점에 주목했다. 자신의 특별한 체험을 특별한 언어 체험으로 형식화하여 미적 형상을 얻어냄으로써 그는 무엇보다도 넋두리와 신세타령에서 재빠르게 벗어날 수 있었다"고 평가한다. (황현산, 같은 글, 263쪽 참조) 또한 제2시집과 제3시집을 "한국어가 답사했던 가장 어둡고, 가장 황홀한 길의 기록"(같은 글, 252쪽)이라 평가한다. 이후 제4시집 『내 기억 속의 빈 마음으로 사랑하는 당신』(세계사, 1998)과 제5시집 『모두 깨어 있는 밤』(세계사, 2002)은 완성도와 미적 성취의 측면에서 많은 아쉬움을 남긴 것이 사실이다. 제5시집 해설에서 김수이는 "아이러니컬하게도, 이번 시집의 시들은 독자를 힘겹게 만든 초기시들보다는 파급력과 완성도가 떨어지는 상태에 있다. 시집을 덮으며, 자아의 확산과 의식의 전환이 반드시 시의 완성도와 직결되는 것은 아니라는 사실을 확인하는 것은 안타깝다"라고 평가한다. (김수이, 같은 글, 156쪽)

20) 주디스 허먼, 같은 책, 71쪽.

21) 주디스 허먼, 같은 책, 73쪽.

각성이라는 신경계의 반응이 박서원의 시적 언술 특징으로 연결되면서 작은 자극에서 출발한 과잉된 이미지의 폭발적인 연쇄를 가져오는 계기로 작동한다. 중요한 것은 민감한 감각들을 배경으로 발생하는 '외상성 기억'이 급작스러운 '침투'로 나타난다는 사실이다.

암매장 소리. 잠 속으로 삽이 파고들었어 창틀이 뼈다귀로 변하고 잠옷이 찢겨나가고 내 유방에 원반칼이 제트기처럼 스쳐갔어 검붉은 선혈 찢어진 잠옷을 밟고 방을 나왔어 같은 방이었어 전화선이 발목을 휘감고 하나, 둘, 셋, 하나, 둘, 셋, 각기 다른 허스키의 목소리들이 계속 같은 방으로 유인했어 너무나 추워왔어 섬광, 주먹만한 우박이 마구 나를 내리치고 검은 손의 그림자가 내 어깨를 밀어제꼈어 드디어 방을 벗어났지 거긴 거대한 정육점 창고였어 거꾸로 매달린 채 얼어붙은 인육들 12개의 문이 갑자기 나타났어 쇠를 뚫는 전기 드라이버가 내 왼쪽 눈을 후벼팠어 대창이 내 척추를 꿰뚫고 아마 협궤열차였나봐 지폐가 마구 쏟아져내렸어 마구마구 눈에서 피는 비처럼 내리는데 지폐를 허겁지겁 주웠어 아아 지뿌라기 손에 잡힌 건 지뿌라기 「밤 그림자는 무얼 먹고 사나」 밤은 나를 등지지 않으리라 무서운 속도로 온도가 올라갔어 용기가 솟구쳐 덥단 말야. 덥단 말야. 더워. 찜통이 회전목마처럼 돌아갔어 빨리 더 빨리 12개의 문이 열렸어 어느새 사원으로 내려가고 있었어 난 공포를 몰랐는데 눈을 떴어. 눈을 뜨면 다시 눈이 감기고 필름은 돌아가 모직을 짜던 베틀에 여기저기 널린 살점들 수도꼭지에서 물이 흐르듯 줄줄줄 선혈 내 유방도 아예 잘려나갔어

— 「악몽」 부분(『난간』)

인용 시는 극단적인 신체의 고통과 폭력적 이미지를 끔찍할 정도의 직접적인 언어로 보여주는 작품으로 박서원 이전의 한국 시에서는 쉽게 볼 수 없었던 특별한 개성이 가장 선명하게 드러나는 시편 중 하나라고 할

수 있다. 거두절미 제시된 "암매장 소리"에서 출발한 시는 곧장 "잠 속으로 삽이 파고들"고 "유방에 원반칼이 제트기처럼 스쳐"가는 섬찟한 장면으로 이어진다. 중요한 것은 이러한 이미지들은 시적 자아가 능동적으로 찾아가는 어떤 것들이 아니라 시적 자아에게 폭력적으로 '침투'하는 일로 그려진다는 점이다. 인용 시에서도 잠 속에 갑작스럽게 삽이 '침투'하고, 어디선가 대창이 시적 자아의 몸을 '꿰뚫고', 공간의 온도는 누군가에 의해 '올라가고', 마침내 유방은 '잘려나간다'. 그야말로 폭력적인 이미지의 연쇄적인 침투이다. 따라서 이 시를 지배하는 것은 고통의 지속적인 반복 속에 구원은 없다는 절망적인 인식이다. 여기에는 시적 자아의 신체가 지속적으로 훼손되고 고통받는 것 외에 그 어떤 고통의 단서나 현실적 정황 혹은 개연성 있는 배경이 없다. 온몸에 힘이 몰리면서 신경계가 팽창하고 그것을 증명하듯 무수하고 파편화된 이미지들이 폭발한다. 등장하는 각 이미지들 사이의 설득력 있는 연관 관계 또한 찾을 수 없게 끊어져 있으며 제각각 독립적으로 존재하는 파괴적 이미지가 고통의 최대화를 위해 반복되는 특징을 보여준다. 이처럼 이전의 한국 시에서 쉽게 볼 수 없었던 독창적인 언술 특징은 외상 후 스트레스 장애 환자들이 공통적으로 겪는 '침투(intrusion)'라는 현상으로 설명할 수 있다.

　　외상을 경험한 사람은 위험이 지나고 오랜 후에도 마치 현재에 계속해서 위험이 일어나고 있는 것처럼 사건을 반복적으로 체험한다. (……) 외상의 순간은 이상(異狀) 형태의 기억으로 입력되어, 깨어 있는 동안은 플래시백(flashback)으로, 잠자는 동안은 외상성 악몽으로, 거침없이 의식 안으로 침입한다. (……) 기억은 본래 사건의 생생함과 정서적 강렬함을 동반하여 돌아온다.[22]

22) 주디스 허먼, 같은 책, 73~74쪽.

외상은 최초의 사건이 다시 재현되는 것처럼 생생한 정서적 파동을 동반하며 끊임없이 되돌아온다. 인용 시의 제목이 「악몽」임을 기억한다면 박서원의 트라우마는 '외상성 악몽'으로 반복된다는 것을 알 수 있다. 육체에 흔적으로 남겨진, 온몸이 찢겨나간 고통이 끊임없이 반복되는 것이다. 또한 "외상 기억은 언어적인 이야기체와 맥락이 결여되어 있고, 생생한 감각과 심상의 형태로만 입력되어 있다"[23]는 말을 상기한다면 성폭력으로 인한 외상성 기억으로 고통받는 박서원의 시는 ㉠ '작고 대수롭지 않은 주변 환경의 자극을 적대적 공격의 신호인 듯 과민 지각하는 일'을 기반으로 하여 ㉡ '언어화할 수 있는 서사 구조가 부재'한 ㉢ '지금 발생하고 있는 것 같은 무시무시한 즉각성을 가진 독립적 이미지'를 ㉣ '과도할 정도로 선명하고 생생한 낱낱의 감각적·정서적 체험'으로 반복하는 특징을 보인다고 정리할 수 있다.[24]

인과와 선후가 비교적 명백한 서사적 언어로 사건을 재현할 수 있다면 그것은 한 개인의 삶에 그 사건이 통합될 준비가 되었다는 말이다. 하지만 그렇게 서사화할 수 없는 외상적 사건은 끝내 해석할 수 없는 이물질처럼 선명한 이미지와 감각으로 남아 반복 재생된다. 인용된 시 역시 최초의 소리에서 출발하여 논리적인 서사 구조를 무너뜨리며 기억 속 고통을 현시하는 이미지가 극단적으로 활성화된 육체의 감각으로 반복되고 있다. 그야말로 제어할 수 없는 낱낱의, 끔찍하게 공포스럽고 직접적인 고통이다. 이렇게 침투된 외상성 기억은 파괴적 이미지와 감각으로 현실화하는 동시에 시적 자아의 육체를 찢긴 상태로 몰고 간다. 다른 작품에서 "폭풍 속에서의 잠은 달콤할 테지/태풍의 눈/무너지는 폭설/나는 완전히

---

23) 주디스 허먼, 같은 책, 75쪽.
24) ㉠~㉣의 정리는 주디스 허먼, 같은 책, 77쪽 참조.

해체되어버린다"(「중독자를 위한 밤노래」, 『난간』)와 같은 구절 또한 이 과정을 거쳐 마침내 시적 자아가 완전히 해체되는 사태에 이르는 것을 보여준다. 이 과정이 의미 있는 것은 박서원은 트라우마에서 연유한 내면 풍경에 잡아먹히지 않고 오히려 이것을 시적 형식과 설득력 있는 언어로 구현해낸 보기 드문 시인이기 때문이다.[25]

박서원의 시는 상징계의 논리적인 언어로는 도저히 담아낼 수 없는 한 개인의 극단적인 고통이 시적 언어로 구현되면서 외상성 기억의 침투에 의해 만들어진 설명할 수 없는 이미지와 고통스러운 감각에 힘입어 마치 눈앞에서 지금 일어나고 있는 것처럼 고통을 반복 구현함으로써 현실의 장막을 찢거나 벌려 외상의 끔찍함을 다시 불러내는 그런 시이다. 이것은 마치 한 번도 자신의 고통을 이해해주지 않았고, 말로 설명한다고 해도 끝내 이해해주지 않을 사람들의 안온함에 구멍을 내고 구멍 뒤에 감추어진 날것의 상처와 고통을 지속적으로 현시하고 현실에 주입시키는 일과 같으며 씻을 수 없는 고통을 남긴 죄인을 폭로하는 일과 같다.

4. '전환'의 상상 체계: ① 고통과 황홀의 '전환—역전'

"박서원의 시에서 지상적 사물들은 어떤 비의도 감추고 있지 않다. 그 것들은 그 자체로 더럽고 데데하고 폭력적"[26]이라거나 "박서원 시의 마지막 도달점은 현실의 미적 체계로 환원되기를 거부하는 데 있다"[27]라는 지적은 의미심장하다. 박서원의 언어와 이미지들은 상징적 차원으로 초월

---

25) 김정란은 박서원 같은 경험을 가진 여성 중에서 이렇게 문학적으로 완결된 텍스트를 만들어낸 사례는 단 한 번도 없었으며, 이 사실만으로도 박서원의 문학사적 자리는 확보된다고 평가한다. (김정란, 「구원 받은 여자」, 『천년의 겨울을 건너온 여자』 추천의 글, 262쪽 참조)

26) 정과리, 같은 글, 145쪽.

27) 정과리, 같은 글, 151쪽.

하지 않고 언어 이면의 은유를 추구하는 법도 없이 고통을 날것으로 드러내는 데에 바쳐지기 때문이다. 특히 외상성 기억이 만들어낸 증상이 시적 언어로 구현되지만 쉽게 해석되지 않는 것은 해석의 지연과 불가능성을 지속적으로 유지함으로써 누구에게도 위로받지 못했던 한 시인의 고통이 영원한 이물질로 남을 수 있게 만드는 힘이 된다. 이물질은 해석으로 사라지지 않고, 현실적 억압과 서사적 갈무리, 또한 편의적 동일시의 좌초를 폭로하며, 최초의 감각 이후에도 지속적으로 불가해한 힘을 보유하며 영원히 이 고통을 증명한다. 라캉의 지적처럼 "주체인 히스테리 여성 환자는 자신의 증상을 통해 상징적 동일시의 이상이 성립되지 않는다는 사실을 폭로한다"[28]는 것이다. 이상의 과정이 박서원의 시적 언어의 특징이지만 침투 이후 현시된 이미지들이 모두 해석되지 않는 영원한 고통의 단순한 반복에만 그치는 것은 아니다.

(……) 노아의 홍수가 되돌아올 거야 분노가 강바닥을 드러내 나는 접혀지고 접혀져서 한 송이 늑대들의 벌판을 몇만 번이고 지나쳐왔어 뒤를 돌아보면 엉겅퀴떼가 덮칠 거야 시든 것들은 여전히 아름답고 삶은 여전히 집들 속의 가마솥 버려야 한다 버려야 한다 풀무질에 땀도 아니나 버려야 한다 (……) // 바람은 또 밀려오고 잎새는 밀어닥치고 문을 영영 열고 바람은 밀려오고 가버리고 밀려오고 밀려오고 나는 강변바람처럼 고개를 떨구며 바닥에서 흩어졌다 모여지는 물방울같이 균열되었다 모여지네 발꿈치는 닳는데 엑스타시는 밀려오고 나약한 나는 강철이 되고 유약이 되고 황금알을 낳고 거적이 되고 짓눌린 나는 유황이 되고 몽둥이가 되어 나르고 지난밤 마신 술기운이 되돌아오고 도무지 아아 도무지

28) 안미현, 「기억과 여성의 몸, 여성적 글쓰기—히스테리 담론을 중심으로」, 『독일어문학』 제38집 15권 3호, 한국독일어문학회, 2007, 47쪽.

─「혼란·1」 부분(『난간』, 밑줄은 인용자)

이 시 역시 박서원의 다른 시들처럼 외상성 기억의 침투와 그것이 상기시키는 고통스러운 감각을 개별적이고 독립적인 이미지로 병렬 결합하는 것처럼 보인다. 노아의 홍수와 바람은 '일어나고' '밀어닥치면서' 시적 자아에게 몰려들고 시적 자아는 "접혀지고 접혀"지거나 "균열"되거나 닳아가면서 물방울처럼 분해되기에 이른다. 하지만 앞서 읽은 시와 이 시는 분위기의 일정한 차이가 있다. 고통의 이미지가 등장하지만 그것이 극단적으로 과민되어 있지는 않다. 고양된 감각과 감정이 찾아오는 것은 오히려 밑줄 친 부분에 이르러서이다. 인상적인 것은 "엑스타시"라는 말이다. 원래 '엑스터시(ecstasy)'는 감정이 극도로 고조된 상태의 도취나 황홀감을 지칭하는 말로 약물 중독에서 오는 절정이나 종교적 접신의 상태를 의미하기도 한다. 그런데 바로 그러한 도취와 황홀이 고통 뒤에 찾아오는 것은 인상적이다.

"신체 증상의 고통은 오르가슴적 만족과 심리적으로 동일한 가치를 지니기 때문에 몸으로 고통스러워"[29] 하는 것이 히스테리자임을 기억한다면 이 '전환(conversion)'은 의미 있게 해석될 수 있다. 또한 "히스테리화한다는 것은 무엇인가? 히스테리화한다는 것, 그것은 사람들의 표현에 의하면, 그것 자체로는 성적인 요소가 없음에도 불구하고 성적 흥분을 갖는 것이다. 히스테리 환자가 하는 일이 바로 그것이다. 너무나도 순진하게, 자신이 그러는 줄도 모르고, 그는 성적이지 않은 것을 성적인 것으로 만든다. (……) 그것은 이를테면 성적인 것이 아닌 감각적 환상에 관계된 것으로, 지극히 평이한 요소라도 자기 성애적 오르가슴을 일으킬 수 있는

─────────

29) 쥬앙 다비드 나지오, 같은 책, 147쪽.

신호로 이용될 수 있다"[30]는 것 또한 기억할 필요가 있다. 즉 히스테리자는 육체적 관계나 성적 자극이 아니라 그와 상관없는 사소한 자극 하나라도 그것을 성적 흥분이나 절정의 감각으로 전환시키며 특히 신체 증상의 고통을 아이러니하게도 '오르가슴적 만족'으로 전환시키는 상상력을 보여준다는 것이다.

이것이 외상성 기억으로 고통받는 시적 자아에 대한 몰이해라고 받아들여져서는 안 될 것이다. "히스테리의 거부 기제는 오직 그것이 미리 계획된 것이 아니며 인간의 점증적인 합리화 법칙을 따르지 않기 때문에 효과가 있다. 그 법칙(그것을 법칙이라고 부를 수 있다면)의 본질은 예측 불가능성에 있다"[31]고 한다면, 합리적으로 생각할 때 도저히 말이 안 될 것 같은 이와 같은 '전환'이야말로 히스테리자의 중요한 능력이라고 불러야 마땅하기 때문이다. 소위 '준법 투쟁'이라고 부를 수 있는 이와 같은 전환의 메커니즘은 상징적 질서를 완전히 해체하는 것이 아니라 오히려 그것을 반복 수행하여 다른 가치로 전환시키면서 저항의 거점을 마련한다. 죽음에 이르는 고통을 아무 조건 없이 받아들이는 것이 아니라 고통을 지속하되, 주체의 '무의식적인 충동'이라는 차원에서 새로운 가능성의 차원으로 변화를 일으킨다는 것이다. 이 지점에 다음의 논점을 생각해볼 필요가 있다.

히스테리의 육체적 증상을 해석하면서 프로이트가 찾아낸 육체는 심리의 영향을 받긴 하지만 심리적 차원에 완전히 종속되지 않은 몸이며, 육체/정신의 이분법을 넘어선 지점에 위치한 몸이다. 섹슈얼리티라는 차원이 들어오는 것이 이 대목이다.[32] (밑줄은 인용자)

---

30) 쥬앙 다비드 나지오, 같은 책, 29쪽.

31) 크리스티나 폰 브라운, 『논리 거짓말 리비도 히스테리』, 엄양선 외 옮김, 여이연, 2003, 490쪽.

32) 이명호, 같은 글, 105쪽.

여성을 포함한 인간은 어떤 피해 상황에서도 수동적으로만 반응하는 존재가 아니다. 인간은 아무리 고통스러운 상황에서도 자신들의 주체적 의지와 욕망을 쉽게 포기하지 않는다. 욕망이 언제나 일반적이고 규범적인 방식으로만 표현되는 것도 아니다. 때로 그것은 환각이나 거짓말 같은 비정상적 방식으로 나타난다. 이 일탈적 자기 표현 가능성을 열어두는 것이 그녀들의 심리 깊숙이 가라앉아 있는 욕망을 만나는 길일 수 있다.[33] (밑줄은 인용자)

　　즉 무의식적인 섹슈얼리티의 차원에서, 박서원의 시적 자아가 갖는 주체적 욕망을 상상해봐야 한다는 말이다. 박서원 시에 등장하는 몸은 고통받는 몸이지만 주체가 제어할 수 없는 무의식적인 섹슈얼리티에 영향받는 몸이기도 하다. 이 과정은 일반적이거나 규범적인 것만도 아니고 오히려 비정상적인 전환의 과정일 수 있다. 이제 '주체의 욕망과 무의식'이라는 관점에서 박서원의 시를 다시 읽으면 "그녀는 근심스러울 때/정한수 한 사발 성욕을 느껴요/(……)//그녀는 몸이 아플 때/이불을 뒹굴며 성욕을 느껴요"(「무당을 위한 나의 노래·2」, 『난간』)와 같은 구절이 예사로 보이지 않게 된다.

　　즉 박서원의 시적 자아가 외상성 기억이 침투할 신호를 보내거나 실제로 이 기억에 침투당해 몸이 아플 때, 강한 성적 욕망을 느낀다고 해석하는 것이 더이상 몰이해에 근거한 오독이 될 수 없다는 말이다. 박서원의 시적 자아에게는 때로 '고통'이 '황홀(엑스터시)'로 연결된다. 따라서 "그래, 더 큰 고통을 가지고 와. 위태로울수록 행복한 나는 발버둥칠수록 아름다워지는 나는 그토록 자유롭고 치욕의 뿌리인 나는 허리춤에 채찍과

---

33) 이명호, 같은 글, 108쪽.

가죽구두 한 켤레 여전히 미친 말들의 마차를 몰고 정글을 헤쳐나가는 여전히……//그래, 더 큰 고통을 가지고 와. 내 사랑"(「소명·1」,『난간』)이라든지 "엘리베이터를 타고 하늘 끝까지 오를 수는 없는가/대가리 같은 수박을 내던지며 터진 수박 내장을 핥으며/엘리베이터를 타고 별사탕을 핥으며 하늘/불구덩이까지 갈 수는 없는가/(……)//끔찍하게 찬란해질 수는 없는가"(「어떤 황홀 4」,『세계』)에서 알 수 있듯이 단순히 죽음 충동으로만 해석할 수 없는 고통의 극단적인 추구를 지향하기도 한다는 점을 눈여겨보아야 한다는 것이다. 고통은 죽음을 상기시키는 감각이기도 하지만 동시에 소명 의식을 가지고서라도 도달하고픈 어떤 황홀한 것이 된다는 점이 중요하다.

앞선 인용 시의 "발꿈치는 닳는데 엑스타시는 밀려오고 나약한 나는 강철이 되고 유약이 되고 황금알을 낳고 거적이 되고 짓눌린 나는 유황이 되고 몽둥이가 되어 나르고 지난밤 마신 술기운이 되돌아오고 도무지 아아 도무지"(「혼란·1」)라는 구절로 다시 돌아가보자면, 엑스터시 이후 시적 자아는 나약한 존재에서 힘을 가진 강력한 존재로 변한다. 즉 박서원의 시적 자아는 고통을 도취와 황홀로 전환시켜 그것을 시적 자아의 강력한 힘으로 흡수한다는 말이다. 고통은 엑스터시가 되고, 육체 안에서 특별한 자기 확신의 근거가 된다. 나약했던 시적 자아는 엑스터시 이후 "강철"이 되고, "유약"이 되고, "황금알"을 낳으며, "유황이 되고 몽둥이"가 되어 파괴적이고 강인한 남성적 힘을 소유한 존재로 다시 태어난다. 물론 여기에는 "도무지 아아 도무지"와 같이 지금 자신의 상상적 전환이 합리적이지 않다는 성찰이 검열로 작용하고 있기에 가능성과 불가능성에 대한 인식이 뒤섞여 있다고 볼 여지가 있다. 따라서 인용 시의 제목이 「혼란」인 것은 고통이 엑스터시로 연결되고 중첩되는 이 사태를 시적 자아가 어떻게 받아들여야할지 혼란스러운 상태를 표현하는 적절한 제목이라고 할 수 있다.

5. '전환'의 상상 체계: ② 고통의 극대화와 '착란−소유'

이러한 관점에서 「어떤 황홀」 연작 시편들은 여성 주체를 고통으로 몰고 간 남성적 질서와 억압에 대한 조롱이자 고발인 동시에 고통을 엑스터시로 전환시켜 자신을 구속하는 모든 사슬을 끊고 만개하고 싶은 시적 자아의 욕망을 현시한 작품으로 읽을 수 있다.

①

실내에 샘물이 걸어들어온다 가녀렸던 샘물이 번쩍이는 잉어떼와 山을 두 팔에 안고 가득 차오른다 성큼 미친 걸음으로 산이 불타오른다 타는 山 한 정적에 수억 년 꽃밭이 밀려온다 단정한 꽃밭이…… 채송화 봉숭아 다알리아 맨드라미 손을 휘젓자 머리칼이 미친 빛으로 헝클어진다 뒤돌아보지 마라 불씨가 꺼지기 전에 이윽고 연주되는 악기처럼 자물쇠가 열린다 자물쇠가 녹는다 알전구가 터진다 형광등이 폭발한다 갑자기 태어난 마네킹이 조명을 받으며 춤춘다 무용수 맨발 등뒤에 흐르는 식은땀 눈감지 마라 실내 한켠에서 썰물처럼 샘물이 마른다 눈시울처럼 뜨겁게 마르는 샘물이 손에 어느덧 들어찬 새벽숲 넓은 이파리들이 어깨들 들썩인다 흰 천사의 속치마가 몰래 몰래 펄럭거리고 누군가의 곤충들이 교미를 한다 아아 뜻밖의 고통 눈감지 마라 숲속의 환기통이 열린다 오렌지가 익어간다 무화과가 잎을 맺는다 번성해버린 숲 굴뚝이 무너진다 무너진 굴뚝 분수처럼 쏟아지는 크레용 빨강 파랑 노랑 애드벌룬이 침범한다 조약돌이 날아와 둥둥 떠다닌다 색종이가 휩싸고 돈다 나, 부끄러운 얼굴 감추지 마라

—「어떤 황홀 1」 부분

②

　해와 달이 몸을 섞는다 어둠의 주름들이 실내에 연기처럼 스며든다 낮
동안 삐걱이던 마루 밤을 준비하고 구들장 밑으로 저희들끼리 두런대며
지나는 물소리 나, 박하향처럼 깊고 따스한 뺨 외롭지 않아 창밖 이제 홀
로 높이 높이 뜨는 달 얼핏 달을 스치는 승냥이 그림자 하나 언제 왔을
까 맨발의 성냥팔이 소녀 내 허름한 창 앞에서 손을 내밀어 눈꽃처럼 순
한 눈빛 어서 와요. 그런데 웬일일까 등을 후려치는 싸늘한 바람 한 줄
기…… 그렇군 바람이 벌써 데리고 갔군 떨구어놓고 간 성냥 눈물 흥건
해 뼈의 잔해들처럼 흩어지고 나 슬며시 얼어붙는 뺨…… 높이 높이 달
이 새파래진다 어둠의 질긴 주름들이 점점 실내를 에워싼다 달이 품었
던 새파란 아기 살구를 토해낸다 지붕에 아기 살구 떨어지는 소리 잠자
다 놀란 해바라기가 씨앗의 거품을 뿜어낸다 벽에 걸린 옷들이 풍선처럼
부푼다 승냥이처럼 이빨들의 입이 열린다 검은 타이어보다도 질기게 숨
을 몰아쉰다 나, 나, 도 모르게 머리칼이 곤두서……내 바지……내 스웨
터…… 내 금빛 스카프…… 나 분홍빛 다정한 육체였는데 아아 여기저
기 일어서는 갓난아기 울음소리 (……) 낙타의 등이 잘린다 최후의 모래
가 젖는다 갈색의 다정한 피 철벅이며 잎 피는 자석이 피를 빨아먹는다
나, 동공이 확대돼 나, 나, 주먹을 쥐어라 주먹을 쥐어라 누군가 와줘……
나도 잎 피는 자석…… 선인장이 제 가시를 뽑아 입김으로 날린다 사막
이 줄어든다 번개가 친다 알알이 번개로 맺는 가시 전기의자에 앉은 예수
가 보인다 예수, 고개 숙이지 마라 뒤틀어라 뒤틀지 마라 까맣게 기름이
흐르는 예수 번개야 계속 전기를 범람케 하라 번개 바다에서 번개야 걸어
라 외쳐라 날뛰는 황소처럼 울고 웃으며 사방 손가락질하여라 천년 묵은
거북이들의 행렬이 번개 바다의 능선을 타고 떠내려간다 곡마단의 곱추
가 일곱 송이 붉은 장미를 타고 내려와 조용히 번개 바다에 빠진다 구름
의 입술들이 내려와 바다를 덮는다

나, 천년 동안 수의를 입고 춤추리 침묵의 왕

관을 쓰고 천년도 넘게 살리

—「어떤 황홀 3」 부분

「어떤 황홀」은 총 5편의 연작시로 박서원이 가장 공을 들여 쓴 작품이기도 하다. 그녀는 세번째 시집 『이 완벽한 세계』의 서문에서 "내 나름으로는 이 시집의 중심으로 여기고 싶은 「어떤 황홀」 연작 (……) 이 다섯 편의 시는 91년도에서 92년까지 두 해에 가까운 세월을 바쳐 썼고, 그 가운데 「어떤 황홀 2」는 95년에 개작을 하였으니, 도합 5년이 걸린 셈"이라고 말한 바 있다. 중요한 것은 고통과 함께하는 성적 황홀의 감각들이다.

먼저 ①을 보면 이 시 역시 외상성 기억이 침투하듯이 어떤 맥락이나 설명도 없이 "실내에 샘물이 걸어 들어온다". 갑작스럽고 초현실적인 이미지의 침입으로 시작된다는 것을 확인할 수 있다. 그러자 밖의 존재들과 분리되어 실내에 있는 것처럼 여겨지는 시적 자아의 공간이 갑작스럽게 불타오르고 뒤섞인다. '샘물→잉어→불타오르는 산→헝클어지는 수억 년 꽃밭→열리는 자물쇠→알전구가 터지고 형광등이 폭발→춤추는 마네킹→마르는 샘물'로 처음 출발을 알렸던 샘물의 영향력은 일단락되는데, 이 폭발적인 열림의 이미지들은 고통의 이미지이기도 하지만 단순히 거기에만 머물지 않는다는 인상을 갖게 한다.

이러한 감상이 힘을 얻는 것은 이후 "흰 천사의 속치마가 몰래 몰래 펄럭거리고 누군가의 곤충들이 교미를 한다"는 대목에 이르러서이다. 이것은 명백하게 성적인 뉘앙스를 전달하는데 이런 대목에 이르러 시적 자아는 곧바로 "아아 뜻밖의 고통 눈감지 마라"라는 말로 스스로의 검열을 열어젖힌다. 교미가 선사하는 감각을 "고통"이라고 표현하고, 따라서 정말로 시적 자아에게 성적 결합이 고통이라는 부정적인 이미지로 각인되었음을 확인할 수 있는 대목이지만 그것이 전부는 아닌 것으로 읽힌다. 사실 이는 성적 엑스터시로 바꾸어 읽어도 무리가 없지만 그런 가능성은 감추어져 있고 전면에는 고통이 등장하고 있다. 시적 자아에게 황홀은 고통과 분리되지 않거나 일맥상통하는 감각으로 이해된다. 이런 해석이 가능한 것은 "교미"가 온통 고통이기만 하다면 이후 "환기통이 열린다 오렌지가 익어간다 무화가 잎을 맺는다"는, 명백하게 성적 황홀을 상기시키는 문장이 가능하지 않을 뿐만 아니라 "나, 부끄러운 얼굴 감추지 마라"는 부끄러움 또한 설명할 수 없기 때문이다. 이는 신체적 발작이 성적 황홀을 드러내기도 한다는 히스테리자의 전환 과정을 상기하여 연상-해석할 수 있는 대목이며 '고통'과 '황홀'이 박서원의 시적 자아에게 어떻게 교차하는지를 잘 보여주는 순간이라고도 할 수 있다.

성적인 뉘앙스가 더욱 선명하게 처음부터 등장하는 것은 ②에서이다. 이 시는 급작스러운 침투라는 출발에서 보자면 예외적인 작품이다. "해와 달이 몸을 섞는다"라는 첫 문장은 자연 현상에 대한 단순 관찰 같기도 하지만 일면 성적 관계를 떠올리게 만드는 과감각된 이미지이다. 하지만 이 가능성은 곧 좌절된다. 일반적인 성적 관계가 이루어지려면 사랑하는 둘이 필요할 텐데, 시적 자아는 사랑하는 상대를 갖지 못한 채 "맨발의 성냥팔이 소녀"처럼 성냥불도 켜지 못하고 사람들로부터 고립되어 존재하다가 바람에 날려 사라져버릴 뿐이다. 시적 자아의 몸은 차갑게 식어가고, 이때 갑작스러운 이미지가 등장하면서 시의 국면은 전환된다. 시적 자아가 "높이 높이 달이 새파래진다 어둠의 질긴 주름들이 점점 실내를 에워싼다 달이 품었던 새파란 아기 살구를 토해낸다 지붕에 아기 살구 떨어지는 소리"를 들으며 급작스러운 황홀경으로 빠져드는 것이다. 이는 외상 후 스트레스 장애를 겪는 이들이 겪는 '과각성'을 극적으로 활용하는(혹은 '과각성'에 급작스럽게 빠져드는) 대목으로 읽힌다. 즉 높이 솟은 달의 이미지가 위험을 고지하는 과민한 정보로 감각되어 이번에는 '고통'으로 빨려

들어가는 계기로 작동하는 것이다. 아마도 발작의 순간 들이닥치는 환상을 표현한 대목으로도 겹쳐 읽히는 이러한 파편화된 이미지는 '침투─이미지─감각─파편화'의 과정을 통해 또다시 강력한 감각적·감정적 현실감 속에 현시된다.

인상적인 대목은 '입에서 비단을 토해내는 거미'라든지 '오로라'가 내 속에서 뻗어나가고 있는 것과 같은 환각적인 이미지를 통해 시적 자아가 자기 신경계에 몰려드는 엄청난 충동의 파괴적 에너지를 제 몸이 행사할 수 있는 신비롭고 파괴적 힘으로 전환하여 '착란─소유'하게 되는 점이다. 이를 통해 특별한 경지에 도달하는 것처럼 보이는 후반부는 특히 주목을 요한다. 다른 시편의 "내 뼈 맷돌에 갈리면 당신 뼈도 맷돌에 갈리고/당신 영광 이루어지면 내 영광도 다다르겠지요//당신과 나는 하나//어쩌나…… 이젠 菊花향기에…… 신열에 들뜨네"(「부서진 십자가」, 『난간』)라든지 "하느님도 나를 다스리지는 못해/내가 신비로워"(「중독자를 위한 밤노래」, 『난간』)에서도 확인할 수 있지만 박서원의 시적 자아는 고통의 극단적인 절정에서 신에 대해 사유하기 시작한다.

다시 말하자면 박서원의 시에서, 시적 자아가 인간으로서 감당할 수 없는 고통에 휩싸이면 이것은 인간 한계를 뛰어넘었다는 증거가 된다. 한계를 뛰어넘었다는 것은 신의 경지에 이르렀다는 말로 해석되며 이렇게 신의 지경에 이른 뒤, '신과 합일'하거나 혹은 '신도 어쩔 수 없는 예외적이고 신비한 존재'로 자신을 해석하는 이 순간적인 착란의 지점에서 박서원의 시적 자아가 가진 초극의 욕망이 드러난다. 이 순간은 "누군가 와줘……"라고 간절하게 애원할 정도의 외롭고 고통스러운 순간이기도 하며, 동시에 '잎이 피어나는 자석'이라는 신비로운 존재가 되어 "전기의자에 앉은 예수"와 만날 수 있는 순간이기도 하다. 자석이 자기장을 일으키며 작동한다는 평균적인 사실을 떠올린다면 박서원의 시적 자아가 '잎이 피어나는 자석'이 된다는 것은 평균적 자석의 힘을 뛰어넘는 특별한 자석으로 변한다는 말과 같다. 그리하여 '잎 피는 자석→선인장→가시를 뽑아 입김으로 날리는 선인장→번개→전기의자에 앉은 예수→전기의 범람'으로 이어지는 독특한 연상 체계는 남성적 질서를 대변하는 남성으로서의 예수와, 동시에 신의 현현으로 인간을 구원할 책임을 가진 예수를 향한 강력한 단죄와 처벌의 향연을 만들어낸다. "번개야 계속 전기를 범람케 하라 번개 바다에서 번개야 걸어라 외쳐라 날뛰는 황소처럼 울고 웃으며 사방 손가락질하여라"라는 말은 시적 자아의 파괴적인 힘과 행동을 스스로 도발하고 청유하는 문장이면서 신과 세계를 조롱하고 비난하는 절대적 황홀의 주문이 된다. 이 순간에 등장하는 번개는 다른 시편에서도 볼 수 있는데 이때 번개는 "번개가 칠 때 내 발은 흥겨운 물결/내 살은 흠집으로 가득 찬 복숭아 진물의 홍수/(……)/되돌아오는 어둠으로 들어갔다가/어둠으로 빠져나오는 나/신이 되었다! 엄습한다!"(「번개가 칠 때」, 『난간』)라고 선언할 수 있는 근거가 된다. 번개는 고통의 현시이자 황홀의 현시이며, 인간의 한계를 뛰어넘는 파괴적 힘을 소유한 시적 자아의 당당한 자부심의 선명한 표지가 되는 셈이다.

바로 이런 이유로 「어떤 황홀 3」의 마지막 "나, 천년 동안 수의를 입고 춤추리 침묵의 왕/관을 쓰고 천년도 넘게 살리"라는 구절은 박서원의 시적 자아가 이 파괴적인 힘을 자기 것으로 '착란─소유'하여 거대한 신처럼 세계를 온통 휘몰아 파괴하고 단죄하는 엑스터시의 끝에 마침내 "침묵의 왕관"을 쓰고 "천년도 넘게" 살아가는 절대적인 존재로 승화하였음을 보여준다.[34] 이 순간은 히스테리자의 전환 능력이 고통을 어떻게 자기 힘의

---

34) 그러나 동시에 '침묵'의 왕이라는 면에서 이 힘이 현실 세계에서도 행사될 수 있는지는 유보되며, "나, 천년 동안 수의를 입고 춤추리 침묵의 왕/관을 쓰고 천년도 넘게 살리"라는 두 행이 행갈이를 할 때, 왕관은 '왕'과 '관'으로 분리되어 왕의 힘이 언제든 '관(죽음)'을 동반하고 있으며 '나'가 이미 '수의'를 입고 있다는 점에서 한계에 대한 성찰적 인식을 드러내고 있기에 이 황홀은 완벽한 황홀이 될 수 없음을 보여준다고 해석할 수 있다.

근거로 변모시키는지, 이것이 어떻게 해서 박서원 시의 핵심적인 초극 욕망과 연결되는지를 보여주는 대목이기도 하다. 따라서 "박서원의 시에서 가장 독창적인 점은 이 자기 초극의 노력이 마음의 깊은 곳에서 분류하는 어떤 힘들, 무의식이라고도 본능적 생명력이라고도 불려질 어떤 것들을 억제하거나 검열하기는커녕 그것들을 선동하고 표출하는 계기로 작용한다는 것이다. 이 점은 아마도 그의 고투가 외부에서 주어진 기준에 자기를 맞추려는 노력이 아니라, 자신의 내적 의지에 따른 자기 실현의 욕구에서 기인한 때문일 것"[35]이라는 해석은 힘을 얻는다. 즉 박서원은 트라우마에서 비롯된 고통에 침투당하여 자신도 어쩌지 못하는 힘에 지배를 받아 절규하지만, 고통을 제거할 수 없다면, 바로 그 고통을 동력으로 삼아 어떤 인간도 감당하지 못할 고통을 겪는다는 바로 그 부인할 수 없는 사실 자체로 인간의 한계를 뛰어넘은 존재로 탈바꿈하려는 초인적인 의지를 통하여 고통을 성적 황홀로 전환시키기도 했다가 성적 황홀의 좌절을 다시 고통으로 전환시키기도 하면서 생생한 고통의 감각적 이미지들이 절정의 상태에 이르러 신을 만난다. 그리하여 결국 신을 단죄하고, 마침내 신도 어쩌지 못하는 자신만의 신비한 힘과 존재 의미를 확인해내는 상상 체계를 선보이는 것이다.

6. 박서원을 추모하며

박서원은 외상 신경증이 만들어낸 이미지를 시적 언어로 옮겨 독창적인 시 세계를 구현해낸 시인이다. '침투 – 이미지 – 감각 – 파편화'라는 독특한 언술 특징과 함께 '고통과 황홀의 전환 – 역전' '고통의 극대화와 착란 – 소유'의 방법론은 박서원만의 개성을 보여주는 주요한 상상 체계였

---

35) 황현산, 「여성의 말 여성의 목소리」, 『창작과비평』 1996년 봄호, 438쪽.

다. 이 과정을 한 문장으로 표현하는 것은 너무 손쉬운 일이지만 병적 증상을 시적 언어로 형상화해내기까지 한 시인이 견뎌내야 했을 시간과 고통을 상상하는 일은 그처럼 간단한 일은 아니다. "내 시는 나의 분신이었다. 내 어둡고 깊은 곳으로 잠입하지 않고서는 시를 쓴다는 게 불가능했다. 시를 써가면서 나는 과거로 여행을 떠나야 했다. 악몽과도 같은 지난 세월의 온갖 어두운 기억들이 물밀듯 솟구쳐왔다. 지난 시절로 다시 돌아간다는 건 피를 말리는 고통이었다. 시를 쓰는 동안, 그러잖아도 예민한 내 신경은 끊어지기 직전의 고무줄처럼 팽팽하게 당겨졌다. 숙면을 취할 수도 없었다. 내 안의 어두운 기억들이 파편처럼 머릿속을 휘집고 다니다가 느닷없이 한 편의 시로 떠올랐다. 꿈속에서도 나는 계속 시를 쓰고 있는 것이었다. 그럴 때면 자다가도 벌떡 일어나 방금 꿈속에서 생생하게 보았던 시를 미친듯이 원고지에 되살렸다"[36)와 같은 문장을 읽다보면 특히나 박서원에게 시를 쓰는 일은 외상 후 스트레스 장애가 만들어낸 증상, 히스테리의 증상들과 구분되는 언어 활동이 아니라 시를 쓰면서 그 증상들을 다시 한번 되살고 경험하는 일과 같았음을 이해할 수 있다.

하지만 중요한 것은 박서원은 자신의 병을 극복하기 위해 혼신의 힘을 다했다는 점이다. 병이 시를 준다면 무의식적으로 그 병에 고착될 수 있다. 박서원처럼 자신의 실제적인 병과 작품이 가까운 시인이라면 이 고착은 더욱 극복하기 어려운 과제였을 것이다. "심리적으로 볼 때, 병은 저항이라는 환상을 실현하고 항의를 전달한다. 하지만 실제로 몸이 병들게 되면 저항은 완전히 실패로 돌아가고 항의는 복종이 되어버릴 수 있다. 이처럼 병의 심리적 의미와 실제로 병든 몸 사이에는 긴장이 있다. 상징적인 차원에만 초점을 맞추고 현실에 충분히 관심을 기울이지 않을 경우에

---

36) 박서원, 『천년의 겨울을 건너온 여자』, 187쪽.

는 이러한 긴장의 성격을 제대로 이해할 수 없다"[37]는 말에 기대어 생각해보자면 병으로 다시 돌아간다는 것은 세상에 대항하는 상징적 힘과 시적 언어를 얻는 일이기도 하지만 동시에 현실의 몸이 무너지고 결국은 세계의 질서에 복종해버리고 마는 결과로 이어지는 일이기도 하다. 병의 심리적이고 상징적인 힘과 실제로 병든 몸이 주는 절망의 긴장 사이에서 박서원은 현실 쪽을 선택한 것으로 보인다.

그 결과 마지막 시집에 이르러서는 "많은 고통을 겪어온 시인이 타자 및 세계와, 무엇보다 자기 자신과 화해하기 시작"[38]했으며 "고통받는 지상 위에 신성을 꽃피우려는 노력이 보다 단순하고 정돈된 사고와 언어로 귀결"[39]되었다는 평가를 받기에 이른다. 날것의 언어가 던져준 긴장감과 완성도가 점차 매우 평이하고 안정적인 것으로 뒤바뀐 것이다. 이러한 변화의 과정은 어쩌면 필연적인 것이었을 터이다. 박서원은 2001년에 발간된 두번째이자 마지막 자전 에세이집 에필로그에서 이렇게 고백한 바 있다. "20년 넘게 달고 다닌 신경증이 완치되었지만 나는 가족들의 눈을 피해 도망다니고 있다. 어머니는 물론이려니와 동생들까지도 과거의 상처에서 전혀 벗어나지 못했다는 걸 알았다."[40] 그토록 오랜 세월 괴롭혔던 신경증에서 드디어 벗어났지만 여전한 고통을 주는 가족들을 피해 지방 소도시의 한 아파트에서 삶을 이어나가는 장면이 책의 마지막에 그려진다. 남성적 세계의 일방적 폭력에 희생당한 한 여성이 삶의 가장 아름다운 젊은 시절 내내 트라우마로 인한 신경증으로 고통받았다. 시를 통해 잠시나마 구원을 꿈꾸었고, 누군가를 사랑하고 누군가에게 사랑받는 평

37) 수잔 보르도, 「몸과 여성성의 재생산」, 『여성의 몸, 어떻게 읽을 것인가』, 조애리 옮김, 한울, 2001, 136쪽.

38) 김수이, 같은 글, 154쪽.

39) 김수이, 같은 글, 156쪽.

40) 박서원, 『백년의 시간 속에 갇힌 여자』, 259쪽.

범한 삶을 바랐지만 그것마저 좌절되었다. 마침내 가족에게조차 제 거주를 허락받지 못하고 쫓겨나듯 밀려난 여성이 갈 수 있는 곳은 어디일까. 다섯번째 시집 이후 박서원의 시가 어떻게 변해갔을지 상상하는 일은 이제 불가능한 일이 되고 말았다. 그보다 더욱 안타까운 것은 고통을 극복하기 위해 노력한 여성의 꿈과 삶이 끝내 좌절되었다는 바로 그 사실에 있다.

희망을 꿈꾸는 천진한 행진
— 이원의 『사랑은 탄생하라』(문학과지성사, 2017)

1. 죽음의 심연을 인식하며 극복할 것

시인은 삶의 심연에 깊이 상처받은 자이지만 거기에 멈추어 있는 사람은 아니다. 그가 시적 언어의 세계로 들어서는 순간, 잠시나마 언어가 그를 구원해내기 때문이다. 구원과 고통, 희망과 절망이 교차하는 이 세계에서 이원의 심연은 대체로 죽음이었다고 바꾸어 말할 수 있으며, '삶에 내재한 죽음의 심연을 인식하는 동시에 극복하는 일'은 그녀의 가장 중요한 시적 출발점이 되었다.

스크린 뒤에 감추어져 있을 뿐 이미 우리 삶과 문명 안에 깊이 들어와 있는 죽음을 무기질적 감각의 형태로 때로는 선험적 예감의 형태로 외면 없이 직시하기. 인간적 특성을 제거해야 죽음을 극복할 수 있다고 믿기에 (상식적이고 일반적인) 인간성으로부터 멀어지기를 자처하기. 죽음에 가장 가까운 자리, 불현듯 멈춘 시간의 틈 안에서 그녀의 시적 대상들은 상식을 뛰어넘는 잠재성을 다채롭게 구현해내는 사물로 변모하기도 했다. 그것이 빚어낸 유니크한 이미지의 집적과 언어주의자로서의 개성은 우리 시단 전위의 한 축을 힘있게 감당하기에 부족함이 없었다.

하지만 이것이 다일까? 그녀를 여기까지 이끌어온 다른 힘으로 '아이의 천진함'에 대해서도 비중 있게 이야기해야 하지 않을까? 아이들이 등장할 때 이원의 시는 공중으로 살짝 들어올려진다. 역설적이게도 심연을 껴안으면서 횡단하고 다독일 수 있게 된다고 할까. 진득하고 달콤한 몸을 가진 아이들, 존재가 완성되지 않았기에 가능성이 많은 아이들, 시간의 경과가 빚어내는 결과를 알지 못하지만 오히려 현재의 시간만을 가장 열렬하게 살기에 역설적으로 벽의 한계를 극복할 수 있는 에너지를 가지고 있으며, 그래서 벽을 향해 과감하게 달릴 수 있는 아이들이 만들어내는 활기와 천진한 매력. 이원의 시적 자아가 이질적인 부력에 몸을 싣고 경계를 돌파하여 소란스럽게 발랄해질 준비를 하는 것이 바로 이 순간이라고 말해도 좋으리라.

2. 맞지 않는 모자가 되어 행진하기로 해요

이번 시집 곳곳에 잠재한 언어와 이미지의 역동성을 감각한 사람이라면 당신은 당신도 모르게 '아이의 천진함', 그리고 늘 '딛고 선 자리에서 더 멀리 나아가려는' 이원 시의 생래적 에너지와 벌써 접속한 셈이다. 가령 두번째에 배치된 「모자는 왜」와 같은 시를 읽으면 우리는 이번 시집이 어디를 향하고 있는지 은은하게 알게 된다. 초반 시적 자아는 '우리'라는 이름으로 손잡을 수 있는 누군가와 한밤의 거리를 걸어가는 것 같다. 핵심은 마치 관과 같은 쇼윈도에 모자가 한 개씩 걸려 있다는 점인데 '우리'는 모자에 새로운 이름들을 달아준다. "타오르고 있는 색이네/흐느끼는 입이네/허공을 붙잡는 손이네/갇힌 채 기다리는 눈동자네"가 바로 그것. 갇혀 있다는 현실의 조건, 물질적 속성을 반영하면서도 다른 존재로 변화할 수 있는 가능성을 암시하는, 시각적이고 신체적인 이미지들이다. 만약 상상력의 회로를 더 따라갔다면 꿈은 회화적으로 더욱 풍성해졌을 것이다.

그런데 돌연 "살이 다 발려졌네/가죽만 남았잖아/(……)/이게 우리야 가죽만 남은 우리야"라는 대목으로 시의 전개가 확 구부러지면서 모자의 속성은 응시 주체의 심연을 가혹하게 증명하는 성찰로 자리를 바꾸어버린다. 확인할 수 있는 것은 이원의 시에서 죽음의 심연을 만나는 방식이 이와 같다는 점이 아니라 그럼에도 불구하고 죽음에서 벗어나려는 시적 자아의 명징한 의지이다. "그러나 우리는 꼼짝하지 못했습니다/녹아내렸는데/굳기까지 하면 어떡합니까//맞지 않는 모자가 됩시다//우리는 동시에 입술을 움직였습니다"와 같은 구절에 마음을 오래 두고 읽게 되는 이유가 여기에 있다.

살이 다 발린, 마치 관 속에 들어 있는 육체 같은 '모자의 앙상함'은 모자가 아예 녹아버리면 어떻게 되는지에 대한 성찰까지 이어져 죽음에 가장 근접한 무기물의 공포와 섬뜩함을 노출하지만 바로 그 순간에 시적 자아는 "맞지 않는 모자가 됩시다"라는 다짐으로 완전한 무기물화에 저항한다. 그리하여 불러내는 최종 진술이 "우리는 동시에 입술을 움직였"다는 말이다. 입술이 무엇을 말할지는 누구도 모른다. 아직 도착하지 않았지만 이제 막 발화될 어떤 가능성—그 도입부가 입술이라는 신체 기관을 통해 마련됨으로써 우리는 이원에게 '언어'가 얼마나 중요한지를 이해하게 된다. 맞지 않는 모자가 되기로 해요, 우리. 우리의 삶은 가죽만 남아 있고 꼼짝할 수 없는 것이지만 거기에 굴복해서는 안 되는 것이어요. 우리는 입술을 움직여야 해요.

이것이 이번 시집의 근본 태도라면, 전반부 상당수의 시편들은 아이들의 천진함에 기대어 유연한 상상과 자립적 이미지를 보여준다고 해도 좋겠다. 어떤 시들을 옷을 잘 차려입고 북을 두드리며 행진하는 아이들을 떠오르게 한다. 분명 이원의 언어들은 선명한 주체도, 목적도 없이 부려지고 존재하지만 이번 시집에서는 아이들의 목소리가 두드러지고, 그들이 행진할수록 공기 속에 숨어 있던 또다른 아이들이 달려와서 대열에 합류

할 것만 같다. 그런 마음으로 한 편의 시를 읽는다.

음원을 공유했다
토마토를 대량 재배했다
똑같은 것을 두 개씩 달아주기를 즐겼다
지구인 수를 셌다
비밀번호에게 집을 맡겼다
개를 껴안고 잠들었다
계란마다 산란일자를 표시했다
어둠이 사과 속에 들어가는 것을 허용했다
사과 속에 씨앗이 들어가는 것을 허용했다
열매와 돌을 같은 모양으로 만들었다
반숙 완숙이 공존했다
(⋯⋯)
엄지에게 전권을 주었다
표지판을 세우고 길을 잃는 놀이를 멈추지 않았다
냉장고 안에서 벌어지는 일을 알고 싶어졌다
햄버거는 내부 구조를 바꾸지 않았다
돼지와 닭 들을 생매장했다
(⋯⋯)
발가락이 향하는 곳을 여전히 앞이라고 불렀다
원스톱 쇼핑몰 귀신 출입을 금지시켰다
희망을 허용하고 있었다
외계행성사냥꾼 위성을 쏘아 올리고 외계인은 몰라봤다
화살표를 따라가면 푸드홀이 있었다

—「뜻밖의 지구」부분

제목에 걸맞게 행이 바뀔 때마다 뜻밖의 사건들이 불쑥불쑥 솟아오르는 유연한 작품이다. 각각의 사건들은 의미 있는 서사의 축적으로 짜임새 있게 완결된다기보다는 '~했다'는 서술부의 비교적 통일된 리듬감 안에 간수되는데 제각각 독립적인 형상들이 유지되며 빚어내는 개별 사태의 상상력과 행동이 흥미롭다. 지구인의 수를 세는 화자는 외계인 같기도 하며, 계란마다 산란일을 표시하는 사람은 엉뚱한 매력을 가진 단발머리 영화배우 같기도 하다. "엄지에게 전권을 주었다"는 문장의 주인은 엄지를 추대하는 장난꾸러기 아이 같으며 길을 잃는 놀이를 멈추지 않는 이는 몸은 어른이지만 아이의 정신을 가진 사람 같기도 하다. 물론 여기에는 엄지 하나로 스마트폰 메시지 전달에 여념이 없는 풍속, 실제로 계란 겉면에 적혀 있는 산란일자 표기 등이 상상력의 기반이 되어 있음은 물론이다. "돼지와 닭 들을 생매장했다"는 구절에서 느껴지듯이 죽음의 흔적 또한 없는 것은 아니지만 뜻밖의 사건이 계속 발생하면서, 특히 예상치 못한 사건들을 맞이하는 행진의 지속적 운동성 안에서, 죽음은 어느 정도 다독여진다고 봐야 한다. 귀신이나 외계인, 외계인행성사냥꾼이 나타나지 말라는 법도 없고 삶과 죽음이 뒤섞이지 말라는 법도 없으며 그렇다면 희망이 불허될 이유도 없다.

"화살표를 따라가면 푸드홀이 있었다"라는 마지막 행은 지금까지의 돌연한 출몰들이 마치 미로와 같은 지하 쇼핑몰을 목적 없이 주유한 시적 자아의 만물 박람기처럼 여겨지도록 힌트를 제공하기에 이채롭다. 물론 꼭 그렇게 해석되지는 않는다고 하여도, 분명한 것은 푸드홀의 등장이 묘한 현실감을 안겨주며 우리의 행진을 격려하는 마무리로 충분히 알맞게 느껴진다는 점이다. 말하자면, 이 다양한 음식들 앞에서 우리는 메뉴를 선택하기 위해 신나게 움직일 것이고 음식을 먹은 뒤에는 힘을 충전하여 또 다른 사건들을 일으키고 만나기 위해 화살표를 따라 더 움직일 것이다.

그때는 또 어떤 새롭고 흥미로운 일들이 벌어질까. (이 개방적 에너지를 간직하되 여기서는 "어둠이 사과 속에 들어가는 것을 허용했다/사과 속에 씨앗이 들어가는 것을 허용했다/열매와 돌을 같은 모양으로 만들었다/반숙 완숙이 공존했다"는 구절을 서랍에 좀더 보관해두기로 하자.)

3. 어떻게 사과를 나타나게 할까요

①

　발을 굴렀던 것도 같습니다//넓적한 것이 쓰다듬을 때/뺨은 펄럭였어요//바람이 좋았다고요//(……)//얼굴이 뒤죽박죽이지 뭐예요/축축한 날개 한쪽으로 머리를 덮어주고 있더라니까요//그때에도 거위는 눈알을 떼룩떼룩 굴리고 있더라니까요/빽빽하게 지구 돌아가는 소리가 났어요//군게 닫힌 부리를 믿었었나 봐요

　　　　　　　　　　　　　　　　　　　　—「거위를 따라갔던 밤」 부분

②

　지퍼처럼/새와 아이는 같은 방향이 열려 있다//컷 컷/잘린 것들이 들어 있다//아이는 고개를 뒤로 젖혀 입을 벌리고//(……)//모가지를 비트는 곳에서 꽃망울이 생겨나고 있을 것이다//난간은 불탔다//모자 하나가 차도에서 뒹굴었다//다리 밑에서 여자는 개를 꼭 껴안고 있다/리본이 묶인 머리통만큼은 내어줄 수 없다는 듯이

　　　　　　　　　　　　　　　　　　　　—「15분 동안 눈보라」 부분

③

　어디에도 없는 골목에서 아가들이 눈을 뜨는 소리//횡단보도마다 달빛

이 삶을 끌고 가는 소리∥모퉁이를 돌면 어떻게 사과가 나타날 수 있습니까∥모퉁이를 돌아 나타난 사과는 무엇입니까

—「당일 오픈」 부분

　인용 시 세 편에서도 '지금 여기서 더 멀리 가보려는 마음'은 이번 시집의 인상적인 '행진'을 뒷받침하는 핵심 동력임을 짐작할 수 있다. 우선 ①은 거위와 손을 잡고 밤 속을 걸어가는 장면을 그린 포근한 분위기로 출발한다. 거위와 내가 어떻게 손을 잡을 수 있을까, 하는 천진한 놀라움을 가슴에 품고 그러나 바로 그런 이유로 모든 인간적 구속을 벗어던진 채 날기를 꿈꾸는 행진은 엉뚱하고 매력적이다. 거위의 날개가 손쉽게 자유를 허락하여줄 것이라는 기대는 밝아오는 빛과 밤이 뒤섞이며 어쩐지 난관에 부딪히기도 한다. 이번에도 중요한 것은 "그때에도 거위는 눈알을 떼룩떼룩 굴리고 있"다는 것과 "굳게 닫힌 부리를 믿었"다는 점이 아닐까? '그때에도'와 '믿었다'는 말에 주목해보길. 눈알의 둥그런 물질적 속성을 이미지로 간직해두길. 거위의 부리를 믿고 있다는 부분을 공들여 묵상해보시길.
　'거위의 부리'에 대해 먼저 이야기하자면 '닫힌 부리'는 그 자체로는 부정적 뉘앙스를 풍긴다. 앞선 「모자는 왜」와 같은 시의 마지막 구절인 "우리는 동시에 입술을 움직였습니다"와 견주어보자면 상대적으로 과묵한 인상 또한 부인할 수는 없다. 그러나 무언가를 더 말하고, 더 나아가려는 마음의 정서적 대응물로서의 '길게 뻗어나온 부리'를 연상시킨다는 점에서 완벽한 좌절로 가두어지지만은 않는다. 한편 '거위의 눈알'에 대해서라면 이건 어떨까. 거위에게 기대했던 날아오름의 희망은 쉽게 성취되지 않으며 밤과 빛의 혼란스러운 만남 속에서 좌절되는 듯 하지만 뻑뻑하게나마 돌아가는 눈알의 '둥그런 이미지' 속에서 가능성에 대한 예감이 완전히 버려지지는 않는다는 점 말이다. 그렇다면 이것은 행진의 선(線)적인 이

미지가 눈알의 회전하는 이미지로 변주된 것이 아닐까.

이를 ②의 인상적인 이미지, 즉 "리본이 묶인 머리통만큼은 내어줄 수 없다는 듯이"와 연결하여 읽어보면, 왜 하필 '15분 동안의 갑작스러운 눈보라' 속에서도 '한 여인이 리본 묶은 개의 머리통'을 지키려는지 이해하게 된다. 눈보라의 혼란 안에서 모가지는 비틀리고 난간은 불탈 수도 있으며 모자 하나가 차도에 뒹구는 일은 일도 아닐 터이다. 이 순간에서 하필이면 여자가 안고 있는 '리본 묶인 개의 머리통'('통'이라는 단어 역시 둥그런 이미지를 연상시키면서)은 '거위의 눈알'에 상응할 뿐만 아니라 리본이 풀리면 어떤 사건이 나타날지를 궁금하게 한다는 점에서 '굴복하지 않으려는 의지와 미지의 가능성'을 잠재적으로 예비하는 진지한 이미지로 읽힌다.

여기까지 오면 어째서 이번 시집에서 「애플 스토어」라는 동명의 제목을 가진 시편들이 반복되고 '사과'의 둥그런 흔적을 품은 시편들 또한 곳곳에 모습을 드리우고 있는지 짐작할 수 있게 된다. 그 짐작을 소축적지도로 펼쳐놓고 기억을 더듬어 앞서 서랍에 보관해두었던 "어둠이 사과 속에 들어가는 것을 허용했다/사과 속에 씨앗이 들어가는 것을 허용했다/열매와 돌을 같은 모양으로 만들었다/반숙 완숙이 공존했다"(「뜻밖의 지구」)라는 구절을 왼손에, 인용 시 ③의 "모퉁이를 돌면 어떻게 사과가 나타날 수 있습니까//모퉁이를 돌아 나타난 사과는 무엇입니까"라는 구절을 오른손에 들고 음미해본다면 이제 이번 시집의 모든 풍경과 이미지들이 대축적지도의 구체적 형상으로 또렷해지는 것을 느낄 수 있을 것이다.

왼쪽을 '뒤섞인 막막한 현실'이라 부르고 오른쪽을 '주체도 목적도 없는 치열한 의지'라고 부르자. 현실의 사과를 깎아내 어디에서도 본 적 없는 사건으로 탄생시키려는 '애씀의 태도'에 대해서 오래 생각해보자. 현실 원칙에 기대 쉽게 의미를 부여할 수 없는 (목적 없는) 의지여야만이 비로소 현실 원칙의 난관을 넘어설 수 있다는 것, 알고 쓰는 것이 아니라 모르고 쓰는 일이 우리를 구원할 것이라는 점도 부기해둘 만하다. 사과는 '어둠/씨앗' '열매/돌' '반숙/완숙'을 함께 뒤섞어 돌아가는 신비로운 상징으로 변모한다.

여기에 '눈보라 속에서 고개를 뒤로 젖히고 입을 벌린 아이'(「15분 동안 눈보라」)의 이미지, "어디에도 없는 골목에서 아가들이 눈을 뜨는 소리"(「당일 오픈」)가 주는 기대감을 조각보로 덧대어보자. 이원의 시적 자아는 순간주의자로서 지금 여기, 우리의 눈앞에, 어떻게 하면 어디로 굴러갈지 모르는 가능성으로 오픈되는 사과의 출현을 만들어낼 수 있을지를 고민한다. 아이들의 천진함이 아니라면 어떤 것도 바라거나 넘어설 수 없음을 비로소 수긍하는 일이 이원 시집을 읽는 우리의 깨끗한 기쁨이기도 하다.

4. 내 기도 옆에 와서 우는 너의 얼굴

하지만 지금까지의 모든 발랄함, 현실 원칙의 가장 외곽에서 도래할 희망을 꿈꾸는 천진한 의지들은 전체 다섯 개 중 네번째 장의 "나의 두 손을 맞대는데/어떻게 네가 와서 우는가"(「4월의 기도」)라는 짧은 시에서 무너진다. 이미 두번째 장에서부터 우리는 점진적으로 막막한 슬픔이 번져가고 있음을 느꼈지만 세번째를 지나 네번째 장으로 접어들면서 어떤 죽음은 더이상 상징적인 것에만 그치지 않음을 알게 되는 것이다. 고백하자면, 나는 이번 이원의 시집을 읽고 나서 한동안 후반부의 깊은 심연에서 벗어나지 못했다. 고통에 감응하는 것 이외에 다른 길을 찾지 못하여 죽음의 심연 곁에서 정말 오래 손과 발을 움직일 수 없었다고 말할 수도 있겠다. "죽은 아이의 생일시를 쓴다/아이가 그러는지 내가 그러는지/자꾸 운다"(「4월의 기도」), "내일은 나타날게//엄마/엄마/엄마/엄마//엄마"(「목소리들」), "노래 불러요/밤이 멈추지 않도록//얼굴을 가릴 손이 없어요"(「이것은 절망의 노래」)와 같은 구절은 지나간 줄 알았던 슬픔을 이곳으로 불러와 다른 것을 보지 못하게 만들지 않는가. 자세하게 다루지는 못하였지만 이원의 시에서 '손/발/손목/발목'이 현실 원칙의 가장 외곽에서 미지의 가능성을 예비하는 '희망의 척후병' 내지는 '희망의 관절' 역할을 했던 점을 이해한다면 "얼굴을 가릴 손이 없어요"라는 말은 마치 모든 가능성이 불능에 빠진 상태를 지시하는 말처럼 들린다. 그리고 그 자리에, '우는 너의 얼굴'이 있다.

죽음의 심연을 다독이도록 힘을 주었던 상징적 아이들이, 살과 피를 입은 현실의 아이들로 구체화되어 바다에서 돌아오지 못했다는 사실은 천천히 이번 시집을 깊은 바닥으로 끌어내린다. 이 사건은 공동체의 비극인 동시에 이원의 시적 자아에게는 실재의 폭력적인 침입과도 같지 않았을까. 시집의 후반부는 바로 이 슬픔과 가엾음에 바쳐진 것이라고 해도 과언이 아니다. 그럼에도 불구하고 이원의 시는 구체적 사건과 현실의 고통을 받아 안으면서도 뛰어넘는다. "슬픔은 사유화한다(privatizing)고, 슬픔은 우리를 고독한 상황으로 회귀시킨다고, 그런 의미에서 슬픔은 탈정치화한다고 생각하는 사람들이 많다. 그러나 나는 슬픔이 복잡한 수준의 정치 공동체의 느낌을 제공하고, 슬픔은 무엇보다도 우리의 근본적인 의존성과 윤리적 책임감을 이론화하는 데 중요한 관계적 끈을 강조함으로써 그렇게 한다고 생각한다"[1]는 말에 귀기울여볼 필요가 있겠다. 이원의 시적 자아는 슬픔과 고통을 전면적으로 감당하면서 동시에 그만의 방식으로, 사회적이고 정치적인 영역까지 그것을 확장시킨다.

---

1) 주디스 버틀러, 『불확실한 삶: 애도와 폭력의 권력들』, 양효실 옮김, 경성대학교출판부, 2008, 49쪽.

5. 슬픔 곁에 천진함의 조약돌 놓기

지난 시절 우리는 상실의 슬픔 이후 절망과 고독으로 제각각 침잠하기도 했지만 한편으로는 타인의 죽음에 격렬하게 반응하는 자신이 근본적으로 얼마나 취약하고 또한 타인에게 의존적인 존재였는지를 확인함으로써 역설적으로 우리가 서로에게 깊이 연루된 공동체의 일원임을 재인식한 바 있다. 즉 우리 존재의 취약성에서 되물어진 인간 자율성의 환영에 대한 반성, 그리고 윤리적 책임감의 상기를 통해 오히려 사회와 재접속하여 차라리 슬픔을 확장시키고 가장 정치적인 방식으로 애도하는 길이 무엇인지를 탐색하게 된 것이다. 이원의 시적 자아는 바로 이 순간에, 떠난 아이들의 순결함을 다시 호명하고, 순결함을 나타나게 하는 행위로서의 시 쓰기를 경계까지 밀고 나가며, 그 곁과 사이사이에 자신이 믿고 있는 가치, 즉 '아이들의 천진함'을 다시 놓아보는 방식으로 애도의 사회적 확장을 꿈꾼다.

인사한다. 이상한 새 소리를 내서.
인사한다. 꽃잎과 꽃잎 사이의 그늘에 숨어.
인사한다. 작은 나무 아래 그림자가 되어.
인사한다. 세상에서 아무것도 배우지 않은 얼굴이 되어.
인사한다. 없는 모자를 벗어 두 손에 들고.
(……)

인사한다. 똑딱.
인시한다. 단추.
인사한다. 심장.
인사한다. 멈춤

없는 모자를 벗어 두 손에 들고.

인사한다. 뚝뚝 떨어지는 눈물로.

인사한다. 고개를 들지 못하고.

인사한다. 얼굴이 쏟아지도록.

인사한다. 손을 뻗어 쓰다듬지 못하고.

인사한다. 바람이 부드럽게 눈 감겨주기를.

인사한다. 꼭 쥐고 있던 주먹은 내가 가져온다.

(……)

인사한다. 데리고 왔다. 너의 목소리. 간결한 길.

인사한다. 거역할 수 없는 순진함에.

인사한다. 장미가 피어날 시간으로.

인사한다. 목덜미에.

인사한다. 풀밭에서.

인사한다. 데리고 왔다. 둥근 풀밭.

인사한다. 침묵을 조금 옮겨 놓으며.

인사한다. 봄을 조금 옮겨 놓으며.

인사한다

긴 행렬

―「아이에게」 부분

　"인사한다"라는 단순한 동작이 반복되면서 멀리로 흩어지고 침잠하려
는 감정을 붙들어주는 이 시편에서 우리가 확인할 수 있는 것은 슬픔과
천진함을 함께 놓아두는 일에 관해서이다. 그렇다. 여기, 이런 목소리가
있다. 꽃잎 그늘에 숨어 작은 나무의 그림자로, 세상에서 아무것도 배우

지 않은 천진한 얼굴이 되어 이상한 새소리로 아이에게 인사하는 그런 목소리. 고개를 숙인 채로 얼굴이 쏟아지도록 슬프지만, 바람에게 아이들의 눈을 대신 감겨주기를 기원하며 굳은 주먹을 쥐고 돌아오는 목소리. 안녕 똑딱. 안녕 단추. 안녕 멈춘 심장아…… 인사하는 행동 곁에 바둑돌처럼 놓이는 슬픔의 이 작은 조약돌들. '아이'라는 단어와 '단추'라는 단어는, 입술을 깨물며 언어를 가만히 내려놓는 시적 스타일과 내용과 형식의 면에서 적절하게 조응한다.

이 작은 '단추ー아이'를 자각한다는 것은 떠난 아이들의 순결함을 여기 불러내 시적 자아의 천진함과 결합시켜 더 큰 사랑을 실천하려는 의지의 표명이다. "이렇게 작고 연한데 어떻게 엄마가 되려고 해?//바보/말랑말랑한 콩알을 알아버렸잖아"(「엄마와 내가 아직 이 세상에 오지 않았을 때」)라는 문답이 '엄마'로 상징되는 사랑의 행위자로 연결되는 감동이 그래서 가능하다. 콩알, 단추, 아이는 가장 작고 연약한 이름이지만 "거역할 수 없는 순진함"을 매개로, '저쪽의 너'를 '이쪽의 나'에게로 옮겨오게 만드는 중요한 매개물이자 절실한 연대의 관절로 움직인다.

세상에는 슬픈 순간에 오히려 투명하리만큼 천진해지는 사람이 있다. 이것은 현실의 무게를 모르는 자의 여린 방어에 불과한 것일까? 그렇지는 않다. 앞서 읽어온 이원의 시에서 '아이들의 천진함'이 얼마나 용맹한 의미였는지를 기억하는 사람이라면 슬픔 곁에 천진함을 놓아두려는, 이 근원적 에너지의 감추어진 역동성을 이해할 수 있을 것이다. 오로지 절망뿐인 현실에서 기존의 앎을 무지로 돌리는 천진함이 없다면 어떻게 새로운 꿈을 꿀 수 있을까. 고통 앞에서 우리는 깊은 무능감에 사로잡히지만 그 순간 오히려 "거역할 수 없는 순진함"에 자신을 내어주고, 그 순진함의 힘으로 분명 불가능할 것을 알고 있지만 그 불가능마저 밤과 낮을 뒤섞듯 사과 안에서 회전시킨다면, 불현듯 '침묵이 옮겨'지고, '봄이 옮겨'질 수 있으리라는 기대를 하게 되는 것이다. 울고 있는 너로 인하여, 아파하는 네가 옆에 있다는 것을 발견하는 일을 통해서, 기도하는 두 손은 현실 원칙을 정지시켜 가장 멀리까지 나아가려는 사회적 행위가 된다. '슬픔'이 우리를 사유화(privatization)로 내모는 것이 아니라 사회화(socialization)로 이끈다면 '슬픔'을 '기도'로 바꾸는 일도 가능하다. 이원의 어떤 시들은 '잠행하는 기도'라 불러도 이상하지 않으며, 더욱 정확하게는 '슬프고도 천진한 기도'라고 불러야 한다. 이원의 이번 시집은 자신의 방법론 안에서, 가장 충실한 방식으로 사회화된 애도를 수행한 기록이라고 할 만하다.

6. 심장뿐인 새, 다시 일렁이는 희망

그동안 세월호를 다룬 많은 문학적 작업들과 이원의 시가 갈라지는 지점도 여기에 있다. 단추의 힘으로 슬픔을 확장시키기. 콩알의 힘으로 슬픔의 공동체를 만들기. 천진함의 힘으로 이 슬픔의 경계에서 더 멀리 가보기. 우리들은 제각각 모두 단추이자 콩알이지만 거기에 그대로 멈춰 있는 존재는 아니다. 지속적 행진의 힘, 지속적 운동성의 힘, 어디로 움직일지 모를 '아이들의 천진함'을 가지고 있기에 얼굴을 일그러뜨리며 울다가도 그 뒤섞임 안에서 새로운 하늘이 열리는 꿈을 꾸어보는 것이다. 네번째 장의 마지막에 「이것은 절망의 노래」가 배치되어 슬픔 안에서 우리는 가장 깊은 나락으로 잠겨드는 듯하지만 바로 다음 장의 첫 시에 이르면 이번 시집의 전체 구성이 어떤 꿈을 향하여 전진하는지 고개를 들어 이해하게 된다. 이쪽의 힘을 더 따라가보자. 이원의 시적 자아는 여전히, 지속적으로 더 멀리 닿기 위해 계속 움직인다. 「작고 낮은 테이블」은 말 그대로 '작고 낮은 테이블'을 사이에 두고 마주앉은 '우리의 기도'에 관한 이야기이다.

작고 낮은 테이블을 놓고 마주 앉을 때는

모퉁이가 되어야 하지요
쪼그리고 앉아
우리는 부리가 길어지지요

작고 낮은 테이블이 사이에 있어 우리는
비어 있는 둥그런 접시를 들어 올렸지요

네 개의 손이 하나의 접시를 잡을 때

어떤 기원을 부르기 위해서는
우리의 얼굴을 지나
허공의 입구까지 빈 접시를 들어 올려야 했나요
접시는 소용돌이를 언제 멈출 수 있을까요

볼로 접혀 들어가는 얼굴

깨져버렸어요
다리가 없는 사람이 되었어요
우리는 무릎이 있던 자리를 조금씩 조금씩 구부려보았어요
                                    ―「작고 낮은 테이블」 부분

　이 한 편의 시는 소박하지만 아름답다. 극적인 사건이나 강렬한 이미지
가 없는데도 어떻게 그런 일이 가능할까. 처음 '작고 낮은 테이블'을 가운
데 두고 다리를 접거나 쪼그리고 앉아 있는 '우리'들은 무척이나 불편해
보인다. 하지만 바로 그 불편한 자세가 안락함이 불러오는 사고 정지를
비껴가게 하며 "모퉁이"의, 무언가 위태롭지만 활성화된 공간의 가능성으

로 이들을 이끈다. "부리가 길어지"듯 언어의 가능성도 더욱 열리는 상황에서 '우리'는 "비어 있는 둥그런 접시"를 마주잡아 들어올린다. '둥글고 빈 접시'는 역시 사과의 둥그런 형태를 떠올리게 하며 아무것도 뒤섞여 있지 않아서 순결한 느낌을 준다. 인상적인 것은 시 속의 인물들이 서로의 손과 손을 모아 빈 접시를 들어올리면서 얼굴을 지나 "허공의 입구까지" 이 접시를 더 높이 들어올린다는 점이다. 이것은 간절한 염원을 담은, 가장 순결한 기도의 이미지가 아닐까. 동시에 기도는 빈 접시를 들어올리는 일만큼이나 무용해 보인다.

그럼에도 불구하고 "접시는 소용돌이를 언제 멈출 수 있을까요//볼로 접혀 들어가는 얼굴//깨져버렸어요"라는 구절에 주목할 필요가 있다. 빈 접시가 어떻게 "소용돌이"를 멈추게 할 수 있겠는가. 그 기대란 처음부터 불가능했던 것이 아니냐고 묻는다면 그동안 우리는 이원의 시집을 잘못 읽은 것이 된다. 무력한 듯 보이는 이 기도에는 이미 타인의 고통에 감응한 우리의 일그러진 얼굴이 참여하고 있다. '나'뿐만 아니라 '당신'의 얼굴까지 여기에 함께 담겨 있다는 것이 접시가 깨지는 이유이다. 현실 원칙의 눈으로 보자면 아무것도 담기지 않아서 절대로 깨질 일이 없는 접시이지만 '천진한 아이'의 눈으로 보자면 이 접시에는 이미 우리의 슬픈 얼굴이 무겁고도 뚱뚱하게 담겨져 있기에 넘쳐서 깨질 수밖에 없는 것이다.

따라서 "다리가 없는 사람이 되었어요/우리는 무릎이 있던 자리를 조금씩 조금씩 구부려보았어요"라는 마지막 두 행은 평이한 절망의 일차원적 이미지로 읽어서는 안 된다. 비록 손발이 다 잘리는 고통 속에 있지만 '손목─발목'의 연장선상에 맞닿아 있는 '무릎'의 가능성, 경계의 가능성, 더 나아가겠다는 결심, 절대로 지지 않겠다는 의지의 표명으로 읽어야 옳다. 우리가 서로 순결한 마음으로 만날 때 현실의 법칙은 깨어진다. 곧바로 희망이 펼쳐질 리는 없으나 안간힘을 통해 그 경계의 지점에서 이리저리 더 움직여보려는 마음을 품지 않는다면 어떻게 세상이 바뀔 수가 있을까.

다리가 없어졌음에도 무릎이 있던 자리를 조금씩 구부려보는 이미지는 쉽게 잊을 수 없는 그런 이미지이다. 이원의 꿈에 나를 포개어, 이 작고 낮은 테이블에서 우리가 허공의 입구까지 빈 접시를 들어올려 결국 깨뜨리는 일, 얼굴은 사라지고 다리도 없지만 무릎이 있던 자리를 구부려보는 일을 '사랑'이라고 말해보고 싶다. 회전하는 사과의 맛이 나는 그런 사랑. "흘러나오고 있었어 사랑이라는 말이 세상이 아직도 사랑을 기억이라도 하고 있는 듯이 자전거가 경적을 울리며 지나"(「방문객」)가는 길 위에서, 사랑이라는 저 오래되고도 포기할 수 없는 단어를 이렇게 쓰다듬어본다. 그리하여 이번 시집에서 가장 감동적인 시 한 편을 읽으며 글을 마무리하려고 한다.

사람은 절망하라

사람은 탄생하라
사랑은 탄생하라

우리의 심장을 풀어 다시
우리의 심장
모두 다른 박동이 모여
하나의 심장
모두의 숨으로 만드는
단 하나의 심장

우리의 심장을 풀면
심장뿐인 새

—「사람은 탄생하라」 부분

우리는 알고 있다. 각자의 심장을 풀어 모은다고 해서 따뜻한 스웨터를 짤 수 없음을. 하지만 마주댄 심장들 사이 어느 한구석에서 희망의 가능성이 피어나지 않으리라고, 누가 장담할 수 있을까. 우리들의 심장이 계속 뛰는 한, 피돌기는 계속될 것이고 그 작은 박동이 모일 수만 있다면 새가 되어 날아갈 수 있다는 것을 누가 부정할 수 있을까. 이원은 우리에게 이렇게 묻는다. 너의 심장을 우리의 기도에 보탤 수 있겠니. 나와 너의 심장을 함께 풀어 우리가 새를 만들 수 있겠니. 정적과 침묵. 침묵과 또 침묵. 나도 무엇이 나타날지는 알 수 없어. 하지만 만들 수 있다면, 그 새는 심장뿐인 새가 되어 사과를 계속 태어나게 할 텐데, 너도 이 사랑에 함께할 수 있겠니. 박동. 피돌기. 그리고 또 박동. 우리가 그렇게 하지 않는다면 어떻게 사랑이 탄생할 수 있겠니. 우리는 지금 행진한다. 아이들의 장단에 맞추어 "다시 일렁이기 시작"(「이것은 희망의 노래」)한다. 이 치열하고 천진한 행진을 사랑이라고 부르지 않는다면 무엇을 사랑이라 부를 수 있을까.

서글픈 백자의 눈부심
― 황인찬의 『구관조 씻기기』(민음사, 2012) 읽기

1. '미래의 과일'이 도착하였습니다

2012년, 마침내 황인찬의 첫 시집이 도착했다. 많은 사람이 기다렸다. 등단 후 2년이라는 짧은 기간 안에 첫 시집을 상재했다는 것. 그만큼 많은 사람이 다양한 지면에서 황인찬의 시를 호명했다는 뜻일 터이다. 시간의 축적을 시적 완성도의 주도적인 기준으로 삼는 사람들이라면 혹시나 하는 염려로 그의 시를 골똘히 들여다보겠지만 폭과 깊이를 재어볼수록 놀랄 것이다. 거의 전편이 고른 완성도를 자랑할 뿐만 아니라 시간의 풍화에 저항하겠다는 듯 담백하면서도 유려하게 제 기량을 마음껏 발휘하고 있으니. 황인찬은 최근 첫 시집을 발간하기 시작한 일군의 젊은 시인들 중에서도 특히나 안정적이면서도 눈에 띄는 존재감을 가진 시인이다. 그래서 하는 말이다. 이 신선한 '미래의 과즙'을 한번에 들이켜지 말고 천천히, 마침내 자연스러운 경탄으로 입이 벌어질 때까지 오래 음미하여보자. 우리의 향유를 능히 견디고 견인(牽引)할 시집, 실로 오랜만이다.

2. 신비의 전도사

물론 황인찬의 시는 '도취'와는 어울리지 않는 것처럼 고요하다. 표면적으로는 애초에 그 어떤 감정의 너울도 경험해본 적이 없다는 듯 황인찬의 시적 주체는 격앙되는 법이 없고 크게 절망하여 한탄하는 일도 없다. 그저 너를 그대로 지켜보는 것으로 나의 일을 다하였다는 듯이 담담하게 대상을 바라볼 뿐이다. 불현듯 여기서 이상한 '공백'이 발생한다.

기왕의 한국 시에서 묘사를 위해 대상과 일정한 거리를 두고 대상을 관찰했던 주체의 작용과는 질적으로 다르다. 끝내 주체 쪽으로 끌어당기기 위한 거리두기가 아니라 존재를 있는 그대로 받아들이려는 거리두기다. 분명 황인찬의 시적 주체는 대상을 인간주의적 관점으로 해석하거나 주체의 정념으로 일렬 배치하는 서정시의 기율 대신 사물의 사물성과 순수성을 침범하지 않으면서 보존하려는, 김춘수로부터 시작된 한국 시의 저 오래된 반인간주의의 전통을 계승하는 것처럼 보인다. 공백은 시간을 정지시키고 소음을 지우면서 스며들듯 사방으로 번져나가고 그와 대상이 만나는 곳은 그곳이 어디든 이내 정적에 둘러싸여 이상하고 신비로운 세계로 변한다. 이렇게 만들어진 공백 속에는 쉽게 대상을 규정하거나 침범하지 않으려는 품격이 있고 배려가 있으며 예절 바름이 있다. 20대의 젊은 시인이 갖추기 힘든 기량이다. 주체의 편에서 치열하게 대상과 싸우거나, 대상을 변형시키고 왜곡하는 시에 조금은 지친 사람이라면 황인찬의 시가 주는 깊은 위로에 마음을 빼앗길 수밖에 없다. 그렇다. 그는 무례함이라고는 알지 못하는 사람처럼 이 세계를 지긋이 지켜본다.

매혹은 어디에서 올까. 그의 인상적인 등단작 중의 한 편인 「단 하나의 백자가 있는 방」을 읽을 때, 어째서 지긋한 바라봄의 끝에서 '백자'는 우리의 마음속에서 하나의 순결한 이미지로, 깊은 울림을 남기며, 이토록 오래 은은하게 빛날까?

조명도 없고, 울림도 없는
방이었다
이곳에 단 하나의 백자가 있다는 것을
비로소 나는 알았다
(……)

나는 단 하나의 질문을 쥐고
서 있었다
백자는 대답하지 않았다

수많은 여름이 지나갔는데
나는 그것들에 대고 백자라고 말했다
모든 것이 여전했다
(……)
사라지면서
점층적으로 사라지게 되면서
믿을 수 없는 일은
여전히 백자로 남아 있는 그
마음

여름이 지나가면서
나는 사라졌다
빛나는 것처럼 빛을 빨아들이는 것처럼
                          —「단 하나의 백자가 있는 방」 부분

아득하여라. 정서의 파동은 우리를 아름다움 쪽으로 길게 이끌어간다. 조명도 울림도 없는 방에 있는 단 하나의 백자. 무척이나 비현실적이다. 비현실적이어서 관념적이지만 이상하게 신비하다. 게다가 백자는 속이 텅 비어 있지 않은가? 어떠한 핵심과 실체도 없는 무(無)를 연상시킨다. 그럼에도 불구하고 실존하는 것처럼 느껴지는 이상한 백색의 존재감. 주체의 호명을 거치면서 백자는 "수많은 여름"이 되었다가 다시 "단 하나의 여름"으로 변모한다. 빛이 가장 선명하게 제 존재를 드러내는 여름. 여름의 하얗고 눈부신 빛. 산란하는, 그러나 결코 손에 잡을 수 없는 여름의 텅 빈 실감들. 이 무한한 여름이 백자로 수렴될 때, 이제 외부의 침범도 없는 순결한 방안에서 빛을 빨아들이는 것처럼 빛나는 '단 하나의 백자'는, ……어쩐지 유일한 동시에 무한한 신의 형상을 떠올리게 하지 않는가?

"신의 역동성은 (……) 빛으로부터 쏟아져나와 세계를 밝혀주는 빛의 광선과 같다. 그것은 본질적으로 밝혀질 수 없고 이해될 수 없는 신을 간접적으로 드러낸다"(카렌 암스트롱, 『신의 역사Ⅱ』, 배국원 외 옮김, 동연, 1999)는 말처럼 "단 하나의 백자"는 그것이 '백자'여서 신비한 것이 아니라 '빛'으로 실체화되면서 불가해한 '신'의 형상을 암유하고 있기에 무한히 신비로운 느낌으로 우리를 적신다. 그는 "백시(白視)"의 마음으로 지상의 모든 것을 본다(「돌이 되어」). "흰 공작을 보며 신이 있다면 저런 게 아니었을까"(「서울대공원」)라는 구절에서 우리는 이 시집에서 드물게 나타난 '신'이라는 단어와 마주하게 되지만 그의 더 많은 다른 시(이를테면 「개종」 연작들) 혹은 더 많은 구절("나는 좋은 곳을 믿는다/나는 아무 말도 하지 않는다"—「순례」)에서 '신'이라는 말없이도 희디흰 빛을 배면에 거느린 존재의 형상을 감지하고는 말로 표현할 수 없는 이상한 성스러움에 사로잡힌다. 그는 가장 사랑하는 사람을 대하듯 섬세하게 대상을 지킨다. 인간의 역사 안에서 유한하고 깨지기 쉬운 사물들은 황인찬의 시 안에서 초역사적이고 초자연적인 사물로 오래 보존되는 것이다.

3. 신비의 관능성과 그 감각화

성스러움이 한 번에 그쳤다면 잔상이 이토록 오래 가지 않았을 것이다. 성스러움은 대체로 두 번 반복된다. 그의 시적 주체는 자칫 아무런 행동도 하지 않고 무조건 성스러운 대상을 발견하여 지켜보는 것처럼 보이지만 그러지 않기에 특별하다. 오히려 아주 세련된 방식으로, 그러나 너무나 온화하면서도 관능적으로 신의 형상을 이 땅에 구현해낸다. '성(聖)'과 '속(俗)'으로 나누어진 세계 중 '속'에 거주하는 자가 제 몸을 매개로 삼아 이 땅에서 신의 뒤를 따르려는 듯한, 지극히 능동적인 몸짓이다.

바로 이것이 두번째 신비이다. 황인찬의 시는 사실 표면은 고요하나 심층은 역동적인 그런 시이다. 그는 멀리 있는 신성을 누구보다 예민하게, 게다가 관능적으로 감각하는 존재이기도 하면서 그 신성을 자신의 육체를 통과시켜 이 땅에 적극적으로 구현해내는 '감각의 전도사'이다. 다음이 그 작동법의 표준이다.

① 성(聖)의 발견─② 속(俗)의 자각과 확인─③ 속의 세상에 성스러움을 구현·현현(顯現)

'책 속에만 존재하던 비현실적인 어린 새(①)'가 '쾌청하고 조용한 이 땅(②)'에서 '물을 튀기는 새로 실체화되어 실제로 거리를 젖게 만들었을 때(③)'(「구관조 씻기기」), '저 먼 이국의 센트럴 파크의 너(①)'와 여기 '중앙공원의 내(②)'가 '갑자기 가로등에 불이 들어'오고 "내가 어둡다, 말하자/네가 It's dark, 말한다"로 연결되면서 뒤바뀐 낮밤의 대칭과 균열을 극복하고 잠시 하나로 결합(③)한 듯한 부드러운 환희에 빠져들 때(「듀얼 타임」), 불현듯 우리가 사는 세계는 완성과 종합이라는 감각에 휩싸이면서 신비롭고 아름다워진다. 특히 그는 ①을 지상에 재현하려 할 때, 인간적인 생기를 품고 있는 현실과 오히려 반발하듯 분리되면서 강한 비현실감과 소외감에 휩싸인다. 역설적으로 바로 이러한 자신의 격리감과 비현실성을 통해 속의 공간을 박리시키고 신성의 재현을 예언한다.

1부의 매력적인 시 중 한 편인 「서클라인」에 탑승해보자. 이 시에서 ①, ②, ③은 순서가 뒤바뀌면서 변주된다. 처음 윤리적 불편함을 전해주는 존재에 불과했던 '노인'(②)은 지하철이 지상으로 올라가면서 '빛'에 둘러싸인 신비로운 존재로 탈바꿈된다(①). 세속의 노인은 광배에 둘러싸인 신의 형상으로 전환된다. 그는 몸을 가지런히 하고 침묵으로 승인하면서 대상을 보존한다. 이제 '서클라인'은 성과 속을 이어주는 매개로 기능하게 되고, 종교적 상징이자 의미심장한 도상으로 변모한다. 그리고 문득 지하철 안내 방송에서 들려오는 소리. "선릉역, 선릉역 말하자 선릉역에서 서는 것"이라는 결구는 지극히 평범했던 안내 방송을 일종의 예언과 계시로 전환시키면서 우리가 살고 있는 이 세계를 일순 기이한 물질적 황홀의 공간으로 뒤바꾼다(③). 귀가 간지럽다. 주술적인 에로스가 흐른다. 이런 점이 놀랍다는 것이다. 기어이 우리가 감동하게 되는 지점도 여기다. 지하철의 안내 방송이 마치 신의 목소리처럼 들릴 때, 어쩌면 우리는 죄 사함을 받고 신의 정원에 첫발을 내디딘 사람처럼 순결해지는 것이 아닌가. 신의 관능적이고 아름다운 목소리는 이처럼 아득하고 부드럽게 우리의 육체에 당도한다.

4. 행동 과잉의 시대, 나는 아무것도 하지 않습니다

그렇다. 신성(神聖). 최근의 어떤 젊은 시에서 우리가 신성을 경험한 적이 있었던가? 그의 독특한 시적 자질의 핵은 그가 절대로 이를 직설적으로 제안하지 않고 지극히 자연스럽고도 아름다운 장면으로 그린다는 점일 것이다. 덧붙여 그가 대상을 쉽게 침범하지 못하는 이유도 여기에 있다. 그의 시를 읽다보면 그것이 어떤 대상이든 간에 주체와 대상 사이에 동시적으로 발생하는 '이상한 격리감'을 느낄 수 있다. 이렇게 설명할 수 있으리라. 그는 지상의 모든 존재를 신성의 잠재적 구현자로 예감하고 있기 때문에 감히 신을 만질 수 없는 수행자처럼, 마치 울타리를 넘어가서는 안 된다고 믿는 신자처럼 어떤 종교적인 염결성으로 대상을 바라본다고 말이다. 공백은 격리감으로 뒤바뀐다. 그야말로 신성한 격리감이다.

격리감은 바라봄을 통해 극복된다. 따라서 이 바라봄은 감각적이고 관능적이다. "계절이란 말보다 계절감이라는 말이 좋듯"(「유체」)이 실체를 만질 수는 없지만 실체를 생각하고 바라보는 것만으로 그는 이미 실체를 감각한 것처럼 대상과 연결된다. 그의 시가 의외로 촉촉하고 감각적인 이유다. 실체보다는 실체를 가리키는 언어에서 더욱 예민하게 에로스를 탐지하는 사람이라고 할까. 백자의 내부는 텅 비어 있지만 그는 이미 '백자'라는 말을 통해 백자를 감각하고 있으며, 여름의 내부가 텅 비어 있지만 이미 그는 여름을 자신의 육체 속에서 눈부시게 되산다.

그는 비록 "마음이 어려 신을 믿지 못했다"(「낮은 목소리」)라고 말하지만 그것은 시적 주체가 자신을 천상으로 올려보내는 일보다는 신을 이 땅으로 구현하는 데에 스스로를 바치려는 무의식적인 희생정신을 가지고 있기 때문이라고 보는 편이 옳다. 따라서 그가 펼쳐 보이는 행동은 그것이 아무리 일상적이고 평범한 행동이라 할지라도 하나하나 이 세계를 성스러운 공간으로 만들기 위한 의미심장한 제의의 일부가 된다. 그는 어린 양(대상)을 죽이고 피를 내어(변형·왜곡) 신에게 바치는 제사장이 아니라 어린양(대상)을 살리고 순백으로 지켜(보호·보존)서 신성의 구현을 추구하는 백색의 간달프다.

사정이 이러하니 "말린 과일은 당도가 높고, 식재료나 간식으로 사용된다/나는 말린 과일로 차를 끓인다//말린 과일은 뜨거운 물속에서도 말린 과일로 남는다/실내에서 향기가 난다"(「건조과」)는 구절처럼 심지어는 차를 끓여 마시는 아무렇지 않은 일상도 세속의 잡다한 관념에서 벗어나 오로지 그 대상과 순결하게 관계 맺으며 신성을 제련하는 구도 행위가 된다. "말린 과일은 계속 말린 과일로 남는다"는 이 단순한 문장이 어째서 시적인 향기를 전달하게 되는지 이제는 되묻지 않아도 되겠다. 시적 주체의 모든 행동은 '무심하고 담백한 영원성'을 반복하고 상기시키는 의식이다. 말린 과일의 실체는 미지의 'X'로, 여전히, 그러나 영원히 이 속세에 남는다. 그는 무한한 전체로서의 대상을 이처럼 보존한다. 인간의 여하한 관념에도 침범당하지 않은 순백의 신성을 보존하겠다는 듯이 그는 사물과 행위의 인간주의적인 때를 지운다. 이로써 그의 시는 일상을 소재로 삼고 있지만 일상을 뛰어넘고 무한한 해석의 심층과 숨골을 품게 된다.

이 대목에서 덧붙여 생각해볼 것은 황인찬의 시가 시대의 가장 강력한 항체 역할을 할 가능성을 내포하고 있다는 점일 터이다. 우리는 알고 있다. 지금 이 시대는 무언가를 할 수 있는 자유는 있지만 하지 않을 자유는 없다. '지나친 긍정성의 사회'이다. 『피로사회』의 저자 한병철에 따르면 긍정성이 지나치게 과잉될수록 오히려 수동성이 증가한다. 대상의 지배에 완전히 종속되면서 더 빨리, 더 많이, 생산하기에 골몰한다. 그런 의미에서 자본주의 사회는 소비 사회가 아니라 지독한 생산 사회임을 우리는 이미 안다. 일단 많이 생산해서 많이 팔아야 한다. 멈추면 도태된다. 정지하면 버림받는다. 당연히 이러한 '가속화와 활동 과잉(무한한 생산의 궤도)'에 빠진 사람들의 시간적 지평은 좁다. 반성과 성찰을 수행할 시간이 없다. 자신이 어디로 가는지도 모르는 채 눈가리개를 한 늙은 경주마처럼 그저 앞으로 달려갈 뿐이다. 연골이 무너지고 굽이 빠질 때까지. 이런 맥락에서 황인찬의 시가 소중해진다. 황인찬의 시적 주체는 무엇을 해야 할 순간에 '무엇인가를 하지 않음'으로써 시간을 정지시키고 시야를 확장하며 대상을 보존한다. 가속이 아니라 정지이고 변형이 아니라 보존이다. 봉쇄 수도원의 수행자를 연상시키는 독특한 문명 제어법이다. 그는 생산의 사이클 속에서 대상을 소진시키는 법이 없다. 대상과 주체는 멈추어 선

채로 최초의 순간으로 역진화한 존재들처럼 침묵 속에서 서로를 응시한다. 공백이 만들어내는 순백의 사유이자 감각. 이를 주목할 만하다는 것이다.

그렇지만 의문은 든다. 황인찬의 시는 앞 세대 '귀족주의'를 표방했던 어떤 선배 시인들처럼 '무한'에 자신을 의탁하는 것은 아닌가? 자신을 무한의 구현자로 제공하면서 더욱 거대한 시적 자아의 단계로 상승한 듯한 힘을 만끽하고 있는 것은 아닌가? 그렇지는 않은 것 같다. 그의 시적 주체는 신성의 발견과 구현이라는 심층의 정신 작용을 펼치기는 하지만 그것은 성공보다는 실패에 이를 때가 많다. 감각이 발달한 사람들은 이미 짐작하였겠지만 실상 이 시집에서 빛을 되살려내는 아름다운 시편들은 대개 1부에 집중되어 있을 뿐 나머지 2, 3, 4부는 오히려 회색이나 검은색 쪽에 가깝다. 끝내 빛의 구현에 실패한 자들의 은밀한 고통. 신성의 구현에 내재한 회복할 수 없는 균열들. 마침내 도달한 파국의 심연을 보여주는 시편들. 그렇다. 이제부터 이것에 대해 말할 차례다.

5. 죄의식의 연대감과 윤리성

황인찬이 실패에 대해서 말할 때, 대상과의 격리감, 대상을 통해 느껴지는 비실체성·비현실감은 신성의 재림을 예비하거나 신성 그 자체의 증거이기도 하지만 오히려 더욱 근본적으로 '나는 과연 살아 있는 것일까?'라는 근본적인 질문을 불러일으키는 불안의 계기로 작동한다. 결론부터 이야기하자면, 황인찬의 시가 아름다우면서 서글픈 이유가 바로 여기에 있다.

"혼자 집에 앉아서 물을 마셨다/한 번 마시면/멈출 수 없었다/(……)/아무도 없는 집이 심심했다 말 걸어주는 사람도 없고/살아 있는 사람도 없었다"(「물의 에튀드」)라고 말할 때, 이 세상에 거의 혼자 내버려진 듯한 공허함을 어찌해야 할까. 또는 "이곳에는 생활이 없다"(「독개구리」)라고 말할 때 찾아드는 일상의 비현실감 혹은 평범한 외로움의 지독한 파열. "아무 일도 일어나지 않은 것이다 아무것도 빼앗기지 못한 것이다 매미 소리가 징징징 울리고 있는데//이젠 정말 끝이구나, 네가 말"(「말종」)할 때 더이상 희망은 없는 것처럼 느껴지는, 이 설명할 수 없이 차가운 비의감이라니.

속세에 속한 자로서 이 세계를 살아가기 위해서는 어떻게 해서든 대상(타자)과 만나고 관계를 맺으며 살아가야 한다. 당연히 배신과 질투, 미움과 원망, 상처와 고통이 발생한다. 살과 살이 만나고 입술과 입술이 만나서 냄새를 피우고 사랑을 하고 또 눈물을 흘리며 주고받는 연속이기에 그렇다. 하지만 성스러움은 어떤가? 이러한 현실에서 멀리 있어야 한다. 실체가 완전히 드러나지 않고 암유되어야만 한다. 그래야 무한한 전체가 된다. 황인찬의 시적 주체는 그 생래적인 기질상 주체와 대상 간의 공백이 사라지는 것을 견디지 못한다.

세 가지 이유에서 그렇다. 첫째, 그의 시적 주체는 너무 순수해서 뭔가 한다는 것 자체가 금세 그 순수를 더럽히는 일처럼 느끼기에 차라리 두고 보는 편을 택할 때가 많다. 둘째, 손을 대는 순간 결정적으로 그를 가장 황홀하게 만드는 성스러움이 오염되기에 기질상 무언가를 하지 않는 쪽에 자신을 둔다. 셋째, 그가 신성을 구현하기 위해서는 지상의 질서에 결속되어 살아가서는 안 되기 때문에 그는 어떤 의미에서 자발적으로 비현실성과 비실체성이라는 이상한 격리감의 상태를 유지하려고 한다. 이 셋은 사실 하나로 묶인다. '신성의 구현'이라는 점에서 서로 맞물리며 황인찬의 시적 주체가 무언가를 하려고 할 때 오히려 그 일을 하지 않도록 영향력을 발휘한다. 이 해결할 수 없는 역설과 궁지가 황인찬 시의 매력적인 발화 포인트이다. 세속의 인간들은 이 불협화음을 어떻게든 조화로운 행동 지침으로 가지치기하고 싶어하지만 시인들은 다르다. 해결할 수 없는 주체의 역설을 존재 기반으로 인정하고 바로 이 지점에서 이상한 목소리를 길어올린다.

　가까이 가서 사물(타자)을 만지고 껴안아야 관계가 발생하고 현실의 생생한 실감이 발생하지만 그렇게 되면 성스러움이 사라지게 되니 심미적으로 이러한 관계를 꺼린다는 점! 연인과의 관계를 다룬 시편들(「저수지의 어둠」 「기념사진」 「속도전」 「예언자」)에서 그가 맞닿은 피부의 감각 혹은 성적 뉘앙스를 풍기는 관계들을 불길하고 부정적으로 해석하게 되는 것도 여기서 연유한다. 손을 대면 무한한 전체가 훼손되는 것이다.

　이렇게 사물과 만나지 못하는 삶이 계속되다보니 역설적으로 그는 비실체적이고 비현실적인 격리감이 지속되어 도무지 자신이 살아 있는 것인지 죽어 있는 것인지를 실감하지 못하는 이상한 감각의 상태로만 자기 삶을 자각하는 상태에 이른다. 비극이다. 해결할 수 없는 파탄이다. 그가 신성의 전도사이자 백색의 간달프로서 치러야 할 혹독한 대가이다. 그의 시에서 자주 이상한 내면의 목소리가 튀어나올 때 우리는 바로 이 처연한 불행함을 느낀다. "돌이킬 수 없는 일이 일어나버렸어/(……)/돌이킬 수 없다는 건 돌아갈 수 없다는 뜻이야"(「면역」)라는 되뇜은 바닥 밑에 더 깊은 절망이 있음을 상기키는 말처럼 들린다. "물속은 조용하구나 그래도 목은 마르다/그렇게 중얼거렸는데/지금 말한 건 누구? 목소리가 들려오는 것이었다 이해할 수 없는 일이 너무 많았다"(「물의 에튜드」)라고 말할 때 찾아오는 불가해한 비극성에 대한 자각. "바다에 있었는데, 겨울이었다 잘못 들은 소리가 들려왔다 당신 아이가 바다에 빠졌습니다 당신 아이가 바다에 빠졌다구요//빠졌다구요?//바닷가에는 사람이 없다"(「파수대」)라고 말하는 상황이 전해주는 돌연한 두려움과 상실감까지. 무섭고 섬뜩하며 동시에 쓸쓸하다. 황인찬은 자신을 스스로에게서도 격리시키고 타자에게서도 격리시킨다. 그의 시적 주체는 우리와 동시대를 살고 있지만 비동시적인 세계를 같이 살고 있는 자이기도 하다. 이제 그는 '하지 않는 것'이 아니라 '할 수 없는 상태'로 빠져들면서 기이한 무력감에 시달린다. 끝이 없는 얼음 평원에서 죽지도 않고 오래 사는 삶(「항구」). 외롭고 비극적이지 않은가. 하지만 미감의 차원뿐 아니라 윤리성의 차원에서 그의 시적 주체를 '무위(無爲)'의 상태로 제어하는 또 하나의 힘이 있음을, 우리는 어쩔 수 없이 인정해야 하는 순간에 도달하고 만다.

> 교탁 위에 리코더가 놓여 있다
> 불면 소리가 나는 물건이다
>
> 그 아이의 리코더를 불지 않았다
> 아무도 보지 않는데도 그랬다
>
> 보고 있었다
>
> 섬망도 망상도 없는 교실에서였다
>
> —「리코더」 전문

이 짧고 담담한 시 한 편은 어째서 쓸쓸하면서도 아린 지경에 우리의 감정을 붙들어놓을까. 아무도 없는 교실 탁자 위에 놓여 있는 리코더. 시각뿐 아니라 청각의 관능성에 민감한 그의 특성상 리코더는 주체에게 너무나도 매력적인 사물이 아닐 수 없다. 대개의 인간이라면 욕망이 생기는 것은 당연하고, 그래서 갖고 싶고, 만약 리코더를 갖지 못한다면 한번 불어라도 보고 싶을 것이며, 마지막에는 손을 대어 쓰다듬어라도 볼 터이다. 그게 사물을 대하는 보편의 인간이 펼칠 수 있는 행동의 상상 범주다.

그런데 황인찬의 시적 주체는 다르다. 누구 보는 사람이 있는 것도 아니고, 심지어는 섬망도 망상도 없는 지극히 '정상적인 정신 상태'의 주체가 펼쳐 보이는 행동을 보라. 그는 그저 바라본다. 투명하고 담담하게 계속 바라본다! 자신의 손이 닿는 과일마다 썩어 있음을 발견했던 「원정(園丁)」의 김종삼처럼, 마치 자신이 손을 뻗기만 하면 죄를 짓게 될 것임을 예감하는 사람이라니. 시적 주체는 도저한 죄의식에 사로잡혀 아무것도 하지 않는다. 행동의 모든 것이 죄와 연결되는 프로세스를 가진 사람에게 차라리 가장 행복한 순간은 아무것도 하지 않는 순간이 아닐까. 세상에 이런 사람도 있을까. 있다. 그 사람이 바로 황인찬이다.

대신 이런 식의 '무위'에는 슬픔이 장막처럼 드리워져 있다. 죄의식의 차원에서 이미 더럽혀진 자신을 발견하고 꾹꾹 울음을 눌러 참는 자의 비감이 서려 있기에 그렇다. 그런 의미에서 "여섯 살 난 하은이의 인형을 빼앗아 놀"다가 결국 너무 무서워서 울음을 터뜨리고 말았다(「의자」)는 시는 기이하면서도 익숙하다. 처음으로 시적 주체가 일종의 '나쁜 짓'을 저지르는 것으로 시가 출발하기에 기이하지만 아니나 다를까, 행동을 수행한 순간 내면화된 초자아의 목소리에 스스로 추궁을 당하다가 결국 죄를 인정하고 울어버리는 것은 또 한편 익숙하다. 이전의 인용 시에서 "바다에 있었는데, 겨울이었다 잘못 들은 소리가 들려왔다 당신 아이가 바다에 빠졌습니다 당신 아이가 바다에 빠졌다구요//빠졌다구요?//바닷가에는 사람이 없다"라고 말할 때, 이 자기 반영적 메아리에는 파수대에 서서 죄를 추궁하는 신의 목소리가 배어 있다. 이제 할머니가 가리킨 "언덕 위의 법원"은 우리의 상상 체계 속에서 '언덕 위의 교회'와 겹치고, "하얀색 경찰차"는 '신의 처벌과 감시'(「법원」)를 연상시키는 지경이 된다. 이 시편들이 기이하게도 인간 본연의 죄의식과 처벌에 대한 공포심을 일깨운다는 점을 수긍하게 되는 것이다.

6. 사랑해도 혼나지 않는 꿈

말하자면 백자를 백자로 두고 눈부시게 보존하게 하는 데에는 '죄의식'

을 빼놓을 수 없다는 것이지만 조금 다른 각도에서 우리는 더 생각해야만 한다. 그에게 죄의식은 서러움과 공포의 발원 지점이기도, 기이하게도 이 세계의 타자들과 만나는 매우 독특한 토대이기도 하기 때문이다. 특히 이번 시집에서는 유독 한 아이의 죽음이라는 모티브가 반복됨을 눈여겨볼 필요가 있다. 죽은 애들을 생각하며 체리 씨를 뱉는 장면(「X」), 죽은 경미가 아직 마음속에 살아 있음을 믿는 장면(「여름 이후」), 아이가 물에 빠져죽었음을 환청처럼 듣게 되는 장면(「파수대」) 들이 특히 그러하다. 이는 달걀을 깨뜨려 하수구에 흘려보내며 끝없이 미안하다고 사과하는 장면(「방사」)으로 변형되기도 하는데 바로 이러한 죄의식으로 인하여 주체는 세상 모든 존재에게 강력한 연대감을 갖게 된다. 인상적이다. 바로 이 부분에 주목해야 한다. '나'의 잘못으로 '네'가 상처를 입었으니 이 죄스러움을 갚을 길은 '너'를 오래 기억하고 더욱 충실한 신성의 구현자로 살아가는 방법뿐이다. 시적 주체가 "죽은 사람과 밥 한 그릇도 나눠 먹어야지"(「목조건물」)라고 말할 때, "그 애는 빈 의자에 앉아 있었다 추워서 그래?/ (……)/그 애가 악령이 아니었다면 그 애는 대체 누구였는가?"(「연인—개종 3」)라고 말할 때, 살아 있는 존재에 그치지 않고 마침내 죽음의 지대에서 살아가는 존재들에게까지 손을 내밀 때, 이 기이한 연대감은 얼마나 눈물겨운가. 지상의 사물은 '보존'하고 저승의 존재는 '환대'한다! 세속의 인간으로서는 갖추기 힘든 태도이다. 고독하지만 고결한 품성이다. 절대로 자신을 과시하거나 드러내지 않지만 자신을 바쳐 이 세계를 구원하려는 사려깊은 고투다.

그러나 삶은 어찌할 것인가. 더욱 정확히 말하자. 사랑은 어찌해야 할까. 신성의 구현을 위해 '자발적/비자발적'으로 선택한 사랑 없는 이 비현실적 삶을 도대체 언제까지 유지해야 하겠는가. 결국 그의 시적 주체가 "지나치게 절제된 배우"의 연기를 보면서 "그건/내 인생을 베낀 각본에 의한 것이었다"(「혼자서 본 영화」)라고 중얼거릴 때, 이 자각은 그 무엇과도 바꿀 수 없을 만큼 뼈아프다. 삶을 다 살아버린 자의 회한이 감지되기 때문이 아니라 신성을 구현하려는 생래적인 의지 때문에, 또한 내재화된 죄의식과 자기 단죄의 공포심 때문에, 할 수 있지만 하지 않으면서 살아가야만 하는 자의 지독한 슬픔과 자기 연민이 느껴지기 때문이다. 순수하도록 눈부신 백자의 눈부심은 바로 이러한 서러움에 토대를 두고 있다. 게다가 이 서글픔은 완료형이 아니라 진행형이고 미래형이다. 그래서 슬픔은 오래 지워지지 않는다. 황인찬의 시적 주체는 자신의 몸을 바쳐서 이 세계를 구원하려는 대속자이지만 가장 연약한 한 인간이라는 측면에서는, 지금까지 한 번도 사랑다운 사랑을 해보지 못한 자라고 불러야 할 것이다.

그런 이유로 「유독」은 이번 시집 중 가장 아름답고도 슬픈 시편 중에서도 대표작이다. 교정에서 아카시아의 냄새를 제일 먼저 감지한 "너"(①). 그건 "네 무덤 냄새"라고 농담을 던진 사람(②). 말도 안 되는 주고받음에 웃음을 터뜨린 "우리"(②). 아무 냄새도 맡지 못한 채 무덤 냄새의 실체를 떠올려보려 했지만 결국 알 수 없었던 "나"(②)도 있었다. 이 시에는 신성의 현현, 즉 ③이 없다. 이제 감정은 솟아오른다. 지금까지 계속 말해왔던 것처럼 불현듯 '내'가 '너'에게 사랑을 느끼는 이유는 '너'가 신성(흰색의 꽃, 아카시아 냄새)의 최초 발견자(①)이기 때문일 것이다. "대체 이게 무슨 냄새냐고"라는 목소리에서 '나'의 에로스가 발생한다는 것을 눈여겨보자. 미지의 X는 무한한 전체로 보존되면서 다만 소리를 통해 간접적으로 암유된다.

황인찬의 시적 주체에게 이보다 더 감미로운 순간이 어디 있을까. 아득한 감각 속에서 그는 "너는 정말 예쁘구나 내가 본 것 중에 가장 예쁘다"는 말로 이 지극한 사랑의 매혹을 노래한다. 아주 드문 격찬이면서 최고 도취의 순간이다. 우리의 마음 역시 한없이 촉촉해진다. 그러나 ③은 잠재성으로만 실현될 뿐 결코 완료되지는 않는다. 이 시가 "모두가 웃고 있었으니까, 나도 계속 웃었고 그것을 멈추지 않았다//안 그러면 슬픈 일이 일어날 거야, 모두 알고 있었지"로 마무리될 때, 이 웃음은 끝내 '신성의 구현'이 불가능함을 예감하는 자의 먼저 살아버린 절망과 슬픔의 기록으로 변모한다. 덧붙여 '그토록 예쁜 너'를 사랑하지 못할 것이라는, 사랑해도 신성을 보존하면서는 너와 맺어지기 힘들 것임을 예감하는 자의 처절한 비통이 곱해진다. 아카시아 꽃잎이 흩날리는 교정의 '너(백자)'는 그래서 눈부시지만, 바로 그런 이유로 슬프게 아름답다. 마침내 그가 자기도 인식하지 못하는 상처받은 자의 심정으로, 시집의 마지막 「무화과 숲」에서, 숲으로 들어가서 나오지 않는 그 사람을 생각하며 "사랑해도 혼나지 않는 꿈"을 꿀 때, 사랑에 대한 이 단순하면서도 죄 없는 열망은 지상의 연약한 인간이 내뱉는 가장 아름다우면서도 비극적인 마지막 기도(祈禱)가 된다. 아무렇지도 않게 내뱉는 이 담담한 꿈이 우리를 이처럼 오래 아프게 한다.

백자는 담담하게 아름답지만, 아름답다는 이유로 우리를 슬프게 한다. 백자는 깨어지지 않았지만 백자를 깨뜨리지 않기 위한 황인찬의 고투를 우리가 알고 있기에 이 눈부심은 황홀하면서도 슬프다. 황인찬은 거의 천성에 가까운 순수한 미감을 통해 자기도 모르는 사이에 지상의 모든 사물에 신성이라는 '보편성'을 구현하려는 지극히 인간주의적인 의지의 실현자가 되었다. 무미한 중립성을 견지하고 있는 것처럼 보이는 그의 시가 깊은 정서적 울림을 동반하는 이유가 여기에 있다. 지극히 세련되고 전위적인 언어를 구사하면서도 세대를 뛰어넘어 많은 사람의 사랑을 받을 수 있는 이유도 마찬가지로 여기에 있다. 비극적이지만 우리는 황인찬을 이렇게 부를 수밖에 없다. 그는 인간의 옷을 입은 채로 이 속세를 살아가는, 몇 안 되는, 우리 시대의 마지막 남은 수도사이자 마법사이며 백색의 기사(騎士)다.

기기묘묘 나라의 명랑 스토리텔러
─문보영, 『책기둥』(민음사, 2017)

1. 명랑 예찬으로 시작합니다

진지한 사람만큼이나 명랑한 사람을 좋아한다. 문보영 시인을 만나본 적은 한 번도 없지만 어쩐지 더 알고 싶다는 생각을 하게 된 것은 민음사 블로그에서 본 김수영 문학상 수상 소감 때문이었다. "사람들은 시가 쓸모없다고 말하는데 그 말은 기분좋은 말입니다. 저는 평소에 제가 쓸모없는 인간이라는 생각을 자주 하는데, 내가 아무리 쓸데없어봤자 시만큼 쓸모없겠냐 싶고 그런 생각을 하면 저절로 기분이 좋아지기 때문입니다"라는 문장을 읽으며 나는 오랜만에 깔깔 웃었다. 무용해서 인간을 억압하지 않는다는, 시에 대한 오랜 믿음이 버전을 달리해서 이렇게 출현할 줄은 몰랐다. 무얼 해도 시보다는 낫다, 라고 싱긋 웃을 수 있는 시인을 알게 되어 즐거웠고 쓸모없는 시를 가지고 시인은 과연 무엇을 할까, 생각하니 어쩐지 묘한 신뢰감이 생겼다.

그러나 너무나 이상한 일이 아닌가? 등단 1년여 만에 50편의 시를 모아 상을 받았으니. 뭐예요, '열심'과는 거리가 먼 줄 알았는데…… 당신에게 실망했어요, 라고 말해주어야 할까. 그보다는 '이처럼 쓸데없는' 시를

'이처럼 열심히' 쓸 수 있었던 '즐거움'이 무엇인지 궁금해지고 말았다. 흥얼거리며, 가끔은 골똘해지며, 시집 원고를 몇 번 읽고 이리저리 제목을 상상하자 이번에는 시작도 하지 않은 해설을 다 쓴 것처럼 혼자 좋았고 몸이 스르르 풀렸다. 그렇다. 마치 허공에서 미묘하게 흔들리다 바닥에 내려앉는 한 가닥의 오리털처럼(「오리털파카신」), 이 신기하고 독특한 이야기의 나라로 들어설 때 우리는 몸과 마음의 긴장을 조금 풀어놓아도 좋겠다. 들어갈 때 그런 마음이 아니라면 나올 때는 분명 그 마음이 되리라. 이것저것 모든 것을 할 수 있을 것 같았지만 결국 아무것도 하지 못하는 우울이 출발점이라면 오히려 "사람들은 손잡이가 없다는 이유로 다른 사람을 문으로 생각하지 않는데 시를 쓸 때만큼은 사람의 무릎이나 겨드랑이 아니면 허벅지에 난 점 따위에 달린 작은 손잡이가 보이며, 열릴 리 없지만 왠지 열고 싶다는 느낌을 받습니다"라는 수상 소감에 귀가 오목해지지 않을까. 점에 난 작은 손잡이라니. 이 귀엽고도 엉뚱한 몽상가라니. 여기 뭔가 재미있는 일이 벌어지고 있어요! 지금부터 문득 발견한 까만 점, 거기에 달린 손잡이를 열고 들어가는 문보영의 기기묘묘한 모험을 따라가 보자.

2. '개가 먹은 귀'와 '모자를 쓴 뇌'를 보라

이를테면 나는 "거리 한복판이다 사랑하는 사람 S에게서 몹쓸 소리를 들은 Z의 두 귀가 땅바닥에 떨어졌다 지나가던 개는, 순간을 놓치지 않고 Z의 두 귀를 주워 먹었다 Z의 두 귀는 Z보다 먼저 죽어 천국에 도착했다"(「지나가는 개가 먹은 두 귀가 본 것」)는 구절이나 "떠날 때 애인이 뇌를 두고 떠났다. 갈아 마실 수도 있겠다. 인간의 뇌를 살펴보고 만져본다. 노랑 가발을 씌워보고 눈을 감겨보고 따뜻한 물에 담가본다//(……)//뇌는 태연히 거실의 가죽 소파에 앉아 있다"(「뇌와 나」)와 같은 문장을 심상하게 던져두고 시적 상황을 만들어나가는 능청스럽고 과감한 설계 능력에 놀란다. 사실 따뜻한 서정시, 혹은 감각적인 현대 시를 기대하는 사람에게 문보영의 서사 중심의 상상력은 무척이나 낯설 수도 있다. 최근 우리 시단에 이런 상상력을 선보인 젊은 시인이 있었던가? 게다가 매 시편 요약이 쉽지 않을 정도로 독특하고 변화무쌍한 이야기 전개가 인상적인데, "풍성한 시적 장치를 동반하는 기획력"이라는 김언 시인의 심사평은 그래서 고개가 끄덕여지는 적절한 말로 들린다.

그러나 문보영의 시가 현실을 암시하는 알레고리의 형태로 늘 확장된다기보다는, 조금씩 그런 분위기를 풍기기는 하지만, 오히려 상당수의 경우 미완결의 사소함으로 남는다고 말하는 편이 옳겠다. 예로 든 두 편 모두 흥미롭지만 이야기의 정리가 조금 손쉬운 전자의 이야기를 따라가보자면 이렇다. 여기 S와 Z가 있다. 사랑하는 S에게 몹쓸 소리를 들은 Z는 충격으로 귀가 떨어졌고(상처받은 감정을 기묘한 서사로 풀어내는 문보영 시의 특징이 여기서 시작된다), 하필이면 그 귀를 지나가던 개가 먹었는데 이제 Z는 개의 배에서 나는 소리를 평생 들어야 한다. 한편 귀는 죽은 것이므로 영혼이 천국에 가는데 거긴 천사들이 죽은 이의 심장을 동글게 굴려 재활용하는 곳이며, 천국에서 귀의 시점으로 지구를 보니 지구는 불 꺼진 도서관 모퉁이 자판기에 달린 동전 반환구 모양일 뿐이다. 뿐만 아니라 천국도 지구와 별다를 바 없이 평범하며, 다시 지구로 와서, 생전에 (지금은 여기 없는) 아버지는 무신론자로서 인간을 구원하지 못하는 신의 무능을 지탄하는 사람이었지만, 천국에 간 영혼으로서의 귀가 생각하건 데 신도 사실은 비가 오면 옥상에 널어놓은 빨래를 걷으러 갔다가 '런닝 구'를 떨어뜨리고 오는 평범한, 인간만큼이나 인간적인 존재에 불과하다. 이 모든 서사의 끝에 "나는 약간 죽은 사람입니다, 라고 말하기 위해서는 누구든/어느 정도의 보이는 상처가 있어야 했다"는 구절이 따라온다.

굳이 해석을 더해 의미 있고 완결된 이야기로 만들자면 못할 것도 없지만 꼭 그렇게 다물려지지는 않는 기묘한 이야기의 전개이다. 시적 화자는 결코 상처가 없는 사람이 아니지만 그것을 정서적인 표현이나 전통적인 비유의 회로를 따라 출현시키는 것이 아니라 어찌 보면 허무맹랑한, 그만큼 독특한 이야기를 축적하여 폭넓게 해소시키고 넉넉하게 가시화하는 방식으로 담아낸다. 감정의 유출이나 해소는 이야기로 지연되면서 동시에 이야기를 통해 슬며시 제시되거나 문득 잊힌다. 상처 때문에 정말 아프다기보다는 자신에게 있는 상처가 진짜인지 실감할 수 없는 기분으로, 그러나 저에게도 상처가 있어요, 라고 알리기 위해 이 정도로 상처를 드러낸다는 식의 신기한 발상법이다. 심지어는 죽음을 그릴 때조차도 정서적 몰입과 강력한 긴장감보다는 이상한 악몽과 픽션, 현실이 뒤섞이면서 뭔가 나른하게 공허하고 조금 어두운 정도로만 이야기의 긴장이 조율된다. 그러니까 문보영의 시적 서사에는 예의 수상 소감에서와 같이 '똑 떨어지는 명랑함'이 있는 것이 아니라 훨씬 어둡고 쓸쓸한, 그럼에도 기존의 서정시가 간직하고 있는 무게보다는 상대적으로 가벼운, 어떤 '쓸쓸하게 애쓰는 명랑함' 같은 것이 있어서 그것들이 서사 구조의 설계도를 따라 훈증처럼 스며들어 있다고 할 수 있다. 이쯤 되면 궁금해지지 않을 수 없다. 기기묘묘한 이야기의 발명을 추동하는 힘은 무엇일까? 어째서 그녀의 이야기에는 이상한 '공허'와 '권태' 같은 것이 느껴질까?

3. 세계가 도서관이라면, 어떤 기분일까

우선적으로 생각해볼 수 있는 것은 바로 '일상의 무료함'이다. 문보영의 시적 화자에게 일상이란 도서관에 가서 하루종일 책을 읽는 일처럼 재미없는, 고요함의 반복이다.

도서관이다. 아무 책 한 권 골라 집는다. 도서관은 조용하고 조명이 밝다. 사서는 날마다 하늘나라색 와이셔츠를 입고 카운터를 지킨다. 도서관 사서가 매번 같은 색 와이셔츠를 입어서 오늘과 어제가, 어제와 엊그제가, 어제와 내일모레가 구분되지 않는다.

나는 책을 한 권 더 집어든다. 죽은 아빠가 조각공원 구석 바위에 앉아 편의점 죽을 떠먹는 내용이다. 튼튼하지 못한 투명 플라스틱 숟갈로 죽을 떠먹다 바위에 죽을 흘렸다. 이야기가 끝난다. 다른 책을 펼치면 바위가 마저 죽을 흘리고 있다.

(⋯⋯)

사람 대신 바위가 우는 책을 읽으며 우리는 동일한 정체성을 유지한다. 우리는 알아요, 풍선을 터뜨리면 더이상 숨을 참을 필요도, 숨으로 분풀이할 필요도, 사람이 죽어가는 책을 읽을 필요도 없다는 걸요.

사내는 책을 탁, 덮는다. 방금 누군가 나를 포기했다.

—「정체성」 부분

사실 나는 이 시를 논리적으로 이해하기보다는 직관적으로 이해한다. 지금도 가장 많이 찾는 곳이 도서관이지만(평생 도서관을 못 벗어날 것 같다. 맙소사!) 사회와의 유의미한 접촉면을 거의 갖지 못한 채로 오로지 도서관과 집만을 오가며 일상을 지속하던 어떤 시절에는 이상하게 현실감이 사라지면서 모든 것이 차이를 잃어가는 경험을 한 적이 있다. 도서관이라는 공간 자체가 변화무쌍한 공간일 리 없고, 어제와 오늘이 고인 물처럼 잔잔하게 되풀이되는 곳이다. 아무리 신기한 이야기가 담긴 책을 읽어도 그것은 그대로 하나의 픽션일 뿐, 현실이 바뀌거나 세계가 전환되는 체험과 곧바로 연결되기도 힘들다. 책에서 조금만 눈을 돌리면 무료한 사람들이, 무료한 표정으로 책을 읽고 있는 똑같은 풍경이 나른하게 펼쳐진다고 할까. 도서관 사서의 와이셔츠 색깔이 늘 같고, 내가 읽던 책의 스토리가 다른 책을 읽는데도 이어져서 전개되고 마는 것이다. 아무리 세상에 많은 사건이 발생해도 그것 또한 먼 나라의 이야기일 뿐. 차이가 무화되는 극단적 무료함의 세계 체험. 문보영의 시적 화자가 드러내는 현실감과 세계감 중 상당량은 현재로서는 바로 이 대목에서 형성되는 것 같다.

문제는 이런 '현실―세계 감각'을 그대로 수긍해버린다면 자신 또한 무화되어 사라질 것 같은 기분에 빠진다는 것이다. 말 그대로 깊은 공허와 무의미한 권태의 세계. 이대로 "사람 대신 바위가 우는 책을 읽으며" 일상의 반복을 반복해야 하는 걸까. 여기서 벗어날 수 있는 방법이 있을까? 인용 시에 포함하지는 않았지만 "가진 것이 명색 고무풍선뿐인 어린이는 할 일이 없어 풍선을 분다. 터지기 직전까지만 불고 천천히 바람을 빼고 있다. 그 바람을 모아 내가 한숨을 내쉰다. 풍선이 터져버리면 아이는 가지고 놀 장난감이 없다. 어제의 나와 오늘의 내가 구분되지 않아서 풍선은 명색을 유지한다"(「정체성」)는 구절이 나에게는 인상적으로 다가온다. 시적 화자는 '풍선 불기', 즉 '허풍스러운 이야기 만들어내기'를 통해 일상에 차이를 만들어낸다, 라고 말해보면 어떨까.

중요한 것은 이야기의 메타포로 보이는 풍선이 '색색깔'이 아니라 '명색'이라는 점이다. '명색'이라는 말 자체가 흥미로운데, 멍이 들어 있다는 것은 어쩐지 시적 화자 스스로가 자기 풍선의 한계를 명백하게 알고 있다는 말로 들린다. 그러니까 모험이 사라진 세계에서 일상을 견디며 살아야 하는 권태로운 시적 화자는 자신이 만들어낸 이야기에 도취하여 그 이야기를 따라 신나게 달려간다기보다는 이야기가 가짜임을 알고 있는 상태에서 조금은 느릿하게 움직인다고 할 수 있다. 뭔가 정말로 말해야 할 것을 놓아두고 그 옆에 있는 사소한 포인트에 초점을 맞추어 그것을 과학적이고 논리적인 수식을 쌓아가는 방식으로 전개시킨다 해도 좋겠다.

당연히 이런 말도 가능해진다. 문보영의 시적 화자가 만들어내는 이야기는 기이하고 허무맹랑하지만 일상적이며, 거대한 이야기라도 일상의 매우 사소한 것들과 만나는 방식으로 끌어내려진다. 즉 그녀의 이야기들은 신기하고 매력적인 완결된 가상을 추구하여 저기 먼 어딘가로 움직여 간다기보다는 구멍나고 빈틈이 있는 맥락들을 매력적인, 때로 비약이 많고 비논리적인 가상과 결합시켜 현실로 끌어내리는 쪽에 방점이 찍혀 있다. 그러다보니 충분히 완결된 환상의 매혹으로 나갈 수 있는 이야기조차 이상하게 미완결된 상태로 중화되어버린다. 게다가 "누가 나를 찍어놓고 자세히 관찰하고 있다는//놀랍고도 음산한 점이 어떤 공간을 의식하고 있는"(「△.」) 것과 같은, 자신이 무언가 초월적인 힘의 무력한 마리오네트 인형이 아닌가 하는 환상에 빠져들기도 한다. 이런 맥락의 이야기들은 대체로 미완으로 남기에 꿈속의 어떤 장면을 받아 적은 것일까, 싶은 생각이 들기도 한다. 어떤 독자들은 분명 이런 대목에서 고개를 갸우뚱할 수도 있겠으며 또 어떤 사람은 뭔가 이야기가 더 있어야 하지 않을까 아쉬움을 느낄 수도 있겠다.

또한 그녀는 신에 대해 말하기를 즐기지만, 그것은 어쩐지 자기 이야기의 한계를 끊임없이 일깨우는 메타적 시선에 자리를 잡은 화자의 또다른 인간적 분신 같아서 완전한 신의 형상을 구현한다기보다는 인간만큼이나 별 볼 일 없는, 다만 조금 특이한 존재로 그려질 뿐이다. 문보영의 시적 화자는 끊임없이 무언가를 말하지만, 그 말을 다시 점검하는 메타 장치를 가동하여 관찰자의 관점에서 자기 발화와 행위를 한번 더 들여다본다. 이것이 묘하게 이야기를 향한 몰입을 지연시키며 곁가지를 만들어낸다. 만약 신을 그 최종 지위에 있는 관찰자라고 한다면 신의 절대성이 강조될 것 같지만 그렇지도 않은 것이 그녀의 작품에서 신은 세계에 입장하는 이들에게 "코스트코 빵"(「입장모독」)을 나눠주는 존재일 뿐이다. '신'과 '코스트코 빵'이라니! 신화와 일상, 최대의 관념과 가장 사소한 물건을 결합시키는 이와 같은 상상력은 어쩐지 진지함의 기운을 빼놓으려는 명랑의 습

격처럼 느껴진다. 자신이 만들어낸 존재조차 믿지 못하는, 신이 있을 수도 있겠지만 그것이 인간 구원과는 상관없는 일일 거라는 이 이야기는, '권태로운 명랑함' 혹은 '명랑하지만 어쩔 수 없는 공허와 권태로움'을 증명하는 사례로 읽힌다.

4. 차이가 무화된 의미 없는 세계, 시를 써서 현실을 조달하라

그럼에도 불구하고 문보영의 능청스러운 상상력은 늘 좌충우돌 흥미로운 풍경을 만들어낸다. 나는 여기에 문보영의 개성이 있다고 생각한다. 이들은 하나의 완결된 의미로 묶인다기보다는 그 과정의 흥미로운 전개 과정을 즐기는 것으로 제 몫을 다한다. 나는 이번 시집을 읽으며 바슐라르가 쓴 "말이란 잔가지가 되려는 싹이다. 그러니 글을 쓰면서 어떻게 꿈을 안 꾼단 말인가"라는 문장의 의미를 몽상의 차원이 아니라 엉뚱함과 명랑함의 차원에서 이해할 수 있었다. 문보영의 시를 읽으며 우리는 끊임없이 잔가지를 뻗어가는 말의 싹을 만나고, 잔가지가 줄기로 변해가는 이야기를 따라가며 기기묘묘 흥미로운 꿈을 꾸지 않을 수가 없게 되는 것이다. "시는 관측된 현상을 최대한 단순하게 설명하는 자연의 모형을 만들고 시험하면서 발전한다"(「과학의 법칙」)와 같은 문장은 이에 대한 적절한 모델링의 사례처럼 느껴진다. '관측-모형-가설-실험-발전-기록'이라 도식화해도 이상할 건 없다('리얼리티 검증' 혹은 '일반 현실 암시력 측정' 단계가 빠진 것은 물론 아쉽다).

예를 들어 이번 시집은, 세상에 존재하는 모든 책을 다 읽어버리면 더이상 읽을 수 있는 책이 없을까봐 책 읽기를 그친 사람을 위해 도서관 모든 책의 1권을 쇠사슬로 묶어 지하 창고에 숨기는 이야기(「호신」), 단체 사진을 찍으려고 모였으나 브래지어 없이 헐렁한 면티를 입어 그걸 감추기 위해 곱사등인 채로 고개만 내밀다보니 얼굴이 가장 크게 나온 사람의 이야기(「얼굴 큰 사람」), 문고리를 잡은 채 주저앉아 우는 엄마가 나타난다면 연분홍 돼지 엉덩이를 떠올리고 누구에게도 자기 의견을 내놓지 않고 자존심이 없어서 비도 맞지 않는 돼지 엉덩이에 대한 이야기(「슬플 땐 돼지 엉덩이를 가져와요」), 죽은 아이를 기리기 위해 만나기로 약속한 친구들이 약속한 4번 출구로 나가지 않고 모두 다른 경로의 다른 생각 끝에 고스란히 3번 출구에 함께 모이게 되는 독특한 이야기(「출구가 아닌 곳에 모인 어린이들」), "에스컬레이터에 탄 사람들은 모두 탈모를 겪고 있으며 앞사람은 그 앞사람의 허전한 부위를 머리카락으로 덮어주고 그 앞사람은 그 앞사람의, 그 앞사람은 앞사람의 빈곤한 부분을 얼마 없는 머리칼로 덮어주고 있다"(「공동창작의 시」)와 같은 독특한 이야기로 가득하다. 이것들은 진지한 성찰이나 깨달음의 전언으로 집중된다기보다는 일찌감치 그런 열망을 접고 그야말로 모형 – 가설 – 실험 – 발전의 경로를 따라 우리를 웃게 만들어버리는 흥미로운 장면들로 남는다. 앞선 시들과 또 다르게 현실 암시의 맥락이 살아 있는 시를 꼽자면, 아마도 다음의 작품일 것이다.

시인과 소설가는 메리딸기크림스무디를 한 잔 시킨다 소설가는 눈 코 입 없는 작은 악어 —꼬리가 조금 벗겨진— 인형이 달랑거리는 가방에서 어제 완성한 소설을 꺼낸다 시인은 늘 편지처럼 그녀의 소설을 받아 읽는다

시인도 그녀에게 줄 것이 있다
그녀가 어제 읽은 유명 작가 A의
단편소설 「빵」

그녀가 하고 싶은 말은 A가 다 했다 따라서 시인은 자신의 마음이 궁금할 땐 「빵」을 꺼내 읽었으며 마음을 잊고 싶을 땐 「빵」을 침대 아래 던져 두었다

「빵」은 빵에 관한 소설이다

(……)

그런데
소설가가 시인에게 건넨 소설의 제목 또한 「빵」이다

(……)

시인이 소설가의 「빵」을 읽는 동안 소설가는
컵 사이즈에 비해 과한 메리딸기크림스무디의 휘핑크림을 바라본다
터무니없군
이것은 소설가의 진심이다

(……)

그녀의 마음은 그녀의 마음에도 있고 「빵」에도 있고 〈빵〉에도 있다 어딜
뜯겨도 같은 마음이므로
소설이란 건
이야기란 건
하나면 족하다고,
무의식에는 있지만 진심은 아닌 그 말을
시인은 내뱉지 않는다

—「빵」 부분

앞서 살펴본 작품 「정체성」이 '도서관'을 소재이자 배경으로 삼고 있다면 이 작품은 '글쓰기'를 그렇게 탐구하고 있다. 어쩐지 이 두 세계는 별다른 구분이 되지 않을 것 같은 느낌이 든다. 인용 시에서 가장 흥미로운 것은 소설가 친구가 시인에게 건네주는 작품 제목이 「빵」이며, 그것은 실은 시인이 어제 읽은 유명 소설가 A의 단편소설 「빵」과 같다는 점이다. 시인은 A의 소설을 떠올리며 친구 소설가의 글을 읽지만 곧 그것이 유명 소설가 A의 작품과 유사하다는 것을 발견한다. 그렇다면 이것은 명백한 표절이 아닌가! 하지만 중요한 것은 유명 소설가 A의 작품에 오리지널리티가 없다는 점. 인용 시로 옮겨오지는 않았지만 "빵은 잘 상하지 않는다 아주 오래 혼자 두지 않는 한 빵은 쉽게 속이 상하지 않으며 빵은 어디를 뜯겨도 표정 없는 평범한 단면을 보여준다"(「빵」)는 유명 소설가 A의 문장을 다시 한번 읽어보아도 이 문장 어디에 새롭고 낯선 즐거움이 숨어 있는지 발견하기는 힘들다. 문보영의 시적 화자가 생각하는, 차이 없는 평면적인 세계의 지루한 느낌처럼 문장은 느리게 이어질 뿐이다. 그렇다면 친구 소설가의 단편소설이 원작을 모방했다고 해도, 과연 그것이 문제적인 사건이 되겠는가? 즉 둘 다 "눈 코 입이 없어 착한 빵 반죽들이 지루하게 나열되는 이야기"에 불과하다면 말이다.

나는 여기서 또 한번 묘한 무력감과 권태를 감지한다. 즉 문보영의 시적 화자가 펼쳐내는 세계는 기이하리만큼 알맹이는 텅 비어 있고 진짜와 가짜의 구분이 없으며, 원본과 복제의 차이도 없고, 심지어는 삶과 죽음, 현실과 꿈의 경계가 없는 것처럼 느껴진다. 이처럼 차이가 무화되어버린 세계에서 산다는 것은 어떤 기분일까? 기분을 상상할수록 중요해지는 것이 바로 '이야기'다. "소설이란 건/이야기란 건/하나면 족하다고,/무의식에는 있지만 진심은 아닌 그 말을/시인은 내뱉지 않는다"라는 말을 통해 우리는 차이 없는 세계의 반복을 견딜 수 있는 유일한 길은 비록 있었던 무언가의 복제일 뿐이라도, 이야기를 계속 만들어내는 것임을 알게 된다. 소설(이야기)이란 것은 하나로 족할 수가 없는 것이다. 우리에게 필요한 것은 진실이 아니라 효과이다. 비록 그것이 "컵 사이즈에 비해 과한 메리 딸기크림스무디의 휘핑크림" 같은 것일지라도, 이야기가 없다면, 혹은 시가 없다면, 차이와 의미를 만들어낼 수 없기 때문에 이야기는 계속 발명되어야 하는 것이다. "지구는 돌았다/열심히/열심히/제 몸뚱어리를/돌렸다//끊임없이 현실을 조달받아야 했다"(「역사와 전쟁」)와 같은 문장은 그런 의미에서 의미심장한 말이 된다.

지구는 계속 돌아야 하고 이야기는 계속 만들어져야 한다. 이 말은 다음과 같이 번역될 수 있다. '현실이 있고 그다음에 시가 있는 게 아니라 시가 먼저 발명되어야 현실이 생긴다'라고. 문보영의 시적 화자가 감각하는 현실은 텅 비어 있기에 이야기를 만들어 현실을 조달해야 한다. 천국에서 보자면 지구는 "불 꺼진 도서관 모서리에 우두커니 서 있는 자판기에 달린 반환구 모양"(「역사와 신의 손」)일 뿐이다. 도무지 어떤 새로운 일도 일어나지 않을 것 같은, 재미없는, 그저 그런 행성인 것이다. 그렇다면 그 안에 살고 있는 모래알 같은 시적 화자는 오죽할까. 이번 시집의 수많은, 그러나 무수히 작은 이야기를 떠올려보라. 나는 문보영의 시적 화자가 끊임없이 '색다른 이야기'를 창조하는 시쓰기에 그렇게 몰두한 이유가 여기에 있다고 생각한다. 차이 없는 세계에서 유일하게 의미를 만들어내는 길이 바로 문보영에게는 시쓰기였던 것이다. 앞서 「정체성」이라는 시를 인용하며, 시적 화자가 '풍선 불기', 즉 '허풍스러운 이야기 만들어내기'를 통해 일상에 차이를 만들어낸다, 라고 말할 수 있을까 물었던 것은 이제 답을 얻을 수 있게 되었다. '이야기 만들어내기'만이 우리를 구원하는 것이다. 물론 아주 잠깐이겠지만. 그래도 괜찮다. 아주 잠깐을 계속 반복하면 되니까. 그러면 잠깐은 잠깐의 반복으로 그 잠깐을 지속할 수 있으니까.

5. 맨 아래 책을 읽으면 그 위에 쌓인 모든 책을 읽은 것

기기묘묘(奇奇妙妙) 나라의 이상한 스토리텔러 문보영. 이 흥미로운 이야기─시집을 만들었으니 이제 잠시 도서관을 나와도 괜찮지 않을까요, 라고 말해주고 싶지만 여전히 도서관에 붙들려 있는 나 같은 사람이 그런 말을 한다는 것이 부끄러워 발그레해진다. 게다가 문보영은 "난쟁이들은 책을 때리고 책을 향해 침을 뱉고 욕설을 퍼붓는다 그럴 만도 하다, 고 나는 생각한다 책은 무례하니까 책은 사랑을 앗아가며 어디론가 사람을 치우치게 하니까 벽만 바라봐서 벽을 약하게 만드니까 벽에 창문을 뚫고 기어이 바깥을 넘보게 만드니까/(……) 난쟁이들은 이제 지친 게 아니겠냐고 생각하는 나는 아직 책을 덜 읽었다, 고 에드몽이 말한다"(「책기둥」)라고 말하며 '책아, 이 나쁜 녀석아, 너 때문에 내가 이렇게 됐어'라고 말하는 듯 싶지만 유대계 시인 에드몽 자베스의 이름을 빌려 그래도 아직 읽어야 할 무수한 책기둥이 남아 있다는 목소리로 저 무한한 도서관의 세계에 기어이 자신을 남긴다. 어찌되었든 이 막막한 벽에 창문을 내고 바깥을 넘보게 만드는 것이 또한 책이기에, 책을 읽고 이야기를 만들어내는, '이처럼 쓸데없는' 일을 '이처럼 지치지도 않고' 하는 자신을 한번 더 세상에 상기시키며 미래의 의지를 불태우고 있는 것이다. 그래도 나는 "맨 아래에 깔린 책을 읽으면 그 위에 쌓인 모든 책을 다 읽은 거나 다름없다"(「책기둥」)고 말하는 문보영의 엉뚱함과 명랑함이 여전히 좋다. 당신의 몸과 마음도 거기에 기대어 스스륵, 그렇게 풀렸으면 좋겠다. 엄숙과 진지함을 부정하지는 않지만 그것을 사소하고 명랑한 이야기로 돌파하려는 젊은 시인의 탄생을 보는 일이 이처럼 즐겁다.

간주곡: 슬프고 아름답고 이상한 이야기를 들려주어요
―강성은의 「환상의 빛」

옛날 영화를 보다가
옛날 음악을 듣다가
나는 옛날 사람이 되어버렸구나 생각했다

지금의 나보다 젊은 나이에 죽은 아버지를 떠올리고는
너무 멀리 와버렸구나 생각했다

명백한 것은 너무나 명백해서
비현실적으로 느껴진다

몇 세기 전의 사람을 사랑하고
몇 세기 전의 장면을 그리워하며
단 한 번의 여름을 보냈다 보냈을 뿐인데

내게서 일어난 적 없는 일들이

조용히 우거지고 있는 것을
보지 못한다

눈 속에 빛이 가득해서
다른 것을 보지 못했다
　　　—강성은, 「환상의 빛」(『단지 조금 이상한』, 문학과지성사, 2013) 전문

　열차가 자주 지나다니는 철로변 목조 건물 2층 셋방. 석유스토브가 있고, 물이 끓고 있고, 젖먹이 아이가 옹알거리고, 수더분한 남편과 남편을 너무 사랑하는 젊은 아내가 살았어요. 어떤 날은 남편이 일하는 공장에 찾아가 남편을 기다리기도 했지요. 남편의 뒷모습을 발견하자마자 아내는 저절로 웃게 돼요. 남편이 뒤를 돌아보자 장난스러운 표정으로 창에 입김을 남기는 아내. 스르륵 피어올랐다가 조용해지는 입김. 그런 아내를 바라보는 남편의 담담한 미소.

　어린 시절, 치매 걸린 할머니가 집을 나가는 걸 끝까지 막지 못한 죄의식에 시달렸던 소녀는 한동네에 살던 자전거 타는 소년을 만났지요. 할머니는 사라졌지만 꿈결처럼 소년이 나타났어요. 소녀는 그 소년과 결혼을 했고 아이를 낳았지요. 남편은 말이 없는 사람이지만 옆방에 홀로 사는 노인이 볼륨을 크게 올려놓고 박수를 치며 라디오를 들어도 타박하는 법이 없었지요. 귀가 먼 노인은 그럴 수밖에 없으니까. 그건 노인이 살아 있다는 표시니까. 남편은 느긋하게 방을 건너 들려오는 라디오를 같이 들으며 아내가 목욕탕에서 돌아올 때까지 아이를 지켜요. 이제 막 목욕탕에서 돌아온 아내는 그런 남편을 따뜻하게 바라보고요.

　또 하루는 우산을 가지러 남편이 잠깐 집에 들르기도 합니다. 반가움에

들뜬 아내는 우산을 챙겨들고 다시 나가는 남편을 배웅합니다. 그가 구부정하게 걸어갈 때, 아내의 입가에는 천진한 웃음이 끊이질 않아요. 행복을 숨길 수가 없어서 어쩌지 못하는 어린 아내. 그날밤, 늦게까지 귀가하지 않던 남편을 기다리다 잠든 아내는 문 두드리는 소리에 놀라 일어나고, 곧이어 경찰에게 남편이 열차 사고로 죽었다는 소식을 듣게 됩니다.

강성은의 이 시를 읽고, 자연스럽게 고레에다 히로카즈의 영화 〈환상의 빛〉(1995)이 떠올랐어요. 아주 오래전에 본 영화지만 아직까지도 제 마음속에 설명할 수 없는 슬픈 얼룩으로 남아 있는 그런 영화예요. 아마도 어떻게 해도 납득할 수 없는 남편의 죽음 때문이겠지요. 그토록 사랑했던 사람이 어느 날 갑자기, 아무런 이유도, 설명도 없이 이 세상을 버렸을 때, 남은 사람은 어떻게 살아야 할까요? 마음이 너무 아픈 건 대체 그가 왜 자살했는지를 알 수 없다는 것. 그보다 더 혼란스러운 건 그토록 그를 사랑했던 아내의 마음이 남편에게는 어떠한 위로도 되지 못했을 거라는 절망 때문일 거예요. 할머니도 그렇게 잃었는데 남편까지 잃게 된 아내는 대체 어떻게 세상을 살아야 할까요.

물론 강성은 시는 달라요. 영화처럼 삶의 세세한 에피소드가 배치되어 있지는 않습니다. 화자는 아버지의 죽음이 무엇 때문이었는지 이유를 밝히고 있지 않아요. 다만 분명한 것은 아버지의 딸이 어느새 아버지보다 나이를 더 먹게 되었다는 거겠죠. 그건 과연 어떤 느낌일까 짐작해보는데요, "나는 옛날 사람이 되어버렸구나 생각했다"는 말에서, 또 "너무 멀리 와버렸구나"라는 말에서 우리는 한껏 흔들리고 맙니다. 젊은 나이에 죽은 아버지를 떠올리는 순간 화자가 과거에 깊게 얽매여 있다는 것을 깨닫게 될 뿐 아니라 자신의 삶을 실감하지 못한 채로 허깨비처럼 살고 있다는 강한 인상을 받아서 그럴 거예요. 그래서 이 시를 읽다가 제가 턱을 괸 채로 창밖을 내다보았던가봐요. 빗방울이 곧 떨어질 것처럼 무겁게 내려앉은 하늘을 바라보았던가봐요. 나는 옛날 사람이 되어버렸구나…… 나는 너무 멀리 와버렸구나…… 주먹이 제대로 쥐어지지 않을 만큼 슬퍼요.

물론 제가 슬픈 이유는 또 있어요. 제가 사랑하는 시집의 목록 중에는 강성은의 첫 시집『구두를 신고 잠이 들었다』(창비, 2009)가 있지요. 그건 정말 '이상하게 슬프고 아름다운' 시집이었어요. 영원히 계속될 것 같은 꿈속에서 헤엄치는 아이들의 머리칼을, 키 큰 나무들이 부드럽게 쓰다듬으며 수만 가지 아름다운 이름들로 불러주는 장면(「물속의 도시」) 때문입니다. 이것이 꿈인 줄을 알고 있지만 구두를 신은 채로 영원히 이 꿈 밖으로 나가지 않겠다는 아이의 마음이 읽혔던 시집이었다고 할까요. 그 마음이, 그 소망이 만들어낸 갖가지 풍경들이 "얘들아, 우리 영원히 이 안에 있자, 너무 따뜻하고 너무 행복해"라고 저한테 슬프고도 간지럽게 속삭이는 것 같았어요. 그래 그러자. 우리 영원히 여기에 있자.

그런데 이상하죠. 첫 시집 이후 강성은이 발표하는 시가 달라졌어요. 강력한 몽상과 환상 대신 평범한 일상을 말하기 시작한 거예요. 담담하고, 무감하고, 가끔은 쓸쓸하게. 마치 장식을 싹 걷어낸 저녁의 식탁처럼. 거친 호밀빵과 수프만이 전부인 어느 고독한 노인의 식사처럼. 저는 깜짝 놀랐어요. 꿈속에 있을 때, 강성은의 화자는 아이였거든요. 그런데 현실을 말하기 시작한 순간 강성은은 더이상 아이가 아니었어요. 그래서일 거예요. 최근 몇 년간의 강성은 시를 읽으며, 구두를 벗고 꿈 밖으로 나와 혼자 우두커니 서 있는 강성은의 화자에게 저 혼자 말을 건넬 때가 많았어요. 왜 그래, 무슨 일이 있었던 거니? 신발은 또 어디다 두었어? 젊은 아버지의 죽음은 이미 오래전 일이겠지만 그에 필적할 만한 물리적인 사건이 있었던 게 아닐까 싶을 정도였어요. 아니면 세계관에 큰 변화가 생긴 걸까,

생각도 했구요. 그러면서 깨달았죠. 몽상을 펼칠 수 있다는 건 아직 그 사람이 삶에 대한 희망이 있다는 거구나. 그렇게라도 이 삶을 제대로 견디겠다는 의지가 들어 있는 거구나. '슬픈 아름다움'이 사람을 살게 하는 거구나…… 하지만 더이상 수만 가지 아름다운 이름들을 속삭이지 않는 강성은의 시는 낯설었고 많이 아팠지요. 왜 그럴까. 왜 이렇게 낯설까. 오늘 이 시도 여전히 낮고, 담담하고, 쓸쓸해요.

생각해보니 '시간' 때문이에요. 첫 시집 이후 강성은이 발표한 시에서는 '시간이 흘러'갑니다. 꿈속이라면 시간은 멈추고, 영원한 아이로, 반복되는 시간 속에서 정지해 있을 수 있는데, 시간이 흘러가고 있는 거예요. 아버지보다 더 나이를 먹고, 옛날 영화를 보고 있거나, 옛날 음악을 듣거나, 사람을 사랑했던 모든 기억은 화자에게 그저 "단 한 번의 여름"일 뿐인데, 이 세계의 질서 속에서는 가혹하리만치 끔찍한 변화인 것이지요. 그 끔찍함을 알아버린 거예요. 꿈 밖을 나온 화자는 이 모든 시간의 질서를 너무나 강력하게 실감하고 있는 거예요. 우리는 흔히 말해요. 어른이 되어야 한다고. 하지만 그 말이 강성은과 같은 시인에게도 해당되는 말일까요? 잘 모르겠어요. 어떤 시인은 어른으로 시를 쓰기도 하지만 어른이 되면 죽는 시인도 있어요. 아이로 남아 있으려는 마음이 시를 만들어요. 만들어낸 그 세계에서 잠깐 웃고, 떠들고, 슬퍼하는 거예요. 그 잠깐의 경험이 우리를 살게 하는 힘인 거예요. 그런데 강성은은 시간에 속한 사람이 되어버리고 완전히 다른 시를 쓰게 되었어요.

시의 마지막에 "눈 속에 빛이 가득해서/다른 것을 보지 못했다"는 말이 나옵니다. '빛'은 무엇을 말하는 걸까요? 어쩐지 서늘하고 무서워져서 다시 영화를 떠올리게 되어요. 영화의 마지막에서 재혼을 한 아내는 죽은 전남편의 기억을 어쩌지 못해 장례 행렬을 따라 홀린 듯이 바닷가로 향합니다. 그리고 자신을 찾으러 온 새 남편에게 이렇게 묻습니다. "난 이해가 안 돼요. 그 사람이 왜 자살을 했는지…… 왜 철길을 혼자 걷고 있었는지…… 한번 그 생각을 하기 시작하면 난 벗어날 수가 없어요. 왜 그랬다고 생각해요?" 뒤돌아선 새 남편은 대답합니다. "아버지는 바다가 부른다고 하셨어. 아버지는 옛날에 배를 탔었거든. 혼자 바다에 있을 때면 바다 깊은 곳에 빛이 보인다더군. 그 빛이 반짝거리면서 당신을 유혹하는 것 같았다고 해. 누구라도 그런 경험이 있는 거 아닐까?" 그 말을 들은 아내는 잠시 생각하다가 남편을 향해 걸어옵니다. 새 남편은 잠시 기다려주다가 뒤돌아서서 아내를 이끌 듯이 그 바닷가를 빠져나오구요. 영원히 반복될 것 같은 저 파도 소리와 함께.

그래요. '환상의 빛'이란 실은 '죽음의 빛'인 거지요. 우리들 누구나 한번쯤 만나게 되는 그 빛. 이유도 없고, 설명할 수도 없는 빛. 그것에 눈이 멀어서 남편은 세상을 버렸던 겁니다. 그건 사고가 아니라 스스로의 선택이었던 거예요. 아내와 아이가 기다리는 집 근처까지 왔다가, 다시 발길을 돌려 철길로 터벅터벅 걸어들어갔던 겁니다.

그래서 저에게는 시의 마지막 구절이 무섭게 느껴졌어요. 그래서 이 시를 놓을 수가 없었어요. 너무나 담담하게 죽음에 관해 말하는 대목이니까요. 종말의 시간을 고지하는 문장처럼 절실하고 아프게 느껴졌던 거예요. 시간이 흘러간다는 것은 '진실'이라서, 그와 대적해 능히 견디고 이겨내야 한다고 말해야 할까요. 저는 어쩐지 인정하고 싶지 않아요. 강성은이 구두를 신고 다시 꿈속으로 돌아왔으면, 그랬으면 해요. 더욱 이상하고 아름다운 꿈 이야기를 계속 들려주었으면 해요. 그래야 당신이 살고, 우리도 살아갈 힘을 얻을 수 있을 것 같아요. 당신에겐 잘못이 없어요. 누구나 '환상의 빛'에 잠시 홀릴 때가 있습니다. '환상의 빛'이 우리를 점령해버릴 때도 있구요. 그러니 돌아와요. 돌아와서 당신의 슬프고 아름답고 이상한 이야기를 계속, 계속 들려주어요.

열차가 자주 지나다니는 철로변 목조 건물 2층 셋방. 석유스토브가 있고, 물이 끓고 있고, 젖먹이 아이가 옹알거리고, 수더분한 남편과 남편을 너무 사랑하는 젊은 아내가 살았지요. 그들은 그 방에서 나오지 않았답니다, 영원히.

BGM: Needle & Gem, 〈Dawn〉

4부

숟가락이 자꾸 없어져서 정말 큰일이다
—이우성의 「무럭무럭 구덩이」

이곳은 내가 파놓은 구덩이입니다

너 또 방 안에 무슨 짓이니

저녁밥을 먹다 말고 엄마가 꾸짖으러 옵니다

구덩이에 발이 걸려 넘어집니다

숟가락이 구덩이 옆에 꽂힙니다

잘 뒤집으면 모자가 되겠습니다

오랜만에 집에 온 형이

내가 한눈파는 사이 구덩이를 들고 나갑니다

(……)

그릇 사이에서 구덩이를 꺼내 머리에 씁니다

나는 쏙 들어갑니다

강아지 눈에는 내가 안 보일 수도 있습니다

친구에게 전화가 옵니다

학교에서 나를 본 적이 없다고 말합니다

나는 구덩이를 다시 땅에 묻습니다

저 구덩이가 빨리 자라야 새들이 집을 지을 텐데
엄마는 숟가락이 없어져서 큰일이라고 한숨을 쉽니다
　　　　　—이우성, 「무럭무럭 구덩이」(『나는 미남이 사는 나라에서 왔어』,
　　　　　　　　　　　　　　　　　　문학과지성사, 2012) 부분

　최근 한창 '버닝'해서 애니 〈너에게 닿기를〉 1기 25부를 전부 보았다. 우연히 작화가 눈에 띄어서 한두 편 훑어보다가 예쁜 그림, 간질간질한 연애 감정의 오고감, 이를 뒷받침하는 섬세한 연출에 그만 정신줄을 놓아버렸다는 편이 정확하다.

　대강의 스토리는 이렇다. 사와코라는 여자애가 고등학교에 진학했다. 그녀는 중학교 시절 단지 발음이 비슷하다는 이유로 우연히 붙여진 별명 '사다코'(일본 공포소설 『링』에서 TV 밖으로 기어나왔던 그 귀신) 때문에 기피 대상이 되어왔다. 이런 어처구니없는 편견이 한 사람을 매장시킬 수도 있는 것. 그러나 친구 없이 홀로 지내온 사와코는 고교에서 자신을 좋아해주는 남자친구 '카제하야'를 만나, 최악의 소심녀에서 최고 사랑스러운 아이로 변해간다. 세상에서 둘도 없는 동성 친구도 생기고, 반 아이들과도 마음을 터놓고 친해진다. 있어도, 없어도 그만인 존재가 아니라 주위 모두에게 인정받는 '한 존재'가 된 것이다! 사랑이 그녀를 이렇게 바꾸어놓았다.

　이름을 불러주는 친구가 생겨서 눈물이 날 정도로 행복해하는 사와코의 웃음을 보고 있으면 나 역시 어디 뜨개질 모임에 나가서 새롭게 친구 1인이라도 사귀고 싶다는 마음이 들 정도이다. 방과후의 학교에 둘만 남아서 축구 연습을 할 때, 사와코가 카제하야에게 축구공을 차며 "(내 마음이) 너에게 닿기를!" 하고 속삭이고 마는데, 나는 그 장면을 보면서 다리에 힘이 풀리고, '그래, 역시 순정은 이렇게 오그라드는 맛이 있어야지!' 하고는 미소를 짓게 된다.

이우성의 시는, 그러나 불행하게도 아직 연애는 꿈도 꾸지 못하고 방에 틀어박혀 종일 방바닥만 긁고 있는 남학생의 이야기처럼 들린다. 특히 "친구에게 전화가 옵니다/학교에서 나를 본 적이 없다고 말합니다"라는 구절을 읽으면 아무래도 자체 휴강을 하고 한 달 정도는 바깥출입을 하지 않은 대학생처럼 보인다. 군이 연결시켜보자면 사와코가 카제하야를 만나기 전, '음침 미소의 종결자'로 공포의 대상이 되던 시기. 바로 그때 사와코의 남학생판이라고 해야 할까. 떡진 머리에 다크 서클이 진할 것 같은 이런 사람이 혼자서 방바닥을 비비고 있으면, 혹은 숟가락으로 방바닥을 파고 있으면 정말 구덩이가 생길 것도 같지 않은가. 엄마가 들어왔다가 시적 화자가 파놓은 구덩이에 걸려 넘어지면서 숟가락이 구덩이 옆에 꽂히고, 그걸 잘 뒤집으면 모자가 된다니! 혼자 놀지만 이우성의 화자는 능청스럽고 기발하다. 심지어 모자 안에 쏙 들어가면 아무에게도 자신이 보이지 않을 거라는 데에까지 상상이 닿으면 이 '구덩이의 상상력'이 어디까지 더 '무럭무럭' 자라날지 궁금해지는 것이다. 사족을 달면, 나에게는 여기 등장하는 엄마가 인상적이다. 엄마는 아들이 없어져도 아들보다는 숟가락이 없어져서 걱정이라고 중얼거리겠지. 엄마의 무관심 때문에 이 몽상가 아들은 실망하며, 그래서 오히려 태연하게 현실로 돌아올 것 같다.

BGM: 피터팬 컴플렉스, 〈새벽에 든 생각〉 (Feat. 우효)

의무의 감옥에서 코기토로 존재하기

— 신해욱의 『syzygy』(문학과지성사, 2014)

1. 책을 읽다가 거울 앞에서

정신 분석 대상 '쥐 인간'[1]은 프로이트가 특별히 사랑한 환자 중 한 명이었다. 1907년 10월 1일, 처음 프로이트를 찾아온 스물아홉의 이 청년은 바로 법률가 에른스트 란처(Ernst Lanzer)였다. 프로이트는 첫 만남부터 이 청년에게 강한 인상을 받았던 것 같다. "생각이 명쾌하고 빈틈없는 사람"[2]이 그에 대한 프로이트의 첫인상이었다.[3]

쥐 인간은 전형적인 강박 신경증 환자였다. 처음 그가 프로이트를 찾았을 때, 기록된 "주요 증상은 그가 매우 좋아하는 두 사람—아버지와 그가

---

1) '쥐 인간'은 군사 훈련 도중 상사에게 '항문으로 쥐를 넣어 죽이는 처벌'에 관한 이야기를 듣고 '쥐'에 대한 강박적 집착이 생긴다. 프로이트가 환자에게 직접 붙여준 별명이다.

2) 지그문트 프로이트, 「쥐 인간—강박 신경증에 관하여」, 『늑대 인간』, 김명희 옮김, 열린책들, 2003, 14쪽.

3) 특히 쥐 인간은 지적으로도 뛰어난 사람이었다. 프로이트는 쥐 인간을 식사에 초대해서 함께 시간을 보내기도 했다. 분석가와 환자의 사적 만남을 엄격하게 제한했던 당시의 프로이트로서는 이례적인 경우라고 할 수 있다. 그만큼 예외적인 관심과 사랑을 받았던 환자가 바로 쥐 인간이었다. (피터 게이, 『프로이트 Ⅰ』, 정영목 옮김, 교양인, 2011, 491~501쪽 참조)

호감을 가지고 있는 여자—에게 무슨 일이 일어날지도 모른다는 두려움을 느끼는 것이었다. 그는 때로 면도칼로 목을 자르고 싶은 강박적인 충동도 느꼈고, 어떤 때는 별로 중요하지 않는 일에서도 자신을 억압했다. 이런 생각들과 싸우느라 여러 해를 허비하여 그의 인생에서 많은 것을 잃었다"[4]는 것이다. 이처럼 남들이 보기에는 논리적이지도 않고 지극히 사소한 생각에 과도하게 몰두하는 것은 강박증자의 특징이다. 그런 사소한 생각 때문에 인생을 낭비한다니, 좀처럼 이해할 수 없는 일이지만 강박증자는 자기 문제를 알면서도 거기서 빠져나오지 못한다.

나중에 밝혀진 것이지만 쥐 인간은 '아버지를 사랑하는 동시에 증오'하고 있었다. 어린 시절 쥐 인간이 나쁜 짓을 한 적이 있었고 그때 아버지에게 매질을 당했다. 하지만 그때는 원초적인 분노만을 표출할 수 있을 뿐이었다. 성장하면서 증오의 감정은 억압되었지만 그것은 모습을 바꾸어 나타났다. 예를 들면 이런 것이다. 아버지가 돌아가시고 그의 나이 스물한 살이 넘었을 때, 기분이 좋거나 아름다운 문장을 읽게 되면 쥐 인간은 갑작스럽게 자위행위를 하고 싶은 강박적 충동에 시달리곤 했다. 또한 밤늦게까지 열심히 공부를 하다가 갑자기 공부를 중단하고 아버지가 현관 앞에 서 있기라도 한 것처럼 거실에서 거울 앞에서 자기 성기를 꺼내 들여다보기도 했다. 아버지에 대한 감정과 이 어처구니없는 상황은 대체 무슨 관련이 있을까?

프로이트에 따르면 쥐 인간의 아버지는 생전에 자신의 아들이 열심히 공부하지 않는 것에 가끔 화를 내고는 했다고 한다. 그렇다면 아버지가 세상을 떠난 뒤, 쥐 인간이 열심히 공부하는 모습을 보인 것은 아버지를 기쁘게 할 요량이었던 셈이다. 아버지는 죽어 이 세상에 없지만 쥐 인간의 관념 속에서는 살아 있었다. 같은 맥락에서 아름다운 문장을 읽었다는

---

4) 지그문트 프로이트, 같은 글, 같은 쪽.

건 열심히 공부했다는 뜻이 되고, 그건 충분히 아버지의 기쁨과 연결된다고도 할 수 있겠다. 이것이 바로 아버지에 대한 쥐 인간의 사랑 표현이었다. 그러나 상황은 여기서 그치지 않았다. 아직 맹렬한 미움과 증오가 남아 있었다. 아버지에 대한 쥐 인간의 미움은 심지어 '아버지가 빨리 돌아가시면 그의 유산을 물려받아 내가 사랑하는 여자와 결혼할 수 있을 텐데' 하는 생각에까지 연루되어 있었다. 실제로 쥐 인간은 강하게 부인했지만 프로이트에 따르면 그는 '아버지가 죽었으면!' 하는 소망도 갖고 있었다.

따라서 책을 읽은 뒤 자위행위라는 성적인 행동이 곧바로 이어졌던 건 아버지에 대한 억눌린 미움과 증오의 표현이었다. 어린 시절 아버지의 매질을 '강한 금지'로 인식한 쥐 인간이 그것을 성적으로 치환하여 아버지의 금지와 명령에 반항하는 차원의 행위를 통해 아버지에게 자신의 분노를 표출한 것이다. 프로이트의 말처럼 무의식은 유아적이고, 다른 자아와 함께 성장하지 못한 억압된 자아는 비자의적인 행동을 만들어내는 동력을 제공한다.[5] 이렇게 보자면 '독서-자위'라고 하는, 아버지와 전혀 관련이 없을 것 같은 이 사소하면서도, 논리적으로 이해할 수 없는 행위의 결합은 그것 자체로 특정한 의미로 해석되어야 할 사안이 아니라 심층적 차원에서 그것이 발휘하는 무의식적 효과와 결합시켜 해석되어야 제대로 된 의미를 획득할 수 있다. 쥐 인간은 아버지에 대한 '사랑-증오'를, 아버지와 관련이 없는 것처럼 보이는 사소한 일로 전치시켜 '아버지에게 사랑받을 만한 행위-그것의 취소를 통해 아버지 모욕하기', 즉 '행위-취소'라는 좀더 견딜 만한 형식으로 바꾸어 반복한 것이다.

---

5) 지그문트 프로이트, 같은 글, 32쪽 참조.

2. 억압된 것은 상반된 두 개의 생각으로 돌아온다

어떤 의미에서 강박증자들은 실제의 '행동'에서 '생각'으로 퇴행한 자들이다. 강박증에서는 억압된 것이 '육체'가 아니라 '생각'의 차원으로 돌아온다. 그리고 그것은 '타협된 하나'가 아니라 '두 개의 상반되는 생각'으로 돌아온다는 것이 흥미롭다. 즉 억압된 무의식이 히스테리에서는 '하나의 육체적 증상'으로 결합하여 나타난다면 강박증에서는 육체적 증상보다는 상대적으로 '서로 상반되는 순차적인 생각의 결합'으로 나타난다는 말이다.[6]

그런 의미에서 쥐 인간에게 참조할 만한 또 하나의 흥미로운 사례가 있다. 바로 그의 '기도(祈禱)'이다. 그는 기도를 '한 시간 반'이나 하는 사람이었다. 믿음을 표현하기 위해 기도를 짧게 할 수 있었지만 이상하게도 기도중에 자꾸 의도치 않은 다른 말이 끼어들어 원래 생각했던 것과는 반대되는 뜻을 만들어냈기 때문이다. "예를 들어 그가 '신이여 그를 보호하소서'라고 기도하면, 악마가 서둘러 나와 '하지 마소서'로 만드는 것이었다."[7] 이 또한 '생각─취소'라는 사유 형식으로 정리할 수 있으며 정서적 차원에서 타자에 대한 사랑과 증오를 동시에 표현하는 방법이었다.

시를 이야기하는 자리에서 정신 분석의 한 유명한 사례를 인용한 것은 좀처럼 해석의 문을 열어주지 않는 시인의 시집과 우리가 마주하고 있기 때문이다. 신해욱의 『syzygy』가 바로 그 시집이다. 우리는 제목을 읽으면서 이상한 기분에 사로잡힌다. 신해욱의 말을 빌리자면 "난감한 에로티시

---

6) 논의의 초점을 좀더 분명히 하기 위해 같은 신경증 내의 하위 개념인 히스테리와 강박증을 구별해볼 필요가 있겠다. 몇 가지를 지적할 수 있겠지만 그중 하나가 바로 '육체'와 '생각'의 차이이다. 히스테리가 서로 반대되는 경향을 동시에 표현하는 해결책이 '육체의 증상'으로 결합되어 나타난다면 강박증에서는 서로 반대되는 의미를 지닌 표현이 하나의 증상으로 결합하는 것이 아니라 각각 만족할 만한 표현을 찾아, 독립적으로, 동시에 순차적인 '생각'으로 연속하여 나타난다는 사실이 중요하다. (지그문트 프로이트, 같은 글, 46쪽 참조)

7) 지그문트 프로이트, 같은 글, 47쪽.

즘"(『syzygy』, 뒤표지 글)이라고 할 수 있겠다. 이 낯선 느낌은 뭘까? 미적 모험이라고 단정하기에는 기이하게 무능력한 제목이다. 더 정확하게 말한다면 읽는 이에게 새롭게 생산되는 의미에 대한 기대를 불러일으킨다기보다는 의미의 막다른 골목을 암시하며 이상한 불안과 애매함을 불투명하게 지속시키는 제목이라고 할까. 이전까지의 한국 시에서는 한 번도 본 적이 없는 기이한 제목이다. 뒤표지 글 시인의 말에 따르면 'syzygy'는 해와 달과 지구가 일직선에 있는 상태를 가리킨다고 하며, 그 외 원생동물의 생식법 등 다양한 분야에서 쓰이는 말이라고 하지만, 그런 설명이 시집의 내용과 깊은 관련이 있다고 보기는 어렵다. 게다가 이 단어의 뜻을 이해하는 것이 그렇게 중요한 일은 아닌 것처럼 보인다. 그것보다는 오히려 "y가 세 개나 들어 있는 저 기묘하고 투박한 조합"이라는 형식에 대한 관심이 더 인상적이다. 내용(뜻)보다 형식이 더 중요하다고 할까? 'y가 반복된다는 것'을 기억해두자. 이뿐이 아니다. "닿을 듯 닿을 듯/소리는 혀에 닿지 않고/뜻은 뇌에 닿지 않는다./(······)/그러니 이 책의 이름을 syzygy라 짓는 수밖에 없다/부적을 붙이는 심정이다"라는 마지막 말 또한 오랜 여운을 남긴다. 부적을 붙이는 심정으로 붙인, 잘 해석되지 않는 이상한 제목. 불운한 기운이 다가오는 것을 막기 위해 붙이는 부적 같은 제목이라니. 이것들을 전부 어떻게 이해해야 할까. 신기한 것은 바로 이 설명할 수 없는 기이한 지점들 때문에 이번 시집의 특별하고 매력적인 미감이 발생한다는 것이다.

3. 〈금지—위반〉: 처벌받는 코기토

이런 구절부터 시작해보면 어떨. 신해욱의 시적 주체가 "나에게는 옷이 하나 있다.//옷에게는 단추가 하나 있다.//(······) 단추의 위치가 바뀔 때마다 새 삶이 시작된다고 믿으니까. (······)//나는 단추를 옮겨 달지 않으면 안 된다"(「복고풍 이야기」)라고 말하기 시작하는 순간, 우리는 이상한 다급함을 경험하게 된다. '단추를 달아야 한다, 단추 위치를 바꾸어야 새 삶이 시작된다, 나는 이 단추를 꼭 옮겨 달아야 한다……' 이 사소하면서 말도 안 되는 강박이란 도대체 무엇이란 말인가. 쥐 인간의 강박을 신해 욱의 시적 주체에게도 적용해본다면, 신해욱의 시에서도 도드라지는 것 이 바로 이러한 강박임을 쉽게 알 수 있다. 그녀의 시에서는 기이한 강박 적 장면이 많은데, 주로 이런 순간들이다.

그것은 분명/내가 몹시 쓰고 싶었던 일기의/유령이었다.//계십니까."// 노크도 없이 나의 면전에 던져진 질문이었다.//(……)//나는 안색을 바 꾸어서는 안 된다.//세수를 해서도 안 된다.
　　　　　　　　　　　　　　　　　　　　　　　　—「일기와 유령」 부분

"이제 그만하자."//그는 매번 똑같은 얼굴을 하고 내 앞에 나타나/이렇게 말을 한다.//순서를 기다려/가성으로/애원을 한다.//(……)//그만하 자. 이제 그만. 그의 이야기 속에서/나는 자꾸 페이스를 잃는다.//시험에 든다.
　　　　　　　　　　　　　　　　　　　　　　　　　　—「무언극」 부분

참으로 기이하다. 이것은 정말 기이하다고밖에 할 수 없는 장면들이 아 닌가? 이 목소리들의 출처는 어디일까? 노크도 없이 나의 면전에 다가오 는 질문 "계십니까?", 매번 똑같은 얼굴을 하고 내 앞에 나타난 그가 던지 는 말, "이제 그만하자" 혹은 "순서를 기다려"와 같은 말들. 이것은 사실 큰 의미가 없는 관용적 일상어에 가깝다. 그런데 어째서 이런 목소리들 이 신해욱의 시에 등장하는 순간 그 결이 달라질까? 신해욱의 시는 기원 을 알 수 없는 목소리들의 등장으로 시가 출발하거나 혹은 시의 가장 절정에 이르는 대목에 이와 같은 이상한 목소리가 배치되어 스산하고 기괴한 정서를 불러일으키는 경우가 많다. 피의 난무, 혹은 찢긴 육체의 전시, 혹은 어떤 비명도 없이 이처럼 조용하고 태연하게 섬뜩할 수 있다는 것은 신해욱만의 개성이고 장기일 것이다. 왜 그럴까? 어떻게 이럴 수가 있을까.

섬뜩함의 이유는 따로 있는 것 같다. 결론부터 말하자면 지극히 일상적이고 사소한 말들이 일종의 '명령'이나 '금기'의 차원으로 이동될 때, 그리고 그것이 피할 수 없는 강박으로 스스로에게 강제될 때, 섬뜩함은 출현한다. 이 변환의 지점이 바로 신해욱 미감의 핵심적인 기원이다. 다시 말하자면 이렇다. 인용 시에서 우리가 공통적으로 추출할 수 있는 것은 이러한 목소리들이 대개 어떤 '명령—금기'의 형태로 '번역'되고 있다는 점일 것이다. 시적 주체는 "계십니까"라는 출처 불명의 질문에 대해 '당신은 여기에 있어야 한다'는 명령이나 '여기서 나가면 안 된다'는 금지의 차원으로 해석하고 이를 받아들인다. 그리고 그에 맞추어 자신의 상상이나 생각을 펼친다. 일반적인 사람들과는 다른 각도에서 이 목소리에 반응하는 것이다.

마치 절대적 법의 명령을 받들고 선 사람 같다고 말할 수 있겠다. "계십니까?"라는 질문에 '나는 여기 있어야 하는구나. 나는 마침내 꼼짝도 할 수 없게 된다. 꼼짝해서는 안 된다'는 투의 무력한 복종으로 응답할 때, 이 목소리는 절대적 법의 목소리, 더 나아가 신의 명령으로 전환된다. 기괴하지 않은가? 또한 "이제 그만하자"는 목소리는 어떤가. 이 또한 '너는 모든 일을 멈추고 그만해야 한다'는 명령이나 금지로 받아들여진다. 시적 주체는 이 명령 앞에서 마치 마술사의 주술에 걸려 꼼짝도 할 수 없는 서커스의 여인처럼 몸이 굳어간다. 묘하게 수동적인 에로티시즘이다.

여기서 생각해볼 것은 강박증이 유년 시절의 어머니, 혹은 어머니를 대신하는 누군가와의 2자 관계 속에서 아이가 지나친 사랑의 대상이 되었을 때 발생할 수 있다는 사실이다.[8] 아이와 어머니의 2자 관계는 영원한 행복을 보장해주는 것 같지만 결코 그렇지는 않다. 어머니가 아이를 과도한 사랑의 대상으로, 자신의 결여를 만족시켜줄 대상으로 생각하기 시작하면 아이는 그것을 만족시키기 위해 노력하지만 불가해한 어머니의 욕망 앞에서 자주 길을 잃고 좌절하기 마련이다. 또한 어른이 되어서까지 이렇게 산다는 것은 주체성을 획득하지 못하는 끔찍한 일이기에 과도한 어머니의 사랑은 순식간에 공포로 돌변하기도 한다. 즉 아이는 어머니와의 2자 관계 속에 있더라도 상징적 아버지의 금지와 명령을 받아들여 어머니에게 놓여나 금지가 존재하는 3자 관계로 진입해야 하는 것이다. 다시 말하자면 어머니와의 '영원한 사랑이 불가능함(거세)'을 깨닫고 상징계로 진입하여 주체가 되어야 한다는 말이다.

예를 들어 "한 사춘기 소년이 이 점을 잘 보여준다. 그는 열두 살인데도 어머니가 항상 같이 샤워를 하면서 '머리부터 발끝까지' 씻겨주었다. 그는 자신 속에 생기는 혼란의 원인이 무엇인지 잘 알고 있었다. 어느 날 아침 어머니가 수건을 가지러 방으로 들어오려고 할 때 그는 반쯤 열린 문으로 달려가 그것을 세게 닫았다. 몇 시간 지난 후 '어머니의 친구'의 개입으로 그는 문을 다시 열기로 결심했다. 이렇듯 그는 자신을 어머니의 욕망으로부터, 그리고 동시에 자기 자신의 욕망으로부터 분리하기 위해 필요한 장애물을 설치"[9]하게 되는데, 바로 이 지점을 거쳐야 신해욱의 시를 이해할 수 있게 된다. 열두 살 사춘기 소년의 이야기에서 알 수 있듯이 어떤 면에

---

8) "임상가들은 장래에 강박증 환자가 될 어린아이는 너무 많이 사랑받았거나 혹은 어머니가 아이로 하여금 기다리게 만들지 않고 너무 쉽게 아이의 요구를 들어주었다는 것을 지적하는 것으로 만족하는 경향이 있다. 그리고 아이가 제대로 혹은 충분히 거세당하지 않았기 때문에 장래에 강박증 환자가 된다고 주장한다. 근친상간 금지가 제대로 기능하지 못했다는 것이다. [이를]구조적 관점에서 말한다면 어머니가 근친상간 금지[법]를 제대로 준수하지 못했다는 것[을 의미한다]." (드니즈 라쇼, 『강박증: 의무의 감옥』, 홍준기 옮김, 아난케, 2007, 353쪽)

9) 드니즈 라쇼, 같은 책, 365쪽.

서 강박증자는 끊임없이 장애물을 만들어내는 사람이다. 이는 어머니, 혹은 어머니의 자리를 대신한 누군가가 자신을 향유의 대상으로 삼으려는 일에서 자신을 보호하는 행위인 동시에 자신의 내면에서 어머니, 혹은 어머니를 대신하는 누군가에 대한 욕망이 발생하는 것을 막으려는 시도이기도 하다. 따라서 강박증자들은 생각 속에서 스스로에게 지속적으로 '상징적 아버지', 즉 '금지(거세)'[10]를 만들어내려고 한다.

4. '금지의 위반'과 '위반의 반복': s-y-z-y-g-y

그렇다면 우리는 한 가지 가설을 세워볼 수 있다. 금지를 만든다는 것은 어머니와 분리되는 것이므로 어머니에 대한 '증오'의 표현이다. 그러나 이것은 제대로 지켜지지 않는다. 아이의 내면 속에 존재하는 어머니에 대한 상처된 감정, 즉 '사랑' 때문이다. 이번에는 사랑의 힘으로, 아이는 자신이 세운 장애물을 보며 곧바로 죄의식에 시달린다. 자신을 사랑하고, 자기가 사랑하는 어머니에게 접근하지 못하도록 스스로 금지를 만든 것이니까 말이다.[11] 죄의식은 이제 스스로를 처벌하는 계기로 작동한다. 어머니에게 그래서는 안 된다는 생각 때문에 아이는 다시 스스로 세운 금지를 위반하고 싶은 강력한 유혹에 휩싸이게 된다. 미움을 철회해야 한다. 그래서 고통은 더욱 커지기도 하며, 금지를 제대로 지키지 못하고 그만 어기

---

10) "쥐 인간의 '우스꽝스러운 해프닝'도 이미 거세당했기 때문에 유지할 수 없는 이 불가능한 남성성을 다시 '세우려는' 헛된 노력에 다름아니다." (홍준기, 『오이디푸스 콤플렉스, 남자의 성, 여자의 성』, 아난케, 2005, 289~290쪽 참조) 그러나 실제로 강박증자가 거세를 스스로에게 가한다기보다는 '거세에 직면할 수 있는 기회'를 반복적으로 만들어낸다고 보는 편이 정확하다. 즉 기회는 만들지만 거세를 스스로 실현하지는 못한다는 말이다. 왜냐하면 강박증자들은 스스로 금지를 만들어내지만 다시 그것을 위반하는 행동을 반복하기 때문이다.

11) 혹은 반대로 금지 명령이 오히려 어머니와의 향유 관계를 부추길 수도 있다. 이 경우에 주체는 금지 명령에서 벗어나기 위해 안간힘을 쓰게 된다.

게 되는 일도 발생한다. 상황은 여기서 끝나지 않는다. 장애물을 없애니 다시 어머니의 향유의 대상으로 전락한다는 공포가 밀려온다. 따라서 다시 새로운 장애물, 곧 금지를 만들어내야 한다. 결론적으로 이 과정은 영원히 반복될 수밖에 없다. 금지와 위반, 새로운 금지가 사슬처럼 이어지는 것이다. 결국 신해욱에게는 '금지–위반'이라는 '반복이 반복'된다고 말할 수 있다.

이런 의미에서 신해욱의 시는 '사랑–증오'가 아니라 '증오–사랑'이 반복되는 시라고 할 수 있겠다. 신해욱의 시는 '증오–사랑'에 근거하여 '금지–위반'이라고 하는 구조를 자신의 근본 형식으로 도입한다. 〈금지-위반〉은 때로 변형되며 어떤 경우에는 〈위반–처벌〉이라는 형식으로 등장하기도 한다.

그는 나에게 질문을 던지고 싶어했다.//*꿈속에서 죽은 쥐가/지금 어디에서 썩고 있는지 아니.*//나로부터/썩 물러난 간격을 유지하면서도 그는/나의 눈에 달라붙어 있었다.//손을 쓸 수가 없었다.//침이 가득 고인 입으로는/답을 할 수가 없었다./(……)/말로 할 수 없는 이런 슬픈 사연이란/무엇일까. 정녕.

—「전염병」 부분

인용 시에서처럼 '죽은 쥐가 어디서 썩고 있는지 너는 알아야 한다'는 명령에 종속되어, 그것을 알지 못한다는 이유로 처벌받아야 하는 삶의 고통에 대해서 신해욱의 시적 주체는 자주 하소연한다. 일반적인 관점에서라면 도무지 이해할 수 없는 기이한 강박적 자기 구속이다. 이제 시적 주체는 쥐가 어디에서 썩고 있는지 답을 할 수 없다는 이유로 전염병에 걸리고, 말 그대로 곧 죽을지도 모른다. 이 대목에서 "말로 할 수 없는 이런 슬픈 사연이란/무엇일까"라고 자문하는 시적 주체의 목소리를 눈여겨보자.

자기도 알 수 없는 벌에 처해져 죽어가야 하는 삶에 대한 슬픔과 고통 뒤에 감추어진 것은 무엇일까. 이것은 기실 자기가 만들어놓은 금지의 감옥에서 상처받는 일이 아닌가? 그러나 시적 주체는 자신이 이 목소리의 출처임을 모른다. 이 점이 중요하다. 주체는 자기 스스로에게 자신이 고통을 가하고 있다는 사실을 알지 못하는 것처럼 행동한다. 이 자기 처벌이 '설명할 수 없는 슬픈 사연'이 될 수밖에 없는 이유는 금지에 대한 위반, 즉 어머니에 대한 사랑이 왜 처벌을 받아야 하는지를 시적 주체 스스로 납득할 수 없거나, 어렴풋이 알고는 있지만 모르는 척하고 있기 때문임을 이제 우리는 안다.

그렇지 않겠는가. 무의식의 차원에서 위반은 사랑을 의미하는 것인데 왜 내 사랑이 이런 취급을 받아야 하는 것인지 주체는 억울한 것이다. 따라서 이 복잡한 심정은 "말로 할 수 없는 이런 슬픈 사연"이 될 수밖에 없다. 결국 신해욱의 시에 등장하는 이유를 알 수 없는 '단죄'와 '처벌', 거기에 얽매인 '처벌받는 코기토(처벌받음으로써 존재한다)'들의 등장은 자신과 타자 사이에 장애물을 세웠다는 죄의식과, 자기 사랑에 정당한 보답을 받지 못했다는 상실감, 또한 어머니에 대한 '증오-사랑'이라는 무의식적 감정을 출처로 삼은 기이한 무능력과, 순진한 억울함과, 태연한 순수함을 암시하기에 그저 몇 마디 말로 설명할 수도 없으며, 따라서 이상한 죄의식에 물든 채로, 기묘하게 관능적이고 아름다운 느낌을 우리에게 전해준다.

이렇게 보자면 신해욱의 시적 주체 역시 지나치게 사소하며 아무것도 아닌 금기에 강박적으로 구속되어 있는 셈이다. 이 대목이 가장 흥미로운 부분이다. 시집의 차원에서 이러한 강박은 특별한 개인사적 기억과는 관련이 없어 보인다. 무의식과 의식 사이의 논리적 연결 과정이 생략되어 있기 때문이다. 자신과는 상관없는 이상한 장소에서 돌연 출현하는 목소리이기에 여기에 얽매인 '금지-위반' 혹은 '위반-처벌'은 자아의 검열을 통과하여 스스로를 충분히 납득시킬 수 있다. 시적 주체는 '금지-위반'을 대신할 사소하면서도 비논리적으로 보이는 무수한 금지를 만들어내면서 어머니 혹은 타자에 대한 상처된 감정의 지옥과 직접 대면하는 것을 피하고, 동시에 이 사소한 '금지-위반'의 반복으로 무의식적인 '증오-사랑'을 반복하며, 이 증환(sinthome)[12]에 사로잡혀 자신을 고통에 묶어놓는 반복되는 생각 속에서, 처벌당하는 코기토, 처벌의 두려움에 떠는 코기토, 혹은 금지를 추종하는 쾌락적인 코기토로 만든다. 즉 그녀는 자신의 쾌락을 위한 무의식적인 도구로 사소한 증환들을 활용하는 것이다. 이렇게 보자면 이것이야말로 "난감한 에로티시즘"이 아닌가?[13]

---

12) '금지-위반'의 반복은 단순한 고통으로만 해석될 수 없으며 여기에는 일정한 쾌락이 결합되어 있다. 쥐 인간이 자신의 아버지에게 무슨 일이 일어날지도 모른다는 과도한 불안과 강박적 두려움, 또한 그 가운데 만들어진 '아름다운 문장을 읽으면 자위행위를 해야 할 것 같은 생각'에 강박적으로 얽매여 있는 것은 '강박적 생각' 자체가 자신의 억압된 소망을 감추기 위한 방어기제이자 무의식을 암시하는 증상(상징계적인)이며 동시에 쥐 인간이 고통 속에서도 포기할 수 없는 쾌락, 즉 향유를 만들어내는 증환(실제적인)의 차원으로 이동했기 때문이었듯 말이다. 신해욱의 시적 작법은 증환의 차원에서 가동되고 있다는 것이 이 글의 전제이기도 하다.

13) 한편 '금지(명령)-위반'은 '금지(명령)-복종'으로 변형되기도 한다. 예를 들어 「포옹의 끝」과 같은 시를 보자. "오. 사. 삼. 이. 일. 제로.//눈을 떴다. 나는//흰 양말을 신은 채로/그의 뒤를 따라 물을 건너고 있구나.//물에는 발목이 잠긴다./나는 문득/근심에 휩싸이게 된다. 발이 녹아서/물이 되면 어떻게 걷지.//그는 걸음을 멈춘다./등을 돌려/나를 끌어안고 속삭인다. '괜찮아. 우리는 다리가 네 개인 동물이 아니라 팔이 네 개인 사람이 되고 있는 중이니까.'//(……)//나는 흰 양말을 신고 있다.//이토록 깊은 포옹을 하고서도/정면으로 그의 등을 보고 있다.//사람의 등이란 참 좋군. (……)//근심에 쫓기에도/근심에 쫓다가 물이 되어/산 채로 사라지기에도/스르르 눈을 감아버리기에도". 이 시에서 명령은 '너는 나의 뒤를 따라 물을 건너라'일 것이다. 역시 이 명령의 목소리가 출발하는 곳은 불분명하다. 목소리가 출현하는 곳이 불분명하다면 말을 바꾸어 그것은 어디에서든 출현할 수 있는 것이 된다. 신해욱의 시에서 기원을 알 수 없는 이상한 목소리의 출현은 바꾸어 말하자면 이 목소리가 어디든 편재할 수 있다는 것을 의미하며, 어디든 편재할 수 있다는 것은 전능한 신의 목소리를 연상시킨다는 점에서 새로운 차원으로 변환된다. 즉, 신해욱 시의 목소리는 때로 그 불분명함과 편재성, 혹은 전능함 때문에 신의 목소리처럼 들릴 때가 많다는 것이다. 이렇게 되면 신해욱의 시는 한 편의 종교적인 드라마가 된다. 인용 시에서도 마찬가지이다. 흰 양말을 신은 채로 '그'의 뒤를 뒤따르는 시적 주체. 이것은 물 위를 걸었던 예수를 떠올리게 하며, 그의 뒤를 순명으로 따르는 제자나 신도의 형

이렇게 정리해볼 수 있겠다. 신해욱은 'syzygy'라는 단어를 보고 그런 감정을 느꼈다고 밝혔지만, 지금 다시 생각해보자면 어째서 이 단어에 그녀가 에로티시즘을 느꼈는지 이제 우리는 알 수 있다. 내용이나 의미가 중요한 것은 아닐 것이다. 's-y-z-y-g-y'라는 구조가 중요하지 않을까. 이것은 어쩐지 '금지(명령): s – 위반: y – 다시 새로운 금지(명령): z – 위반: y – 다시 새로운 금지(명령): g – 위반: y'를 무의식적 차원에서 가리키는 명징한 수학식으로 읽히지 않는가? 그래서 신해욱에게 이 단어가 난감하지만 매력적으로 보이지 않았을까. 그렇다면 이 형식이야말로 신해욱 시의 작동원리를 명징하게 드러내는 위장된 근본적 구조물이다. '금지의 위반과 위반의 반복'은 신해욱 시를 움직이는 근본 형식이다. 신해욱의 시적 주체는 스스로 만든 금지를 통해 별것 아닌 아주 작은 질문이나 인사말, 혹은 사소한 관용어마저 가장 성적인 대상, 혹은 성적인 물질로 뒤바꾸어놓는다. 그녀의 시적 주체는 강박적인 생각 속에 처벌받는 코기토로서 자신이 만든 명령 앞에 황홀하게 무릎 꿇은 자라 할 수 있다. 이 금지는 재난의 형상으로, 파국의 형상으로, 몰락의 형태로 우리 앞에 도달한다. 무능력한 복종과 위반의 쾌감은 서로 상치된 채로 두 개의 다른 생각으로 돌아오고, 법 앞의 사도-마조히즘적인 쾌락을 우리에게 전염시키기에 이른다.

상으로 다가온다. 명령을 따르지만 문득 근심이 찾아온다. 물에 발이 녹아서 없어질 것 같다는 생각이 그것인데 명령의 가혹함, 명령에 대한 위반의 형식이 가동되기 때문이다. 그러나 이 시에서만큼은 명령은 계속 지켜진다. 목소리의 담지가 '그'로 형상화되어, 마치 전능한 신처럼 다가와 위로하듯 시적 주체를 안아주는 것이다. 특히 이 목소리의 담지자들이 주로 '그'라고 하는 남성의 목소리로 형상화된다는 것도 눈여겨볼 만하다. 어머니와의 2자 관계를 벗어나기 위해 아버지의 금지를 도입하려고 하는 주체의 시도를 연상시키기에 그렇다. 시적 주체는 이제 그의 전능함을 물려받아 포옹을 하면서도 정면에서 그의 등을 보고 있는 것 같은 환영을 만난다. 그리고 마지막 순간, 명령에 대한 복종이 불러오는 죄의식과 여기에 다시 위반에 대한 강박적 열망이 만들어내는 쾌락과 근심이 더해져 "토르소가 되어가기에도 좋다. (……)/스르르 눈을 감아버리기에도"라는 말로 이 복잡미묘한 정서는 형상화된다.

7. 미와 윤리는 충돌합니다, 그것도 자주

좀처럼 해석의 문을 열어주지 않는 신해욱의 시집을 읽기 위해 우리는 '쥐 인간'의 강박증에 기대어 그녀의 작품을 읽어보았다. 잊지 말아야 할 것은 어떤 시인들에게 시는, 친절하거나 명랑하고 분별 있는 인격으로만 등장하지 않는다는 사실일 것이다.[14] 오히려 가장 비윤리적인 자리, 즉 열정적 충동과 악마적 충동에서 출발하는 경우도 있으며, 또 어떤 경우에는 미신과 금욕주의에 편향된 인격에서 출발하는 경우도 있다. 신해욱은 바로 마지막 세번째 인격 – 미신과 금욕주의에 편향된 인격에서 시를 생산했다.

신해욱을 통하여, 이제 이런 이야기가 가능할 것 같다. 2005년을 전후로 등장한 젊은 시인들 중 어떤 시인들은 초자아가 주도하는 외설적 쾌락의 세계로 빠져들어, '무한히 즐기라'는 명령에 자신을 내어주었다. 이때, 이들은 '자아'가 아니라 '더 거대한 자아'로 진화하기도 했다. 이들은 자신의 신체를 스스로 통제하며 나르시시즘과 우아함을 시종으로 거느렸고

---

14) 고통이었지만 동시에 쾌락이었으며 어쩌면 끝내 벗어나기 싫었을 쥐 인간의 강박 증세는 결국은 사라졌다. 프로이트는 1년이 조금 안 되는 기간에 걸친 분석 끝에 쥐 인간의 건강을 회복시킬 수 있었다. 프로이트는 쥐 인간에 대한 보고를 끝내면서 그의 인격에 대한 마지막 말을 덧붙인다. 쥐 인간은 세 개의 인격을 가지고 있었다. 무의식적인 인격 하나와 전의식적인 두 개의 인격이었다. 무의식적인 인격은 어린 시절 억압된 열정적 충동과 악마적 충동으로 이루어져 있었다. 반면에 전의식적인 인격 두 개 중 하나는 비교적 정상 상태에 가까운 인격으로, 친절하고 명랑할 뿐만 아니라 분별 있는 모습을 취하고 있었다. 무의식적 인격과는 완전히 반대의 성격이었던 것이다. 그러나 전의식적인 인격 중 마지막 하나는 미신과 금욕주의에 편향된 모습이었다. 쥐 인간의 강박 증세는 바로 이 세번째 인격에서 만들어지고 있었다. 만약 쥐 인간의 병이 지속되었다면 아마도 이 세번째 인격이 나머지 정상적인 인격을 완전히 지배하고 말았을 것이라고 프로이트는 말한다. 아마도 후기의 프로이트였다면 무의식적 인격을 이드로, 전의식적 인격 중 두번째 것을 자아로, 마지막 인격을 초자아로 배당했을 것이다. 프로이트의 기록에 따르면 쥐 인간은 "장래가 촉망되던 많은 다른 젊은이들과 마찬가지로" 1차 세계 대전의 와중에 전사하고 만다. (지그문트 프로이트, 같은 글, 101~102쪽 참조)

어떤 모습으로든 자신이 변할 수 있다고 믿었으며 그것을 실행했다. 계급 상승의 무의식적 욕망과 결합한 우아함의 추구 - 감정의 귀족주의가 바로 그것이었다. 그러나 신해욱은 같은 시기, 같은 종류의 초자아가 주도하는 세계를 통과하였지만 초자아를 활용하는 방법이 달랐다. 그녀는 '무한히 즐기라'는 명령이 아니라 '의심하고 또 의심하라'는 명령에 의지했다. 그리하여 자아를 최대한 초자아에 구속시킴으로써 오히려 강력한 의무의 감옥을 완성했다. 이처럼 2005년을 전후로 등장한 세대의 시쓰기에서 초자아의 역할이 강화된 것은 분명 의미심장한 일일 것이다. '무한히 즐기라'는 명령에 응답했던 시인들은 의도하지 않게 자본주의적 체제에 일정 부분 동화된 측면이 있었지만 상대적으로, '의심하라'는 명령에 응답했던 시인들은 자본주의 체제의 향유에 자신을 쉽게 내어주지도 않았으며 동시에 자신과 자본주의 체제의 접점도 거의 만들지 않는 효과를 거두었다. 의무의 감옥, 법의 감옥 안에서 스스로를 보호했다고 할까. 강박증적 시쓰기의 '금지와 위반의 반복'이 역설적으로 자족적 형식을 완성함으로써 우리 스스로를 구한 것이다.

덧붙여 이런 말을 할 수도 있을 것이다. 자신이 만든 의무의 감옥에서 코기토로 존재하려는 신해욱의 세계에는 실체로서의 타자가 존재하기 힘들다는 점을. 타자의 향유 대상으로 자신을 제공하지도, 자신의 향유를 위해 타자를 욕망하지도 않는다는 점에서 그녀에게 타자는 하나의 죽은 사물처럼 존재한다는 말이다. 그런 의미에서 타자는 죽어 있을 때 가장 매력적인 대상이 된다. 예를 들어 신해욱의 시적 주체가 이런 시를 쓸 때는 어떤가. "사람이 쓰러져 있다.//나는 무릎을 굽힌다. 그의 눈꺼풀을 열어본다. 색목인이다. (……)//K. 일어나. 나는 그의 어깨를 흔들어본다.//나는 나의 역할을 떠올린다. (……)//K. 우리에게는 일정이라는 게 있어. 나는 그의 머리를 쓰다듬어 본다. (……)//나는 K의 문패를 확인한다. K를 둘러업고 노크를 하고 싶어진다. 그러나 K로부터 문을 지키는 일을 끝낼 때까지 불침번을 서야 한다. 이 밤이 지속되는 신비에 사로잡혀 있어야 한다."(「문지기」) 물론 다른 풍부한 해석이 충분히 가능한 좋은 시이지만 어쩐지 이 시를 읽으면 신해욱의 시적 주체는 K가 죽은 듯 쓰러져 있는 것을 지켜보는 것을 즐기고 있는 것처럼 보인다.

특히 "종종 강박증 환자의 사랑의 전략은 살아 있는 대상을 죽은 대상으로 변형시키고, 죽은 채 계속 남아 있도록 꼼꼼하게 감시"[15]한다는 것을 생각해본다면 더욱 그러하다. 실상 '나'가 가장 두려워하는 것은 K라는 인물이 부활하여 욕망을 가지고 움직이는 것이다. 이 시에서 어떤 불안이 감지된다면 그것은 K가 살아날지도 모른다는 공포 때문이 아닐까. 그가 살아나면 자신이 그의 욕망의 대상이 되거나 그를 욕망하게 될 수도 있으며, 심지어는 자신 이외의 온갖 실체적 타자들이 살아가는 이 세계와 접속해야 한다. 그것은 강박증자에게 가장 두려운 일이다. 따라서 시적 주체는 지금 K가 살아나기를 기다리는 것이 아니라 K가 계속 무기력하게 죽은 상태로 거기 그대로 있기를 바라며 문지기 노릇을 자청하고 있다고 봐야 한다. K를 지켜보는 이 밤이 신비로운 것도 그가 죽어 있기 때문이다. 이것은 참으로 은밀하고 이기적인 생각이 아닌가? 그런데 어떤 면에서는 바로 이런 이기적인 부분이 미학적으로 새롭고 좋은 것이다.

조금 더, 이런 생각도 가능할 것이다. 신해욱의 시적 주체를 지배하는 초자아의 명령은 '의심'이다. 사랑과 미움의 양가감정은 억압되었다가 상치되는 생각으로 되돌아온다. 그녀의 시적 주체는 '의심'을 통해 생각을 취소하고, 금지를 위반하며, 더 나아가 세상 모든 것을 불확실한 상태로 만든다. 세상 사람들이 보기에 신해욱의 언어는 지나치게 사소하고 꼼꼼하면서도 이상하게 무의미해 보이기도 할 것이다. 그런데 신해욱의 시적 주체는 바로 이러한 일들로 욕망의 세계인 상징계로부터 자신을 보호한

---

15) 조엘 도르, 『프로이트·라깡 정신분석임상』, 홍준기 옮김, 아난케, 2005, 161쪽.

다. 다시 말하면 이런 것이다. 의심을 한다는 것은 '늘 생각중'이라는 뜻이고, 늘 생각한다는 것은 '늘 갈등한다'는 것이고, 늘 갈등한다는 것은 '우유부단하다'는 것이며, 우유부단하다는 것은 결국은 '아무런 행동도 하지 않는다'는 말이다. '행동'에서 '생각'으로의 퇴행이다. 어떤 식으로든 결정을 내려야 하고, 결정을 내려야 행동을 할 수 있다. 또 행동을 한다는 것은 이 남루한 현실 세계에서 그 행동이 가져올 이득과 손해까지 전면적으로 감당할 수 있어야 함을 뜻한다. 심지어는 오관에 대한 책임까지 말이다. 그러나 그녀의 시적 주체는 시를 써서 이것과 저것을, 왼쪽과 오른쪽을, 금지와 위반을, 여기와 저기를 함께 생각하기 때문에 결과적으로 행동을 포기한다. 또는 의무의 감옥 안에 구속된 채로 감옥 안을 왔다갔다하는 일로 실제의 행동을 대체한다고 말할 수도 있겠다. 결국 둘 다 행동은 없다.

이렇게 되면 시적 주체는 시를 쓰는 동안만큼은 누군가와 경쟁하고, 사랑하고, 다투고, 책임지고, 무언가를 얻기 위해 투쟁하고, 상처받고, 상처를 주고, 병들고, 죽음을 견디고, 죽음에 가까이 가고, 사고를 당하고, 넘어졌다가 또다시 일어나고, 그것이 비록 더럽기 짝이 없지만 상징계의 자리를 할당받는 모든 일들과 무관해질 수 있게 된다. 어떤 의미에서 완벽한 금욕주의자가 될 수 있는 셈이다. 타자를 욕망하는 일도, 타자의 욕망의 대상이 되는 일도, 타자가 욕망하는 것을 자신도 욕망하는 고통을 겪지 않으면서 말이다. 우리가 신해욱의 작품을 좋아한다면 우리가 느끼는 쾌락에 이러한 부분에 대한 공명이 없다고 말할 수 있는 것일까? 어쩌면 우리는 이 순백의 감옥 안에서 욕망하지 않아도 된다는 것, 자신이 만들어낸 금지와 위반에 구속된 채로, 표면적으로는 고통받는 것 같지만 실은 공포스럽게 펼쳐진 나날의 삶을 더이상 감당하지 않아도 된다는 기쁨 때문에 '난감한 에로티시즘'에 사로잡히는 것이 아니겠느냐는 말이다. 그래서 우리는 신해욱의 작품을 좋아하는 것은 아닐까. 남은 건 반복뿐이라는 명령에 도취된 채로. 잊지 말아야 할 것은, 그렇기 때문에 어서 정신을 차리고 현실로 돌아오자는 말이 아니다. 지금 우리가 느끼는 이 감정들이 실은 모두 실재라는 말을 하고 싶은 것이다. 우리의 이기적인 쾌락을 인정하자는 말이다. 나 자신만이 오로지 순수하다고 생각해서는 안 된다는 것이다.

욕망이 없는 삶은 당연히 무기력하고 무능력하게 보일 것이다. 일상을 살아가는 사람들의 입장에서는 이처럼 비윤리적인 태도도 없을 것이다. 만약 우리가 신해욱의 시를 읽고 '난감한 에로티시즘'에 사로잡혔다면 이것은 바로 우리가 신해욱의 시적 주체가 만들어낸 의무의 감옥에서 처벌받는 코기토로 존재하면서 끝내 밖으로 나가지 않아도 된다는 것을 알고 있기 때문일 것이다. 다시 말하지만 이런 감정들이, 이런 비윤리적인 태도가 잘못되었다는 말이 아니다. 어쩌면 바로 이 비윤리를 통해서만이 미가 만들어지는 지점이 있다는 말을 하고 싶은 것이다.

우리는 간혹 이상한 충동에 사로잡힌다. 이들 시인에게 '증환으로서의 시쓰기'를 그만두고 정상인이 될 것을 요구하는 일 말이다. 의무의 감옥에서 탈출하여 나와 타자가 만나는 세계로 들어오라고 말이다. 그러나 이 말은 윤리적(실은 도덕적)으로는 옳을 수 있겠으나 미적으로 보자면 어리석기 짝이 없는 요청이다. 이러한 요구는 우선 '정상성이란 과연 무엇인가' 하는 질문을 우리에게 다시 돌려주며, 다음으로 미리 가정된 정상성을 강요하는 것이 얼마나 폭력적인 일인지를 자각하게 만든다. 그러나 이것은 지나치게 모범적인 대답이다. 실은, 무엇보다도 가장 비윤리적이고 외설적인 증환이 가장 독특하고 유일무이한 미적 창조물을 만들어낼 수 있다는 점을 놓치는 결과를 초래한다는 것이 문제다. 병의 차원에서라면, 어떤 시인들은 시를 쓸 때만큼은 가장 격렬한 환자가 되고 싶어한다. 또다른 인격을 창조하는 것이다. 그렇게 만들어진 인격들은 인생과 언어를 탕진하기도 한다. 신해욱은 자신들이 가지고 있는 인격들 중에서 가장 문제적인 인격을 끄집어내어 시를 쓰는 사람들이다. 그리고 바로 이 외설적인 순간에 어디에서도 본 적이 없는 개성적이고 독특한 예술 작품이 탄생한다. 그리고 우리는 이렇게 그 작품을 만난다. 설명하기 힘든 도취에 빠져서 말이다.

'쥐 인간'의 강박증은 치료 대상이지만 시인들의 강박증은 가장 강력한 예술적 무기가 될 수 있다. 그런 의미에서 예술은 어쩌면 이기적이고, 몰염치하며, 자기기만적인 상태를 지칭하는 말인지도 모른다. 어떤 시인들의 시를 읽는 우리는 바로 그러한 비윤리적인 상태에 감응하는 것이며 바로 그러한 상태로서만이, 시인들의 질병을 통해서만이, 우리 안에 내재된 병에 대해 알아채고, 비로소 그것을 바깥으로 꺼내어 들여다보게 되며, 이 끔찍하고 향락으로 가득찬 '미(美)의 세계'를 만나게 된다. 물론 이러한 비윤리에서 탄생하는 미조차도 윤리적인 해석을 가하여 충분히 상징계에 안착시킬 수도 있을 것이다. 우리는 늘 그런 일을 한다. 비평에게 요구하는 것도 바로 그러한 일들이다. 그러나 늘 그래야 할 필요는 없지 않은가?

무한히 열리는 꿈속 기차를 타고 계속하리라,
이 기이한 여행을
— 서대경의 『백치는 대기를 느낀다』 (문학동네, 2012)

1. 르동, 허공을 떠다니는 이상한 눈알

20세기 초현실주의와 개념 미술을 대표하는 화가로 널리 알려진 달리와 뒤샹. 이들이 공통적으로 그들 작품의 출발점으로 꼽는 화가가 있습니다. 그가 바로 '오딜롱 르동'이죠.[1] 목 잘린 얼굴, 우는 거미, 정체를 규정할 수 없는 바닷속 기이한 생명체들, 신화 속 괴물, 숲의 정령, 침잠된 무

---

[1] 오딜롱 르동: 1840-1916. 인상파와 같은 시대를 살았지만 우연한 기회에 만난 판화가 브레댕의 영향으로 환상적이고 기이한 세계에 눈을 뜨게 된다. 그는 개인적인 흥미로 그림을 그릴뿐 유명해지기를 바라지 않았다고 한다. 아버지의 뜻에 따라 건축가가 되려고 했으나 결국은 화가가 되었고, 말라르메와 교류하였으며 에드거 앨런 포를 읽은 뒤에는 거기서 영향을 받은 석판화를 모아 『에드거 엘런 포에게 바친다』라는 석판화집을 출간하였다. 르동은 "모든 확실한 것은 꿈속에 있다"고 말한 포를 스승으로 생각했다. 플로베르의 소설에서 모티브를 얻어 소설속 전설의 괴물들을 그린 석판화집을 냈고 보들레르의 시집 『악의 꽃』을 읽고 영감을 받아 동명의 동판화집을 출간하기도 하였다. 당대 상징주의 문학가들의 작품에서 많은 영향을 받았고 이로 인해 특히 '회화의 말라르메'로 추앙받았다. 고갱과 함께 상징주의 화가들의 스승으로 '발견'되었으며 훗날의 초현실주의에도 영향을 끼쳤다. (쉬즈룽, 『책장 속의 미술관』, 황선영 옮김, 눈과마음, 2008, 233~237쪽 참조; 재원아트북편집부, 『오딜롱 르동』, 재원, 2004, 5~12쪽 참조; 니콜 튀펠리, 『19세기 미술』, 김동윤·손주경 옮김, 생각의나무, 2007(개정판 3쇄), 129쪽 참조)

의식에서 길어올린 듯한 알 수 없는 모호하고 상징적인 오브제들…… 두 화가의 헌사에 걸맞게 현실 법칙과는 상관없이 자유롭게 펼쳐진 르동의 작품을 보고 있노라면 마치 강한 약에 취한 듯, 섬뜩하고 기괴한 꿈을 꾸는 기분에 사로잡히는데요. 특히 르동이 목탄과 석판 크레용을 이용해서 흑백으로 제작한 초기 〈흑색 시대〉의 작품들에는 '목이 잘린 채로 허공을 떠다니는 얼굴'과 '이상한 눈알'이 자주 등장합니다. 눈도 아니고 눈알이라니. 이중에서도 '이상한 눈알'이라는 모티브는 〈에드거 앨런 포에게— 무한대로 여행하는 이상한 풍선과 같은 눈〉[2]이라는 작품에 두드러지게 나타납니다.

이 기괴하고 '이상한 눈알'의 모티브가 신화와 색채의 마법을 덧입고 탄생한 또다른 작품으로는 〈키클롭스〉[3]를 들 수 있을 겁니다. 이 작품은 르동이 50세가 넘어가면서 유화와 파스텔을 사용해 화려하고 과감한 색채를 이용하는 화풍으로 변한 뒤에 탄생한 작품입니다. 자, 그림을 보세요. 설명을 위해 화폭을 열십자로 4등분해보면 왼쪽 위로 외눈박이 거인

2) 제목이 주는 아득하고 모호한 매력에 이끌려 그림을 보자면 하늘을 나는 기구, 거기 풍선이 있어야 할 자리에 그야말로 거대한 눈알(눈이 아니라 눈알)이 자리를 잡고 있어서 제목의 암시성과는 반대로 갑작스러우면서도 전면적인 충격을 받는다. 미술사에서 외눈은 보통 '모든 것을 통찰하는 신의 능력'을 상징하나, 르동의 외눈은 매우 개인적인 상징으로 보인다. 마치 사람의 얼굴에서 눈알과 그것을 둘러싼 원형의 조직을 그대로 적출해서 검은 물감으로 물들인 뒤 하늘 위쪽 무한한 공간을 바라보도록 화폭의 정가운데에 끼워맞춰 넣은 것 같다고 할까. 전체적으로 그 형상을 잘 드러내지 않는 어두운 흑백의 바다를 배경으로 그 위에 원반형 비행접시 같은 작은 물체를 매단 채, 그의 몇십 배에 해당하는 크기의 눈알이 속눈썹으로 촘촘히 둘러싸인 채 하늘에 떠 있는 이 풍경은 그야말로 불가해한 인상으로 다가온다. 특히나 그런 인상을 더욱 강화시키는 것은 이 눈알에 눈꺼풀이 없다는 점 때문이 아닐까. 눈꺼풀이 없는 눈은 부릅떠진 채로 하늘 꼭대기를 올려다보고 있다. (H.W. 잰슨·A.F. 잰슨, 『서양미술사』, 최기득 옮김, 미진사, 2008, 457쪽 참조)

3) '키클롭스'라는 말은 '둥근 눈'을 의미하는 그리스어에서 연유한다. 이 그림은 보통 폴리페무스가 잠든 갈라테이아를 바라보는 모습으로 해석된다. 그러나 이 글에서는 이 그림을 서대경의 시집과 연관지어, 이 해석에 개인적이고 자의적인 변형을 가하였다. (이연식, 「오딜롱 르동의 멜랑콜리—외로움」, 『응답하지 않는 세상을 만나면, 멜랑콜리』, 이봄, 2013, 139쪽 참조)

의 상반신이 먼저 눈에 들어오지요. 무언가를 찾으려는 듯 산등성이 뒤에서 쑤욱 솟아오른 거인의 얼굴에는 입도, 코도 없으며 오로지 외눈만이 얼굴의 가운데에 박혀 있거든요. 그의 유일한 존재의 이유는 무언가를 들여다보는 것이라 웅변하는 것 같지 않나요? 역시 갑작스럽고 전면적이지만 한편으로는 색채의 온화함과 붓질의 느슨한 온기가 섬뜩함을 다독이며 그림을 좀더 들여다보게 만듭니다. 자, 좀더 가까이 다가가봅시다. 얼핏 이 이상한 외눈박이 거인이 관람자의 내면을 응시하는 게 아닐까 생각하게 되지만 그렇지는 않은 것이 거인과 대각선을 이루는 오른쪽 아래, 물리적인 비율상 거인을 더욱 도드라지게 만드는 한 사람이 누워 있기 때문입니다. 아, 거인은 이 여자를 찾고 있구나! 덤불과 꽃으로 둘러싸인 채 두 손으로 뭔가를 피하듯 머리를 감싸고 있는 나신의 여인. 깨어 있는 걸까요, 잠을 자고 있는 걸까요? 그녀의 육체는 관람자에게 전부 노출되어 있습니다. 그러나 거인에게는 보이지 않죠. 이 여자는 덤불과 꽃을 외투처럼 걸치고 있을 뿐 아니라 거인과 완전히 등을 지고 있어 두려움 속에서, 찾는 자의 간절함을 철저하게 회피하고 있는 듯한 느낌을 주거든요. 바로 바다의 님프인 '갈라테이아'예요. 그림의 배경이 된 신화 속 이야기에 따르면 외눈박이 거인 중 하나인 '폴리페모스'는 바다의 님프인 갈라테이아를 연모합니다. 하지만 갈라테이아가 사랑하는 건 '아키스'라는 미소년. 폴리페모스는 질투에 눈이 먼 나머지 바위를 던져 아키스를 죽이고 말죠. 연적을 없앤다고 사랑을 쉽게 얻을 수 있을까요? 사랑이 그렇게 쉽다면 얼마나 좋겠어요. 이렇게 다시 보자면 거인의 눈빛은 연모하는 대상의 마음을 얻지 못한 채 영원히 그녀를 찾아 헤맬 운명에 처해진 비극적인 사내의 운명을 암시하고 있다고 보아야 할 거예요. 그러나 이상한 것은 이 외눈박이 거인의 눈에 눈꺼풀이 없다는 점이라고 저는 봅니다. 눈꺼풀을 깜빡이는 건 정상적인 '눈'이지만 폴리페무스의 눈은 눈꺼풀이 제거된 채 영원히 감기지 않는 '눈알'에 가깝다고 해야 하지 않을까요. 현실에서 이런 눈이 과연 가능할까요? 이건 아마도 자신을 피해 달아나는 갈라테이아를 손에 넣을 수는 없지만 단 한순간도 한눈을 팔지 않고, 잠도 없이, 그녀의 자취를 좇아 이 세계의 유일한 등대처럼 홀로 서서 그녀만을 응시하려는 둔탁한 열망으로 해석할 수 있지 않을까요. "그것이 중요하다"고 저는 봐요.

2. 키리한적이면서 반키리한적인 눈알, 그것이 중요하다

"그것이 중요하다" 이 단호한 목소리에 놀라 정신을 차려보니 우리는 지금 눈 내리는 겨울 저녁, 어느 카페에 앉아 있다. 이것은 꿈인가? 조금 전까지 우리는 한 도서관에서 주최하는 대중 강좌에서 오딜롱 르동의 작품 세계에 대한 설명을 듣고 있었다. 강사는 그림에는 무지한 아마추어 애호가로 자신을 소개했었다. 그런데 지금은 겨울 저녁의 카페다. 강사도 청중들도 다들 어디론가 사라지고 우리는 홀연 이 알 수 없는 카페에 와 있는 것이다. 증발. 완벽한 증발이다. 어떻게 된 일일까.

옆 테이블에서 목소리가 들려온다. 그건 말이야, "지극히 키리한적이며 반키리한적인 그림이었네". (「그것이 중요하다」) 음성의 주인공은 벙거지를 쓴 채 파이프 담배를 피우는 한 사내다. 그는 '기미가 많고 창백한 안색'을 지닌 한 여인에게 자신이 어떻게 눈보라를 헤치고 여기까지 왔는지, '목욕탕'과 '이발소'와, '목욕탕 굴뚝에 사는 미친 사내' 이야기를 한참 떠들더니, 어느덧 자신이 지난밤 꿈에서 보았다는 '압둘 키리한'의 그림에 대해 설명하고 있다. 목욕탕과 미친 사내와 하늘에서 내리는 눈과 압둘 키리한이라니. 신비롭구나. 저 이름들이 빚어내는 묘한 암시의 사슬과 조합이라니.

우리는 어느덧 담배를 피우는 사내가 들려주는 이상한 이야기에 흠뻑 마음을 빼앗기고 만다. 환상의 강도가 너무 강렬해서 순식간에 우리가 앉은 곳을 기이한 공간으로 만들어버리는 말솜씨. 이유도 없이, 목적도 불분명한 채, 문을 열고 들어가듯이 이상한 공간에서 눈을 뜨고, 낯선 사람들과 낯선 동물들을 만나고, 그를 죽이고, 다시 열차를 타고, 내가 죽고, 그녀와 헤어졌다가, 그녀를 다시 만나고, 누군가가 엿보고 있다는 것을 알게 되고, 눈을 감고, 앞의 모든 일들이 다시 꿈이 되어버리는 세계. 눈을 뜨면 또다른 꿈이 시작되는 세계. 다루고 있는 이미지와 서사의 줄거리는 근원을 알 수 없어 돌발적이지만 이상하게도 그것을 담아내는 언어는 결벽증자의 그것처럼 투명하게 정갈하고, 주어와 목적어와 술어가 지나칠 정도로 가지런하게 배열되어 있다. 그리하여 그의 말을 듣고 있다보면 오딜롱 르동이 만들어낸 세계, 해석을 거부하는 상징적 오브제가 둥둥 떠다니는 세계가 연상된다. 초현실주의라고 하기에는 언어의 운용이 좀더 의지적이고 의식적이며, 말이 빚어내는 각각의 도상들이 신비롭고 지적인 상징으로 보이기는 하지만, 개념에 대한 비의적 꿈 자체가 거세되어 있어서 온전히 상징주의적인 세계라고 보기도 어렵다. 오히려 어떤 순간에는 지나칠 만큼 노골적이며, 직접적이고, 또 때로는 소용돌이치며, 이상한 한 지점을 다급하게 가리키고 있는 것 같기도 하다.

해석을 기다리는 세계. 해석을 넘어 구성을 기다리는 세계. 담배 피우는 사내, A조차도 자신이 만들어내는 이야기의 의미가 무엇인지 어느 정도는 의식하고 있는 세계. A 스스로가 "이런 식의 미학이 지긋지긋하다"(「문청」)고 중얼거리는 세계. 낯설기는 하지만 미술적·문학적 전통 양식에 비교적 충실한 어떤 세계. 한 사내가 자기 방에 스스로를 유폐시킨 채 슬픈 마음속에서, 내면을 들여다보고, 갈고닦아 만들어낸 흑백의 기묘한 석판화집 같은. 알 수 없는 환멸과 자기 연민을 배경으로 각각의 이야기들은 지독하게 촘촘히 세공된 채로 내밀하게 서로 연결되어 있고, 그것이 통로를 만들고, 문은 닫혔다가 다시 열리고, 그 완성도에서 고집 센 중세 수공업자의 손길이 연상될 정도로 드물게 섬세한. 우리는 사내의 이야기를 들으며 그렇게 생각한다. 창밖으로 눈이 내리고 있다.

"눈이 퍼붓는 사막을 배경으로 외눈박이 거인이 서 있는 그런 그림
(……) 화폭의 반 이상을 차지하는 퀭한 외눈은 깊게 패어 있었고 웅웅거
리고 있었으며 무언가 키리한적인……"(「그것이 중요하다」) 그런데 이상
하다. 우리는 더욱 이상하다고 느낀다. 사내가 설명하는 것은 분명 우리가
조금 전까지 설명을 들었던 르동의 〈키클롭스〉가 아닌가? 그런데 사내가
말하는 그림은 르동과 비교했을 때, 산속처럼 보였던 배경이 눈 내리는
사막으로 바뀌고, 벌거벗은 여인은 그림에서 지워진 채, 오직 외눈박이 거
인만 존재하는 그림으로 바뀌어 있다. '키클롭스'라는 이름은 변형의 과정
을 통과하여 '키리한'이라는 이름으로 뒤바뀌어져 있는 것 같다. 이 사람
은 정말 아마추어 화가가 맞을까?

「아아.」 기미가 많고 창백한 안색의 그녀는 아마추어 화가인 A에게 말
했다. 「아마도 드로나 파르바적인, 혹은, 화이트 홀딩바움적인 그림이겠
군요.」
「J양, 그렇지가 않아요.」 그는 테이블 위에 놓인 메모지에 둥근 원을 그렸
고 그 위로 수많은 선을 더하여 윤곽선을 짙게 만들면서 엄격한 어조를 띠
어가며 대답했다. 「무엇보다 그 그림은 반인간적인 눈알의 미덕을 보여줍
니다. 눈알. 눈이 아니고 눈알이지. 그게 중요한 거야. 그렇지 않아요? 사
막에 눈이 퍼붓고 거인은 홀로 서 있어요. 거대한 눈알을 향해 온몸이 집중
된 채로. 그리고 웅웅거리는 거예요. J양. 눈알이. 무엇보다 그 눈알이. 그
렇지 않아요?」
(……)
그러나 A는 그녀의 더듬거리는 말에 귀기울이지 않았다. 그는 다만 그의
꿈속에 존재하는 압둘 키리한이 그려내는 그림들에 대해 생각하고 있었다.
키리한적인, 혹은 지극히 반키리한적인 키리한의 그림들을. 그것은 그를

황홀하게 했다. 그는 눈을 가늘게 뜨고 말했다. 「그는 천재지. 그게 중요한 거야. 그는 모든 걸 꿰뚫어보는 거대한 눈알을 그려냈어요. 그 시선. 허공의 털로 뒤덮여 있는 그 검은 구멍. 그게 중요한 거라네. 자네도 알다시피, 그게 중요해. 반키리한적인, 그러면서도 모든 게 키리한적인.」

—「그것이 중요하다」 부분

여인의 맞장구에도 불구하고 아마추어 화가인 A는 웬일인지 화를 내고 있다. 여인이 그림을 잘못 알고 있다는 것이다. 그러면서 "그 그림은 반인간적인 눈알의 미덕을 보여줍니다. 눈알. 눈이 아니고 눈알이지. 그게 중요한 거야"라고 강조한다. 눈동자의 윤곽선 위에 수많은 선을 덧칠하면서 눈이 아니라 눈알을 강조하는 A의 말은 역시 그의 꿈속 외눈박이 거인의 눈이 절대로 깜빡이지 않으며, 단 한 번의 깜빡임도 허락하지 않은 채 온몸의 신경을 눈에 집중하고 있는 그림을 떠올리게 한다. 이것이야말로 반인간적인 게 아니겠는가. 보통의 사람이라면 불가능한 시선. 우리는 놀란다. 담배 피우는 사내, A가 지나치게 강조하는 이 '눈알'이라는 말에는 〈키클롭스〉에 대해 설명하던 강사의 열띤 목소리가 연결되어 있을 뿐 아니라, 그를 뛰어넘는 의미부여와 긴장감이 결합되어 있기 때문에 그렇다.

특히나 A의 말에 귀를 기울이고 있자니 그가 유독 '응시'에 대해서 자주 말하고, '응시'에 대해서 말할 때는 온 세상에 오직 그 응시만 남고 주변은 기묘한 정적에 휩싸이는 것처럼 묘사할 때가 많다는 것을 알아챈다. "나는 식은 커피를 들고 창 앞에 서서 휘도는 눈보라를 응시한다"(「겨울산」), "담배를 물고 창가에 선다"(「목욕탕 굴뚝 위로 내리는 눈」), "아이의 검은 눈이 말없이 어두운 황금빛에서 밝은 황금빛으로 옮아가는 거대한 밀밭의 정적을 응시한다"(「허클베리 핀」), "교수대에 목매달린/산체스 벨퓌레의 눈은 응시하고 있다"(「산체스 벨퓌레」)에서도 섬뜩하리만치 '조용한 응시'는 반복된다.

우리는 생각한다. 이제 우리는 A의 앞에서 등을 구부린 채 초라하게 앉아 있는 여자의 등 너머로, 거의 A를 대놓고 바라보면서, A의 이야기에 빠져든다. 도저히 인간적이라고 볼 수 없는 긴장감으로 팽팽하게 활짝 열린 이 눈알. 목욕탕과 미친 사내. 이 사내는 어째서 하필이면 목욕탕 굴뚝 근처로 올라간 것일까.

생각이 여기에까지 미치자 우리는 고개를 끄덕이게 된다. 이 '눈알'이, 혹시 관음증과 연결되는 것이 아닐까. 그것은 일차적으로 A가 그림에 대해 생각하면서, 자신에 대해, "그것은 그를 황홀하게 했다. 그는 눈을 가늘게 뜨고 말했다"고 이야기할 때, 시선이 주는 쾌감이 A의 눈을 가늘게 만들면서 알 수 없는 쾌락으로 A를 몰아간다는 것을 확인할 수 있기 때문이지만, 동시에 어째서 아마추어 화가인 A의 이야기에 '목욕탕'에 대한 이야기가 많이 나오는지 생각했을 때 더욱 분명하게 짐작할 수 있게 된다. 그런 의미에서 우리는 A가 처음에 이야기한 「목욕탕 굴뚝 위로 내리는 눈」과 「일요일」「소박한 삶」을 한 편의 이야기로 묶어 읽을 수도 있겠다는 생각을 한다. 「목욕탕 굴뚝 위로 내리는 눈」에서는 '목욕탕 굴뚝 아래 사는 미친 사내'가 등장했었다. 그는 이상하게도 '발가벗은 채'로 목욕탕 굴뚝 아래 앉아 허공을 바라보는 것이 일이다. 마치 더 자세히 보기 위해 높은 곳으로 올라간 것처럼. 한편 기이하게도 '나'는 하필이면 '세시'에 창문을 바라본 뒤(세 명이 관련된 이야기라서가 아닐까), 눈이 오는 것을 확인하고는 "목욕탕에 갔다가 이발소에도 들르려면 시간이 빠듯하다. 나는 그녀와 만날 시간과 장소를 떠올리며 서둘러 외투를 걸친다"라는 말을 하면서 만화방을 빠져나온다. 바로 이 '나'는 「일요일」에 등장하는 주인공처럼 읽힌다. 그는 아마도 만화방을 빠져나와 눈 내리는 길을 지나쳐, 목욕탕 앞 이발소에 앉아 있는 것 같다. 왜 하필이면 그냥 이발소가 아니라 '목욕탕 앞 이발소'일까. 어째서 그는 '목욕탕 앞 이발소'라는 공간에 대해, 그의 모든 이야기 중 가장 처음으로 언급한 것일까. '나'는 "영 슈퍼 간판 아래/한 여인이 비눗갑을 손에 든 채/송곳니를 드러내며 웃고 있"는 장면을 본다. 시간에 맞춰 서둘러 왔는데도 "이발소 거울 앞에 앉아/ 그녀의 젖은 머리를 바라보"(「일요일」)고 있을 뿐이다.

우리는 사내의 목소리에 귀를 기울이게 된다. A는 지금 아무렇지 않은 척 말하고 있지만 실상 성적인 긴장감이 느껴지는 시선이 아닌가. 목욕탕에서 갓 나온 여인은 비눗갑을 든 채 웃고 있다. 정작 목욕탕에서 그녀가 목욕을 하는 장면은 생략되어 있다. 「소박한 삶」은 또 어떤가. 바람이 불어 셔츠 자락이 펄럭이는 날, 아름다운 여자가 자전거를 타고 일터에 가는 중이다(「소박한 삶」). 그런데 이번에도 역시 목욕탕 굴뚝에서 사는 사내가 등장한다. 우리는 흔한 관용어로 '불장난'이 성적인 관계를 암시하는 말로 자주 쓰임을 기억한다.[4] 그런데 특이하게도 자전거를 타고 지나가던 여자가 굴뚝의 사내에게 "화재가 발생했어요!"라고 외친다. 하지만 불은 목욕탕 굴뚝에 사는 남자와의 사이에서 일어난 것은 아니다. 그녀의 뒤, 텅 빈 도로의 끝에서 발생한 것이다. 그녀는 자전거를 타고 굴뚝의 사내를 지나치면서 사내에게 자랑하듯이 말한 것이고, 사내는 멀어져가는 그녀에게 "투명하고 작고 고요한 불이에요!" "얼음처럼 차가운 불이래요"라고 말한다. 이것은 마치 그녀를 훔쳐보기 위해 목욕탕 굴뚝 위로 올라갔지만 결국 중요한 장면은 보지 못하고, 미련도 없이 멀어져가는 싱그러운 그녀에게 그 불이 실은 아무것도 아닐 거라는 이야기를 늘어놓고야 마는, 자기 위안의 쓸쓸한 외침으로 읽힌다.

사실 우리가 처음 A의 이야기를 엿들었을 때, 그것은 처음부터 끝까지

---

4) "프로이트는 '불장난'의 궁극적인 의미를 '성적인 흥분'으로 보고 있다." 그렇다고 모든 개별 사안에 공통적으로 이런 해석을 적용할 수 없는 것은 물론이다. 프로이트의 꿈 해석은 흔한 꿈 해몽처럼 표상과 의미를 기계적으로 단순 연결하여 해석하는 것이 아니라 각 개인의 표상을, 오랜 기간, 개별적으로 밝혀내는 것을 의미한다. 같은 꿈도 사람에 따라 다르게 해석되는 것이다. 그럼에도 불구하고 서대경 시집에 등장하는 '불'의 의미는 성적인 암시를 드러낸다고 볼 수 있다. (임진수, 「산호랑 나비」 공포증의 분석」, 『환상의 정신분석』, 현대문학, 2005, 87쪽)

혼란스럽고, 중첩되어 있으며, 근원을 알 수 없는 갑작스러운 환상의 연속으로 느껴졌다. 그런데 불현듯, 이 고도의 환상들이 어쩌면 일정한 자리의 주변을 철저하게 맴돌면서 반복되는 이야기일지도 모른다는 생각을 다시 한번 해본다. 르동의 〈키클롭스〉, 키리한적인 외눈박이 거인, 오직 눈알만 팽팽하게 긴장되어 존재하는 거인. 게다가 그의 시선에 포획되지 않는 한 여인. 그를 피해 달아나는, 늘 지나가거나 달아나는 이 여인. 혹은 다른 남자가 있는 여인. ……거인은 정말 거인이 맞을까. 이 여인은 누구일까. 이 여인과 대면하는 순간, 거인은 순식간에 백치로 변하는 것은 아닐까.

이렇게나 키클롭스적이면서도 반키클롭스적인. 이렇게나 키리한적이면서도 반키리한적인. 우리는 불현듯 어떤 사내를 떠올린다. 세르게이 콘스타노비치 판케예프. 더 줄여서 세르게이 판케예프. 그 소리를 입밖으로 끄집어내자 우리의 존재에는 관심을 두지 않던 A가 우리를 바라보기 시작한다. 무슨 일일까. 그의 눈이 흔들리기 시작한다. 세르게이 판케예프. 세르게이 판케예프. 늑.대.인.간. 우리에게는 늑대 인간으로 알려진, 그 먼 시간, 이국의 한 사내. A가 새 담배를 꺼내 문다. 불을 붙인다. A의 두 눈이 번뜩이면서 광채를 내뿜는다. 섬뜩하게 우리를 감시하려는 눈 같다. 불꽃과 함께 그것이 움직인다. 두 개의 눈알이 회전하면서…… 회전하면서…… 한 개의 눈으로…… 눈알로……

3. 꿈을 따라 그곳으로 간다

한 개의 눈알…… 이것은 꿈이다. 분명 꿈일 것이다. 우리는 식은땀을 흘리며 일어선다. 엄청난 긴장이 느껴지는 이 눈알이 우리를 바라볼 때, 우리는 죄를 지은 것처럼 어쩔 줄을 몰라 한다. 황급히 일어선다. 책장으로 다가간다. A가 아직도 우리를 보고 있을까? 우리는 고개를 돌리지 못한다. 고개를 돌리면 무서운 일이 벌어질 거야. 그건 정말 무서운 일일 거야. 카페 벽면에 마련된 서가로 다가간다. 저 높은 천장까지 책으로 가득 찬 서가다. 우리의 손길이 바빠진다. 그래, 분명 그런 사람이 있었지. 세르게이 판케예프. 프로이트의 늑대 인간. 늑대를 두려워한 사람. 그는 네 살 때, 꿈에서 늑대를 본다. 다시 꿈으로구나. 그러나 책이 보이지 않는다. 분명 있을 거야. 손길은 더욱 바빠진다.

우리는 드디어 그 책을 찾는다. 책에서, 그 꿈에서, 세르게이 판케예프는 겨울밤, 갑자기 창문이 저절로 열리고 큰 호두나무에 하얀 늑대들이 앉아 있는 것을 본다. 너무 생생한 늑대들. 세르게이는 너무 무서워서 소리를 지르고 깨어난다. 이제는 청년이 되어 프로이트 앞에서 그는 어린 시절의 꿈을 다시 기억하면서, 가장 중요한 특징으로 늑대들이 움직이지 않고 완벽하게 가만히 있었다는 점과, 늑대들이 그를 바라볼 때 아주 긴장하면서 주의를 기울였다는 점을 지적해낸다. 이에 대한 프로이트의 해석을 경청한다.

〈갑자기 창문이 저절로 열렸다〉는 부분이 (……) 〈그것은《나의 눈이 갑자기 떠졌다》라는 뜻이어야 한다. 그러므로 그것은 다음을 의미한다. 나는 자고 있었다. 그리고 갑자기 깨어났다. (……) 주의깊게 바라보는 것을 꿈에서는 늑대가 하는 것으로 되어 있지만, 주의깊게 본 주체는 그가 되어야 한다. 결정적인 순간에 자리바꿈이 일어난 것이었다. (……)

그런데 그 꿈을 꾼 사람이 강조했던 다른 요소들도 역시 자리바꿈이나 뒤집기에 의해 변형되었다면 어떻게 될까? 그런 경우에 그 의미는 움직이지 않는 것(……)이 아니라 맹렬하게 움직이는 것이라야 한다. 다시 말하면 그는 갑자기 깨어나서 그의 앞에서 벌어지고 있는 맹렬한 움직임을 보았고, 그것을 애를 쓰며 주의해서 바라보았던 것이다. 이 경우에는 주체와 객체가 바뀐 것이다. 즉 능동성과 수동성이 바뀐 변형, 자기가 보는 것이

아니라 남이 나를 보는 것으로 변형이 일어난 것이다.[5]

갑자기 창문이 열렸다는 것은 나의 눈이 갑자기 떠졌다는 것…… 우리
는 A가 했던 말을 들으면서, 그가 늘 창문 앞에서 담배를 피우고 있었다
는 것을 떠올린다. 담배의 흰 연기가 그를 감싸 돌면 마치 다른 세상을 목
격할 수 있을 것 같은 표정으로.

프로이트가 밝혀낸 바에 따르자면 늑대 인간은 한 살 반 정도의 나이
에, 부모의 성교 장면을 목격한다. 이것이 바로 '원장면'[6]이다. 말라리아
때문에 부모의 방으로 옮겨진 상태였고, 아기 침대에서 자다가 문득 열이
높아 깨어났을 때 성교 장면을 본 것이다.[7] 다시 말하자면 사실 늑대 인간
자신이 '꼼짝도 하지 않고' 부모의 격렬한 성교 장면을 '집중해서 본 것'이
다. 나중에 이 원장면은 네 살 때의 꿈에서 주체와 객체가 바뀌고, 늑대가

---

5) 프로이트, 「늑대 인간」, 『늑대 인간』, 김명희 옮김, 열린책들, 2004, 233~234쪽.

6) 『늑대 인간』에서는 이를 '최초 성교 장면'으로 번역하고 있다. 그러나 이것은 현실인지 환상
인지 구분이 되지 않는다는 점, 기억 자체로 확고부동한 사실이라고 확증할 수 없고 다만 해석
과 구성을 통해서만이 추론할 수 있다는 점에서 실제로 일어난 '최초의 성교 장면'이라고 칭하
기에는 무리가 있다. 따라서 이 글에서는 '해석과 구성을 통해서 추론할 수밖에 없는 최초의 성
교 장면'이라는 맥락에서 임진수의 견해를 따라 '원장면'으로 쓰기로 한다. (임진수, 「늑대 인
간'의 역사화」, 같은 책, 40쪽 참조)

7) 그 당시 늑대 인간은 그 장면의 의미를 이해할 능력이 없었고, 자기도 모르게 똥을 싸서 부모
의 성교를 방해한다. 이후 발생된 에피소드들—즉 그루샤라는 유모가 바닥에 무릎을 꿇고 바닥
을 닦는 장면을 뒤에서 보고 오줌을 싼 일, 그 일 때문에 '고추를 잘라버린다'는 위협을 당한 일,
누나가 늑대 인간의 고추를 잡아당기며 장난을 친 '유혹 장면', 네 살이 되었을 때 늑대 인간의
분석에 중요한 '늑대가 나오는 꿈'을 꾼 일, 그 밖에도 많은 자유 연상의 결과물로 프로이트는 4
년 반가량의 오랜 분석을 거쳐 세르게이 판케예프가 본 '원장면'을 구성해낸다. 즉 엄마는 바닥
에 엎드리고 아버지는 선 후배위의 자세로 성교했으며, 늑대 인간은 바로 이 장면에서 엄마의
자리에 자신을 위치시킴으로써 동성애적 성향을 가지게 되었으나 '두 발로 선 늑대(아버지)'에
대한 '공포(거세 위협)'로 동성애적 기질에서 벗어나게 된다. 대신 늑대 인간은 바닥에 무릎을
꿇고 자기에게 엉덩이를 내보이는 여자에게 과도하게 집착하게 된다. 즉 원장면의 아버지의 위
치에 있을 때만 여성에게 성욕을 느끼게 된 것이다.

등장하는 동화를 보고 들은 것에서 영향을 받아, '늑대가 꼼짝도 하지 않은 채로 자신을 들여다보는 것'으로 변형·전도되어 나타난다. 여기까지 듣다가 우리는 놀란다.

그렇다면, 그렇다면…… 희미하게 담배 냄새가 느껴진다. 외눈을 가진 사내가 저쪽에서부터 이쪽으로 다가오는 것이 느껴진다. 담배 피우는 사내 A도 무언가를 본 것이 아닐까. 최대한 숨을 죽인 채, 완벽하게 집중해서…… 그때의 원장면을 둘러싸고 A의 환상들이 반복되고 있는 게 아닐까. 그러고 보니 A의 환상은 늘 반복적인 이야기 틀을 갖고 있다는 걸 알게 된다. 궁금증 때문에 우리는 잠시 망설인다. A는 한 개의 눈알로, 불타오르는 한 개의 눈알로…… 고개를 돌리지 마. 무서운 일이 벌어질 거야…… 그럼에도 불구하고 우리는 고개를 돌린다. 마침내. 깜빡, 거대한 눈알이 열고 닫히는 소리가 들린다. 창문이 활짝 열린다. 섬뜩할 정도로 거대한 소음이다. 귀를 날카롭게 찢는.

나는 압둘 키리한, 나는 악마의 자식이다

—「압둘 키리한」 부분

어디서 들려오는 소리일까. 이 섬뜩한 목소리는. 비명에 가까운 외침이다. 어두운 동굴의 문이 열리듯 우리들의 눈꺼풀이 한 번, 우리도 모르게 닫혔다가 열리자, 우리는 낯선 마을에 들어선다. 다시 꿈의 시작이다. 그렇다. 이것은 꿈일 것이다. 우리는 지금 한 사내를 보고 있다. 스스로를 악마의 자식으로 부르는. 압둘 키리한. 압둘 키리한. 어느덧 우리는 담배 피우는 사내 A가 자기의 꿈에서 봤다고 말한 그림 속으로 들어와 있는 게 아닌가. 우리를 향해 걸어오던 A는 사라지고, 압둘 키리한을 마주하고 있다. 압둘 키리한이 살고 있는 마을이다. 꿈속의 꿈. 다시 꿈 밖의 현실. 그러나 그마저도 꿈인 것 같은. 어디까지가 꿈이고 어디서부터가 현실인가.

"태어난 이후로 단 한 번도 잠이 든 적이 없다"(「압둘 키리한」)고 주장하는 사내. 한 번도 잠든 적이 없다니. 그것은 어쩐지 우리가 계속 언급한 키클롭스를 연상시키는 말이 아닌가. 외눈박이 거인은 키클롭스이기도 하면서, 압둘 키리한의 그림 속 인물이기도 하면서 압둘 키리한이기도 한 것. 그의 직업은 화가여야 하는데, 그는 화가와는 아무런 상관이 없다는 듯이 태연하게 말한다. "나는 악마의 자식이다"라고.

그가 걸어간다. 우리는 그를 따라간다. 그는 자신을 따라오라는 듯 태연하게 등을 돌리고 걸어간다. 마치 드론 카메라처럼, 소리 없이, 그를 따라간다. 그는 걸어간다. 혼자 걸어가는 것이 아니라 그의 아버지를 따라간다. 아버지, 압둘 키리한, 그리고 우리. 동굴 속 무수한 갈림길. 마음의 준비가 필요하다. 우리는 그렇게 느낀다. 이번에는 뭔가 더 고통스러운 장면을 볼 것만 같은 예감. 우리가 그것을 받아들일 수 있을까. 압둘 키리한의 등이 점점 부풀어오른다. 아버지의 은밀한 범죄를 응징이라도 하겠다는 듯이 그의 팔뚝에 힘이 들어가기 시작한다. 점점 고조되어, 그는 아버지의 뒤를 밟는다. 하지만 순식간에 아버지는 사라지고, 압둘 키리한이 사는 집과 똑같이 생긴 집에 도착한다. 이것은 꿈인가? 그래, 꿈이기에 가능할 것이다. 여기는 어디인가. 우리는 대문을 열고 들어간다.

나는 익숙한 걸음으로 대문을 열고 들어섰다
"너는 또 잠을 안 잤구나" 마당의 어둠 속에서 한 여인이 한 손에 램프를 들고 서 있었다 나는 실내로 들어갔다 (……)
"너는 바다로 가거라 우리는 이곳을 벗어나지 못한단다 너는 잠을 자야 해 너는 그곳에서 거대한 바다를 볼 거야"
(……)
나는 다른 길로 들어섰다 갈림길마다 내가 사는 집과 똑같이 생긴 집들이 있었고 마당의 어둠 속에 한 여인이 한 손에 램프를 들고 서 있었다

(……)

나는 불붙은 문을 열고 안으로 들어갔다 어머니가 희미한 불빛이 새어나오는 램프 앞에 앉아 있었다 "너는 또 잠을 안 잤구나 너는 바다로 가야 한다 어서 여기서 나가거라" 나는 그녀 뒤로 반쯤 열린 방문 틈으로 침대 위에 누워 있는 벌거벗은 사내의 모습을 보았다

"어서 가거라 폭도들이 들이닥친다 너는 잠을 자야 한다" "하지만 나는 길을 잃었는걸요 나는 당신과 함께 이곳에 있겠어요 이곳은 내가 태어나서 지금까지 살아온 집이에요 나는 이 침대에 눕겠어요" 나는 벌거벗은 사내 옆에 누우며 말했다 그의 몸은 얼음처럼 차가웠다 뱀이 내 팔에서 빠져나와 그의 목을 감으며 속삭였다 '너는 돌아갈 수 없을 거다 나는 이제 너의 꿈의 입구를 닫겠다'

그것은 아버지의 목소리였다 사내의 눈이 나를 지켜보고 있었다 나는 이불을 머리끝까지 덮어썼다 집은 불타고 있었다 밖에서 문을 두드리는 소리가 났다 "어서 가거라 선원들이 나를 죽이러 오고 있다" 사내의 목소리가 어머니의 목소리로 변해가고 있었다 "이 집과 이 침대는 영원한 불길 속에 타오르리라 어서 가거라 너는 잠을 자야 한다 너는 거대한 바다로 가거라" '그러나 너는 돌아갈 수 없지' 뱀이 조롱하듯 속삭였다 (……)
등뒤에서 어머니가 나를 엿보고 있었다 (……)
나는 악마의 자식. 그러나 내겐 꼬리가 없다

—「압둘 키리한」 부분(밑줄은 인용자)

우리는 느낀다. 그래, 아마도 이 장면이 압둘 키리한의 '원장면'이라고 말할 수 있으리라. 꿈과 꿈, 다시 꿈을 거쳐 우리는 긴 행로를 밟아왔다. 아버지를 향한 압둘 키리한의 분노를 뒤쫓아 도착한 곳에서, 아버지는 사라지고, 압둘 키리한의 어머니를 만난다. 처음 어머니를 만났을 때, 어머

니는 "또 잠을 안 잤구나"라며 압둘 키리한을 나무란다. 어머니가 기다리는 것은 압둘 키리한이 아니라 아버지. 압둘 키리한은 말한다. 말줄임표로 생략된 부분에서, 그는 말한다. 아버지는 안 올 거예요. 그는 엄마를 이용하는 것뿐이에요…… 하지만 어머니에게 관심의 대상은 오직 아버지뿐. 압둘 키리한은 좌절한다. 다른 갈림을 따라 또다른 여인을 만난다. 그리고 한 번 더. 그때마다 압둘 키리한은 어머니의 거절을 인정할 수 없다는 듯이 다시 새로운 갈림길로 들어선다. 마침내 마지막 집에 도착했을 때. 이번에도 어머니는 그를 발견하고 똑같이 꾸짖는다. "너는 또 잠을 안 잤구나".

아. 단호하리만치 되풀이되는 목소리다. 길을 바꾸면 다를 줄 알았는데 놀라울 정도로 반복되는 목소리. 무섭게 책망하는 소리이자 절대 더는 못 들어온다는 금지. 게다가 이번에는 반쯤 열린 방문 틈으로 침대 위에 누워 있는 벌거벗은 사내의 모습이 보이는 게 아닌가.

그래. 우리는 바로 이 장면에 오래 머무른다. 압둘 키리한이 아버지를 악마로 칭하며 미워하는 이유와, 그의 슬픔과, 그의 분노와, 키클롭스와, 아버지는 꼬리가 있지만 자신은 꼬리가 없다는 이야기의 의미와, 한 여자를 찾아나서지만 늘 그 여인에게는 다른 사람이 있고, 그래서 상처받는 과정이 반복되는 것이, 이 과정에서 늘 뒤에서 응시하는 시선을 느끼는 것이, 혹은 혼자만 버려진 채로 몸을 말아 낯선 곳에서 깨어나는 풍경이, 바로 이 장면 때문임을 깨닫기 때문이다. 깨달음은 아프다. 그렇다. 바로 이 '거절의 장면'이리라.[8]

---

8) 물론 우리는 이 장면과 관계된 서대경의 자유 연상 정보가 없다. 우리는 그가 단편적으로 제시하는 환상을 따라, 어쩌면 가공의 꿈을 따라, 그저 있던 사실을 밝혀내는 것이 아니라 그의 심리적 현실의 한 측면을 구성해낼 수 있을 뿐이다. 우리가 지금까지 보고 들은 것을 바탕으로. 그러나 중요한 것은 과연 이것이 우리에게 얼마나 유효한가, 우리에게 얼마나 가치가 있느냐 하는 것이다. 정확성(exactitude)이 아니라 유효성(validity)이 중요하다는 말이다. 그런 의미에서 우리는 이 장면에 '유효성'이 있다고 본다. 실제로 프로이트가 밝힌 '구성'의 의미는, 사건을

우리는 상상한다. 압둘 키리한은 아마도 어린 시절, 닫혔던 창문이 열리 듯 자기도 모르게 잠에서 깨어 부모의 침실로 향한 적이 있을 것이다. 그 것도 한 번이 아니라 여러 번. 그곳에서는 분명 뜨거운 일이 일어나고 있 었을 것이다. 그러나 문밖에 선 어머니는 철저하게 그 방에 들어오지 못 하도록 그를 막았다. 어머니의 지속적인 거부는 "너 또 나왔구나. 가서 자 라니까 얘가 왜 그래?"와 같은 말이었을지도 모른다. 아마도 그에 준하는 말이었을 것이다. 그것은 분명 아이에게는 '거세 위협'[9]에 해당하는 체험 이고 상처였을 것이다. 특히 "폭도들이 들이닥친다"는 말은 바로 "안 가면 진짜 혼난다"와 같은 훨씬 높은 강도의 위협이었을 것이다. 비극은 이것 이다. 압둘 키리한에게는 어머니가 사랑의 대상이기도 하였지만 거세 위 협의 가해자이기도 했다는 점. 우리는 점점 차가워진다. 그렇다. 마침내 진실 앞에서 차가워진다. 지금까지 압둘 키리한의 행적을 따라오면서 부 풀었던 감정을 가라앉히며, 냉정하게 압둘 키리한의 유년 시절을 상상한 다. 우리는 아이의 반응, 그 심층을 읽는다.

아이가 내보인 '부인(Verleugnung)'[10]의 태도. 우리는 늑대 인간의 이 야기를 읽으며, 함께 읽었던 책에서, '부인'이 '일종의 방어 방식으로 주체

정확하게 재현하는 것이 아니며 원본을 재구성하는 것도 아니다. 분석자가 새로운 연상을 떠올 려 분석에 활력을 얻고, 그 스스로가 구성된 것이 자신의 삶에서 중요한 가치를 갖고 있다고 인 정하는 데 있다고 본다. 따라서 중요한 것은 어린 시절의 원환상이 사실이냐 아니냐, 얼마나 정 확하냐 부정확하냐가 아니라 어쩌면 환상일 수도 있는, 그렇게 구성해낸 진실이 얼마나 개인에 게 '유효한가'의 문제라는 점이다. (임진수, 「분석에서 구성의 문제(1)」, 『남근의 의미작용』, 파 워북, 2011, 22~23쪽 참조)

9) 프로이트에게도 이 거세는 환상이지만 라캉은 이를 더욱 분명히 하여 거세를 생물학적인 것 이 아니라 상징적인 것으로 해석함을 우리는 잘 알고 있다. 실상 거세는 '근친상간 금지와 결탁 하여 법의 기능'을 갖게 되는 것이다. (임진수, 같은 책, 61쪽 참조)

10) 부인 혹은 거부. 프로이트, 『성욕에 관한 세 편의 에세이』(열린책들, 2003) 중 「절편음란증」 에서는 '거부(Verleugnung)'로 번역되어 있다.

가 외상적 현실에 대한 지각을 인정하지 않고 거부하는 방식'[11])임을 알고 있다. 알고는 있지만 그렇지는 않을 거야, 라는 태도. "안 잔 것은 맞지만 길을 잃은 거예요"라는 독특한 화법의 탄생. 이 양극단이 함께 결합되어 있다는 것. 키리한적이면서 반키리한적인. 아버지를 죽인 것 같았지만 실은 내가 죽은. 내가 그녀의 꿈속에 들어 있는 줄 알았지만 그게 아니라 그녀의 꿈속에 내가 들어 있는 것 같은. A가, 압둘 키리한이 보여주는 이 기묘한 전도의 화법이 꿈과 결합하여 그의 이야기를 더욱 복잡하고 중층적인 형용 모순의 상태로, 해석할 수 없는 상징으로, 불가해한 슬픔으로 만들었다.

방문 앞에서, 압둘 키리한은 고개를 파묻은 채 흐느끼고 있다. 차가운 어머니의 거부가 뱀의 형상이 되어 그의 팔을 휘감고 있다. 독이 든 뱀의 어금니가 키리한의 팔뚝을 물고 있다. 그는 속으로 운다. 독에 중독되면서, 가수면의 상태로 빠져든다. 그러면서도 계속 운다. 우리는 그의 흐느낌 소리를 듣는다. 꿈은 계속된다. 아이는 어머니의 질책과 거부를 부인하고, 어느 날엔가는 드디어 부모의 방문을 열고 들어가 침대에까지 이르렀을 것이다. 거기서 이불을 뒤집어쓴 채로 자신도 활활 불타기를 바라지만, 나가지 않겠다고 버티지만, 아버지의 약한 위협과 그것을 능가하는 어머니의 더 큰 위협에 밀려 결국은 그 방을 나오게 되었을지도 모른다. "나는 악마의 자식, 그러나 내겐 꼬리가 없다"는 말은 결국 엄마에게 거부당하고, 거세가 되었음을 의미하는 말처럼 들리지 않는가. 어머니의 거부로 인하여 아이는 왜소한 존재가 되고 만다. 무력한 사내로 성장하고 만다. 이것은 사실일까. 아닐 수도 있을 것이다. 압둘 키리한이 사후적으로 구성해

---

11) 즉 엄마가 "너 또 안 자고 돌아다니는구나"라고 말하자 "안 잔 게 아니에요. 길을 잃은 것 뿐이에요"라고 아이가 반응할 때, 이것이 바로 '부인'이다. 특이한 것은 이 '부인'에는 '인정'과 '부인'이 공존해서 주체는 일종의 '자아 분열'의 상태로 살게 된다는 점이다. (임진수, 「부인(Verleugnung)」, 『남근의 의미작용』, 330쪽 참조)

낸 자기 출생의 비현실적인 몽상일 수도 있을 것이다. 그러나 이 근원을 알 수 없는 몽상이 우리를 지배한다. 우리는 이 알 수 없는 몽상 때문에 상처받고, 아프고, 평생을 시달린다. 놓여나지 못한 채로, 단단히 붙들려서. 우리는 사실에 아파하는 것이 아니라 환상에 아파한다.

환상이 우리를 붙들고 놓아주지 않는다. 이제 우리는 알게 된다. 외눈박이 거인은 부모의 성행위 장면을 놓치지 않고 보려는 아이의 관음증이 만들어낸 기념물이기도 하면서, 동시에 침실로 뛰어든 아이를 끄집어내 그 아이가 제 방으로 돌아갈 때까지 차갑게 지켜보는 어머니의 감시를 뜻하는 상징물이기도 하다는 것을. 따라서 이 '감기지 않는 눈알'은 지극히 성적이면서도 동시에 지독할 정도로 끈질긴 초자아의 응시이기도 하다. 압둘 키리한은, 어머니의 응시를 내면화하여, 실은 병적으로 깨끗한 사람일 것이며, 병적으로 문장에 집착하고, 병적으로 외골수일지도 모른다. 우리는 이 모든 병적인 것에 마음이 쓰인다. 모든 병적인 것은 달아나지 못한 자의 고통과 붙들려 있는 자의 서글픈 쾌락이 만들어낸 타협물이다.

압둘 키리한의 눈알을 생각한다. 우리는 지나간 꿈을 되짚어본다. 그리고 알게 된다. 창밖으로 눈이 내리던 카페에서 "그것이 중요하다"고 강조하던 아마추어 화가 A가, 기미가 많고 창백한 안색의 여인에게 왜 이 뜻을 모르냐고 질책하였던 것은, 실은, 어린 시절 자신을 내쫓은 어머니에 대한 원망을 되돌려주는 행동임을.[12] "그는 천재지. 그게 중요한 거야. 그는 모든 걸 꿰뚫어보는 거대한 눈알을 그려냈어요. 그 시선. 허공의 털로 뒤덮여 있는 그 검은 구멍"(「그것이 중요하다」)이라고 A가 말할 때, 이 눈알은

---

12) 그러나 이 순간에서조차 시인은 어머니를 끝까지 추궁하지는 않는다. "나를 발가벗기는 동안 그 눈은 움직이지 않았어요. 그 눈은 나를 내려다보고 있었어요. 그 눈이. 나는 거부했어요"(「그것이 중요하다」)라고. 어머니의 변명을 마련해놓는다. 어머니는 아버지라는 거대한 힘을 가진 자에게 어쩔 수 없이 당하는 피해자여야만 한다. 아버지가 힘으로 어머니에게 성적 관계를 강요했으며, 또한 아버지 때문에 어쩔 수 없이 어머니가 자신을 내쫓은 것이라고 믿고 싶은 것이다. 가해자이며 피해자인 어머니라는 양극단이 '부인'의 메커니즘 속에 혼재되어 있다.

감시하는 어머니의 눈알이기도 하지만, 또 한편, 침실에서 봤을지도 모르는, 혹은 실제 보지는 않았지만 압둘 키리한이 다른 2차적 사건을 계기로 사후적으로 구성해낸 어머니의 성기일 수도 있다는 것을. 그러나 압둘 키리한의 관심은 대부분 눈알에서 멈추며, 눈알 뒤의 침실에서 일어난 일은 어쩐지 불꽃같은, 정확한 실체를 알 수 없는, 화이트아웃되어 그의 언어로는 도저히 담아낼 수 없는 세계로 만들어버린다. "겨울, 거대한 하늘, 서리의 길, 춤춘다"(「백치는 대기를 느낀다」)와 같이. 겨울, 거대한 하늘, 서리의 길, 춤춘다…… 서리로 가득찬, 혹은 폭설 속에 파묻힌 것 같은 뿌연 세상으로 말이다. 거인이 아니라 백치가 되어 처음 엄마를 맞닥뜨렸던 장면, 지금 생각해보면 실은 자신을 거부했던 엄마를 백치[13]라고 불러 화를 터뜨리고 싶었을 그 순간, 지금은 '백지'와 같은 '백치'가 되어야 도달할 수 있는 곳. 그의 절편 음란증은 이처럼 눈알에 멈춰 있다. 그는 눈알만을 떠올려도 황홀에 몸부림치는 스스로에 대해서, 알고 있으며, 그래서 괴롭고, 그래서 도망치려고 하지만, 도망가지 못한다. 마치 꿈을 꿀 수는 있지만 자기 마음대로 꿈을 조종할 수는 없다는 것을 알아버린 아이처럼. 남은 건 영원한 꿈속에서 꿈을 반복하는 것밖에 없음을 알고 있는 아이처럼.

이 감기지 않는 '눈알'이야말로 압둘 키리한이 영원히 기념비로 삼아 자신에게 주는 봉헌물이 될 수밖에 없다. 긍정과 부정이, 지식과 부인이, 열망과 분노가, 뜨거움과 차가움이 자아 분열적으로 결합된 가장 중요

---

13) 「은하 철도」라는 시에서 승강장에 서 있는 '나'는 서류 가방을 든 난쟁이 신사에게 이끌려 자신을 떠나는 여인을 슬픈 눈빛으로 지켜본다. 이 작품에서 "레바드끼나, 레바드끼나, 이 망할 년" 혹은 "이 백치(白痴) 같은 년, 레바드끼나! 레바드끼나!"처럼 굵은 글씨로 처리된 목소리는 도스토옙스키의 『악령』에서 빌려온 말이지만, 엄마의 거부 앞에서 상처받은 아이가 원망 속에서 내뱉을 법한 말로 읽어도 어색함이 없다. 한편 「봄, 기차」에서도 '나'를 버리고 가는 누군가로 향하는 굵은 글씨체가 등장하는데 그것은 "지나가지 말아요."라는 말이다. 시집 전편을 통해 거의 유일하게 시인 자신의 선명한 욕망을 표현한 말로 해석할 수 있을 것이다. 이 말은 '나를 버리고 가지 말아요'라는 애원에 다름아니다.

한 도상이 된다. 그러나 다시 한번 생각해보면, 압둘 키리한은 끝내 부모의 침실에 들어가지 못했을 수도 있다. 들어가고 싶다고 그렇게 애원했지만 결국은 거절을 당하고 쓸쓸히 자기 방으로 돌아왔을지도 모른다. 갑자기 어디선가 염소의 울음소리가 들린다. 차단기 기둥에 묶여, 염소가 울고 있다. 염소는 가고 싶지만 가지 못한다. "엄마, 쓸쓸한 내 목소리, 내 그림자, 하지만 내 작은 발굽 아래 풀이 돋아나 있고, 풀은 부드럽고, 풀은 따스하고, 풀은 바람에 흔들리고, (……) 엄마가 날 부르는 소리, 어두워져가는 풀, 어두워져가는 하늘, 나는 풀 속에 주둥이를 박은 채, 아무래도 염소적일 수밖에 없는 그리움으로, 어릴 적 우리 집이 있는 철길 건너편, 하나둘 켜지는 불빛들을 바라보았다"(「차단기 기둥 곁에서」) 압둘 키리한은 사라지고 이제 우리 앞에는 염소가 울고 있다. 염소적일 수밖에 없는 그리움으로, 한없이 염소적인 사랑을 담아, 매애, 매에애, 엄매에, 엄매, 엄마, 마아아, 엄마아…… 철둑길 차단기 앞에서, 여기서 더는 들어가지 못한다는 거절 앞에서, 우리는 울고 있는 염소를 쓰다듬는다. 이제 너는 어디로 가니. 이렇게 묶여 있는데, 어디로 갈 수 있는 거니…… 풀잎이 흔들린다. 밤이 깊어간다. 멀리서 희미하게 사람들의 소리가 들린다. 불빛이 으깨어진다.

4. 담배를 물고 창가에 선다 다시 은하 철도가 출발한다

  단지 눈을 한 번 깜빡인 것뿐인데, 열차를 타고, 아무것도 보이지 않는 은하의 세계를 지나, 우리는 낯선 역에 내린다. 역사의 창문을 흘깃 바라봤을 뿐인데, 갑자기 창문이 슬쩍 열린 것뿐인데, 와와와! 박수 소리, 사람들의 함성 소리. 또다시 꿈의 문이 열린다. 아이들의 환호성과 나팔과 크게 울리는 북소리. 요란한 장단에 맞추어 서커스가 한창이다. 우리가 정신을 차린 곳은 서커스 천막 안이다. 이것은 꿈인가? 꿈이거나 꿈이 아닐 것이다. 하늘에서 꽃가루가 떨어진다. 색색의 꽃종이다. 우리도 높이 손을 들어 꽃종이를 맞이한다. 피에로 사탕 막대기를 흔든다. 하지만 여전히 슬프다. 우리는 더이상 꿈의 반복을 이상해하지 않기로 한다. 어머니의 거절을 겪은 뒤, 아이는 스스로를 한없이 부족한 사람으로 여겼을 것이다. 이 낮은 자존감과 자기모멸감이 아이를 동물의 단계로 전락시켰을지도 모른다. 바보, 바보, 바보. 길을 잃다니. 깨어 있었으면서 길을 잃었다는 말도 안 되는 변명이나 갖다붙이다니. 현실의 수치심을 벗어나 자기 방 벽장 속에 들어가 웅크린 아이에게 남은 것은 오직 '잠의 바다'에 빠져서 꿈을 꾸는 일밖에 없다. 어머니가 아이에게 바다로 가라고, 반복적으로 말한 것도 바로 잠의 바다를 의미할 것이다. 그렇지 않겠는가. 어머니의 눈알이 아이를 지켜보면서, "또 잠을 안 잤구나, 너는 잠을 자야 한다"라고 무섭게 강요하고 감시한다면, 아이는 무기력한 슬픔 속에서 잠의 바다에 빠져 꿈을 꾸는 일을 반복해야만 한다. 마치 정체를 알 수 없는 여자에게 업무 서류를 인계받아 영원히 그 서류를 필사하는 일을 반복하는 바틀비처럼(「바틀비」). 압둘 키리한의 바틀비에게는 '나는 안 하는 것을 택하겠습니다'라고 말할 권리가 없다. 압도적인 어머니의 눈알 앞에서, 그는 여전히 무기력한 아이에 불과하기 때문이다.

하지만 우리는 알고 있다. 아이에게 꿈은, 압둘 키리한에게 꿈은, 어머니에게 대항하는 유일한 길이기도 하다는 것을. 우리는 더 생각한다. 어머니의 금지에 '부인'이라는 방법으로 웅대한 아이에게는, 꿈이야말로, '인정'과 '부인'이 무한 사슬로 반복될 수 있는 세계가 아닌가. 꿈을 꾸고(인정), 꿈에서 깨어나고(꿈의 부인), 다시 꿈을 꾸고(인정), 또다시 꿈에서 깬다(꿈의 부인). 아이의 꿈은 어른이 되어서도 무한히 반복된다. 부인의 부인을 거듭하여 도착할 수 있는 곳은 어디일까? 마침내 모든 것이 지워진, 화이트아웃된 백색의 세계가 아닐까. 결코 도달할 수는 없겠지만 상상 속에서 예감하여 볼 수 있는 곳. 어쩌면 끝내 볼 수 없는 세계. 하얗게 눈이

내리는 세계. 불빛으로 흔들리는 세계. 우리는 알고 있다. 지금 우리는 A
의 꿈속에, 압둘 키리한의 꿈속에, 염소의 꿈속에 들어와 있다.

우리는 관중석에서 위를 올려다본다. 사다리의 꼭대기로 누군가가 올
라가고 있다. 우리는 중얼거린다. 그는 참으로 작고, 왜소하구나. 얼굴에
는 하얀 분칠을 하고 있구나. 슬픈데도 피에로처럼 웃고 있구나. 웃는 척
하고 있구나. 그도 중얼거린다. "이상한 일이구나. 한참을 올라도 사다리
는 끝나지 않고, (……) 오늘 밤은 고되구나. 오늘 밤은 무섭구나"(「서커스
의 밤」) 우리는 그것이 보인다. 저렇게 높은 꼭대기까지 올라갔지만, 그의
작은 입술이 읽힌다. 이것은 꿈이니까. 우리는 지금 꿈을 꾸고 있으니까.
그러나 어째서 꿈은 현실보다 고통스러운가.

광대는 먼 곳의 공장들을 본다. 도시의 불빛과, 번쩍이며 질주하는 기차들
을 본다. 광대는 눈을 감는다. 「이상한 일이구나. 모든 것이 맥박처럼 고동
친다. 저 불빛들. 건널목을 건너는 사람들, 공장 굴뚝 위로 번쩍이는 눈더
미들, 터널을 통과하는 기차들. 일생일대의 밤이로구나. 잊을 수 없는 서커
스의 밤이로구나.」

—「서커스의 밤」 부분

꼽추 광대는 바람을 맞으며 서 있다. 서커스 천막은 사라지고, 밤하늘
저 높이까지 사다리가 뻗어 있다. 위태롭다. 너무나 위태로워 보인다. 내
려와요, 여기 우리에게 돌아와요. 우리는 눈을 깜빡인다. 바람이 이렇게
나 차갑다니 꿈만 같다. 깜빡일 때마다 꼽추 광대는 늑대 인간이 되었다
가(사라지고), 핏빛 눈동자의 원숭이가 되었다가(사라지고), 아마추어 화
가인 A가 되었다가(사라지고), 바틀비가 되었다가(사라지고), 오딜롱 르
동이 되었다가(사라지고), 안나가 되었다가(사라지고), 허클베리 핀이 되
었다가(사라지고), 산체스 벨퓌레가 되었다가(사라지고), 까민챠 벨퓌레가

되었다가(사라지고), 염소가 되었다가(사라지고), 압둘 키리한이 되었다가…… 마침내…… 사라지고 지워져서는……

그는 백치가 된다.

백치가 웃는다. 일생일대의 밤, 백치는 웃으면서 가장 슬픈 눈으로 이 세계를 내려다본다. 창문을 내다보듯이 우리를 내려다본다. 백치가 주머니에서 담배를 꺼내 피운다. 담배를 피우며, 한 발짝을 내디딘다. 저기는 허공인데, 분명 허공인데, 백치는 웃으며 허공을 향해 한 발짝을 내디딘다. 제 스스로 백치가 되어 하늘의 문을 연다. 꿈의 문을 연다. 곧 기차가 도착할 것이다. 차단기가 올라가고, 기차는 달릴 것이다. 아니다. 기차는 오지 않을 것이다. 아니다. 꿈을 꾸면 다시 기차는 올 것이다. 아니다. 우리는 계속 부인한다. 웃으며 백치가 말한다.

"나는 너무 지쳤어"

웃으며, 마침내 백치가 대기를 느낄 때, 멀리 기차 소리가 들린다. 그것은 이리 오는 소리일까 멀리 가는 소리일까. 우리는 알고 있다. 어떻게 해도 이 꿈에서 깨어날 수는 없을 것이다. 그러나 이 꿈을 나서더라도, 백치도, 우리도 사라지지는 않을 것이다. 이 깨지 않는 꿈속에서 우리는 백치를 안아주려고 한다. 그가 무슨 말을 해도 고개를 끄덕이며 그를 껴안아주려고 한다. 우리는 가장 간절한 소망을 담아 꿈을 꾼다.

본격 퀴어 SF—메타픽션 극장
— 김현의 『글로리홀』(문학과지성사, 2014)에 붙이는 핸드가이드북

1. 낯선 시집의 등장

지금 당신의 표정이 궁금하다. 당신은 지금 좀 답답하거나 많이 혼란스러울지 모른다. 물론 시종일관 감탄과 함께했을 수도 있다. 시집을 읽은 당신은 아마도 이런 생각을 하고 있지 않을까. 매 시편 담고 있는 정보량이 상당하다. 인물과 사건과 감정은 있는데 기원을 알기 어렵다. 거의 모든 시에 참조된 서브텍스트가 존재한다. 그것 또한 반쯤 암시되거나 상당 부분 감추어져 있다. 시 본문과 서브텍스트를 연동시켜 파악하려면 시 한 편을 읽는 데에 한 시간은 훌쩍 지나갈 정도. 뿐만 아니라. 뫼비우스의 띠 같은 자기 반영의 거울 놀이. 독해를 지연시키는 동시에 무한히 확장시키면서 쉴새없이 등장하는 각주까지. 대체 어떻게 읽어야 할까…… 궁금증을 못 이겨 서둘러 해설을 먼저 펼친 사람도 분명 있을 것이다.

고개를 끄덕이는 당신에게 조금 더 묻자. 이 책은 시집일까 소설집일까? SF일까 포르노그래피일까, 남자들 간의 사랑을 다루는 하드코어 야오이물, 혹은 팬픽일까? 그것도 아니라면 1950~60년대 영미권 대중문화와 하위문화에 대한 애정 어린 문화사적 보고서일까, 혹은 특별히 이 시

기 미국의 비트와 히피 세대 작가들에 바치는 오마주일까? 어쩌면 부패한 이 세상과 정치권력에 대한 풍자적 알레고리이거나 진정한 자아를 찾아 떠나는 로드무비 형식의 청춘 성장 드라마는 아닐까? 번역 시집 같은 문체와 감수성, 그리고 페이지를 넘길 때마다 등장하는 새로운 인물 설정들, 묵시록적이고 디스토피아적인 분위기까지 고려한다면?

질문 형식으로 물었지만 앞서 말한 모든 것이 바로 이 시집의 생생한 육체를 구성한다. 만약 당신이 이런 세계에 대한 공감과 선지식이 어느 정도 있다면 세상에 이 시집만큼 흥미롭고 독특한 구조물도 없겠다. '덕력'을 자극하는 배경지식들은 신선하게 되살아나며 하이퍼링크되고, 그것이 어떻게 재조립되어 특정 멜랑콜리와 지적 서스펜스로 뒤바뀔 수 있는지 짜릿하게 경험할 수 있기 때문이다.

반대의 경우라면 안타깝지만 지금부터 약간의 노력이 필요하다. 부분적 난관에 봉착했으나 시집의 묵직한 매력을 포기하지 못한 사람, 알 듯 말 듯 더 흥미가 생기는 이들을 위해 무수한 픽션들을 어느 정도 제어할 수 있는 중심 서사를 만들어보면 어떨까. 이 약간의 노력에 의지해 시집을 읽어나간다면? 때론 중심 서사와 멀어지거나 다른 서사를 새로 개발하기도 하면서 각자의 가설을 만들어가도 좋다. 여기 세 가지 키워드로 우리의 이야기를 전개해보자. '퀴어' 'SF' '메타픽션'이 바로 그것이다.

2. 글로리홀―퀴어 감수성의 출발

한국 시단에서 성소수자가 전면적인 캐릭터로 등장한 적이 이미 있었다. 황병승의 첫 시집에 등장한 '여장남자 시코쿠'라는 캐릭터. '여장남자'는 주로 여성과 남성 사이의 정체성 혼란을 드러냈다. 그럼에도 황병승 시인은 비교적 이성애에 기반한 관계의 속물성과 폭력성, 세계의 천박함을 강도 높은 혐오와 수치심으로 번안하여 캐릭터라이징했던 것 같다.

반면 김현은 LGBT(레즈비언, 게이, 양성애자, 성전환자) 중에서도 '게이'라고 하는 캐릭터를 전면적으로 차용한다. 이쪽에 별 관심이 없는 사람들이라면 무심코 지나칠 만한 대목들이 많지만 어떤 식이든 조금이라도 관심이 있는 사람들에게 이 시집은 거의 놀랄 만한 게이 감수성에 기반한 최초의, 동시에 주목할 만한 성과물이다.

제목부터 그렇다. '글로리홀'. 호텔 리셉션장에 붙여진 이름이거나 식장의 예식홀 이름일 수도 있지만 늘 그렇지는 않다. 글로리홀. 사실 게이들의 은어다. 공중화장실 등의 칸막이벽에 뚫린 구멍을 칭하는 단어. 이 구멍을 사이에 두고 화장실 다른 칸 게이들이 서로 만난다. 자위나 엿보기, 구강성교가 바로 이 구멍을 통해서 이루어지는 것이다.[1] 우리나라의 경우 글로리홀은 게이 커뮤니티가 본격적으로 등장하기 전까지 공중화장실 등에 간간이 존재했지만 지금은 거의 사라진 상태다. 상황이 이러하니 이처럼 은밀한, 그러나 노골적인 제목이 또 있을까?

전체 쉰한 편 중 스물여섯번째로 배치된 「늙은 베이비 호모」라는 시를 함께 읽어보자. 이 시집의 제목이 그냥 나온 것이 아니며, 시집을 지배하는 기본 구도를 좀더 분명하게 파악할 수 있게 된다.

자줏빛 비가 내리는 여름의 텅 빈 교실에서 처음으로 감정을 빨았네.
(……)
골을 넣을 때마다 퍽을 내뱉던 녀석의 입술은 퍽 신비로웠어. 침으로 범벅이 된 감정은 부드럽고 미끄덩하고.
곧 줄줄 흘러내렸네. 감정의 불알을 감추고, 녀석은 황량하고 사랑스러운 발길질로 나를 걷어찼지. 유리창 안에서 시간에 좀먹은 내가 늙은 신부

1) 한국게이인권운동단체 친구사이, 『게이 컬처 홀릭』, 씨네21북스, 2011, 267쪽 참조. 앞으로 게이 문화에 대한 각종 설명은 이 책을 참조하기로 한다.

처럼 나를 나처럼 바라볼 때. 녀석은 똥 묻은 팬티를 끌어올리고 사라지고
아름답고. 나는 면사포처럼 속삭였어. 안녕.

　　그리고 녀석들을 본 사람은 없네. 아무도. 그래. 아무도

엉클스버거 냅킨으로 홈타운의 케첩을 닦아내던 우리는 왜 서둘러 늙었을
까. 소시지 컬 가발을 쓰고 썩은 맥주를 마시는 오래된 밤. 나는 알 수 없이
노래하네. 카운트다운이 끝나기도 전에 소년의 궤도 밖으로 로켓을 쏘아
올린 녀석들을 위하여. 안녕, 지금도 축구화를 구겨 신고 자줏빛 여름에게
서 도망치고 있을 글로리홀의 누런 뻐드렁니 호모들의 감정을 위하여. 그
리고 건배.

　　　　　　　　　　　　　　　　　　　　　　　—「늙은 베이비 호모」 부분

　게이 청소년의 사랑 실패담이라고 할까? 사랑하는 친구가 있었다. 그
친구가 이성애자였는지 동성애자였는지 명시적으로 밝히지는 않는다. 반
면 화자인 '나'에게 게이 정체성은 어느 정도 자각된 이후로 보인다. '나'
는 축구를 하는 멋진 친구에게 매력을 느꼈고 어느 날 비가 내리는 텅 빈
교실에서 화자는 그의 성기를 빨게 된다. 그 친구가 화자의 입에 사정을
하게 된 순간, 중요한 것은 바로 다음 대목일 것.
　사정을 마친 친구는 "황량하고 사랑스러운 발길질로 나를 걷어"차고 사
라져버린다. 이건 마치 '나'를 더러워하는 듯한 태도가 아닌가. 그런데도
"사랑스러운 발길질"이라니. 상처받은 '나'는 "면사포처럼 속삭"이며 그에
게 안녕이라고 혼잣말로 인사를 한다. ……너를 너무 사랑했어. 네가 나
를 이렇게 떠나가지만 어떻게 해도 나는 너를 미워할 수가 없구나……
화자는 이렇게 한 명의 버림받은 '여성'이 된다.
　남성과 남성의 성행위가 있었다. 남성성과 여성성이 공존하거나 순간

순간 뒤바뀐다. 기묘하게 혼란스러운 미감과 위반의 까끌까끌한 자기장이 발생한다. 게이 청소년의 사랑은 대체로 이런 대목에서 자기 정체성에 대한 혼란과 혐오, 죄의식, 자기를 둘러싼 세계의 강요된 일반 법칙에 대한 분노, 일반 법칙에 해당되지 않는 소수자로서의 자신에 대한 연민과 반복적인 자학, 불안으로 층을 이루며 이성애자의 사랑보다 몇 곱절은 더 복잡해진다.

퀴어물이 결정적으로 우리에게 문제적 감정을 불러일으킨다면 다르게 취급받는 사랑의 어떤 순간들 때문일 것이다. 자신들 커뮤니티 밖에까지 정체성을 오픈한 사람은 모르겠지만 오픈리 게이(openly gay)가 아닌 경우의 사랑은 본인의 의지와는 별개로 그 자체로 소수자 운동이 되고 자기 정체성에 대한 지속적인 탐구의 여정이 된다. 그리고 이렇게 형상화된 퀴어 작품은 여타의 이성애자들에게도 그간 우리의 관념이 얼마나 이데올로기적이었는지 반성하게 만들며, 인간과 존재와 사랑에 대한 새로운 관념을 고민하도록 힘을 행사한다. 김현이 채택한 시적 화자는 그 누구보다 민감한 게이 감수성으로 이 낙원 추방의 순간에 강력하게 붙들려 있다. 화자는 게이 소년으로서 사랑에 실패한 이후 "카운트다운이 끝나기도 전에 소년의 궤도 밖으로 로켓을 쏘아 올린" "늙은 베이비 호모"('호모'가 게이에 대한 비하적 뜻이 있음을 기억하자)로 전락하여버린다. 이 시집의 근원에는 이처럼 무채색에 가까운 깊은 소외감과 멜랑콜리가 배어 있다.

3. 스산한 미국 교외 풍경, 그리고 사랑의 천사

이것이 전부는 아닐 것이다. 김현의 시집에서 시적 화자가 보여주는 게이 청소년의 성장 서사는 그보다 앞선 유년 시절의 에피소드와 공명하면서 사후적으로 더욱 증폭되는 것 같다. 시간을 더 앞으로 돌려보자. 여기서부터는 그야말로 하나의 가설이 될 것 같다.

기억이 날지 모르겠지만 이 시집의 스물한번째 작품인 「긴 꼬리 달린 Darlin」에는 몸에 꼬리가 달린 여인의 이야기가 펼쳐진 바 있다. 어쩐지 또 다른 성소수자인 인터섹슈얼(intersexual, 남녀의 성기를 동시에 가지고 태어난 사람)을 연상시키는 이야기다. 지금 우리가 초점을 맞추는 것은 게이 청소년의 성장 서사이므로 "달린의 꼬리를 본 종종다리종달새들이 신비로운 살갗을 합창했다"는 구절을 눈여겨보자.

"신비로운 살갗"에 붙은 각주 5번은 이런 내용이었다. "영화감독 그렉 아라키의 작품 제목. 영화의 꼬리 부분에 나오는 다음과 같은 내레이션에 벨벳 사운드(velvet sound)를 입혀보기 바란다. '이 세상의 모든 슬픔과 고통과 좆같은 것들을 생각하자 도망치고 싶어졌다. 진심으로 우리가 이 세계를 뒤로하고 떠날 수 있기를 바랐다. 고요한 밤 두 천사처럼 마법처럼 사라져버리기를……'이라는 청유의 문장.

"신비로운 살갗"은 실제 우리나라에 〈미스테리어스 스킨〉(2004)으로 소개된 그렉 아라키 감독의 영화로, 아동 성폭행이 두 아이의 삶을 어떻게 망가뜨리는지를 시종여일한 상실감과 외상의 반복을 통해 보여주는 작품이다. 여기서 설명이 쉽지 않은 것은 극중 '닐(조셉 고든 레빗)'이라는 아이의 태도다. 아이는 유년 시절 야구부 코치에게 동성애를 강요당한다. 아직 자신의 성 정체성을 자각하지 못한 아이에게 자기 아빠보다 더 다정하게 자신을 보살펴주고 인정해주는 코치는 애정의 대상이 되기에 충분하다. 이것이 섹슈얼한 관계로 전환되면 이야기는 크게 달라진다. 아이는 무방비 상태에서 코치의 동성애 게임에 참여하고 또래의 다른 아이 '에릭'까지 자신들의 게임에 끌어들인다. 이를 통해 닐은 잠재된 동성애적인 기질을 완전히 전면화한다.

코치를 놓고 보자면 이 사건은 분명 처벌받아 마땅한 아동 성폭행이며 잔인한 아동 학대다. 반면 닐에게 이 일은 가장 강력한 쾌락으로 각인된다. 외설적이고 기이하다. 아동 성폭행을 다룬 영화이지 퀴어 영화는 아니라고 말하는 사람도 분명 있겠다. 하지만 닐의 바로 이런 기억 때문에 이 영화는 퀴어 영화의 색채를 띨 수 있는 게 아닐까.

닐은 청소년이 되어서도 쉽게 코치를 잊지 못한다. 그리고 계속되는 '길녀'(길거리에서 상대를 찾으러 다니는 게이)로서의 삶. 이것을 쉽게 '사랑'이라고 부를 수 있을까? 상식은 깨지고 믿음은 흔들린다. 절대 아니라고 한다면, 왜 그것은 사랑이라고 부를 수 없는 것인가? 코치가 없었다면 닐은 이성애자가 되었을까? 닐의 자기 결정권은 어디까지 인정받을 수 있는 것일까? 혹은 과연 인정받을 수 있기는 한 것일까. 영화는 에릭과 닐이 코치의 옛집을 몰래 방문해서 서로를 위로하는 장면으로 끝난다. 그 마지막 장면에서 실제로 닐이 에릭에게 미안함을 전하며 건네는 말이 바로 각주 5번 속 인용문이었다.

코치의 옛 소파에 앉아 둘은 서로 의지한 채 뱅글뱅글 하나의 희미한 점으로 사라진다. 이렇게도 해석될 수 있는 대사와 함께 말이다. '내 모든 진심을 담아서, 우리가 이 세상을 뒤로한 채 떠날 수 있기를 바란다. 한밤중, 두 명의 천사가 같이 떠오른다. 그리고 신비롭게도…… 사라져버린다.' 의미심장하지 않은가? 상처받은 두 명의 '천사'가 하늘로 떠올라 사라져버린다…… 이제 날개를 잃어버린 두 명의 천사에게 남은 삶은 죽음뿐인 것처럼 느껴진다(눈여겨봐야 할 것은 닐이 상실감 속에서 코치를 떠올리며 "날 빌어먹을 당신의 천사라고 불렀지"라고 중얼거리는 대목. 코치는 애칭으로 닐을 '천사'라고 부른 것이다. '천사'라는 말을 둘러싼 이런 맥락이 『글로리홀』에 등장하지는 않는다. 다만 영화를 본 사람만이 확인할 수 있다).

굳이 영화에 대한 이야기를 길게 늘어놓았다. 앞서 읽었던 「늙은 베이비 호모」라는 제목에 붙은 각주 1번에 특이하게도 '민'(사랑했던 그 아이의 이름?)이라는 단어에 각주가 또 달리고 "이 주석에 도움을 준 노래들을 밝혀 적을까 하다 어둠 속에 두기로 한다. 다만, 사랑의 기원, 거지같은 흰둥이, 코치는 나를 범하고, 네가 소년이었을 때, 라는 존과 찰스와 그렉과민의 노래를 언젠가 들은 적이 있다고만……"이라는 내용이 더해져 있기 때문이다.

특정 노랫말의 일부인지, 아니면 영화의 영향을 받아, 화자의 성장담 속에 시인이 부여한 가공의 서사를, '노래'라고 표현한 것인지 분명치 않다. 그러나 이 사소한 '각주 속의 각주'는 시적 화자의 기억 심층에 존재하는 결정적 순간을 암시하는 것처럼 보인다. 우리는 여기서 시적 화자의 성장담에 대한 하나의 픽션을 만들어볼 수 있다. 어쩐지 '두 명의 소년과 한 명의 어른'이라는 관계를 떠올리게 된다는 말을 하려는 것이다.

정리하자면 게이 정체성을 일깨워준 어른(코치)이 있었고, 두 명의 소년이 있었고, 시간이 흘러 소년 중 한 명이 나머지 소년을 버렸고, 남겨진 소년은 옛사랑의 고통에 휩싸여 낙원에서 추방당했다는 점, 그리하여 외롭고 황량한 이 세계에 혼자 남겨졌다는 점, 바로 이것이다(이 서사는 충분히 달라질 수 있다. 당신의 상상력을 발휘해보라).

이런 성장담은 시집에 가까이 다가갈 수 있는 하나의 유효한 참조점이 될 것이다(그랬으면 한다). 이제 시집의 두번째에 배치된 「고요하고 거룩한 밤 천사들은 무엇을 할까;」, 스물아홉번째에 배치된 「고요하고 거룩한 밤 천사들은 무엇을 할까; 듀안과 마이클은 한 파티에 참석했던(하략)」, 서른다섯번째에 배치된 「처음으로 죽은 갱gang」에 등장하는 "LA의 천사", 마흔일곱번째의 시 「고요하고 거룩한 밤 천사들은 무엇을 할까; 친애하는 창백한 푸른 눈동자 씨에게(하략)」까지를 어느 정도 하나의 맥락에서 이해할 수 있게 된다. 두 명의 게이 청소년은 대천사 미카엘(영어식으로는 마이클)과 가브리엘의 이미지로 바뀌고, 이것은 다시 각각의 시에서 직접적으로, 혹은 간접적으로 변형되어 등장한다.

마이클이 한밤 집에 돌아와 목 잘린 닭떼들이 푸드덕거리는 황량한 꿈을 꾸고, 고양이 가브리엘이 잠든 마이클을 핥아주고 품어주는 장면(「고요하고 거룩한 밤 천사들은 무엇을 할까;」), '마릴린 먼로'가 집에 돌아와 옷을 벗으니 그녀가 실은 여장남자였음이 밝혀지고, 곧 죽음을 앞에 두고 있음을 무대화하는 장면(「고요하고 거룩한 밤 천사들은 무엇을 할까; 듀안과 마이클은 한 파티에 참석했던(하략)」), 갱단의 킬러 헥터가 천사의 날개가 그려진 글로리홀을 통해 제임스 프랑코를 환상처럼 잠시 만났다가 끝내 피를 흘리며 싸구려 모텔에서 죽어가는 장면(「처음으로 죽은 갱gang」), 발기한 마이클이 환상의 숲으로 들어가 가브리엘을 채찍으로 때리고, 69자세로 서로의 성기를 빨다가 창백한 푸른 밤을 바라보며 쓸쓸하게 끝나는 장면(「고요하고 거룩한 밤 천사들은 무엇을 할까; 친애하는 창백한 푸른 눈동자 씨에게(하략)」)은 모두 동성애 관계의 두 사람이 낙원 상실 이후 외로움 속에서 죽어가는 서사의 다양한 변주로 읽히지 않는가. 그 밖의 몇몇 작품도 바로 이 구도에서 읽는다면 더욱 이해가 빠를 것 같다.

이 두 사람은 유년 시절 누군가의 천사이기도 했으며 서로가 서로에게 천사이기도 했을 것. 그러니까 '천사'라는 단어와 그 단어를 둘러싼 다양한 서사에는 순수했던 시절, 사랑받던 시절, 죄의식 없이 누군가를 사랑했던 시절, 그러나 돌이킬 수 없는 아득한 시절, 폭력적이며 수치스러웠던 시절, 동시에 어떻게 해도 벗어날 수 없는 기억, 지금은 날개가 꺾여 어디로도 날아가지 못하는 삶, 이라는 깊은 탄식이 회전하며 꽉 맞물려 있다는 말이다. 그러니, 누가 뭐래도, 이 천사는 '사랑의 천사'다. 사랑이 없었다면 이 모든 고통도 없었을 것이다.

4. SF적 디스토피아에서 사이보그로 살아가기

흥미로운 것은 시인이 각주에서 밝혔듯 이 시집의 배경에 다양한 사진 작가들의 색채가 덧입혀져 있다는 사실이다. 에릭 호퍼에게 영감을 받은 듯, 황량하고 공허한 미국 교외 주거 지역을 할리우드 영화의 한 장면처럼 연출 사진으로 기록한 그레고리 크루드슨의 작업, 또한 르네 마그리트의 영향권하에 시퀀스 포토의 창시자로 알려진 듀안 마이클의 작업 역시 이 시집과 겹쳐 있다. 모두 스산하고 우울하며 기묘하게 쓸쓸하거나, 낭만적이고 서정적이며 꿈을 꾸는 듯한 사진들이다. 이런 정도의 말로밖에 설명할 수 없다는 것이 안타깝다. 지금 들고 있는 당신의 스마트폰으로나마 이들의 사진을 찾아보길 권한다.

시집 내에서 시인이 명시적으로 밝힌 적은 없지만 듀안 마이클의 사진 중에 〈타락한 천사The Fallen Angel〉라는 작품을 본 사람은 이 시집의 '천사'가 작동하는 배경을 더욱 깊이 있게 이해할 수 있을 것 같다. 총 여덟 장의 흑백 사진이 연속으로 배열되어 있는 작품의 내용은 이러하다. 침대에 잠든 여인을 보고 흥분한 천사가 그녀를 범한다. 그리고 벌을 받은 듯 날개를 상실하고 인간적 고통에 괴로워하다가 외투를 여미며 그 자리를 뛰쳐나간다. 성행위 이후 천사가 그 순수함을 잃고 인간으로 전락한다는 설정은 어린 소년이 동성애에 눈을 뜬 뒤 짧은 행복의 시간을 겪고 버림받은 후 영원히 고독하고 황량한 세계 속에서 죽음과도 같은 삶을 살아가야 한다는 이 시집의 핵심 가설과도 상통한다. 침실을 뛰쳐나온 천사는 이후 어떻게 되었을까?

쓰레기가 나뒹구는 우울한 도시의 뒷골목이 떠오른다. 외투로 제 몸을 감싼 채 이 도시를 부유하는 슬픈 눈의 사내까지. 누가 이 천사를 천사로 알아보겠는가. 이 시집의 멜랑콜리는 이 대목에서 낭만성과 결합한다. 「목성에서의 9년」에서 "륜이 사진첩 『터미널』(루, 1886)에서 이 오목한 눈물의 전경을 찾아볼 수 있다"와 같은 각주, 영화 〈동사서독〉의 감수성을 그대로 옮긴 「동사와 서독」, 그리고 한밤중에 눈[雪]과 몽상과 사랑을 읊조리는 「국경」과 같은 시가 보여주는 낭만적 감수성은 이병률과 박정대의 작품을 도드라지게 연상시킨다. 이처럼 김현은 변형된 각주 놀이와 인용을 통해 이들 선배 시인에게 오마주를 바친다.

한 가지 더 있다. 또 하나 매력적인 세계. 그것은 바로 SF적 디스토피아의 상상 세계이다. 로켓에 태워져 강제로 '소년기' 밖으로 추방당한 게이 청소년이 불시착한 곳은 비유적으로 말하자면 '낯선 행성'일 터. 바로 여기서 이 관습적 수사는 시집의 효과적인 배경으로 실체화된다. 이번 시집에서 SF의 색깔을 띠고 있는 작품은 「은하철도 구구구」 「리와인드Rewind」 「목성에서의 9년」 「게리가 무어라고 하던 복제품을 위한 추도사」 「그린그래스Greengrass가 사라졌네」 「우주관람차 12호의 마지막 손님」 「몽고메리 클리프트」 「지구」 등 여덟 편 정도이지만 기타 다른 시편에도 낯선 혹성, 시간여행, 우주선, UFO, 복제인간, 로봇 등의 아이디어가 부분적으로 변용·배치되어 있다.

물론 시집에 등장하는 SF적인 분위기는 뛰어난 과학적 상상력의 전개, 대체 역사의 창조, 정확한 지식과 치밀한 스토리텔링 등에 초점을 맞춘 것은 결코 아니다. 오히려 필립 K.딕과 같은 SF 작가들이 테마로 삼았던 주제, 즉 기술 문명의 고도화 속에서 인간과 복제인간의 경계는 무엇이며, 과연 인간 존재의 확신은 어디서, 어떻게 구할 수 있는가와 같은 질문에 집중되어 있다고 보는 편이 맞겠다. 이 계열의 작품 중 딕의 단편 「안드로이드는 전기양의 꿈을 꾸는가?」(「그린그래스Greengrass가 사라졌네」의 각주 6번에 변형하여 등장)는 당연히 손에 꼽을 수 있지만, 이를 바탕으로 제작된 영화 〈블레이드 러너〉(1982)의 인상은 유독 더 선명하다.

조금이라도 영화에 관심 있는 사람이라면 이 영화의 디스토피아적 분위기를 대번 떠올릴 수 있겠다. 영화가 시작되면 2019년 미국 LA의 디스토피아적 풍경이 축축하면서도 음산하게 펼쳐진다. 인구가 폭발적으로 증가하면서 지구는 황폐화된 지 오래. 인간들은 상당수 다른 행성으로 이주한 상태이고 다른 행성을 식민지로 만들기 위해 리플리컨트(복제인간)가 만들어져 동원된다. 그러나 리플리컨트는 4년이라는 짧은 수명이 다하면 쉽게 폐기 처분되는 현실. 수명 연장을 위해 지구로 침입한 리플리컨트들을 처단해나가던 '데커드(해리슨 포드)'는 마지막에 역으로 그들의 대장인 로이에게 죽임을 당할 위기에 처한다. 그러나 로이는 데커드를 죽이지 않고 스스로 죽음을 선택하면서, 비를 맞으며, 마지막 말을 남긴다. 이 장면은 영화를 본 많은 이에게 잊히지 않은 명장면으로 남아 있다. "난 네가 상상도 못할 것을 봤어. 오리온 전투에 참가했었고 탄호이저 기지에서 빛으로 물든 바다도 봤어. 그 기억이 모두 곧 사라지겠지 빗속의 내 눈물처럼. 이제 죽을 시간이야."

　로이는 정말 리플리컨트에 불과한가? 그를 파괴시키는 일은 정당한가? 자신을 처단하려는 인간(데커드 역시 복제인간이라는 설도 있다)을, 죽일 수 있음에도 불구하고 죽이지 않은 채 스스로 죽음을 맞이하는 로이. 이 순간만큼은 차라리 인간보다 낫지 않은가. 로이의 슬픔은 슬픔이 아닌가? 그러니까 김현 시집에서 SF 문법이 차용될 때, 그 발화의 자리는 주로 이와 같은 복제인간, 혹은 사이보그의 자리이며, 이 자리에서 복제인간은 더욱 진지하게 자기 존재에 대해 고민한다. 또한 우리에게 묻는다. 저는 인간입니까, 인간이 아닙니까? 인간이라면 어째서 저에게는 영혼이 없는 것처럼 느껴질까요? 인간이 아니라면 저는 왜 인간이 될 수 없는 것입니까? 당신은 나보다 얼마만큼 더 인간에 가까운가요? 지금 순간에도 지구를 황폐화시키는 인간들. 인간은 대체 무엇입니까…… 당신에게 이와 같은 데이터베이스가 존재한다면 김현의 SF 문법은 훨씬 더 설득력 있게 다가올 것이다. 물론 한 단계 더 거쳐야 할 관문은 있지만 말이다.

　시리우스가 팬티를 내렸다. 텐션 페니스사의 음경이 팽팽하게 나타났다. 귀두 아래 박힌 네 개의 다마까지 내 것과 똑같았다. 고독의 형상이 있다면 바로 저 구슬들 같지 않을까. 그제야 나는 시리우스가 건네준 구형 맥가이버 칼로 몸을 찢었다. (……) 당신 역시 공산품 로봇에 지나지 않아. (……) 나는 시리우스를 안고 침대에 누웠다. 22세기부터 금지된 감정을 끌어 덮었다. 눈을 감았다. (……) 인간이었을 때는 결코 알 수 없던 삶의 환희들이 밀려왔다. 그러나 이 역시 픽션들에 저장된 것일지도 몰라. 눈을 뜰 수가 없었다. (……) 시리우스, 내게도 영혼이 있을까? 코드 블루. 코드 블루. 입술이 저절로 씰룩거렸다. 자동 폭파 장치가 가동된 듯했다. (……) 우리는 죽어서 어디로 갈까? 시리우스가 물었다. 잊을 수가 없다. 나는 새로운 세대를 위한 텐션 페니스사의 이중 분리 음경을 장착한 채 재생산됐다. 그리고 어딘가에 시리우스를 찾아 벌써 이곳, 13행성까지 오게 되었다.

―「어딘가에 시리우스」 부분

분명한 것은 없다. '시리우스'는 누구고, '나'는 누구이며, 이곳은 어디인가. 김현의 시를 읽으며 우리가 부딪치게 되는 혼란이다. 이 작품 역시 서브텍스트의 내용을 어느 정도 알고 있어야 이해할 수 있다. '시리우스'라는 단어에 붙은 각주 1에서 "텐션 페니스사의 창립자인 올라프 스카이가 연인이었던 스태플든 울프와 합작하여 만든 제1세대 애완 로봇의 이름이기도 하다"는 말이 붙어 있지만 각주를 읽고 나면 혼란은 더해진다. '올라프 스카이'는 누구이고 '스태플든 울프'는 또 누구란 말인가?

결론부터 말하자면 시인은 지금 의도적으로 '올라프 스태플든'이라고 하는 SF 작가의 이름을 분리하여 '가짜 각주놀이'를 하고 있다. 물론 올라프 스태플든의 작품 중에는 분명 『시리우스』라는 소설이 존재하며 위의 시는 그 소설에서 힌트를 얻은 작품인 것은 분명해 보인다.

인간보다 더 뛰어난 지능과 감성을 가진 '개'를 소설 속에서는 '시리우스'라 칭한다. 시리우스는 개와 인간 사이에서 끊임없이 갈등하는 존재이다. 물론 이 과정이 사변적 언어로 일관되기는 하지만 어쨌든 소설 속에서 그를 이해하는 유일한 인간 친구가 바로 '플랙시'라고 하는 소녀이다. 이들은 서로를 의지한 채 성장해나가는데 이런 식의 설정을 알게 된다면 이제 이 시에 어떤 변형이 가해졌는지 파악하기란 어려운 일이 아니다. 시인은 소설의 '시리우스-플랙시'의 캐릭터와 관계를 빌려와 '시리우스-

나'로 뒤바꾸고 이것을 과잉된 남자 성기를 가진 로봇들의 B급 '퀴어-SF
물'로 변환시킨다(원작을 퀴어물로 패러디하는 이런 식의 변형은 상당히 많
다).

앞선 우리의 가설과 이 시를 연결시키자면 아마도 이러한 서사가 가능
할 것 같다. 어떤 식으로든 사랑의 실패를 경험한 이후 게이 청소년은 자
신의 성 정체성을 슬프게 각성하고 "텐션 페니스사의 이중 분리 음경을
장착한 채 재생산"된다. 그리고 날개 잃은 천사처럼 이 우주 곳곳을 떠돈
다. 어딘가에 있을 자신의 소울 메이트를 찾기 위해 그렇게 온 행성을 떠
돌다가 결국 '시리우스'를 발견하는데 시리우스는 바로 자신과 똑같은 "네
개의 다마"를 귀두 아래 박은 로봇으로 밝혀진다. 둘은 침대에 누워 "22세
기부터 금지된 감정"을 덮는다. 아마도 동성애의 관계이리라(깊은 슬픔과
는 별개로 이런 식의 서사에는 어쩐지 유아적이며 나르시시즘적인, 동시에
천진하기 짝이 없는 매력이 존재한다. '텐션 페니스사'라니, 남성 성기에 대한
이 과도한 성적 몰입과 물신화에는 일면 상대의 정치적 성향, 경제력, 집안 배
경 등 어떤 조건도 따지지 않고 마치 유년 시절 발가벗고 뛰어노는 아이들과
같은 천진함이 개입해 있는 것 같다).

이렇게 보자면 이 시집은 인간과 다른 형태로 태어난 사이보그가 자기
정체성을 탐구하기 위해 우주를 떠돌다가 결국은 황폐화된 지구로 돌아
와 죽음을 맞이하는 비극적 여정을 다룬, 기이하게 슬프고 기이하게 유희
적인 SF 서사시라고 봐야 할 것 같다. 시집 첫번째에 배치된 「비인간적인」
이라는 작품은 이 시집의 시적 화자가 평균적인 프로토콜을 장착한 인간
이 아님을 고지하는 비밀스러운 초대장이었던 셈. 사이보그지만 인간처
럼 영혼을 갖고 싶다는 희망도 그래서 품게 된다. "인간이었을 때는 결코
알 수 없던 삶의 환희들이 밀려왔다. 그러나 이 역시 픽션들에 저장된 것
일지도 몰라"라는 구절을 통해 알 수 있듯 중요한 건 설사 게이 정체성을
인정한다고 해도 어쩐지 이 환희가 진짜인지조차 의심스러워진다는, 이

겹겹의 한계 조건이다. 내가 선택해서 게이가 된 것이 아니라는 혼란을, 내가 선택해서 사이보그가 된 것은 아닐 것이라는 비유로 되풀이하는 셈이다. '내'가 사이보그라면 나를 만든 누군가가 있을 것이고, 나는 그의 프로그래밍에 따라 감각하고 생각하고 살아가는 존재에 불과한 것 아닌가. 나를 만든 이는 어째서 나를 게이로 만든 것인가. 나를 만든 '존재'는 '누구/무엇'이고 '나'는 대체 '누구/무엇'인가? SF를 거치면서 묵직해진 질문은 이제 포르노 배우들과 만나고, 메타픽션으로 심화된다.

5. 포르노 배우들과 함께한 메타픽션 극장

여기까지 함께 온 당신에게 경의를 표한다. 사실 보통의 해설이라면 지금쯤 이 글은 끝났어야 한다. 이 정도 '스크롤'의 압박을 견딘 당신, 정말 훌륭하다. 그러나 불행하게도(?) 아직은 조금 더 가야 할 것 같다. 나는 당신이 이 글을 끝까지 읽어서 김현의 시집을 더욱 사랑할 수 있으면 좋겠다.

조금 다른 말로 풀어볼까? 하루키가 마라톤 마니아라는 것은 우리 모두 안다. 그가 정기적으로 마라톤을 즐기며 고통에 시달리는 인물에 대해 쓴다 해도 이상할 것은 전혀 없다. 소설가니까. 그러나 만약 최승자 시인이 마라톤을 즐기며 고통받는 화자의 목소리를 낸다면 어떻겠는가? 사람들은 최승자의 시를 더이상 읽지 않을 것이다(물론 최승자가 마라톤을 즐겼다면 고통받는 화자의 목소리를 애초에 낼 수도 없었을 것이다). 시인은 그런 것이니까. 장르적 차이에서 비롯한 높은 윤리적 기대감. 시인과 시적 화자를 동일시하려는 이 욕망이 오랫동안 시인의 타락을 막은 것은 사실이다. 그로 인해 시인은 주로 병적 상태로 제 순결함을 증명하며 이 세계의 타락을 가장 먼저 고발하는 자가 될 수 있었다. 그러나 이 순결한 믿음이 시인의 자력갱생을 막고, 시의 상상력과 스케일의 확장을 막은 장애물이기도 했다는 점은 부인할 수 없을 것 같다.

그런 면에서 2000년대의 시가 시인에서 시적 화자로, 시적 화자에서 다시 일종의 캐릭터 놀이로 초점을 변화시켜간 것은 시의 내재적 한계를 극복할 수 있는 중요한 흐름 중 하나였다고 나는 생각하는 편이다. 물론 공과와 성패는 사례별로 따져봐야 한다. 분명한 건 이 방법론을 채택하면서 시인들이 지금 자신이 살아가는 현실에서 일정 정도 벗어날 수 있는 자유를 얻었다는 점이다. 더욱 극화된 형식으로, 픽션에 가까운 상상력을 펼칠 수 있게 된 것이다.

다시, 말을 조금 바꾸자면 캐릭터 놀이를 통해 시인들은 비로소 타락할 자유를 얻었다고 할 수 있다. 시인과 시적 화자가 실질적으로 분리되면서 윤리적 책임감을 조금 내려놓고, 일종의 캐릭터를 동원한 타락이 가능해진 것이다. 시 안에서 퇴폐를 표현할 자유는 여전히 한국적 현실에서는 받아들여지기가 힘든 감이 있다. 따라서 이 계열의 시인들은 일정 정도 무대를 외국으로 돌릴 수밖에 없다. 타락의 정도가 크면 클수록 이국적 배경은 더욱 전면화하게 된다. 그래야 행위의 폭이 넓어지고 비난의 화살을 어느 정도 비껴갈 수 있기 때문이다. 현실적 설득력과는 별개로, 소재의 확장이라는 측면에서 보자면 큰 변화다.

이 젊은 시인의 첫 시집이 1950~60년대 미국의 대도시 뒷골목이나 삭막하고 칙칙한 교외 주거 지역을 배경으로 삼은 것도 이런 필연적 맥락이 있었을 것으로 나는 생각한다. 자신이 채택한 시적 화자가, 일반적인 상식 기준에서 일탈적인 인물이라고 했을 때, 시인에게 내면의 갈등과 고뇌를 표현할 수 있는 효과적인 방법은 극화된 픽션의 세계일 수밖에 없는 것이다. 캐릭터의 타락을 통해 그 누구보다 격렬하게 인간의 퇴폐성과 악마적인 내면을 탐구하기를 좋아하는 시인들은 대체로 한국보다는 외국을 선호하는 것 같다.

'포르노 배우'에 대해 말하기 위해 주단을 깔았다. 이번 시집에는 사실 강력한 캐릭터가 하나 등장한다. 바로 '린다 수전 보어맨'이다. 예명 '린다

러브레이스'. 그녀가 대중에게 널리 알려진 것은 하드코어 포르노 〈목구
멍 깊숙이Deep Throat〉(1972) 때문이었다. 미국 최초로 극장에서 정식 개
봉한 이 포르노는 엄청난 관객을 동원하였고 때문에 린다는 일약 유명 인
사가 된다. 여기엔 영화 자체의 적나라하면서도 조악한 힘만이 작동한 것
이 아니라 '포르노와의 전쟁'을 선포한 억압적 정권의 검열 문제가 걸려 있
었으며, 이로 인해 〈목구멍 깊숙이〉는 큰 사회적 이슈가 되어버린다. 〈목구
멍 깊숙이〉가 영화 역사상 가장 유명한 포르노로 기록되는 이유도 그 때
문이다. 훗날 린다는 회고록을 통해 당시 영화를 찍을 때 강압과 폭력이
있었음을 고백하며 안티 포르노 운동에 나서기도 하지만 생활고 때문에
다시 포르노계로 돌아왔다가 끝내 2002년 교통사고로 사망한다. 린다의
삶은 최근 영화 〈러브레이스〉(2013)로 옮겨지기도 했다.

　당신도 보았는지 모르겠지만 실제 영화를 보면 줄거리라고 할 것이 없
다. 가장 중요한 것은 구강성교의 장면일 텐데 영화 내내 남성 성기를 펠
라티오하는 린다 수전 보어맨의 얼굴이 중요하게 클로즈업된다. 보는 이
의 숨을 턱턱 막히게 하는, 거의 기예에 가까운, 과연 저게 가능할까 싶은
하드코어한 장면들의 연속이다. 이런 맥락을 이해한다면 다음과 같은 장
면이 어떻게 탄생했을지 상상해보는 것은 크게 어려운 일이 아닐 것이다.

　수전은 마침내 행크의 그것 앞에 당도했다. 그녀는 두 손을 들었다. 행
크, 이건 삼킬 수 없어요. 수전은 수전에게 실망했다. 당신만이 이걸 삼킬
수 있어요. 당신이 아니라면 대체 누가 이걸 삼킨단 말입니까. 수전, 수전,
수전, 수전은 수전을 연호했다. 오늘은 당신의 은퇴 파티잖아요. 은퇴 파티
란 게 뭔지 보여줄 때가 온 거라고요.(……) 수전을 에워싼 사람들이 잠든
듯이 죽음에 들기 시작했다. 그 시각, 지구는 정전 중이었다.
　(……) 수전이 그것을 끝까지 삼켰다. 모든 불이 와해됐다. 산산한 새벽
이었다. (……) 수전은 변색된 모조 진주가 달린 홈드레스를 줄줄 끌며 침

실로 붕 떠갔다. 린다가 네발로 수전의 옷자락을 간신히 밟으며 총총총 그
녀의 뒤를 따랐다. 수전은 침실로 오르는 오랜 시간 동안 수전을 연호하는
얼굴 없는 얼굴들을 둘러보았다. (……) 수전! 수전! 수전! 어디로 사라진
거예요. 오늘은 로스앤젤레스 엔젤의 은퇴 파티라고요.
— 「수전 보어맨Susan Boreman의 은퇴 파티」 부분

비트 세대를 대표하는 작가 중 한 명이며, 그 자신이 마약 중독자였던
윌리엄 S. 버로우의 작품 『퀴어』(시집의 여섯번째로 배치된 「퀴어; 늘 하는
이야기」가 바로 이 소설의 설정을 빌려왔다) 중에는 이런 식의 대사가 나온
다. "섹스 괴물로 살아가느니 죽는 게 더 고귀하다고 생각했지." 이것은 소
설 속 게이인 '리'가 사랑하는 청년 '앨러턴'에게 던진 말이다. 이 대목을
조금 더 길게 인용해보자면 다음과 같다.

"나이트클럽에서 짙은 화장을 하고 히죽히죽 웃던 여장 남자들을 본 적
이 있는데 그 사람들이 떠올랐어. 내가 그런 인간 이하의 괴물이라니, 어
떻게 그럴 수 있을까. 가벼운 뇌진탕을 일으킨 사람처럼 멍한 상태에서
거리로 나갔지. (……) 흉측한 절망과 수치밖에 아무것도 얻을 것 없는 삶
을 끝내는 게, 스스로를 파멸시키는 게 나을 듯했어. 섹스 괴물로 살아가
느니 인간으로 죽는 게 더 고귀하다고 생각했지."[2]

게이로서의 자기 정체성을 그 누구보다 너그럽게 받아들일 수밖에 없
는 사람은 결국 자기 자신이지만, 우리나라에서 상당수의 게이 혹은 게이
청소년들이 그렇게 되기까지는 너무나 고통스러운 과정을 거쳐야만 한
다. 도움을 얻을 커뮤니티나 롤 모델을 만나지 못하면 극단적인 생각에

---

2) 윌리엄 S. 버로우, 『퀴어』, 조동섭 옮김, 펭귄클래식코리아, 2009, 61쪽.

시달리기도 한다. 우리를 둘러싼 세계의 내재화된 일반 법칙은 동성애자에게 이중 구속이 되어 자기혐오감을 배가시키기 때문이다. 소설 속 '리'는 여장남자들을 보며 자연스럽게 혐오감에 휩싸인다. 자기 자신도 그런 여장남자와 별로 다르지 않은 퀴어한 존재임에도 말이다. '리'는 부조리했던 자기혐오의 기억을 불러내 앨러턴에게 들려준다. 『글로리홀』에 등장하는 "*이 쓰레기 호모새끼야*"(「퀴어; 늘 하는 이야기」)라는 거친 분노도 이와 같은 맥락에서 이해할 수 있게 된다. 결국 이번 시집에는 다음과 같은 연상의 회로가 보이지 않게 작동하고 있다고 봐야 한다. '나는 정상적인 인간이 아니다, 내가 나를 인정할 수 있으면 좋겠지만 나조차도 나를 인정할 수 없다, 그렇다면 나는 무엇인가, 나는 쓰레기다……' 이런 자학의 메커니즘이 철학적 질문으로 번역되면 거기서 SF와 사이보그의 세계가 등장하지만 파괴적인 혐오감으로 달리 번역되면 '포르노 배우'의 세계로 넘어간다. 이것이 비교적 순화된 단계로 숨을 죽이면 무대 위의 가짜 삶을 살아가는 영화배우의 세계가 펼쳐진다.

조금 돌아왔지만 앞서 인용한 시의 수전은 명백하게 '린다 수전 보어맨'으로 보인다. 수전은 설정상 마지막 은퇴 파티에서 온갖 영화배우들의 성기를 펠라티오한다. 그리고 마지막으로 '행크'라는 사내의 성기 앞에 도달하는데 그녀가 아무리 유능한 포르노 배우라도 그것만은 삼킬 수 없는 상황. 찬사를 가장한 강압 속에서 그녀는 결국 성기를 입안에 넣고 만다. 폭력적이고 쓸쓸하다. 린다 수전 보어맨은 '린다'와 '수전'으로 분열된다.

마치 전성기의 린다가 아니라 말년의 린다를 보는 듯한 애처로움이라고 할까. 「수전 보어맨Susan Boreman의 은퇴 파티」와 짝을 이루는 「론 우드Lone Wood의 은퇴 파티」 역시 잘나가는 포르노 배우로 살다가 은퇴하는 론 우드의 마지막 파티를 다루며, 관능적이라기보다는 허무한 분위기 속에서 진행된다. "죽기 전에 그 기념비적인 좆을 한 번 더 구경해야겠네. 어서 녀석의 고약한 성질을 돋워보라고. 외로운 사람들만이, 오직 외로운 사람들만이 오늘 밤의 내 느낌을 알지"라고 중얼거리는 '호모 데이브 커밍스'의 목소리. 그야말로 외롭고, 스산하고 황량한 느낌이다. 「블로우잡Blow Job」에 등장하는 앤디 워홀 역시 마찬가지다. 섹스 괴물, 인간 이하의 괴물, 그런데도 포르노 배우처럼 탐닉을 멈출 수 없는…… 그게 바로 나, 그게 바로 인간, 이라고 하는 지독한 쾌락과 환멸과 허무의 뒤범벅.

이제 김현의 시적 화자는 좀더 다중적인 상태로 분열하게 된다. 김현의 시들은 여기서 의도치 않게 포스트모던과 만난다. 시집 안에서도 이미 '시인/작가/옮긴이/시적 화자/캐릭터'가 분리되어 등장하지만, 자기 정체성에 대한 환멸과 인정의 반복은 필연적으로 자기 부정과 자아 분열을 가져온다. 이것이 발전되면 하나의 캐릭터 내부에서도 일관된 정체성에 혼란이 발생하는데 바로 이 대목에서 포스트모던한 세계관과 의도치 않게 연결된다.

보르헤스의 소설 중에 「원형의 폐허들」이라는 작품이 있다. 꿈을 통해 소년을 만들어낸 남자의 이야기다. 어디서 어떻게 왔는지 알 수 없지만, 낯선 곳의 신전에 도착한 남자는 두 번의 실패 끝에 신의 도움을 받아 한 명의 소년을 만들어낸다. 남자는 소년이 남자의 '꿈으로 만들어낸 존재'라는 사실을 깨닫지 못하게 하려고 그의 기억을 지워 신을 찬미할 수 있는 다른 신전으로 보낸다. 그런데 어느 날인가 소문으로 불에 타지 않는 도인이 있다는 말이 남자에게 전해진다. 그 도인이 바로 남자가 만들어낸 소년이었다. 남자는 자신이 각고의 노력으로 만들어낸 소년이 정체성을 자각하게 될까봐 안타까워한다. 여기서 우리는 당연히 남자는 진짜 존재이고 아이는 가짜 존재라는 이항 대립을 설정하게 된다. 그러나 사건은 그리 단순하게 진행되지 않는다. 남자가 기거하는 신전으로 불길이 몰려오는데 놀랍게도 남자 자신 또한 불에 타지 않음을 발견하는 것이다. 즉, 이렇게 되면 이 남자 또한 실체가 아니라 누군가의 꿈속에서 만들어낸 존재일 수 있다는 말이 된다. 이제 전제된 이항 대립이 깨지면서 과연 진실

혹은 리얼리티라는 것이 존재하는지, 명백하게 실존한다고 믿는 우리 존재가 정말로 실존하는 것이라고 확언할 수 있는 근거가 어디 있는가라는 형이상학적인 질문이 부각된다.

이번 시집 내내 지속된, '퀴어한 존재로서 자기 정체성에 대한 탐구'는 이렇게 해서 포스트모더니즘의 세계관과 만난다. 1960년대 영미 포스트모더니즘의 문제의식을 선취하여 보르헤스가 먼저 선보인 다양한 기법은 1990년대 초, 한국문학에도 커다란 영향을 끼친 바 있다. 김현 시인은 그 중에서도 특히 '메타픽션'이라고 하는 방법론을 '자기 정체성에 대한 불안'과 결합시켜 이 시집에서 생생하게 되살려낸다. 메타픽션을 한마디로 정리하자면 '가상 텍스트에 대한 주석 달기' 정도일 것이다. 이야기란 작가에 의해 만들어진 픽션에 불과하며, 작가가 개입하여 이 픽션을 제작하는 과정을 노출함으로써 작가와 독자, 허구와 현실 사이의 경계를 무너뜨리고 탐색하는 과정으로서의 소설쓰기를 시적 방법론으로 채택했다고 할까. 그러니까 이번 시집은 시집이지만 소설집에 가까워질 수밖에 없다. 픽션의 발명이 목적이기 때문이다. 계속해서 가짜 이야기가 만들어진다. 주석 달기 또한 '가짜 각주 달기' 혹은 '가짜 참고문헌 달기' 혹은 '사실과 가짜를 섞어서 각주 달기' 등의 방법론으로 확장되면서 이번 시집의 주된 형식을 만들어낸다. 픽션에 또다른 픽션을 만들어 붙여 픽션이 픽션임을 드러내면서 픽션을 써나가는…… 픽션/픽션/픽션/픽션……인 셈이다. 다음의 시는 그 한 사례이다.

나는 제네바의 한 노천카페에서 한 장의 사진을 발견했다. 여배우의 꿈을 여러 각도에서 바라본 시선 중 하나로 케이트 블란쳇이라고 불리는 이미지였다.

(……)

나는 눈을 감고 케이트 블란쳇의 얼굴에 점 하나를 기록했다. 점찍은 케이트 블란쳇의 얼굴이 또 한 차례 어두운 방의 렌즈에 비쳤다. 나는 촬영을 시작했다. (……)

(……) 나는 속눈썹을 붙였다. 나는 대본 대신 외국 소설을 들었다. 나는 촬영장에 있고 사라졌다. 나는 문자 한 통을 받았다. 당신 얼굴에 점을 찍었소. 나는 나에게 중얼거렸다. 입 다문 케이트 블란쳇은 케이트 블란쳇에게서 미끄러진 물방울들을 하나씩 주웠다.

(……)

케이트 블란쳇은 에스콰이어에 실린 케이트 블란쳇을 보았다. 제네바에서 나는 거기 없다를 촬영 중인 케이트 블란쳇이었다. (……) 보르헤스는 제네바의 식당에 앉아 영혼의 양식을 어루만지며 자위했다.

나는 케이트 블란쳇을 만났다. 나의 나는 제네바의 한 노천카페에 앉아 있고 나의 나는 커피를 마시고 나의 나는 담배를 피우고 나의 나는 나의 나는 나일까 생각한다. (……) 나는 케이트 블란쳇인가.
— 「케이트 블란쳇이 꾸는 꿈에 대하여」 부분

실존하는 여배우 '케이트 블란쳇'의 이름을 끌어들여 쓰여진 작품이다. 실제 이 매력적인 여배우 케이트 블란쳇은 짐 자무시의 영화 〈커피와 담배〉(2003)에서 1인 2역으로 등장한 바 있다. '세계적인 영화배우 케이트 블란쳇'과 '히피 여자 셸리'가 그렇다. 이 둘은 사촌 지간으로 처음에는 다정하게 굴다가 점차 서로를 향해 감추어진 계급적 멸시와 질투를 드러낸다. 밥 딜런의 가사로 만들어진 독특한 전기 영화 〈아임 낫 데어〉(2007)에서도 케이트 블란쳇이 등장하는데 여기서 그녀는 여배우임에도 불구하고 천재적 포크 뮤지션 밥 딜런을 연기한다.

위의 시는 이런 다양한 정보들을 발상의 연결 고리로 참조하면서 쓰여진 것 같다. 제네바의 노천카페에서 '내'가 케이트 블란쳇의 사진을 들여다보다 그 얼굴에 점을 찍는 장면으로 시는 시작된다. 그런데 어느 순간 '나'는 케이트 블란쳇이 되어 연기를 하고 있고, 또 어느 순간 조금 전 얼굴에 점을 찍은 사람과 문자를 주고받기도 한다. 장면은 다시 바뀌어 시간은 과거로 돌아가고, 모든 것은 케이트 블란쳇의 꿈처럼 느껴지기도 한다. 어느 것이 케이트 블란쳇이고, '나'는 과연 누구인가? 이 모든 것이 다 '나'인가? 거울 두 개를 마주보게 한 뒤 그 사이에 내가 서 있을 때, 무수한 '내'가 만들어지듯이 케이트 블란쳇은 지속적으로 증식되고 나중에는 누가 실체이고 누가 가짜인지 구분할 수 없게 된다. 케이트 블란쳇은 지금 어디 있는가? 지금 당신이 보는 케이트 블란쳇은 정말 케이트 블란쳇인가…… 그렇다면 이 시에 각주를 다는 목소리는 누구의 것인가? 진짜 각주를 다는 사람과 가짜 각주를 다는 사람은 같은 사람인가 다른 사람인가. 작품 속 다양하고 캐릭터의 향연을 즐기면서 그들의 분열된 목소리를 파악해내고, 그러면서도 눈앞에 펼쳐지는 이야기를 진짜인 것처럼 받아들이는 우리는 어떤 쾌락과 욕망에 의해 움직이는 자들인가.

6. 자, 이제 우리들의 픽션을 버려요

마침내 김현의 시집에 붙여진 핸드가이드북 마지막 장에 도착했다. 우리 스스로에게 박수를 보내도 되겠다. 이 시집을 함께 읽은 우리는 거의 동지적 관계라고 해도 과언이 아니다. 분명 쉽지 않은 시집이었다. 그러나 알면 알수록 재미가 생기는 시집이기도 했다. 도대체 얼마나 많은 서브텍스트가 데이터베이스로 작동하고 있는지 모를 정도니 말이다.

시집 마지막 작품 「지구」를 보면 '지구'라는 제목에 이런 각주가 달려 있다. "태양계의 행성 중 하나로 인류가 살았다. 고독으로부터 세번째 궤도를 돌았으며, 달을 위성으로 가지고 있었다. 행성을 둘러싼 얇고 투명한 자기가 고독에 가까워지면서부터 새까맣게 구멍이 나기 시작했다." 이 구멍 난 지구에 인류가 살아남을 수 있을까. 여기, 마지막으로 살아남은 존재가 있다. '푸른 눈'이라는 가로등 로봇. '푸른 눈'은 사방을 둘러보지만 결국 발견하게 되는 것은 자신이 지구에 남은 마지막 로봇, 혹은 존재라는 사실뿐이다. 그동안의 무수한 메타픽션의 무대를 거쳐 이곳에 도착했지만 결국 알아낸 것이 지구에는 자기 혼자밖에 없다는 사실이라니. '푸른 눈'은 절망 속에서 스스로를 해체하기 시작한다.

지구의 마지막 가로등 불빛이 꺼지자 "트렌실흰나비배추벌레떼"가 몰려와 지구를 갉아먹는다. 이것은 슬픈 장면일까? 그렇기도 하고, 아닌 것도 같다. 지구의 마지막 존재가 사라져버렸으니 '푸른 눈'에 감정 이입을 한 사람들에게는 이 결말이 새드 엔딩이겠지만, 곧이어 등장하는 "트렌실흰나비배추벌레"를 눈여겨본 사람들에게는 이 결말이 좀 다르게 읽힐 것 같다. 특히 컬트 영화의 고전 〈록키 호러 픽쳐 쇼〉(1975)에 등장하는 양성애 복장 도착자 '프랑큰 퍼터 박사'가 온 곳이 바로 '트랜실베니아'의 '트랜스섹슈얼'이라는 행성이었음을 떠올릴 수 있는 사람이라면 말이다. 이 영화의 컬트적이고 키치적이며 장난스럽고 호탕한 매력을 알고 있는 사람이라면 어쩐지 이 마지막 장면은 의미심장하다.

이 시편의 마지막 각주 5번에는 시든 행성을 갉아먹은 애벌레가 입에서 '트렌실'을 뽑아내 몸을 묶은 뒤 번데기가 된다는 말이 등장한다. 지구를 갉아먹을 정도의 거대한 애벌레라니! 그렇다면 시든 지구를 먹은 이 애벌레는 어떤 존재로 화려하게 태어날까? 과연 지구라는 행성은 아무것도 아닌, 화려하고 우주적인 나비가 될 수 있을까? 더욱더 자유분방하면서, 소란스럽고, 기괴하지만, 생명력이 넘치는 새로운 존재로 태어날 수 있을까? 그야말로 트랜스섹슈얼(남녀의 성별을 넘어선)한 존재로 말이다. 이렇게 보자면 이 시집은 해피 엔드를 꿈꾸는, 눈물을 흘리면서도 환희에 찬 디바의 노래로 끝맺음되는 것이 맞지 않을까 싶다. 아바의 〈댄싱 퀸〉처럼 말이다. "당신은 댄싱 퀸으로 변하죠. 젊고 사랑스러운 열일곱 댄싱 퀸은 탬버린을 타고 흐르는 비트를 느껴요. 춤을 춰요. 자이브를 춰요, 당신만의 멋진 시간을 즐겨요."

이 시집에 우리가 알았던 현실은 없지만 한 번쯤 상상해보았던 현실은 있다. 2차 텍스트를 기반으로 만들어졌다는 것 때문에 폄훼되어야 할 것이 아니라 2차 텍스트로 만들어졌음에도 불구하고 얼마나 실정성과 타당함을 갖추고 있느냐로 이런 장르의 시를 평가해야 한다면 김현의 이번 시집은 충분히 현실적이다. 이야기 자체의 매력과 완성도에 힘을 쏟는다면 그의 노력은 더욱 폭넓게 인정받을 수 있을 것이다. 김현의 시적 화자는 게이 감수성에 기반한 퀴어적 상상력에 방점을 찍고 거기에 다시 SF라는 장르의 전통적 고민과 메타픽션이라는 방법론을 하나로 묶어냈다. 그는 새로운 장르의 창시자다. 앞으로 상당 시간 많은 사람이 김현 시인에 대해 이야기할 것이며, 그의 성취에 대해서는 다른 견해를 가질 수는 있어도, 김현 시인을 빼놓고 한국 시문학사가 씌어지는 일도 없을 것이다. '퀴어 SF-메타픽션 극장'에 오신 여러분을 환영한다. 관람은 이제부터 시작이다.

의자 들고 지하철 타기

— 강지혜의 『내가 훔친 기적』(민음사, 2017) 부릉부릉 낭독회

1. 아무도 나 같은 건

나는 상상해. 어느 장마철의 빈집을. 아파트가 아니라 오래되고 낡은 주택에 살면 말야, 천장의 벽지가 천천히 부풀어오르는 걸 볼 수도 있어. 방수 처리가 제대로 안 된 집이라서 벽을 타고 스며든 빗물이 천장의 벽지로 모여드는 거야. 터질 듯 말 듯, 아이를 밴 엄마의 배처럼. 빨리 감기 해서 돌려보듯이 부풀어오르는 만삭의 배. 어쩌지. 곧이라도 찢어져서 빗물이 쏟아지면 어떻게 하지. 불안에 사로잡힌, 그래, 여기 텅 빈 줄 알았던 방에 한 아이가 있었구나. 작고 단단한 여자아이. 불안과 슬픔으로 흔들리는 눈빛을 가진 아이.

아이는 벽지를 보며 생각해. 엄마도 없는데 동생이 생기면 어쩌지. 저 안에서 동생들이 쏟아지면 어떻게 하지…… 난 아이의 상상을 들여다보며 마음이 아파. 몰라. 그냥 엄마도 없다는 말이 외롭게 느껴져서 마음이 아프고, 빗물을 동생들로 생각하는 그 마음이 더 슬프고. 동생들이 많이 생기면 외로운 아이에게는 행복한 일인 것 같지만 엄마가 없는데 동생들이 생기는 건 다른 일이잖아. 엄마의 사랑을 깊이 받아보지도 못했는데

동생들에게 줄 사랑을 어디서 얻을 수 있겠어. 그건 행복한 일이 아니라 두려운 일. 사랑을 베풀기에는 아직 어린아이. 한참은 더 사랑을 받아야 하는 아이에게는.

옆집 어디에선가는 쌍둥이 아기들이 우는 소리, 또 어디서는 굿하는 소리가 들려오는 그런 구불구불한, 좁은 골목이 많을 것 같은 가난한 동네의 비 오는 날 이야기를 하고 있는 거야. 혼자 방안에 남겨진 아이에 대해서 말하고 있는 거야. 비로소 "장마철이 되면 아버지가 내 방 천장을 임신시켰다 비가 올 때마다 천장이 부풀어올랐다 엄마가 없는데 동생이 생길까봐 무서워 많이 울었다 하지만 쌍둥이들의 울음소리에 옆집 굿하는 소리까지 아무도 나 같은 거,"(「장마」)라는 목소리가 들리는구나. 나는 지금까지 상상해본 풍경들을 모두 생생하게 감각할 수 있지만 거기에 더해 희미하지만 작은 목소리에 또 오래 머무르게 돼. "아무도 나 같은 거,"라는 중얼거림. 너도 들었니? 아무도 나 같은 것. 무심결에 내 뱉은 속마음 같은, 전달되기를 바라지만 누구도 귀담아 들어주지 않을 것을 예감한 듯, 완결되지 못하는 말. 아무도 나 같은 건 사랑해주지 않겠지, 라는 문장으로 완성하여 읽을 수도 있다. 말해지지 않아서 더 쓸쓸하고 아픈 말. 여기서부터 우리의 낭독회를 가만히 시작할 수 있을 것 같아.

2. 유년을 걸어보려고 해

강지혜의 첫 시집에는 아이들이 많이 나오지. 하지만 행복하게 살아서 몸도 마음도 빛나고 활기찬 그런 아이들 같지는 않아. 요람에 누운, 이제 갓 백일을 맞이한 것 같은 아기의 이런 이야기를 들어봐. "말랑한 나의 손/아무 쓸모가 없네//송곳니는 영원히 솟지 않을 것, 손톱은 자취를 감출 것, 단단한 정강이와 날개의 흔적은 찍소리도 내지 못할 것//치욕스런 하루가/백 일씩이나 흘렀습니다//이 더러운 백 일이 수백 번 반복되겠지요?"(「요람에 누워」) 갓난아이인데, 느끼는 것은 자신이 아무런 힘도 가지지 못한 연약한 아이에 불과하다는 바로 그 사실인 것 같아. 홀로 서려면 송곳니도, 손톱도, 정강이와 날개도 필요한데 모든 게 불가능하리라는 자각. 날카롭거나 단단한 것이 있어야 자신을 보호할 수 있을 텐데 그런 것을 갖지 못하면 이후의 삶은 치욕스러운 하루가 모여 이루어진 백일이 수백 번 반복되는 것일 뿐.

　명백하게 절망적인 목소리 앞에서 나는 어쩌지 못하고 흔들려. 반복만 남은 삶이란 얼마나 끔찍할까. 이미 알아버린 삶을 사는 것은 무슨 의미가 있겠어. 지금 힘든 삶을 포기하지 않는 것은 앞으로는 더 나아질 것이라는 기대가 있기 때문이고, 고비는 있겠지만 그 기대를 끝내 버릴 수 없기 때문이잖아. 그런데 이 아이는 기대가 없는 거야. 게다가 어떤 이유에서인지 아이들은 자주 공격을 받아. 그것은 무차별 사격이기도 하고(「네가 준 탄피를 잃어버렸다」), 거꾸로 매달아 피를 짜내거나 살을 썰고 다지는 폭력적인 학대로 나타나기도 해(「부록」). 그래서 "기형의 날개를 이식받은 소녀들"(「아이돌 2」)과 같은 이미지가 나타나는 걸까. 나는 알레고리화된 풍경들이 만들어내는 폭력의 분위기 앞에서, 그것이 실제가 아니라 언어로 상상해낸, 시 안에서의 폭력이라는 점에서, 그나마 안도의 숨을 내쉬지만 또 어떤 때는 실제보다 더 강력한 언어의 힘에 잠시 눈을 감고 귀를 막을 수밖에 없어. 어디선가 취한 목소리가 들리는 것 같고, 벌컥 방문이 열리면서 떨고 있는 아이들이 생각나고, 그 아이들이 겪게 될 온갖 고통과 공포와 수치심을 떠올리게 되거든.

　나와 동생과 푸른 별과 아름답게 찰랑이는 금빛 물과 붉은 상아와 수치심
　이 있는 방

　그 방은 아버지가 없으면

빈방

아버지가 방에서 동생을 거꾸로 든 채 흔든다 그를 내던지고 그를 짓밟는
다 아버지는 손에 잡히는 모든 것을 그에게 던진다 그의 눈과 코와 입에서
쉴 새 없이 분비물이 흐른다 무엇으로도 겁박되지 않았는데 그는 그저 흔
들린다

(……)

아버지가 돌아와 가득 찬 곳이 된 방에서 동생은 아버지에게 무수히 많은
날 구타당했다 나는 그 일을 매번 목격했다 나는 아버지를 지우고 싶었다
나의 배를 때렸다 나는 그 순간 태어나지 않았는데

―「방(房)」 부분

우연히 접한 현실적 모티브가 확장된 것일 수도 있겠고, 아예 상상으
로 구성해낸 장면일 수도 있을 거야. 시를 쓰는 순간 시 안에서는 실제 현
실과는 긴장 관계를 이루는 또다른 심리적 현실이 구성되는 거잖아. 인
용 시를 시인의 개인사로 단순 환원하여 읽을 수 없는 것은 당연한 일. 그
래서 우리는 시인과 시적 자아를 구분하는 것이겠고. 강지혜의 시적 자아
가 시 안에서 구성해낸 이런 장면들은 끔찍하고 무서운 느낌으로 다가와.
아버지가 등장하여 동생을 방에 몰아넣고, 그리고, 그리고…… 몸을 떨
며 겨우 읽게 되는 풍경을 시적 자아는 오랜 기간 가까운 자리에서 보았
던 것으로 그려지고 있어. 그렇게 생각하니까 "나와 동생과 푸른 별과 아
름답게 찰랑이는 금빛 물과 붉은 상아와 수치심이 있는 방"이라는 첫 구
절이 예사롭게 보이지 않는구나. 친족의 폭력도 폭력이지만 이 불의한 상

황에서 절대적 약자를 돕지 못하는 시적 자아의 수치심과 분노가 너에게도 느껴지니? 날개가 있었다면, 송곳니가 있었다면 도망가거나 달려들 수도 있었을 텐데 이 아이들은 그저 너무나도 여리고 연약한 아이들일 뿐이어서 견디는 것 외엔 어떻게 할 방법이 없었겠지. 벌어져서는 안 되는 일이 이렇게 벌어져버렸어.

시집 전반에 걸쳐 힘을 가진 어른, 혹은 성인에게 공격당하는 느낌은 지속적으로 반복되는 것 같아. 「아이돌 2」의 부제가 "꾸밈없이 비명을 지르는 아이들이 있사오니 저들을 부디 긍휼이 여겨주소서"이기도 하잖아. 고통받는 아이들에 대한 이 깊은 연민을 좀 봐. 그래서 나에게는 '아이돌'이 '아이들'로 읽혀. 강지혜 시의 낮은 곳에는 불의한 힘에 짓눌리고 고통받는 아이들이 숨어 있어. 나는 그렇게 생각해. 인상적인 것은 이런 아이들이 원망의 방향을 자기 자신에게 돌린다는 점. 아버지를 지우고 싶지만 그렇게 하는 대신 오히려 자신의 배를 때리고 있는 아이를 우린 이미 보았잖아. 출생 자체를 원망하는 연약한 아이는 자신의 분노를 가해자에게 되돌리지 못하고 오히려 무력했던 자기를 파괴하고 공격하는 쪽으로 옮기는 거야. 나는 이 굴절된 분노와 수치심이 사무치게 아파. 그러면서 "엄마가 없는데 동생이 생길까봐 무서워 많이 울었다"는 문장으로 돌아가 그 의미를 다시 생각해. 사랑을 받아야 할 아이가 동생들에게 사랑을 줄 수 없을 것 같아서 무섭고 슬픈 것이 아니라 동생들이 생기면 똑같은 폭력이 또 되풀이되고, 도와줄 엄마가 없는 상황에서 자기 힘만으로는 동생을 지켜줄 수 없을 것 같아서 무섭고 슬픈 것임을. 그래서 많이 울었던 것임을 이제야 깨닫게 되는 것. 평화를. 그저 평화를.

3. 커다란 발을 갖게 되었지

지금 난 두 개의 고백을 함께 들여다보고 있어. "기시감에 대해 이야기

나눌 상대가 필요해요 야간 공사에 대해, 내가 평생 겪어야 하는 허기에 대해, 울어요 이미 운 것 같아요 내 그림자에 빠져 죽을까봐 무서워요 무서울 것 같아요"(「흔들리는 이야기」)와 "고양이 두 마리가 서로를 바라보았다/그들은 꼬리를 내린 채 천천히 흔들었다/나는 그 풍경이 갖고 싶었다"(「야간 공사」)라는 고백. 두 편 모두 어쩐지 하나의 사건에서 시작된 작품 같아. 오래된 건물이 무너지고 난 뒤의 공허와 슬픔에 대한 공통된 이미지가 있거든. 폐허 뒤에 남겨진 시적 자아가 평생 가시지 않을 허기와 무서움에 대해 울음 섞인 목소리로 고백하는 장면과 원하는 건 그저 고양이 두 마리가 서로를 바라보며 평화롭게 꼬리를 흔드는 것임을 고백하는 장면의 간극. 후자의, 이 평범한 풍경에 속해 사는 것이 왜 그렇게 힘든 걸까. 바닥까지 밀려서 억지로 눈을 떠본 사람의 간절함이 여기엔 있어. 자신에게 남은 것이 울음밖에 없다는 걸 깨달은 사람의 막막함이 여기에는 있어.

막막한 이야기를 더 해보려 해. 부모의 사랑이 적절하게 작동하지 않았을 때, 그 책임을 자신에게 돌리는 시적 자아의 굴절된 정서 작용은 「커다란 발을 갖게 되었다—しょうがないよ」라는 작품으로 이어지기도 해. 부제인 "しょうがないよ"는 '별수 없다' '어쩔 수 없다'는 뜻인데 이건 무슨 말일까. 커다란 발을 갖게 된 것이 어쩔 수 없다니? 이 작품에는 엄마와 시적 자아 사이에 오래 묵은 서사가 들어 있는 것 같아. 시적 자아는 어린 시절 부재한 엄마 때문에 친구들에게 놀림을 받았겠지. 그럴 때마다 발가락으로 꼬집어서 아이들을 응징했고, 성인이 되어서야 비로소 일본에 사는 엄마를 다시 만난 듯한데 인상적인 것은 시적 자아의 발가락 사이에 만들어진 '구멍'과 "빠찡코"(파친코) '구슬'이 연결되면서 만들어지는 독특한 상상 체계야.

시적 자아는 자신의 몸에 난 구멍이 성장과 함께 더 커졌으니 엄마에게 자기 몸으로 들어오라고 권유를 하고 있거든. 참 신기한 상상력이지. '구명의 이미지'는 강지혜가 가장 중점적으로 사용하는 이미지인 것 같아. 이건 오랜 상처와 슬픔의 구멍이기도 하고, 그래서 자기 존재의 부정할 수 없는 정체성이기도 하지만, 바로 그런 이유로 구멍을 변형시켜 누군가를 포용하고 삶을 일으켜 세울 수 있는 계기로도 활용이 되는, 정말 특이한 그런 구멍이야. 「기적」이라는 작품, 기억나니? 강지혜의 등단작이기도 해. 유리를 만드는 용액을 입으로 들이마셔서 그것이 몸을 통과해 유리 가락으로 흘러나오고, 그것들이 교회와 해변을 만들어내는 환각적인 시였지. 잔인하면서 무섭기도 하고. 유리 용액이 몸안에 만들어내는 무수한 구멍들과 고통을 떠올려봐. 하지만 강지혜는 바로 그 고통을 극적으로 전환시켜 교회와 해변을 만들어내는 기적을 꿈꾸고 있다고 할까.

다시 엄마와의 이야기로 돌아오자면, 정말로 엄마는 딸의 발가락 사이의 구멍으로 들어가게 되는 거 있지. 다음을 같이 읽어보기로 해.

바늘처럼 뾰족해진 엄마가 구슬과 함께 혈관을 돌아다녀서 숨이 막혀 엄마를 찾아 때릴 거야 나는 내 눈을, 내 배를, 내 엉덩이를 있는 힘껏 내리쳐 멍들고 혹이 나지 침을 흘리며 말했지 납작해져라 납작 엎드려라

구멍 사이로 엄마의 마른 손가락이 보이자 해머를 들어 발을 내리쳤지 사랑해, 엄마. 사랑해. 세상 모든 바다에 쏟아지는 햇살만큼 그 빛에 반짝이는 모래알만큼 엄마를 사랑해 눈물샘과 콧구멍으로 잘게 부숴진 구슬이 쏟아져도 엄마는 보이지 않고
　　　　　　　—「커다란 발을 갖게 되었다—しょうがないよ」부분

힘들 때 곁에 없었던 엄마에 대한 원망이 왜 없겠어. 엄마를 때리고 싶은 마음이 바로 그런 거겠지. 엄마는 이미 딸의 몸에 들어와버렸잖아. 간절한 딸의 바람 때문에. 그런데 바늘처럼 날카롭게 변해서 시적 자아의

몸을 돌아다니 거야. 그녀는 겹겹 쌓인 기억을 헤집고 딸의 몸에 실제적인 고통을 일깨웠겠지. 힘차게 끌어안고 싶지만 그만큼 밀쳐내버리고 싶은 이 복합적인 엄마. 어떻게 해야 엄마에 대한 마음을 정확하게 표현할 수 있을까.

그래, 자기 자신을 때리면 되지. 고통, 사랑, 증오, 슬픔, 자학, 그리움, 간절함, 폭력. 이 모든 감정이 뒤섞인 자기 학대의 폭력적 드라마. 바늘이 무뎌지고 파친코 구슬이 모두 부숴질 때까지 자신에게 해머질을 한 거야, 이 여자는. 그렇게 내리쳐서 이렇게 커다랗게 부은 발을 갖게 된 거야 이 사람은. 강지혜의 시에는 폭력을 폭력으로 되갚되 자기 몸을 희생하여 제의를 치르려는 자학과 견딤의 태도가 공존해. 바로 이 대목에서 또래의 젊은 시인들과는 다른 과감하고 폭발적 에너지가 분출하지. 이해되니. 이런 사람을 이해할 수 있겠어? 마음도 산산이 부서질 수 있다는 걸 경험해본 사람은 이해하겠지. 아주 오랜 시간, 누군가를 너무나도 사랑하지만 동시에 고통스럽게 미워해본 사람은 알 수 있겠지. 둘 다 경험하지 못한 사람이라도 이 작품을 두 번, 그리고 세 번 읽어보면 이해할 수 있을 거야. "세상 모든 바다에 쏟아지는 햇살만큼 그 빛에 반짝이는 모래알만큼 엄마를 사랑해"라고 말하는 사람의 마음을. 결국은 사랑으로 흘러들어가는 이 목소리를. 상처받은 아이, 외로운 아이, 사랑받고 싶은 아이. 사랑하고 싶은 아이. 이런 아이일수록 평범한 듯 살아가기 위해 몇 배의 노력을 더 해야 하지. 그건 얼마나 외롭고도 힘든 과정이었을까.

4. 입안에서 바오바브나무가 자란다!

더하여 내가 말하고 싶은 것은 이런 것. 그럼에도 불구하고 이 젊은 시인에게는 선천적 탄력, 선천적 반발력 같은 것이 있다는 사실. 나는 이런 대목들을 한 번 더 읽게 돼. "천장의 자궁이 곧 터질 것 같았다 키가 작은 나는 폴짝 뛰어 식칼로 벽지를 찢었다//핏덩이들이 내 머리 위로 쏟아졌다/거칠게 끊어진 탯줄/(······)/내 동생들은 빗물이니까 빠져 죽을 걱정이 없었다//아기들이 내 발목을 잡아끌어/가장자리에 이빨이 잔뜩 난 산호를 보았다"(「장마」)와 같은 문장들. 거칠게 느껴지니? 그런데 난 이런 거친 힘들이 좋아. 그러니까 "아무도 나 같은 거,"(「장마」)라는 목소리를 따라 깊이 침잠하면 지극히 내성적인 아이가 되었겠지만 강지혜의 시적 자아는 아예 부풀어오른 천장을 식칼로 찢어버리는 아이이기도 한 거야. 여길 터뜨리면 무슨 일이 생길까, 오래 생각만 하기보다는 움직이고 실행하고 터뜨려진 것들을 따라가보기도 하는 거야. 상상의 힘으로. 현실에서는 그렇게 하지 못했더라도 시 안에서는 그렇게 해보는 거지.

이 입체적인 실험을 어떻게, 얼마만큼 긴장감 있게 삶으로 끌어와 승화시키고 변형시키느냐에 따라서 우리는 달라질 수 있는 거지. 시를 쓰는 자들의 밝은 자긍심은 거기서 만들어져야 해. 그래서 눈여겨보는 거야. 동생들은 빗물이니까 빠져 죽을 걱정이 없다는 말에서는 분명 슬픔이 감지되지만 동시에 극적인 변증법 안에서의 은근한 유쾌함과 자유로움도 느껴지지 않아? 아기들을 따라가서 이빨이 잔뜩 난 산호를 보는 것도 다행이라고 생각해. 지지 않을 거야, 여기엔 그런 다짐이 있는 것 같거든. 이빨을 날카롭게 드러낸 가장 밑바닥의 생명력과 단단한 반발력. 또한 「모든 '비긴즈'에는 폭탄이」와 같은 제목이 상기시키는 어떤 잠재된 폭발력. "이번 생은 애벌빨래야"(「동어반복」)라고 말할 수 있는 강인한 여유로움까지.

그런 힘들은 "사직서를 내고/집에 오는 길에/왈칵 울음이 났는데/(······)//우리는//눈물 자국이 말라 사라지는 순간을//꼿꼿이 서서/목격하기로 했다"(「영웅」)는 구절로 넘어가는 순간에도 있지. 어린 시절 크게 마음을 다친 사람은 과거의 기억과 지금 현실의 체험이 때로 사소하지만 강하게 공명하면서 원래의 고통 이상으로 스스로를 파괴하는 걸 무력하게 지켜봐야 할 때도 있거든. 그런데 강지혜에게는 그 얽혀듦에서 벗어나려는 본능적인 의지가 있는 것 같아. 자신의 연약함을 어쩔 수 없이 확인하게 되는 순간에라도 정면으로 그것을 객관화하여 보려는 힘. 피하지 않고 꼿꼿이 서서 목격하려는 힘. 강지혜의 변증법이 시작되는 지점이라고 할까. 물론 "화단을 가꿔야 하는데/씨를 뿌리고 거름과 물을 충분히 주고/마음을 쏟아야 하는데/변기에 앉아도/찌개를 끓여도/운석뿐이었다// (……)/운석이 내게 인사를 했다/투명한 소리로//눈물을 그칠 수 없었다/화단을 가꿔야 하는데/있는 힘을 다해 운석을 끌어안고/키스를 퍼부어야만 했다//너무/오래 기다린 것 아닌가//오열하는 나를/운석이 부순다/정확히 조준해//산산조각 낸다"(「화단을 가꾸려 했다」)는 좌절의 목소리도 분명하지. 누구도 예상치 못한 불행은 외계의 운석처럼 우리에게 들이닥쳐 삶을 모조리 파괴하기도 하잖아. 그걸 인정하더라도 또 한쪽에는 분명 이런 목소리도 섞여 있어.

> 너는 구내염 구멍 안으로 나를 밀어넣었지 혀는 상처난 곳으로 가니까
> 너는 나를 꾹꾹 누르고 핥고
> 최대한 달아날 수 있는 만큼 달려도
> 혓바닥은 나를 쫓았어
> 그래서 바오밥을 심었어
> 살점 깊은 곳에 씨앗을 묻고 품었어 오랫동안
> 나무는 나이테 없이도 무럭무럭 자랐지

> (……)

> 바오밥 뿌리가 네 아래턱과 귀밑, 목구멍으로 파고들었어 나는 움직이는 가지를 타고 달리고 내달리고 또 뛰어나갔지 너의 백태와 힘없는 적혈구들의 뺨을 찰싹찰싹 때리기도 하고 융털과 허파꽈리를 난도질하면서 씽씽 신

나게 달렸어

알고 있니? 몸은 어디든 길이야

―「프루라이터스」 부분

'프루라이터스'란 '가려움증'을 말하는 것인데, 신기하게도 가려움증이 화자가 되어 이끌고 나가는 이 작품은 어떠니. 강지혜가 잘 쓰는 '구멍'의 이미지는 여기서도 입안에 난 구내염과 연관되어 등장해. 혓바닥은 화자를 구멍 안으로 억지로 밀어넣으려고 해. 밀면 밀리는 대로 수긍하기만 하는 것은 강지혜의 매력과는 거리가 멀지. 인용 시의 화자가 어떻게 하는지를 볼까. 쫓기는 자리에, 뚫린 구멍에 바오바브나무를 심은 거야!! 이제 나늘 괴롭히던 '너'의 아래턱과 귀밑과 목구멍으로 파고드는 바오바브 뿌리를 봐. 세상에서 가장 크고 오래 사는 나무인 바오바브 나무가 입안에서 자라나고 있는 거지. 지지 않을 거야, 나의 존재가 너에게 거슬릴지라도, 바로 그 존재의 힘으로 너와 당당히 맞서 겨루겠어, 라는 의지라고 할까. 나는 이런 대목이 좋아. 신나게 달려가는 질주의 힘에 반해버려. 그러니까 이런 표현도 가능할 거야. "말을 배우지 못한 아기들은 무엇으로 작전을 짜나요//#3. 아기들은 말랑말랑한 뼈를 깎아 피리를 만듭니다//빨대같이 긴 주둥이의 사내들이 아기들의 사냥감입니다/발등에 피리를 꽂아! 목에도! 가슴에도! 고추에도!"(「사냥을 떠나요」) 연약한 아기에게도 비교적 단단한 것이 있는데 그게 만약 뼈라면, 그 말랑말랑한 뼈를 깎아 피리를 만들고, 아기들의 슬픔이 연주에 담겨 흐르게 하고, 아기들을 장악해서 상처를 주려는 사내들에게도 단호하게 보여주는 거지. 절대로 장악당하지 않겠다는 의지를. 늘 질주하는 것은 아니겠지만, 근원적으로 내재된 탄력은 강지혜의 시적 자아가 가장 바닥일 때조차도 다시 살아갈 힘으로 작동했겠지. 부릉부릉 엔진을 다시 켜는 힘이 되었겠지. 시를 씀으로써 삶을 포기하지 않고 그 힘들을 더 선명하고 튼튼하게 키워올 수 있었겠지.

5. 의자를 들고 전철에 타면

　어느덧 우리는 '아무도 나 같은 건 낭독회'에서 출발해 '부릉부릉 낭독회'까지 도착했구나. 지금까지 내가 말한 것은 한 인간의 생애로 보자면 결코 시간에 따라 당연한 듯 평이하게 진행될 수 없는 것들이지만 언어로 정리되면서 어쩔 수 없이 순차적인 것처럼 나열된 면이 있어. 그렇잖아. 아무도 나를 사랑해주지 않는다는 마음과, 고장난 날개, 빗물을 쳐다보는 아이들, 그럼에도 모든 기원에는 폭탄이 내장되었다는 생각과, 커다랗게 부은 발, 고통, 사랑, 증오, 슬픔, 자학, 그리움, 또 갑자기 들이닥친 운석과 극적인 전환, 어떤 시절의 바오바브나무들은 불규칙하게 흔들리며 뒤섞여 있기 마련이거든. 극히 짧은 순간에도 우리는 수없이 반대되는 감정들을 오가기도 하잖아. 어른이 되어서도 유년으로 돌아갈 수 있는 것이고 유년이었지만 어른을 뛰어넘는 생각을 할 수도 있지. 한계 많은 언어로 우리는 그런 것들에 잠깐 질서를 부여해보는 것이고.

　왜 이런 말을 하냐고? 아직도 못다 한 말이 많은데, 한 편의 시도 성실하게 다 읽지 못한 것 같은데, 그만 나의 일을 정리해야 해서 그래. 해야 할 말은 많지만 다음 사람을 위해 그것은 남겨두기로. 이 시집을 오래 읽어나갈 너를 위해 또한 남겨두기로. 특히 아쉬운 것은 이런 것. 시집에서 내가 가장 좋아하는 시 중 하나가 「나와 묘지 씨와 일몰」이야. 어딘가 아련하면서도 아프고, 애틋하면서도 아름다운 이 느낌은 뭘까. 이런 시는 해석을 하기보다는 그냥 두고두고 읽고 싶은 거지. 어떤 틀에도 잘 들어가지 않는 좋은 작품들. 제목도 무지 좋아. '나와 묘지 씨와 일몰'. 나는 이런 작품을 필사하면서 가만히 음미하기를 좋아해.

　그리고 또 놓칠 수 없는 작품이 있지. 「의자 들고 전철 타기」와 같은 시.

전체 8연 8행의 참 독특하고 매력적인 시였지? 처음 3연을 같이 낭독해볼까. "아름다운 의자를 들고 퇴근 시간 전철에 탔다 의자는 황홀한 노래를 읊조리고 내 몸이 달아올랐다//이것은 의자, 별처럼 빛나는 의자//의자를 들고 전철에 탔지만 자리가 없었다 나는 분명히 의자를 들고 있는데 앉을 수가 없으니 나와 의자는 슬펐다 그리고 의자는 분명히 외로웠다" 이후로도 시는 5연이나 계속 진행되면서 불편하게 왜 의자를 들고 탔느냐는 사람들의 시선 때문에 흔들리는 시적 자아의 마음을 외롭고도 담담하게 그려나가지. 주위의 눈초리가 힘들었나봐. 충분히 그랬겠지. 이 복잡한 퇴근 시간에, 그것도 의자를 들고 전철에 타다니. 쟤 뭐야. 승객들이 밀려들어올 때마다 의자와 시적 자아는 말없이 서로를 끌어안아보지만. 결국 마지막은 "더러운 의자 하나가 철로 옆으로 굴러떨어"지는 장면으로 끝나.

이것은 비유이며, 충분히 도시적 삶의 서글픈 진실을 보여주는 작품이기도 하지만, 그렇게 끝내서는 안 될 것 같아. 기적을 꿈꾸는 '부릉부릉 낭독회'의 느낌을 살려 우리가 마지막 배치를 조금 바꾸어 읽어보면 어떨까. 강지혜의 시에는 워낙에 그런 힘이 있잖아. 그 힘을 믿으며, 우리 삶으로 옮겨오며, 7연에서 8연으로 넘어가면서 끝내지 말고 7연에서 다시 2연으로 넘어가면서 끝내보면 어떨까. "안으로 한 무리의 사람들이 구겨져 들어왔다 밀지 마세요 밟지 마세요 미안합니다 미안하지만 불쾌합니다 나와 의자는 서로를 말없이 끌어안았다//이것은 의자, 별처럼 빛나는 의자" 이렇게 말이야. 이것은 분명 '우리가 훔친 기적'이지만, 정말로 전철 안 수많은 사람 가운데 우리가 함께 있는 것 같고, 내가, 그리고 네가, 말없이 의자를 함께 끌어안고 있는 것 같지 않니. 의자는 숨을 쉬듯 빛을 내고. 별처럼 빛을 내고.

나는 의자에게 말을 꺼내. 당신은 버려지지 않을 거예요. 당신은 없어지지 않을 거예요. 고마워요, 이렇게 잘 살아주어서. 온 힘을 다해 여기까지 성장하느라 정말 애썼어요. 그리고 마침내 시인이 되었군요!

5부

우린 하나일까 둘일까
— 성동혁의 「쌍둥이」

정물화는 형이 몰래 움직여 실패했다

우린 나란히 앉아 닮은 곳을 찾아야 했는데

의자에 앉아
의자 위에 있는 우리를
보는
의자들 의사들

세모로 자라는 지문을 사포질하고

형과 함께 배 속에 있었다 생각하니 비좁았다
엄마는 괴물 같은 새끼가 두 개나 있을지는 상상도 못했다
구멍을 나갈 때 순서를 정하는 것 또한 그러했다

우린 충분히 달라 더 잘할 수 있을 것 같았는데
나만 주목 받는 것 같다
그는 여전히 중환자실에 누워 병신같이 나를 올려본다

나란히
함께

그것은 월식에 대한 편견이다

모르핀을 맞지 않아도

불을 켜면 자꾸 형이 보인다
—성동혁, 「쌍둥이」(『6』, 민음사, 2014) 전문

대학 1학년 시절, 방학이면 하루에 비디오 세 편씩을 꼭 보던 때가 있었다. 세 편 선택의 기준은 이랬다. 한 편은 꼭 봐야 한다는 예술 영화, 한 편은 오락성이 가미된 최신 영화, 나머지 한 편은 즉흥적인 탐구 정신에 입각한 완전 낯선 영화. 워낙 고등학교 때까지 영화에 무지했던 까닭에 나름대로 마련한 자체 가이드라인이었다. 앞의 두 항목을 따라가는 선택은 안전했지만 재미는 덜했다. 세번째 선택이 늘 흥미로웠다. 실패 확률은 높았지만 어쩌다 건지는 의외의 작품이 주는 충격이 있었던 것. 그렇게 만난 작품 중의 하나가 바로 5백원짜리 구작을 모아놓는 코너에서 발견한 〈베로니카의 이중 생활〉(키에슬로프스키, 1991)이었다.

고백하자면, 당시 이 영화에 관한 아무런 정보 없이 선택한 어떤 사람들이 그러했듯이, 나 역시 제목이 주는 묘한 성적 뉘앙스(그래서 이 영화의 제목을 이렇게 말도 안 되게 지었을 것이다)에 얼마간은 혹했던 것이 사

실이다. 하지만 웬걸, 이건 정말 난해함 그 자체였다. 뭐야? 예술 영화였어?! 예술 영화는 이미 한 개 봤는데 또 봐야 한다니, 얼마나 안타까웠겠는가.

그러나 난해함은 영화가 끝난 뒤 한참 동안의 이상한 정서로 이어졌다. 나는 이 영화를 보고 '이 세계에 내가 두 명이 존재한다면 어떤 기분일까'라는 생각을 처음으로 해보았던 것 같다. 다른 내가 어느 날 갑자기 죽으면 그의 존재를 모르던 나에게 이처럼 극심한 상실감이 찾아올 수 있을까? 이제 남은 삶을 어떻게 살아가야 할 것인가라고 묻는 듯한 베로니카의 공허한 얼굴을 잊을 수가 없다. 아마도 그래서였을 것이다. 그뒤로 '나라는 존재의 의미'에 대해 오래 생각하게 되었고, 키에슬로프스키의 삼색 시리즈(블루, 화이트, 레드)와 〈사랑에 관한 짧은 필름〉을 챙겨보면서 내가 좋아하는 감독의 목록을 늘려갈 수 있었다.

또 하나의 자신을 만나는 '분신(double) 모티브'는 문학에서도 아주 전통적인 소재에 해당한다. 그런 의미에서 성동혁의 시 「쌍둥이」를 읽고 나면, 당연하게도 이들이 '쌍둥이'라고 생각하게 된다. 쌍둥이로 태어났지만 형은 '환자'로 중환자실 침대에 누워 있고, 동생인 '나'는 멀쩡하게 그런 형을 내려다본다. 나의 생명력을 부러워하는 듯이 올려다보는 형. 그런 형을 보며, 슬픔을 꾹꾹 누르고 있는 동생의 반어적인 말투에는 자신만 멀쩡하다는 죄의식과, 형에 대한 안쓰러움과, 너무 닮아서 '자신이 죽어가는 걸 지켜보는 듯한 기묘한 상실감'이 가득하다. 오래 아파서 죽음의 경계를 건너갔다 온 사람만이 표현할 수 있는 격렬함이 내재되어 있어서 시가 애통하고 묵직하다. 그런데 이상하다. 시를 계속 읽어보면, 어쩐지 이들이 둘이 아니라 한 명일 수도 있겠다는 생각이 든다. 실은 아픈 '시적 화자'가 침대에 누워 또다른 멀쩡한 '동생'을 상상해낸 것 같다. 즉 형제가 없이 태어난 화자가 오랜 병원 생활 끝에 아프지 않은 동생을 발명해내고, 그 '동생의 시점'으로 병원 침대에 누워 지내야 하는 자기 자신을 들여다보며 이상한 비난과 경멸이 담긴 시선으로 자기 자신을 재현해내고 있다는 말이다. 지금 화자는 아픈 자신을 분리시켜 떠나보내고 싶은 것은 아닐까. 그럼에도 불구하고 형(아픈 자기 자신)은 유령처럼 동생(상상해낸 건강한 자기 자신) 곁을 떠돌 것이다. 이 전도된 존재성이 이 시를 기묘한 슬픔으로 이끈다.

BGM: 캐스커, 〈Your Song〉

형이상학적 물질론자의 수상록

― 채호기의 『레슬링 질 수밖에 없는』(문학과지성사, 2014)

1.

그는 책을 펼치고, 책을 읽고, 활자를 매만지고, 눈을 감고, 다시 몽상을 하고, 그리고 침묵한다. 타닥 탁, 가끔씩 귀를 간질여오는 것은 먼지들이 일으키는 정전기 소리다. 세계가 텅 비어 있음을 알려주는 것 같은 낮은 잡음들. 아주 예민하게 몸을 열어두지 않으면 들리지 않는 백색의 기척들.

때로 소박하고 상징적인 조형물이 걸린 사방의 벽이 둥글게 그를 짓누르는 것처럼 느껴질 때가 있다. 그는 그 힘에 굴복하지 않겠다는 듯이 천천히 일어나 방안을 걷기 시작한다. 사면의 벽을 따라서, 뭔가를 중얼거리며, 걷는다. 노래하듯 입술은 열렸다 닫히지만 역시 소리가 빠져 있다. 깊은 밤이 되면 등불을 켜기도 하는데 그러면 결이 고운 나무 책상 위로 한 작은 세계가 따스하게 열린다. 거기엔 종일 그가 경험한 언어가 쌓여 있다. 언어로 꾸는 꿈이면서 언어를 향한 꿈이기도 한 이 불멸의 이미지.

이것은 채호기 시를 읽고 난 뒤의 인상적인 이미지를 일부 가져와 직조한 장면이지만 실은 그의 시로 침잠해 들어가기 전 우리를 준비시키는 차분한 이미지라 불러도 좋으리라. 이번 시집에서 그는 마치 한 명의 간절한 구도자처럼 침묵 속에서 정진한다. 이 세계에 자신과 언어만이 존재한 다는 듯이, 그 외의 것은 그저 흘러 지나가는 세속의 환영에 불과하다는 듯이.

2.

이 순도 높은 몰입의 시간을 세상과 절연된 유폐의 모습으로 해석해야 할까? 그것은 그대로 의미 있는 일이겠지만 한 시인의 기나긴 여정을 생 각하자면 꼭 그렇지는 않은 것 같다. 알려진 대로 채호기는 '몸'의 시인이 고 '수련'의 시인이다. 그는 이 세상의 복판에 있었고, 거기서 발견한 실체 로서의 몸을 치열하고 심도 깊게 탐색해왔다. 몸은 한계이기도 하였고 세 계와 '내'가 만나는 감각의 현장이기도 했다.

그는 환각의 언어로, 느낄 수 있지만 손에 잡을 수 없는 감각을 아예 앞 질러 구성해내기도 했고, '내'가 아닌 것들을 '너'로 부르며 그것에 다가 가기 위해 에로틱한 정염을 불태우거나, 조각난 몸과 분열의 현장을 슬픔 속에 가로지르기도 하였다. 마침내 '나'와 '너'라는 상태가 일면 분리되어 있으면서도 결합된 다중적 공존의 이미지를 수련으로 구체화한 것은 충분 히 행복한 체험이었다. 이 변모의 과정은 지독하게 유물론적이었지만 "형 이상학적 에로스"(조강석)의 긴장감을 띠고 있다고 말하는 편이 맞겠다.

그의 에로스가 형이상학적인 분위기를 풍기는 이유는 그가 지닌 구도 자적 접근의 자세 덕분일 수도 있고, 자신의 감각을 전폭 향유하기보다는 대상화하여 진술하려는 지적 태도 덕분이기도 하겠지만, 하나 더 염두에 둘 것은 따로 '언어'에 있다. 생각과 언어, 사물과 언어가 별다른 균열 없 이 대응한다고 믿는 사람들(혹은 이 대응에 관한 문제적인 인식보다 더 중 요한 게 있다고 믿는 사람들)은 언어로 표현된 생각이 의미하는 바가 무엇 이고, 사물이 얼마나 색다르게 그려졌는지에 먼저 관심이 갈 것이다. 우리

대다수는 바로 이쪽 땅에서 산다. 그러나 이 대응 관계가 필연적으로 균열되어 있다고 믿는 소수의 사람들은 불투명한 언어를 매질로 발생하는 생각이 얼마나 왜곡되어 있는지를 전면화할 것이고 사물이 얼마나 재현 불가능한 독자적인 방식으로 존재하는지 탐구하는 데에 자신을 바칠 것이다.

채호기는 비교적 전자의 편에서 헌신하였지만 후자의 균열에도 시선을 거두어본 적이 없는 시인이었다. 이것은 자신의 재능과 시적 작업 역시 객관화시켜 사유의 대상으로 삼는, 혹은 고도의 언어 예술인 시 자체의 성립 조건을 근본적으로 따져 묻는 지속적인 탐구력과 성찰성에서 추동된 게 아니었을까 싶은데, 그런 이유로, 그의 시적 궤적 내내 '언어'는 독립적으로 생동하여, 즉물적인 완결과 감동을 유예하고 우회하게 만들었다고 보아야 한다.

따라서 어느 시점을 넘어서서 언어가 무엇을 그려낼 수 있을 것인가에 관심을 두는 것이 아니라 언어 그 자체를 탐구의 대상으로 삼으려는 시도는 채호기에게 언젠가는 솟구쳐오를 형이상학적 과제였다고 말하는 편이 옳겠다. 물론 이것은 어디까지나 결과론적인 추수이며, 그것이 비록 지난한 축적을 토양으로 하더라도, 한 시인의 여정 속에서 영감은 의도치 않게 불쑥 찾아오는 신비로 체험되는 경우가 많다는 것을 인정해야 하리라. 네번째 『수련』 이후 다섯번째 시집인 『손가락이 뜨겁다』에서 '돌' 혹은 '마이산'이라는 독특하고 신비로운 이미지로 '언어'가 돌출하였고 그로 인해 형이상학적 탐색의 색채는 더욱 짙어지기 시작했으며 다시, 이번 여섯번째 시집에서 언어를 둘러싼 채호기 특유의 물질적 상상력이 비로소 전면화되었다고 할 때, 중요한 것은 여기까지가 아니라 이다음부터일 것이다.

3.

처음부터 끝까지 하나의 일관된 자세로 '언어-물질'을 향해 상상력이 바쳐진 이번 시집에 대해 말하려면 다음과 같은 말도 필요할 것 같다. 보통 우리가 언어를 사용할 때 거기엔 '언어와 대상'의 관계뿐 아니라 '나-언어-세계'로 이어지는 관계의 맥락이 있다. '꽃'이라는 단어는 '실제의 꽃'을 가리키고(언어-대상), 이를 근거로 때로 '지는 꽃의 슬픔'이 '나의 슬픔'이 되고 그것은 곧 '세계를 사는 존재의 슬픔'으로 이어진다(대상-언어-나-세계). 실제의 꽃에서 출발하여 세계에 이르기까지 이를 매개한 것은 언어이다. 우리는 보통 별 의심 없이 이 과정을 수행하며 언어 활동을 이어간다. 그러나 정말 그럴까? 여기에서 우리는 A와 B를 쉽게 동일시하는 '은유의 방법론'에 대한 반성을 제기할 수 있다.

만약 대상과 언어가 일치함을 증명할 수 없다면 어쩔 것인가? 게다가 언어와 언어 사이의 범주를 뛰어넘는 동일시는 명징한 인식을 방해하는 위험한 언어 작용에 불과하다면? 꽃과 나와 세계가 어떻게 그렇게 쉽게 연결될 수 있느냐는 말이겠다. 바로 이러한 반(反)은유의 방법론을 추구하는 쪽의 시인들을, 역설적으로 '언어주의자'라고 칭할 수 있겠다. 언어를 우선으로 세상을 탐구하는 언어주의자들에게 '나-언어-대상-세계'라는 관계의 맥락은 대부분 단절되거나 부식되어 있기 마련이기에 그들은 마땅한 자신의 일로 서정시의 인간적인(혹은 습관적인) 기율에 제동을 걸거나 그것을 전복한다. 여기에 비(非)서정, 혹은 반(反)서정이라는 이름을 붙여도 되겠고, 짧게 이들의 방법론을 '비유사성에 근거한 반은유의 방법론'이라 칭할 수 있을 터다. '나-언어-대상-세계'가 자연스레 연쇄되는 게 아니라 서로 미끄러지는 '언어/대상/세계/나'인 셈이다.

그렇다면 채호기의 이번 시집이 위치하는 자리는 어디일까? 언뜻 채호기는 반은유의 방법론을 따라가는 걸로 보인다. '언어'에 관심이 깊은 시인들의 지적 토양이 주로 반은유의 영토였기에 그런 생각은 더욱 당연한 것처럼 느껴진다. 그러나 이번 시집을 완독하여본 사람들이라면 이 독특한 언어 탐구의 자리가 그리 간단하게 정리될 수 없음을 감지하였을 것이다. 당겨 말하자면 그는 반은유의 자리가 아니라, 주로 은유의 방법론이 활성화되는 자리에서, 은유의 방법론을 제한적으로 절단하여 고도로 전경화함으로써 오히려 우리에게 내재된 관습적인 은유의 인식론을 문제적으로 환기시키고, 그것을 수면 위로 끌어올린다. 없는 줄 알았던 인식의 틀이 드러나는 순간, 그렇게 드러난 은유의 인식론은 사유의 대상으로 우리 앞에 제 골조를 공개하면서, 의도치 않게 반은유의 방법론이 빚어내는 비판적 효과와 비스듬하게 만난다. 이번 시집만의 독특한 접근법이다. 그렇다고 채호기가 반은유론의 절망에 이르는 것은 아니다. 그는 구원을 쉽게 믿지는 않지만 그렇다고 당연하다는 듯 꿈을 포기하지도 않는다. 그는 언어를 자기 육체에 안아 은유의 되먹임을 수행하여 의미를 구원하고, 마침내 밀도 높고 독특한 언어의 신비로운 물질성을 창조하여 세상에 고한다. 이것이 바로 이번 시집의 특별한 성취다.

4.

다시 이렇게 말해보자. '나―언어―대상―세계'로 이어지는 유사성의 체계에서 채호기는 특별히 '나―언어'라는 관계만을 떼어내어, 그것들이 펼치는 제한적 은유의 교환(그 과정의 무대화까지)과 물질적 뒤섞임을, 사유에 내장된 정밀 광학 렌즈로 포착, 한 편의 마이크로코스모스로 그려낸다고. 이 고배율의 이미지가 그가 꿈꾸는 시의 일을 개척한다고.

눈 속에 너무 많은 것을 집어넣었다.
바라보는 것들은 눈을 통과해 스며들지 않고
눈 속에 쌓이고 쌓여 팽창한다. 동그란

(……)

눈 감으면 포근한 암흑일 것 같은데
새하얀 들판, 낮밤을 알 수 없는
희끄무레한 생각의 장소. 짐승 발자국,
(……)
시야는 지평선으로 뻗어나가기는커녕
창 없는 흰 벽의 독방에 갇혀 있다.
(……)

까끌까끌한 글자들, 바라보면 글자들은
눈을 통과해 스며들지 않고
눈 속에 쌓이고 쌓여 팽창한다.

—「팽창」 부분

　이 시가 우리 눈에 먼저 들어오는 것은 그가 이번 시집의 독특한 물질
적 상상력의 작용 범위를 비교적 선명하게 규정지었기 때문이다. "바라보
는 것들은 눈을 통과해 스며들지 않고/눈 속에 쌓이고 쌓여 팽창한다"는
구절에서 우리는 두 가지 사실을 알 수 있다. 책 속의 활자들이 그 자체로
까끌까끌한 물질이 되어 눈 안으로 들어온다는 것과 그렇게 들어온 물질
적 활자들은 눈을 지나 육체로 흡수되거나 전이되지 않고 눈 안에 그래도
남아 축적된다는 점이다. 이때의 언어는 결코 비유가 아니다.
　그러니까 보통의 경우, 여기 책 속에 '강물'이라는 단어가 있다면 강물
은 독해된 뒤에 실제의 강물을 연상시키면서 개인에게 내장된 관련 이미
지와 정서를 건드린다. 그/녀는 어린 시절 고향에서 물장구치던 강물을
떠올리며 의자에서 일어나 문득 창밖을 바라보게 될지도 모른다. 전개 방

향과 행동 가능성은 n개의 차원으로 열려 있다. 그러나 채호기는 활자가 뻗어나가는 다른 경로를 다 틀어막고 오직 그것을 '나―언어'로 제한시킨 뒤에 활자 그 자체를 평면 물질로 다룬다. 배후(의미/대상/세계)가 없는, 그러면서도 실체를 갖고 있는 물질로서 언어를 다루는 것이다. 이런 점이 독창이라는 말이다. 책을 읽을 때 눈이 피곤해진다. 글자를 눈에 '담기'에 그렇다. 채호기의 시집을 읽고 나면 이제 이 말은 비유가 아니라 직접적인 행위의 명징한 지시가 된다. 그리고 이 순간의 언어 활용이 금욕적인 색채를 풍기는 것은 이것이 나와 언어의 직접 대면만을 허용하고, 언어가 다시 대상으로, 그리고 세계로 전환되는 과정은 매우 철저하게 제한하고 있기 때문이다.

「타임머신」이라는 시가 특히 그러하다. 어디선가 한 여인의 전화가 왔다. 그녀는 자기 기억 속의 '나'를 말하며, 아는 척을 해오지만 그건 기억이 왜곡한 모습일 뿐이다. 그런 모습은 책 속에나 있을 것이라는 화자의 말에서 우리는 언어와 거기서 촉발된 기억의 왜곡에 대한 시인의 경계를 알 수 있다. 바로 이런 치밀함이 '언어―대상―세계'로 연결되는 길목에 매복해 있다가 각 영역의 통로가 열리려고 할 때마다 철저하게 문을 닫아버린다.

물론 이를 거스르는 듯한 시편들이 눈에 뜨이는 것도 사실이다. 그중 「모자」라는 시를 보자. "모자라는 단어가 있다/단어에서 그녀가, 물컹, 생겼다./모자 쓴 그녀가 저기 산길을 간다"로 시작하는 이 시는 오히려 통상적인 은유의 방법론을 적극적으로 과잉 수행한다. "모자라는 단어"가 실제의 '모자'를 떠올리게 만드는 과정(A), "그녀가, 물컹, 생겼다"라는 언어가 발화되는 순간 정말로 한 여자가 나타나 산길을 걸어가고 있는 장면(B), 게다가 그 여자는 모자까지 쓰고 걸어가는데(C), 만약 우리가 당연하다고 생각하는 A의 작용이 일상적이라면 우리가 불가능하다고 믿는 B와 C가 가능하지 말라는 법도 없지 않은가?

그러나 이는 모두 언어의 내적 논리 안에서만 가능할 뿐 실제 현실을 대입하여 들어가면 B와 C는 증명 불가능할 뿐 아니라 발생 가능성이 극히 희박하다는 이유로 가상이나 환상으로 처리될 법한 언어가 된다. 그렇다면 역으로 A 역시 사실은 지극히 자의적인 위험한 가상이 아닌가? '모자'라는 단어가 어떻게 실제의 모자를 떠올리게 한단 말인가? '내'가 떠올리는 모자와 '네'가 떠올리는 모자가 같은 것이라고 누가 확인해줄 수 있을까. 바로 이 순간 우리는 은유적 방법론에 의해 가동되는 우리의 무의식적인 언어 활동의 기계적 골조를 들여다보게 되고 이에 심대한 의문을 품게 된다. 채호기는 바로 이런 과정에 조도 높은 탐사등을 쬐어서, 데리다식으로 말하자면 언어에 대한 '백색 신화'를 시로 다시 쓴다.

이렇게 되면 세계가 흔들린다. 언어만 흔들리는 것이 아니라 언어로 습득된 우리의 인식과 감각이 교란되며 카오스에 빠지는 것이다. 그는 언어를 낯설게 운용하여 세계를 뒤흔든다. 활자를 탐독하는 것이 진리에 다가서는 길이라는 듯이 지극히 냉엄하나 끈질긴 독서가의 옷을 입은 채로, '제한된 과잉'과 '지속적 금욕'을 반복적으로 뒤섞어 씀으로써 언어를 탈은폐시킨다. 그리고 이 과정은 덧칠하기처럼 반복되며 축적된다. 우리는 그의 시를 읽으면서 언어에 대한 전면적인 재사유를 요청받는다.

바로 이 순간 그는 점검하는 사람이고 다시 보는 사람이며 따져 묻는 사람이다. 활자는 녹아 몸으로 깊이 흡수되지 않고 오직 눈동자 안에만 머물고, 상상력의 심원한 공간으로 해소되는 것이 아니라 우선 무릎 꿇고 묵상하는 자의 촘촘한 사유 대상이 된다. 그렇게 활자는 점점 쌓여서 눈[目]이라는 공간은 팽창하게 된다. 다른 경우에 눈은 하얀 백지와 활자, 즉 책과 활자로 대체되기도 한다. 그것은 자기 관조적인 내향성의 공간을 깊게 열어놓는다. 그러나 이 깊이는 역시 심장과 피, 육체로 전환되는 깊이라기보다는 "창 없는 흰 벽의 독방"(「팽창」)과 같은, 비육체적이고 형이상학적인 내향성의 공간이 만들어내는 안으로의 깊이라고 할 수 있다. 불빛으로 둘러싸인 이 독특한 팽창의 공간이 채호기의 '나'와 '언어'가 만나는 성소이다.

5.

그렇다면 불빛은 책의 활자로부터 온 것인가, 아니면 그의 몸에서 온 것인가. 그는 불빛, 이 숨쉬는 실체를 감싸 안듯이 두 손을 적신 채 다시 눈을 감는다. 음영의 경계에서 잠에 빠진 것처럼 눈꺼풀 뒤의 눈동자가 이리저리 움직이는 것이 보인다. 순간 언어는 몸에 새겨진 하나의 구체적인 물질이 된다. 청결하게 연마된 모래알이 일군의 무리가 되어 눈동자와 눈꺼풀 사이를 이동하며 무수한 실체로서의 이미지를 만든다. 잠시. 하나의 사물과 문장이 휘몰아쳐 커다란 돌처럼 맺어졌다가 기약 없이 사라져간다. 그리고 다시. 농밀한 수면을 부드럽게 헤치며 침묵이 솟아오른다. 침묵의 소리. 잠김과 울림의 잠재된 기적들. 그것을 다스리는 침묵과 언어와 세계. 이 모든 것은 여전히 불가해하지만 그가 견지한 침묵은 내맡긴 자의 헌신을 떠올리게 한다. 어떤 비밀을, 겨우, 조금 허락받은 것 같은 느낌. 그리고 잠깐의 순수한 기쁨이여.

이것은 이번 시집에서 채호기의 시적 여정이 도달하게 될 기항지를 암시하는 하나의 이미지가 될 수 있을 것인가? 시집의 초반부, 자기 몸안으로 언어를 받아들이는 과정에서 스스로를 '여성적 화자'로 설정하여 엎치락뒤치락 언어와 '질 수밖에 없는 레슬링'을 펼쳤던 시인은 언어가 눈 안으로 진입한 뒤에는 비교적 '남성적이거나 중성적인 화자'의 목소리를 유지하며 탐색을 계속해나간다. 이때 '나─언어' 사이에서 펼쳐지는 세밀한 탐구는 그렇게 발생한, 설명할 수 없는 어떤 상태를 '너'로 칭하며 "너는 내 안에서 끄집어낸 새인가, 빛나는 반짝임, 피의 불꽃인가?"라든지 "너는 저 숲속에서 팔랑거리는 글자들의 잎맥에서 눈뜨는가?/아니면 내 안의 어둠 속에서 맞닥뜨리는/단단하고 횐칠한 돌의 침묵하는 입상인가?"(「어떤 페이지」)라는 질문을 던지는 교리문답의 시간으로 스스로를 이끌기도 한다.

또한 "글자를 읽는다. 문장을 읽고 있는 게/아니라 이 순간 그 안에서 살아가고/있는지도 모르겠다"(「애무의 행로」)라고 말하고는 있지만 살아가는 감각을 직접 형상화하는 것이 아니라 살아가고 있음을 대상화하여 관조하고 있다는 면에서 이 문장은 채호기 특유의 성찰적 시선을 대변하고 있다고 봐야 한다. 그의 시가 끊임없이 메타적인 성격을 띠며 사유의 단계를 심화시켜나가는 특성과도 연관되는 부분이라 하겠다. 그렇다면 이것을 '형이상학적 물질주의' 혹은 '형이상학적 물질론의 상상력'으로 부를 수는 없을까? 관조와 사유의 힘을 견지하면서, 자기 육체에 잠재된 언어, 자기 감각에 부딪혀오는 언어만을 집중적으로 탐구함과 동시에, 그것을 '언어-물질'이라는 실체로 다루고 있으니 말이다. 이때 그의 '언어-물질'은 계속 말해온 것처럼 일상적 은유의 방법론이 상당 부분 제거되어 있지만, 그러나 어떤 대상을 만나는 순간, 계시를 받은 것처럼 억압한 은유적 방법론을 활성화시키면서 전혀 다른 단계로 상승한다. 그리고 바로 여기서 '물질'의 '상상력'이 심화되어 가동된다.

책을 읽다가 **밤**이라는 단어에 딱 걸린다. 밤이 그 어둠 속으로 시선을 몽땅 빨아들였다. (……)

(……) 말은 몸 안에서 떠돌다 몸속 어둠보다 더 어둡고 깊은 **밤**이 된다. (……) **밤**은 길을 가로막는 거대한 돌이기 때문이다.

(……) 길을 걷다 발밑에 굴러다니는 돌멩이를 보면 주저앉아 찬찬히 들여다본다. 그때는 나도 모르게 **밤**이란 단어를 어루만지며 그 촉감과 소리와 그 양파 같은 의미의 껍질들 앞에 있는 나를 발견하게 된다.

지금 나는 밤길을 걷다 돌 앞에 서 있다. (……) 나는 지금 그 돌의 살갗을 만지고, 표면에서 희미하게 반짝이는 빛을 들으며, 내 안의 **밤**과 마주한 듯하다. (……) 나도 얼마간 내 안의 **밤**과 친숙해지면서 그 밤과 섞이게 될지도 모른다. 그 순간부터 이제 **밤**은 더 이상 밤이 아닐지도 모른다. 밤에 돌이 참 아름다운 것은 모두 그 때문이다.

—「돌」부분

　채호기의 세계에 은유가 활성화되고 의미가 개입하는 부분이다. A와 B가 표면적으로는 전혀 같지 않음에도 불구하고 그것이 A=B로 연결될 때, 누군가가 제안한 이 수수께끼의 관계는 새로운 사유와 감각을 촉발시킨다. 그 결과 인식은 뒤바뀌고 그 서술적인 완결로 전혀 다른 두 세계가 신비롭게 만난다. 언어 활동으로 생산되는 수수께끼와 신비가 해석되면 그것이 바로 '의미'다. 의미는 이렇게 만들어진다. "은유의 위험은 불가피할 뿐 아니라 불가결하다. 은유는 언어가 새로이 기술되고 의미가 증대될 수 있게 하는 의미론적 혁신의 원동력"[1]임을 고려한다면, 이제 논리실증주의적인 관점에서 은유가 일종의 환상에 불과할지라도, 우리가 거기에 기대어 살아가는 것은 그렇게 해야 소통이 가능하고 의미가 생산되기 때문이며, 의미가 있어야 삶을 지속할 수 있기 때문임을 넉넉히 인정하게 된다. '인생은 인생'이라는 동어반복은 사람을 살게 하지 못하지만 '인생은 마라톤'이라는 은유는 말의 가장 낮은 차원에서 익숙한 관용어가 되어버렸음에도, '의미'를 발생시킨다는 그 이유로 삶을 지속게 하는 힘을 준다.
　채호기의 시에서, 그동안 억압되었던 은유는 그 완벽한 영감의 대상을 만나는 순간, 비록 제한된 영역 안에서이지만 그 심원한 상상력의 불꽃을 튕기기 시작한다. 그리고 이때 만나는 인상적인 이미지 중의 하나가 바로 위의 시에서 확인할 수 있는 '돌'일 것이다. 화자는 책을 읽다가 마주한

---

1) 김애령, 『은유의 도서관』, 그린비, 2013, 9쪽.

'밤'이라는 활자에 시선을 멈춘다. 순간 활자가 고스란히 밤의 속성을 구현한 실체가 되는 것은 채호기 특유의 은유적 방법론의 과잉 재현이지만, 이다음의 진행 방향이 다른 시들과는 좀 다른 것 같다. 이제 최초의 활자인 밤은 실제의 '밤'이 되었다가 내 몸안에서 '더 깊은 밤'이 되고 다시 '거대한 돌'로 변모한다. 그리고 이것은 다시 길을 걷다 발에 채였던 '돌멩이'가 되었다가 '밤길을 걷다 만난 돌'로 전환된다. 마침내 그것이 '내 안의 밤'과 같은 유사성의 계열로 연결되기까지 그야말로 화려한 은유적 방법론이 펼쳐진다. 이것은 서정시의 일반화된 은유적 방법론이 아닌가?

그렇지는 않다. 그동안 채호기가 거쳐온 과정이 이 풍경의 내적 전개에 언어 탐구의 맥락을 잡아주고, '돌'이 현실의 대상과 세계로 직접 연결되지 않는 '나 ― 언어'만의 독특한 은유로 제한 적용될 때, 덧붙여 불가능할 것 같았던 '나'와 '언어'의 직접적이고 물질적인 만남이 오랜 사유 끝에 실체화되면서, '형이상학적 물질론의 상상력'에 해당하는 풍성한 예로 전환되기에 그렇다. 그의 탐구는 이제 드디어 '의미'를 생산하기에 이른다. 불가능할 것만 같았던 '나 ― 언어' 간의 이 행복한 뒤섞임은 애초의 미지(未知)를 기지(旣知)로 중첩시키고 또다른 은유로 연쇄하면서 '미(美)/의미'에 도달한다.

6.

언어물질론자의 관능이 신비로운 이미지를 만나면서 가장 화려하게 만개한 것은 두말할 것도 없이 「얼음」이라는 작품일 것이다. 그는 이번 시집의 마지막 시에서 마치 언어의 분자생물학자인 것처럼 미세하고 섬세하게, 그러나 활달하면서도 자유자재로 언어라는 물질을 은유의 풍부한 되먹임 속에서 다룬다.

눌러도 눌러도 가라앉지 않고
입안을 미끄러지는 말은 얼음이다.
거대한 유빙이 몸속을 떠다닌다.

얼음은 침묵이다.
침묵은 입 다문 영혼.
(……)

언어는 소리도 글자도 아니며
우리가 상상하는 부재하는 사물도 아니며
우리가 생각하는 뜻도 아닌 것.
언어는 침묵이다.

(……)

침묵이 언어와 조우하는 불가능한 광경을 목격할 수 있다면
어쩌면 침묵은 이 거대한 빙산이다.
(……)

이 빙산은 대양을 표류하는 방랑자,
꿈 위를 걸어 다니는 영혼이다.
(……)

얼음과 입술.
그것은 육체의 수면을 시원스레 벗어나
바깥 공기와 사물들의 반짝임에 뒤섞인다.

인간의 입안에서 탄생하는 '말— 언어'란 얼마나 신비로운가. 그것은 우리 육체의 어디에 존재하다가 불현듯 한 노랫말인 것처럼 부드럽게 입술을 빠져나올까. '글자— 언어'란 또 어떤가. 인간은 어떻게 그저 인쇄된 잉크의 얼룩에 불과한 형상을 보고 제 몸을 떨며 상상하고, 꿈꾸고, 또 감동받을까. 어떻게 그것으로 사유를 형성하고 관점을 세우고, 그렇게 만든 관점의 차이 때문에 다투거나 심지어는 전쟁을 벌이기도 하는가. 실재하지만 그 기원을 알 수 없고, 때로 한 존재의 전부를 지배할 만큼 위력적이지만 손에 잡으려고 하면 이내 녹아 없어져버리는 것. 실체이면서 비실체인그것. 없지만 있는 이 거대한 것. 그렇다면 언어는 얼음이고 빙산이다. 인간은 제 안에 모두 다 거대한 빙산을 하나의 친숙한 영혼으로 간직한다.

아니다. 언어는 어쩌면 '침묵'인지도 모른다. 언어가 존재하지 않을 때가 침묵이 아니라 침묵이 겨우 그쳤을 때 언어가 잠시 제 모습을 드러냈다가 침묵 안으로 돌아가 잠드는 것인지도 모른다. 그렇다면 침묵은 언어를 품은 거대한 빙산이라고 할 수 있지 않은가. 그리고 빙산은 다시 "태양을 표류하는 방랑자" "꿈 위를 걸어다니는 영혼"이 되고…… 아! 한 구절한 구절 이것은 꿈꾸는 자의 몽상으로, 채호기만의 독특한 형이상학적인 물질론의 상상력으로 떠받쳐져야 한다. 그래야만 그 진면목을 우리 감각에 영롱한 기쁨으로 되돌려줄 수 있으리라. 꿈 안에서 우리는 채호기 시의 가장 아름다운 역동성을 경험하게 되리라. '얼음'의 이미지는 채호기의 물질적 상상력이 도달한, 이번 시집을 통틀어 언어에 대한 가장 독창적인 정박지이다. 채호기의 시를 읽고 그의 어법에 익숙해진 독자들이라면 능히 이 은유의 축제에 참여할 수 있을 것이다. 현란하고 격렬하지만 언어의 별자리 속에 잠긴 것처럼 황홀하리라……

채호기는 몸과 사유의 심층에서 관습적으로 작동하는 언어를 전제하는 것이 아니라, 그리하여 은유의 환상으로 이미지와 의미를 만들고 그것의 감동과 개성을 우선 높이는 것이 아니라, 지나치게 명징한 환상으로서의 언어를 직접 부각시킴으로서 오히려 일정한 소격 효과를 만들어내면서 은유적 언어의 활동을 치열한 성찰의 대상으로 뒤바꾸어놓았다. 하여 언어로 구성되는 시, 시가 만들어내는 세계는 근본에서부터 흔들릴 수밖에 없었다. 그는 자기 관조적인 성찰의 성숙에 몸을 실어 은유적 방법론의 제한적 사용과 과잉—가속 전환, 설계 과정의 직접 전시를 통해 자신의 시를 일종의 개념 미술에 가까운 형이상학적 작업으로 바꾸어 반은유적 방법론의 영지에 길을 트고 들어갔다. 그리고 그 안에서 다시 언어의 물질성을 극대화시킨 은유적 방법론을 현란하게 구사하여 의미가 신비로 도약하는 구성물을 만들어낸 것이다. 언어의 수수께끼는 완벽하게 풀리지 않았지만 풀리지 않았다는 이유로 우리의 꿈은 깊이를 얻고 다시 겹으로 덧입혀진다. 그렇게 '언어—물질'이 채호기의 상상을 거쳐 우리 안에 인상적인 실체로 배분된다.

오직 한 사람만이 들어갈 수 있는 예배당이 있다면 바로 거기, 청결한 독방 안에서 그는 정신을 투명하게 할 음식들을 조금씩만 먹으며 하루의 대부분을 완전한 묵상의 시간으로 보낼 것 같다. 계절이 어떻게 변하는지, 누가 죽고 살며, 저 겨울나무 뒤편으로 노을이 어떻게 지는지 잠시 잊어버린 채. 누가 이 침묵을 방해할 수 있을 것인가. 그리고 이 오랜 헌신과 시간의 역사, 형이상학적 물질론의 상상력을 통과하여 드디어 빙하의 언어가 탄생한다. 어둠과 침묵. 휘장은 걷히고 입술이 열린다. "그것은 육체의 수면을 시원스레 벗어나/바깥 공기와 사물들의 반짝임에 뒤섞인다." (「얼음」) 이 시집은 우리의 입술이 열려 언어가 태어날 때까지의 여정을 고독과 침묵 속에서 탐구한 한 물질론자의 비범한 수상록이다.

대상은 나를 지연시킨다 나는 잘 나타나고 있다
— 이수명의 『왜가리는 왜가리 놀이를 한다』(문학과지성사, 2015)

1. '나'가 아니라 '대상'에서 출발하는 시

　오랫동안 이수명을 사랑해왔던 사람이라면 이처럼 반가운 선물이 또 있을까? 한국 시단의 최전방에서 치열하게 제 길을 개척해왔고, 지금도 흔들림 없이 제 몫을 다해나가고 있는 이수명. 올해로 등단 22년차, 그녀는 『새로운 오독이 거리를 메웠다』(세계사, 1995)부터 가장 최근의 시집 『마치』(문학과지성사, 2014)까지 벌써 여섯 권의 시집을 낸 중견 시인이다. 이번 시집은 그녀의 두번째 시집 『왜가리는 왜가리 놀이를 한다』(세계사, 1998)의 복간본으로, 해설 없이 67편만이 실렸던 1998년 세계사판에서 무려 17편이 빠지고 50편의 정수만이 담긴 채로 다시 발행되는 것이다. 시인이 고백한 적이 있거니와 첫 시집 『새로운 오독이 거리를 메웠다』같은 경우 주로 등단 이전의 작품이 무작위로 묶인 것이라면 두번째 시집 『왜가리는 왜가리 놀이를 한다』는 그 첫 시집과의 완전한 단절을 이루며, 1994년 등단 이후, 비로소 이수명이 앞으로 자신이 탐구해나갈 시 세계의 밑그림을 제대로 펼쳐 보인 사실상의 첫 시집이라고 할 수 있겠다. 그런 이유로 새로운 표지와 판형으로 다시 만나게 되는 이 시집은 그녀를 오래 따라 읽어온 독자들에게는 그 의미가 각별할 수밖에 없다.

그동안 이수명의 시를 제대로 읽기 위해 많은 평자가 글을 제출한 바 있고 그만큼 훌륭한 글들이 많았지만 이들이 대체로 시집 자체만을 이야기하기보다는 언제나 우리의 일반적인 관념 체계와 인간성의 한계를 지적하며 글을 전개한 이유는 그녀의 시가 가장 첨예하면서도 끈질기게, 인간의 편에서 대상과 세계를 해석하려는 프레임과 대적해왔기 때문이다. 인간적인 관점이 뭐가 나쁜가. 이 세계와 평등한 관계를 맺거나 오히려 대상을 높이 생각하며 매번, 매 순간, 매일 새롭게 감각과 인식을 리셋하고 처음인 것처럼 살려고 한다면 문제가 없다. 그러나 에너지를 적절히 절약하려는 인간의 성향은 대체로 어제의 관성에 기대어 대상을 만나고, 어쩔 수 없이 자기 자신을 기준으로 타인과 사물을 줄 세우며, 별 고심 없이 이해관계에 따라 판단을 내리면서도 아닌 것처럼 스스로를 합리화하기를 좋아한다. 판단의 기준을 '대상' 혹은 '세계'에 두는 것이 아니라 늘 '나'에게 두고 있기에 그렇다. 인간보다 사물과 세계가 절대적으로 더 큰데도 불구하고 우리는 그렇게 살아간다.

자각이 아예 없거나, 이런 것이 인간이려니 싶은 마음으로 세상을 살아가는 사람이 상당수이겠지만, 또 이 모든 것을 용납하되 관점의 차이를 입체적으로 수용하면서 대상과 세계를 만나려는 시도가 비교적 합리적으로 보이는 것도 사실이지만, 어떤 사람은 인간을 기준점 삼는 프레임 자체를 다시 짜려는 시도를 벌인다. 그야말로 전면적 반성의 방식이다. 일반적인 시라면 대체로 (인간적인) 시적 주체가 중심이 되어 내면을 표현하기 위해 언어를 동원하고, 이에 어울리는 대상을 가져와 쌓고 연결하여 감각을 구체화하고, 의미를 발생시키는 비슷한 방법론에 기대왔다. 어떤 의미에서 시적 주체의 내면성을 확장시켜 이 세계를 덮어버리려는 유혹에 가장 취약한 것이 시이기도 하다.

일찍이 감각적으로 그 한계를 느꼈던 이수명은 철저하게 이와는 반대의 길을 개척했다. 대상의 편에서 시를 출발시키고 관행적 인식에서 최대한 멀리 벗어나는 방식으로 언어의 자율성을 풀어놓았으며, 대체로 시적 주체를 마지막에 위치시키되 그것을 최대한 약화시키거나 지워나가는 방식으로 시를 써온 것이다. '인간'이라는 중심축이 희미하기에 이수명의 시에는 기준점이 없는 것처럼 보인다. 당연히 낯설 수밖에 없다. 사실은 기준점이 반대로 뒤바뀐 것인데도 불구하고 우리는 그것이 없어졌다고 착각한다. 상당히 난감해한다. 원근법으로 잘 배열된 그림에서 갑자기 소실점이 사라진 상황을 떠올려 보면 될 것이다. 입체감과 깊이감은 지워지고 사물은 제각각 아무런 규칙 없이 흩어진 것처럼 보인다. 사물의 관점에서, 우리가 알던 세계는 역기술된다. 여기에는 이상에서 출발하여 김춘수와 이승훈, 오규원에 이르는 한국 시의 반인간주의 혹은 비인간주의적 전통이 개입되어 있지만, 『왜가리는 왜가리 놀이를 한다』는 특히나 '대상의 관점'에서 시를 쓰려고 했다는 점에서, 그 출발 지점의 고민과 도전의 흔적을 고스란히 간직하고 있다는 측면에서, 지금까지 한국 시의 관행적 시 쓰기에 반하는 새로운 방법론의 등장을 알리며 불현듯 우리 시단에 기입된 독창적인 성과물이었다.

2. '의미'가 아니라 '존재' : 페인트칠을 하지 않겠습니다

이수명의 시를 잘 읽기 위해서 우리의 평균적인 '감각-사고 시스템'을 리부팅해야 한다. '주체→언어→대상(사물)'이라는 위계 속에서 세계를 감각하고 시를 이해하는 방법을 이수명의 방식으로, 즉 '대상(사물)→언어→주체'라는, 완전히 반대되는 방식으로 뒤바꾸어야 한다. 그러나 곧바로 '대상(사물)'의 편에 서기는 힘들기 때문에 먼저 대상으로 접근하는 과정을 단계별로 밟아보기로 하자. 이수명의 도전이 기계적이고 단계적으로 진행되었다고 말할 수는 없지만 좀더 손쉬운 이해를 위해 이를 단순한 논리회로로 정돈하여 서술해보자는 말이다.

①

한 남자가 담벼락을 페인트칠하고 있다. 붓을 들고 한쪽 끝에서 다른 쪽 끝으로 오가며 손을 놀려댄다. 붓이 닿는 순간 담벼락은 무너진다. 푸르게 검게 또 푸르게 무너진다.

새 한 마리가 하늘을 날아다닌다. 날아다닐수록 유폐의 경계는 분명해진다. 새가 하늘을 통과할 때 새는 하늘을 가둔다. 하늘은 새의 날개를 가져간다.

그 남자는 낙담한다. 그가 붓을 떼자마자 페인트칠은 간 곳 없다. 거대한 담벼락이 원래대로 돌아와 있다.

　　　　　　　　　　　　　　　　　　　　　　　　　　—「페인트칠」 전문

②

오렌지 레몬 사과가 담 왼쪽에 놓여 있다.

복숭아 자두 포도는 담의 가운데 놓여 있다.

담벼락은 지금 두 시다.

담 위에는 줄에 꼬인 마늘이 대롱대롱 매달려 있다.

마늘 껍질은 달아나는 모자처럼 자신을 뒤쫓게 한다.

하지만 나는 결코 담을 넘지 않을 텐데

담을 드러내지 않을 텐데

　　　　　　　　　　　　　　　　　　　　　　　　　—「두 시와 정물」 전문

위의 두 편은 이수명이 사물을 어떻게 대하는지, 그녀의 방법론이 어떻게 출발하는지를 보여주는 일종의 시론에 해당하는 작품이다. 먼저 ①을 보자. 이 시의 인간적인 주체라고 할 수 있는 '한 남자'가 담벼락이라는 대상에 페인트칠을 하고 있다. 일반적인 시인의 상상력이라면 그가 담벼락에 칠하는 색깔에 따라서 담벼락의 성질은 변하고 모양이 바뀌면서 시는 확장되고, 이 시는 애초의 남자가 가진 내면을 구체적으로 형상화하여 보여주는 캔버스가 되거나 지나가는 타인에게 정서적 영향을 끼치는 작품으로 한 단계 더 발전할 수도 있다. 남자와 타인은 이해와 공감을 나누는 관계로 변하여 문득 감동을 빚어내기도 할 것이다.

그러나 반인간주의, 혹은 비인간주의라는 시적 기획을 가지고 있는 이수명은 인간의 손이 닿자 오히려 대상이 무너져버리는 순간에 대해 이야기한다. 담이 무너지자 새의 날갯짓은 새로운 가능성으로 확장되지 않고 하늘에 갇히며 결국 남자는 낙담하고 만다. 흥미로운 것은 낙담한 남자가 페인트칠을 그치자 페인트칠은 간 곳이 없고 "담벼락이 원래대로" 되돌아온다는 사실이다. 그러니까 대상에 인간적인 해석이나 의미 부여가 개입되는 순간 대상은 애초의 생명력과 가능성을 잃고 죽은 것이 되며 그러한 개입이 없을 때, 차라리 대상은 무수한 가능성을 잠재적으로 품은 "거대한" 사물로 회복된다는 것이다.

② 또한 마찬가지이다. 두시 방향으로 기울어진 담을 사이에 두고 왼쪽에는 오렌지와 레몬, 사과가 놓여 있고 담장 가운데로는 복숭아, 자두, 포도가 놓여 있다(이것 자체도 쉽게 상상하기 힘든 불명확한 장면이다). 담 위에는 마늘이 매달려 있는데 아마도 마늘 껍질이 바람에 흔들리고 있는 듯하다. 이것은 서로 간의 관련성이 전혀 없는 대상의 집합이고 시적 주체와도 관련을 찾기 힘든 이상한 풍경이 아닌가. 인간적인 주체는 이 무의미한 풍경을 견디지 못한다. 뿐만 아니라 그것을 거기 그대로 두고 보기 힘들어한다. 아마도 오른쪽에는 왜 아무런 사물이 없는지 고심하게 될 것이고 각각의 과일을 좀더 관련성 있는 사물들로 배치하고 싶을 것이며 기어이 마늘에 손을 대서 빈 껍질을 매만지며, 가장 손쉽게는 속절없이 흩어지는 삶의 공허감에 대해 기술하게 될지도 모른다. "마늘 껍질은 달아

나는 모자처럼 자신을 뒤쫓게 한다"는 구절은 바로 사물이 자신을 해석해 달라고 요청하는 손짓처럼 느껴진다.

그러나 개입이 요청되는 바로 이 순간에 이수명의 시적 주체는 "하지만 나는 결코 담을 넘지 않을 텐데/담을 드러내지 않을 텐데"라고 말한다. 인간적인 해석과 개입을 제어하려는 의식적인 절제로, 바로 이런 대목 때문에 이수명의 시는 논리적이고 차분하며 지적으로 절제된 인상을 준다. 이수명은 사물의 의미를 손쉽게, 인간적으로 규명하려지 않고 오히려 의미를 부여하지 않는 방식으로, 해석하지 않고 '두고 보는 방식'으로 일단 사물을 '존재'하게 만든다. '의미'보다 '존재'가 더 중요하다는 발상이다. 존재를 있는 그대로 두고 보는 일이 가능하려면 번잡한 관계 속에서는 불가능하고 될 수 있으면 사물을 인간적 용도나 연관성 속에서 탈출시켜야 한다. 따라서 이수명에게 필연적으로 요청되는 것이 바로 시간과 공간을 제거하는 일이다. 보통의 시작법에서 제일 먼저 요청되는 '시공의 구체성'이 이수명의 시에서는 오히려 사물을 제대로 인식하기 위한 제1의 걸림돌이 되는 셈이다.

시공을 제거하면 각각의 사물들은 하나의 추상적인 기호가 되고, 구체성을 잃는 대신 유한한 질서와 인간성의 감염에서 최대한 보호받게 된다. 일종의 추상적 자유를 얻게 된다고 할까? 이수명의 시가 일종의 기호 놀이, 혹은 기호 탐구처럼 보이는 것도 이러한 이유다. 기계적인 논리 회로를 더 가동시켜보자. 이제 앞서 살펴본 ①, ②의 작품에서 한 걸음 더 나아가게 되면 우리는 다음과 같은 시를 만나게 된다.

③

아침마다 사과를 먹는다. 몸속에 사과가 쌓인다. 사과가 나를 가득 차지하면 비로소 사과는 숨진다. 사과가 숨질 때 나는 사과나무를 본다. 사과나무는 아름답다.

때로 다른 일이 벌어지기도 한다. 내가 먹은 사과들이 내게서 탈주하는 것이다. 어제를 살해한 오늘의 태양처럼 빛나고 향기 나는 사과들. 사과는 사과나무를 불태운다. 사과나무는 아름답다.

—「사과나무」 전문

우리가 사과를 먹으면, 그 사과는 어디로 갈까? 인간적인 관점에서라면 당연히 사과는 우리의 몸안에 흡수된 뒤 제 소임을 다하고 남은 찌꺼기는 배출될 것이다. 그러나 이수명의 시에서 "때로 다른 일이 벌어지기도 한다". 즉 사과는 인간의 몸을 탈주하여 제 존재성을 드러낸다. 시적 주체가 아니라 사물이 먼저다. "어제를 살해한 오늘의 태양처럼 빛나고 향기 나는 사과들"이라는 말은 어제의 관행적인 용도를 폐기하고 새롭게 잠재성을 드러내기 시작한 사과의 무한한 가능성에 대한 찬탄으로 읽힌다. 이제 사과는 '사과나무에 열리는 것이 사과'라는 당연한 관계를 불태워버리고 제 '구속'에서 스스로 탈출한다. 역동적이고 힘차다. 이수명은 이들의 소유권을 주장하는 것이 아니라 사물이 역량을 발휘할 수 있는 놀이터로 자기 몸을 제공한다. 이렇게 사라져버리는 '인간적인 구속'은, 사과의 편에서, 아름다울 수밖에 없다. 이제 사물의 존재성이 제대로 발휘될 수 있는 기본 조건을 갖추게 된 것이니까 말이다.

3. 사물은 회전하기 시작한다

초기의 이수명을 보고 있자면 타고난 감각이 기존 시적 주체의 발화 방식에 익숙하지 않았고, 바로 그런 이유로 다른 길을 탐색했으며, 끊임없이 낯선 감각을 찾아 움직였다고 말하는 편이 옳아 보인다. 논리적이고 이성적 출발이 아니라 감각적이고 정서적인 출발이다. 이때 만난 것은 불협화음을 이루며 조성 없이 나열된 대상의 물질성, 그것이 만들어내는 현대성과 무한한 자유의 세계였던 것 같다.

예를 들어 한국 시의 전통에 대한 기본 감각, 이에 대한 전면적 반성이라는 관점 없이도 이수명의 시를 직관적으로 이해할 수 있는 사람이 있다면 당신은 아마도 다른 장르의 예술이 성취한 '현대성'을 이미 습득한 사람일 수 있겠다. 주관적 감정의 전달을 위하여 전통적 균형과 고전적 아름다움을 거부하며 대상의 왜곡을 추구하였던 표현주의 미술의 체험이 있다든지, 원근법이 고의로 부정된 조르조 데 키리코의 〈거리의 신비와 우울〉(1914)을 보면서 낯설고 기묘한 느낌에 흠뻑 몸을 맡겨본 경험이 있다든지, 아니면 쇤베르크의 무조 음악에서 출발하여 그의 제자였던 안톤 베베른과 알반 베르크의 작업들, 더 나아가 구소련 최고의 작곡가였던 쇼스타코비치의 〈현악 4중주〉에 이르는 현대 음악의 성과들에 깊이 감응하며 감동을 받았던 사람이라면 특별한 설명 없이도 이수명의 시집을 흥미진진하게 읽는 일이 가능하리라.

이런 추측을 해보는 이유는 이수명이 자신에게 영향을 준 예술가들을 거명하는 지면에서 이들의 이름을 모두 언급했기 때문이기도 하며 특히 "나는 쇼스타코비치에게서 현대성을 배웠다"[1]고 말했기 때문이다. 물론 이것은 시인의 주장을 작품 해석의 기원으로 삼으려는 단순한 발상에서 비롯된 전제가 아니라 이수명의 작품 세계를 더욱 풍부하게 감각하고 수용하기 위한 최소한의 '성실한 제안'이라고 이해하는 것이 맞겠다. 중요한 것은 역시 '인간성'이다. 쇼스타코비치의 〈현악 4중주〉가 주로 표현주의의 전통 아래, 스탈린 시대 사회주의 리얼리즘의 도구로 차출된 자신의 현실적 자아에 굴욕감을 느끼면서 해방을 향한 개인적 염원을 담아 지극히 자유로운 형식으로 내면의 상처를 표현한 결과물임을 기억한다면 어찌되었

---

1) 이수명, 「우리는, 투명한 자들은, 더 멀리 나아갈 것이다」, 『작가세계』 1999년 봄호.

든 쇼스타코비치 〈현악 4중주〉의 방점은 작곡가의 내면과 그 '인간성'에 있음을 알 수 있다.[2]

하지만 이수명은 이러한 일반적 해석과는 거리를 두는 방식으로 쇼스타코비치를 수용한다. 구소련이라는 현실의 시공에 존재했던 쇼스타코비치라는 인간을 빼버리고(쇼스타코비치의 내면으로 음악을 환원하지 않고) 거기 남은 음의 물질성에 전폭적으로 귀를 기울이며 "그것은 일종의 투명한 얼음조각 같은 것이다. 덧붙여나가는 것이 아니라 깨뜨려가는 것, 하지만 그 형상마저 떠오르기가 무섭게 흔적도 없이 녹아버리는 것이다. (……) 나는 형식 착란을 즐거워했고, 건조하게 직조된 그들의 미로에서 모든 권위가 사라진 해방을 느낄 수 있었다"[3]고 말한다. 실제로 쇼스타코비치의 〈현악 4중주〉를 듣다보면 반복되는 테마도 없이 바이올린, 비올라, 첼로 음이 제각각 불협화음을 이루며 병렬된 듯 비틀리고, 장조인지 단조인지 판단을 내리기 힘든 건조한 조성으로 낯설게 등장한 음이 다음 음으로 무화되는 체험을 수시로 반복한다. 명백한 윤기는 지워지고 인위성은 어둡게 강조되어 거의 미궁에 빠진 낯선 현대성의 감각을 경험할 수 있는 것이다. 이처럼 이수명은 무조의 세계, 불협화음의 세계, 형식 착란의 세계, 미로의 세계, 인간을 기원으로 삼지 않는 세계에서 오히려 해방감을 느낀다. 여기에 기하학의 세계도 더해진다.

④

내가 앉은 테이블에 세계도 앉는다. 그는 나를 소개한다. 비가 내리고 있고 그의 목소리는 잘 들리지 않는다. 그가 무어라고 손짓하며 나를 일으켜 세운다. 나는 말한다. "화살표를 따라 가시오."

---

2) 알렉스 로스, 『나머지는 소음이다』, 김병화 옮김, 21세기북스, 2010, 394~395쪽 참조.
3) 이수명, 같은 글.

그가 머리 위로 손뼉을 친다. 팔을 열었다 닫으면서. 그는 두 팔의 대칭에 빠진다. 그와 나의 대칭에 빠진다. 나는 물에 잠긴 잠수교를 그린다. 나는 세계를 전염시킨다.

—「기하학은 두 번 통과한다」 전문

④에 이르러 이제 이수명의 시적 주체는 드디어 "세계"와도 마주앉는다. 세계와 마주앉는다니, 대단한 자신감이 아닌가? "세계"는 나를 소개하지만(나에게 말을 건네지만) 인간성, 혹은 인간적 해석을 제거하고 세계와 '순수'하게 만나려는 기획을 가진 이수명의 시적 주체에게 그 목소리는 제대로 들리지 않는다(손쉽게 해석되지 않는다). 이수명에게는 이것이 오히려 정상이다. 이번에는 '그'가 시적 주체를 일으켜 세우지만 그것이 정말 일어서라는 신호인지 어떻게 알겠는가? 시적 주체는 엉뚱하게도 "화살표를 따라가시오"라는 말을 내뱉는다. 이쯤 되면 이 시는 지극히 추상화된 기호의 세계로 들어선 두 존재의 부조리극처럼 보인다. 액션과 리액션의 구조는 평균적 의사소통의 체계에서 벗어나려는 목적을 가진 상황에서 전개되는 것이기에 불교적 선문답의 향취까지 풍기게 된다. 그러니까 이수명에게 직선 혹은 곡선과 같은 '기하학'은 해석이 불가능한, 의미 부여가 불가능한 하나의 순수 기호, 혹은 존재 그 자체가 되는 셈이다(이후 이수명은 지속적으로, 그리고 자주 '기하학'에 대한 애호를 발동시키면서 성숙시킨다).

이제 '그'가 "머리 위로 손뼉을 친다". 일반 언어 체계로는 해석이 불가능한 새로운 기호이다. 바로 이어서 '그'는 "그와 나의 대칭에 빠진다", 이것은 무엇을 의미하는가? '의미가 없다'는 것이 중요하다. 기이해서 불안한가? 기이해서 '자유롭다'는 것이 중요하다. 세계와 만나 그대로 '두고 보는' 것에서 한 단계 더 나아가 이제 이수명은 알 수 없는 세계와 병렬 존재하면서 새로운 길을 트고 자기 몸을 비언어적 반응으로 내어주는 것이다. 이것은 일종의 모험이다. 이런 좁은 길을 찾아내는 것이 이수명의 사명이다. 사물과 세계를 새롭게 만나고 탐구하며 자유를 획득해나간다. "나는 물에 잠긴 잠수교를 그린다"는 구절은 세계의 물결 속에, 영향 속에, 자신을 맡기겠다는 말처럼 들리지 않는가? 그리하여 마지막 "나는 세계를 전염시킨다"는 구절은 보통의 인간적 해석과는 다른 모험을 벌이는 방식으로 자신을 포함한 세계를 새롭게 기술하겠다는 의지의 표현으로 읽힌다.

물론 다음과 같은 시도 있다. "나는 물고기/바다를 닫으려 했다./바다를 닫고 밖으로 나가려 했다./나의 외출 그러나/바다의 외출//바다는 나를 물고기라 불렀다/물고기가 널리 퍼졌다. 거품으로/거품은 다시 바다로/(……)// 내가 한 마리/깊은 바닷속 물고기 되어/바다와 만나려 하였을 때/나는 눈을 뜬 채 바다 위로/바다를 벗고 떠올랐다"(「내가 한 마리 물고기였을 때」)라는 구절. ④보다 훨씬 순화된 방식으로 씌어진 이 작품에서 시적 주체가 바다를 닫겠다는 것은 역시 가당치 않은 불가능한 시도이다. '나'보다 '바다'가, "나의 외출"보다 "바다의 외출"이 언제나 더 절대적으로 거대하기 때문이다. 따라서 시적 주체는 바다에 속한 물고기로서 그것이 무엇인지는 알 수 없으나 부여받은 속성을 인정하며 자신을 바다에 되돌려주는 작업을 순하게 수행한다. 시적 주체의 의지나 존재성을 최대한 희미하게 지워나가는 것이다. 물론 이 과정을 불안과 고통의 감정으로 읽을 수도 있겠다. 실제로 이수명의 시적 기획과는 달리 이번 시집의 어떤 풍경과 이미지는 자기 존재가 침탈당할지도 모른다는 불안을 암시하는 것처럼 보인다(이런 감정은 세번째 시집 『붉은 담장의 커브』(민음사, 2001)에서 더욱 강해진다). 그런 가운데에서도 감지되는 것은, 세계가 쉽게 해석이 되지 않는 방식으로 나와 마주하고 있고 그렇게 마주한 세계에 속한 나 역시 손쉽게 해석되지 않은 이 사태를 통해 역설적으로 더욱 자유롭게 '내가 잘 나타나고 있다'는, 깊은 안전감과 만족감이다. 사물과 세계가 나를 지연시키면(보통의 인간적 반응이 불가능한 방식으로 말을 걸어오면) 오히려 '나'는 잘 나타나고 있는 것이다.

시적 주체와 대상이 마주보고 있는 상황에서 이수명은 지속적으로 자신의 에너지를 사물과 세계에게 되돌려준다. 이 과정이 자연스럽고 부드럽게 이어졌으면 좋겠지만 때로 지극히 과잉된 방식으로 이루어질 때도 있는데 이런 경우에도 이수명의 명철한 균형 감각은 반성적으로 가동된다.

⑤

벨을 누른다. 깊이 잠들었던 집이 일어나 계단을 내려온다. 문이 모두 열려 있다. 집 안에는 철봉 하나가 놓여 있고 누군가 매달려 그 철봉을 넘고 있었다. "기다리고 있었소. 우리의 탈출 계획은 완전하지요." 철봉이 삐걱이는 소리가 몹시 크게 들렸다. "우리는 점화되었소. 나는 지체할 수가 없어요." 내 목소리가 필사적으로 철봉에 부딪쳤다. 그는 점점 커다란 원을 그리며 철봉을 잡고 몸을 돌리고 있었다. "당신은 내 발등에 돋은 불이오. 먼저 당신이 나를 돌리는 것을 멈추어야만 하오."

— 「철봉 넘는 사람」 전문

역시 구체적 시간과 공간이 제거된 어떤 세계에서 시적 주체는 알 수 없는 누군가의 집을 방문한다. "깊이 잠들었던 집"이 계단을 내려오고 문은 열려 있다. 그런데 특이하게도 이 집안에는 철봉이 하나 놓여 있으며 누군가가 그 철봉에 매달려 철봉을 넘고 있다. 겹따옴표 안의 대사가 누구의 것인지 해석이 분명치는 않다. 세 문장 모두를 '철봉을 넘고 있는 사람', 혹은 시적 주체의 대사로 몰아 읽는 것도 가능하겠지만 첫 대사는 '철봉 넘는 사람'의 것으로, 두번째 대사는 시적 주체의 것으로, 세번째 문장은 다시 '철봉 넘는 사람'의 것으로 이해하는 편이 적절해 보인다.

이렇게 읽자면 "기다리고 있었소. 우리의 탈출 계획은 완전하지요"라는 말과 "우리는 모두 점화되었소. 나는 지체할 수가 없어요"라는 말은 화자는 다르지만 모두 인간성에 감염되지 않는 사물 혹은 세계와 순수하게 만나고 싶은 시적 주체의 탈출 의지가 반영된 말로 읽을 수 있다. 문제는 "당신은 내 발등에 돋은 불이오. 먼저 당신이 나를 돌리는 것을 멈추어야만 하오"라는 말일 텐데 이는 아무리 명철한 시적 기획을 갖고 있더라도 그것을 실행하려는 초기 단계에서 어쩔 수 없이 만나게 되는 실패를 경계하는 말로 들리지 않는가? 놀라운 균형 감각이다. 되짚어보자. ⑤에서 가장 독특하게 다가오는 것은 무엇일까. 비현실적 상황? 부조리한 대화? 맥락 없는 서사? 나에게는 그 무엇보다도 '철봉을 도는 사내'의 이미지가 인상적이다. 그가 "점점 커다란 원을 그리며 철봉을 잡고 몸을 돌리고 있"다는 사실이 흥미롭게 다가온다. 다시 말하자면 대상과 세계에 지나치게 급작스럽게 힘을 몰아주면 불균형이 일어날 테고, 이는 많은 경우 과잉을 불러오는데 그것의 무의식적 이미지가 '커다란 원'으로 보인다는 것이다. 그러니까 이 사내는 "당신이 나를 돌리는 것을 멈추"라는 말을 통해 대상과 세계에 전면적인 에너지를 실어주려는 이수명의 의지에 성찰적인 제동을 거는 셈이다. 그 힘이 너무 세면 대상은 존재성을 드러내는 것이 아니라 오히려 제자리를 회전하는 반복 운동만을 반복하게 될 수도 있다. '회전하는 원'에는 사물의 편에서 이 세계를 기술하는 것이 쉽지 않으며, 사물의 존재성을 드러내지 못할지도 모른다는 이수명의 불안이 감추어져 있다.

4. 사물들이 우리를 본다

이처럼 이번 시집에서 '커다란 원' 혹은 '회전하는 원'의 이미지는 가장 특징적으로 반복된다. 의식적이면서 동시에 무의식적인 '원'이고 '회전'이다. "걸어나온 사람이 태양을 돌리고 걸어 들어간 사람이 태양을 돌린다"

(「걸어 나온 사람과 걸어 들어간 사람」), "앵무새는 경쾌하게 노래하며 빙글 빙글 돌았다. 나도 나의 무대도 빙글빙글 돌았다"(「앵무새」), "한 마리 물고 기는/조금 작거나 조금 크게/원을 그리며/출발 지점으로 되돌아온다"(「물 고기와 컴퍼스」), "채소들은 회전하고/순식간에 녹아서 사라진다"(「채소밭 에서」), "염소가 바닥을 빙글빙글 돌고 있다"(「나에게 알려진 잠」)과 같은 구절들. 이는 시적 주체가 보낸 양적 에너지가 사물에 도착해 운동에너지 로 전환된 결과물이기도 하며 어떤 것도 개입되지 않은 순수 기호를 만나 고자 하는 이수명의 상상력이 모든 인간적인 관여를 떨쳐내기 위해 기호 를 그 자체로 회전시켜보려는 의지의 소산인 동시에 '빙빙 돌려보면 과연 무엇이 새롭게 나올까'라는 불안한 기대가 반영된, 스스로에게 던지는 일 종의 난센스 퀴즈로도 읽힌다. 이런 상황에서 드디어 사물에게 과잉된 힘 을 몰아주지 않으면서도 적절한 권리를 내어준다면 어떤 일이 벌어질까?

⑥
나의 양파들은 불탄다.
나의 양파들은 튀어 오른다.
나의 양파들은 나의 늪이다.
나아가고 나아갈수록 나는 나의 운명에 평등해졌다.

천 개의 흰 식탁보들이 일제히 춤을 춘다.
(……)

나아가고 나아갈수록 나는 나아가지 않았다.

다시 어둠이 와서 아침과 부딪칠 때 어둠은 나아가지 않았다.
———「양파」 부분

대상은 나를 지연시킨다 나는 잘 나타나고 있다 391

양파를 까는 도중에 시적 주체는 양파에 물들고, 양파는 어느덧 역동적인 운동을 펼치기 시작한다. 불타기도 하며, 튀어오르기도 하고, 늪이 될 때도 있으며, 심지어는 식탁보마저 춤을 추기도 한다. 어떠한 금기도 없이 운동성을 발휘하는 사물의 모습은 이수명의 초기 시에서 볼 수 있는 특징 중 하나이다. 이 시집 이후, 사물들은 보다 정교하고 설득력 있게 땅 위로 내려와 낯선 길을 개척하며 제 존재를 드러낸다. 그러나 아직 초기이기에 일단 에너지를 주유받은 이수명의 사물들은 인간적으로 느껴지는 행로만을 논리적으로 제외시키며 나머지 영역에서 제 안의 가능성을 모두 시험한다. 사물들은 천진하다. 언뜻 멋대로 운동하는 것처럼 보이고 때로는 기묘하게 일그러질 때도 있는데 이 모든 일은 그 사물들의 잠재적 존재성을 찾아내는 탐구의 과정이라고 생각하면 된다. 그렇지 않겠는가. 사물의 관점에서, 사물이 주어가 되어, 이 세계를 다시 기술한다는 것은 누구도 가보지 않은 땅에 발을 딛는 것과 마찬가지이기에 초기의 이수명은 금지가 없어서 자유롭지만 금지가 없기에 조금은 불안한 마음으로 온갖 행동을 다 시도해볼 수 있었던 것이다. 끝없이 양파를 까듯이, "나아가고 나아갈수록 나는 나의 운명에 평등해졌다"는 말은 이수명의 시적 노력이 얼마나 단단한 의지와 자부심의 소산인지를 보여주는 말로 해석해도 과언이 아니다. 그럼에도 불구하고 왜 이 시는 '어둠'을 불러들이며 끝나는가. 이는 아마도 사물의 존재성을 완전히 드러내는 일의 불가능성을 알고, 스스로 밝힌 사물의 역동적 존재성을 다시 어둠으로 밀어넣으며, 끝까지 사물을 해석되지 않는 영역에 남겨두려는 '이수명의 윤리'가 작동한 것이리라. 해석하고 명백하게 밝히는 것이 중요한 일이 아니라 존재의 가능성을 탐구하는 일이 중요하다면 끝내 밝혀지지 않는 영역을 그대로 보존하는 일이야말로 사물을 존재성을 보존하는 가장 현명한 길인 것이다.

이 시집 이후, 이수명은 시적 주체에서 사물로 이동하여 보다 적극적으로 사물의 편에서 세계를 기술하기 시작한다. 시적 주체 역시 하나의 대상으로 존재할 뿐이다. 그러나 방어 본능을 발동하며 일어선 시적 주체의 목소리에 귀를 기울이면서 이번에는 사물의 실질적 위협을 인정하고 그것에 영향을 받는 시적 주체로 돌아온다. 이것은 기존의 인간주의적 시적 주체가 아니라 사물의 영향력에 너끈히 개방되어 있으면서도 제 주장을 펼 줄 아는 상호주관주의적인 시적 주체의 탄생을 의미하는 것이었다. 이후 과연 어떤 길로 전진할 수 있을까 싶었던 이수명은 비스듬하게 휘어지며 미세하게 쪼개지는 무한한 가능성의 시를 써나가기 시작한다. 그리고 마침내 가장 최근 시집 『마치』에 이르러서는 시간과 공간의 흔적을 보다 여유 있게 거느림은 물론, 현실의 지시적 대상과의 관련성 또한 암시하면서, 언어 자체의 자율성과 힘까지 역량 있게 직조할 수 있는 단계에 이르렀다. 이수명은 사물과 만나 매번 새로운 존재성을 탐구하면서 한층 더 설득력 있는, 유연하면서도 완성도 높은 작품을 써내기에 이르렀다.

사물의 관점에서 언어를 다룬다는 것은 언제나 새로운 모험이었다. 그렇지 않겠는가. 사물은 어떻게 말하고, 어떻게 생각하고(아니면 생각하지 않고), 어떻게 웃을까? 인간과 같은 감정이 없다면 어떻게 느끼고 어떻게 보고, 어떻게 행동할까. 아무렇게 쓰면 그것이 사물의 것이 될까? 멋대로 쓴다고 다 이수명처럼 쓸 수 있을까? 이런 이유로 이수명의 시는 명철한 시적 의지를 밑바탕에 깔고는 있었지만 그 위에서 벌어지는 언어의 운용은 단어 하나, 문장 하나가 미지의 세계에 발을 내딛는 자의 첫발과 같았다. 덧붙여 이수명이 자기 언어를 통제하며 강력한 시적 기획하에 모든 시를 쓴다는 생각은 오늘날 한국 시단에서 이수명 만큼 개성적이고 강력한 시론을 가진 시인이 많지 않기 때문에 더욱 그럴듯하게 여겨진 측면이 없지 않지만 지금 발표되는 이수명의 시를 보면 그러한 진단이 얼마나 편협한 견해인지 충분히 확인하고도 남을 것이다.

여기까지 오기 위해 이수명은 현대적 감각에의 몰입, 반성적 기획, 학구적 열정이라는 초기 단계를 거쳐야 했다. 이수명은 말한다. 대상은 나를 지연시킨다, 그래서 나는 잘 나타나고 있다고. 이번 시집은 바로 이 초창기의 시적 감수성 안에서 온갖 시행착오, 한계, 가능성의 확인, 무한의 열망, 균형의 상실, 역동성, 또다른 의지의 반복을 실험하며 사물의 편에서 미지와 대면하려고 노력했던, 우리 시의 한 급진적 전위가 시도한 탐구의 기록이다.

딱딱하지만 달콤하지 그리고 아이들이 태어난다
— 임승유의 『아이를 낳았지 나 갖고는 부족할까봐』(문학과지성사, 2015)

모자와 각설탕

이 시집, 한 번 읽으면 모서리가 반듯한 정육면체가 떠오른다. 정육면체라니. 만져보니 각설탕이다. 입에 넣으면 금세 기분이 달콤해진다는 것, 잘 알고 있다. 생각만으로 혀가 녹는다. 하지만 먹으면 안 될 것 같다. 이가 썩을 것이고, 당 수치는 높아질 것이며, 살이 찔 것이고……

상상 속 각설탕을 손등 위에 올려두고 시집을 계속 읽자.

이번엔 모자를 쓰고 읽어보자. 작품마다 시적 상황은 모호하나 어딘가 이상하게 각이 잘 맞고 지적이다. 사건의 실상, 그리고 감정과 해석이 은밀하게 감추어져 있다. 거친 폭발은 사유로 제어되고 정서는 안정적으로 간직된다. 그런 것처럼 보인다. 무슨 일인가 일어난 것 같은데 명백하게 파악하기가 쉽지는 않다. 어떤 시는 읽고 나서도 간혹 별일이 일어나지 않은 것처럼 보일 정도다. 모자 속을 들여다보는 기분이다.

그런데 두 번 읽으면 이 시집, 이상하다. 어딘가 기우뚱하다. 불길하면서도 에로틱하다. 넘치고 싶은 강렬한 열망으로 부글거린다. 끊어놓은 마디를 연결시켜 텍스트의 무의식을 구성해보면 느낌은 완전히 달라진다.

열기와 탕진. 해소되지 못한 정념. 지속적으로 끓어오르려는 기척. 물론 완전히 넘치는 일은 없다. 아니, 이미 넘쳤는데도 그렇지 않은 것처럼 안쪽으로 뭔가 감추어져 있다. 성질이 전혀 다른 표면과 내면이 붙어 있다. 위태롭고도 은밀하게.

시적 화자는 무게를 재고 거리를 측정하는 측량사의 시선으로 중심 사건을 재생한다. 뭔가 있었지만 아무것도 아닙니다, 라고 말하려는 것 같다. 난 이제 괜찮아요, 라고 다짐하는 것 같다. 여기에 초점을 맞추면 현실은 아무 이상 없이 흘러간다. 이 시집도 담담하게 읽힐지 모른다. 그런데 그것만이 진실은 아닐 것이다. 가장 모범적으로 보일 때조차도 누군가의 두 발은 이미 설탕에 잠겨 있는 것. 마치 백사장의 모래처럼 온몸이 설탕 가루로 바스락거리는 것. 임승유의 첫 시집은 모자와 각설탕 사이에 파국을 감추어두고 무심한 듯 펼쳐진다. "사탕을 녹여 먹고//오늘의 날씨에 안감을 대면/앞다투어 아이들이 뛰어오고/뛰어오면서 녹는다/키스처럼" (「우산」).

키스 같은 각설탕 가루가 조금, 아니 많이 흩날린다.

손을 넣어볼까?

모자 속에서 뭔가 소리가 들린다. 끈적하고 달콤한 것들이 바람에 돌아다니는 소리. 그러나 예상과 달리 모자에서 제일 먼저 나오는 것은 담장, 벽, 난간, 옷장, 국경 같은 것들이다. 단어이자 사물이며 딱딱한 것들. 얼핏 임승유의 시적 화자가 대체로 합리적이고, 현명하다는 인상을 주는 이유도 이런 사물들의 보이지 않는 성실한 기능 때문이다.

"이빨이 빠지는 옥수수 알 같은 자음들 재봉사가 담장을 꿰매네"(「할랄 푸드를 겪는 골목」)라든지 "그러니 아가씨여//마음에 품고 있는 걸 말하지 마요"(「윤달」)라든지, "난간이다 난간은 멀고//난간에서는 손을 놓아서는 안 되니까/잡아당긴다"(「파수」), "옷장은 달린다 달리는 옷장 속으로 표범이 달린다 (……) 표범은 매번 제 발걸음에 넘어진다"(「옥상」) 또는 "아이들이 타넘고 있으므로 국경이 한 뼘 뒤로 물러난다"(「아포가토」)와 같은 문장을 읽으면 하고 싶은 말은 내면에 쌓아두고, 그것이 터져나가려는 것을 막는 것에 익숙한 사람의 이미지가 자연스럽게 떠오른다. 심지어 임승유의 시적 화자는 "꽃잎은 함부로 말하고 함부로 울려고 한다/소녀는 돌멩이를 움켜쥐고 서 있다"(「치마」)라든지 "나뭇가지를 옆으로 치우고/창문을 그렸다//한 손에/돌멩이를 쥐고"(「구조와 성질」)처럼, 감정적으로 가장 고조된 것 같은 순간에도 돌멩이를 던지는 사람이 아니라 침착하게 그저 손에 들고 있는 사람 쪽에 속한다. 어떤 힘이 파국 이전에 스스로를 제어하는 것이다.

옷장 안의 표범. 국경 없는 아이들. 아무리 달려가도 담을 넘어설 수가 없고 담은 거기 그대로 있다. 행동은 늘 일정 범위 안에 가두어진다. 그러지 않으면 도무지 안심을 할 수 없다는 듯이 시적 화자는 이 계열의 사물들을 애호한다. 사실 당연한 일이다. 시적 화자의 내면에는 '금지, 즉 각설탕을 빨아먹으면 안 된다'에 그치지 않는, 그 어떤 것보다, 그 누구의 것보다 강렬한 욕망이 잠재되어 있으니까.

따라서 "망보는 벽을 세우고 더 들어가면 여긴 구멍 들어가본 적 없어 나오는 방법을 모르는 백 년 동안의 소용돌이 단 하나의 점을 향해 휘몰아치는 정신을 쏙 빼놓으며 튀어나오는 쥐가 있고 꼬리를 잘라도 계속되는 몸 끝나지 않는 종아리 한 번도 멈춘 적 없는 머리카락 줄지 않는 피부 한 번은 다르게 살 수도 있다는 걸 증명하기 위해//혼자서 들어갔다가 여럿이 되어 나온다/더 잘 사랑하기 위해서라면 그렇게 많은 몸이 왜 필요해"(「장소의 발생」)와 같은 구절을 읽는 일은 신선하다. 담장, 벽, 난간과 거의 같은 역할을 하는 '망보는 벽'을 세워두고 화자는 구멍 안쪽으로 깊게 들어간다. 그러다가 나오는 법도 몰랐던 소용돌이 속에서 어느덧 빠져

나오는데 "혼자서 들어갔다가 여럿이 되어 나"오게 된다. 무엇보다도 '망보는 벽→구멍 속→소용돌이→여럿이 되어 나옴'이라는 상상의 과정이 무척이나 흥미롭다. 이것은 '금지→금지가 얽힌 은밀한 일→아이들이 태어난다'는, 이 시집의 가장 핵심적인 상상 체계를 암시하는 대목으로 읽힌다.

그건 불길하지만 달콤하지

좀더 구체적으로 우리의 이야기를 전개시키기 위해 「모자의 효과」를 읽어보자. 「모자의 효과」는 매력적이지만 동시에 묘한 뉘앙스로 가득한 작품이다. 친척집에 다녀오라는 가족의 말에 여자아이는 군말 없이 집을 나선다. 어쩐지 이런 종류의 이야기는 여자아이가 산길을 벗어나야 할 것 같고 그렇게 새로운 모험이 펼쳐지리라는 기대를 낳지만 이 시의 여자아이는 충실하게 친척집에 간다. 아이가 별일 없이 친척집에 도착하는 것도 이채롭다. "고모와 당고모와 대고모의 발바닥으로 가득한/그런 친척 집이 있는 것만 같다"와 같은 문장을 읽으며 모자의 가능성을 상상력으로 확장시키는 천진한 아이의 이야기로 읽는 것도 충분히 가능하다.

하지만 "사촌이 몸 안으로 들어오면"이라는 구절을 읽으면서 돌연 우리는 활자를 가깝게 들여다볼지도 모른다. 그리고 다시 "여긴 모르는 곳 구름과 이불 이불과 구름 잘못된 발음을 할 때처럼 죄책감이 들어 풀잎과 꽃잎 꽃잎과 풀잎 우린 그만큼 가까운가요? 풀숲의 기분으로 달려도 도착하게 되지 않는다 모자 속에서는 나쁜 냄새가 나는 것만 같다"라는 구절과 만나면서, 뭔가 있나 본데 이게 뭐지, 하는 마음을 먹었다가 이내 구름 사이에서 몽롱하게 노닥거리게 될지도 모른다. 시간과 장소가 비현실적으로 바뀌고, 비유적 이미지가 등장하며, 원래의 사건에서 거리가 먼 것처럼 느껴지는 환유적인 문장에 책임을 물으며 긴장을 풀게 되기 때문이다. 하지만 임승유의 시가 여기에서 그치는 것은 아니다.

다시 읽자면, 이 시는 예기치 않은 '성적 침입'과 사촌 간임에 분명한 두 명의 아이, 그리고 이들이 관계를 맺는 풀숲의 이미지를 떠올리게 하지 않는가. 이것이 실제이든, 현실의 일부를 확대한 것이든, 아니면 모두가 심리적 현실이든 그것은 우리의 관심사가 아니다. 시 안에서 우리가 확인할 수 있는 것은 시적 화자가 모자처럼 움푹하고 은밀한 공간에서 사촌과 어떤 성적인 뉘앙스에 물든 일을 나누었다는 것이다(어쩐지 이 은밀한 만남은 한 번에 그치지는 않았을 것이라는 생각이 든다). 요시유키 준노스케의 단편소설 「뜻밖의 일」 중 일부를 가져다가 제목 다음에 배치한 것도 의미심장하다. 별 의도 없이 모자를 쓰게 된 '남자'와 아무것도 모르고 모자 속에서 잠든 '작은 고양이'의 긴장감 있는 관계. 이런 분위기를 떠올리며 "친척이 물 한 컵을 줄 때는 숨을 참으면 된다 맛도 안 나고 냄새도 안 난다// 웃는 이가 된다/젖은 웃는 이가 된다"는 문장까지 연거푸 읽으면, 또한 이 사건이 여자아이에게 강한 심리적 트라우마로 각인되었음을 짐작하게 된다. 자학과 죄책감은 "젖은 웃는 이가 된다"는 기이한 문장으로 형상화되었을 것. 문장의 안쪽이 야릇한 감정들로 이처럼 뜨겁다.

'금지'와 '금지가 얽힌 은밀한 일'. 그러나 감당하지 못할 사건의 폭력성에 항거하며 비탄을 터뜨리는 희생자의 목소리가 없다는 점에서 이 시는 독특하다. 사건에 비스듬하게 연루된 자의 공동 책임 내지는 미필적 고의에 의한, 쉽게 정리할 수 없는 불투명한 정서가 들어 있다고 할까? 나쁜 냄새. 동시에 둘만의 은밀한 쾌락. 이렇게만 말하기에는 부족한 기분들. 이 시를 하나의 심리적 사건으로 환원하여 그 사건의 비밀을 밝혀내는 것도 이해의 한 방법이 되겠지만 그것은 출발점이나 경유지여야지 결승점이어서는 안 될 것 같다. 중요한 것은 시적 화자가 이런 사태에 접근하는 태도이다.

여자아이에 대해 기술하는 화자의 목소리는 표면적으로 차분하고 침착하다. 이런 대목이 개성적이라는 것이다. "풀잎과 꽃잎 꽃잎과 풀잎 우린 그만큼 가까운가요?"라든지 "짓이겨지는 풀잎과 짓이겨지는 꽃잎 중에 뭐가 더 진할까? 피는 물보다 진할까?"와 같은 말은 사건을 기술하는 화자의 태도가 어떻게 이 시인의 문학적 색깔을 결정하는지를 잘 보여준다. 기이하게도 애초의 사건은 풀잎과 꽃잎 사이의, 피와 물 사이의 무게를 재는 계측의 언어로 뒤바뀌어 기술된다. 뜨거운 정서를 식히기 위한 임승유의 방법론이다. 일정한 거리감을 유지한 채 원래의 사건을 들여다보고, 시간상으로도 한참 지난 뒤의 비교적 안정적인 목소리로 사건을 기술하는 방식. 감각보다는 사유, 묘사보다는 진술의 힘이 우세하다. 사유와 진술은 시 속에서 어느 때든 반성적이고 성찰적이다. 시적 화자는 아이가 되어, 당시의 시공간으로 되돌아가 격렬하게 그 시간과 사건을 되살려내고 고발하는 데에 시의 목적을 두지 않는다.

즉, 시적 화자는 명백하게 사건을 드러내고, 거기서부터 언어와 이미지를 쌓아가는 것이 아니라 최대한 사건을 모자 안에 가두고 비밀스럽게 암시하거나 뒤섞으면서, 그 사건 안의 구성원으로 참여하고 있는 자신과 이 모든 사건을 기술하는 성찰적인 자신의 역량을 균등하게 대치시키면서 힘의 기울기를 이리저리 조정한다. 그녀의 팽팽한 에너지가 잘 조정된 시들은 이처럼 불가피하게 일어난 사건, 그것이 빚어내는 금지와 쾌락, 혹은 죄와 용서 사이를 오가되, 이와 관련된 환유적이고 성찰적인 문장들을 동원하여, 핵심 정보는 탈락시키거나 필요한 정서적 해석을 삭제하는 식으로, 또는 주어와 목적어를 드문드문 빼놓은 식으로, 이 모든 사태를 하나의 은밀한 '비밀'로 간직하려는 경향을 보인다.

말하면서 말하지 않으려는 방식이다. 때문에 독자는 각 시편에 감추어진 사건에 주목하게 된다. 모자의 색깔이나 스타일, 그 모자를 누가 쓰고 있느냐가 궁금한 것이 아니라 모자의 안쪽에서 움직이는 각설탕의 일들이 궁금해지는 것이다. 윤리적으로 나쁘다는 단죄의 심정과, 그것이 전부는 아니라는 삐딱한 정서와, 더 남아 있는 여러 기분들. 이들에 일정한 거리를 두고 태연하게 정돈하여 기술하려는 어른의 태도까지. 시인의 관심은 이 모든 분야에 공평하게 배분되고 사태는 종합된다. 평면체가 아니라 다면체고 단일 초점이 아니라 다초점이다. 이렇게 되면 애초의 사건은 윤리적으로, 비윤리적으로, 사후적으로, 세 번 재기술되면서 어떤 견딜 만한 정서의 결합체로 중화된다.

자, 이제 이 시의 초반부에 등장했던 구절을 다시 읽자. 글자 포인트를 달리하여, 누가 한 말인지 구분할 수 없이 개입되어 있던 목소리를 기억하는지? "아이를 낳았지/나 갖고는 부족할까 봐/아이와/아이와/아이를"이라는 구절. 이 구절은 이유 없이 여기 들어와 있는 것일까? 어쩐지 이 구절은 여자아이의 상상 속에서, 아이와 아이가 맺은 관계로 인하여("아이와/아이와") 새로운 아이를 낳는("아이를") 일로 해석해볼 수 있지 않은가. 여자아이의 상상 속에서 "아이를 낳았지/나 갖고는 부족할까 봐"라는 구절은 죄를 씻고(부족한 나를 극복하고) '다시 태어나고 싶다는 열망'과 '새로워지고 싶다는 마음'을 실현시키는 가장 핵심적인 상상력이 된다. 뿐만 아니라 '더 많이 사랑받고 싶다'는 욕망을 포함하고 있는 말로 바꿔 읽을 수도 있게 된다. 앞서 "혼자서 들어갔다가 여럿이 되어 나온다/더 잘 사랑하기 위해서라면 그렇게 많은 몸이 왜 필요해"(「장소의 발생」)라는 구절을 다시 한번 상기한다면, 여러 명의 아이가 필요한 것은 '더 잘 사랑하기 위해서'라기보다는 '더 많이 사랑받기 위해서'라고 말해야 하리라. 불온하지만 지극히 인간적인 감정이다.

상황이 이러하다면 임승유의 어떤 시들은 환하게 선명하지 않은가? 특히 2부의 어떤 시들이 그러한데 그중에서도 「건강하고 안전한 생활」 「하고 난 뒤의 산책」 「미끄럼틀」 같은 작품들은 성적 행위를 지시하는 '하다'라는 노골적인 서술어의 지시 아래, 성적 행위에만 눈먼 상대를 비꼬는 듯한 말투와, 관계에 대한 환멸이 담긴 태도, 미끄럼틀을 타고 내려오는 것 같은 쾌락, 또한 쾌락 대신 쾌락의 주변적 상황에 집중하고 그것들을 겹쳐서 만들어내는 환유적인 시선 돌리기가 무척이나 흥미로운 작품들이다. 핵심에 대해 끝내 말을 않겠다는 의지가 쾌락에 대한 몰입을 지연시키면서 시의 육체를 연장시킨다. 선명하지만 비밀스러운 이야기로 각 작품의 색깔이 빚어진다. 말하려는 힘과 말하지 않으려는 힘이 역시 이렇게 뒤섞여 있다.

물론 은밀함과 비밀스러움에 관해서라면 1부에 실린 「꿈속에 선생님이 나왔어요」와 같은 작품을 빼놓을 수는 없을 것이다. 한 학생이 문득 전한 "꿈속에 선생님이 나왔어요"라는 말은 이 말의 수신자인 '화자-선생님'의 욕망에 파문을 일으킨다. "우리들의 사물함 우리들의 침실 우리들의 무덤"이라는 구절에서 알 수 있지만 학생의 이 말은 둘만의 은밀한 공간(사물함, 침실)과 그 공간이 빚어낼 윤리적 파국(무덤)에 대한 염려를 이미 내장하고 있다. 은폐와 탈은폐의 곡예를 오가며 이어지는 선생님의 꿈에서 이것은 다시 삼각관계에 대한 암시로 연결되고 욕망은 더욱 풍성해진다. 그러다가 마침내 다시 현실로 복귀하여 자기 발걸음을 세보는 일로 마무리되는 시를 읽고 있자면 이빨을 몽땅 썩게 만들 설탕을, 낱개의 각설탕으로 단단하게 만들어 모자 속에 넣어 보존하려는 시적 화자의 정신 작용이 무엇 때문인지 짐작하게 된다. 불길하고 달콤하다. 달콤하지만 격렬하다. 설탕은 우리를 이토록 흔들리게 만든다.

저 계집애를 잡으라는 소리

설탕과 모자의 효과로 임승유 시가 놓인 배경을 어느 정도 이해할 수 있겠지만 한 가지 더 우리의 상상력을 동원해봐야 할 일이 남아 있다. 이 시집에는 어떤 서글픈 목소리가 지속적으로 등장한다. 죄를 추궁당하는 아이의 목소리랄까. 특히 「아포가토」와 「원피스」, 그리고 「밖에다 화초를 내놓고 기르는 여자들은 안에선 무얼 기르는 걸까?」(이하 「밖에다」)와 「소년을 두 번 만났다」 같은 작품이 그러한데 이들은 각각 다른 두 개의 사건을 두고 쓴 연작 같지만 동시에 서로 상통하는 하나의 사건에 대한 조금 다른 상호 참조 같다.

먼저 3부의 어떤 에피소드. "봄, 번지는 풀밭/여름, 무섭게 번지는 풀밭//지호야 두연아 기선아//풀밭에 불을 지르고 여러 가지 소리를 가진다 (……) 우우우 아이들의 시체가 뒹구는 타버린 풀밭은 뭐라고 하나"(「아포카토」) 같은 구절을 읽고 있노라면 어쩐지 한 아이가 풀밭에 불을 지르게 되었고(혹은 친구들과 불 지르는 일에 동참하게 되었고), 이 일 때문에 불행하게도 다른 친구들은 모두 죽고 불길 속을 혼자 뛰쳐나와 살아남은 아이의 서사를 떠올리게 된다. 그런데 「아포가토」를, 배치상 그 시의 바로 다음다음에 실린 「원피스」의 "저 계집애를 잡으라는 소리에 벌떡 일어나면//물방울무늬 원피스 하나만 필요해"와 같이 읽으면, 우리는 자기가 저지른 불장난으로 인하여 마을 사람들의 집단적인 추궁과 단죄를 경험한 아이를 떠올릴 수 있다. 여자아이는 어른이 되어서도 악몽에 시달린다. 이렇게 연결시켜 읽자면 "물방울무늬 원피스"가 갑작스럽게 왜 등장했는지를 짐작해볼 수 있다. '불' 때문에 단죄를 당했으니 불을 끄기 위해 '물'을 떠올렸을 것이고, 더이상 죄의식에 시달리는 어린'아이'가 아니라 거기에서 자유로운, 성적 자기 결정권을 가진 '어른'이라는 것을 스스로에게 납득시키기 위해 원피스가 등장한 것은 아닐까. 즉, "물방울무늬 원피스"는 유년 시절의 트라우마에서 벗어나기 위해 찾아낸 언어적 방어물인 셈이다.

따라서 "애인은 만져줄 거야. 친구는 안 만져줄 거야. 슬픈 사람은 원피스를 안 볼 거야 (……)나는 원피스를 좋아하는데/한 계절에 원피스 하나를 살 수 있는 삶이 이렇게 좋은데"(「원피스」)라는 구절을 "누군가 원피스 입는 걸 도와준다면 키스를 하겠네"(「스피어민트」)와 겹쳐 읽어보자면 시적 화자의 '원피스 애호' '관계와 사랑에 대한 기대'가 무엇 때문인지 짐작할 수 있다. 즉 자신만의 언어적 방어물인 "물방울무늬 원피스" 혹은 그 원피스를 입은 자신을 사랑해주는 애인이야말로 누구도 위로해주지 않는 상처를 이해하고 어루만져주는 고마운 사람인 것이다.

또한 2부의 세번째 작품 「밖에다」 같은 시를 읽고 있노라면 느낌은 기묘해진다. "불이 났다고 해/(……)/바람은/언덕은/던져주고 있다/더 타야 할 것들이 있다면서"라든지 "잘못했어요 잘못했어요 붙들고 매달리며 달의 몸속을 헤집고 들어서면 소년은 늘어나는 팔다리를 가졌다"와 "소년은 정시에 도착했다 예전처럼 웃으며/너는 죽기로 하지 않았니?/소년을 끌어내려 하자/이불 밖으로 발이 먼저 나와 있었다"와 같은 문장은 역시 정확한 사건의 실상을 알아채기는 어렵지만 드문드문 쪼개진 진술과 흔적을 통해 일반적이지는 않은 애정 관계가 파국에 이르는 과정을 떠올려볼 수 있다. 소년의 일방적인 매달림으로 시작된 관계는 이 소년의 상대가 누구인지 알아챌 수 없도록 제3의 시선으로 기술되어 있으며 그래서 전반적으로 은밀하다. 결국 이 둘의 관계가 밖으로 드러난 후에 올바른 진술로 사건을 정리해줄 것 같았던 소년이 아무렇지 않은 듯 제 살길을 궁리하는 이기적인 쪽으로 움직였을 때, 시는 돌연 끝나버린다.

이대로 묻힐 것 같았던 시가 불씨를 꺼뜨리지 않는 것은 바로 다음에 배치된 작품 「소년을 두 번 만났다」 때문이다. 우리는 첫 부분에서부터 "문장 속에서 살해당하지 않으려면 내가 먼저 다음과 같은 문장을 시작해야 한다//나는 소년을 두 번 만났다"라는 문장을 만난다. 소년을 중심으로 일어난 일들이 기술된 「밖에다」의 또다른 사건 당사자가 이 시의 '나'로 이어지는 셈이다. 시적 화자는 소년의 일방적인 진술에 희생당하지 않기 위해 소년과의 만남 자체를 부인하기에 이른다. 실제 이들이 함께했을 것 같은 선유도나 김유정 생가와 같은 구체적인 지명은 지워지고 대신 그 자리를 암시적인 인용문이 채운다. 나는 그 소년을 아예 모르는 것은 아니지만 우리는 타인처럼 어디선가 스쳐지나갔을 뿐입니다, 라는 내용의 그것들. 결국은 소년을 상징적으로 죽이게 될 자신의 진술 때문에 시적 화자는 고통받는다. 이후로도 영원히 이 사건을 반복적으로 겪어내야 할 것임을 알고 있는 자의 무한한, 동시에 무력한 두려움으로. 어떤 사랑은 피해와 가해가 뒤섞인, 애원과 증오가 뒤섞인, 이토록 잊을 수 없는 사건이 된다. 앞의 두 편, 뒤의 두 편 모두 금지된 사건이 벌어지고 이 일로 인하여 죄를 추궁받는 여자의 자책감이 강하게 느껴진다. 여자는 일방적인 피해자가 아니라 피해자이면서 가해자이고 분노와 원망의 불길 속에 내던져진 무력한 아이가 된다. 임승유의 시적 화자가 담장과 벽, 난간 등에 기댈 수밖에 없는 이유도 여기에 있다. 금지를 어겨서 또다시 같은 불행을 겪어서는 안 되는 것이다. 삶은, 지속되어야 한다.

그럼에도 아이들이 태어난다

물론 임승유의 시에도 완전히 '다른 내가 되고 싶다는 욕망'이 실현될 때가 있다. '아이들이 태어나는 사태'에는 분명 지금까지와는 완전히 다른 내가 되고 싶다는 열망이 결합되어 있다. 이번 시집에서 금지를 벗어나 선할 정도로 투명하게 자유로워지는 예외적인 경우라면 「연습」 같은 시를 들 수 있지 않을까. "사람들이 지나가며 손을 흔든다// 나는 사탕을 생각하고//모두들 달라붙어서 열심히 굴리면 지구였듯이//머리를 감싸 쥔 양손에서/끈적하고 달콤하게 사탕이 만들어졌다//새를 감추고 있다고 믿으면서/난간은 난간을 떨어뜨리고//여자들과 여자들이 블라우스만 입고 돌아다닌다면 얼마나 싱그러운 아이들이 태어나겠니?" 이 시에서도 마찬가지이지만 욕망이 자유롭게 풀려나는 순간에 어김없이 '사탕'은 등장한다. 이번에는 사방이 각진 '각설탕'이 아니라 동그랄 것 같은 '사탕'이다. "새를 감추고 있다고 믿으면서/난간은 난간을 떨어뜨리고"라는 문장에 힘입어 난간은 무너지고 새는 날아오른다. 그 순간 "여자들과 여자들이 블라우스만 입고 돌아다닌다면 얼마나 싱그러운 아이들이 태어나겠니?"라는 감각적인 문장이 경쾌하게 솟구친다. 못내 잊을 수 없는 구절은 "싱그러운 아이들이 태"난다는 부분인데 앞서 「장소의 발생」과 같은 시에서 "혼자서 들어갔다가 여럿이 되어 나온다"의 '여럿'이 진지하고 무거웠다면 지금 이 부분의 '싱그러운 아이들'은 어떤 구속에도 발목 잡히지 않는 깨끗한 이미지로 우리의 이마를 틔워준다. 그러나 어째서 제목이 「연습」일까? 아마도 남자와 여자가 만나는 일이 아니라 여자와 여자가 만나는 일이기 때문이리라. 블라우스만 입고 돌아다니는 여자들이라는 독특한 상상에 기대었기 때문이리라. 임승유의 시적 화자에게 이것은 어디까지나 상상력의 '연습'일 뿐 현실의 일은 아닌 것이다. 몰입은 그 몰입의 효과를 따져 묻는 합리적인 시선으로 이미 제어된다.

결국 임승유의 시는 "노란 티셔츠를 입은 소녀가 서 있다/(……)/소녀한테서는 짓무른 과일 향이 풍길 것 같고/뭔가 할 말이 생각날 것도 같다/바람은 친절해서 이를 닦아주며 지나가고/소녀는 살짝살짝 뒤집힌다"(「치마」)에서 떠올릴 수 있는 것처럼 불온한 소녀가 지배적 화자로 존재하고 있다고 보는 편이 맞다. 짓물러버린 소녀. 욕망과 은밀함의 힘을 이미 맛본 소녀. 그렇기 때문에 더욱 강한 금지에 시달리는 소녀. 이 소녀는 어른이 되어서도 자신을 옥죄고 놓아주지 않는 금지와 윤리 의식 때문에 괴롭고, 그걸 넘어서기 위해 자유와 쾌락을 추구하지만, 그리하여 때로 감당 못할 사건 한가운데에 놓이기도 한다. 하지만 다시 그 쾌락의 끝을 명백하게 경험하고, 삶을 지속하기 위해 현실로 되돌아온다. 그러고는 각설탕을 빨아 먹는 일과 먹지 않겠다는 결심 사이에서 흔들리는 일을 차분하게 기록한다.

어느 한쪽으로 힘이 기울 때도 있지만 독특하게도 '금지'와 '쾌락'과 '차분함'이라는 세 꼭짓점에 힘이 고르게 배분될수록 밀도가 높아지는 시, 여러 감정이 뒤섞인 중층의 내적 드라마로 언어적 역량을 팽팽하게 드높이는 시, 도약하지 않고 끈질기게 갈등하며 상충되는 힘을 모아놓는 시, 금지를 넘어서는 일이 아니라 금지를 세워두고 그것과 얽힌 채로 존재하는 삶을 보여주는 시를 쓴다.

임승유 시의 가장 큰 매력은 바로 이 대목에서 활짝 피어난다. 상식적 논리가 무력해지고 서로 다른 가치가 충돌하는 지점을 담담하게 담아내는 언어는 언제나 시적 언어에 가깝다. 도저히 절충할 수 없는 모순된 욕망에 시달리는 한 인간이 자신의 파멸을 막고 욕망을 유지하면서도 제어하며 지상의 삶을 지속할 수 있는 길을 터주는 것은 시의 일이 된다. 해결하지 못하는 자들이 시를 쓴다. 정리할 수 없는 자들이 시를 쓴다. 놓여나지 못하는 자들이 시를 쓴다. 그러나 시를 쓰면서, 혹은 쓰고 난 뒤 우리는 불행 가운데 존재하는 삶의 작은 기적 하나를 손에 쥐게 된다. 시의 힘은 거기에 있다. 죽음의 문턱 앞에서 마지막 구원의 일은 언제나 시가 떠맡게 된다. 그래서 우리는 임승유의 시를 읽는다.

모자 속에 뭐가 들어 있는지는 '나'만 아는 비밀이 되어, 가끔 '당신'이 알아챘다면 또 은밀한 공유가 가능해지는 일들이, 보일 듯 말 듯 우리 앞에 전시된다. 모자 속의 각설탕. 각설탕이 서로 부딪치는 소리. 불길하게 아름다운 모자가 여기 있다. 당신이라면 이 모자를 어찌하겠는가? 슬쩍, 쓴 줄도 몰랐던 모자가 바닥에 떨어진다. 우리는 곧 이 모자를 다시 써야 하겠지만 그렇다고 모자가 언제나 우리 머리 위에 있지는 않을 것이다. 바람이 분다. 무언가 일어나려고 하고 있다. 모자가 바닥에 떨어진 이 짧은 순간에도 "흘러내린 얼굴을 주워 담듯 계속해서 아이들이 태어난다"(「책상」).

뒤돌아보는 자리에 잔존하는 미광
― 안태운의 시, 그리고 이미지의 운동성에 관하여

디디-위베르만의 사유에 기댄다면 이미지는 '사물'이 아니라 하나의 '행위'로 이해되어야 한다. 명사나 형용사, 혹은 형용사와 결합한 명사가 아니라 그것을 포함하는 동사로 재발견될 때의 이미지. 이때의 이미지는 누구나 알아볼 수 있을 정도의 강렬한 빛이 아니라 없는 듯 잔존하는 빛이어서 연약한 반딧불의 이미지로 바꾸어 상상해볼 수 있다. 가장 밑바닥의 절망 이후라도 파괴된 어떤 것은 완전히 소멸되는 것은 아니며, 잔존의 흔적과 빛을 남긴다. 이것은 이행하는 잠정적 상태이고 도래할 무언가를 암시하는 미광이다. 이 희미한 점멸의 흔적 안에서 이미지는 단순히 고정되어 있거나 기억과 함께 과거로 사라지는 것이 아니라 새로운 생산의 계기로 작동하며 틈새와 모순을 보유하며 거기 있되, 종합을 거부하는 사이-운동으로 존재한다. 물론 '예전'과 '지금'이 만나는 여기에 보는 자의 적극적인 시선이 개입하는 것은 필수적이다.[1]

---

1) 조르주 디디-위베르만, 『반딧불의 잔존』, 김홍기 옮김 ,도서출판 길, 2012, 166~174쪽 참조.

이 글의 시작을 디디-위베르만의 이미지론으로 시작한 것은 안태운의 시를 잘 읽기 위해서이다. 안태운의 시집 『감은 눈이 내 얼굴을』(민음사, 2016)을 처음 읽으면 슬픔과 절망의 전면적인 이미지를 떠올리게 된다. 예를 들어 첫 시 「얼굴의 물」에서 "그는 안에 있고 안이 좋고 그러나 안으로 빛이 들면 안개가 새 나간다는 심상이 생겨나고 그러니 밖으로 나가자 비는 내리고/비는 믿음이 가고 모든 맥락을 끊고 있어서 좋다고 그는 되뇌고 있다 그러면서 걸어가므로/젖은 얼굴이 보이고 젖은 눈이 보이고 비가 오면 사람들은 눈부터 젖어 든다고 그는 말하게 되고 그러자 그건 아무 말도 아닌 것 같아서 계속 드나들게 된다/얼굴의 물 안으로/얼굴의 물 밖으로/비는 계속 내리고 물은 차오르고 얼굴은 씻겨 나가 이제 보이지 않고"를 읽노라면 비와 물의 이미지 안에서 멈추어 선 슬픈 누군가의 얼굴을 떠올리지 않기란 어려운 일이다.

다시 시의 처음으로 돌아가보면, 주의를 끄는 것은 "그러나 안으로 빛이 들면 안개가 새 나간다는 심상이 생겨나고"라는 의미심장한 구절이다. 이것은 시적 자아가 자기 존재에 관해 어떤 생각을 하고 있는지를 보여주는 장면으로 읽힌다. 아마도 시적 자아를 3인칭으로 지칭한 것으로 보이는 '그'는, '안'에 있는 것을 좋아하는 사람이며 이 전제는 그 '안'에 여러 사람과 같이 있는 것이 아니라 '혼자' 있을 것이라는 추측을 가능하게 한다. 그런데 그런 상황을 자각이라도 시켜주듯이 '빛이 들어오면 안개가 새 나간다는 심상이 생긴다'는 말은 바깥의 빛이 실내로 들어오면 실제로 그러한 것은 아니지만 그와 그를 둘러싼 공간이 실체를 잃고 분해되어 기화해버리는 듯한 환영을 만들어내는 것 같다. 즉 여기에는 시적 화자의 기묘한 부끄러움이나 죄책감이 반영되어 있다는 말을 하려는 것이다. 혼자 있는 것이 좋은데 과연 혼자 있는 것은 정말 좋은 것일까라는 자의식과 윤리적 질문이 부딪히는 순간이라고 할까.

혼란스러운 마음에 쫓겨나간 바깥에는 비가 내리고 있는데 이 비가 좋은 것에는 감추어진 이유가 있다. "모든 맥락을 끊고 있어서 좋다"라는 구절에서 알 수 있듯이 비는 위에서 아래도 떨어진다는 바로 그 속성으로, 이전까지 그의 '자의식－부끄러움'의 맥락을 끊어내는 것으로 여겨지기 때문인 것이다. 또한 안에 있는 것을 좋아하는 그에게 빗속을 걸어간다는 것은 비 때문에 각자의 우산을 쓴 채 따로따로, 즉 죄책감 없이 홀로 걸어갈 수 있기에 기분이 전환되는 순간일 수 있다. 하지만 그러한 되뇜도 잠시, 곧 빗속을 걸어가는 사람들의 얼굴이 전부 젖어 있다는 것을 보게 된다. 이 마주침의 순간, 젖어 있다는 것은 슬픔을 상기시킨다. 부정할 수 없는 비의 물질적 이미지. 그러자 문득 "비가 오면 사람들은 눈부터 젖어 든다"라고 중얼거리게 되는데 이 말은 다시 자기 지시적인 힘을 발휘하기 시작하여 그는 말의 안팎을 드나들며 상상적 이미지를 펼친다. 그 안에서 "얼굴의 물 안으로／얼굴의 물 밖으로／비는 계속 내리고 물은 차오르고" 같은 구절이 만들어진다. 비가 내리면서 사람들의 눈빛이 평소보다 젖은 듯 보이는 '장면－문장'은 현실과 언어의 상태를 겹치고 그 겹쳐진 이미지 안에서 그는, 얼굴의 안에도 물이 있고 얼굴의 밖에도 물(비)이 있는 장면을 떠올리며 다시 내면과 외부가 전부 비(물)로 가득 차오르는 이미지를 만들어내는 것이다.

　비 때문에 맥락이 끊어져서 좋았는데, 실상 이것은 끊어지지 않는 맥락이 아닌가? 앞서 빛의 출현으로 자의식과 윤리적 부끄러움이 충돌하는 순간의 맥락이 비로 인해 잠시 끊어졌지만 비는 다시 안과 밖의 '구분이 없이' 모든 세계를 물로 가득 채워버리는 이미지로 연결되는 것이다. 그리하여 결국 "얼굴은 씻겨나가 이제 보이지 않고"라는 문장으로 마무리되는 이 시를 읽고 나면 혼자 있는 것이 옳지 않다는 자각의 끝에 도달하게 되는 것이 '슬픔과 허망함이 가득 차오른' 그러나 동시에 '무표정한 얼굴'의 이미지이다. 이것은 얼마나 차갑고도 슬픈 이미지인가? 타인의 얼굴뿐 아니라 그(나)의 얼굴까지 씻겨나가 볼 수 없는 상황이라면 대면과 관계는 불가능해지며, 어떠한 꿈도 남아 있지 않은 자의 절망적인 상황에 대한 가장 선명한 이미지만이 남는다. "그의 눈 속에서 도시는 수몰된 채 서서히 멀어지고 있었다"(「예식」)는 구절을 겹쳐 읽으면 더욱 그러하다.

하지만 꼭 그렇지는 않을 것이다. 이런 해석은 충분히 고립의 슬픈 이미지를 선명하게 부각시키지만 동시에 이미지를 제한적으로, 즉 고정된 '사물'로 전제한 결과이기도 하다. 만약에 이미지를 '행위'로 이해한다면 어떤 다른 해석이 가능해질까? 앞서 분석한 「얼굴의 물」의 마지막 구절은 "비는 계속 내리고 물은 차오르고 얼굴은 씻겨 나가 이제 보이지 않고"라는 구절로 끝났음에 주목해보자. 이것을 폐쇄적인 단절의 이미지가 아니라 무언가 지속될 것을 암시하는 불완전한 미래를 암시하는 이미지로 해석할 수는 없을까? 비의 이미지는 얼굴을 씻어 지워버리는 마지막으로 동결되고 완결되는 것이 아니라 물이 흘러 지속적으로 움직이고 변화를 일으키듯이 무슨 일이 일어날지 알 수 없는 다음 가능성을 희미하게 남겨두는 방식으로 잔존하면서 이어진다는 것이다.

이러한 관점이 가능한 이유는 「얼굴의 물」 다음 시편으로 등장하는 시 「탕으로」 같은 시가 "고인 물은 멈추지 않고 있다"는 첫 구절과 함께 시작된다는 점 때문이기도 하다. 물이 차올라 얼굴이 씻겨나가지만 그것으로 끝이 아니라 이미지는 계속해서 운동하며 변할 것이며, 심지어는 고인 물조차도 멈추지 않고 있음을 떠올려보면 어떻겠냐는 조용한, 그러나 분명한 의도를 담아 시인이 시를 배치한 것 같다는 말을 하고 싶은 것이다. 「탕으로」는 독특한 이미지의 상상력을 펼쳐 보이는데, 시적 화자는 고립된 탕 안으로 물이 모여들고, 모여들어서 결국 썩는 것이 아니라 '자정'하고 있는 장면으로 처음의 이미지를 변화시킨다. 이제 사람들이 탕 안으로 흘러들고 서로를 응시하자 시간은 흘러가고 누군가가 거기서 나오라고 이들에게 돌을 던지기도 한다. 그들이 던진 돌이 탕을 가득 채우는데, 이는 마치 세월호 참사로 돌아오지 못한 아이들과 그 슬픔 안에서 고통받은 사람들을 떠올리게 하며 고통 앞의 응답을 기다리는 사람들을 이념적 언어로 몰아세우며 폄훼하였던 폭력적인 분위기를 연상케도 한다. 분노와 수치심으로 돌이킬 수밖에 없는 이 장면을 연상하며 인용 시의 문장을 읽을 때 중요한 것은 이 시가 "모든 물은 넘쳐흐르고 옷자락은 몸을 휘감고 형태는 마모되어 갔다. 주위로 소리를 내면서 지나고 있는 것들이 있었다. 물의 자취가 날아가고 있다"는 구절로 끝난다는 점에 있다. 이렇게 가볍게 끝내도 되는 것일까라는 질문이 들 정도로 구절들은 사건의 비극성과 고통에 대해 말하기를 비켜간다. 정확히 말하자면 이는 비켜가는 것이 아니라 이것이 바로 안태운의 시적 화자가 이미지 운동성 안에서 사건을 다루는 방식이라고 말해야 옳을 것 같다.

즉 여기서 작동하는 물의 이미지는 탕 안에서 죽어가는 이들에게 초점이 맞추어진 것이 맞지만 동시에 이 물이 끊임없이, 멈추지 않고, 계속해서 '움직이고 있다는 바로 그 사실'에도 초점이 맞추어져 있다. 결코 죽음을 되돌릴 수는 없을 것이다. 그러나 마지막 문장들은 그렇다고 해서 이 모든 사태가 완전히 그렇게만 끝나지도 않을 것임을, 움직이는 물의 이미지—특히 그것을 반영한 '문장의 운동성'을 통해 현시하고 있다. 같은 맥락에서 안태운의 시편들은 하나같이 절망과 비참에 대해 무표정하고 섬뜩하게 진술하고 있을 때조차 고요하게 멈춰진 장면으로 그려내는 것이 아니라 지속적으로 움직이는 사람의 행동에 관해 말하는 방식으로 이를 구현해낸다. 물이 이동하고 출렁이듯이 '행동—다음 행동—또 다음 행동……'이 단순한 반복으로 되돌아오는 것이 아니라 지속적인 변화를 일으키며 최종 결과를 알 수 없는 형태로 개방되어 있는 것이다.

이런 식의 모순과 긴장, 문장의 운동이 만들어내는 감춰진 이미지야말로 물의 또다른 이미지이고 행위로서의 이미지라고 할 수 있을 것 같다. 무엇이 도래할지는 알 수 없지만 물은 계속해서 넘쳐흐르고, 휘감고, 마모시키고, 소리를 내며 지나가고, 날아가기까지 하는 것이다. 사건은, 물의 이미지 안에서 어떻게 잔존하며 다음으로 이어질까. 다음의 시는 그러한 기대가 다시 좌절되는 순간을 보여주는 것 같다.

밤에는 산책했다. 어제처럼. 이미 벌어진 일들을 다시 하고 있다는 기분으로. 이곳에 살던 사람들을 추측하면서. 나는 이 동네에서 오랫동안 살았다. 살아서 또 산책을 한다. 한산한 곳을 바라보고 있다. 이 모든 것이 여름같이 생겼으므로. 나는 걷는다. 걷고 있었다. 모퉁이를 돌고 있었다. 그러자 그곳에는 있던 것이 사라졌다. 움푹 파여 있다. 그것은 분수대였고 그곳엔 구덩이만 홀로 남아 있다. 접근 금지 테이프가 둘러져 있다. 사람들은 지나친다. 나는 걷는다. 사람들을 따라서. 빈 곳을, 붕괴되어 사라진 한 곳을 돌아보면서. 그러면서 걷고 있었다. 여름은 변주되고 있었다. 걸을 때마다 붐비는 것들이 있다. 집적되는 것들이 있다. 도시는 발광한다. 나는 경관을 둘러보며 거리에 나와 있다. 도로변으로 빠져나온다. 많은 사람들이 지나다니고 있었다. 그리고 지나다니는 틈으로 또 한 사람이 앉아 있었다. 홀로 운다. 도드라져 있다. 앉아서 울고 있다. 나는 본다. 다른 사람들도 보고 있었다. 그러면서 지나친다. 그 사람에게 접근하지 못한다. 멀어지고 있다. 나는 뒤를 돌아본다. 돌아보고 있었다. 당신은 여기 있어선 안 됩니다. 다시 걷고 있었다. 그러나 나는 이 모든 것이 여름같이 생겼다고 생각하고 있었다. 계속 걷고 있었다. 그렇게 생각하자 여름이 지나가고 있었다.
　　　　　　　　　—「이 모든 것이 여름같이 생겼다고 생각했다」 전문

　인용 시의 표면적인 이미지들을 따라가보면 이 시의 출발 역시 대상과의 적절한 거리를 유지한 채 반복되는 삶의 현실을 지루하게 재현하고 있는 것처럼 보인다. "밤에는 산책했다, 어제처럼"이라는 구절이 특히 그러한 이미지를 강화하며 시적 자아는 단순히 무기력한 도시의 산책자로 이해된다. 그는 분수대가 있었던 곳에 구덩이만 남았다는 것을 발견하지만 접근 금지 테이프가 둘러져 있기에 지나가는 사람들을 따라서 자신도 그냥 지나쳐간다. '분수대가 사라진 사건'은 그냥 그대로 흔적도 없이 사라지고 마는 것일까. 그러나 시적 화자는 "빈 곳을, 붕괴되어 사라진 한 곳을 돌아보면서. 그러면서 걷고 있었다"라고 말한다. 곧바로 이어지는 "여름은 변주되고 있었다"라는 문장을 읽노라면 이미지의 잔존과 함께 안태운의 시적 자아가 가지고 있는 포지션을 발견할 수 있다.

그는 접근 금지 테이프를 가로질러 선을 넘는 캐릭터는 아니며, 상실에 즉각적으로 반응하여 화를 내고 격렬하게 저항하는 사람은 더더욱 아니다. 아마도 이러한 자기 성향에 대한 자각이 수시로 안태운의 시적 화자에게 윤리적 반성을 불러일으키며 안이 아니라 밖으로 나가도록 강제하는 힘 같은데, 이럴 때 안태운의 시적 화자가 취하는 태도가 바로 '뒤를 돌아보면서 걷는 사람'인 것 같다. 자서에서 "뒷모습과/뒤를 돌아보는 모습/사이에서/걷고 있었다"라고 적은 것을 보면 이러한 정체성은 더욱 의미 있게 다가온다. 불행을 지나치며 뒤를 돌아보는 행동은 비난받아야 하는 태도일까? 그럴 수도 있겠다는 생각이 들지 않는 것은 아니지만 이 한발 늦은 돌아봄이야말로 안태운 시의 개성을 결정짓는 독특한 자리라는 생각이 든다.

물론 이러한 생각조차도 인용 시의 두번째 지나침을 보자면 흔들리게 된다. 홀로 울고 있는 사람. 앉아서 울고 있는 사람. 이 고통받는 사람의 얼굴에 누구도 다가가 책임지지 않고 거리를 유지하며 지나쳐갈 뿐이다. 이런 상황에서도 시적 화자는 그저 멀어지며 뒤를 돌아본다. "당신은 여기 있어선 안 됩니다"라고 시적 화자가 말한 것 같지만 정말 말한 것인지 생각에 그친 것인지는 명확하게 알 수가 없다. 이것은 너무 이기적인 것이 아닌가. 혹은 무기력한 응시에 그치는 것이 아닌가. 그러면서 "나는 이 모든 것이 여름같이 생겼다고 생각하고 있었다. 계속 걷고 있었다. 그렇게 생각하자 여름이 지나가고 있었다"라고 말하며 역시 물이 출렁이듯 계속 걸어간다. 이것은 어떠한 이미지의 잔존도 없이 과거로 지나가버리고 마는 슬픈 여름에 대한 이야기로 읽힌다. 상실과 고통 앞에 변질되는 것 같았던 여름은 너무나 미약하게 점멸하다가 유려한 여름의 이미지 속으로 그만 사라져버린다.

그러나 이러한 순간에도, 안태운은 '행위로서의 이미지−잔존하는 이미지의 미광'을 포기하지 않는다. 그는 「이 모든 것이 여름같이 생겼다고 생각했다」라는 시 다음에 곧바로 「남은 얼굴로」라는 시편을 배치한다. 남은 얼굴. 점멸하는 미광이 완전히 소멸하지 않고 다음의 운동으로 이어지는 배치. 지나간 여름처럼 소멸한 것처럼 보이는 지나침 뒤에 남은 어떤 것. 이 시는 다음처럼 쓰여졌다. "밤에는 도착하게 된다 달을 보고 달을 지나치고 어느 것에도 동하지 않게 되고 도착하므로 밤을 잊게 되어/잊은 몸으로 다시 잊을 수 없게 된다 물러가게 된다 인상이 되어 살을 문지르고 그러나 인상은 이내 가시게 되므로/남은 말을 모국어로 삼고 남은 얼굴로 나를 바라보게 되고 너를 지나치면서 너 같다고 말하게 된다". 되돌아가 시를 여러 번 읽으면 '뒤를 돌아보면서 걷는 자'라는 안태운의 태도가 이 시에 어떻게 작동하고 있는지 확인할 수 있다.

밤에 어딘가에 도착하여 달을 보지만 시적 자아는 달을 지나친다. 자신이 본 어떤 것에도 영향받지 않으며 끝내 이 밤을 영영 잊을 것처럼 보인다. 그러나 그와 같은 1행이 끝나자마자 2행의 시작에서 시적 자아는 "잊은 몸으로 다시 잊을 수 없게 된다"고 말한다. 그렇다면 바로 이러한 구절에서 이미지의 잔광을 엿볼 수 없는 것일까. 지나간 것 같지만 쉽게 그렇게 되지 않는 연약한 이미지의 힘에 대하여 조금 더 상상해볼 수는 없는 것일까. "그러나 인상은 이내 가시게 되므로/남은 말을 모국어로 삼고 남은 얼굴로 나를 바라보게 되고"라는 구절을 읽으며 인상(이미지)을 언어로 바꾸어 기록하려는 시인을 발견한다. '분수대'와 '홀로 울고 있는 사람'은 한 편의 시에서는 기억과 함께 소멸한 것 같았지만 그다음 시편으로 미광이 이어지며 잔존한다. 그것은 남은 얼굴이 되어 시적 화자를 들여다본다.

시인이 이미지를 들여다보는 것이 아니라 이미지가 시인을 들여다보는 것이다. '예전'과 '지금'이 만나는 순간이다. 잔존하는 빛이 지금의 시적 자아를 움직이는 순간이기도 하다. 그것이 어떤 모습일지 활성화된 것은 아니지만 남은 얼굴이 소멸되는 일은 없을 것이다. '나'는 '너'를 지나쳤지만 그것이 끝은 아니며 '너'의 이미지는 남아 여기, 언어로 기록될 것이다. 언어로 기록된 이미지는 비록 연약하고 미세하며 흐릿하지만 여기, 뒤돌아보는 사람의 삶을 예상치 못한 방향으로 재조정할 것이다. 이미지의 잔광이 돌아보는 자의 삶을 어떻게 바꾸어놓을 것인가라는 질문 앞에 안태운의 시는 놓여 있다. "오려 낸 것들을 창틀에 장난감 병정처럼 세워 놓는다. 기대어 있다. 그리고 본다, 흰 뒤를. 그는 하얀 뒤를 보고 있었다. 그러나 흘러넘치고 있었다"(「파도가 있는 방」)라는, 움직이지 못하는 사물 뒤 역동하는 물의 이미지를 꿈꾸는 상상력과 함께.

6부

죽지 마, 그냥 건들거려도 좋아
― 김행숙의 「미완성 교향곡」

소풍 가서 보여줄게
그냥 건들거려도 좋아
네가 좋아

상쾌하지
미친 듯이 창문들이 열려 있는 건물이야
계단이 공중에서 끊어지지
건물이 웃지
네가 좋아
포르르 새똥이 자주 떨어지지
자주 남자애들이 싸우러 오지
불을 피운 자국이 있지
2층이 없지
자의식이 없지
홀에 우리는 보자기를 깔고

음식 냄새를 풍길 거야

소풍 가서 보여줄게

건물이 웃었어

뒷문으로 나가볼래?

나랑 함께 없어져볼래?

음악처럼

— 김행숙, 「미완성 교향악」(『사춘기』) 전문

　20대의 한 시절을 치열하게 통과하는 청춘들의 이야기가 감동적으로 그려진 만화 『허니와 클로버』는 내가 곁에 두고 자주 펼쳐보는 만화다. 2006년도에 '아오이 유우'와 '사쿠라이 쇼' 주연으로 영화화가 되어, 이들을 사모하는 많은 팬을 스크린 앞으로 끌어 모은 적도 있지만(최근에는 대만판 드라마로도 제작되었다) 내가 보기에는 드라마보다는 영화가, 영화보다는 원작 만화가, 원작 만화보다는 애니가 조금 더 완성도가 높은 것 같다. 드라마나 영화는 미대생들의 사랑 이야기에 초점이 맞추어져 있지만 원작은 좀 다르다.

　엇갈리는 사랑도 한 줄기이지만 그것만큼이나 중요한 비중을 차지하며 다뤄지는 것이 바로 '자아 찾기'라는 주제. 미대생들이 주인공이다보니 과연 내가 그림을 그려야 할까, 그림(꿈)이란 나에게 무엇인가 등 스스로의 내면과 진지하게 대면하여 답을 찾으려는 청춘들의 치열한 고민과 방황이 매우 설득력 있게 전개되기 때문이다. 이 만화에는 각기 다른 매력을 지닌 인물들이 등장하는데 그중에서도 가장 현실적인 캐릭터가 바로 '다케모토(사쿠라이 쇼)'이다. 뛰어난 예술적 재능을 지닌 '하구미(아오이 유우)'를 좋아하지만 역시 천재적인 재능을 지닌 모리다 선배에게 하구미를 양보할 수밖에 없는 상황. 다케모토는 순정파이기는 하지만 하구미나 모리다 선배와 어울리기에는 스스로가 그저 그런 평범한 학생이며 심지어는 진정 자신이 이루고 싶은 꿈이 무엇인지도 아직 찾지 못한 데서 오는 자괴감과 열등감에 시달리는 캐릭터이다.

그러나 어디에도 자신의 고민을 털어놓지 못하던 이 소심남은 어느 날 갑작스러운 여행을 떠난다. 동네에서나 타고 다닐 수 있는 일반 자전거를 타고 밖에 나왔다가 '이렇게 그냥 달리면 내가 과연 어디까지 갈 수 있을까' 하는 충동적인 생각으로 여행을 시작한 것이다. 돈은 금방 떨어지고 우연히 만난 사람들의 도움으로 여행을 지속하던 그는 자신의 여행이 결국 '자아 찾기 여행'이었음을 자각하게 된다. 미래는 보이지 않는데 가차 없이 흐르는 날들이 그렇게도 두려웠던 것이며, 그럼에도 불구하고 답 따위는 없고, 자신이 정말 직성이 풀릴 때까지 열심히 해보았는가 하는 것만이 남는다는 것임을 깨달으면서 텅 빈 자신을 치유하고 돌아오게 된다. 이 과정의 이야기가 너무나도 진지하게, 감성적으로 그려져 있어서 살다가 까닭 없이(사실은 까닭이 있어서) 지칠 때, 나는 이 부분을 꼭 찾아서 보고는 한다. 그러면 정말 다시 살아갈 힘이 생긴다.

김행숙의 시는 『허니와 클로버』보다는 훨씬 밝고 가볍다. 침 좀 뱉고, 다리 좀 떠는 여학생의 한 시절을 들여다보는 것 같다. 그런데 전혀 죄의식이 없고, 투명하고, 즐겁다. 학교에서 단체로 봄소풍을 갔지만, 건들거리는 자신의 애인과 빠져나와 자신들만의 아지트로 가서, 도시락을 펼쳐놓고, 둘이서만 은밀하게 속삭여보자는 유혹이 담겨 있는 쪽지. 마치 내가 그런 쪽지를 받은 것 같다. 간신히 형체는 남아 있지만 사방으로 개방되어 있는 밀회의 공간이 연상되면서, 그곳에 둘이서만 있으면 정말 상쾌하고, '네'가 좋을 것 같고, 그대로 사라져버릴 것만 같다. 시를 다 읽고 나면 '미완성 교향악'이라는 제목은 너무나도 적절하게 이 공간과, 우리 청춘과, 미래의 가능성에 숨통을 틔워주는 훌륭한 제목으로 변한다. 미완성이

어서 우리를 더욱 자유롭게 풀어준다.

BGM: 프롬, 〈Milan Blue〉

러블리 규리씨
— 이규리의 『최선은 그런 것이에요』(문학동네, 2014)

통통 부은 눈에 생감자를

자, 여기 두 명의 친구가 있어요. 내가 무엇을 하든 모든 것을 응원하고 무조건적으로 믿어주는 친구와 옳은 소리를 잘해서 내 허물을 객관적으로 지적하고 더 나은 길을 안내해주는 친구. 만약 친구 한 명을 선택할 수 있다면 당신은 누구를 고를 건가요? 앞의 친구는 고맙기 짝이 없지만 어쩐지 너무 착하기만 해서 때로 정말 나를 위해서 고민하는 사람인지 의문스럽기도 하죠. 모든 사람에게 관성적으로 덕담을 건네는 것 아닐까? 뒤의 친구는 어떨까요. 우리는 분명 어떻게 해야 옳다는 걸 뻔히 알면서도 말도 안 되는 작은 거짓으로 위로를 받고 싶어합니다. 그럴 때 두번째 친구는, 내 잘못을 지적할 게 뻔하니까 피하고 싶은 마음이 들기도 해요. 미안, 친구들. 꼭 골라야 합니까? 네, 저는 욕심이 많아서 이 두 친구를 모두 갖고 싶은데요. 아, 그런 사람도 있겠군요. 둘 모두를 지니고 있는 친구. 상황에 따라 적절하게 응원도, 싫은 소리도 할 줄 아는 친구. 그렇게 완벽한 친구가 있을까요. 욕심이 너무 많지 않은가요? 그래요. 정말 세상에 없을 것 같은 친구. 나 자신이 누군가에게 어떤 친구인지 곰곰이 생각해보면 더더욱…… 아아.

그래도 좋은 친구를 포기하지 못하는 사람에게 여기, 새로운 친구를 소개합니다. 당신 옆에서, 당신의 목소리를 들어주고, 고개를 끄덕여주지만 한 번도 어떻게 살라고 말해주지는 않는 친구. 퉁퉁 부은 내 눈을 어찌 알고 자기도 퉁퉁 부어서는, 생감자를 갈아서 자기 눈에도 바르고 내 눈에도 발라줄 것 같은 친구. 쉽사리 "다 잘될 거야"라고 말해주지 않는 친구. 그저 "저마다 아파. 다른 아픔도 아파"(「봉봉 한라봉」)라고 말해주는 친구. "들어내도 나가지 않는 게 있고/다 알면서 들어낼 수 없는 것도 있다"(「들어내다」)고 말해주는 친구. 쉽게 어쩌지 못하는 삶에 대해 담담하게 알려주는 친구. 그렇게 별말 없이 반나절을 같이 있어주는 친구. 소개할게요. 러블리 규리씨. 제가 먼저 알고 있는 친구. 이제 여러분도 만나실 수 있어요.

멀리 못 가서 미안해요, 바슐라르 할아버지

"시인은 언제나 철학자보다 더 암시적인 편일 것이다. 시인은 바로 암시적일 권리를 가지고 있는 것이다. 그리하여 암시에 속하는 역동성을 따라 독자는 더 멀리, 너무 멀리 갈 수 있게 된다"[1]는 바슐라르의 말은 언제나 '몽상'의 이미지가 만들어내는 아득함과 아득함이 꿈꾸게 하는 다른 세상을 떠올리게 합니다. 역동적인 여행이 끝났을 때 우리는 꿈과 현실의 간극을 재며 삶을 조금 바꿔보면 어떨까 생각하게 되겠지요. 먼 곳을 보고 왔다는 긍지는 활력으로 남아 현실의 중력을 탄력적으로 거스르는 발걸음을 내딛게도 하더라구요. 물론 깊은 절망과 고통의 체험도 있지요. 고통으로 우리를 멀리 데려간 작품은 세계와 우리 안의 질병을 비로소 알아채도록 강제합니다. 병의 심연을 들여다보면서 심연이 바로 '나'이며 '인

---

1) 가스통 바슐라르, 『공간의 시학』, 곽광수 옮김, 민음사, 1997, 175쪽.

간'이며 '세계'라는 것을 인정하게 되면 상처는 비로소 상처로 드러나고 우리는 시간과 새롭게 관계를 맺는 법을 배우는 것 같아요. 아프지만 일상은 더욱 선명해집니다. 관성적 삶의 규칙들은 고통과 절망을 통과하면서 바닥부터 부서졌다가 재조립되구요. 물론 삶이 그렇게 쉽게 바뀌지는 않겠지요. 그저 한결 정돈된 안색으로 세상을 마주보게 되는 것, 정도랄까요? 하지만 이런 기회를 더 많이 마련한다는 이유로 '더 멀리, 너무 멀리 간다'는 것은 언제나 많은 예술가를 사로잡았던 것 같아요. 독자들도 마찬가지이구요.

그렇다면 먼 곳에 대한 몽상 없이 언어를 다루는 것도 가능할까요? 당연히 가능하겠지만 가능하다는 이유만으로 기쁨을 주지는 못한다는 것, 잘 알아요. 오히려 그 길은 몽상이 없어서 더욱 힘든 길이 되고는 하지요. 아래쪽에는 파탄 날 정도로 정신과 육체의 아픔을 형상화하는 시가 있을 텐데 몽상과 파탄, 모두와 거리를 두는 것, 생각보다 쉽지 않지요. 전락의 가능성을 초연하게 받아들이면서도 초월 없는 삶을 이해하고, 주어진 삶의 한계를 그 누구보다 명석하게 수긍하면서 그 안의 존재와 나날을 담담하게 셈해나가야 하니까요. 차라리 아프거나 꿈을 꾸는 게 낫지, 이렇게 세심하게 삶과 '직면'해야 한다는 것. 그건 정말 어려운 일이지요. 전 그렇게 생각해요. '초월'만큼이나 '직면' 역시 힘들다구요. 어느 순간에는 '담담한 직면'이야말로 가장 어려운 일이 되기도 하지요.

삶을 그 누구보다 순연히 인정하면서 지상의 존재들이 빚어내는 작은 목소리들에 응답하는 일. 이규리의 세번째 시집은 그런 시집이에요. 진실을 알고 있지만 쉽사리 절망하지도, 쉽사리 초월하지도 않으면서 사려 깊은 담담함으로 일상의 가치를 수긍하는 사람의 사랑스러운 음색으로 가득차 있는 시집. 이런. 말해버렸네요. 사랑스러움. 결국에는 이 사랑스러움에 대해 말하고 싶은 것인데, 그걸 위해서는 우선 그녀의 시가 보여주는 세계관을 먼저 짚고 넘어가야 할 것 같아요. 이규리는 언제나 우리의 손을 잡은 채로 '아득히 먼 곳으로 가자'고 이끄는 것이 아니라 '먼 곳의 꿈이 정말 그렇게 진실한 거니?'라고 묻거나 '먼 곳의 꿈이 정말 너를 살게 하니?'라고 물으며 우리의 눈을 들여다보거든요. 그렇게 우리의 내면으로 부드럽게 다가오기에 그래요.

　　도망가면서 도마뱀은 먼저 꼬리를 자르지요
　　아무렇지도 않게
　　몸이 몸을 버리지요

　　잘려나간 꼬리는 얼마간 움직이면서
　　몸통이 달아날 수 있도록
　　포식자의 시선을 유인한다 하네요

　　최선은 그런 것이에요

　　외롭다는 말도 아무때나 쓰면 안 되겠어요

　　그렇다 해서
　　특별한 일이 일어나지는 않아요

　　어느 때, 어느 곳이나
　　꼬리라도 잡고 싶은 사람들 있겠지만
　　꼬리를 잡고 싶은 건 아니겠지요

　　와중에도 어딘가 아래쪽에선

제 외로움을 지킨 이들이 있어서

아침을 만나고 있는 거라고 봐요

─「특별한 일」 전문

「특별한 일」이라는 시, 좋지요. 별 어려운 말도 없이, 어려운 비유도 없이, 삶을 돌아보게 하는 시랍니다. 시가 진행되면서 연 사이에 인식의 도약이 이루어지고, '도마뱀의 잘린 꼬리'라는 평범한 사건이 전혀 다른 차원으로 확장되어 시를 읽는 재미를 줄 뿐 아니라, 이규리가 지닌 삶의 태도를 적절하게 보여주기도 합니다.

도마뱀의 잘린 꼬리가 일으키는 자율 반사가 몸통을 지키기 위한 최선임을 이해하는 데에 어려움은 없지요. 하지만 "외롭다는 말도 아무때나 쓰면 안 되겠어요"라는 자기 고백적 제안이 돌연 4연에서 이어질 때, 이 시는 특별한 차원의 연상으로 변환되는 것 같아요. 일상에서 우리가 흔히 하는 '외롭다'는 고백이 혹시 최선을 다해 살지 않는 사람들의 자기기만적인 한탄은 아닌지 되묻는 구절이랄까요. '외롭다'는 말은 '그립다'는 말의 유의어이면서 '빨리 와서 나를 좀 사랑해줘'라는 말의 수줍은 번역어이기도 하잖아요. 그러나 속을 들여다보면 자존심을 다치지 않으면서 누군가를 간절하게 자기 것으로 만들려는 자기애적인 주문이기도 하구요. 조금 더 세게 말하자면 힘을 덜 들이고 무언가를 얻으려는 앙살스러운 말이니 '최선'이라 부르기는 어렵기도 하겠지요. 이런 여러 가지 생각이 '도마뱀 꼬리의 알레고리'와 "최선은 그런 것이에요"라는 말을 거쳐 "외롭다는 말도 아무때나 쓰면 안 되겠어요"라는 문장 안에서 동시다발 찾아오니 힘이 세지요, 이 구절들. 실은 냉철하고 매운 풍자가 가능한 이런 지점에서도 이규리는 언어를 다독이면서 온화하고 속깊은 성찰을 부드러운 화법 안에 담아 시를 이끌어가요.

특히나 이 다음에 "그렇다 해서/특별한 일이 일어나지는 않아요"라고

러블리 규리씨 427

덧붙이는데 이 대목의 이런 규정은 묘하게 감정을 다독이는 사려 깊은 문장 아닌가요. 뭐랄까요. 외로움을 부정하는 것도 아니고, 비난하는 것도 아닌, 외로움은 외로움대로 보존하면서도, 그 말이 가진 초월적 기능을 제어하고, 관계의 양상을 성찰하면서도, 막연한 몽상으로 우리를 달뜨게 하지 않고, 오히려 지금 살고 있는 우리 앞의 현장으로 시선을 돌려놓는 것이니 이 과정의 속 깊고 태연한 전환이 놀랍다는 것이에요. 또한 그녀가 "제 외로움을 지킨 이들이 있어서/아침을 만나고 있는 거라고 봐요"라고 이 시를 맺을 때, 외로움을 견디자는 주문은 강권이 아니라 부드러운 의견 표명에 가까워서 듣는 이에게 담백한 수긍을 불러오기도 하거든요. 하지만! 물론! 선택은 우리의 몫이지요. 그녀는 '특별할 것 없는 삶'에 대한 이해로 우리를 넌지시 인도했을 뿐이니까요. 동시에 오늘 맞이한 이 '아침'의 감각적 즐거움으로, 처음의 속 깊은 성찰이 개방된다고 할까요.

'외로움이 너를 먼 곳으로 이끌 거야'가 아니라 '너의 외로움이 정말 그렇게 진실한 거니?'라고 묻는 목소리. '외로움이 정말 너를 특별하게 살게 하니?'라고 묻는 목소리. '이 아침은 너의 외로움, 그걸 포기하지 않았다는 이유 때문에 이토록 신선한 게 아닐까'라고 묻는 거죠. 이렇게 현실적인 달콤함도 있을까요. 외로움을 특별하게 취급하지 않는 방식으로, 이렇게 특별한 아침을 맞이하게 만드는 마법이 또 있을까요? 바슐라르 할아버지. 젊었을 때부터 할아버지였을 것 같은 할아버지. 미안해요. 멀리 못 가서. 규리씨와 우리는 발 디딘 이 땅에 계속 살면서 아침을 맞이하려고 합니다.

아버지가 그립지만 같이 있고 싶은 건 아니니까요

이규리의 이런 세계관을 '담담한 유물론'이라고 부를까요. 아니, '담담한 현실주의'라고 하면 어떨까요. 물론 이규리의 시는 누구보다 아픈 시임을 당신도 느꼈을 거예요. "7년간의 연애를 덮고 한 달 만에 시집간 이

모는/그 7년을 어디에 넣어 갔을까/그런 때가 있는 것이다/아니라 아니라 못하고 발목이 빠져드는데도/저, 저, 하면서/아무 말도 아무 말도 할 수 없는 그런 때가/있는 것이다"(「저, 저, 하는 사이에」)라는 시는 어떤가요. 알면서도 아무 말 할 수 없는 순간이, 분명 우리에게도 있었잖아요. 또, "이대로 깜빡 해가 질 텐데/누가 나 좀 생각해주면 안 되겠니//너무 꼭꼭 숨어버려 너희는 나를 잊은 채 새로 놀이를 시작했겠지만/시간이 지나면 나갈 수 없잖아/벗겨놓은 바나나가 시꺼멓게 변할 텐데//적당히 들켜줄걸 그랬어/들켜주고 즐거울걸 그랬어//(……)//포도나무가 어두워지기 전에"(「아직도 숨바꼭질하는 꿈을 꾼다」)와 같은 시 또한 조금이라도 삶의 외로움과 불가항력을 경험해본 사람이라면 고개를 끄덕이며 감탄하게 되는 그런 쓸쓸하고 아픈 시이지요. 포도나무가 어두워지기 전에 누가 나를 발견해주면 좋겠어. 누군가 나를, 나 이상으로 오래 생각해준다면……

이 길을 더 따라가면 절망의 강이 나오겠죠. 하지만 이런 순간에도 스스로를 병적 과잉의 상태로 몰아가지 않으려는 지혜와 담담한 현실주의가 그녀의 시에는 있어요. 전략을 알고, 초월도 없이, 사태를 둘러싼 다양한 가능성을 포함하면서도 지금 눈앞의 사건과 사물과 인간과 형태 있는 모든 것들을 사려 깊게 감당하려는 태도. 아픔 안에서 유지되는 어떤 '품격'이라고 할까요. 모르긴 해도 아마 이런 태도는 꿈과 대의를 좇아 세상을 방황하는(그럴 수 있는) 남성적 주체보다는 나날의 소소한 일상을 책임지고 꾸려나가는 여성적 주체에게 가능한 태도가 아닐까 생각해봐요. "한 사람이 체면을 세우기 위해서는 그 체면에 손상되는 일을 누군가 맡아줄 사람이 있어야 한다. 우리에게서는 내내 어머니와 아내들이 그 천역을 감쪽같이 감당해주는 '보이지 않는 손'이었다"[2]라는 말처럼, 이 일상 안에는, 이 소소함 안에는, 매 순간 내려야 하는 판단과, 판단을 내리기 위해

---

2) 황현산, 『밤이 선생이다』, 난다, 2016, 195쪽.

요구되는 현명함과 사려 깊음, 그 판단을 거쳐야만 유지되는 삶의 계속성과 감수해야 할 희생과 상처 들이 층층 결합되어 있습니다. 이 모든 걸 회피하지 않고 견뎌온 여성적 주체의 힘으로 우리 삶은 지속될 수 있었던 거니까요.

규리씨의 여성적 주체, 그녀가 보여주는 담담한 현실주의는 탁월한 면이 있어서 "젖고, 아프고,/결국 젖게 하는 사람은/한때 비를 가려주었던 사람이다/삶에 물기를 원했지만 이토록/많은 물은 아니었다"(「많은 물」)라고 말할 때나 "부석사 오르는 길/노랗게 물든 은행나무/둘레가 광배 두른 듯 환하다/비현실적이다"(「공중 무덤」)라고 말할 때도, 더불어 돌아가신 아버지가 보고 싶을 때조차도 "아버지가 그립지만 같이 있고 싶단 뜻은 아니에요/그건 내 말이었다"(「꽃나무의 미열」)라고 말할 때에도 그녀의 내장된 균형 감각을 자극해, 시를 과속하지 않게 하고, 과도한 비현실로 치닫지 않게 하며, 좋지 않은 서정시의 관습적인 감탄이나 초월 지향을 절제하도록 만드는 것 같아요. '젖게 한 사람이 보고 싶다. 그러나 너무 많은 물은 아니다'라는 말이나 '은행잎이 광배를 두른 것 같다. 그런데 비현실적이다'라는 인식은 그야말로 이규리만의 '성찰적 현실주의'가 고스란히 드러나는 대목이지요. '아버지가 그립지만 같이 있고 싶지는 않다'는 말도 마찬가지예요. 전락도 초월도 두루 살피며 담담하게 현상과 겨루려는 목소리. 맞아요. 어떤 의미에서는 '겨룬다'는 말이 정확할 것 같은 이런 순간들. 사건을 직시하려는 분명한 태도. 실은 여기에서 더 나아가면 말도 안 되는 천방지축의 소녀 캐릭터가 등장할 수도 있겠지만 규리씨는 우리의 사려 깊은 친구이니까 그렇게 나아가지는 않아요. 그녀는 아직까지 사람을 믿고, 실체를 있는 그대로 보듬을 줄 아니까요.

대신 그녀의 말들 속에는 어쩐지 삶의 진실이 감춰져 있으니 신기하지요. 왜 우리, 알고 있잖아요. 삶이란 게 대개 어느 한쪽으로 쉽게 정리되지 않는 중간 지대가 많다는 걸. '아버지가 그립다. 같이 있고 싶어'라고 자신

있게 말할 수 있는 사람도 있겠지만 '아버지가 그립기는 한데, 이게 같이 있고 싶다는 건가?' 판단하기 쉽지 않을 때도 분명 있어요. 대전제(그립다는 건 같이 있고 싶다는 것)와 소전제(아버지가 그리워), 그리고 결론(아버지가 그리우니 그와 같이 있고 싶어)이 다 하나의 인과로 이어지지는 않는다는 말이죠. 어쩌면 분명 각 명제들이 균열되어 있음에도 우리는 관성적으로 이 세 영역을 쉽게 이어버리고는 하는데, 여기에서 오는 유혹과 쾌감이라는 것은 대단해서 우리도 모르는 사이에 이런 고속도로를 따라 질주했다가 "이 모든 게 당신 탓이야, 왜 나를 이렇게 만들었어"라고 스스로를 희생자나 상처받은 사람의 자리에 위치시키기도 하지요. 비극적이게도.

하지만 규리씨는 현실주의자이기에 사태를 직시하고, 설명할 수 없는 딜레마를 인정하면서, 스스로를 반성하고, 동시에 우리 삶의 중간 지대를 개방해줍니다. 심지어는 말이죠, 가스통을 싣고 가는 트럭을 보면서도 "그 아슬한 불안들을 앞에 보면서//덜그럭 뭐, 그냥/간다"(「뭐, 그냥 간다」)고 말할 정도니까요. "뭐"라는 말이 이렇게 담담하면서도 현명한 말이었나요? 기억의 망실로 해야 할 일을 깜빡깜빡 잊어버릴 때조차 "깜빡깜빡 잊으므로 여기 또 깜빡깜빡 살아요"(「현관문 나서다가」)라고 말할 때는 슬픔이 느껴지는 것이 분명하지만 동시에 규리씨의 지혜가 우리의 마음을 이토록 넉넉하게 만들어줍니다. 그래요. 우리 사는 동안 고통과 불안과 죽음에 대한 공포는 평생 사라지지 않을 거예요. 그저 점멸할 뿐이지요. 하지만 죽을 것 같은 때에도 우리는 어쩌면, 뭐 그냥 가거나, 또 깜빡거리면서 어떻게든 살아가기도 하니까요. 속 깊은 당신과 더 친해지고 싶은 이유가 바로 여기에 있답니다. "신호등은 이제 점멸신호로 바뀌었다/그냥 알아서 해도 좋다는 시간인 것이다/(……)//이제 당신이 하고 싶은 걸 해봐/하고 싶은 거……//(……)//저 시간이 더 길었다면/우리가 그걸 할 수 있었을까?"(「변두리」)라고 말하는 것. 이런 말을 규리씨가 아니라면 누가

해줄까요.

러블리 규리씨

돌이켜보면 많은 사람이 이규리의 첫 시집『앤디 워홀의 생각』(세계사, 2004)에 등장했던 '아버지'를 주목한 바 있지요. 그런 의미에서 이규리 첫 시집은 아버지의 금지가 만들어낸 억압과 그 경계를 벗어나려는 여성적 역동성이 세련된 감각과 언어운용을 만나 맺은 결실이라고 할 수 있을 거예요. 하지만 심층에는 파괴적인 위반의 욕망이 가득한 시집이었는데, 이 첫 시집 이후 이규리는 자신을 성찰하면서 "나 자신마저도 대상화하여 들여다보고 싶다. 나에게서 걸어나와 나와 나 아닌 모든 나를 보고 싶다"[3] 는 의지로 몸과 마음을 다해 이 삶을 먼저 살았던 것 같아요. 자신이 진짜라고 믿었던 것들을 전면적으로 반성하고 사물의 다양한 국면을 직시하면서요. 고마워요, 그렇게 살아주어서. 그리고 훨씬 가볍게 땅으로 내려와 삶의 다채로운 순간을 차곡차곡 기록한『뒷모습』(랜덤하우스코리아, 2006)을 상재한 바 있지요. 이 시집에서부터 바로 "담담하고 담백한 화법"(김수이, 시집 해설)이 등장하지만, 여기에는 뭔가 '질긴 견딤'과 거기서 비롯된 '측은함'이 깔려 있었던 것 같아요. 그러니까 두번째 시집의 담담함에는 아직 남은 욕망과 미련, 그것들과의 싸움이 있었던 거죠. 그런 면에서 두번째 시집 이후 8년 만에 나온 이번 시집은 여전히 담백하지만 그 담백함이 일종의 독특한 미학이 될 정도로 완성되어가는 과정을 보여준다고 생각해요. 책임질 수 없는 것은 떠나보내고, 책임질 수 있는 것들의 범주 내에서 그것들을 최대한 감당하는 깊이 있는 담담함, 깊이 있는 현실주의라고 할까요. 물론 그녀는 이번 시집에서도 여전히 "그렇게 당신이 이미 꽃

---

3) 이규리, 「가짜는 유쾌하다」, 『현대시학』 2004년 7월호, 292쪽.

이라/당신 떠나시던 날이 꽃피는 날이란 걸 나만 몰랐어요"(「꽃피는 날 전화를 하겠다고 했지요」)와 같은 극진한 서정을 선보이기도 합니다. 그건 그대로 또 우리의 마음을 훈훈하게 덥히는 것인데, 이전보다는 뭐랄까요, 여유와 사려 깊음이 늘었으니 바로 여기서 전에 없던 이번 시집의 따뜻함이 더해진다는 것이지요.

> 그날따라 정신없이 웃었어요 그러다가 문득
> 이래도 되는지
> 옆을 돌아보았어요
>
> 예의가 아니었나요
> 예의는 지나치면 안 되는 것이라 하고
> 너무 가두어도 어긋나는 것이라 하니
>
> 예의는 예의를 말할 수 없는 거겠어요
>
> 아무도 웃지 않을 때 웃는 건
> 그야말로 예의가 아니겠죠
> 하필 그날, 왜 옆에 있던 대형 유리가 깨졌던 걸까요
>
> 미안해요 너무 크게 웃어서
>
> 슬픈 다른 사람 생각을 못해서
>
> ─「예의」 부분

웃으면 끝까지 웃을 수도 있겠지만 만약 그랬다면 이 시는 다른 시가

되었겠죠. 정신없이 웃다가 문득 웃음을 멈추고 옆을 돌아보는 건 가장 규리씨다운 행동인 것 같아요. 그녀는 이렇게나 사려 깊은 사람인 것을. 자기 웃음조차 객관적 시선으로 되살피며 사태와 그 사태를 둘러싼 관계들을 전체 맥락에서 고려하는 게 규리씨의 윤리 의식이지요. '처음의 걱정'은 '예의를 다해도 가짜고, 예의가 없어도 문제'라는 딜레마의 상황으로 전개되구요. 그런 의미에서 "예의는 예의를 말할 수 없는 거겠어요"라는 진술로 애초의 생각은 한 번 더 도약하지만 이것 또한 우리 삶의 중간 지대를 개방하는 진술이어서 마음에 쏙 들어오죠. 또 "거겠어요"라는 말투에는 자신도 완전히 믿을 수 없는 어떤 사실을 스스로에게 납득시키려는 작은 한숨과 토닥임과 다짐이 들어 있달까요. 대형 유리가 깨진 것은 자신과 아무런 관계없는 우연이지만 그것조차 자신의 몫으로 감당하며 미안함을 느끼는 이런 화자의 모습이 오래 우리를 돌아보게 합니다. 세상의 슬픈 사람을 생각하지 못하고 혼자 웃었던 걸 미안해하는 마음이 바로 시인의 마음인 거겠죠. 이 선한 마음의 상태라니. 그런 의미에서 「펭귄 시각」도 좋아요.

펭귄의 천적은 바다표범이라는데,

바닷속 사정이 궁금한 펭귄들
서로 물에 먼저 들지 않으려
불룩하게 눈치만 살필 때
한 놈이 슬쩍 다른 놈을 민다
얼떨결에 무방비가 틱 미끄러져든다

그때 내가 그녀를 밀었을까
그녀는 밀렸다 생각했을까

시달리다보면 누굴 밀었다는 착각에 들고
누가 밀었다고 믿기에 이른다

펭귄의 뱃속엔 물결과 물결이
제 안엔 파도치는 밤과 낮이
천적의 천적으로 살아 있는 동안
남극의 빙하는 다 녹을까
그럴까

궁금하다
그때 빠져든 펭귄은 실족이었다 말을 했을까

―「펭귄 시각」 전문

　누구 탓인지 정확히 규명할 수 없는 어떤 사건 때문에 상처받은 누군가
에게 뒤늦은 미안함을 전하는 듯한 이 시를, 저는 아이 재밌어, 이렇게 생
각하며 읽었어요. 그냥 이렇게만 말해두고 넘어갈까요? 그래도 좋을 것
같은데. 그건 그대로 이 시를 간직하는 좋은 방법인 것 같은데 말이죠. 하
지만 우리의 대화를 위해 조금만 사족을 붙여보자면요, 바다표범에게 잡
아먹히는 걸 피하기 위해 바다에 들어가지 않으려고 애쓰는 펭귄들의 모
습은 무척 심각한 것인데도 벌써부터 웃음보를 터뜨리게 하지 않나요? 그
런데 문득 한 녀석이 다른 녀석을 슬쩍 밀고 그 녀석이 미끄러져 바다로 빠
져버립니다. 이채로운 건 이 엉뚱한 사태를 놓고 규리씨가 펼치는 3연의
생각들인데요, 살면서, 누군가에게 의도치 않게 상처를 줄 때가 있잖아요.
그때를 우리는 어떻게 정리할 수 있을까요? 분명 우리가 상처를 준 것인
데도 기억은 우리를 보존하기 위해 제멋대로 그것을 왜곡하기도 하지요.
아냐, 내가 민 것이 아니라 오히려 그 사람이 날 밀어낸 거야. 이런 식으로

말이지요. 그러나 이규리의 시적 화자는 선하고 따뜻한 사람이니까, 혹시 나도 모르는 나의 어떤 행동이 그를 다치게 한 건 아닐까, 걱정하는 편에 있지요. 아무튼 이런 성찰은 서늘하달까요. 여러모로 삶을 깊이 들여다본 사람만이 쓸 수 있는 구절이겠지요. 이제 상황은 더 심각해질 것 같은 분위기인데 시가 그렇게 무겁게 나가지는 않아요.

4연은 참 신기하지요. 엉뚱하게 밀려들어간 펭귄은 제 천적인 바다표범에게 쉽게 잡아먹힐 줄 알았는데, 3연의 서늘한 성찰이 그런 전개를 연상케 하는데, 신기하면서도 이상해요. "펭귄의 뱃속엔 물결과 물결이/제 안엔 파도치는 밤과 낮이/천적의 천적으로 살아 있는 동안/남극의 빙하는 다 녹을까/그럴까"라는 상황으로 넘어가는 게 말이죠. 규리씨의 상상 안에서 이 펭귄은 물결을 타고, 파도를 거스르며, 천적인 바다표범을 유유자적 따돌리며 너무나 자유롭게 바닷속을 종횡무진하고 있는 것 아닌가요! 이런. 자꾸만 그런 그림이 그려지는 거예요. 그런 자유로운 유영으로, 천적의 천적으로 살아남으면서, 무수한 밤과 낮을 유영하는 거죠. 남극 빙하가 다 녹을 때까지! 이 상상은 너무 엉뚱하고도 재미있어서 머릿속에 한 편의 애니메이션으로 이어지지만, 그것을 충분히 허용하면서도, 규리씨는 "남극의 빙하는 다 녹을까/그럴까"라는 유보의 말투로 이 상상을 적절하게 제어합니다. 이 달콤하면서도 냉정한 현실주의자라니! 이어지는 문장에서 그녀가 "궁금하다,/그때 빠져든 펭귄은 실족이라 말을 했을까"라고 다시 혼잣말을 할 때, 상상은 어디까지나 상상으로 남으면서 기억의 왜곡을 환기시키고, 동시에 입을 툴툴거리면서 다시 뭍으로 돌아온 그 펭귄이 과연 뭐라고 말을 했을지 연상하게 만드는 겁니다.

글쎄요. 뭐라 했을까요. 상처받은 마음으로 "누가 나 밀었어?"라고 했을까요? 아님 "내 실수야"라고 자책했을까요? 그런데 말이죠, 중요한 게 과연 그런 걸까요? 오히려 우리가 놓친 것은 이 펭귄이 '다시 살아 돌아왔다는 것' 아닐까요? 그래요. 무방비로 툭 미끄러져들어간 이 펭귄은 "파도치는 밤과 낮"이라는 불가능한 시간을 겪은 뒤에 다시 살아 돌아온 겁니다. "펭귄은 실족이라 말을 했을까"라는 문장의 주어와 술어부 사이에는 '살아 돌아와서'라는 말이 빠져 있는 것 같다는 것이지요.

저는 이게 기뻐요. 누구 잘못이냐가 아니라 그래도 펭귄이 살아 돌아왔다는 것. 물론 이것도 우리만의 너무 멀리 나아간 상상일 수 있지만(충분히 다른 해석도 가능하지요), 어쩐지 규리씨의 세계 안에서는 이런 상상이 충분히 가능할 것 같다는 것이지요. 이 펭귄은 "누가 민 것 같기도 하고 내가 실족한 것 같기도 하지만, 뭐, 어쨌든 바닷속은 너무 추웠다구!" 중얼거리면서 뒤뚱뒤뚱 친구들 사이로 걸어들어갈 것 같은 거예요. 담담한 펭귄씨. 그녀의 담담한 뒷모습. 다이빙 실력 좋았어요! 바로 이런 상상 때문에 마지막 문장의 엉뚱함은 여러모로 우리에게 안도와 즐거움을 주면서 이렇게 말해주는 것 같아요. "삶에서 불안이 깨끗하게 해소된 적은 한 번도 없답니다. 누가 밀었냐구요? 그걸 꼭 알아야 해요? 괜찮아요. 불안도 꽃이에요. 꽃을 안고, 뭐, 그렇게 사는 거 아닌가요?" 포기도, 자조도, 절망도, 미움도, 상처도 그대로 간직한 채, 조금 뒤뚱거리면서, 그렇게 말이지요.

당신 때문에 고마워요

규리씨는 이렇게 말한 적이 있어요. "음소 24자를 조합하여 어떻게 인간의 마음에 결을 만드는지, 그 작업이 엄청나서 무섭고 그 역할을 담당해야 하는 시인의 삶이 자칫 두렵다는 생각이다."[4] 맞아요. 러블리 규리씨. 말은 쉽지만 그렇게 되기까지 얼마나 오랜 시간이 필요했을까요. 사랑스럽고 담담한 현실주의자가 되기 위해 얼마나 이 현실과 부딪치며 자신을 단련해야 했을까요. 나날의 일상을 성실하게 감당하면서 말이지요. 그

---

4) 이규리, 「헛소리」, 『시안』, 2008년 여름호, 216쪽.

외롭고 오랜 시간을 생각하면 정말 무서워집니다. 마루 밑의 실뭉치는 끄집어내려고 하면 할수록 더 깊이 들어가버리는 것이니까요.(「가출」)

하지만 한 시인이 전부를 던져 고심한 문장 하나가 누군가의 삶에 문제적 기미를 던져줄 수 있다면, 어쩐지, 그것만으로도 괜찮다, 는 생각이 들기도 하네요. 규리씨! 속 깊고 담담한 사람. 사랑스럽고 상큼한 사람. 지금까지 당신을 읽을 수 있어서 좋았습니다. 고마워요. 당신이 옆에 있다면, 존재 자체만으로, 그 위로로, 우리는 또 살아가게 될 거예요. 삶과 거짓 없이 직면하면서 말이죠. "어떤 나라에 '눈사람 택배'라는 게 있다 하네요/ 눈이 내리지 않는 남쪽 지방으로/북쪽 지방 눈사람을 특수포장해 보낸다 해요//선물도 그쯤 되면 신비 아닌지요/ 받을 때 눈부시지만 녹아 스스로 자랑을 지우니/애초에 부담마저 덜어줄 걸 헤아렸겠지요//다시 돌아간다면 그리 살고 싶네요/언젠가 녹을 것을 짐작하면서도/왜 손가락을 걸었던지요//(……)//그런 선물이라면//그런 아득함이라면"(「선물」)이라는 구절처럼, 우리는 녹을 것을 알면서도 손가락을 걸고는 하지요. 그것이 우리의 마음을 아리게 하지만, 저는 끝까지 그렇게 생각하지는 않을래요. 당신의 시집이 우리에게 선물처럼 도착해서 이렇게 녹아 없어지지만, 여기엔 이런 것이 바로 삶이라는, 당신의 수긍과 지혜와 안부와 토닥임이 감추어져 있기 때문이죠. 얼마 전에 "시를 쓴다는 것은 자신 안의 심연 위로 훌쩍 뛰어오르는 것이다. 시인은 시를 쓰면서 심연을 잠재우고, 심연에게 자장가를 불러준다"[5]는 문장을 읽은 적이 있어요. 당신을 만나고 난 뒤, 오늘은 그 문장을 이렇게 바꿔보고 싶네요. "시를 읽는다는 것은 자신 안의 심연 위로 훌쩍 뛰어오르는 것이다. 우리는 시를 읽으면서 심연을 잠재우고, 심연에게 자장가를 불러준다." 심연을 수긍하고 심연을 잠재우기 위해서라면, 우리에겐 규리씨가 있어요.

---

5) 막스 피카르트, 『인간과 말』 배수아 옮김, 봄날의책, 2013, 225쪽.

서정시의 혁신

— 신용목의 『아무 날의 도시』(문학과지성사, 2012)

『아무 날의 도시』에서 신용목은 마치 '은유의 발명'이 자신의 사명인 것처럼 수사에 몰두한다. 그러나 뜨거운 온기로 사물을 맺어주는 것이 아니라 냉염한 절망으로 결합시킨다. "끓는 얼음"(「탱크로리」) 같은 정념이다. 뜨겁지만 정교하고, 끓고 있지만 섬세한 은유의 실핏줄이다. 앞과 뒤가, 정과 반과 합이 감탄스럽게 결합되어 있다.

그가 바람, 구름, 허공, 저녁, 어둠, 밤 등의 애독자임은 널리 알려졌고 이번 시집도 예외는 아니다. 엇비슷한 애착어들이 반복되면 시가 활력을 잃고 지루해지는 것은 뻔한 이치다. 하지만 신용목의 시집에는 그런 게 없다. 핵심은 '발명의 중첩'이다. 원관념은 무수한 보조관념으로 변환된다. '어둠'은 '사지를 잃은 몸'이 되었다가 '꼭지가 타버린 사과'였다가(그 '사과'는 다시 '달'이거나 '인공위성'이 되고) "모든 집이 무덤이 되거나 유적이 되거나 기록이 된 이후의 폐허"로 변한다. 게다가 같은 시에서 어둠과 반대의 속성을 가진 '불빛'은 "모든 흙이 벽돌이 되거나 타일이 되거나 기와가 된 이후의 폐허"(「웃을 수도 울 수도 있지만」)로, 다시 '가죽을 잃은 몸' 혹은 '허공' 혹은 '밑동이 까맣게 탄 사과'로 은유되면서 그야말로 다채롭게 다른 사물로 이전된다. '어둠'과 '불빛'이 각각 엇나간 계열로 전이되는가 싶더니 마침내는 폐허의 이미지로 정교하게 겹친다. 웃을 수도 울수도 있으나, 반대로 웃을 수도 울 수도 없는 어떤 기이한 중간 지대(무한)가 개방된다. 어둠과 불빛의 폐허다. 시집 전체로 확장시키면 어떨까. 그가 애독하는 관념들은 거의 무한대의 운동성을 선보인다.

뿐만 아니다. 원관념의 자리에 바람, 어둠 등의 추상명사가 살아 있는힘을 행사하면서 특이하게도 행위는 선명하나 행위자가 불분명한 이상한불투명성이 덧입혀진다. 어떻게 움직이는지 파악할 수 없는 거대하고 불투명한 존재가 인간의 의지와 상관없이 세계를 움직이는 것 같은 기이한활유법의 세계다. 더욱 특이한 것은 현란한 수사가 중첩되면서 어느덧 발화의 주체를 잊어버리게 된다는 점에 있다. 더불어 현실도 깜빡 잊는다. 2000년대 다른 젊은 시인들의 시에 비하자면 상대적으로 현실의 실감이상당히 남아 있기는 하지만 같은 서정시끼리 대별하여 보자면 이상할 정도로 관념적인 어떤 세계다. 은유의 보조관념만 살아남아서 자가 발전하는 단계고 실체 없는 관념이 행위를 조정하는 기이한 운동성의 세계인데그럼에도 불구하고 사람의 절망을 건드리고 심지어는 더욱 깊숙하게 고통스럽기까지 하다.

세상의 서로 다른 사물을 짝짓는 은유는 서정시의 본령이고 그만큼 전통적이어서 2000년대 젊은 시인들에게 홀대받은 것이 사실이다. 그러나신용목에 이르면 사정은 달라진다. 그는 모두가 버린 그 '은유'를 갈고 다듬었다. 은유를 연속하거나 겹치고, 그럼으로써 기존의 관습적인 서정시를 극복한다. 주체와 감정이 비교적 선행하며 사물을 배치하는 것이 아니라 역으로 수사를 향한 몰입이 중첩된 비유를 만들고 이상하고 불투명한풍경을 만든다. 섬세한 세공을 따라 감정도 촘촘하게 축적되면서 폐허 의식은 더욱 강화된다. '비현실적인 실감'이라고 할 만하다. 현실의 실감이아니라 수사의 세공으로 새로운 단계의 서정시를 창조해낸 것이다.

2000년대를 화려하게 장식한 어떤 시인들은 '무한(無限)'에 닿기를 원했다. 이전과는 다른 시에 대한 열망이었다. 모든 시도는 선대의 자산을 물려받아 이루어졌다. 일면 외설적이고 비윤리적인 쾌락이 동반됐다. 자산을 더 펼치고, 감각적으로 확대하면서 한국 시의 외연이 확장됐음은 물론이다. 열망은 다음 세대의 시인들로 넘어갔다. 어느덧 우리는 이제 막 첫 시집을 낸 시인들의 인상적인 성취를 반갑게 꼽을 수 있게 되었다. 그동안 억압되었던 질문은 이것이다. 서정시는 어디에 있었나.

당연히 많은 좋은 시인을 떠올릴 수 있지만 특히 신용목의 세번째 시집을 읽으며 이런 생각을 품게 되는 이유는 2000년을 전후로 등단한 시인들 중에서 서정의 본령을 비교적 충실하게 이어온 시인 중 하나가 신용목이라는 두드러진 사실 때문이다. 하지만 수적 열세를 밑천 삼아 전통을 계승한다는 것만으로 신용목의 가치가 보장되는 것은 아니다. 2000년대의 다양한 열망들을 경유한 뒤로 서정시에 대한 요청의 수준은 월등히 높아졌으니까. 그래서 묻게 된다. 서정시의 양식 안에서 개성을 담보하는 것은 어떻게 가능할까? 새로운 순간을 발견하고, 감정이 더 극진해지고, 현실의 구체적인 실감들을 끌어들이는 방식 말고도 서정을 갱신할 수 있는 길이 있을까? 신용목의 이번 시집이 그 답이다. 그는 오래된 미래인 은유를 선택했다. 만약 서정시가 자기 안에서 자기를 뛰어넘는 '무한'의 길을 발견했다면 그 공로의 일부는 분명 신용목에게 돌아가야 할 것이다.

절대적 고통과 의연한 품격
— 성동혁의 『6』(민음사, 2014)

젊은 시인이 힘들게 써낸 첫 시집은 언제든 비교적 깊은 우애와 사랑의 대상이 되기 마련이다. 성동혁의 첫 시집은 나에게 강한 호감과 함께 이상한 갈등을 불러일으켰다. 시집을 읽는 내내 '너무 생생하고 아파서 아름답다'라는 감정과 함께 자꾸만 뒤로 물러서서 작품을 들여다보려는 이상한 거리감과, 이 거리감에 대한 자책으로 계속 괴로웠기 때문이다.

만약 성동혁 시인의 개인사를 모르는 사람이 시집을 읽었다면 아마도 이 시인이 어디가 좀 아픈가, 하는 정도의 심상한 생각을 하면서 이 투명한 언어들을 흘려 읽었을지도 모른다. 투명하다고 말할 수 있는 건 우선 삶에 대한 환희에 찬 기대가 아니라, 어떤 강한 욕망이 아니라, 큰 기대가 없는 사람이 내뱉는 이상하게 연약한 마지막 희망이 문장 안에 처연히 고여 있기 때문이다. "내가 나중에 아주 희박해진다면/내가 나중에 아주 희미해진다면/화병에 단 한 번 꽃을 꽂아 둘 수 있다면"(「리시안셔스」) 같은 구절은 어른보다는 아이에 가까운 화자가, 어떤 격리된 상태의 공간이 만들어내는 이상한 청결감과 순결함에 영향받아 적어내려간 기도문 같다. 그가 그저 화병에 꽃을 꽂아두고 싶다는 평범한 꿈을 말하며, 그것을 위해 힘들게 삶을 견디고 있음을 밝힐 때, 우리는 그 꿈이 너무 소박하고 지나치게 평범해서 오히려 복잡한 지금 우리의 삶과 대조하여 정서적 충격을 받게 된다.

무슨 일일까. 왜 이런 말을 하는 걸까. 보통의 사람이 열 가지 일을 염두에 두며 그것이 뜻대로 되지 않아 갈등하고 고통스러워한다면 성동혁의 시적 화자는 한 가지 일만을 겨우 꿈꾸는 형상이니 여기엔 애초에 번잡함이란 끼어들 이유가 없고, 그것이 세속과 분리된 종교적 염결성, 즉 "청교도 계보"(이원)의 인상을 만들어낸다. 마침내 해설에서 밝힌바 "칼로 가슴을 여는 다섯 번의 대수술"(김행숙) 끝에 겨우 얻은 여섯번째의 몸으로 그가 지금 살고 있으며, 이 시편들은 그간의 상처 입은 몸으로 썼던 글임을 알게 되는 순간, 이 시집은 특별히 다른 정서적 차원으로 이동한다. 이 투명한 언어가 삶과 죽음의 경계에서 치열한 사투를 벌인 자의 고통을 배음으로 실은 아우성치고 있음을 알게 되는 것이다.

어떤 경우 우리가 시집을 읽을 때, 시인의 삶이 시에 관여하거나 시를 보충하기도 한다. 충분히 있을 수 있는 일이다. 보충이 너무 강렬하여 시집을 읽는 내내 다른 생각을 전혀 하지 못하게 되는 경우도 있다면 어떨까. 성동혁의 이번 시집이 바로 그러하다. 이제 우리에겐 예사로 보아 넘긴 문장들이 예사롭지 않음을 확인하는 일이 남아 있다. 예를 들어 "혼자 어른이 되는 게 죄를 짓는 일 같다 유리 가득, 울지 않는 아이들의 발꿈치"(「퇴원」)라는 문장을 읽을 때, 시인의 삶을 떠올리며, 나는 가슴이 아프다. 살면서 '가슴이 찢어진다'는 관용어를 단 한 번만 써야 한다면 나는 이 대목에서 그 문장을 쓸 것이며 실제로 내 몸이 찢어지는 것 같은 연민으로 크게 앓을 것만 같다. 비록 시적 화자는 병을 치료받아 병실을 나서지만 (그러나 완전한 치료는 아닐 것이다) 남은 아이들은 언제 죽을지 모르는 위험 속에 거기 그대로 남겨져야 한다.

환자복을 입고도 울지 않는 아이들만큼 슬픈 장면은 없는 것 같다. 시적 화자가 이 슬픔을 왜 모르겠는가. 혼자만 사는 것이, 살아남는 것이 죄가 되어야만 하는 이 상황은 죄 없이 고통받아야 하는 아이들의 세계를 강력하게 우리 눈앞에 재생시키며 참을 수 없는 미안함과 통증을 알약처럼 나눠준다. 우리는 이 알약을 물도 없이 삼킨다. 겨우 이 정도로 이 아이들의 아픔을 추측할 수 있겠는가. 분명 이번 시집에는 이러한 순간들이 많은데, 나는 여기서도 자꾸만 뒤로 물러서게 된다는 이야기를 덧붙이고 싶은 것 같다.

예를 들어 "가슴이 열린 채로 묶여 있었다/유약이 쏟아졌다/유약을 뒤집어쓰고 벽을 오른다 생각했다/누워 소변을 보고 누워 부모를 기다리며/누워 섬광을 수확하고/언제나고 눈을 뜨면 가슴이 열린 채로/묶여 있었다 누가 인간을 나무처럼 만드는지 알 수 없지만/나는 다만 일어나/실눈을 뜨고/푸른 간격으로 떨고만 있는 아이들에게/안대라도 씌우고 싶었다"(「측백나무」) 같은 시를 보자. 하나의 상징적 차원에서, 측백나무라는 비유를 동원하여 가공의 두려움을 드러내는 장면으로 읽혔던 이 작품이, 사실적이고 현실적인 체험을 있는 그대로 묘사한 작품일 수도 있다는 생각으로 전환되면, 감정의 결은 크게 달라진다. 이제 어디서도 쉽사리 경험하기 힘든 강렬한 연민의 마음이 차오른다. 시적 화자의 고통은 딱딱하게 굳은 우리의 마음에 충격을 가해 이 세계의 연약한 자들, 제 몸 하나 지킬 수 없는 존재에 대한 이해를 깊고 묵직하게 강제한다. 그들이 홀로 고통을 겪게 내버려두었다는 자책이 우리들을 두텁게 감싼다. 죄의식이 우리를 멀리 보게 하고 깊이 느끼게 하는 것이다. 이런 차원에서라면 성동혁의 『6』은 최근에 나온 시집들 중에서도 독보적이며, 이미 제 역할을 넉넉하게 하고도 남음이 있다. 시 속의 장소는 시공이 불투명한 몽상의 공간이 아니라 '병실'일 것이며, '나무'는 비유가 아니라 수술을 경험한 뒤 제 몸으로 느꼈던 감각과 체험의 핍진한 실상인 것. "떨고만 있는 아이들에게/안대라도 씌워주고 싶었다"라고 말하는 대목에 이르면 고통 앞에서 어떤 대책도 없이 무방비인 아이들에 대한 안쓰러움과 연민으로 우리의 감정은 다시 한번 뒤흔들리게 된다.

이렇게 시집 속 각 시편들의 심부에는 내내 시인의 아픈 몸과 사연이 있다. 맥락과 형상이 희미한 시편들도 병실 풍경과 아픈 시인을 대입시키면 시의 매력과 감동은 크게 증폭된다. 이번 시집을 읽으며 겪는 갈등은 아마도 여기서 오는 것 같다. 시집을 읽으면서 우리는, 우리도 모르는 사이에 이미 시인을 제 문장의 참고인이나 증인으로 초대하게 되며, 시가 못다 한 많은 부분의 이야기를 시인의 실제 삶의 맥락 안에 재배치하거나 보충하여 읽게 된다. 시인은 꿈에도 의도해본 적이 없는 사후적 효과일 것이다. 그럼에도, 아마 이 보충의 효과를 부정하기는 힘들 것 같다. 즉 성동혁의 시집을 읽는 독자들은, 시가 미처 형상화해내지 못한, 혹은 덜 형상화해낸 부분의 이야기와 통증과 감정까지 언제든 보충하여 읽을 준비가 되어 있다는 말이다. 그리하여, 매우 조심스러운 이야기이기는 하지만, 때로는 시가 가진 것 이상의 공감과 연민을 이끌어내는 일이 발생하기도 한다. 몇 구절 죽음을 암시하는 선명한 문장들이, 고통과 환각, 환청을 암시하는 장면과 만나고, 특히 시집 밖의 시인의 삶과 만나, 시 전체의 인상을 확 뒤바꾸어놓는 것이다. 아마도 나는 이러한 나의 생각이 혹시라도 시인에게 상처가 될까 끊임없이 검열하였던 것 같다. 시인이 온 힘을 다해 적어나갔을 문장들에 이런 의문을 제기한다는 것이 강한 심리적 자책으로 이어졌기 때문이다.

그가 더욱 섬세하고 단단해지기를 바란다. 조금 더 투명하고 창백해지기를, 조금 더 감각적이기를 바란다. 이것은 분명 잔인한 요구이리라. 지금 바로 앞의 세 문장을 쓰면서도 나는 많은 고민을 했다. 실존의 절대적 조건을 어떻게 아무렇지도 않은 듯 뛰어넘을 수가 있겠는가. 하지만 그는 아픈 사람인 동시에 시인이기에, 바로 그 시인이라는 이름 쪽으로 반 발자국만 더 다가와주기를 바라는 것이다. 아니다. 그래도 이것은 너무 가혹하다. 여전히 나는 흔들린다. 지금도 이 시인은 넘칠 만큼 의연하지 않은가. 고통 앞에서 더이상 어떻게 의연해질 수 있단 말인가. 나는 그가 보여준 인간으로서의 높은 품격 앞에서 어쩔 수 없이 먹먹한 마음의 상태가 되어버린다. 이번 시집을 읽으며 병의 감각, 고통의 감각이 만들어내는 슬프면서도 아름다운 문장들에 오래 눈이 머물렀던 점으로 짐작건대, 좀더 기대를 가져도 좋다고 홀로 속삭이며 조그맣게 믿어볼 뿐이다. "마스크를 오래 보고 있으면 마스크 뒤의 얼굴 그 얼굴 안의 얼굴/보인다"(「6」), "지옥은 내릴 수 없는 회전목마였다/나는 여러 번 어지러웠는데/의사는 아는 척하지 않았다//나는 내 등이 보인다"(「수선화」), "어젯밤에 아편밭을 걸었다//서서 지내던 친구들이 누워서 사라진다/오래 누워 있으면 조금 더 친해지는 거리"(「그림자」)와 같은 감각과 문장을 과연 성동혁이 아니라면 누가 쓸 수 있을까. 투명한 사람, 그럼에도 불구하고 이 의연한 언어 앞에서 내가 그에게 줄 수 있는 게 아무것도 없다는 점을 받아들이기가 힘들다.

사랑과 영혼의 '있음'을 끝내 믿는 일
─유계영과 임승유의 언어에 관하여

1. 녹으면서 발랄해지는 미래 지향적 언어─유계영

　유계영의 시는 언뜻 보면 잘 이해되지 않는 언어들이 다채로운 색종이처럼 배치되어 있다. 행과 행 사이, 연과 연의 사이가 먼 듯하고 배치는 딱 들어맞지 않으며 어딘가 삐걱대는 인상을 남기기도 한다. 시적 정황이 분명치 않을 때도 많다. 또 어떤 때는 맥락과 상관없이 갑작스러운 진술이나 이미지가 돌출하기도 한다. 재미있는 것은 돌출한 것들이 대체로 독특하고 흥미로운 감각과 상상을 품고 있어서 거기에 깊이 홀리면 집에 돌아가는 길을 잃어버리기도 한다는 점일 것이다.

　예를 들어 "너는 벗겨지고 흰 깃발이 드러난다/너는 벗겨지고 바깥에서 문 잠그는 소리//사랑할 수 있을 것 같아/너희가 잠자코만 있어준다면/미래에서 온 시간 여행자의 귀를 만져 본다면/이런 느낌일 거야"(「아이스크림」)와 같은 문장을 읽으면 여긴 어디고 지금 무슨 상황이 펼쳐지고 있는지 따라가기가 쉽지 않다. 궁리 끝에 제목을 도약대 삼아 상상력을 펼쳐본다면 아마도 입안에서 아이스크림을 녹여먹는 느낌을 이렇게 표현한 것이 아닌가 싶은 추측을 하게 된다. 그러니까 "미래에서 온 시간 여행자의 귀를 만져본다면/이런 느낌일 거야"라는 문장은 입안에서 녹아 사라지는 아이스크림의 달콤하고도 아련한 맛을 저 먼 미래 시간 여행자의 귀를 만지는 촉각적 감각으로 구현해낸 독특한 발상인 셈이다. 무릎을 치며 유쾌해진다. 감각의 구체적 이미지화를 이처럼 엉뚱하고 독특하게 해내는 언어라니.「일요일에 분명하고 월요일에 사라지는 월요일」과 같은 시는 또 어떤가. 이 시는 사실 내용을 군이 파고들어가면 그럴듯하게 해석할 수도 있겠지만 그보다는 제목에 유독 오래 머물게 된다. 생각해보자면, '월요일'이라는 것이 정말 그렇지 않은가. 일요일에 생각하는 월요일은 얼마나 부담스럽고, 답답한가. 그렇게 존재감이 분명했던 월요일은 막상 월요일이 되면 어쨌든 견디는 삶 속에 녹아 희미하게 사라져버린다. 분명 존재하는데 어느 순간 잡힐 듯 잡히지 않고 사라져버리는 감각을 포착하는 데 유계영의 발랄한 언어는 일가견이 있다.

「안개 풍경」(『온갖 것들의 낮』, 민음사, 2015)은 비슷하면서도 조금 다른 것 같다. 총 6연 20행으로 이루어진 이 시를 처음 읽으면 그야말로 많은 것들이 안개에 휩싸여 보일 듯 말 듯하다. 바로 그런 이유에서, 먼저 눈에 들어오는 것은 '자살에 실패한 언니'가 여관방에서 십자말풀이에 몰두하고 있는 후반부의 선명한 장면이다.

터미널 인근의 여관방에서 애인의 변심을 비관한 언니가
자살에 실패하고
십자말풀이에 몰두하고 있었다
황갈색 오후를 물고 반짝이는 약병들
마지막 단어를 일러주기 위해
만가를 부르기로 한다

못생긴 시절에 쓴 일기처럼 미래 지향적으로

새 장갑을 마련해야지
낭떠러지 끝에 언니가
모스 부호처럼 매달려 웃는다

—「안개 풍경」 부분

자살이라는 단어의 어감 때문에 짐짓 무거운 분위기로 흘러갈 수 있었던 마지막 5연과 6연의 서사는 자살에 '실패'한 언니가 '십자말풀이'를 하고 있다는 정황 때문에 진지함 쪽으로 아예 기울지는 않는다. 절망하여 울고 있거나 망가져서 다음 삶 따위는 없는 사람처럼 텅 빈 눈으로 여관방에 앉아 있을 언니를 떠올린 사람들에게, 십자말풀이는 아직은 현실의 사소한 것이나마 기댈 것이 남아 있다는 증거이며 그것이 비록 아무것도 아니기는 하지만, 한 단어가 연상을 발동시켜 연쇄적으로 다른 단어를 떠올리게 만드는 일이라는 점에서 희미하게나마 다음 삶을 기다리게 만드는 힘으로 움직일 잠재성을 갖는다. 물론 시인은 이런 것들을 깊이 탐구하거나 단계적이고 성실한 형상화로 포착하기보다는 날렵한 감각으로 압축시켜 선보이길 좋아하는 것 같다.

그렇게 걱정시켜놓고 고작 여관방에서 이렇게 사소한 놀이로 시간을 보내고 있다니. 이런 대목이 바로 슬며시 굳은 표정을 풀게 하는 지점인데 흥미로운 것은 이 시의 독특한 유머 감각이 여기에 그치지 않는다는 사실이다. 한시라도 빨리 언니를 찾기 위해 터미널 근처의 모든 여관을 뒤졌을 동생이 언니를 발견하여 한 행동은 황급히 언니를 껴안는다거나 화를 내며 악을 쓰는 것이 아니라, 언니의 십자말풀이 마지막 단어를 맞출 수 있도록 힌트를 주기 위해 '만가'를 부르는 것이다. 만가(輓歌)라면 아마도 상여꾼이 상여를 메고 나가는 노래를 말하는 것일 텐데, 얼마 전까지 죽을 고비에 처했던 사람이 '만가'를 몰라서 자신을 찾아온 동생에게 도움을 구하는 아이러니한 장면이나 그것도 모르냐는 마음으로, 그러나

사랑과 영혼의 '있음'을 끝내 믿는 일　449

정답을 바로 일러주지는 않으면서 힌트를 주기 위해 언니 곁에서 만가를 부르고 있는 동생의 모습이란 어딘가 슬프고도 따뜻한 느낌을 준다. 나는 이 대목에서 싱긋, 웃으며 오래 머문다. 마음이 사르르 녹아내릴 때까지.

　이 정도의 태연하고 엉뚱한 자매들의 팀워크라면 죽음을 생각하며 끝에 도달한 삶이라도 아예 무너지지는 않을 거라는 희망을 품게 된다. '언니, 힘들어 마. 나 여기 있어. 늘 그랬던 것처럼 태연하게'라는 속말을 이토록 엉뚱하게 건네는 사람이 또 있을까. '탐문의 막막함—발견의 엉뚱함'이 매력적으로 구현된 것 같다. 언니 쪽에서 받을 위로와 동생 쪽에서 건네는 사려 깊고 애틋한 손길이 동시에 느껴져서 좋다. 물론 삶의 고통을 대하는 엉뚱함과 발랄함은 이것이 전부는 아니며 우리의 이야기는 좀더 거슬러올라갈 필요가 있다. 같은 시의 초반 4연까지를 인용하여 살펴보자.

　　안개를 뒤집자
　　호주머니 속에서 변신이 튀어나온다

　　산짐승에게 발을 먹히지 않으려면
　　장갑을 신고 자는 습관을 들이도록
　　이것은 언니에게 배운 예절의 이름

　　우리는 눈코입이 뚫리지 않은 가면을 써야만
　　서로의 아름다움을 발견할 수 있었다
　　날고기가 지겨우면 산불을 놓았다

　　밤마다 산짐승들이 악수만 하고 돌아갔다

나는 밤새도록 바지를 적셨다

―「안개 풍경」 부분

앞서 후반부의 선명한 서사에 기대어 이 시를 읽으면 그것도 괜찮은 것이지만 그것만큼이나 많은 이야기를 담고 있는 전반부의, 어쩌면 조금은 흐릿한 문장들을 함께 읽으면 더욱 좋을 것이다. "안개를 뒤집자/호주머니 속에서 변신이 튀어나온다"는 1연의 문장은 십자말풀이에 몰두하는 언니를 발견한 후반부의 서사를 떠올린다면 언니를 찾는 과정의 막막함이 언니를 발견한 뒤의 놀라움으로 연결되는 상황을 가장 먼 거리에서, 산뜻하게 매력적으로 이미지화한 문장으로 읽힌다. 다만 "변신"이라는 말은 원래의 모습에서 달라졌다는 말일 텐데, 언니의 원래 모습을 모르고 후반부의 언니만을 기억하고 있는 우리에게는 잘 와닿지가 않을 수 있다. 호기심을 다독이며 문장들을 더 따라가 보자면 1연의 이미지는 2연의 상황과 만나면서 한층 고개를 갸우뚱거리게 만든다. 갑자기 "산짐승에게 발을 먹히지 않으려면"이라는 구절이 등장하면서 '탐문의 막막함―발견의 엉뚱함'이라는 이 시의 모티브를 배반하는 것처럼 보이기 때문이다. 하지만 꼭 그렇지는 않다.

예를 들어 시집을 읽은 사람이라면 유계영 시편들에서 가장 인상적으로 반복되는 것이 바로 '발의 이미지'임을 떠올려보아도 좋겠다. 많은 작품에서 시적 화자는 움직일 수 없는 의자를 자기 이미지로 자주 가져오고 하반신이 냉동육처럼 굳어 있거나, 커피 자판기처럼 멈춰 있고, 때로는 다리뿐만 아니라 팔까지 잘린 채로 마술사의 마술 상자에 갇히기도 한다. 물론 「생각의자」와 같은 예외적인 작품은 의자에 머물면서도 오랜 생각의 힘으로 스스로에 대한 사유를 확장시켜나가는 매력적인 과정을 선보이기도 한다. 그러나 전반적으로 '발이 묶여 있다'는 심리적 자각을 시적 상상력으로 전환시켜 어떤 때는 불가능한 곡예를 부리듯 의자의 발목이 부러진 상황을 새로운 가능성의 시작으로 뒤바꾸어 인식하기도 하고(「뛰는 사람」), 또 어떤 때는 뜬소문 같은 상투적 믿음에 기대어 어떤 간절한 헌신도 없이 '우족탕'이나 휘젓고 있는 사람을 지루해하기도 하며(「생활의 발견」), 테니스공을 신겨놓은 의자임에도 불구하고 타고난 한계를 이겨내기 위해 더 많은 다리를 내밀어 뛰기 위해 밑바닥의 힘을 끌어내기도 한다(「곡예사」). '발'이야말로 갇힌 삶의 표준적인 상징이기도 하고, 다른 삶의 출발을 의미하는 결코 양보하지 못할 중요한 계기이기도 한 것이다.

따라서 자기도 모르게 늘 '발'에 집착하는 시적 화자로서는 혹시라도 (꿈이나 상상 속에서) 산짐승이 나타나 자기 발을 먹을지도 모른다는 엉뚱한 불안에 휩싸이는 것이 어색한 일이 아니다. 유계영의 시적 화자는 이처럼 엉뚱하면서도 귀여운 상상을 곧잘 하는 캐릭터이다. 중요한 것은 엉뚱함에 대해서라면, 시적 화자의 언니 또한 만만치 않다는 점이다. 뿐만 아니라 실은 동생이 갖춘 유머러스한 응대의 기원이 실은 언니일 것이라는 힌트에 주목할 필요가 있다. 산짐승에게 발을 먹힐까 두려워하는 동생에게 "장갑을 신고 자는 습관을 들이"라고 조언을 건네는 언니의 모습.

나는 이 대목에서 그만 깔깔, 웃고 만다. 그러니까 언니는 실제적이고 막막한 공포에 휩싸인 동생에게 '발에 장갑을 끼우면 산짐승도 착각해서 네 발을 못 찾을걸?'이라고, 엉뚱하고 재미있는 제안을 건넴으로써 동생의 공포를 부정하지는 않으면서도 견딜 수 있을 정도의 부드러운, 유머러스하면서도 완곡한 세계로 이끌어낸다. 이것은 충분히 사람이 서로 어울려 살아가는데 필요한 "예절"이라고 할 만한데, 2010년대의 어떤 시인은 이처럼 삶을 담담히 살아갈 지혜를 찾으려는 쪽에 생래적인 관심을 기울이는 것 같다. 유계영의 시들이 고통과 맞닥뜨렸을 때 완전히 좌절하여 극단적 비명을 선보이기보다는 유머러스한 상상력으로 고통을 부드럽게 견디는 에너지를 갖고 있다는 말을 하려는 것이다. 아마도 언니는 현실의 모든 난관에도 불구하고 어찌되었든 사랑을 포기하지 않으며, 아직도 '달콤함'을 그리워하고, 자신이 끝내 더 '예뻐질 수 있을 것'이라고 믿는 여러 성정을 유계영의 시적 화자에게 물려준 것 같다. 유계영의 시는 근본적으로 더 나은 것에 대한 믿음이 없다면 작동할 수가 없는 그런 시이다. 부모가 아니라 자매 사이에 공유된 이 수평적 힘은 드물게 명랑하고 환한 쪽에 속하며 동시대 또래 시인들 중에서도 유독 반짝거리는 데가 있다.

인용 시에서도 인간을 대하는 언니의 유머러스함은 동생의 고통을 따뜻하고 부드럽게 감싸안는 중요한 힘으로 작동한다. 이제 "눈코입이 뚫리지 않은 가면을 써야만/서로의 아름다움을 발견할 수 있었다"는 말은 잘 모를 때 오히려 그 막막한 아름다움을 제대로 상상할 수 있다는 유계영의 세계관이 반영된 독특한 진술로 읽히며 "날고기가 지켜우면 산불을 놓았다"는 문장은 언니의 위로에 힘입어, 산불을 놓아 '불고기'를 만들어 먹고 싶다는 엉뚱하고 천진한 꿈을 충족시키는 발랄한 문장으로 이해할 수 있게 된다. 유계영은 이런 문장들을 헨젤과 그레텔의 조약돌처럼 툭툭 던져놓고 홀연히 지나간다. 언니의 제안은 밤마다 산짐승이 나타나 발을 먹는 대신 발에 신겨둔 장갑에 악수만 하고 돌아가는 귀여운 장면으로 완성되는 듯하다. 물론 "나는 밤새도록 바지를 적"시며 여전히 무서움에 시달리고 무서움 자체를 아예 없는 것처럼 부인할 수는 없겠지만 발을 지킬 수 있다는 점에서 이것은 훨씬 견딜 만한 일로 느껴진다.

여기까지의 이야기를 겹쳐 읽으면 이제 비로소 언니의 "변신"이 호주머니 속에서 튀어나온 것처럼 놀라운 것임을 이해하게 된다. 예전에는 동생의 불안과 공포를 위로해주던 언니가 반대로 사랑의 상실에 절망하여 자취를 감춘 것이니 동생으로서는 얼마나 놀랄만한 변신이었겠는가. 다행히 여관방에서 십자말풀이를 하고 있는 언니를 발견하고는 "못생긴 시절에 쓴 일기처럼 미래 지향적으로/새 장갑을 마련해야지"라고 말을 건네는 동생의 행동에는 슬픔을 인정하면서도 아예 가라앉지는 않으려는 낙관적인 부력이 있다. 사랑에 대한 믿음은 사라진 것이 아니라 여전히 남아 있다. 우리는 더 잘생겨질 수 있다. 그렇기 때문에 언니는 완전히 그럴 리는 없다는 마음으로 터미널 근처 여관방에서 십자말풀이를 하고 있었을 터이다.

공유된 것을 기원에게 돌려주는 일. 어린 시절 언니에게 배운 대로, 유머러스하지만 의미 있는 위로로, 이번에는 동생이 언니의 발을 "변신"시켜주려 한다. '언니, 여기 이대로 갇히면 안 돼. 내가 언니 옆에 있잖아'라고 말하는 것만 같은 그런 장면. 그럼에도 이 시가 쓸쓸하게 느껴지는 것은 동생의 위로에도 불구하고 낭떠러지의 끝에 겨우 매달린 마음으로 언니가 "모스 부호처럼" 웃기 때문이다. 희미한 듯 툭툭 끊어지는 저 구조 신호. 시는 여기서 끝나지만 유계영의 시집을 꿈꾸듯 따라 읽은 사람에게는 현실이 이렇게 끝날 것 같지는 않다. 시집 마지막에 실린 작품에서 "문이 녹아 밖이 된다/밖이 녹아 물이 된다/단 것을 향하여//(……)//발밑의 벌레들이 종횡무진/나는 이를 신의 형상이라 믿었습니다"(「녹는점」)라는 문장처럼, 절대자를 향한 신뢰보다는 벌레들의 미세한 움직임이나마 지금 자기 발밑의 능동적인 계기들을 끝까지 믿는 유계영의 시적 화자는 밖을 향하여 지속적으로 움직여나가는 자기 안의 미래 지향적인 힘에 한 번 더 기대어 언니의 손을 잡고 이 여관방에서 걸어나올 것만 같기 때문이다. 요란 피우는 법 없이 녹아서 스르르, 시간 여행자의 귀를 만지는 일과 같이 없는 듯 있는 것처럼, 의지에서 튀어나오는 발가락처럼 발랄하면서도 재미있게 말이다.

2. 문법적 교란이 빚어내는 '있음'의 언어-임승유

유계영의 시를 읽다가 임승유의 시로 넘어오면 우리의 독서는 훨씬 진지해진다. 사랑이 있음을 믿는 감각적이고 발랄한 언어에서 어쩐지 아련한 상실과 그 상실을 착란의 문장으로 이겨내려는 정서적이면서도 논리적인 세계로의 전환이라고 해도 좋으리라. 첫번째 시집 이후로 임승유의 시는 상당 부분 바뀐 것 같다. 어쩔 수 없이 통과해야 했던 기억과 사건의 영향으로부터 비교적 자유로워졌다고 할까. 원본이 거기 있는 일들을 놓고 시를 쓰는 것은 그만큼 선명하고 구체적인 작업일 수 있지만 비약과 확산을 통한 변형에는 일정 정도 제약이 있기 마련이어서 결국은 최종 판단을 원본으로 되돌리는 구심력에서 자유롭지 못하다. 그런데 최근 발표되고 있는 임승유의 시편들은 원본의 비중이 크게 줄어들었을 뿐 아니라 애초의 현실적 계기들을 설득력 있게 취하되, 월등한 후속 작업을 더해 비약과 확산에 힘을 싣는 개방적인 구조물로 변한 것 같아 흥미롭다. 이제는 원본으로 되돌아가는 일이 중요한 게 아니라 문법적으로 개척되는 새롭고 낯선 구문의 축적이 훨씬 중요해진다. 특히 '언어'에 주목하며, 주어부와 서술부가 묘한 긴장을 만들어내며 이격된 구문을 반복-변형시키면서 바로 앞의 상황을 비틀어 쌓고 겹쳐 쌓으며 다시 그다음의 상황을 개척해나가는 작법은 분명 아예 새로운 것은 아니지만 이상하게도 새롭다고 할 만한 부분이 있는 것처럼 다가온다.

  인근의 잘 알려진 건물에서 시작된다. 멀리서 걸어오면서 시작된다. 어디서부터 시작됐는지 묻지 않기로 하면 시작된다. 아침에 있었던 일은 덮어두고

  오늘은 충분치 않다는 생각을 하면 시작된다. 이번 여름에 몇 번은 더 있을 거라는 소문에서 몇 번은 더 시작된다. 비가 오면 젖은 채로 시작된다. 빛은 들어오다가 앉은자리에서 놓쳤다. 사람이 어울렸다.

  문을 열면 의자가 놓여 있는 건물이 어울렸다. 깊숙이 들어가면 깊어지

고 의자가 부족하면 의자를 가져올 수 있는 가능성이 어울렸다. 도시가 끝
나면 시작되는

　　벌판이 어울렸다. 벌판에서 한참을 더 걸어가면 건물이 나오고 주머니에
서 뭔가 꺼내려 하면 사람이 걸어나왔다.

—「설명회」¹⁾

　　인용 시는 최근 임승유의 핵심적인 언어 운용 과정을 잘 보여주는 시
편이다. 출발은 "인근의 잘 알려진 건물에서 시작된다"는 문장이다. 우리
들의 평균적인 정보량에 기대어 생각해보자면 이 문장은 분명 충분히 이
해 가능한 그런 문장이다. 대체로 무슨무슨 설명회라는 것은 많은 사람들
의 참여를 위해 분명 비교적 잘 알려진, 커다란 건물에서 열리는 것이 맞
기 때문이다. 하지만 이 시가 '언어'에 기댄 시임을 알려주는 것은 곧바로
이어지는 "멀리서 걸어오면 시작된다"는 문장에서 기인한다. 즉 평균적인
작법이라면 "인근의 잘 알려진 건물에서 시작된다"는 문장을 구현될 현실
로 전제하면서, 부족한 정보들을 채워넣는 쪽으로 상상은 움직이기 마련
이다. 알려진 건물이 현실좌표상 어디쯤인지, 무슨 설명회인지, 그 설명회
에서는 어떤 것에 대한 설명이 진행될 것인지 등이 아마도 평균적으로 예
상되는 전개 방향일 것이다.

　　하지만 이후의 문장들을 나사못처럼 겹쳐 걸었다가 긴장감 있게 이어
가는 것은 오히려 "시작된다"는 서술어이다. 분명 시작되는 것은 '설명회'
라고 할 수 있겠지만 당장 "멀리서 걸어오면서 시작된다"는 두번째 문장
에서부터 의도된 문법적 교란으로 맥락이 달라진다. 아마도 이 말은 설명
회에 참석하기 집에서 나온 어떤 사람들은 먼 거리 때문에 늦을 수밖에

1) 임승유 외, 『2017년 제62회 현대문학상 수상시집』, 현대문학, 2016. 이후 본문에서 인용하는
임승유의 작품들은 모두 이 책을 출처로 하기에 따로 출처 표기는 하지 않기로 한다.

없었고, 그 사이에 설명회는 이미 시작되어버렸다는 정황을 지시하는 말이겠지만, 단순하게 정리하여 '○○이(가) 멀리서 걸어온다' '○○이(가) 시작된다'라고 적으면 그렇게 적을 수 있는 문장에서 의도적으로 '○○'을 제거하여 결합함으로써 오히려 불투명한 맥락과 과소정보를 제공하게 된다. 따라서 "멀리서 걸어오면 시작된다"는 문장은 기이한 문법적 효과를 만들어낸다. 이제 '설명회'는 사람처럼 걸어다니는 것으로 중첩되기도 하고 걸어다니면서 자기 스스로를 개최할 수 있는 신기한 존재로 탈바꿈된다. 혹은 무엇이 걸어오는지 모르지만 무엇인가는 시작될 수도 있게 된다. '설명회'는 애초의 자신을 훨씬 능가하는 것이다.

이 재미있는 문법적 교란은 논리적인 가상들을 생산하며 이제 "어디서부터 시작됐는지 묻지 않기로 하면 시작된다"는 세번째 문장과 만나면서 설득력있게 중첩된다. 보통의 설명회라면 꼭 있을 법한 설득력 있는 현실적 정황들이 문법적 착란으로 포섭되면서 비현실적으로 확장되고, 그렇게 만들어낸 공간에서 이야기는 더욱 그럴듯한 가상으로 피어난다. 이후 "오늘은 충분치 않다는 생각을 하면 시작된다" "이번 여름에 몇 번은 더 있을 거라는 소문에서 몇 번은 더 시작된다" "비가 오면 젖은 채로 시작된다"는 문장들과 어울려, 딱딱하고 기계적인 설명회가 아니라 자기 생각을 가지고 있고, 스스로를 몇 번이고 동시 개최할 수 있으며, 비가 오면 비를 맞으며 움직이는 설명회로, 인간적이면서도 인간을 뛰어넘는 이상한 물질 혹은 상태로 완결되는 법 없이 계속 '시작(생산)'되는 것이다.

중요한 것은 이 과정이 아주 설득력 있고 자연스러우며, 또한 매력적이어서 조형적이고 논리적인 즐거움을 안겨준다는 점이다. 마치 문법적 오류로 가상을 생산해내는 자신만의 회로를 마침내 발견했다는 듯이 임승유의 언어는 스스로 살아 움직인다. 따라서 3연에서 "깊숙이 들어가면 깊어지고 의자가 부족하면 의자를 가져올 수 있는 가능성이 어울렸다"는 문장에 이르러서는 말의 미묘한 불협화음이 무한한 논리적 환상의 "가능성"

에 어울리는 독특한 상태로 맞물리면서, 설명회는 다중 초점의 신기한 풍경으로 여기저기 출입구를 만들어내며 개방된다. 마침내 "도시가 끝나면 시작되는//벌판이 어울렸다. 벌판에서 한참을 더 걸어가면 건물이 나오고 주머니에서 뭔가 꺼내려 하면 사람이 걸어 나왔다"는 마지막 대목에 이르면 설명회는 끝난 것이 아니라 도시의 바깥, 우리가 닿을 수 없는 어떤 곳에선가 계속 개최되고 있을 것만 같은 환상으로 연결된다. 인근의 잘 알려진 건물 뿐 아니라 도시 바깥의 알 수 없는 건물에서도 사람이 걸어나오는 활성화된 상태로 설명회는 닫힘 없이 지속될 것 같다.

임승유의 의도된 문법적 착란과 구문의 변형, 반복과 확장, 그로 인한 상황의 틀어쌓기와 겹쳐쌓기는 분명 이천년대 어떤 시인들의 경향성에 맞닿아 있지만 그들과는 조금 다른 자리에 있는 것 같다. 임승유의 시적 화자는 이 착란의 효과를 주체의 것으로 흡수하여 자신을 확장하는 데 쓰지는 않으며, 현실 세계의 모든 인간관계와 행위-사건들을 영원히 알 수 없는 모호하고 불가능한 것으로 전환시키는데 쓰지도 않는다. 또한 사물이나 세계의 편에서 인간성 자체를 전면적으로 낯설게 재구성하려는 시도를 선보이려 하지도 않는다. 그렇다면 임승유의 시적 화자가 위치한 자리는 어디쯤일까. 이제 우리는 「설명회」에서 "시작된다"와 "가능성"과 "사람이 걸어나왔다"는 구절을 잠시 빌려오자. 조금 더 해야 할 말이 남았다. 이것에 대해 이야기를 하기 위해서라면 다음의 시를 꼭 거쳐가야 하겠다.

서른세 명의 아이가 털실로 모자를 짜고 있다. 서른세 명의 아이가 한꺼번에 모자를 짜고 있어서 눈이 멈추지 않는다. 기분이 멈추지 않는다. 서른세 명의 아이는 모자를 다 짜면 일제히 모자를 쓰려고 한다. 희수에 닿으려 한다. 수연에 닿으려 한다. 눈은 눈을 보다가 눈을 놓친다. 발을 헛디딘다. 습자지를 만지다가 습자지를 적시는 슬픔. 서른세 명의 아이가 발을 헛디뎌서 서른세 명의 아이는 서른세 명의 아이를 놓친다. 눈이 그친다. 아이들을 일으켜 세울 수가 없다.

—「날씨」 전문

　인용 시는 요약하자면 서른세 명의 아이들이 털실로 모자를 짜다가 발을 헛디뎌 넘어지는 간단한 이야기이지만 당연하게도 그렇게 단순하게만 읽히지는 않는다. 아마도 털실로 모자를 짜고 있는 서른세 명의 아이를 지켜보는 화자가 있는 듯한데 그의 정체는 시에 드러나지 않는다. 다만 "눈이 멈추지 않는다. 기분이 멈추지 않는다"는 구절에서 시적 화자가 그 아이들의 뜨개질을 지켜보며 무수히 움직이는 그 작고 꼬물거리는 손짓들을 어여쁘게 바라보고 있다는 것 정도는 어렵지 않게 상상해볼 수 있겠다. 마치 하늘에서 내리는 눈을 보는 것처럼 순수하면서도 감탄하는 마음으로.

　모자를 다 짜면 아이들이 그 털모자를 써볼 텐데, 특히나 이채로운 것은 그것을 자기 이름에 닿으려는 행동으로, 혹은 조금 더 폭넓게라면 내 옆의 친구에게 닿으려는 마음으로 바라보는 이 정다운 마음이다. "희수에 닿으려 한다. 수연에 닿으려 한다"는 문장은 '희수'나 '수연'이라는 이름이 은은하게 거느리는 감각과 더불어 그만큼 순결하고 애틋한 정서를 불러일으킨다. 그러나 우리가 때로 다른 눈에 섞여 처음 눈길을 주었던 눈송이를 놓치고 마는 것처럼, 바로 이런 현실적이고 설득력있는 사건을 계기로, 문득 눈을 보다가 발을 헛디디는 데에까지 이어지면 문득 이 시가 예사롭게만 흘러가지는 않을 것임을 짐작하게 된다. 여기에 얇지만 깊이 젖어버리는 섬세한 슬픔이 끼어든다. "서른세 명의 아이가 발을 헛디뎌서 서른세 명의 아이는 서른세 명의 아이를 놓친다"는 문장은 이상하게 서럽고도 애통한 심정에 우리를 몰아넣는다. 어디에도 그런 말은 밝혀놓은 곳은 없지만 동시대 한국 사회를 함께 통과하는 사람이라면 이 구절을 읽으면서 바닷속에서 아직도 돌아오지 못한 아이들을 떠올리지 않는 일이, 과연 가능할까 싶다. 한 반 정도의 아이들을 연상케 하는 서른셋이라는 숫자, 갑작스럽게 서른세 명의 아이들이 아무런 죄가 없음에도 서로를 놓쳐버리는 사태. 이런 참사를 앞에 두고도 아무런 일을 하지 못한 우리들의 무력감은 "아이들을 일으켜 세울 수가 없다"는 마지막 문장을 타고 주체할 수 없는 죄책감과 슬픔으로 역류해 들어온다. 눈이 그치고 아이들이 여전히 쓰러져 있는 것처럼 읽히는 마지막 장면은 날씨가 변하고 시간이 흘렀음에도 아이들이 다시 살아돌아오지 못했다는 비통함으로 바꿔 읽힌다.

그렇다. 이처럼 '함께 있어야 할 존재들이 지금 여기에 없다'는 상실감과 비통함이 최근의 임승유 시에는 백색소음처럼 깔려 있는 것 같다. 인용 시가 비교적 선명한 맥락을 거느리며 우리의 마음을 파고든다면, 임승유의 다른 시에서는 바로 이 '있어야 할 존재들이 지금 여기에 없다'는 심정이 주로 텅 빈 공간에 아무도 없거나 있었던 사람이 뒷모습을 보이며 사라지고 없는 상황으로 자주 반복된다. "아무도 없다//아무도 없어서 식당은 아무 데도 갈 수 없다. 누가 오지 않는다면 식당은 있다고 할 수 없다. 누구와 있었던 적이 있는데//그건 지나간 일이 되었다"(「식당」)라든지 "장면 속으로 들어간 일가족이 나오지 않았다"(「차례」)와 같은 문장들을 읽다보면 누군가와 '함께 있었던 시절'은 너무나 손쉽게 과거가 되고, 지금 여기에서 지나간 일을 떠올리며 텅 빈 풍경을 어쩌지 못하는 무연한 마음으로 바라보고만 있는 시적 화자와 자주 만나게 된다.

그렇다면 어떻게 해야 할까. 바로 이 대목에서 임승유의 시적 화자는 "이 길은 아무 데서도 끝나지 않을 거라는 믿음으로"(「유원지」) 더 나아간다. 바로 이 대목이 앞선 2010년대 다른 시인들과 갈라지는 지점이리라. 이미 일어난 일을 부정하지는 않으면서 그렇다고 완전히 절망해버리는 법도 없이 일어난 일을 따라서 걸으며 먼 곳의 빛을 찾아 더 가보려는 마음(「사실」)이라고 해도 좋겠다. "오늘 안으로 도착할 것처럼 보이지 않는다. (……)//이게 하나의 장면에 불과하더라도//구겨버리지만 않는다면 누군가 오고 있다"(「미래의 사람」)는 믿음으로 아직 도착하지는 않았지만 끝내 도착할 누군가를 기다린다고 말하면 그것도 크게 다른 말은 아닐 것이다.

이제 앞서 「설명회」를 읽으며 들고 나왔던 "시작된다"와 "가능성"과 "사람이 걸어나왔다"는 구절을 다시 조립할 수 있는 때가 왔다. 임승유의 시적 화자는 자기 언어로 구현해낸 풍경 안에서 늘 처음으로 돌아가 재시작하려는 의지를 발동시키고, 마침내 미래의 사람이 나타나기를 바란다. 완전히 도래하지 않았다는 것은 오히려 마침내 도래할 것임을 암시하는 복선이기에 상실의 슬픔을 견디며 '시작을 다시 시작'하는 의도된 문법적 착란을 쌓아가는 것이다. 마침내 없어진 줄 알았던 사람이 걸어나올 그때까지. 그치지 않고 영원히 지속하겠다는 믿음으로. 지금으로서는 설명회에서 무엇이 설명되는지 보다는 설명회 자체가 결코 끝나지 않고 계속 시작되는 방식으로 '지속된다'는 감각이 중요하다. 설명회는 사라지지 않는다. 그것은 여기에 분명히 '있다'. 너는 사라지지 않는다. 너는 분명히 여기에 '있다'. 각각의 두 문장을 이어주는 것은 바로 시적 화자의 '의지'이다. 상실과 비통함을 지울 수는 없지만 '내'가 '너'를 포기하지 않는다면, '내'가 끝내 인간의 영혼이라는 것을 믿는다면 '네'가 거기에, 그렇게, 있다는 것은 가능하다, 라고 임승유는 믿는 것 같다. 나는 이것을 무너진 삶과 공동체를 어떻게든 복원하려는 임승유의 시적 믿음이라고 생각한다. 곁에서 곁으로, '나'에서 '너'로 손을 맞잡으려는 아프지만 그만큼 굳센 의지 말이다.

유계영과 임승유 모두 상실 이후에도 삶이 지속되려면 무엇이 필요한지에 대한 나름대로의 답을 가지고 있다. 유계영의 시적 화자는 자신이 처한 삶을 꼼짝달싹할 수 없는 '의자'의 상황으로 인식하지만 무엇보다도 당차게 거기에서 벗어나고자 한다. 이 확산하는 에너지가 유계영 시를 의

연하게 뒷받침하는 배경이다. 유계영은 유머러스한 감각과 상상력의 언어로 이 일을 지속하려고 한다. 한편 임승유의 시적 화자는 절망 속에서도 미래의 가능성을 끝까지 믿으려는 쪽에서, '결단코 이것이 전부는 아닐 것이다'라든지 '안 보인다고 없는 것은 아니다. 끝내 있을 것이다'라는 신념을 작동시켜 문법적 착란을 지속할 뿐만 아니라 역으로 의도적인 문법적 착란을 통해 포기할 수 없는 현실의 의지를 축적하고 생산해나간다. 둘 다 사랑과 영혼의 '있음'을 끝내 믿었기에 가능한 일이었다고 나는 생각한다.

2010년대의 어떤 시인들은 기대가 사라져버린 세계에서 내면화된 무력감을 전도된, 동시에 희미한 전능감으로 대체하기도 하였다. 그것은 실상 미래뿐 아니라 타자라는 존재 또한 더이상 믿을 수 없고 상실해버린 시적 주체들이 날것의 세계와 직접 대면하여 찾아낸 하나의 존재 방식이기도 했다. '세계'라는 말은 그들의 시 안에 그렇게 불쑥 등장하였다. 나의 시선은 오래 여기에 머물렀지만 이제는 조금 더 나아가도 될 것 같다. 상실 이후의 공동체와 세계를 재건하려는 노력이 벌써 시작되었다고 믿어지는 그 자리에서 조금 더. 그러나 또다른 가능성을 믿는 어떤 자리에서 또 오래.

새로운 것은 정당한가—이 오래된 물음
—유이우와 김성호의 시

　2015년 신춘문예 당선 시집에 실린 심사평 중에서도 다음과 같은 글을 오래 되새기며 읽었다. "시라는 이름의 관행적 작문 방식에 갇혀 오히려 생과 세계의 피 흐르는 실상으로부터 시 자체가 유리되는 자가당착을 돌파하는 패기의 글쓰기, 한국어의 갱신과 재구성이 그로부터 시발될 글쓰기를 기대하는 것이다. 그러면 새로운 것은 무조건 정당한가. 바로 이 오래된 물음을 또한 고통스럽게 치르는 가운데 일종의 시적 윤리성을 확보한 글쓰기"[1]라는 문장은 시쓰기에 대한 일반적인 자세를 고민해볼 수 있는 의미 있는 구절이라는 생각이 든다.

　먼저 "시라는 이름의 관행적 작문 방식"에 대하여. 시인이 시를 쓰는 게 아니라 시가 시인을 요구할 때가 있다. 아니 실은 많다. 뒤처지고 약한 것에 대한 관심, 대상과 적절한 거리를 유지한 채 그것을 섬세한 묘사로 그리는 동시에, 연민과 애정의 정서적 동일시가 깊게 깔려 있어야 하고, 끝

---

1) 문정희·김사인, 「내면을 언어로 투시하는 힘…… 음악처럼 다가와」, 『2015년 신춘문예 당선 시집』, 문학세계사, 2015, 77쪽.

내 자기 삶의 누추함과 쓸쓸함에 대한 고백까지 이어지는 표준 문법. 시를 전혀 몰랐던 사람이 이 정도의 관습 안으로 들어와 대상을 그려낼 줄알게 되면, 일단 그/녀가 토해내는 언어는 '시처럼' 느껴지기도 한다. 어떤 경우, 시인이 된다는 것은 바로 이와 같은 특정한 '삶의 태도'를 수긍한다는 말과 다르지 않다. 의미 있고 소중한 가치이다. 다만 모든 사람이 이런 감수성을 갖고 있는 것은 아니라서 시를 쓰려고 하면 진짜 자신이 자꾸만 튕겨나가는 체험을 하게 될 수도 있다. 시가 특정한 태도를 강제하는 억압 기제로 작동하는 셈이다. 표준 문법을 무난하게 수용하면 남보다 빨리 시인이 되기도 할 것이다. 반면 진짜 자신의 문법을 찾느라 시간이 오래걸리는 시인도 있다.

문제는 표준 모델이 관행으로 변질될 때다. 이 관행을 '통과'하여 다른 개성을 더하고, 메타적으로 '반성'하려는 자의식을 갖췄다면 모르겠으나 여기에 손쉽게 '안주하게 되면' 촉촉이 젖은 눈으로 자신과 세계를 관조하며 대체로 같은 말을 반복하게 된다. 뒤처지고 약한 것에 대한 관심은 자신이 다루기 쉬운 사물에 대한 선별적 선택으로 변질되고, 어떠한 대상이와도 똑같이 적당하게 슬프고, 적당하게 아프며, 적당하게 반성하게 된다. 무엇보다도 관대함이 불필요하게 많아져 모든 것을 적당하게 이해하고, 적당하게 용서하며, 적당하게 봉합하는 문제도 생긴다.

개성은 잘 보이지 않고, 미덕은 악습이 되기도 한다. 시가 태도를 요구하고, 그렇게 만들어진 엇비슷한 태도는 다시 언어의 혁신을 어렵게 만드는 일이 반복된다. 어느 한쪽을 끊어내지 않는 이상 언어가 쉽게 바뀌지 않는다. 또한 자기 자신에게 아련한 나르시시즘을 느끼며 세상 사람들과 다르게 살고 있다는 위안에 빠지기도 쉽고, '시인'이라는 이름을 '구별 짓기'만을 위한 문화적 장식물로 여기게 될 수도 있다. (관행적) 서정시는 어째서 보수적이 되는가? 여기에 "생과 세계의 피 흐르는 실상"은 어디에 있는가? 오히려 시를 쓰는 동안 세계는 없어지고 특정한 렌즈를 통해 걸러진 (관행적인) 나른한 풍경만이 남는 것은 아닌가.

1990년대 선배 시인들의 영향권 아래서 2000년대 젊은 시인들은 여기에다가 '언어 자체'에 대한 민감한 자의식을 유산처럼 남겼다. 이미 6~7년 전부터 문예지의 신인상 당선작들은 세계를 '언어'로 돌파하려는 경향을 내비치고 있다. 최근의 신춘문예 역시 이미 그 영향권 안으로 들어온 것 같다. 그리하여 이제는 신춘문예 당선작에서도 "한국어의 갱신과 재구성"에 힘을 쏟는 시들을 더 많이 만날 수 있게 되었다. 무척 반가운 일이지만 이쪽도 관행, 혹은 일률적인 유행으로 지적할 만한 점이 아예 없는 것은 아니다. "기본적인 발화는 문장과 구를 적절하게 조합하는 방식이다. 이를테면 그것은 영화의 몽타주나, 자막으로 표시되는 시적 내레이션과 같은 효과를 자아내기도 한다[2]"거나 "자신이 알고 있는 것보다는 매우 거창한 세계를 그리려고 한다. 그러니까 자꾸 익숙하지 않은 어휘들을 남발하게 되는 것이다. 거창해 보이는 세계가 사실은 우의에 의해 단순하게 표현된 세계에 불과한 것인지도 모르는데 말이다[3]"와 같은 지적이 나에게는 특정 시인에 대한 가치 평가의 문장이라기보다는 아직 첫 시집을 내기 전의 젊은 시인들, 이제 막 등단을 하거나, 하려는 준비를 하고 있는 이들에게 두루 해당되는 경향에 대한 경청할 만한 제안으로 들린다.

2000년대 젊은 시인들의 영향으로 '언어'에 대한 자의식이 높아진 것은 분명 소중한 자산이지만 이것이 '언어'에 대한 지나친 쏠림으로 이어져 주로 문장과 특이한 단어의 '조합-배치-긴장'으로 특정한 시적 분위기를 만들고, 결과적으로 언어 이외의 것들은 작아지게 되었다. 세공의 기술은 점점 높아지나 정서와 언어가 너무 멀리 떨어져 언어가 공회전을 하고, 현실은 늘 아득하고 모호하게 알레고리화되며, 이 공허를 채우기 위해

2) 장이지, 「특별하지 '않기', 벗어나지 '않기', 그리고 시니시즘의 어떤 실패」, 『포지션』 2015년, 254쪽.

3) 장이지, 같은 글, 256쪽.

더 많은 언어를 동원하는 일을 자주 목격하게 된다. 여기에는 특정 수준 이상 언어를 다룰 만한 문화 자본을 가지고 있다는 자기 증명 욕구와 함께 추락하는 현실의 계급적 위상을 '언어적 세공'이라는 문화적 자본으로 만회하려는 젊은 시인들의 무의식적 욕망이 강하게 개입해 있다는 생각이 든다. 이렇게 씌어진 시는 첨예한가? 첨예하게 새롭고도 정치적인가, 아니면 새로운 것처럼 보이는 관행을 반복하고 있는가? 지금 자신의 삶과 언어가 제대로 만나고 있는가? 오히려 지나치게 세련된 언어가 계급적 현실을 왜곡하거나 자꾸만 튕겨내고 있지는 않은가?

써놓고 보니, 이미 심사를 통과한 시인들을 앞에 두고 마치 심사자인 듯 불필요한(?) 고민에 빠진 내 자신이 부끄럽다. 『현대문학』에서 마련한 2015년 4월호 '신춘문예 당선자 특집'에 실린 작품들을 보면서 떠오른 생각들이다. 한 편의 작품으로는 이들의 개성을 확인할 수 없어 『2015 신춘문예 당선 시집』을 다시 꺼내놓고 함께 읽었다. 힘겨운 관문을 통과한 작품답게 저마다 이름에 값할 만한 성취가 있었다. 만약 나에게 이 선택받은 작품들 중에서도 한 번 더 읽고 싶은 작품을 꼽으라면 '유이우'와 '김성호'의 시를 들겠다.

사실 『현대문학』 4월호에 발표한 유이우의 「그 자신의 여름」을 그녀의 개성이 잘 드러난 완성도 높은 작품이라고 말하기는 어려울 것 같다. 그러나 중앙일보 당선작과 신작 시 5편은 "수식과 수사의 그늘이 사라진 피부 언어"(심사평 중에서)라는 평가가 아주 적절해 보인다. "구름이 내 위로 걸었다/나는 잠깐 멈추면 되었다//기어코 빗방울이 내 발치로 굴러 내렸다/나를 대신하여 잘했다//동그라미들은 급하게 헤매이면서 어디로든 가버려//내리막길이 입을 크게 벌렸다/나는 대신하여 아무것도 먹지 않는다//"모두 자기 길을 걷는 것처럼"/"달리 할 말도 없는 것처럼"/어젯밤의 말들도 열심히 굴렀다//곰곰이 있으면 나는 한겨울이다 단단하다/팽팽한 숨이 내 발등에서 어쩔 줄 모르는 것을 본다//구경꾼들은 쉽게 모였다/나는 도로 입을 벌려 훌쩍 내 숨을 받아먹는다/내가 쏟아져 내리려 하는 것일까//너무 작아서 마음이 안 닦이는 손수건이다//구름은 글러브를 장착했다/나는 공을 가벼이 받지 않는다//손가락이 여럿이서 춥게/홀로 있었다"(「우기」,『2015 신춘문예 당선 시집』)와 같은 작품은 충분히 흥미로웠다.

그녀의 시는 말 그대로 별다른 장식이 없지만, 그 짧은 문장들 안에서 주로 사물이나 추상 관념이 오히려 주체가 되어 움직이는 의인법이나 활유법이 세련되고 독특하게 작동하고 있다. 그러다보니 화자인 '내'가 움직이는 것이 아니라 사물과 세상이 나를 캔버스 삼아 움직이는 느낌을 준다. 이것은 풍경을 새롭게 구성한다. 주로 사물의 편에서 인간과 세계를 뒤집어보고, 화자와 대상의 움직임을 바꿔치기하는 이런 발상은 구상적 세계를 기하학적 추상으로 재조립하는 유이우만의 독특한 개성으로 읽힌다(물론 전범이 보이지 않는 것은 아니다). 그러나 동시에 시적 화자의 반작용 또한 도도하게 풍경에 간섭한다. 이런 발상을 대하는 화자의 태도는 표면적으로는 쿨한 것 같지만 실은 세상이 마음대로 되지 않는다는 상실감을 깔고 있으며, 모두 별말 없이 제 갈 길을 가는 사람들 사이에서 "너무 작아서 마음이 안 닦이는 손수건이다"라는 풍경이 등장할 때, 돌연한 이 문장이 뭘 가리키는 것인지 갸우뚱하다가 그것이 곧 자기 자신의 내면을 드러내는 은유임이 휘어지면서 유추될 때, 문장과 정서는 적절한 연상 체계를 거쳐 쫄깃하게 달라붙는다. 그리고 문득 "구름은 글러브를 장착했다/나는 공을 가벼이 받지 않는다"는 문장이 나오면 잠깐의 어리둥절 끝에 이것이 곧 '우기'라는 제목과 만나 비 내리는 풍경에 대한 발랄한 비유적 해석임을 알게 되면서 상상의 쾌감이 배로 확장된다. 발랄하고 매력적인, 그러나 진지한 자기 탐구의 자세가 깊은 신뢰감을 주는 것이다. "오후를 타고/쿠션은 떨어져 내린다//너는 화가가 되었구나/너는 화가를 포기했구나//꿈이 널브러진 햇빛/퍼져 사라지는 빛//좋은 날들이 계속되었다/완전히 다른/좋은 날들이 계속되었다"(「이루지 못한 것들」,『2015 신춘문예 당선 시집』)와 같은 짧은 시 또한 요즘 젊은 시인들의 여백 활용법과 반복적 문장이 만들어내는 긴장감을 적절하게 자기화하여 그녀만의 쓸쓸하고 재기 있는 상상력으로 덧입힌 인상적인 작품이다. 이처럼 여섯 편의 작품이 모두 두고두고 읽어볼 만한 뚜렷한 개성을 담고 있다.

또 한 명의 인상적인 시인으로는 김성호를 꼽을 수 있겠다. 세계일보 신춘문예 당선작인 「로로」가 좋았다. "나는 너에 대해 쓴다//솟구침, 태양의 계단, 조약돌이 되는 섬; 깊은 수심에 가라앉은 이야기를 떠올리다가 나는 너를 잊곤 한다.//로로, 네 빛깔과 온도를 나는 안다. 네 얼굴이 오래도록 어둠을 우려내고 있는 것을 안다. 더 이상 깊지도 낮지도 않는 맨살 같은 나날을 로로, 나는 안다.//(……)//로로, 나는 너에 대해 쓴다//내면에 내면이 쏟아졌다. 카스트라토//구름, 비틀림, 작은 의식, 이런 것들을 떠올리곤 하다가 나는 다시 너를 잊어버린다"라는 서늘하고 감각적인 문장들. 무엇보다 김성호의 시는 어둡고 우울한 계열의 낭만적 감수성을 선명하게 구현해내고 있어서 흥미롭다(이 역시 선배 시인들의 계보를 떠올릴 수 있다).

이 시에서 '로로'가 누구인지 아는 것이 중요할까. 그렇지는 않을 것이다. 그것은 그저 먼 곳에 있는 어떤 것으로, 시적 화자의 낭만성 끌어내기 위한 이국적 기호일 것이다. 김성호의 시에는 이처럼 미지를 향한 유려한 지향과 실패의 예감, 그럼에도 포기할 수 없는 자신의 순수한 열정, 열정에 대한 간절한 믿음, 이것들이 필연적으로 불러내는 예민한 감수성의 문장들이 세련된 언어적 자극과 긴장감을 만들어내며 공존한다. 마치 사막을 통과하는 바람의 소리에 종일 귀기울이는 방랑자처럼, 이것은 한국적이라기보다는 이국적이다. 그의 문장들은 민감하게 반응하고 섬세하게 흔들린다. 자칫 과장되거나 공허한 언어로 전락할 수 있는 문장들이 시적 화자의 격렬하나 절제된 감수성으로 충분히 견인되고 있는 것이다.

이번에 발표된 「나머지의 나를 위하여」(『현대문학 4월호』)는 마치 앞으로의 시쓰기를 위한 그의 다짐으로 읽힌다. "저녁에 첫 문장이다/한 그루 익숙한 좌와 우를 걸을 것 같다/어스름은 어스름답다/(……)/언덕을 넘는 발을 쓰리라/야트막한 명치끝 줄줄 새어 나오는 눈의 뿌연/ 반짝이는 더러움 나의 못다 함이/어디선가 겨울을 부르는 글을 쓰리라/(……)/나의 시 나의 시는/ 들어보는 냉기 어린 쏟아짐마저 간직하리/(……)/돌볼 일 없이 나머지의 시작으로 내 시에 온다/조금의 분란도 없는 고요한 마음을 끊어내/고스란히 들려주는 옆모습이다/나는 이 순간을 원하는 것 같다/나는 느끼는가 보다/겨울은 없다 도움도 없다 시는 쌓이리/어둠을 들려주는 발소리가 원천이다/나머지의 어둠으로 이 주장이 나를 살고 있다"라는 문장들. 전체를 구상하고 조립해나가는 것이 아니라 첫 문장을 쓴 뒤에 그것이 불러오는 미지의 문장에 귀를 기울여 한 글자씩, 한 문장씩 덧붙여나간 시 같다. 중간에서 잠깐 길을 잃기도 했지만 다시 제자리로 돌아와 누구의 도움도 없이 혼자서, 어두운 겨울 창밖을 바라보며, "조금의 분란도 없는 고요한 마음"으로, 정갈한 "옆모습"으로, 예전부터 간절하게 바라온 이 순결한 수도자의 태도로, 시를 쓰며 살아가겠다는 다짐. "모든 것은 그것을 먼 곳으로 옮겨놓을 때 낭만적, 시적으로 된다"(노발리스)는 말을 염두에 둔다면 김성호는 자신과 자신을 둘러싼 세계를 모두 낭만화하려는 미의식의 진지한 계승자다.

시인 유이우와 김성호. "새로운 것은 무조건 정당한가. 바로 이 오래된 물음을 또한 고통스럽게 치르는 가운데 일종의 시적 윤리성을 확보한 글쓰기"가 되는 것임을 기억하여, 이것까지 통과하여, 이들의 미적 새로움이 어디까지 갈 수 있을지 지켜보는 것은 이제 막 시인이라는 이름을 획득한 이들에 대한, 우리의 피할 수 없이 쾌락적인 의무이다.

난 좋은 일을 해볼 거예요 사람들이여!

—니카 투르비나의 「나는 1년을」

나는 일 년을
순간처럼 살고 싶어,
시간을 1분으로
바꾸고 싶어.
그렇게 하겠어, 그렇게 하겠어!
그런데 어째서 내 팔이
겁에 질려 흔들어댈까?
그렇게 빠르게
살고 싶지 않은 거야!
지구는 헐떡이며, 비명을 지르겠지.
네 시간은 길어야 해,
난 좋은 일을
해볼 거야,
아 사람들이여!
바라건대 증오를 잊어버리기를

그리고 만남의 기쁨을 기억하기를.

강물을 맑은 물로

소리치게 하라

　　　—니카 투르비나, 「나는 1년을」(『하늘 절반 푸른 별』, 한기찬 옮김,

청하, 1988) 부분

　대학에 입학하자 선배들이 "어이구, 이런 핏덩이들이 들어오다니!" 감격하면서 데리고 간 곳은 좀 이상한 카페였다. 차를 파는 것을 보니 카페인 것 같은데 술 메뉴가 더 많으니 술집이라고 불러야 맞을 것 같았다. 그런데 이런! 빠른 비트의 색소폰 소리와 함께 Black Machine의 〈How Gee〉가 흘러나오자 갑자기 맥주를 마시던 청춘들이 전기 충격을 먹은 것처럼 술잔을 내팽개치고 기립하여 일제히 토끼 춤을 추어대는 것이 아닌가. 그것도 바로 테이블 옆에서! 이렇게 환한데! 더욱 놀라운 것은 1층부터 3층까지 모든 사람들이 그렇게 춤을 추고 있다는 사실이었다. 이 안에 사람들이 이렇게 많았나? 실내가 도넛 모양으로 겹쳐 있고 가운데는 전 층이 툭 터져 하나로 연결되어 있는 구조여서 각 층에서는 다른 층의 춤추는 모습을 훤히 볼 수 있었다. 뭐야 이자들…… 땀까지 흘리면서 춤을 추고 있잖아! 대학에 들어가기 전까지 놀이문화라고는 잠실야구장이 전부였던 내게 문화적 급깨달음이 찾아왔다. 나는 지금까지 인생을 헛살았어…… 알고 봤더니 내가 갔던 그곳은 신촌에서도 유명하다던 록카페 '보스'였다.

　1990년대 초반은 대학생들을 중심으로 한창 록카페가 유행이었다. 나이트에 가기는 부담스러운 대학생들이 훨씬 건전한(?) 분위기에서 저렴하게 음주와 가무를 모두 해결할 수 있는 새로운 유흥장. 그것이 바로 록카페였다. 물론 록카페는 1990년대 후반으로 넘어가면서 금세 사라지고 말았다. 밴드 공연이 가능한 '공연+카페'가 등장하고 나중에 여기서 춤도

출 수 있게 되면서 지금의 '클럽 문화'로 넘어갔기 때문이다. 자연스럽게 신촌은 저물고 홍대 쪽이 부상하기 시작했다. 그렇게 나도 클럽에서 헤드 뱅을 하기보다는 〈하우스룰즈〉 같은 음악을 들으며 혼자 놀기에 적당한 나이가 되었지만 아직도 그 시절을 떠올리면 발그레해지는 것은 어쩔 수 없다. 그건 분명 "야, 눈치를 왜 봐! 이제 너희들도 이런 데 올 수 있어" 하고 말해주었던 그 목소리 때문이다. 정말이야? 내가 내 인생을 마음대로 할 수 있고, 무엇을 해도 괜찮고, 모든 것을 할 수 있는 그런 대학생이 되었단 말야?! 나로서는 록카페에 들어간 것보다 록카페에 '들어갈 수 있다는 것'이 감동스러웠던 것이다.

바로 그 시절의 마음을 러시아의 시인 니카 투르비나의 시에서 읽는다. 정말로 그때는 1년을 순간처럼 살고 있다는 마음이 들었다. 그만큼 소중한 시간이었다. 매 순간이 너무 빛나서 행복했고 시간이 너무 빨리 지나가는 것이 안타까울 정도였다. 학교에 가는 것이 좋았고 집에 돌아가는 것이 싫었다. 더 많은 선배와 만나고 더 많은 동기와 이야기하고 싶었다. 그러면서 짧게만 느껴졌던 순간들이 마술처럼 길어졌으면, 영원했으면 하고 생각하게 되었다. 지금이 너무 좋은데, 시간이 지나가는 것이 슬펐던 그 마음을, 어떻게 설명해야 할까. 그녀의 시에서 특히 후반부는 더욱 마음에 와 닿는다. 어떠한 장식도 수사도 없지만 이상하게 마음을 울린다. 난 좋은 일을 해볼 거야. 사람들이여. 증오를 잊고 만남의 기쁨을 기억하기를. 강물을 맑은 물로 소리치게 하기를.

BGM: 우효, 〈스쿨버스〉

사랑한다, 로키에
─최성희의 「안녕, 로키에!」

움직이고 흘러가고 무너질 것들마다 아름다웠다
나는 그것에 목숨을 걸었지만
스스로 탄식하는 일은 아름답지 않았다
아름답지 않은 일이 일어나도 수천 개의 해가 지고
수천 개의 달이 뜨고 수천 개의 별이 빛났다
해와 달과 별들이 한꺼번에 뜨는 날을 위하여
나는 무모하게도 거센 바람과 부딪쳤다
그제야 터널 속을 빠져나올 수 있었고
수천 개의 내가 공중을 날아다녔다
어떤 것이 진짜 나인지는 아무도 몰랐다
그것이 유쾌했다

사랑한다, 나의 영혼 로키에

─최성희, 「안녕, 로키에!」 부분

요시모토 바나나를 다시 읽은 것은 대학 4학년 겨울이었다. 그때 우리 학교 학부생들을 위한 열람실은 본관 10층에 있었다. 대학원에 진학할 생각을 하고 있었기 때문에 매일 도서관으로 출근했다, 라기보다는 학교 안에서 있을 만한 데가 도서관밖에 없어서였다고 할까? 삐걱이는 마룻바닥과 높이 매달린 흐린 형광등. 거기서 바나나의 초기 소설을 다시 읽었다. 그전에 얼핏 바나나를 읽다가 일치감치 포기해버린 나였다. 주로 진지하고 무거운 한국 본격 소설들만을 읽어오던 나에게 바나나는 한마디로 낯간지럽고 유치한 대중소설이었던 것이다.

그런데도 내가 바나나의 소설을 다시 읽었던 것은 순전히 당시 막 시작한 연애 때문이었다. 그렇다. 그게 유일한 이유였다. 여자친구가 눈을 반짝이며 너무 좋다고 읽어보라고 건네준 책이 바나나의 책이었다는 걸 알았을 때, 나는 절규하기는커녕 너무너무 행복하게 웃으며 감사의 멘트를 날렸다. "와! 이거 내가 예전부터 읽어보고 싶은 책이었는데!" 그런데 이상했다. 다시 읽기는 그 겨울을 훌쩍 넘겼고 다음해 여름까지 이어졌다. 그중에서도 『슬픈 예감』이 특히 좋았다. 1995년도에 '시민사'라는 출판사에서 나왔다가 금세 절판된 책이었는데 역시 여자친구를 통해 구해 읽을 수 있었다(지금은 2007년 민음사판으로 읽을 수 있다). 낡은 집에서 혼자 사는 이모의 기이한 행적을 좇다가 결국 그녀가 자신의 친언니였다는 사실을 알게 되면서 과거의 상처를 극복하는 여주인공의 이야기였다.

이야기도 매력적이었지만 내가 놀란 것은 일상의 반짝이는 순간을 포착해내는 바나나의 감각이었다. "그날밤의 나지막한 빗소리, 깊게 잠긴 어둠의 농도. 들어서자마자 닫힌 문 안쪽의 조용한 공간. (……) 기쁨에 겨워 눈물이 나오려고 할 만큼, 그런 자신감이 이상했다. 나는 이곳에 온 것만으로도 좋았던 것이다" 같은 문장이 비로소 눈에 들어왔다. 정말 눈물이 나도록 어떤 순간이 좋을 수가 있는 거구나. 그래도 괜찮은 거구나. 그전에는 몰랐다. 고통과 상처만이 문학의 전부라고 믿고 있었던 나에게 바나나는 "너의 행복을 포기하지 마, 그것처럼 중요한 것이 있을까"라고 말해주었던 것이다. 나는 조금씩 변해갔다.

최성희는 마치 바나나 소설의 어떤 부분을 시로 옮긴 것처럼 머릿속이 상쾌해지는 아름다운 시를 쓴다. 한국 시 중에 이런 상쾌한 시도 있구나! 생략된 앞부분에서 원래 이 시는 "안녕, 로키에!/시간이 째깍째깍 성냥을 그을 때마다 상점 불빛이 하나씩 늘어나고 있어/지난날은 마술과 같았지"로 시작된다. 읽다보면 "로키에"가 누군지 궁금해진다. 시가 진행되면서 시적 화자는 수많은 일이 수없이 피고 진 자신의 지난날을 그야말로 마술처럼 떠올린다. 그러나 실은 안타까움이 가득한 목소리. 더욱 아름다울 수 있었는데, 로키에, 너와 함께 했다면 충분히 그럴 수 있었는데…… 슬픈 예감 속에서 이 시는 결국 외롭고 쓸쓸하게 끝날 것 같지만 그렇지는 않다. 그 모든 기쁨과 슬픔에 자신의 전부를 던져 수만 조각으로 부서졌어도 그것이 유쾌했다고 말하는 목소리는, 시의 끝에, 로키에가 결국 시적 화자의 '영혼'이었다는 것이 밝혀지면서 이상한 희망으로 끌어올려진다. 사랑해 로키에. 소리내어 마지막 구절을 읽다보면, 거기에 마음을 실어보면, 당신도 느낄 수 있을 것이다. 로키에, 너는 나의 또다른 이름. 나는 더 부서질 테지만 그래도 더 가볼래. 너와 함께라면 나는 더 유쾌해질 수 있을 것 같아. 이 삶을 더 사랑하며 살아갈 수 있을 것 같아.

BGM: 러블리즈, 〈지금, 우리〉

프롤로그

모든 여름에게 안녕을—이윤설의 「오버」 명대신문 2010년 9월
잘 지낼 수 없지만 잘 지내요 우리—김소연의 「그래서」 웹진문지 2012년 10월

1부
나중에 유명해질 때까지 기다리기 싫어요—김승일의 「멋진 사람」 명대신문 2010년
9월
정체성, 그것이 전복인 시대가 되었다니 『현대문학』 2015년 2월호
기대가 사라져버린 시대의 무기력과 희미한 전능감에 관하여—2010년대 젊은 시
인들의 한 경향 『문학동네』 2015년 여름호
상실 이후, '나'와 '세계'가 직접 만날 때—'세카이계'의 관점으로 살펴본 최근 우리
시의 한 모습 『현대문학』 2016년 5월호
시인의 고투와 시적 대속 『숨』 2015년 9월

2부
너의 수만 가지 아름다운 이름을 불러줄게—강성은의 「물속의 도시」 명대신문 2011
년 4월
발칙한 아이들의 모험에서 일상 재건의 윤리적 책임감으로—2010년대 시와 시 비
평에 관하여 『창작과비평』 2017년 봄호
새로운 문학적 재현의 윤리를 위하여—애도와 멜랑콜리, 그리고 '오염의 정치' 『상
허학보』 49집, 2017년 2월
잘 닫히지 않는 상자—'문단 내 성폭력'과 '항상적 분열의 반윤리성'이라는 문제
『21세기문학』 2017년 봄호

다른, 남성성들을 위하여—'식민지 남성성'과 작별하기 『현대문학』 2017년 9월호

문학동네 평론집
너의 수만 가지 아름다운 이름을 불러줄게
ⓒ 박상수 2018

초판인쇄 2018년 7월 16일
초판발행 2018년 7월 25일

지은이 박상수
펴낸이 염현숙
책임편집 김봉곤 | 편집 강윤정 김영수 김필균
디자인 김마리 이주영 | 마케팅 정민호 박보람 나해진 우상욱
홍보 김희숙 김상만 이천희
제작 강신은 김동욱 임현식 | 제작처 영신사

펴낸곳 (주)문학동네
출판등록 1993년 10월 22일 제406-2003-000045호
주소 10881 경기도 파주시 회동길 210
전자우편 editor@munhak.com | 대표전화 031) 955-8888 | 팩스 031) 955-8855
문의전화 031) 955-3576(마케팅) 031) 955-1920(편집)
문학동네카페 http://cafe.naver.com/mhdn | 트위터 @munhakdongne
북클럽문학동네 http://bookclubmunhak.com

ISBN 978-89-546-5206-3 03810

* 이 책의 판권은 지은이와 문학동네에 있습니다. 이 책 내용의 전부 또는 일부를 재사용하려면 반드시
  양측의 서면 동의를 받아야 합니다.
* 이 도서의 국립중앙도서관 출판예정도서목록(CIP)은 서지정보유통지원시스템 홈페이지(http://seoji.
  nl.go.kr)와 국가자료공동목록시스템(http://www.nl.go.kr/kolisnet)에서 이용하실 수 있습니다.
  (CIP 제어번호 : CIP 2018020016)
* 이 평론집은 2018년 아르코문학창작기금을 수혜하였습니다.

www.munhak.com